ENCHANTEMENT

Orson Scott Card est né en 1951. Mormon de stricte obédience, c'est un créateur d'univers multiples, œuvrant tant dans le domaine de la science-fiction que de la fantasy. Il est sans conteste l'un des plus grands auteurs des littératures de l'imaginaire, connu notamment pour deux cycles essentiels: *Le Cycle d'Ender* pour la science-fiction et celui des *Chroniques d'Alvin le Faiseur* pour la fantasy. Son œuvre, mêlant romans et nouvelles, a été couronnée à de multiples reprises par les prix les plus prestigieux: pour ses romans, le prix Hugo (1986 et 1987), le Word Fantasy Award (1987), le prix Locus (1987, 1988, 1989, 1990 et 1996), le prix Nebula (1986 et 1987), le prix Julia Verlanger (1993), le prix Cosmos 2000 (1988 et 1994) et le Grand Prix de l'Imaginaire (2000), et pour ses nouvelles et novella, le prix Asimov (1989), le prix Hugo (1988) et le prix Locus (1990 et 1991).

Orson Scott Card

ENCHANTEMENT

ROMAN

Traduit de l'anglais (Etats-Unis)
par Arnaud Mousnier-Lompre

L'Atalante

Collection dirigée par Fabrice Colin

TEXTE INTÉGRAL

TITRE ORIGINAL
Enchantment

ISBN 978-2-7578-0328-8
(ISBN 2-84172-152-3, 1re publication)

Pour Kristine,
tant d'années depuis le premier baiser,
et la magie ne fait que croître.

1

Feuilles

J'ai dix ans et vous m'avez toujours appelé Vanya. Dans mes dossiers scolaires, sur mes papiers d'identité, mon nom est Ivan Petrovitch Smetski ; et vous me dites maintenant que je m'appelle en réalité Itzak Schlomo. Mais je suis quoi, alors ? Un agent secret juif ?

Le père de Vanya l'écoutait en silence, le visage aussi lisse, vierge et satiné que du parchemin. La mère de Vanya, qui flottait aux franges de la conversation plutôt qu'elle n'y participait, semblait avoir du mal à s'empêcher de sourire – d'amusement ? Et, si oui, vis-à-vis de quoi ou de qui ? De Vanya ? De son mari et de sa subite passion pour le judaïsme ?

Peu importait le motif de son quasi-sourire : Vanya n'avait pas envie d'avoir l'air ridicule. Malgré ses dix ans, il tenait à sa dignité. Il s'imposa le calme et reprit d'un ton plus mesuré : « Nous mangeons du porc, du *rak*, du caviar.

– Je crois que les juifs ont le droit de manger du caviar, fit sa mère, toujours serviable.

– À l'école, les autres me traitent de *jid* à voix basse, et ils disent qu'ils ne veulent courir qu'avec des Russes. Je n'ai même plus le droit de courir avec eux ! s'exclama Vanya. Je suis le meilleur à la course à pied et aux haies, et hier ils n'ont même pas accepté que je les chronomètre ! Alors que le chronomètre est à moi !

– Ou plutôt à moi, glissa papa.

– En classe, le principal m'interdit de m'asseoir à côté des autres parce que je ne suis ni russe ni ukrainien. Je suis un traître d'étranger, un juif ! Alors pourquoi je ne sais pas parler hébreu ? Si on change tout, pourquoi pas ça aussi ? »

Papa leva les yeux au ciel.

« C'est quoi, ce regard, papa ? Tu pries ? Chaque fois que je parle trop, tu lèves les yeux au ciel – tu t'adresses à Dieu, dans ces moments-là ? »

Papa revint à Vanya. Il avait un regard de chercheur, avec des poches sous les yeux et une expression adoucie par l'étude intensive, au travers d'une loupe, d'hectares de textes imprimés. « Je t'ai bien écouté, dit-il, et j'ai entendu un garçon de dix ans qui se croit supérieurement doué et qui se répand en plaintes sans manifester ni confiance ni respect pour son père. Ce que j'ai fait, c'est pour toi.

– Et pour Dieu », fit maman. Était-ce de l'ironie ? Vanya ne savait jamais, avec sa mère.

« C'est pour toi que je fais ça, répéta papa. Tu crois que c'est pour moi ? Mon travail est ici, en Russie, les manuscrits anciens. Ce dont j'ai besoin dans les autres pays, on me l'envoie à cause du respect que j'ai mérité. Je gagne bien ma vie.

– À l'imparfait », glissa maman.

Et, pour la première fois, Vanya se rendit compte que, s'il était coupé du reste de son école, la punition de son père était peut-être bien pire. « Tu as perdu ton poste à l'université ? »

Papa haussa les épaules. « Mes étudiants viendront chez nous.

– S'ils te trouvent, dit maman, toujours avec ce curieux sourire.

– Ils me trouveront ou ils ne me trouveront pas ! s'écria papa. Nous aurons à manger ou nous n'aurons pas à manger ! Mais nous ferons sortir Vanya – Itzak –

du pays pour qu'il grandisse là où ses rouspétances, son absence de respect pour ceux qui ne sont pas à la hauteur de ses exigences passeront pour de la créativité, de l'intelligence ou du rock and roll !

– Le rock and roll, c'est de la musique, fit Vanya.

– Prokofiev, c'est de la musique, Stravinski, c'est de la musique, Tchaïkovski, Borodine, Rimski-Korsakov et même Rachmaninov, tout ça c'est de la musique ; le rock and roll, ce sont des gamins qui se croient plus malins que les autres et qui n'ont de respect pour personne ; toi, tu es du rock and roll. Avec ton attitude, avec tous les ennuis que tu t'attires à l'école, tu n'entreras jamais à l'université. Pourquoi faut-il que tu sois le seul petit Russe qui n'apprend pas à courber la tête devant l'autorité ? »

Papa avait déjà posé cette question au moins à dix reprises par le passé, et, cette fois comme avant, Vanya comprit que son père y mettait plus de fierté que de consternation : il appréciait que Vanya exprime son opinion, il l'y encourageait même. Mais alors comment se faisait-il que la famille y ait vu un motif de se déclarer juive et de postuler pour un visa d'émigration en Israël ? « Tu prends une décision sans me demander mon avis, et c'est ma faute ?

– Je dois t'emmener loin d'ici, te permettre de grandir dans un pays libre, répondit papa.

– En Israël, c'est la guerre et le terrorisme, répliqua Vanya. On va m'obliger à devenir soldat, à tirer sur des Palestiniens et à brûler leurs maisons.

– Tout ça, c'est de la propagande. D'ailleurs, c'est sans importance : je peux te promettre que tu ne seras jamais soldat en Israël. »

Passée une première réaction moqueuse, Vanya comprit soudain pourquoi papa était si certain qu'il ne finirait pas dans l'armée. « Une fois sorti de Russie, tu ne comptes pas te rendre en Israël. »

Papa soupira. « Je ne parle pas de ce que j'ignore. »

On frappa à la porte. Maman alla ouvrir.

« Peut-être qu'ici, en Russie, tu n'iras plus en classe pendant quelque temps, poursuivit son père ; quant à ces histoires ridicules de course à pied... tu ne seras jamais champion du monde, c'est pour les Africains. Mais ta tête restera vive longtemps après que tes jambes auront ralenti, et il y a des pays où tu auras de la valeur.

– Lesquels ? » demanda Vanya.

Maman faisait entrer quelqu'un.

« L'Allemagne peut-être, ou l'Angleterre. Le Canada, qui sait ?

– L'Amérique, fit Vanya dans un souffle.

– Qui peut le savoir ? Tout dépend du pays où se trouvera une université qui aurait besoin d'un chercheur vieillissant spécialisé dans la littérature slave ancienne. »

L'Amérique ! L'ennemi, le rival ! Le pays des jeans, du rock and roll, de la criminalité, du capitalisme, de la pauvreté et de l'oppression ! De l'espoir et de la liberté ! Toute sorte d'histoires couraient sur l'Amérique, propagées par la rumeur et la presse gouvernementale. On était en 1975 et la fin de la guerre du Viêtnam ne datait que de quelques années – l'Amérique avait du sang sur les mains. Mais, sous-jacent à la propagande, à la rivalité, à la jalousie, il y avait un message, toujours le même : l'Amérique est le pays le plus important de la terre – et c'était là que papa voulait le voir grandir. C'était pour cela que, tout à coup, il n'y en avait plus que pour la famille juive de maman, et aussi pour la grand-mère de papa, du côté de sa mère : pour leur permettre d'aller en Amérique.

Un instant, Vanya crut comprendre.

Et puis maman revint. « Il est là.

– Qui ça ? » demanda Vanya.

Papa et maman le regardèrent d'un air inexpressif.

« On appelle cet homme un *mohel* », dit enfin maman,

et ils lui expliquèrent ce que le vieux juif allait lui faire au pénis.

Dix secondes plus tard, Vanya avait dégringolé les escaliers et s'enfuyait dans la rue comme un dératé. Pas question de laisser quelqu'un lui saisir le membre et en couper des morceaux simplement pour qu'il puisse prendre l'avion vers le pays des cow-boys ! Quand il rentra à la maison, le *mohel* était parti, et ses parents ne lui firent aucune réflexion sur sa brusque disparition. Il n'en tira pourtant aucun vain espoir : dans sa famille, le silence n'exprimait pas la reddition mais le repli stratégique.

Même sans le *mohel*, Vanya continuait de se consoler en courant. Isolé à l'école, plein de rancœur chez lui, coupé des jeux de ses camarades, il allait par les rues tous les jours, courait et zigzaguait en laissant derrière lui des grommellements et des cris toujours plus irrités : « Moins vite ! Fais donc attention ! Un peu de respect ! Il est fou, ce gosse ! » Pour Vanya, cela faisait partie de la musique de la ville.

Courir, c'était sa façon de rêver. Comme il n'avait jamais eu la moindre autorité sur sa propre existence, il voyait la liberté comme une évasion ; il rêvait d'être à la merci du vent, de se voir emporté très haut dans le ciel et promené çà et là, soumis au véritable hasard plutôt qu'aux visées de quelqu'un d'autre, aux projets graves et inopportuns de papa, à la façon dont maman concevait la vie, une succession de farces au milieu desquelles on faisait son devoir. Ce dont j'ai envie, maman, c'est de m'envoler comme un cerf-volant, de couper la ficelle et de planer librement ; ce que je voudrais, papa, quand tu disposes les pièces de ton jeu d'échecs grandeur nature, c'est que tu me laisses dans la boîte.

Oubliez-moi !

Mais courir ne lui évita pas de tomber dans le piège des projets des autres, et il n'y trouva pas non plus la liberté car ses parents, comme toujours, se mirent au diapason de ses petites idiosyncrasies – ils se les approprièrent même : il les entendit un jour expliquer à un de leurs nouveaux amis juifs qu'ils devaient faire preuve de patience avec Itzak parce qu'il se trouvait entre deux réalités, dépouillé de l'ancienne et pas encore prêt à entrer dans la nouvelle. Mais d'où sortaient-ils ce joli petit morcellement de sa vie ?

C'est seulement quand papa se soumit lui-même au rite masculin d'obéissance que Vanya comprit que cette histoire de judaïsme ne s'appliquait pas uniquement à lui ; papa s'efforça ensuite de reprendre le cours ordinaire de son existence mais en vain : il avait beau ne pas se plaindre, la douleur et la gêne qu'il éprouvait à la montrer le rendaient presque muet.

Maman, toujours prête à le soutenir, ne fit aucune allusion à ce que le *mohel* avait fait subir à son mari, mais Vanya crut distinguer sur ses lèvres un petit sourire moqueur quand papa la pria d'aller lui chercher quelque chose qu'il serait d'habitude allé chercher lui-même. Il se demanda un moment si cela signifiait que maman trouvait comique de croire en Dieu, puis, comme la blessure de papa guérissait et que la vie reprenait le cours qui passait pour normal à cette époque, il finit par la soupçonner d'être, malgré ses airs ironiques, la vraie croyante de la famille.

Peut-être croyait-elle depuis toujours, même si elle tartinait son pain de saindoux odorant comme n'importe quel Russe. Que papa ait découvert son propre judaïsme relevait d'une stratégie ; maman, elle, savait simplement qui dirigeait l'univers. Papa se forçait à se comporter en croyant ; maman ne doutait apparemment pas que Dieu existait, même si elle ne lui adressait pas la parole. « Six millions de juifs sont morts à cause des fascistes, disait-elle à papa. Tu crois que ta seule prière va combler tout ce silence ? Quand un enfant meurt, consoles-tu les parents en leur donnant un chiot ? »

Maman, semblait-il, croyait non seulement que Dieu existait, mais aussi que c'était celui-là même qui avait élu les juifs à l'époque où Abraham promenait sa femme stérile dans une carriole en la faisant passer pour sa sœur chaque fois qu'un personnage puissant la convoitait.

C'était une des histoires préférées de Vanya, qui la connaissait parce que papa exigeait qu'ils étudient la Torah ensemble dans l'appartement d'un rabbin qui leur lisait le texte en hébreu, puis le leur traduisait. Au retour, ils discutaient de ce qu'ils avaient entendu. « Ils sont croyants, ces gens-là ? demandait sans cesse Vanya. Juda couche avec une prostituée sur la route, et puis il s'aperçoit que c'est sa belle-fille, et Dieu trouve ça très bien ? »

L'histoire de la circoncision de Sichem fut déterminante pour Vanya. Dina, la fille de Jacob, se fait violer par le prince de Sichem ; le prince veut l'épouser et Jacob convient que cela réglerait la situation, mais les douze frères de Dina tiennent plus à venger l'honneur malmené de la famille qu'à voir leur sœur mariée à un homme riche qu'un trône attend. Aussi disent-ils au prince qu'il doit se faire circoncire ainsi que tous les hommes de sa ville, et quand tout le monde est couché par terre à se tenir le zizi en faisant « ouille, ouille, ouille », les fils de Jacob tirent l'épée et font un massacre.

À la fin du récit, Vanya dit à son père : « Je vais peut-être laisser le *mohel* me circoncire. »

Papa le regarda, complètement abasourdi. « Et c'est cette histoire qui te le fait accepter ? »

Vanya haussa les épaules.

« Je peux espérer que tu m'expliques ta logique ?

– J'y pense, c'est tout », répondit Vanya. Il se serait expliqué s'il l'avait pu. Avant l'histoire, il ne voulait même pas entendre parler de circoncision ; après, l'opération était devenue envisageable, et elle fut donc bientôt inévitable.

Plus tard, tout en courant, il crut comprendre pourquoi cet épisode l'avait fait changer d'avis. La circoncision était une pratique barbare et ridicule, mais la présence de l'histoire de Sichem dans la Torah prouvait que Dieu lui-même partageait cette opinion. C'est barbare, semblait-il dire, et ça fait un mal de chien, mais je veux que vous le fassiez ; affaiblissez-vous, comme ça, si quelqu'un vient vous tuer, vous n'aurez qu'à dire : « Merci, de toute façon je ne voulais plus vivre maintenant qu'on m'a coupé un bout des parties. » Cela, il n'était pas en mesure de l'expliquer à son père ; il savait seulement ceci : du moment que Dieu reconnaissait cette pratique comme ridicule, il pouvait s'y plier.

Vanya resta donc plusieurs jours sans courir, et, quand la blessure de la circoncision fut guérie et qu'il put reprendre ses courses dans les rues, il s'aperçut qu'on lui avait coupé la ville sous le pied : le Congrès américain avait suscité l'hostilité du gouvernement russe en subordonnant l'obtention par la Russie du statut de nation la plus favorisée à l'augmentation du nombre de visas d'émigration délivrés aux juifs ; par mesure de rétorsion, la Russie avait pratiquement réduit à zéro la sortie des juifs de son territoire et s'était mise à multiplier les tracasseries contre eux. Dans le cas de Vanya et des siens, cette situation eut des conséquences très terre-à-terre : ils perdirent leur appartement.

Pour papa, c'était la fin des cours privés avec ses étudiants, des visites aux anciens collègues à l'université ; c'était l'humiliation de se retrouver complètement dépendant des autres pour nourrir et habiller sa famille, car il ne pouvait plus obtenir de travail.

Maman, elle, s'adapta sans effort. « Eh bien, nous ferons des briques sans paille », dit-elle. Vanya l'avait toujours entendue faire de mystérieux commentaires de ce genre, mais il était justement en train de lire l'Exode et cette fois il saisit l'allusion ; ce fut une révélation : maman est une vraie juive ! Elle n'a jamais cessé de s'adresser à nous comme à des juifs, mais c'était moi qui ne comprenais pas. Et Vanya se demanda alors si ce n'était pas elle qui avait conçu le plan qu'ils suivaient pour émigrer, mais en s'y prenant si bien que papa croyait y avoir pensé tout seul pour ses propres motifs, très logiques et sans le moindre rapport avec la religion : devenir juif pratiquant non parce que Dieu l'ordonne, mais pour offrir à mon fils une vie meilleure aux États-Unis. Pouvait-elle être rouée à ce point ?

Une semaine durant, ils campèrent chez plusieurs juifs qui n'avaient pas la place de les accueillir définitivement. Cette existence ne pouvait se prolonger, d'une part parce qu'ils étaient serrés comme des sardines, et d'autre part parce qu'il était évident que, comparés à ces gens qui obéissaient depuis toujours à la Loi, Vanya et ses parents étaient des dilettantes du judaïsme. Papa et Vanya massacraient l'hébreu, suaient sang et eau pour suivre les prières et échangeaient cent fois par jour des regards d'incompréhension à cause des termes et des expressions qui leur échappaient.

Ce genre de problème ne paraissait pas gêner maman, car elle avait vécu quelques années avec les parents de sa mère, qui observaient les jours fériés, la pratique des deux cuisines, les prières et la séparation des hommes et des femmes. Pourtant, Vanya se rendait bien compte qu'elle semblait plus s'amuser que s'engager dans la vie de ces foyers, et que les femmes se lassaient davantage d'elle que les hommes de papa.

Pour finir, ce ne fut pas un juif mais un cousin au deuxième degré (le petit-fils du frère du grand-père de papa, comme on l'expliqua non sans difficulté à Vanya) qui accepta de les loger pendant qu'ils attendaient un visa de sortie, ce qui pouvait prendre longtemps. Le cousin Marek avait une ferme laitière dans le piémont des Carpates, dans une région qui appartenait à la Pologne entre les deux guerres et avait ainsi échappé à la brutale collectivisation stalinienne des exploitations d'Ukraine. Dans cette partie montagneuse de la Russie, située à l'écart, sans importance stratégique et sous-peuplée, le communisme n'était presque que pure façade : techniquement, le troupeau de vaches laitières du cousin Marek faisait partie du bétail appartenant à la vaste collectivité, mais dans la pratique elles étaient à lui et il les élevait comme il l'entendait. Une bonne quantité du lait et du fromage produits n'entrait jamais dans le système laitier de l'État, et s'échangeait ici et là contre des biens et des services, voire, de temps en temps, contre du bon argent de l'Occident. Le cousin Marek avait la place, l'indépendance d'esprit et les réserves nécessaires pour prendre en charge quelques infortunés parents qui avaient décidé de se faire juifs pour passer à l'Ouest.

« La vie à la campagne te fera du bien, Vanya », dit papa avec une expression qui indiquait qu'il n'avait pas encore découvert en quoi la vie à la campagne lui ferait du bien à lui. Ce qui manquait, chez le cousin Marek, c'était une université à moins de trois heures de route. Si papa voulait donner des cours, il faudrait qu'il trouve un sujet qui intéresse les vaches.

Il avait néanmoins raison en ce qui concernait Vanya : les corvées étaient dures car, si le cousin Marek était un homme de commerce agréable, il attendait toutefois de chacun qu'il abatte sa part de travail tous les jours, mais Vanya s'y fit rapidement, ainsi qu'à l'alimentation campagnarde, au lait entier, au pain farineux et grossier, à la croûte épaisse, que l'on mangeait dans cette partie de l'Ukraine. La ferme lui plaisait ; mais ce qu'il découvrit avec délectation se trouvait tout autour, car dans cette région perdue survivaient quelques vestiges des anciennes forêts d'Europe.

« C'est la *rodina*, la patrie d'origine, lui dit papa, où les Slaves d'autrefois se sont cachés pendant que les Goths et les Huns traversaient le pays. Après leur passage, nous nous sommes répandus dans la plaine en laissant ces piémonts aux loups et aux ours. » Notre terre : papa pensait toujours comme un Russe, pas comme un juif.

Mais, à son âge, qu'importaient à Vanya les premiers Russes ? Ce qu'il voyait, lui, c'était que les routes de la région s'étendaient à l'infini sans la moindre circulation et que l'herbe poussait là où les roues ne creusaient pas d'ornières, que les arbres étaient grands et vieux dans les creux aux flancs escarpés des collines où nul ne s'était fatigué à les couper, que les oiseaux n'avaient pas à rivaliser avec les avertisseurs des automobiles ni avec les rugissements des moteurs pour faire entendre leur chant. Quelqu'un avait répandu un seau de lait en travers du ciel, et, les nuits sans lune, il faisait si noir qu'on pouvait se cogner dans les murs en cherchant la porte de la maison. Le pays n'était pas vraiment sauvage mais, pour Vanya, enfant de la ville habitué aux appartements, il avait un caractère magique, onirique, comme les tableaux de Shishkin ; il s'attendait presque à découvrir des oursons dans les arbres.

Ce pays était sûrement le cadre de tous les contes de fées de son enfance – la terre du prince Ivan, du loup gris, de l'oiseau de feu, de Kochtchei l'immortel, de Mikola Mojaïski, de Baba Yaga la sorcière ; et, comme il y était arrivé au moment où il avait commencé à lire la Torah, il se représentait aussi les errances d'Abraham, de Jacob et des enfants d'Israël dans cette contrée verdoyante. Il savait que c'était absurde : la Palestine était une région sèche et torride, le Sinaï une montagne de pierre et de sable, mais n'avait-il pas le droit d'imaginer les fils de Jacob ramenant leurs troupeaux de ces collines pour montrer à leur père la tunique multicolore tachée de sang et déchirée ? N'était-ce pas de leur sommet qu'Abraham s'était lancé au combat pour les cités de la plaine ?

Il était incapable de voler comme un oiseau mais il pouvait courir au point de s'épuiser et d'avoir la tête si légère qu'il avait l'impression d'avoir flotté dans les airs. Et puis, s'enhardissant, il s'écarta des routes et des pistes pour chercher les zones les plus anciennes et les plus reculées de la forêt ; il s'en allait ainsi des heures durant en exploration, jusqu'au jour où maman finit par s'inquiéter. « Tu comptes tomber dans une ravine, te casser une jambe sans que personne sache où tu te trouves et mourir tout seul ? C'est ça, ton idée ? » Mais papa et maman durent en discuter entre eux et décider de s'en remettre à son bon sens (et peut-être à la vigilance de Dieu), car ils continuèrent à le laisser libre, à moins qu'ils n'eussent espéré l'arrivée prompte du visa pour l'emmener dans une ville américaine et se terrer avec lui dans un appartement, à l'abri des balles des gangsters et des émeutiers africains dont ils entendaient toujours parler.

Or, si le visa était arrivé un jour plus tôt, Vanya n'aurait pas découvert la clairière ni l'étang de feuilles.

Il tomba dessus au milieu d'une forêt si vieille qu'il ne poussait presque aucune broussaille au pied des arbres : la voûte de feuillage était d'une telle épaisseur qu'il régnait au niveau du sol un crépuscule perpétuel, dans lequel seules quelques herbes et plantes grimpantes robustes parvenaient à survivre. On avait l'impression que le regard se perdait à l'infini entre les arbres, juqu'au point où la multiplicité des troncs bouchait la vue, ou bien l'air s'enténébrait dans les lointains et interdisait de voir au-delà. La terre était couverte d'un tapis de feuilles si dense qu'on eût cru progresser sur un trampoline, et Vanya se mit à marcher à grands bonds pour le simple plaisir de ce contact élastique ; ce devait être comme marcher sur la Lune, si les Américains y avaient vraiment posé le pied. Bond, rebond, bond, rebond. Naturellement, sur la Lune il n'y avait pas de branche d'arbre, et, quand Vanya se cogna la tête dans l'une d'elles, il s'écroula par terre, sans force et pris de vertige.

Maman m'avait prévenu : je vais avoir une commotion cérébrale, je vais être pris de convulsions et on ne retrouvera mon cadavre que le jour où un chien en rapportera un morceau chez quelqu'un – sans doute le morceau circoncis, et alors il faudra faire venir un *mohel* pour l'identifier. C'est manifestement le petit Itzak Schlomo – Ivan Petrovitch Smetski sur les documents officiels ; bon coureur mais apparemment pas assez futé pour faire attention aux branches. Désolé, il était trop bête pour vivre ; c'est ça, la sélection naturelle. Et papa hocherait tristement la tête en disant : Il aurait dû se trouver en Israël ; là-bas, il n'y a pas d'arbres.

Cependant, au bout d'un moment ses esprits s'éclaircirent et il se remit à faire des bonds dans la forêt, mais en regardant en l'air cette fois, à l'affût des branches basses, et c'est ainsi qu'il s'aperçut qu'il avait découvert une clairière : non à cause de l'éclat du soleil qui faisait de la trouée un îlot de clarté dans le crépuscule de la forêt, mais parce que soudain il ne vit plus de branches.

Il s'arrêta brusquement à l'orée de cette clairière et observa les alentours. Ne devrait-il pas y avoir de la prairie là où le soleil brillait ? De hautes herbes et des fleurs sauvages ? Mais non, le sol ne différait pas du sous-bois, couvert d'une épaisse couche de feuilles mortes. Rien n'y poussait.

Qu'y avait-il de si toxique dans la terre, à cet endroit, pour que ni arbre ni herbe n'y prenne racine ? La clairière était trop parfaitement circulaire pour être naturelle.

Une brise légère agita les feuilles mortes ; quelques-unes glissèrent de l'éminence au centre de la trouée, et Vanya eut l'impression qu'il ne s'agissait ni d'un rocher ni d'une machine, car la forme qu'il discernait sous les feuilles avait les courbes d'un corps humain ; et là où devait se trouver la tête, n'était-ce pas un visage qu'il entrevoyait ?

Une nouvelle feuille s'écarta. Si, c'était sûrement un visage. Celui d'une femme endormie. Avait-elle rassemblé les feuilles pour s'en couvrir ? Ou bien, blessée, était-elle allongée là depuis si longtemps qu'elles s'étaient accumulées sur elle ? Était-elle morte ? Sa peau était-elle tendue sur ses pommettes comme celle d'une momie ? De là où il se trouvait, il n'était pas en mesure de le voir ; d'ailleurs, une partie de lui-même n'avait aucune envie de vérifier, mais plutôt de courir se cacher parce que, si elle était morte, ses rêves tragiques prendraient corps et il ne le voulait surtout pas, il s'en rendait compte à présent. Il ne tenait pas du tout à repousser les feuilles pour découvrir une morte qui s'était simplement amusée à courir dans les bois jusqu'au moment où elle avait heurté une branche, gagné d'un pas trébuchant le milieu de la clairière dans l'espoir de pouvoir faire des signes à un avion de passage, et puis qui s'était écroulée, inconsciente, avant de mourir et…

Il avait envie de se sauver mais aussi de la voir, de la toucher, et, si elle était morte, eh bien, de voir la mort, de la toucher.

Il leva un pied pour s'avancer dans la clairière.

C'était un mouvement banal, et pourtant les feuilles s'écartèrent de son pied en tourbillonnant, comme s'il avait déclenché une petite tornade ; stupéfait, il s'aperçut alors que la clairière ne prolongeait pas le sol de la forêt, car le tournoiement de feuilles continuait à s'enfoncer sous son pied : il se tenait au bord d'un précipice !

Il ne s'agissait pas d'une clairière mais d'une cuvette profonde, d'une fosse circulaire creusée dans la terre. À quel niveau se situait le fond, il n'en savait rien, car le tapis de feuilles tourbillonnantes se creusait toujours davantage, et le vent né du mouvement de sa jambe les emportait en l'air, tournoyantes dans le ciel comme un pilier de fumée.

Si c'était bien une femme qui se trouvait là-bas, elle devait être allongée sur un piédestal dressé au milieu de ce vaste trou. Une femme qui se cogne la tête dans une branche d'arbre ne descend pas dans un précipice pour escalader une tour érigée en son centre ; non, le mystère était bien différent, et plus sombre ; on avait dû l'assassiner.

Il reporta son regard sur elle, mais une grande partie des feuilles soulevées par son pied commençaient à retomber et il distinguait mal son visage. Ah si, il était là – enfin, il devait être à peu près là. Mais seules les feuilles étaient désormais visibles.

C'est mon imagination qui m'a joué un tour, se dit-il ; c'est cette feuille, là, que j'ai dû prendre pour un nez. Il n'y a pas plus de femme ici que de beurre en broche, rien qu'un rocher avec une forme bizarre et un trou rempli de feuilles au milieu de la forêt. C'est peut-être le cratère d'impact d'une météorite ; ça n'aurait rien d'étonnant.

Comme il se représentait le choc d'une pierre venue de l'espace, quelque chose bougea à l'autre bout de la clairière – ou plutôt *sous* l'autre bout de la clairière, car il vit seulement des feuilles se mettre à s'agiter dans une zone précise, puis l'agitation se déplacer le long du pourtour de la cuvette, dans sa direction.

C'est une créature qui vit dans ce trou, sous les feuilles, comme un serpent de mer sous les vagues, une pieuvre terrestre qui va lancer un tentacule sur la rive, m'entraîner dans son antre puis me dévorer, en ne rejetant que mon crâne indigeste sur le piédestal où il attirera un jour un autre promeneur, qui tombera dans le trou et se fera dévorer à son tour.

Ce qui faisait bouger les feuilles s'approchait. Dans le combat qui, dans l'esprit de Vanya, opposait la curiosité à l'imagination morbide, ce fut l'imagination qui l'emporta ; il tourna les talons et s'enfuit, non plus en rebondissant sur le sol de la forêt mais au contraire en cherchant à prendre appui pour gagner de la vitesse. Naturellement, il ne cessait de glisser sur les feuilles et il s'étala plusieurs fois pour se relever aussitôt, couvert d'humus et de terre, des bouts de feuilles mortes dans les cheveux.

Où était la route ? La créature de la fosse était-elle lancée à sa poursuite dans la forêt ? Il était perdu, la nuit allait tomber, le monstre allait le retrouver à l'odeur, le dévorer lentement en commençant par les pieds…

La route était là, pas si loin que ça, finalement – à moins qu'il n'eût couru plus vite et plus longtemps qu'il n'en avait l'impression. Sur la voie familière, avec le soleil de l'après-midi qui brillait, il se sentit plus en sécurité. Il la suivit au petit trot, puis se mit au pas pour franchir la dernière distance qui le séparait de la ferme du cousin Marek.

Vanya n'eut pas l'occasion de conter son aventure : dès que maman le vit, elle lui ordonna d'aller se baigner – on l'avait cherché partout, on avait tout juste le temps de se préparer, mais où s'était-il donc caché ? Les visas étaient arrivés sans prévenir, l'avion partait dans deux jours, ils devaient prendre la voiture le soir même pour aller à la gare et parvenir à Kiev à temps pour attraper l'avion qui les transporterait en Autriche.

Et pour finir, quand ils purent tous se détendre en volant vers Vienne, Vanya ne vit plus l'intérêt de raconter ses frayeurs enfantines. Quelle importance ? Il ne reverrait plus jamais ces bois : quand on quittait la Russie, c'était sans espoir de retour, même si on y laissait un mystère au cœur d'une vieille forêt. Le souvenir survivrait dans sa mémoire comme une question à jamais sans réponse ; ou plutôt comme une peur qu'il s'était fabriquée de toutes pièces car il se faisait une spécialité d'inventer ce genre d'histoire dramatique.

L'avion se posa sur l'aéroport de Vienne, des flashes crépitèrent, des caméras se pointèrent sur eux, les fonctionnaires examinèrent leurs visas et diverses personnes leur tombèrent dessus pour exiger qu'ils se rendent en Israël comme promis ou les informer qu'ils avaient le droit d'agir comme bon leur semblait maintenant qu'ils se trouvaient dans le Monde libre ; à ce moment-là, Vanya s'était convaincu qu'il n'avait pas vu de visage dans la clairière, que le trou n'était pas aussi profond qu'il l'avait imaginé et que l'agitation des feuilles était due au vent ou peut-être à un lapin qui s'y frayait un passage. Aucun danger, aucun meurtre, aucun mystère, aucune question en suspens.

Aucune raison, donc, que la scène resurgisse sans cesse dans ses rêves d'enfant et d'adolescent ; mais la raison ne gouverne pas les rêves, et il avait beau se répéter que rien ne s'était passé dans les bois ce fameux jour, il savait qu'il s'était bel et bien produit quelque chose ; jamais pourtant il n'aurait la possibilité d'apprendre ce qu'était cette clairière ni ce qui se serait produit s'il ne s'était pas enfui.

2

Le grand amour

Le plan de papa avait donc réussi. Quand ils parvinrent à Vienne, il suffit de quelques heures à remplir de la paperasse pour confirmer sa nomination en tant que professeur de langues slaves à l'université de Mohegan, à l'ouest de New York, où, joyau russe d'une couronne polyglotte, il rejoindrait les rangs d'un corps professoral linguistique distingué.

La famille fut bientôt installée dans ce qui lui semblait une maison spacieuse au milieu d'un jardin sauvage qui descendait jusqu'à la rive du lac Olalaga – qui ne tarda pas à se voir familièrement rebaptisé Olya, diminutif habituel d'Olga, voire, lorsqu'on était d'humeur particulièrement fantasque, Olya-Olen'ka, comme si le lac était un personnage de conte de fées.

Nourri d'histoires où l'Amérique – et surtout New York – apparaissait comme un méli-mélo de bidonvilles et de pollution, Vanya regardait les bois, les fermes et les collines de l'ouest de New York comme autant de miracles ; mais ces forêts étaient loin d'être aussi anciennes et dangereuses d'apparence que celle qui entourait la ferme du cousin Marek, et Vanya s'aperçut bientôt qu'il était peut-être exaltant d'arriver en Amérique mais qu'avec le temps y résider pouvait être aussi lassant que n'importe quoi.

Néanmoins, son père était satisfait. Vanya était entré assez jeune aux États-Unis pour devenir parfaitement bilingue en grandissant, et il apprit rapidement à parler anglais sans accent ; il s'habitua si bien à la prononciation américaine de son prénom – *aï-v'n* au lieu d'*i-vann*, avec l'accent tonique sur la première au lieu de la seconde syllabe – qu'il l'adopta lui-même et que l'emploi du diminutif Vanya ne survécut qu'au sein de la famille.

Linguistiquement parlant, son père et sa mère furent moins heureux : papa ne devait jamais perdre son accent russe guttural et maman ne fit pas le moindre effort pour apprendre la langue, en dehors du système monétaire et des noms des produits d'épicerie ; du coup, son univers ne s'étendait guère au-delà de la maison. Quant à papa, même s'il donnait des cours à l'extérieur et appréciait ses étudiants, lui aussi centrait son existence sur son fils.

Ivan sentait la pression du sacrifice de ses parents chaque jour de sa vie. Ils n'en parlaient pas : c'était inutile. Ivan faisait de son mieux pour profiter de l'occasion que ses parents lui avaient offerte, travaillait d'arrache-pied au lycée et potassait bien d'autres sujets par ailleurs. Ils n'avaient pas lieu de se plaindre de lui ; et quand il était tenté de protester contre leur mainmise parfois pesante sur son temps, il pensait à tout ce qu'ils avaient abandonné pour lui, leurs amis, leurs familles, leur terre natale.

Le dérivatif d'Ivan pour s'évader des attentes de ses parents était le même qu'en Russie : il courait. Et, quand il fut en âge de suivre les cours d'athlétisme universitaire, non seulement il continua la course de fond mais il s'attaqua à toutes les disciplines du décathlon : javelot, course de haies, disque, vitesse. Il était parfois le premier à l'une ou l'autre, mais ce qui le distinguait de ses équipiers c'était sa constance : ses points combinés étaient toujours bons et on se le disputait à chaque rencontre. Il remporta trois ans de suite le trophée de Tantalus High et, quand il entra à la fac de

Mohegan, il se mit sans mal au niveau de l'équipe d'athlétisme.

Ses parents et leurs amis ne comprirent jamais son besoin de faire du sport ; certains même semblaient trouver la chose amusante – un athlète juif ? – jusqu'au jour où Ivan observa d'un ton guindé qu'Israël n'importait pas d'athlètes chrétiens pour fournir son équipe olympique. Une fois seulement, vers la fin de la troisième année d'Ivan à la fac, son père insinua qu'au lieu de perdre son temps à faire du sport il ferait mieux de s'affiner l'esprit. « Le corps décline à partir de quarante ans, mais l'esprit continue de s'améliorer ; à quoi bon investir dans la partie périssable ? Si tu fractionnes tes centres d'intérêt, tu ne réussiras dans aucun. » Du coup, Ivan sauta une journée entière d'examens de fin d'année pour faire le tour du lac Olya en courant, et il dut bûcher tout l'été pour avoir le rattrapage de licence. Papa ne lui parla plus jamais de laisser tomber le sport.

Pourtant, Ivan ne rejetait pas vraiment son père ; jusqu'en licence, il avait tâté de l'histoire, des langues et des traditions folkloriques, et, quand il entama son doctorat, il devint l'élève le plus doué de son père. Ensemble, ils se plongeaient dans l'étude des dialectes les plus archaïques d'Ukraine, de Bulgarie et de Serbie ; une année durant, ils tinrent même toutes leurs conversations en vieux slave, en ne revenant au russe ou à l'anglais que lorsque le vocabulaire ne permettait pas de traduire une pensée moderne.

Papa était visiblement fier du talent d'Ivan – dont plusieurs articles parurent dans des revues de premier ordre avant même qu'il entame son doctorat – mais ils ne furent jamais proches, du moins à la façon dont Ivan s'imaginait les relations entre père et fils américains. Il ne disait rien à son père de ses rêves, de ses aspirations, de ses frustrations, de ses espoirs, et encore moins de ses cauchemars où, dans une fosse circulaire au milieu des arbres, une créature sans nom se déplaçait sous les feuilles mortes.

Il ne parlait d'ailleurs guère plus volontiers à maman – mais elle semblait connaître ses sentiments à l'avance, ou les deviner, ou peut-être les inventer. Quand il rentrait à la maison éperdu d'amour pour une telle ou une telle, maman le savait sans même qu'il ait ouvert la bouche. « Qui est-ce ? » demandait-elle, et, lorsqu'il lui disait tout – il était toujours plus facile de tout lui révéler –, elle le dévisageait attentivement puis déclarait : « Ce n'est pas de l'amour. »

Les premières fois, il avait objecté que c'était *aussi* de l'amour ; d'ailleurs, qu'en savait-elle, à son âge, alors que l'habitude avait depuis longtemps remplacé les sentiments ? Mais, avec les années, il apprit à reconnaître le bien-fondé de son jugement, d'autant plus que, de temps en temps, elle lui disait : « Oh, mon pauvre petit, c'est l'amour, cette fois-ci, et elle va te faire souffrir. » Au grand chagrin d'Ivan, elle ne se trompait jamais.

« Mais comment le sais-tu ? lui demanda-t-il un jour.

– Je lis en toi à livre ouvert.

– Non, sans rire.

– Je suis une sorcière, je connais ces choses-là.

– Maman, je ne plaisante pas !

– Si tu ne veux pas de mes réponses, pourquoi me poser des questions ? »

Puis, quand il eut vingt-quatre ans, le mur de Berlin tomba. La famille suivit le déroulement des événements à la télévision. En éteignant le poste, papa déclara : « Maintenant, tu peux retourner en Russie faire tes recherches pour ton mémoire.

– Je n'ai pas besoin de documentation strictement russe pour l'achever.

– Eh bien, change de sujet, répliqua papa. Tu es fou ou quoi ? Tu ne veux pas retourner au pays ? »

Si, il en avait envie, mais pas pour la recherche. Il

voulait s'y rendre parce qu'il voyait encore en rêve une certaine clairière jonchée de feuilles, et le visage d'une femme, et un monstre dans une fosse ; et pour cette même raison il hésitait à partir, parce qu'il redoutait que ce lieu n'existe pas, tout en craignant qu'il existe.

Il termina donc ses cours, passa ses examens, les réussit, puis il consacra encore une année à faire des recherches sur le terrain pour son doctorat, jusqu'à la fin juillet 1991, six semaines seulement avant de prendre l'avion pour Kiev. Naturellement, c'est à ce moment-là qu'il fit la connaissance de Ruth Meyer.

C'était la fille d'un médecin d'Ithaca, quelques lacs plus loin à l'ouest de New York. Leur rencontre eut lieu lors d'un mariage presbytérien – le marié faisait partie de l'équipe d'athlétisme d'Ivan, la mariée était une camarade de chambre de Ruth. Ils tendirent la main vers la même assiette de hors-d'œuvre et, quelques minutes plus tard, ils se trouvaient sous la véranda en train d'admirer un orage qui arrivait du sud-ouest ; quand la pluie se mit à tomber, ils se tenaient par la main.

« Dis-moi quelque chose en vieux russe », murmura-t-elle.

Le vieux russe était trop moderne pour lui, aussi déclara-t-il en vieux slave : « Tu es belle et sage et je veux t'épouser. »

Elle ferma les yeux d'un air extatique. « J'adore t'entendre me parler dans une langue qu'aucune autre femme n'entendra de ta bouche.

– Mais tu ne la comprends pas, remarqua-t-il.

– Si », répondit Ruth, les yeux toujours clos.

Il éclata de rire ; mais… et si elle avait vraiment compris ? « Qu'est-ce que j'ai dit ?

– Que tu espérais que j'allais tomber amoureuse de toi.

– Pas du tout. » Mais son rire gêné trahissait qu'elle n'était pas loin du compte.

« Si, fit-elle en ouvrant les yeux. Toute ton attitude le crie. »

Après la cérémonie, Ivan rentra chez lui et s'assit en face de sa mère dans le salon. Au bout d'un moment, elle leva les yeux vers lui.

« Alors ? demanda-t-il. C'est l'amour ou ce n'est rien ? »

La mine grave, elle répondit : « En tout cas, c'est quelque chose.

– Je vais l'épouser.

– Est-elle au courant ?

– Elle est au courant de tout. Elle sait ce que je pense au moment où je le pense.

– Dommage qu'elle ne le sache pas avant : tu n'aurais plus besoin de penser du tout.

– Je ne plaisante pas, maman, dit-il.

– Et moi, si ?

– Ne me taquine pas. C'est le grand amour. »

Papa était entré sur ces entrefaites ; les parents, quelle que soit leur occupation du moment, sont toujours attirés par la mention du mariage. « Quoi, tu tombes amoureux maintenant, alors que tu es sur le point de t'en aller toute une année ?

– Je peux éventuellement repousser mon voyage, répondit Ivan, qui sut que c'était une bêtise alors même qu'il l'énonçait.

– C'est ça, marie-toi alors que tu n'as même pas un doctorat en poche, attaqua papa. Son père a l'intention de vous verser une pension ?

– Il faut que je parte, je sais ; mais ce délai m'exaspère.

– Apprends la patience, dit papa.

– C'est en Russie qu'on apprend la patience, rétorqua Ivan ; en Amérique, on apprend l'action.

– Dans ce cas, tant mieux si tu te rends en Russie : dans la vie, on a beaucoup plus souvent besoin de la patience, et d'autant plus si tu comptes avoir des enfants. »

Ivan partit d'un rire niais à cette idée. « Quel bon père je vais faire ! s'exclama-t-il.

– Et pourquoi pas ? fit maman. Tu as eu le meilleur des maîtres.

– Bien sûr. Et je ne t'oublie pas, maman ; vous avez fait ce que vous pouviez avec le gosse bizarre que j'étais.

– Je suis bien aise que tu t'en sois aperçu », répondit-elle. Ce sourire ironique… Se pouvait-il qu'elle ne plaisante pas ? Qu'elle n'ait jamais plaisanté ?

Au cours des semaines qui le séparaient de son départ pour Kiev, il passa plus de temps à Ithaca qu'à Tantalus, et sa mère paraissait triste ou soucieuse chaque fois qu'il la voyait, ce qui n'était pas fréquent. Un jour, inquiet pour elle, il lui dit : « Tu ne m'as pas perdu, maman. Je suis amoureux, c'est tout.

– Je ne t'ai jamais possédé, répliqua-t-elle, du moins depuis que tu t'es échappé de mon ventre. » Elle détourna le regard.

« Qu'y a-t-il alors ? »

Elle changea de sujet de conversation.

« Lui as-tu révélé ton nom juif ?

– Ah, Itzak Schlomo, c'est vrai ! Non, l'occasion ne s'est pas présentée. C'est important ?

– Ne le fais pas, dit-elle.

– Quoi donc ? Lui apprendre mon nom juif ? Pourquoi le lui dirais-je ? Et pourquoi ne dois-je pas le lui dire ? »

Elle leva les yeux au ciel. « Quelle idiote je fais ! Tu vas le lui révéler, maintenant que je t'ai demandé de t'en abstenir.

– Il n'y a pas de raison que je lui en parle. Et puis quelle importance ? Je ne me sers plus de ce nom depuis notre arrivée ici. Notre synagogue est conservatrice comme la leur, et tout le monde se fiche que je porte un nom *goy*. »

Maman lui agrippa le bras et, d'un ton farouche et pour une fois sans sourire : « Tu ne peux pas l'épouser !

– Qu'est-ce que tu racontes ? Nous ne sommes pas cousins germains, si c'est ce qui te tracasse !

– Tu te rappelles l'histoire du ciel, du rat et du puits ? »

Naturellement ; elle la lui racontait quand il était petit, et il l'avait étudiée depuis en cours de tradition folklorique. Un aspirant rabbin indélicat aide une jeune femme à sortir d'un puits, mais seulement après qu'elle a promis de coucher avec lui ; une fois tirée de ce mauvais pas, elle exige qu'il jure de l'épouser, si bien qu'ils se fiancent avec pour seuls témoins le ciel, le puits et un rat de passage. Rentré chez lui, il oublie sa promesse et se marie avec une autre tandis que la jeune femme refuse un prétendant après l'autre et pour finir se fait passer pour folle afin de les chasser définitivement. De son côté, l'homme perd ses deux premiers enfants, l'un de la morsure d'un rat malade, l'autre d'une chute dans un puits ; il se rappelle alors les témoins de ses fiançailles et avoue son forfait à son épouse ; elle ne le condamne pas mais exige de divorcer à l'amiable afin qu'il puisse honorer la promesse faite à la jeune femme, et c'est ainsi qu'en fin de compte il tient parole.

La morale du conte était qu'il faut respecter ses serments parce que Dieu en est toujours témoin, mais Ivan ne voyait absolument pas le rapport avec sa propre situation.

« Je ne suis fiancé à personne d'autre que Ruth, dit-il.

– Je le sais parfaitement, répliqua-t-elle. Mais il y a quelque chose…

– Quelque chose ?

– J'ai rêvé de cette histoire.

– Quoi, tout ça à cause d'un rêve ?

– Tu étais l'homme et Ruth celle qu'il n'aurait pas dû épouser. Vanya, ça ne marchera pas. Ce n'est pas la femme qu'il te faut.

– Si, maman ; tu dois me faire confiance, cette fois. » Sous le coup d'une impulsion, il se pencha et embrassa sa mère sur la joue. « Je t'aime, maman. »

Quand il se redressa, il vit des larmes sur son visage, et il se rendit compte qu'il n'avait pas embrassé sa mère depuis des années, qu'il ne lui avait pas dit qu'il l'aimait depuis… depuis l'âge de huit ou neuf ans peut-être, voire plus.

Mais ce n'était pas la raison de ses larmes. « Fais ce que tu veux, murmura-t-elle. Le moment venu, tu seras bien obligé de me faire confiance.

– Quel moment ? C'est quoi ? Une devinette ? »

Elle secoua la tête, tourna les talons et quitta la pièce.

Bien entendu, il rapporta toute la conversation à Ruth. « Pourquoi ne devrais-je pas connaître ton nom juif ? demanda-t-elle en riant aux éclats.

– De toute façon, ce n'est pas mon vrai nom, répondit Ivan. Je ne le connaissais même pas avant d'émigrer. Nous ne sommes pas de très bons juifs, tu comprends.

– Oh, je sais ! Si je me rappelle bien, au mariage de Denise, tu visais une crevette dans l'assiette.

– Toi aussi. Mais c'est moi qui l'ai eue. »

Elle haussa les sourcils. « C'est toi que je visais, fit-elle. Donc j'ai eu ma crevette, moi aussi. »

Il éclata de rire avec elle, mais au fond la plaisanterie ne l'amusait pas. Il avait toujours cru qu'ils s'étaient rencontrés par hasard, or voici qu'elle laissait entrevoir une autre possibilité, qui ne lui plaisait pas. Était-ce prévu ? Si elle avait arrangé ce coup-là, qu'avait-elle mijoté d'autre ?

Non, non, il délirait complètement ! C'étaient les arguments farfelus de maman qui le rendaient soupçonneux. Et puis quand bien même elle l'aurait manœuvré ? Devait-il se sentir insulté ? Une fille superbe et intelligente qui fait ce qu'il faut pour rencontrer un étudiant timide et sans le sou, ça se produit souvent ? Oui, tout le temps – dans les rêves des étudiants.

Maman était si pressée de le voir quitter New York – et s'éloigner de Ruth – que, pendant la dernière semaine, il dut chaque matin lui demander de quoi s'habiller parce qu'elle avait déjà emballé toutes ses affaires. « Je n'ai pas besoin d'emporter toute ma garde-robe, protestait-il. Je suis étudiant, personne ne s'étonnera de me voir la même chemise plusieurs jours de suite. » Elle haussait les épaules et lui fournissait une chemise – mais tirée du repassage, pas de ses bagages.

Toute la famille de Ruth accompagna Ivan à l'aéroport de Rochester, ainsi que son père. Mais pas maman, et Ivan en fut à la fois attristé et agacé. Il avait toujours cru que son petit sourire amusé cachait une intelligence supérieure à celle de son fils ou de son mari ; mais c'était en réalité une superstitieuse qui se laissait troubler par des rêves et des contes de bonne femme. Il se sentait floué, et il avait aussi le sentiment que maman avait été flouée, lésée d'une meilleure instruction. Tenait-elle cette mentalité de ses grands-parents juifs ? Ou était-ce plus profond ? Ne pas assister au départ de son fils qui allait rester absent au moins six mois, c'était anormal.

Il n'eut cependant guère le temps de s'appesantir sur la question : il lui fallait se montrer enjoué avec les parents de Ruth, dire au revoir à son père avec une retenue toute virile, et enfin se débarrasser de Ruth qui se cramponnait à lui en le couvrant de baisers mêlés de larmes. « Allons, on dirait que je suis mort ! » fit-il, ce qui la fit pleurer encore davantage : ce n'était pas la chose à dire alors qu'il s'apprêtait à monter en avion.

La mère de Ruth sermonna sa fille, son père tenta de lui ordonner gentiment de lâcher ce pauvre Ivan, mais ce fut papa qui réussit enfin à l'éloigner afin qu'Ivan pût embarquer. Il aimait Ruth, certes, ainsi que sa famille, mais tout en descendant le tube d'accès à l'appareil il sentit comme un poids tomber de ses épaules. Il se mit à marcher d'un pas plus enlevé.

D'où lui venait cette soudaine impression de légèreté, de liberté ? Son voyage était pourtant plutôt un pensum : le résultat de ses recherches, quel qu'il soit, constituerait le socle de sa carrière future, de son avenir tout entier ; à son retour, il passerait son doctorat, se marierait, et ce serait la fin de son enfance ; mais il aurait encore à devenir professeur et père, et c'est à partir de là que débuterait sa vie d'adulte.

Les vrais fardeaux de l'existence : voilà ce dont je me charge avec ce voyage en Russie.

C'est seulement une fois attaché sur son siège et l'avion séparé de la porte d'accès qu'il comprit d'où provenait son impression de liberté : quand il avait émigré en Amérique, il portait tout le poids des espoirs et des rêves de ses parents ; aujourd'hui, il retournait en Russie, où il n'avait jamais connu une telle charge, ou du moins n'en avait jamais eu conscience. Pour la plupart des gens, c'était peut-être un pays répressif, mais pour lui, enfant, c'était un pays de liberté, bien davantage que l'Amérique.

Avant de devenir des citoyens, songea-t-il, nous sommes des enfants, et c'est enfants que nous apprenons la liberté, l'autorité, l'autonomie et le devoir. J'ai fait mon devoir ; je me suis soumis à l'autorité – la plupart du temps. Et aujourd'hui, à l'instar de la Russie elle-même, j'ai l'occasion de me délester un moment de ces fardeaux pour voir ce qui se produit.

3

La fosse

En ces jours enivrants de bouleversement révolutionnaire, Ivan avait du mal à se concentrer sur ses recherches. Les manuscrits reposaient depuis des siècles dans les églises ou les musées, les transcriptions et les photocopies depuis des décennies dans les bibliothèques : ils pouvaient bien attendre encore un peu. Des cafés naissaient un peu partout, bruissants de conversations, de discussions, de disputes sur l'indépendance ukrainienne, sur l'opportunité d'expulser les nationaux russes, de leur accorder la citoyenneté pleine et entière ou de couper la poire en deux, sur la mauvaise qualité des livres étrangers qui accaparaient le marché depuis l'allégement des restrictions, sur l'aide que l'Amérique allait ou non apporter à la nouvelle nation ukrainienne, sur les prix qu'il fallait, selon les uns, strictement contrôler ou, selon les autres, laisser grimper jusqu'à ce qu'ils se stabilisent à des niveaux « naturels », etc., etc.

Dans tous ces échanges, Ivan faisait figure de célébrité : l'Américain qui parlait couramment le russe et comprenait même l'ukrainien, que, par patriotisme, on employait jusque dans les discussions intellectuelles, apanage auparavant de la seule langue russe. Il avait l'argent pour payer le café et offrait souvent des tournées de breuvages plus raides, bien que lui-même n'y touchât pas : en tant qu'athlète, il s'était surtout bien gardé d'acquérir le goût de son père pour la vodka ; mais personne ne cherchait à le forcer : il était libre de boire ou de ne pas boire, en particulier lorsque c'était lui qui payait. Certes, toutes ces conversations ne volaient pas très haut ; ce n'étaient que bavardages, échanges de on-dit, invectives et diatribes, mais cela convenait parfaitement à Ivan : à la fac, il restait le fils de son père ; dans les cafés, il était lui-même et on l'écoutait pour ce qu'il avait à dire.

À moins que ce ne fût pour son argent ? Ou son américanité ? Ou par politesse, tout simplement ? Mais était-ce important ? Au bout de quelques semaines, Ivan commença de se lasser de ces sempiternelles discussions : nul n'avait changé d'avis, aucune décision fondamentale n'avait été prise, et Ivan ne supportait plus le son de sa propre voix qui pontifiait comme si le fait d'être américain ou étudiant en doctorat lui donnait une quelconque autorité.

Il se mit à passer de plus en plus de temps au milieu des manuscrits, à effectuer ses recherches et à établir les fondements de son mémoire. Et il ne tarda pas à se rendre compte que son projet était irréaliste : tenter de reconstituer les versions primitives des contes de fées rassemblés dans le recueil d'Afanasiev afin de déterminer, (1), si la théorie de Propp, selon laquelle tous les contes de fées russes, dans leur structure, n'en faisaient qu'un, était vraie ou fausse et, si elle était fondée, (2), si les contes plongeaient leurs racines dans quelque histoire archétypale, innée et psychologiquement juste ou bien dans une légende exceptionnellement marquante, inhérente à la culture russe. Le projet était irréaliste parce qu'il était trop vaste et couvrait trop d'éléments, parce que, même s'il trouvait une réponse, elle resterait invérifiable, et enfin parce que la réponse n'existait sans doute pas. Pourquoi personne, au comité des mémoires, ne l'avait-il prévenu que c'était un sujet impossible à traiter ? Sans doute parce qu'aucun des membres ne s'en était aperçu, ou bien parce que, si c'était réalisable, ils voulaient voir le résultat.

Puis, perdu dans son désespoir, il commença de distinguer des rapports, des similitudes, et il entreprit d'opérer des reconstitutions ; naturellement, son travail pouvait n'être que la projection des thèses de Propp sur le matériel dont il disposait, auquel cas il ne prouverait rien ; mais il savait, avec une quasi-certitude, que ses reconstitutions n'avaient rien de gratuit, et, de fait, elles tendaient à se fondre dans la structure pure que Propp avait imaginée. Il tenait quelque chose et dès lors ses recherches devinrent intéressantes en elles-mêmes.

L'œil trouble, il quittait sa table de travail quand la bibliothèque ou le musée fermait, fourrait ses cahiers et ses calepins dans sa serviette et rentrait chez lui à pied par les rues sombres où le froid allait grandissant. Il s'affalait sur le lit de sa petite chambre, sous-louée à un professeur de chinois qui n'intervenait jamais dans sa vie privée, puis il se levait le lendemain matin, les yeux encore douloureux de ses efforts de concentration de la veille, et, ne prenant le temps que d'avaler un bout de pain et un café, il retournait au musée poursuivre son travail ; plus il bûchait, plus vite il serait débarrassé.

L'automne passa ainsi, puis l'hiver. La pénurie de charbon et de pétrole rendait le froid mordant d'autant plus difficile à supporter, mais Ivan s'emmitouflait chaudement et noircissait du papier sans prêter attention à la température polaire qui régnait dans tous les bâtiments de Kiev. Accaparé par ses recherches, il en oubliait parfois de lire le courrier qu'il recevait de chez lui, qu'il provînt de sa mère, de son père ou de Ruth. Les lettres s'entassaient jusqu'au jour, en général un lundi parce que la bibliothèque ouvrait tard, où il prenait conscience du temps passé sans contact avec les siens et où il ouvrait toutes les enveloppes dans une soudaine crise de mal du pays ; ensuite, il gribouillait à la va-vite des réponses où nul ne trouvait son compte. Qu'avait-il à dire ? Il vivait entre des murs, sous des lumières artificielles, et des rangées à l'infini de caractères cyrilliques manuscrits à l'ancienne tremblotaient devant ses yeux. Que raconter ? J'ai mangé du pain aujourd'hui, et du fromage ; j'ai bu trop de café ; j'ai eu la migraine toute la journée ; il fait froid ; le texte était indéchiffrable, sans intérêt ou pas aussi vieux qu'on le prétendait ; la bibliothécaire est sympa, glaciale, coquette, incompétente ; je ne vois pas le bout de mon travail, j'aimerais être avec vous, merci de m'écrire alors que je réponds si rarement.

Puis un jour le froid s'éteignit ; les arbres se mirent à bourgeonner et des Ukrainiens en manches de chemise à envahir les rues de Kiev pour prendre le soleil, des rameaux de lilas violet en fleur à la main pour fêter le retour du printemps. Quelle ironie ! Au moment où le changement de saison allait rendre l'existence agréable à Kiev, Ivan s'aperçut qu'il avait rempli tous les buts qu'il s'était fixés en Russie ; le reste de son travail pouvait être effectué sans autres références aux manuscrits. L'heure de rentrer avait sonné.

Tiens, c'était curieux : quand il pensait au retour, ce n'était pas Tantalus qui lui venait à l'esprit, ni les rives du lac Olya, ni le visage de sa mère, ni la douce étreinte de Ruth.

Non, il voyait une ferme dans les piémonts des Carpates, avec une forêt sauvage qui s'arrêtait au ras des champs ; le visage qu'il évoquait était celui du cousin Marek, et il aspirait, non pas aux bras amoureux d'une femme, mais au contact des outils et au travail agricole jusqu'à être couvert de transpiration et à s'écrouler chaque soir dans son lit, pour se lever le lendemain devant une journée grosse de mille sortes de vie.

Alors même que les souvenirs lui revenaient, Ivan se

rendit compte qu'il lui manquait un renseignement-clé, qu'il n'avait jamais connu enfant : le nom de la ville où il fallait descendre du train pour prendre le car ; et, après le car, il devrait faire du stop sur la route qui menait… à quel village ? Il n'avait aucune idée de la destination à indiquer à un chauffeur. Il ne connaissait même pas le nom de famille du cousin Marek.

Bah, tant pis ; ce n'était qu'une lubie, de toute façon.

Mais une lubie qui refusait de disparaître. Après des mois sans leur écrire ou à peine, appeler ses parents pour leur parler de ce voyage imprévu ne rimait à rien, pourtant il prit le téléphone et attendit la demi-heure nécessaire pour opérer le contact.

« Tu veux retourner là-bas ? demanda papa. Mais pourquoi, grand Dieu ?

– Pour revoir le coin, répondit Ivan. J'en ai gardé d'excellents souvenirs.

– Il doit s'agir d'une nouvelle acception du terme "excellent" ; pour ma part, j'ai gardé des douleurs dorsales et des cals de cette époque.

– Pas moi, et je le regrette. Parfois, j'ai l'impression d'avoir été plus libre dans cette ferme que… enfin, non, sans doute pas. Bref, je n'ai pas dépensé beaucoup pour me nourrir ni quoi que ce soit, il me reste donc largement de quoi me payer un voyage. Marek a-t-il le téléphone ?

– S'il l'a, j'ai oublié le numéro, dit papa.

– Demande à maman, elle l'aura sûrement noté quelque part.

– Ah oui, j'entends d'ici sa réponse : "Comme ça, Vanya a fini ses recherches mais il ne rentre pas à la maison ! Il s'en va voir un cousin pendant que sa mère languit ! Mais qu'attendre d'un fils qui n'écrit jamais à ses parents ? On ne peut pas l'obliger à nous aimer…" »

Ivan éclata de rire. « Maman n'est pas du genre geignard, papa !

– Pas avec toi, répliqua son père ; moi, j'ai droit au spectacle privé. Et Ruth ? Elle va être contente d'apprendre que tu te passes très bien d'elle, tiens, pour aller faire coucou à quelques vaches ! »

Ivan s'esclaffa de nouveau.

« Apparemment, tu crois que je plaisante, dit son père.

– Non, papa ; je vous trouve drôles, maman et toi, c'est tout. » Erreur fatale : papa n'aimait pas qu'on le considère comme comique. « Par moments », ajouta Ivan.

Refusant de se laisser adoucir, papa répliqua : « Je suis heureux de pouvoir te divertir ; le taux d'audience est faible – un seul spectateur – mais notre numéro obtient d'assez bonnes critiques pour espérer une reconduction la saison prochaine…

– Allons, papa, je veux simplement rendre visite au cousin Marek. Il nous a accueillis quand nous avions besoin d'aide ; je suis tout près de chez lui, je peux bien faire un petit effort.

– Tout près ? répéta son père. Comme New York est tout près de Miami !

– Tu te trompes d'échelle, répondit Ivan ; il doit y avoir cent cinquante ou deux cents kilomètres entre Kiev et chez lui.

– Reviens me dire ça quand tu auras passé quatre heures dans le car.

– Rappelle-moi quand tu auras le numéro.

– Inutile, maman l'a trouvé dans le carnet d'adresses. » Son père lui fournit le renseignement et ils raccrochèrent.

À la gare, on refusa de lui vendre un billet avant le dernier moment : l'inflation était telle qu'il était impossible de bloquer un prix fût-ce un jour à l'avance ; on ne put pas lui garantir non plus que le service de car fonctionnerait. « C'est le capitalisme, aujourd'hui, expliqua le guichetier : le car ne fait le trajet que s'il y a suffisamment de passagers pour rembourser le carburant. »

Ce soir-là, au bout d'une demi-heure d'efforts, il parvint à joindre le cousin Marek au téléphone.

« Le petit Itzak ? fit Marek.

– Chez nous, on dit "Ivan", d'habitude. » Ivan était un peu étonné : le cousin Marek l'avait toujours appelé Vanya. Autant qu'Ivan le sût, Marek n'avait jamais connu son prénom juif ; mais cela se passait bien des années plus tôt et peut-être le vieux fermier s'était-il amusé de cette famille d'intellectuels russes qui avaient brusquement décidé de se faire juifs avant de séjourner dans une ferme.

« Tu manges kasher ? demanda Marek.

– Non, pas vraiment ; enfin, j'évite le porc, le saindoux, tout ça.

– Le saindoux ? s'écria Marek. Mais que mets-tu sur ton pain, alors ?

– Du fromage, répondit Ivan en riant. Vous en avez, j'espère ?

– On ira en cueillir sur le fromager. » Marek éclata de rire, ravi de sa propre plaisanterie. « Allons, viens, nous serons contents de te voir. Je tâcherai d'apprendre à quelle heure arrive le car et je t'attendrai à l'arrêt. Je te préviens, les vaches que tu as connues à l'époque ont dû toutes passer à l'abattoir.

– Elles ne m'aimaient pas beaucoup, de toute façon.

– C'est vrai que tu n'étais pas très doué pour la traite.

– Je n'ai pas dû m'améliorer, mais je suis prêt à donner tous les coups de main nécessaires. Je me débrouille pas mal au… saut à la perche. » Il lui fallut un petit moment pour retrouver le terme ukrainien. Marek éclata de rire.

Cette nuit-là, Ivan prépara ses bagages, puis s'aperçut que l'atmosphère printanière de la ville ne l'incitait pas à dormir ; il sortit faire un tour, mais cela ne suffit pas à le fatiguer. Il se mit alors à trotter, puis à courir par les rues comme quand il était enfant, à ceci près que, petit, on ne l'autorisait pas à quitter la maison si tard le soir, et il s'étonna du nombre de gens encore debout. Il lui semblait qu'il n'en allait pas ainsi autrefois ; les débits de boisson étaient-ils interdits ? Ou un couvre-feu imposé ? Il n'avait pas dû le savoir, à l'âge qu'il avait, ou bien, s'il l'avait su, il l'avait oublié.

Au cours de sa scolarité américaine, il avait fait sienne la vision occidentale de l'Union soviétique, bien qu'il y eût vécu et sût que l'existence n'y était pas que terreur et pauvreté. Mais ses souvenirs de la vie à Kiev s'étaient effacés, ou du moins retirés hors de sa portée, pour être remplacés par l'optique américaine, d'ailleurs en partie exacte : les gratte-ciel n'étaient que des blocs de béton affreusement laids vaguement décorés à la va-vite, comme si le socialisme exigeait qu'on gomme toute beauté de la vie publique.

Mais les quartiers les plus anciens de la ville conservaient un certain charme. Il se dirigea vers le Staryi Horod, la partie historique de Kiev, et ne s'arrêta qu'en arrivant à la porte d'Or, édifiée en 1037 ; il posa la main sur les colonnes de pierre et de brique, autrefois en ruine mais restaurées pratiquement dans leur aspect d'origine. À l'époque où le monument avait été bâti et où la petite église posée sur l'arche possédait encore son revêtement de cuivre doré qui lui avait valu son nom, il marquait le centre de Kiev, qui elle-même marquait le centre du royaume le plus étendu et le plus puissant d'Europe. Ivan tenta de se représenter la ville médiévale, la puanteur et le bruit des rues commerçantes, les sonneries de trompettes et le prince Vladimir le Baptiseur ou Iaroslav le Sage et sa suite en train de traverser à cheval les foules qui l'acclamaient.

La conception que se faisait Ivan de la chevalerie n'avait naturellement rien de romantique : les mythes, l'histoire et le folklore russes, à la différence de la légende arthurienne, n'étaient jamais passés par une période de rêverie anachronique ; du point de vue moderne, les gens vivaient dans la misère et la crasse ; l'écart entre l'aristocratie et les classes inférieures s'exprimait dans la qualité des vêtements et la quantité de nourriture. Un homme était ce que manifestait sa vêture ; il affichait sa fortune sur lui-même et sur les femmes de son entourage ; ainsi, les foules précitées devaient porter les vêtements tissés aux teintes unies de cette région de pâturages tandis que le prince et sa suite devaient arborer des soieries venues de l'Orient qui leur donnaient l'air de potentats exotiques, alors que c'étaient des Scandinaves issus du Nord et nullement des Orientaux. La Rus – l'ancienne Russie – tirait sa richesse du commerce, qui se faisait payer en tissus et épices de l'Orient.

Par conséquent, dans l'air ne devaient pas seulement flotter des odeurs de crottin, de sueur, de poisson et de légumes pourris, mais aussi les arômes capiteux de la cannelle, du poivre, du cumin, du basilic, de la sarriette, du paprika. Ivan inspira profondément et s'imagina capter quelques traces de ces jours enfuis.

Et là-dessus il se sentit prêt à se remettre en route. Il descendit en courant la colline jusqu'au Podil, le quartier de son enfance ; on y trouvait encore quelques églises et monastères d'autrefois, mais la plupart des bâtiments dataient des années 1800. À parcourir ces parages de plus en plus familiers, il avait l'impression de rentrer chez lui, et bientôt il arriva dans la rue où il avait grandi. Les souvenirs remplacèrent alors les connaissances historiques, souvenirs non d'oppression ni de privation mais de bonheur avec ses parents, ses amis. Tiens, la boîte aux lettres publique, le banc sur lequel s'asseyait le vieux Youri Denissovitch pour prendre le soleil les après-midi où il faisait beau, et l'immeuble où maman allait toujours porter des friandises à Baba Tila, une vieille Arménienne ou Géorgienne, enfin, d'un pays lointain, exotique et montagneux. Tous les jours ou presque, une petite friandise pour la vieille femme. Habitait-elle toujours là ?

Ivan ralentit, puis s'arrêta devant la porte de l'immeuble. Il ignorait dans quelle pièce vivait la petite vieille car ils n'étaient jamais entrés chez elle. Baba Tila était toujours installée sur le perron, non ? Non : à la fenêtre voisine du perron ; maman gravissait trois marches et devait tendre le bras pour lui donner la friandise. Maman appelait ça des friandises mais c'étaient en général des feuilles – pour le thé, disait maman ; c'était donc bien une friandise. Une fois, elle avait apporté de la terre. Maman avait regardé Ivan d'un air indigné quand il avait éclaté de rire. « Baba Tila fait pousser des plantes dans son bac à fleurs, avait-elle dit.

– Mais ce n'est que de la terre ! Pas terrible comme friandise. »

Il ne se rappelait plus ce que maman avait répondu. Peut-être rien ; peut-être avait-elle simplement rabattu le couvercle de la jardinière, pris Ivan par la main et continué la promenade. Quel âge avait-il ? Trois ans ? Cinq ans ? Difficile de s'en souvenir. Les visites à Baba Tila s'étaient interrompues quand il était entré à l'école – ou plutôt non, sans doute pas : maman les faisait sans lui, pendant qu'il était en classe.

Un homme d'une quarantaine d'années se dirigeait vers l'immeuble, déjà un peu éméché. Il monta les marches du perron puis s'arrêta devant la porte et se retourna vers Ivan sur le trottoir.

« Vous cherchez quelqu'un ? demanda-t-il. Il est tard.

– Je connaissais une personne qui habitait ici, répondit Ivan. Baba Tila, une vieille dame, dans cet appartement, là, juste devant.

– Elle est morte.

– Vous la connaissiez ?

– Non, mais après sa mort personne n'a voulu louer l'appartement. C'était une porcherie, ça puait ou quelque chose comme ça. Il était vide quand j'ai emménagé dans l'immeuble mais on ne me l'a même pas fait visiter ; pourtant, j'avais demandé : un rez-de-chaussée sur la rue, j'aurais bien aimé. Je t'en fous : on m'a collé au quatrième sur la cour.

– Bah, tant pis, dit Ivan. C'étaient des souvenirs d'enfance, c'est tout.

– J'espère que vous n'êtes pas un cambrioleur, parce que, si je vous prends à casser un carreau pour entrer, je vous désosse. C'est clair ?

– Je suis étudiant, je viens d'Amérique. Je ne suis pas un cambrioleur.

– D'Amérique ! répéta l'homme d'un ton railleur. Ben tiens ! Et moi, je suis chinois ! » Il pénétra dans l'immeuble.

Ivan était flatté : si quelqu'un d'aussi soupçonneux refusait de le prendre pour un étranger, c'est qu'il n'avait pas perdu son accent. Cool !

Il s'éloigna, se mit à trotter puis fit demi-tour pour se planter à nouveau sous la fenêtre de Baba Tila. Il venait de se rappeler qu'en certaines occasions où maman l'avait emmené Baba Tila ne se trouvait pas chez elle ; alors maman avait laissé son cadeau sur l'appui-fenêtre puis, tendant le bras, avait pris un objet – il n'avait jamais vu quoi – dissimulé dans les pierres, sur le côté de la fenêtre invisible depuis le perron. Il eut dès lors l'envie irrépressible de tâter ces pierres où se cachaient des secrets, ces pierres que sa mère avait elle-même touchées. Naturellement, il y avait un espoir infime, le frisson d'une possible découverte : et si un objet était resté caché là toutes ces années, un souvenir qu'il pourrait rapporter à sa mère ?

C'était ridicule mais la tentation était irrésistible. Il monta sur le perron et se pencha ; l'emplacement n'était pas difficile à atteindre : Ivan était plus grand que sa mère, et elle-même n'avait jamais eu à faire de grands efforts. Ses doigts effleurèrent les pierres le long du côté gauche de la fenêtre, puis sondèrent les fissures et enfin le vide entre le cadre de bois et le mur.

Il y avait quelque chose. Dans un petit recoin, à peu près là où maman portait toujours la main, il sentit un objet qui bougeait ; il le tira du bout du doigt, une fois, deux fois, et à la troisième il put l'attraper entre le pouce et l'index et l'extraire complètement. C'était un morceau de papier plié, humide, taché et délavé par les intempéries, piqué, plissé, déformé par les hivers – combien ? Tous ceux qui s'étaient écoulés depuis la mort de Baba Tila ? Ou depuis que maman avait cessé d'aller la voir ? Était-ce un message destiné à maman ou à un autre visiteur qui aurait pris sa place ?

Il déplia le papier. Ce qui était écrit restait illisible à la faible lumière de la rue ; peut-être n'était-ce d'ailleurs pas lisible du tout. Il referma le message, le fourra dans sa poche et reprit le chemin de son appartement au petit trot.

Là, sous la lampe de la cuisine, il rouvrit le mot et s'aperçut qu'il n'avait guère de mal à le déchiffrer malgré les coulures et les cassures du papier. Il était très simple :

Délivrez ce message.

Simple mais récursif au point d'en perdre toute signification. Comme le papier ne portait aucune autre indication, l'ordre de délivrer le message constituait apparemment le message lui-même. Mais à qui le délivrer ? Et puis était-il bien le messager prévu ? C'était peu vraisemblable. Peut-être ce mot avait-il été attaché à un autre bout de papier qui aurait glissé plus loin dans la fissure ; ou bien encore peut-être faisait-il partie d'un message plus long, récupéré depuis belle lurette tandis que cette petite note restait sur place, oubliée. Mais, alors même qu'il formulait ces hypothèses, il les savait fausses : si un autre papier accompagnait celui-ci, porteur du message proprement dit et du nom du destinataire, quelle aurait été l'utilité de ce mot ? Quand on prend une enveloppe, qu'on y écrit une adresse et qu'on y colle un timbre, il n'est pas nécessaire d'y adjoindre un bout de papier avec la mention « Délivrez cette lettre » ; on la remet au facteur qui fait son travail.

Qui était le facteur ? Quel était le message ? Une seule certitude : celui ou celle qui devait faire office de messager, qui aurait pu comprendre le dessein de cette phrase récursive, aurait dû récupérer la note des années plus tôt ; aujourd'hui, le sens en était perdu et ne restaient que ces quelques mots qui auraient aussi bien pu être rédigés en linéaire A minoen, pour ce qui était d'en déchiffrer la signification.

Néanmoins, Ivan avait découvert le morceau de papier là où Baba Tila plaçait des objets destinés à maman, qui souhaiterait sûrement l'examiner ; il le rangea donc dans une poche intérieure de son sac de voyage. Même s'il l'oubliait, il le retrouverait en défaisant ses bagages et il le remettrait à sa mère ; peut-être lui expliquerait-elle alors qui était Baba Tila et pourquoi elle lui apportait de petits cadeaux ; peut-être éclaircirait-elle le sens du message. Mais, en réalité, il y avait toutes les chances que maman joue simplement les mystérieuses, lui fasse un de ses sourires énigmatiques et lui réponde que, s'il n'avait pas déjà compris, il ne comprendrait jamais.

Ce genre de phrase, les femmes en sortaient tout le temps et cela exaspérait Ivan au plus haut point. On aurait dit que toute conversation avec une femme était un test que les hommes rataient invariablement parce qu'il leur manquait la clé du code, si bien qu'ils ne saisissaient jamais tout à fait de quoi on parlait. Si rien qu'une fois un homme parvenait à comprendre, à pénétrer le sens tout entier de la conversation, l'union parfaite entre féminin et masculin deviendrait réalisable ; mais non, hommes et femmes continuaient à cohabiter, voire à s'aimer, sans jamais franchir l'abîme d'incompréhension qui les séparait.

Et je vais épouser Ruth ?

Pourquoi pas ? Elle l'aimait, il l'aimait ; à défaut de compréhension, c'était une raison qui en valait bien une autre de vivre ensemble, de faire des enfants, de les élever, puis de les mettre à la porte avant d'entamer ensemble le lent déclin qui menait à la mort de l'un et laissait l'autre à nouveau seul, toujours aussi ignorant des véritables désirs, de l'essence véritable de son conjoint.

Était-ce une tragédie ou une comédie ?

Y avait-il une différence ?

Le semestre venait de s'achever et Ruthie était passée à la maison. Dès le début, la fiancée de son fils avait plu à Esther Smetski, mais elle n'aimait plus passer du temps en sa compagnie depuis le jour où elle s'était rendu compte que Vanya ne devait surtout pas l'épouser. Pourtant, ce n'était pas la faute de la jeune fille ; c'était Vanya qui était en cause : il lui était arrivé quelque chose qu'il ne comprenait pas, il était lié, il n'avait plus la liberté de se marier, mais la jeune fille était là, avec sa bague et le droit d'entrer chez les Smetski pour faire des remarques désobligeantes sur la correspondance en pointillés de Vanya.

« Ma mère me dit sans cesse "Il ne se conduit pas en jeune homme amoureux", et je dois lui répéter qu'il effectue des recherches, qu'il a du travail par-dessus la tête, qu'il passe ses journées à lire et à écrire et qu'il n'a aucune envie de recommencer quand les bibliothèques ferment. » Ruthie parlait d'un ton presque amusé, mais elle avait tenu ce même discours assez souvent pour ne plus paraître fâchée : l'absence de courrier de la part de Vanya ne la touchait pas.

Piotr souriait en hochant la tête de façon mécanique ; des années d'expérience avaient appris à Esther qu'il supportait difficilement les conversations sur la pluie et le beau temps, et, quand elles devenaient répétitives, il lui fallait se tenir à quatre pour ne pas quitter la pièce et aller s'occuper utilement. Mais, pour Vanya, il serrait les dents.

« Quand même, il doit bien vous écrire, Piotr, à propos de ses recherches », dit Ruth.

Piotr ! Quel prénom pour un juif ! Naturellement, il en avait un juif, choisi au moment de sa conversion, mais il avait établi sa réputation universitaire sous le nom de Piotr Smetski et il n'avait nullement l'intention d'obliger les gens à l'appeler Ruven Schlomo.

« Non, pas souvent, répondit Piotr. Mais il aura amplement le temps de m'en parler quand je lirai les brouillons de son mémoire. » Et il eut un sourire mi-figue mi-raisin.

Pendant qu'ils discutaient du travail qui resterait à Vanya une fois rentré à la maison, Esther se déconnecta de la conversation et brancha ses pensées sur son fils, sur l'étrange impression qu'elle éprouvait à entendre cette autre femme, presque encore une enfant, l'évoquer en des termes si possessifs, parler de son avenir comme si c'était le sien, à elle. Quand je le tenais dans mes bras et que je lui murmurais son vrai nom à l'oreille, celui que seuls Dieu et moi pouvions entendre et comprendre, ce n'était pas pour le donner, à peine vingt ans plus tard, à cette petite Américaine, à cette fille de médecin, cette enfant de l'argent et des imitations de country-club. Vanya avait de la majesté, ce mariage n'était que banalité.

Suis-je bête ! se dit-elle soudain. Le mariage, c'est la banalité ; le but du mariage, c'est de générer la banalité, de créer un environnement absolument sûr et prévisible pour les enfants, les fondations de la vie, la source de la paix intérieure. Que voudrais-je donc pour lui ? Une agitée, une fauteuse de troubles ? Une *reine* ? Elle faillit éclater de rire.

« J'ai dit quelque chose de drôle ? demanda Ruthie avec une feinte perplexité.

– Pardon, répondit Esther. Mes pensées se sont égarées un instant, je songeais à autre chose. De quoi parlions-nous ?

– Je ne sais plus, mais ce à quoi vous pensiez avait l'air nettement plus amusant ; racontez-nous !

– Oui, s'il te plaît », renchérit Piotr d'un ton dont l'ironie à peine dissimulée signifiait : Je t'en prie, épargne-moi d'avoir encore à lui faire la conversation ! Cette gamine était-elle à ce point bête qu'elle ne s'en rendît pas compte ? Mais toi, Piotr, ne sois pas persifleur avec elle : nous allons devoir l'écouter parler pendant de longues années, s'il n'entre pas un grand vent de bon sens dans la tête de Vanya.

« J'ai parfois du mal à suivre l'anglais, dit Esther. Ça me demande beaucoup d'effort.

– Je regrette de ne pas mieux parler russe, fit Ruthie.

– Mais vous ne parlez pas russe, ou bien si ? intervint Piotr, surpris.

– Je sais dire *palajusta*.

– *Pojalusta*, la reprit Piotr. S'il vous plaît. »

Ruthie éclata de rire. « Vous voyez ? Même ça, je ne sais pas le prononcer correctement. J'ai bien peur que nos enfants ne soient pas bilingues. »

Mais, à l'évocation des enfants, son regard devint lointain et ses yeux se portèrent vers la fenêtre.

Une alarme se déclencha au fond d'Esther : il y avait un problème. Elle ne veut pas d'enfants. C'est ainsi que Dieu ordonne toute chose ; dans les vieux contes, quand un homme épouse une femme qu'il n'a pas le droit d'épouser, leur union reste stérile ; autrefois, la femme était incapable de concevoir ou de porter un enfant. Aujourd'hui, évidemment, la femme peut décider elle-même de sa stérilité, mais cela revient au même, non ? Vanya ne doit pas épouser cette fille. Si seulement il voulait bien écouter sa mère…

« Vu la façon dont les gosses parlent de nos jours, dit Piotr, vous aurez déjà de la chance s'ils connaissent une langue. »

Esther se pencha légèrement en avant dans son fauteuil ; aussitôt, l'attention de Ruthie se porta sur elle. Elle ne s'en rendait peut-être pas compte, mais elle savait qu'elle s'était trahie et qu'Esther l'avait relevé. La communication se passait ainsi entre femmes, la plupart du temps ; peu d'entre elles le comprenaient réellement, mais toutes en dépendaient. La fameuse « intuition féminine » n'était nullement de l'intuition, mais une capacité supérieure d'observation, l'enregistrement inconscient d'indices subtils. Ruthie savait que sa belle-mère était opposée à son mariage et qu'elle venait, sans savoir comment, d'apporter de l'eau à son moulin. Elle le savait mais ignorait qu'elle le savait ; elle se sentait simplement mal à l'aise, nerveuse, et davantage encore lorsqu'elle s'adressait à sa future belle-mère. Esther, elle, n'avait pas besoin d'analyser la situation : elle savait parce qu'elle s'y était formée ; c'était une école au moins aussi rigoureuse que l'université, mais sans diplôme à la clé, sans titre à placer derrière son nom : elle savait, tout bonnement, et, à la différence de la majorité des femmes, elle savait précisément pourquoi et comment elle savait.

« Ruthie, vous n'avez pas l'intention d'avoir beaucoup d'enfants », dit-elle, et elle adoucit aussitôt ce préambule par une remarque d'ordre plus général. « Aujourd'hui, les jeunes Américaines n'en désirent pas autant qu'autrefois.

– Vous n'en avez eu qu'un vous-même », répliqua Ruthie sans cesser de sourire mais sur la défensive, comme l'attestait sa réponse.

Esther laissa la vieille douleur poindre en elle ; des larmes perlèrent à ses yeux. « Ce n'était pas le désir qui me manquait », fit-elle. Son émotion était tout à fait sincère ; la laisser paraître à cet instant précis était en revanche parfaitement prémédité – et ce fut efficace.

« Naturellement, vous vouliez remplir votre rôle traditionnel d'épouse et de mère juive, reprit Ruthie. C'est la religion du dénuement : vous vous sentez obligée de faire des fils qui deviendront rabbins et des filles qui donneront naissance à d'autres fils aux générations suivantes.

– Ah bon ? Ça s'arrête là ? demanda Esther.

– Bien entendu, il y a aussi l'impératif biologique de la reproduction, répondit Ruthie.

– Que de grands mots », murmura Esther. Piotr n'était pas complètement inattentif : il capta l'ironie de la voix de son épouse et tendit l'oreille pour suivre l'exposé de Ruthie.

« Mais dans le judaïsme féminin, dans la Bible de l'amour, on a seulement le nombre d'enfants qu'on désire, comme Ève qui n'a eu que deux fils et n'en a porté un troisième qu'à la mort des deux aînés. Elle était libre et n'a subi aucune malédiction ; la malédiction est venue de l'autre Bible.

– L'autre Bible ? répéta Piotr.

– Il y a deux Bibles confondues, l'une cachée à l'intérieur de l'autre. La Bible du dénuement est celle où se trouvent les malédictions : Adam doit gagner son pain à la sueur de son front, Ève donne le jour à ses enfants dans la douleur et doit obéissance à son mari ; c'est un jeu où on a le droit de chasser les habitants de Canaan pour prendre leur terre, où l'on a le droit de tuer un homme incapable de prononcer le mot *shibboleth* parce que c'est un étranger. C'est la Bible du meurtre, de la haine et d'un dieu jaloux qui veut voir éliminer les idolâtres – foudroyés sur un signe d'Élie ou massacrés par les épées des Lévites sur l'ordre de Moïse.

– Quelle érudition ! observa Piotr.

– Je n'y suis pour rien : mon cours de judaïsme féministe de ce semestre m'a ouvert les yeux.

– Ah ! fit Piotr.

– La valeur d'une femme ne tient pas au fait qu'elle porte des enfants ni à sa docilité ; elle tient à sa capacité à prendre des décisions audacieuses, comme celle d'Ève de manger du fruit et d'obtenir la connaissance ; Adam n'a fait que l'imiter. C'était elle la rebelle, lui s'est contenté de suivre ; or, pourtant, on parle de la "chute d'Adam" !

– C'est du moins le terme qu'emploient les chrétiens », dit Piotr. Il était manifestement de plus en plus effaré.

« C'est la Bible du dénuement qui porte les juifs à se croire le droit de déplacer les Palestiniens ; dans la Bible féminine, l'agneau dort avec le lion.

– Les lions apprécient toujours cette attitude chez les agneaux, observa Piotr : ça leur évite les fatigues de la chasse.

– Allons, vous me taquinez ! » s'exclama Ruthie en délaissant son personnage de conférencière féministe pour endosser celui de petite fille fragile, plus apte à ses yeux à lui assurer la victoire ; et, de fait, Piotr fit aussitôt machine arrière.

« Évidemment ; je sais que vous ne l'entendiez pas dans ce sens-là. Je plaisantais.

– Vous devez me prendre pour une radicale, une apostate ou je ne sais quoi », fit Ruthie.

Non, songea Esther ; je te prends seulement pour une jeune femme dont la philosophie qu'elle s'est choisie lui permet de ne pas donner d'enfants à mon fils, auquel tu n'es pas destinée.

« Bien sûr que non, se récria Piotr.

– Mais c'est ce que pense Esther. »

Et voilà, le gant était jeté.

« Le cours dont vous parlez était sûrement très intéressant, dit Esther, mais vous savez le mal que j'ai à suivre les conversations en anglais. »

Un sourire à peine teinté de moquerie apparut sur les traits de Ruth. « D'après Ivan, vous comprenez parfaitement l'anglais sauf quand vous n'en avez pas envie. »

Tiens donc ! Le petit était plus observateur qu'elle ne l'avait cru. « C'est ce que dit Vanya ? demanda Esther d'un ton volontairement un peu peiné. Ma foi, il a peut-être raison. Quand l'émotion me prend, j'ai davantage de difficultés à comprendre l'anglais.

– J'ai donc bien dit quelque chose qui vous a bouleversé.

– Ce qui me chagrine, c'est que mon fils manque de cœur au point de repousser le moment de retrouver sa fiancée. Quelle épreuve pour vous, ma pauvre enfant ! Ne pas avoir votre amoureux auprès de vous, voilà du vrai dénuement, *nu ?* »

Dès lors, la conversation revint en terrain plus sûr et, quelques minutes plus tard, Ruthie annonça qu'elle devait passer voir ses parents.

« Comment ? Vous êtes venue d'abord chez nous avant de rendre visite à votre propre mère ? fit Esther. C'est trop gentil !

– Elle espérait un mot de notre fils le non-épistolier », glissa Piotr.

Ruth éclata de rire, fit la bise à chacun et s'en fut.

« *"Nu" ?* fit alors Piotr. Tu te mets au yiddish, maintenant ?

– J'entends les femmes parler à la synagogue ; je me mets au diapason », répondit Esther.

Piotr passa au russe. « Et moi qui te croyais quand tu évoquais les ancêtres de ta famille comme des juifs qui vivaient en Russie avant les invasions des Goths et longtemps avant la naissance du yiddish en Allemagne !

– Tu n'y as jamais cru, fit Esther d'un ton dénué de reproche. Tu as lu dans un bouquin d'histoire que les juifs russes sont tous venus d'Allemagne ; tu sais donc que la tradition de ma famille ne peut pas être exacte.

– Pourquoi pas ? Et quelle importance ? Cette légende signifie que vous obéissez à vos propres lois : des juifs de si longue date qu'à leurs yeux le Talmud ne mérite pas toute l'autorité qu'on lui prête ; des juifs qui se permettent des sandwiches bœuf-fromage !

– Mais pas jambon-fromage, dit Esther avec un sourire.

– Cette Ruthie ! soupira Piotr. À ton avis, elle croit vraiment à toutes ces bêtises sur la douce Bible féminine cachée dans la méchante Bible masculine ?

– Elle y croit pour l'instant, en tout cas. Mais, comme pour la plupart des féministes de salle de classe, la théorie ne l'empêchera pas de se marier.

– Parce que tu es spécialiste de la question ?

– J'entends les femmes parler de leurs filles à la synagogue. » Elle imita leur accent en anglais. « *Oy!* La jeune génération sait toujours tout mieux que l'ancienne ! Depuis deux mille ans, les juives ont plus de droits que les chrétiennes, mais voilà que nous sommes tout à coup des opprimées, et il a fallu que j'attende l'arrivée de ma fille pour m'en rendre compte ! »

Piotr éclata de rire à sa caricature des matrones de la synagogue. « Tu sais ce que j'ai pensé ? Pendant qu'elle s'échauffait sur ses stupides relectures anti-historiques de la Bible, je me suis dit soudain : “Son prof doit être un parfait crétin !”, et puis, de fil en aiguille, je me suis aperçu que son exaltation à répéter sans réfléchir les fadaises apprises à la fac était exactement la même que manifestent certains de mes étudiants ; et il m'est apparu que ce quc nous autres professeurs appelons un “étudiant brillant” n’est rien d’autre qu’un étudiant enthousiaste converti aux idées que nous lui enseignons.

– Se connaître soi-même est un processus douloureux, déclara Esther. Quelles affres de découvrir que ses meilleurs étudiants sont de simples perroquets !

– Ah oui, mais les étudiants qui se farcissent la tête de mes idées et les recrachent à la demande disent au moins des choses intelligentes, même si elles viennent de moi.

– Surtout si elles viennent de toi.

– C’est ma mission sur cette terre. » Il embrassa Esther. « Remplir des têtes vides.

– Et la mienne, c’est de remplir des estomacs vides, fit-elle. Maintenant qu’elle est partie, nous pouvons dîner. Avec seulement deux côtes de porc, je n’avais pas de quoi l’inviter. »

Piotr la dévisagea un instant, puis comprit qu’elle plaisantait. « Sans rire, qu’il y a-t-il pour le dîner ?

– De la soupe. Tu ne sens pas l’odeur ?

– Ça sent toujours la bonne cuisine, dans cette maison. C’est le parfum de l’amour. »

Pendant le repas, ils parlèrent de choses et d’autres, et se turent parfois en savourant le silence détendu né d’une longue amitié, d’une existence partagée. C’est seulement en se levant de table pour porter la vaisselle à l’évier qu’Esther aborda la question qui ne quittait pas son esprit.

« À ton avis, le fait que Vanya n’écrit pas à Ruthie pourrait-il signifier qu’il ne veut plus l’épouser ?

– Non, répondit Piotr. À mon avis, il n’y pense pas, c’est tout ; il est obnubilé par son travail.

– Et toi, quand tu travailles, tu ne m’aimes plus ?

– Ce n’est pas pareil : nous sommes mariés et tu es ici.

– Mais si tu te trouvais en Russie comme Vanya, tu ne m’écrirais pas toi non plus ? »

Il réfléchit une seconde. « Je ne serais pas parti sans toi, dit-il finalement.

– Que voilà des termes soigneusement pesés !

– Je ne partirais pas sans toi ; sans toi, je ne serais pas. »

Elle l'embrassa puis se mit à la vaisselle tandis qu'il retournait à ses corrections.

Comme promis, le cousin Marek l'attendait, assis au volant d'un camion du village. « Tout le monde se réjouit de ton retour, dit-il. Tu as drôlement grandi ! » Marek éclata de rire. « Normalement, un savant juif, ça porte des lunettes et des bouquins sous le bras.

– Pour ce qui est de porter des bouquins, j'en fais ma part ; quant à mes yeux, je n'y peux rien s'ils sont encore bons.

– Je t'asticotais à cause de tes épaules carrées. Qui aurait cru ça quand tu étais petit ? »

C'était le saut à la perche, le disque, le javelot et le poids qui lui avaient donné des épaules de forgeron ; ses cuisses musclées, il les devait à la course à pied, et les kilomètres de course d'endurance lui garantissaient souplesse et minceur. Et tout cela paraîtrait ridicule, Ivan le savait pertinemment, à un homme qui devait sa musculature puissante aux seuls travaux de la ferme ; le corps d'Ivan avait été modelé par la compétition et la méditation, celui de Marek par l'effort d'obliger la terre à produire de quoi nourrir d'autres hommes. Gêné de parler d'athlétisme, Ivan orienta la conversation sur Marek lui-même. « Tu dois encore porter le veau dans l'escalier. »

Marek eut l'air un peu perdu.

« C'est une blague américaine, expliqua Ivan, une histoire très connue : celle d'un fermier qui monte tous les jours un escalier avec un veau sur le dos ; quand sa femme lui demande pourquoi il fait ça, il répond : “Je veux devenir assez fort pour continuer à le porter quand ce sera un taureau." »

Marek réfléchit un instant. « Même si le fermier arrivait à le soulever, le taureau n'accepterait jamais de se laisser porter.

– C'est pour ça que c'est une blague. »

Marek éclata de rire et flanqua un grand coup de poing dans l'épaule d'Ivan. « Parce que tu crois que je n'avais pas compris ? C'est une blague ukrainienne qui a dû être importée en Amérique ! »

Ivan se mit à rire lui aussi en se retenant de se frotter le bras : il était musclé mais il n'avait jamais pratiqué la boxe ni la lutte, et il n'avait pas l'habitude des coups. Le cousin Marek infligeait-il le même traitement à son père quand ils habitaient ici ? Cela expliquerait que papa n'ait jamais eu envie de revenir.

La nuit était tombée quand ils arrivèrent à la ferme ; la disposition des lieux parut bizarre à Ivan jusqu'à ce que Marek l'éclaire : « Là-bas, ce sont de nouveaux poulaillers ; il y a davantage de demande pour les œufs, aujourd'hui, alors on en produit et on les envoie directement à L'viv en camion réfrigéré. C'est ça, le capitalisme ! Et on y voit clair parce qu'on a assez d'électricité pour allumer toutes les lampes de la maison en même temps.

– Mais ça, vous ne le faites jamais, dit Ivan.

– Non, bien sûr : nous vivons à deux, il n'y a donc jamais plus de deux lampes qui brûlent au même moment normalement, et une seule quand nous sommes dans la même pièce. Mais maintenant que tu es là, il faudra peut-être en allumer trois à la fois ! » Et il éclata de rire derechef.

En l'honneur d'Ivan, Sophia, l'épouse de Marek, avait préparé de quoi manger en quantité extraordinaire – crêpes fourrées au fromage maison et nappées de crème aigre, rouleaux de chou à la viande, bouillon à la surface duquel flottaient des yeux, fruits en pâte cuits au four, champignons à l'étuvée avec une sauce à la crème aigre. Rassemblant son courage, le jeune homme mangea à s'en faire éclater ; il n'avait pas le choix s'il voulait éviter d'offenser ses hôtes dès le premier soir. « Je ne mange jamais autant à la maison, expliqua-t-il. Ne me préparez plus de tels repas ou je vais mourir d'indigestion.

– Ça n'a que la peau sur les os et ça se plaint de trop manger ! » s'exclama Sophia, et elle voulut lui tâter le bras en s'attendant manifestement à le trouver aussi maigre que quand il était petit garçon ; mais elle dut se servir de ses deux mains pour faire le tour de son biceps. Marek poussa un rugissement de rire. « Eh, il n'est pas si maigre que ça ! fit-il.

– Sors la vieille charrue à bœufs, repartit Sophia : tant qu'il est ici, nous n'avons plus besoin du tracteur. »

Ils lui avaient préparé le lit dans lequel il avait dormi enfant, mais tous trois piquèrent un fou rire en constatant que c'était comme vouloir jouer une sonate pour piano sur un accordéon : il ne rentrait plus dedans. Il se retrouva finalement dans l'ancienne chambre de ses parents.

Mais il dormit mal : il avait du mal à trouver le sommeil dans un lit trop mou et dans une maison inconnue ; pourtant, la maison ne lui était pas inconnue, et c'était peut-être là le problème : il y avait vécu autrefois dans une époque de tension. Bref, quelle qu'en fût la raison, il ne cessait de se réveiller. Pour finir, à l'heure où l'aube pointait, il fut pris d'une envie si pressante qu'il ne put rester au lit ; les paupières lourdes, courbatu de s'être tourné et retourné toute la nuit, il enfila quelques vêtements en grimaçant : dans ces collines, le printemps n'était guère en avance et il allait faire frisquet dans les latrines au fond du jardin.

Cependant, une fois dehors, les bras serrés sur la

poitrine pour se tenir chaud, il scruta les environs à travers la brume de sa propre haleine, dans la vague lumière du point du jour, et il s'aperçut que les latrines n'étaient plus là où il se les rappelait : des poulaillers les avaient remplacées. Il entreprit de faire le tour de la maison à la recherche d'un chemin marqué qui indiquerait la nouvelle situation de l'édicule. Au bout de son circuit, il songea qu'il avait dû dépasser sa cible sans la voir à cause de sa fatigue et de la mauvaise lumière et se lança dans un nouveau tour. C'est seulement lorsque le cousin Marek se moqua de lui depuis la véranda qu'il s'avisa de son erreur.

« Tu n'as jamais entendu parler de toilettes intérieures, mon garçon ? demanda Marek. Où as-tu pissé hier soir ?

– À la gare, répondit Ivan. Ici, j'ai dîné, puis je me suis écroulé dans mon lit comme une masse. »

Marek montra du doigt le pignon qui avait été rajouté à l'extrémité de la maison. « Une salle de bains à l'étage, une autre au rez-de-chaussée, comme en Amérique, dit-il. Ça m'a coûté le revenu d'une année, plus un bœuf pour le plombier et l'électricien, mais Sophia prétend que ça en valait la peine pour ne plus avoir à sortir de tout l'hiver.

– Conduis-moi, fit Ivan, avant que j'explose. »

D'après les bruits que faisait Sophia dans la cuisine, le petit-déjeuner menaçait d'être aussi copieux que le dîner. Ivan ne pouvait pas continuer à s'empiffrer ainsi ; aussi, avant son jogging matinal, fit-il une halte pour embrasser son hôtesse et lui déclarer : « J'ai pris la décision de rester chez vous seulement le temps d'avaler deux fois mon poids en nourriture ; vu les quantités que tu cuisines, je devrais partir d'ici demain après-midi. »

Elle éclata de rire comme s'il s'agissait d'une plaisanterie.

« Sophia, je t'en supplie ! » Il tomba à genoux. « Je suis

un sportif, je fais de la course à pied, je ne peux pas manger autant !

– Mange ce qui te convient, répondit-elle. Personne ne t'oblige à trop te nourrir.

– Mais j'ai peur de te voir froncer le sourcil si je prends de trop petites parts ; j'ai peur de vexer la meilleure cuisinière de toute l'Ukraine.

– Qu'elle se vexe si ça lui chante, rétorqua-t-elle. Moi, tu ne me vexeras pas, parce que je ne tire pas fierté de ma cuisine ; je sais qu'elle est simple et que tu dois bien mieux manger en Amérique. »

Ivan éclata de rire et l'embrassa, mais il se savait coincé : s'il ne voulait pas entendre Sophia répéter pendant tout son séjour que la cuisine américaine était bien supérieure à la misérable chère ukrainienne qu'elle préparait si mal, il devait se servir copieusement de tout. Il avait donc intérêt à commencer dès aujourd'hui par un solide jogging, suivi d'une bonne journée de travail – quoiqu'il n'eût aucune idée de l'ouvrage qu'il pouvait accomplir : la ferme devait être entièrement mécanisée, et il n'avait jamais conduit un tracteur de sa vie. Il ignorait tout des labours et des semailles.

Il gagna la route au petit trot en s'étirant pour éliminer la raideur de ses articulations et le froid du matin, puis prit un rythme à longues foulées qu'il se savait capable de tenir la moitié de la journée, voire davantage. S'il voulait survivre aux repas de Sophia, il lui faudrait une bonne course par jour, peut-être même deux.

Les routes étaient en meilleur état, mais guère car les dernières années n'avaient pas été faciles pour l'Union soviétique et l'argent manquait pour les dépenses d'équipement et l'entretien des infrastructures. Pourtant, les routes étaient bien nivelées. Peut-être les gens du cru s'en étaient-ils occupés eux-mêmes sans attendre les fonds du gouvernement. Après tout, c'était ainsi que l'État naissait : par le travail collectif ; et puis quelqu'un, saisi de paresse, prenait un remplaçant, et très bientôt les impôts se substituaient à la sueur du front. Mais tout commençait là, sur des routes semblables, où des villageois abattaient des arbres, essartaient les souches à l'aide de pioches, de pelles et de barres à mine, de traîneaux et d'écorcheuses pour égaliser la surface. Même ça, je pourrais le faire, se dit Ivan. Mais le travail était déjà accompli.

Soudain, il prit conscience de l'endroit où il se trouvait : au nord en coupant à travers les bois, puis en virant légèrement au nord-ouest, il arriverait au milieu de hauts arbres massifs aux frondaisons si denses que rien ne poussait à leur pied ; là, il verrait une clairière en leur milieu, une fosse circulaire remplie de feuilles sous lesquelles une créature se déplaçait.

La peur qu'il éprouvait lui restait incompréhensible mais elle existait bel et bien. Il s'attendait à demi à voir une bête énorme, gardienne de la fosse, jaillir des bois et lui arracher la tête d'un coup de patte, comme pour le punir de son intrusion des années plus tôt. C'est irrationnel, se dit-il ; c'est pure sottise. Il ne s'est jamais rien produit, tout n'était qu'un cauchemar né de mes peurs et de ma colère de l'époque ; il n'y a pas de fosse, pas même de clairière et surtout pas de créature en train de se mouvoir dans un lac de feuilles, un requin volant qui tourne sans cesse en faisant bruire son support végétal et en guettant le curieux qui tombera entre ses mâchoires.

Ivan éclata de rire en secouant la tête, mais sa voix lui parut trop sonore et forcée dans l'éclatante lumière du soleil. Siffler dans le noir, n'était-ce pas là l'expression ? Il continua de courir sur la route pendant deux ou trois kilomètres en essayant de se persuader qu'il ne pensait plus à son cauchemar d'enfant, qu'il ne revoyait pas le visage à demi dissimulé d'une femme étendue sur un piédestal, au milieu de menaces inconnues.

Étant donné qu'Ivan tendait à penser que la trame des

contes de fées convergeait parce qu'ils répondaient à des désirs psychologiques innés, il ne pouvait que se demander quel mythe personnel il s'était bâti par ce rêve. Quels désirs l'avaient mû, enfant, pour inventer un tel décor, une femme si belle, un péril si ineffable et onirique ? Était-il le héros arraché à son foyer et qui avait désormais besoin d'un but à sa quête ? Ou bien quelque monstre caché dans l'abysse de feuilles l'attendait-il pour lui livrer combat ? Et l'ensemble était-il conçu pour donner un sens à la décision absurde de ses parents de le dépouiller, non seulement de son foyer mais aussi de son nom, de son identité, de sa langue natale et de ses amis ? À moins que ce ne fût un moyen de concrétiser la peur indicible que suscitaient en lui tous ces changements. Dans ce cas, le rêve avait rempli son rôle : il avait pu entreposer toutes ses craintes sous l'amoncellement de feuilles au cœur de la forêt et les laisser derrière lui en quittant la Russie. Enfin, il était en sécurité, avec le monstre bloqué sous un lit de feuilles, au loin.

Or, à présent qu'il était adulte, heureux et bien adapté, le besoin de cette histoire n'aurait plus dû se faire sentir ; pourtant, il n'arrivait pas à s'empêcher de penser à la femme, à la fosse, au gardien qui soulevait les feuilles sur son passage. Il y avait donc autre chose, un désir toujours inassouvi. Mais oui ! Ce n'était pas seulement le monstre qui l'obsédait : c'était la femme allongée sur l'îlot central. Il s'était trouvé à l'âge idéal pour créer son mythe personnel : les hormones de la puberté commençaient à circuler dans son organisme mais aucune modification physique ne s'était encore produite en lui, si bien qu'il était la proie de toute sorte de désirs tout en ignorant quel en était l'objet. Une chaste princesse prisonnière d'une île en pleine forêt ! Des feuilles mortes au lieu d'eau dans la douve, la princesse sur un piédestal, recouverte de débris végétaux qui s'écartent sous les pas dès que l'on tente de franchir la prairie-fosse pour se porter à son secours !

Aujourd'hui adulte, il pouvait rire de ses propres fantasmes, faire semblant de s'amuser de sa personnalité d'enfant – mais s'abuser lui-même n'était pas son fort, de façon volontaire en tout cas : il avait toujours peur, plus que jamais. Au retour de son jogging, il dut repasser à l'endroit fatidique et, malgré sa fatigue, il piqua un sprint. Pourvu qu'aucune créature ne jaillisse des arbres, ou qu'alors elle me trouve déjà loin, en train de filer comme le vent !

Très bientôt, il fut rentré, en nage et affamé, pour se joindre à Marek à la table du petit-déjeuner – mais Marek ne s'y trouvait pas.

« Il est toujours à la traite ? demanda Ivan.

– Oh non : il laboure, répondit Sophia. Il a emporté du pain, du fromage et de la saucisse. Au dégel, il faut préparer la terre aux semailles le plus vite possible. »

Ivan jeta un coup d'œil à la table où trônaient des miches de pain, des beignets, un saladier de bouillie au seigle, des sandwiches ouverts en deux et des petits pois en boîte. « C'est pour nous deux, ce petit-déjeuner, alors ? »

Elle éclata de rire. « Oh non ! Je ne prends plus de petit-déjeuner ! Je me contente de thé et d'un peu de pain.

– C'est pour moi, tout ça ?

– Seulement ce qui te fait plaisir. Je sais que tu manges bien mieux chez toi, de bons hamburgers, des milkshakes, mais…

– Ne me parle pas de cette répugnante cuisine américaine quand un tel festin m'attend ! » Et, avec un feint appétit, il se mit à table et entreprit de dévorer. Oui, c'était maintenant certain : il fallait que Marek l'emmène aux champs dès le lendemain. Il n'y connaissait peut-être rien en labourage mais un autre petit-déjeuner comme celui-ci lui serait fatal.

Après manger, Ivan voulut prêter la main aux tâches ménagères mais Sophia lui opposa un refus obstiné : il n'était pas question qu'un homme fasse le travail d'une femme chez elle ; c'était contre nature. Aussi, à l'aide de ses talents inexistants d'homme des bois, il se rendit au hangar au tracteur et suivit les traces du lourd engin jusqu'au champ que le cousin Marek labourait ce jour-là ; et, de fait, le tracteur se trouvait bien là, en plein milieu d'un champ à demi retourné, et, plus loin, à l'ombre d'un arbre, Marek en train de manger du pain, du fromage et de la saucisse. Le cousin l'aperçut et l'appela d'un signe de la main.

Ivan refusa catégoriquement de partager son repas. « Je viens d'avaler de quoi nourrir toute l'armée de Napoléon. S'il avait croisé le chemin de ton épouse, cousin Marek, il aurait pris Moscou et le cours de l'histoire en aurait été changé. »

Marek éclata de rire. « Tu trouves que Sophia fait trop à manger ? Tu te trompes, mon jeune ami : elle prépare exactement ce qu'il faut à un homme qui s'épuise chaque jour au travail. Le problème, ce n'est pas de la faire cuisiner moins, c'est de trimer assez pour avoir besoin de tout ce qu'il y a sur sa table !

– C'est impossible !

– Tu dis ça parce que tu lis tout le temps, si bien que tu t'imagines que lire c'est travailler.

– J'ai pourtant observé que tu n'as pas pris de petit-déjeuner, toi, ce matin.

– Parce que je savais que j'allais rester toute la journée les fesses sur mon tracteur.

– Alors trouve-moi une tâche qui fasse fondre la masse de victuailles qui me pèse sur l'estomac ! »

Et c'est ainsi qu'Ivan se retrouva à remettre en meule la paille de la grange, corvée pénible entrecoupée d'accès d'éternuements ; sa tâche achevée, il dégoulinait de sueur et il ne supportait plus de se sentir crasseux et couvert de démangeaisons. Pourtant, à la porte de derrière de la maison, Sophia lui refusa l'entrée. « Tu veux me mettre de la paille partout ? fit-elle en le toisant. Déshabille-toi et va déposer tes vêtements dans la buanderie. Je vais te faire couler un bain. Déjà tout petit tu revenais crotté des pieds à la tête, je me souviens ; tu suais comme un cochon et tu puais comme un bouc ! » Mais cela sur un ton si enjoué qu'Ivan ne put que sourire et se plier à ses ordres.

Ainsi que Marek l'avait prédit, le travail effectué avait consumé le petit-déjeuner ; Ivan n'avait pas un appétit féroce pour le dîner, mais au moins le repas du matin ne lui gonflait plus l'estomac. Et, lorsqu'il se surprit à s'assoupir durant le repas, il comprit qu'il avait gagné le droit de refuser de manger sans vexer personne.

« Mon pauvre petit, dit Sophia. Va te coucher avant de piquer du nez dans tes rouleaux au chou. »

Comme la veille, il se réveilla à l'aube, encore plus courbaturé que la veille. Le maniement de la fourche lui avait laissé le dos douloureux et il avait les mains à vif malgré les gants qu'il avait portés. Sa première envie fut de se retourner dans son lit pour se rendormir, mais cela ne l'aurait mené nulle part, il le savait : il devait se lever et prendre de l'exercice pour faire passer ses contractures.

Il envisagea de changer de direction, de se tourner vers le village au lieu de faire son jogging dans la forêt ; mais au village il serait obligé de bavarder avec les uns et les autres – ce n'était pas Kiev, où l'on ne prêtait pas attention aux inconnus. Or, à cette heure de la journée, il préférait la solitude. Et puis allait-il permettre à ses délires personnels de l'empêcher d'accéder aux plus beaux paysages de la région ?

À petites foulées, il se rendit donc à l'embranchement où le sentier s'enfonçait dans les bois et passa devant sans y accorder un coup d'œil ; au retour, il ne pressa pas non plus le pas. Le site avait perdu son pouvoir sur lui.

Du moins le croyait-il : cette nuit-là, malgré une journée épuisante à nettoyer les poulaillers, il ne cessa de se réveiller et de retomber dans un rêve, toujours le même, celui qu'il avait toujours fait. Et, quand enfin le matin arriva, il savait ce qu'il n'avait jamais compris jusque-là.

Lorsque sa mère, à la suite du rêve qu'elle avait fait, lui avait dit qu'il ne devait pas épouser Ruth, il n'y avait vu que fadaises de sa part. Mais à présent il se posait des questions : sa mère le connaissait mieux que personne ; peut-être était-elle au courant d'un fait impossible à exprimer, qu'elle ne comprenait pas vraiment. Peut-être sentait-elle ce qui rendait ce lieu imaginaire très important dans la vie d'Ivan. Le conte du folklore juif dont elle avait rêvé parlait des obstacles qui pouvaient empêcher un mariage ; sa mère n'aurait-elle pas pu percevoir, à un niveau profond, qu'un obstacle empêchait Ivan de se donner totalement à cette union ? Cela expliquerait le songe qu'elle avait fait, ainsi que le sien où apparaissait une femme qui n'était assurément pas Ruth, une femme inaccessible, protégée par un monstre au fond d'une douve. Peut-être devait-il surmonter sa peur avant d'avoir le droit d'épouser Ruth ? Peut-être était-ce la raison pour laquelle il s'était inventé un désir impulsif de revoir la ferme du cousin Marek : parce qu'il ne pouvait pas devenir l'époux de Ruth tant que le monstre rôdait dans la fosse autour de l'inaccessible endormie.

Mais, si tout le problème était psychologique, comment allait-il le résoudre ?

Avant tout, il fallait peut-être se rendre sur place pour se convaincre que tout n'était qu'invention. Certes, il était possible que la clairière existe, mais elle ne serait pas parfaitement circulaire, une femme ne serait pas étendue en son milieu et les feuilles joncheraient un sol parfaitement normal au lieu de combler une fosse. Peut-être lui fallait-il constater l'irréalité de ses souvenirs avant d'entamer la guérison de cet accroc à sa psyché.

Aussi, ce matin-là, dirigea-t-il sa course vers le sentier de la forêt, et, sans hésiter, il pénétra hardiment sous les arbres.

Le chemin était difficile à distinguer et le souvenir que gardait Ivan du trajet fort vague. Si la clairière n'existait pas, comment saurait-il qu'il avait découvert l'endroit où elle ne se trouvait pas afin de démontrer à son inconscient que le monstre n'avait aucune réalité, la prisonnière non plus, et qu'elle n'avait par conséquent nul besoin de son secours ?

Mais ses inquiétudes étaient vaines. Au bout d'une longue course, le sous-bois s'éclaircit et il comprit qu'il approchait du but. La vaste forêt aux fûts massifs, l'absence de taillis, tout cela était bien réel, de sorte qu'il avait l'impression de courir au milieu d'un Parthénon sans fin dont les immenses colonnes se perdaient dans une voûte vert pâle d'une immensité inimaginable. Il approchait…

Et puis il arriva. La clairière, parfaitement circulaire, couverte de feuilles, exactement telle qu'il la voyait depuis des années dans ses souvenirs et ses rêves.

Elle était réelle.

Naturellement : la clairière était réelle – mais nulle femme n'apparaissait au milieu, rien qu'un petit monticule ; nulle fosse non plus, car quand il s'avança les feuilles ne s'écartèrent pas en tourbillonnant pour laisser voir un…

Les feuilles s'écartèrent en tourbillonnant. Il se tenait au bord d'une profonde fosse, exactement telle qu'il se la rappelait. Elle n'avait rien d'imaginaire.

Et, à l'extrémité diamétralement opposée, quelque chose se mit à se déplacer en agitant les feuilles, comme une taupe qui creuse sous une pelouse, mais beaucoup plus vite, et droit vers lui.

La première fois, ce mouvement l'avait précipité dans une fuite éperdue ; mais il était aujourd'hui plus âgé, plus sûr de ses propres capacités. Si, enfant, il avait échappé à la créature, il était sûrement en mesure d'en faire autant adulte. Et puis peut-être n'était-il pas nécessaire de se sauver : la bête était peut-être prisonnière de la fosse, incapable d'en sortir.

Il l'attendit de pied ferme.

4

Le baiser

La créature parvint au bord de la fosse et s'arrêta. Puis le mouvement des feuilles indiqua qu'elle reculait lentement. L'espace d'un instant, le soulagement envahit Ivan : il avait imaginé qu'elle allait bondir pour l'attaquer ; mais, tel un bon chien de garde, elle se plaçait en retrait en attendant qu'il fasse le mouvement suivant.

Soudain, il y eut un violent bruissement de feuilles comme si l'être s'activait furieusement au fond de la fosse, puis le silence revint.

Bon, et maintenant ? se demanda Ivan. Et il fit quelques pas le long du trou.

Les feuilles s'envolèrent et il en jaillit quelque chose qui manqua la tête d'Ivan d'un cheveu. Par réflexe, il recula et tomba à la renverse alors que retentissait un *tchac !* sonore. Il se retourna et vit une pierre de la taille d'un poids de neuf livres incrustée dans le tronc encore tremblant d'un vieil arbre. Mais qu'y avait-il donc dans ce trou ? Un obusier ?

Les feuilles s'agitèrent à nouveau. Ivan se jeta aussitôt à plat ventre et roula sur le flanc. Une autre pierre sortit en sifflant de la fosse. Ivan se précipita derrière un arbre et observa la zone d'où venaient les projectiles.

Voilà pourquoi la créature s'était écartée du bord : pour avoir un meilleur angle de tir. Apparemment, elle voyait à travers les feuilles.

La première impulsion d'Ivan fut de retourner ventre à terre chez le cousin Marek. Qu'avait-il à faire ici ?

Il lui vint ensuite à l'esprit que Marek possédait sans doute une arme à feu ; Ivan n'avait jamais pratiqué le tir, mais cela ne devait pas être très compliqué.

Pour finir, il se rendit compte que c'était irréalisable : il n'avait nulle envie d'expliquer la présence de cette clairière à Marek ni à quiconque : c'était sa propre folie qui lui donnait sa réalité.

Et pourtant non, ce n'était pas de la folie : la clairière existait bel et bien. Il y avait pénétré dans son enfance et s'en était enfui, mais il n'avait jamais pu l'oublier. Il en avait été obsédé, et à présent qu'il était adulte il devait jouer son rôle jusqu'au bout – lui et personne d'autre que lui. Si cette découverte avait été destinée au cousin Marek, il l'aurait faite depuis longtemps. Il y avait une femme sur le piédestal au centre de la fosse, cela ne faisait pas de doute, et c'est pour la secourir qu'il avait été guidé jusque-là.

Guidé, d'accord, mais pour mourir ? Pour se faire défoncer le crâne à coups de pierres ?

Il courut se cacher derrière un autre arbre. La créature se déplaça de façon à se trouver entre lui et la femme. Il recommença la manœuvre, mais cette fois ne s'arrêta qu'un instant avant de gagner l'arbre suivant : la créature le suivit. Ivan quitta l'abri du bois et se mit à courir au petit trot le long de la fosse en surveillant le sol devant lui où chacune de ses foulées soulevait des feuilles : il ne s'agissait pas de perdre l'équilibre et de tomber dans la fosse où le gardien l'aurait à sa merci. L'être possédait une arme de jet très puissante ou il avait lancé les pierres grâce à sa seule force musculaire, et dans ce cas Ivan n'avait nulle envie de se mesurer à lui. Il poursuivit donc sa course jusqu'à ce qu'il eût effectué un tour complet de la fosse, puis il se mit à l'abri d'un arbre pour voir comment réagissait son adversaire.

Il l'avait suivi, et à une telle allure que les feuilles soulevées par son passage et saisies par la brise retombaient hors de la fosse ; leur niveau avait d'ailleurs baissé de près de trente centimètres dans le trou dont le contour était désormais bien visible. Ivan se demanda quelle quantité on pouvait ainsi en ôter et, sans attendre que la créature l'eût rattrapé, il se remit à courir – mais à un vrai pas de course cette fois-ci, et non plus au petit trot qu'il avait adopté jusque-là. Il ne lui était plus nécessaire de surveiller le terrain devant ses pas, puisque le circuit qu'il suivait était presque entièrement débarrassé des feuilles qui l'encombraient et que le pourtour de la fosse était bien délimité.

Parvenu au bout de son second tour, il ne s'arrêta pas et continua de courir car le niveau des feuilles avait encore baissé : son idée se réalisait, et la créature ne devrait plus tarder à lui apparaître. Quand il la verrait aussi bien qu'elle le voyait, il saurait peut-être que faire ; il poursuivit donc sa course en accélérant encore. Les circuits se succédaient ; le chemin à parcourir n'était pas très long, et Ivan commençait à trouver son rythme quand il s'aperçut qu'à force de distancer la bête il était en train de la rattraper par-derrière. En courant un peu plus vite, il parviendrait à l'apercevoir, d'autant mieux que le niveau des feuilles était tombé à près de deux mètres en dessous du bord. Elle devait avoir une taille suffisante pour être visible, sans quoi elle n'aurait pas pu projeter ses pierres avec une trajectoire aussi rasante.

En donnant un coup de collier, il entrevit, puis vit une vaste masse couverte de fourrure, de longs bras qui battaient l'air tandis que la créature se dandinait debout ; puis elle se mit à courir à quatre pattes, son petit moignon de queue dressé en l'air. C'était un ours – et un énorme ! Les antérieurs étendus, il paraissait capable de toucher les parois opposées de la fosse rien qu'en s'inclinant légèrement à droite ou à gauche. Comme les parois étaient distantes d'au moins six mètres, cela lui conférait une envergure de quatre mètres cinquante, voire davantage. Pas question de l'emporter dans une lutte au corps à corps avec un animal pareil ; même si Ivan s'était pris pour un guerrier, il n'avait rien d'un Beowulf.

Il cessa de courir tandis que l'ours disparaissait derrière le piédestal. La majeure partie des feuilles avaient été évacuées et Ivan constata qu'une jeune femme se trouvait bel et bien étendue sur un lit bas en bois, les mains croisées sur la taille, les yeux clos.

De si loin, à la lumière qui tombait dans la clairière, elle paraissait éthérée, sereine, l'image même de la beauté. Combien de contes avait-il lus qui évoquaient ce moment ? Pourtant, la description qu'ils en donnaient était comme bâclée : le héros aperçoit la jeune femme et de cet instant sa vie tout entière est bouleversée ; ce qu'elle désire, il l'obtient, il surmonte tous les obstacles qui se dressent entre eux – mais jamais on n'explique pourquoi il agit ainsi.

À présent, Ivan le savait – il le savait d'ailleurs depuis qu'il avait dix ans, depuis qu'il avait aperçu ce lumineux visage sans jamais pouvoir l'oublier et sans pouvoir s'empêcher de chercher à le retrouver. Il se croyait obsédé par la créature de la fosse et la peur qu'elle lui inspirait, mais, maintenant qu'il revoyait le visage de la jeune endormie, qu'il reconnaissait son profil, qu'il sentait le coup au cœur causé par cette vision, il savait pourquoi cette clairière hantait ses rêves, pourquoi il n'avait jamais pu en oublier le souvenir. Ce n'était pas à cause de l'ours ni de l'étrangeté du lieu : c'était à cause d'elle. À cause d'elle seule, uniquement.

L'ours s'était apparemment rendu compte qu'Ivan lui avait pris un tour car il émergea de derrière le piédestal et se dressa sur ses pattes postérieures avec un rugissement qui laissa voir des rangées de dents redoutables. On eût dit une mâchoire de crocodile, songea Ivan.

La dentition de l'animal n'était cependant pas son souci principal pour l'instant car l'ours se laissa retomber à quatre pattes puis se redressa, une grosse pierre entre les antérieurs. Il la prit d'une patte qu'il ramena en arrière dans le geste du lanceur de javelot. Ce n'était pas un ours ordinaire, voilà qui était certain, et Ivan jugea préférable de s'éloigner d'urgence.

La pierre devait déjà fendre l'air le temps qu'Ivan se retourne vers le bois, et l'ours devait avoir un bon coup d'œil, car, alors qu'Ivan démarrait, le projectile le frappa en haut du dos, sous l'épaule gauche ; le jeune homme fit une pirouette et s'écroula au bord de la fosse, un bras dans le vide.

Le souffle coupé, il perdit connaissance une seconde. Il lui fallut un moment pour comprendre ce qui s'était produit et ce qu'était ce fort bruissement qu'il entendait. Ah oui ! Un ours qui courait dans les feuilles…

Dans ma direction !

Ivan ouvrit les yeux : l'animal se trouvait à moins de deux mètres de lui, une patte déjà lancée, les griffes prêtes à lui crocher le bras et à l'entraîner au fond du trou. Il roula de côté à l'instant où la patte s'abattait ; il sentit le vent du coup, perçut la trépidation du sol sous l'impact. Il continua de rouler sur lui-même malgré la douleur de son dos, puis se remit debout tant bien que mal. Son bras gauche pendait, inerte. Fracturé ? Non, mais insensible. Tout en s'enfuyant entre les arbres, il se demanda ce que cela pronostiquait. Une déchirure des nerfs ? Une lésion de l'épine dorsale ? Une paralysie définitive ou un traumatisme passager qui finirait par disparaître ? Son bras gauche inutilisable… cette idée lui mettait le cœur au bord des lèvres. Mais qu'est-ce qui lui avait pris de jouer avec un animal pareil ? Si on pouvait parler d'animal dans le cas d'un ours qui avait survécu au moins quinze ans sous un tas de feuilles pour garder une jeune femme étendue, intacte, sur un piédestal ; et d'ailleurs il ne s'agissait sûrement pas de quinze ans, mais de bien plus : de plusieurs siècles !

Malgré tous les contes qu'il avait lus et étudiés, il y avait une éventualité qu'il n'avait jamais envisagée : qu'ils soient vrais, ou possèdent un fond de vérité, que le monde admette pour de bon l'existence d'ours magiques géants capables de lancer des pierres, de jeunes femmes ensorcelées qui pouvaient demeurer éternellement dans le coma dans l'attente de…

D'un chevalier. Voilà ce qu'il fallait à cette jeune femme : un chevalier en armure, de préférence muni d'une très longue lance propre à trucider un ours à distance. Dans tous les contes, le héros avait une épée magique, un sac magique dont il tirait tout ce dont il avait besoin, ou un assistant magique capable d'accomplir l'impossible à sa place ; Ivan, lui, n'avait à sa disposition que l'intelligence limitée d'un étudiant assez bête pour orienter ses études vers un domaine qui lui garantissait une existence de digne indigence, et la force et l'agilité qui subsistaient chez un décathlonien qui n'avait plus pratiqué depuis trois ans. En d'autres termes, il n'avait rien et il avait besoin de miracles.

« Ivan le Manchot et l'Ours magique » : cela ne lui semblait pas les bons éléments d'un conte de fées, surtout le passage où Ivan se carapatait en tenant son bras inutile et en pleurnichant sur l'injustice d'un sort qui l'opposait seul à un ours magique.

Il s'arrêta contre un arbre et de là observa la fosse. Les feuilles retombaient lentement comme des flocons de neige dans la dépression, et il sut qu'aucune n'avait été perdue : elles allaient toutes reprendre leur place dans le trou et le combler à nouveau, et la clairière retrouverait son aspect uni, à l'exception du léger monticule au centre, là où gisait la jeune femme.

Qu'est-elle pour moi ? Je ne la connais pas. Elle a manifestement des ennemis plus puissants que moi ; pour quelle raison prendrais-je fait et cause pour elle ? Pourquoi moi ?

Pourtant, alors même qu'il se souhaitait délivré de cette impossible tâche, il imagina quelqu'un d'autre pénétrant dans la clairière, parvenant au piédestal, se penchant sur la jeune femme et l'éveillant d'un baiser.

C'était insupportable.

C'est moi qui suis là. C'est moi qui dois m'en occuper, moi et personne d'autre.

Et, néanmoins, la partie rationnelle de son esprit lui criait : Voilà ce qui a causé la mort de tant de chevaliers ! C'est une femme comme celle-là qui a provoqué la chute de Troie !

Il agita les doigts de sa main gauche.

Bon : l'insensibilité était donc temporaire. Quant à la douleur de son dos, elle disparaîtrait sans doute aussi, bien que ce ne fût pas le message qu'elle lui faisait parvenir pour le moment.

La jeune femme attendait toujours. Les feuilles retombaient. L'ours pensait avoir gagné, d'une seule pierre dans le dos d'un soi-disant héros qui avait pris ses jambes à son cou.

Et s'il reprenait sa course autour de la fosse, mais moins vite, de façon à ne pas rattraper l'ours ? Peut-être, à force, parviendrait-il à épuiser la bête ?

Naturellement, il était possible qu'un ours magique ignore la fatigue. Mais une bête de cette taille avait-elle vraiment besoin de magie ? C'était avec ses griffes et non à l'aide d'un sort qu'elle avait tenté de réduire son bras en charpie, et ce n'était pas par la magie qu'elle avait projeté ses pierres. Certes, cet ours était intelligent pour un ours : avoir l'idée d'utiliser des projectiles, ça, c'était un comportement qu'Ivan n'avait jamais vu aux « Animaux du monde » ; mais il ne lui avait pas jeté de sort. D'ailleurs, comment représentait-on les ours dans les contes ? La plupart étaient gourmands, et certains bavards ; mais les sortilèges étaient réservés aux diables, aux démons, aux sorcières comme Baba Yaga, aux grands magiciens et aux petits dieux comme Mikola Mojaïski – bien que le vieux Mikola eût tendance à se contenter de donner des conseils. Les ours, eux, même magiques, restaient de simples ours.

Ivan repartit au petit trot vers la fosse. Comme le rythme saccadé de sa course lui faisait mal au dos, il passa à une foulée plus allongée, plus rapide et moins heurtée, et il parvint bientôt au bord du trou. La dépression était déjà à demi comblée. Aussitôt, il entendit un bruissement et vit des feuilles s'agiter à l'autre extrémité de la douve, d'où l'ours avait perçu sa présence. Ivan attendit de l'apercevoir, puis se remit à courir le long de la berge, en veillant cette fois à ce que la bête le vît constamment tout en restant derrière lui.

Les circuits s'enchaînèrent jusqu'à ce que toute feuille eût disparu du fond de la fosse, chassée par le vent de la course ; là, Ivan vit que la base du piédestal – la paroi intérieure du trou – était faite de pierre lisse qui s'incurvait vers l'intérieur en montant puis s'évasait à nouveau vers le sommet, tel un trognon de pomme. Impossible d'escalader une telle surface.

Dans ce cas, pourquoi se donner tant de mal à faire courir l'ours si la jeune femme restait inaccessible ? Chaque épreuve en cachait une autre, et il n'en réussirait sans doute aucune.

La bête ne manifestait aucun signe de lassitude tandis que le dos et l'épaule d'Ivan devenaient de plus en plus douloureux. Tant pis : il devait terminer le boulot dès aujourd'hui ou bien il serait obligé de tout recommencer un de ces jours. En tout cas, il n'était pas question qu'il disparaisse à nouveau une dizaine d'années : ce n'était plus un enfant, c'était un homme et, à son âge, on tâche d'achever ce qu'on a commencé.

Jusque-là, je fais ce que je peux ; pas plus mais pas moins non plus.

Le soleil était au zénith et la journée chaude. Sans s'arrêter, Ivan ôta son chandail et le jeta sous les arbres ; un peu plus tard, il déboutonnait sa chemise. Il regrettait de n'être pas mieux chaussé – il avait laissé ses meilleures chaussures de course en Amérique sans penser en avoir besoin en Russie, et il portait une vieille paire fatiguée, suffisante pour les petits joggings dans les rues de Kiev mais pas pour un véritable marathon comme celui-ci.

Un pied devant l'autre, exactement comme dans un marathon, mais sans couvrir le moindre terrain. À force de voir passer les troncs, il finit par en connaître chaque caractéristique, puis par cesser d'y faire attention, et ils ne devinrent plus qu'un seul arbre qui tournait en une ronde infinie autour de lui, sur sa gauche. Pourquoi n'avait-il pas lancé sa course dans le sens inverse des aiguilles d'une montre, comme tout bon compétiteur ? Il n'avait pas l'habitude de courir sans cesse vers la droite. Il envisagea d'aller se cacher dans les bois en attendant que l'ours l'eût rattrapé, puis de reprendre dans le sens contraire, mais il repoussa cette idée : s'il voulait épuiser la bête, il devait tirer profit de son unique avantage, son endurance d'athlète, la résistance d'un coureur de fond. Un ours n'était pas comme un cheval habitué à galoper toute une journée.

Et, de fait, en milieu d'après-midi, l'animal commença de se fatiguer. Sa démarche pataude ralentissait peu à peu et il ne cessait de pousser des grondements menaçants ; il tenait aussi la tête plus bas. Sa course n'avait rien perdu de son caractère implacable, mais on sentait que l'énergie venait à manquer. Ce n'était donc pas une bête omnipotente, et Ivan sourit : jusque-là tout allait bien – sauf qu'il ignorait que faire ensuite.

À chaque tour, il était passé devant l'arbre qu'avait percuté la première pierre de l'ours, et il avait cessé depuis belle lurette de remarquer la forme arrondie, sertie comme un diadème dans le bois à une hauteur d'un peu moins de trois mètres. Mais il se la rappela soudain et ralentit pour l'observer mieux : guère enfoncée, elle serait sans doute facile à déloger.

Au tour suivant, Ivan accéléra brutalement, dévia du bord de la fosse et courut droit vers l'arbre ; puis, prenant appui sur la base du tronc, il se laissa porter par son élan jusqu'au bloc de rocher. La pierre se détacha beaucoup plus facilement que prévu et elle le heurta au menton et à la poitrine quand il tomba au sol sur le dos. Elle était lourde et le choc fut douloureux, mais sans comparaison avec celui qui lui avait ébranlé l'épaule. Il se passa la main sur le menton : il avait un peu de sang sur les doigts, mais il avait senti qu'il s'agissait d'une simple égratignure, non d'une coupure, et il lui faudrait la supporter en attendant de trouver de quoi la nettoyer. Il fit la grimace au souvenir des cuisants désinfectants de son enfance : un vrai petit Russe endure la douleur sans avoir besoin de ces produits anesthésiants pour bébés qu'emploient les Américains !

Ouais, comme s'il pouvait compter rentrer chez le cousin Marek avec l'idée folle qui lui était venue !

Il ramassa le bloc et regagna le bord de la fosse.

Comme prévu, l'ours l'avait rattrapé et se baissait déjà pour saisir une grosse pierre. Inutile d'attendre : Ivan souleva le bloc dans la main droite, dans son meilleur style de lancer du poids. Malheureusement, il ne s'agissait pas là d'une compétition habituelle. Dans un concours d'athlétisme, le but est d'envoyer le poids le plus loin possible, pas de toucher une cible – surtout une cible qui n'arrêtait pas de se déplacer comme la tête de l'ours.

Tant pis : il fallait essayer et voir ce qui se passait ;

s'il manquait son coup, l'ours avait envoyé d'autres cailloux ; il lui suffirait de les retrouver et de recommencer.

Il se retourna, pivota sur lui-même et projeta la pierre. Elle partit au-dessus de la fosse et Ivan s'aperçut aussitôt qu'il avait tiré trop fort : le projectile allait frapper la paroi lisse derrière l'ours.

Mais à cet instant l'animal se dressa, un bloc de rocher entre les pattes avant. Son mouvement fut si rapide que sa tête alla se placer sur la trajectoire de la pierre d'Ivan, qui vint lui frapper exactement l'œil gauche ; l'animal fut rejeté en arrière et son crâne heurta violemment le piédestal.

Avec un gémissement, l'ours glissa jusqu'au sol, incliné comme un ivrogne sur un trottoir, le sang ruisselant de l'orbite vide de son œil gauche. L'œil lui-même était répandu sur sa joue ensanglantée.

Qu'ai-je fait ? songea Ivan, le cœur aussitôt plein de pitié pour l'animal blessé.

Hé, mais qu'est-ce qui me prend ? se dit-il dans le même instant, en se rappelant ses propres blessures, les pierres qui visaient sa propre tête.

N'empêche que c'est moi l'intrus ici, se dit-il en réponse à son sens de la justice qui insistait pour se faire entendre.

Oui, mais c'est l'ours qui maintient cette femme prisonnière, rétorqua-t-il.

La femme ! De combien de temps disposait-il avant que la bête s'éveille, plus enragée que jamais ? De combien de temps disposait-il pour trouver un moyen d'accéder au piédestal ?

S'il était incapable d'escalader le pilier de pierre lisse, il ne servait à rien de descendre dans une fosse où l'ours, même borgne, ne ferait qu'une bouchée de lui.

S'il avait moyen de les abattre, nombre des arbres qui entouraient la clairière étaient d'assez haute taille pour franchir la distance nécessaire – voire dans le cas de certains la clairière tout entière. L'ennui était que certaines branches de l'arbre employé tomberaient presque certainement sur la femme, et il imaginait sans mal qu'entre poursuivre un sommeil enchanté et se voir broyée par une grosse charpentière la femme choisirait sans aucun doute de rester au pays des rêves.

Quelle distance séparait le bord de la fosse du piédestal ? Six mètres ? Au saut en longueur, il avait atteint sept mètres vingt, pas de quoi battre des records mondiaux mais assez pour remporter certaines compétitions. Toutefois imaginons qu'il ne s'agît pas de six mètres mais de sept mètres quatre-vingts ? Ou pourquoi pas de huit mètres quatre-vingt-dix-huit ? Juste assez pour établir un nouveau record du monde s'il y arrivait. Cependant, nul besoin d'un atterrissage dans les règles : il n'y aurait pas de juge pour le disqualifier s'il laissait traîner une main ou si ses fesses descendaient trop bas. D'un autre côté, s'il ratait son saut et tombait dans la fosse, l'ours le tuerait s'il ne s'était pas déjà rompu le cou dans sa chute – et, de toute façon, avec sa blessure dans le dos, il n'était pas question de record du monde.

Du bout du pied, il traça une ligne représentant le bord extérieur de la fosse, puis une autre à une distance équivalente à celle du piédestal. Son estimation était-elle bonne ? Il la mesura en plusieurs enjambées : six mètres soixante. Mais qu'est-ce que cela prouvait ? Il ignorait totalement s'il s'était montré précis en traçant les lignes, et puis estimer une distance à l'aide d'enjambées n'avait rien non plus de précis : il n'obtenait jamais deux fois le même résultat.

L'ours s'agita en gargouillant.

Bon, le temps n'était plus aux sauts d'essai. S'il voulait atteindre le milieu de la fosse pour éveiller la princesse, c'était maintenant ou jamais.

Il repartit vers les bois en suivant à pas comptés une

ligne droite et en s'assurant qu'il n'y avait aucun obstacle sur le chemin, puis il effectua une première course pour rien – sa vie dépendait d'une bonne prise d'appel. Il entendit l'ours gémir dans la fosse lorsqu'il se lança pour de bon dans sa course en accélérant sans cesse. Il prit son appel, poussa, s'éleva au-dessus de la fosse et se rappela seulement à cet instant qu'il n'y avait pas la place sur le piédestal pour prendre son élan et revenir. Même s'il parvenait à son but, il y resterait bloqué à moins d'y découvrir un manuel expliquant comment effectuer le trajet inverse.

Il avait cependant des soucis plus immédiats car, à mi-bond, il lui apparut que la distance à franchir était supérieure à six mètres cinquante, ou alors que sa blessure avait amoindri son élan, parce qu'il n'allait pas atterrir sur le piédestal les pieds les premiers. Il eut juste le temps de fléchir légèrement les jambes afin de ne pas rebondir ; puis il s'étala sur l'herbe qui couvrait le piédestal, le buste au sommet, les jambes dans le vide.

À l'instant où il commençait à glisser, il entendit l'ours pousser un grondement furieux. Il agrippa l'herbe d'une main et griffa le sol de l'autre sans prêter attention à l'élancement fulgurant qui lui traversa le bras gauche alors qu'il s'efforçait de s'arracher à la fosse. Il tenta de remonter les pieds lorsqu'une douleur cuisante à la jambe gauche lui apprit que l'ours s'était remis debout et restait, même borgne, en mesure d'ajuster un coup de griffes. Du bout des doigts, il accrocha la couche en bois sur laquelle reposait la jeune femme et se hissa hors d'atteinte de la bête, les jambes enfin en sécurité sur l'herbe fraîche.

De l'herbe ! Les feuilles s'étaient envolées même du piédestal.

Il examina sa nouvelle blessure : la jambe gauche de son pantalon était en lambeaux et les griffes de l'ours avaient ouvert deux grandes entailles dans le côté de son mollet. Elles saignaient copieusement mais d'aucune le sang ne jaillissait pas saccades ; nulle artère n'avait donc été touchée. Il retira son pantalon, déchira le tissu en lanières dont il s'enveloppa le mollet afin de refermer les plaies et de les empêcher de saigner trop abondamment. Désormais, tout espoir était perdu d'effectuer le saut en sens inverse, de se laisser descendre dans la fosse et d'essayer de distancer l'ours à la course ou tout autre plan farfelu qui aurait pu lui venir. Il était parvenu auprès de la femme, mais à quoi bon la réveiller si c'était pour mourir ici ensemble ?

L'ours continuait à rugir au fond de la fosse. Ivan se redressa pour l'observer, mais la douleur et la perte de sang provoquèrent chez lui un étourdissement et il vacilla. L'espace d'un instant, il crut tomber sur la bête aux aguets ; il se pencha en arrière et s'écroula sur le lit, tout contre la jeune femme, la main posée sur son bras nu, frais mais bien vivant.

Il pouvait enfin la voir de près. Vêtue de soie importée d'Orient comment une riche Rus, elle avait les pommettes hautes d'une Slave ; mais Ivan n'était pas américanisé au point que ses traits lui parussent excessivement exotiques. De fait, selon n'importe quel critère de beauté, c'était une très jolie femme, jeune, à la peau satinée et aux cheveux d'un châtain lustré, entretissés de fils plus clairs qui, au soleil de la fin d'après-midi, brillaient comme de l'or. On avait écrit des poèmes d'amour pour moins que cela.

Malheureusement, Ivan n'était pas amoureux d'elle, il ne la connaissait même pas : il ne voyait en elle que l'image, celle de la princesse des contes de fées. Elle dormait à cause d'un maléfice lancé par une rivale, une sorcière puissante qui la détestait. S'était-elle piqué le doigt sur la pointe d'un fuseau ? Qui pouvait savoir quels détails des vieilles légendes étaient fondés et lesquels inventés ? Le seul élément qui clochait dans le tableau était qu'apparemment tous les princes et chevaliers avaient loupé leur coup ; peut-être, en cherchant bien, trouverait-on un fatras d'armures rouillées et de vieux ossements humains tout rongés au fond de la tanière de l'ours, mais le fait demeurait que l'époque de la chevalerie n'avait pas ramené cette femme à la vie et que, loin d'être prince ou chevalier, son sauveteur était un jeune homme de la fin du vingtième siècle qui adorait la course, le saut et le jet mais qui n'allait guère valoir comme champion devant l'ours – or c'était sûrement ainsi que s'achèverait l'histoire. Il allait devoir combattre l'animal, ou du moins le distraire assez longtemps pour permettre à Rapunzel ici présente de se laisser tomber au fond de la fosse, de préférence sans se fracturer les jambes, puis d'escalader comme elle pourrait la paroi du trou – tâche pour laquelle sa ravissante robe de soie se révélerait particulièrement glissante, volumineuse et malcommode.

Je ne vous connais pas, mademoiselle, mais on dirait bien que je vais devoir mourir pour vous.

Il caressa l'idée de la laisser dormir et de chercher un moyen de se tirer tout seul d'affaire.

Puis la perte de sang et l'épuisement d'avoir couru toute la journée réclamèrent leur dû. Il s'étendit dans l'herbe auprès du lit, ferma les yeux et sombra dans le sommeil alors que le soleil descendait vers l'horizon.

Il se réveilla dans le noir et sentit un contact froid et sec sur le visage : une feuille – des feuilles. Il les écarta de la main. Une lueur annonciatrice de l'aube pointait à l'est, derrière les arbres, et il se rappela soudain sa situation. Avait-il passé toute la nuit là ? Le cousin Marek devait se faire un sang d'encre. Il devait le chercher partout – Ivan n'y avait pas songé : Marek retrouverait peut-être sa piste, et lui au bout.

Ivan se mit sur son séant. La clairière, à nouveau couverte de feuilles, était redevenue unie. Si Marek arrivait à cet instant, il risquait de tomber dans la fosse. En ce moment même, il était peut-être en train de parcourir la forêt comme un fou en agitant une torche à droite et à gauche, et il ne se rendrait compte de rien avant que les feuilles s'écartent de ses pas et que le piège s'ouvre sous lui…

« Arrête ! Recule ! »

Ivan resta saisi par le son de sa propre voix retentissant ainsi dans le silence du petit matin. Bien sûr que Marek n'était pas là ! Autrement, Ivan apercevrait les éclats de sa torche et entendrait le bruit de ses pas.

Tout près de sa main gauche, les feuilles se mirent à bruire violemment puis s'ouvrirent en tourbillonnant sur l'ours accroché au bord du piédestal, en train de griffer l'herbe, la gueule béante. À l'instant où il apparut, toutefois, son grondement silencieux prit fin et il se mit à rugir en bavant et en claquant des mâchoires à l'adresse d'Ivan. Le jeune homme fit un bond en arrière et se prit les pieds dans le lit de la princesse. L'ours se hissa davantage sur l'herbe ; avec ses grandes pattes, il allait parvenir à prendre complètement pied sur le piédestal ; l'ours allait réussir à le rejoindre – et il ne servirait à rien à Ivan de sauter dans la fosse, car il n'en ressortirait jamais. Il n'avait qu'une solution : empêcher la bête de monter.

Pas de coups de pied à la gueule, se dit-il : il a les mâchoires rapides et, une fois qu'il a croché, il ne doit plus lâcher prise.

Aussi grimpa-t-il sur le lit et sauta-t-il de tout son poids sur la patte de l'ours.

Il n'obtint d'autre résultat qu'une douleur fulgurante lorsque sa plaie au mollet se rouvrit et que le sang se remit à couler sur sa cheville encroûtée. Il gémit de souffrance. L'ours poussa un nouveau rugissement et avança davantage son autre patte sur l'herbe.

Ivan roula à terre, s'agenouilla près de la griffe de

l'animal – était-ce celle qui lui avait entaillé la jambe ? – et tira dans l'espoir de la décrocher et de renvoyer l'ours au fond de la fosse. Mais la bête se jeta en avant en faisant claquer ses grandes dents au ras de ses doigts. Ivan se recula et bondit en arrière, par-dessus le corps de la jeune femme.

Et à elle, que va-t-il faire ? se demanda-t-il, empli d'une angoisse nouvelle. Puis il comprit que, si l'ours avait dû lui faire du mal, il aurait effectué l'ascension depuis belle lurette ; elle ne craignait rien. Lui seul était en danger.

Eh bien, s'il devait mourir, elle assisterait à sa mort. Ainsi, il y aurait au moins un témoin de tout ce qu'il avait donné pour cette femme qui ne lui était strictement rien, en dehors du fait qu'elle hantait ses rêves depuis son enfance.

Comme l'ours hissait son torse sur le piédestal, Ivan s'agenouilla auprès du lit, se pencha et baisa les lèvres de la jeune femme.

Elles étaient douces et vivantes. Elle lui rendit son baiser.

Elle ouvrit les yeux, sa bouche s'entrouvrit, puis elle poussa un petit cri et recula la tête.

Toujours agenouillé, Ivan se redressa pour observer l'ours : des pattes arrière, l'animal pédalait maintenant pour prendre pied sur le piédestal.

D'une voix hésitante, elle prononça quelques mots dans une langue slave, mais avec une prononciation très bizarre. Il devait être capable de la comprendre, il en était sûr.

Au bout d'un petit moment, la lumière se fit en lui : malgré son accent étrange, elle devait parler un dialecte proto-slave, proche parent du vieux slave que son père et lui parlaient si souvent ensemble. « Qu'avez-vous dit ? demanda-t-il dans cette langue.

– Pardon ? » répondit-elle.

En articulant lentement, en s'efforçant d'accentuer les nasales et de rapprocher sa prononciation de la sienne, il répéta sa question : « Qu'avez-vous dit ?

– *Prosi mene posagnõti za tebe* », répondit-elle lentement en séparant chaque mot. Cette fois, il comprit – et sans mal : Demandez-moi de vous épouser.

Le moment est mal choisi pour les grandes déclarations d'amour, se dit-il.

Mais elle avait le regard fixé sur l'ours : la bête les dominait de toute sa taille, les pattes avant écartées, la gueule ouverte sur un rugissement de triomphe. Ivan comprit alors que la jeune femme ne lui proposait pas une relation romantique mais qu'elle lui indiquait le moyen de vaincre le monstre.

« Proshõ tebe posagnõti za mene ? » cria-t-il en vieux slave. Veux-tu m'épouser ?

Elle hésita un instant, un masque d'angoisse sur les traits.

« Ei, posagnõ ! » répondit-elle enfin.

L'ours disparut tandis que les derniers échos de son rugissement ébranlaient encore l'air.

Ivan se releva et s'approcha du bord du piédestal : aucun signe de l'animal, aucun bruit non plus qui le signalât en train de rôder au fond de la fosse. Nulle trace non plus des feuilles : alors qu'elles emplissaient le puits encore un instant auparavant, elles s'étaient évaporées.

Mais à leur place était apparu quelque chose de nouveau : un pont, arc de pierre blanche et lisse jeté par-dessus la fosse.

« Merci, mon Dieu », murmura Ivan. Il posa le pied sur le pont : compact et solide. Il fit deux pas de plus.

La jeune femme poussa un cri ; il se retourna : elle le regardait les yeux écarquillés, avec peut-être une expression d'horreur.

« Vous marchez en l'air ! s'exclama-t-elle.

– Mais non, sur un… » Il voulait dire *sur un pont*,

mais il ne se rappelait plus le terme en vieux slave. Il essaya en russe, puis en ukrainien : elle ne fit que secouer la tête, puis, du doigt, elle indiqua l'autre côté du piédestal.

« Là, dit-elle. C'est là qu'est le pont. »

Il reconnut le mot dès qu'elle le prononça car il n'était finalement pas très éloigné du terme russe ; elle avait donc dû comprendre ce qu'il cherchait à exprimer.

Avec effarement, il la regarda poser le pied dans le vide et faire trois pas sans rien pour la soutenir en l'air.

« Attendez ! » s'écria-t-il. Il était évident qu'elle marchait sur quelque chose – mais qu'il ne pouvait pas distinguer. Pourtant, la voir ainsi se tenir en l'air le faisait trembler jusqu'aux os : elle tombait, elle ne pouvait faire autrement que tomber !

« Venez, dit-elle. Vous êtes mon promis et je dois vous ramener chez moi.

– C'est impossible, répondit-il. Là où vous voyez un pont, moi je ne vois rien. Le seul que je vois se trouve de l'autre côté. »

Elle revint sur le piédestal et lui tendit la main. « Vous n'êtes qu'un paysan, fit-elle, mais vous êtes celui qui a rompu le maléfice qui pesait sur moi et dont j'ai accepté l'offre de mariage. »

Un paysan ? Il baissa les yeux sur ses vêtements : un chevalier ne s'habillait pas ainsi mais un paysan non plus.

« À moins que l'ours ne vous ait arraché votre épée ? poursuivit-elle. Avez-vous ôté votre cotte de mailles pour monter jusqu'ici ?

– Je n'ai jamais porté de cotte de mailles de ma vie ni manié d'épée. Je suis un paysan, en effet. » *Smridu*, c'était le terme qu'elle avait employé : ouvrier, roturier – mais homme libre, au moins. Elle ne l'avait pas pris pour un esclave ; c'était déjà quelque chose.

« L'ours avait perdu un œil, observa-t-elle.

– Je lui ai jeté une pierre.

– Alors vous avez vaincu l'ours. S'il ne vous a pas tué alors que vous étiez penché sur moi, c'est uniquement parce qu'il essayait de vous apercevoir par son œil crevé.

– Non : s'il ne m'a pas tué, c'est parce que vous avez accepté de m'épouser.

– Vous parlez très étrangement, dit-elle. Êtes-vous romain ? »

Elle devait le croire originaire de l'empire byzantin, le territoire que contrôlaient encore les derniers vestiges de l'empire de Rome.

« Mes parents vivent dans un pays très loin d'ici, au-delà des mers. »

Elle se détendit. « Et vous êtes venu me sauver ?

– À vrai dire, l'objet de mon vol ici était l'étude de manuscrits anciens, mais... »

Au mot *vol*, elle s'était raidie en se couvrant la bouche de la main, l'air effrayée.

« Je ne veux pas dire que je sais voler, fit-il.

– Qu'êtes-vous donc ? Un magicien ?

– Non, je ne suis pas un magicien.

– Vous n'avez pas d'arme, vous parlez d'une façon étrange, et pourtant vous êtes arrivé ici en volant et vous avez éborgné le grand Ours d'une pierre. Quelle étoile va s'éteindre maintenant à cause de votre pierre ?

– Ah, vous aussi vous appelez cette... » Il s'apprêtait à dire « cette constellation la Grande Ourse ? » Mais il ignorait la traduction du mot *constellation* en vieux slave.

De toute façon, elle n'avait pas l'intention de le laisser terminer. « Qui que vous soyez, vous deviendrez mon époux. Si vous ne voyez pas le pont, prenez-moi la main et je vous ferai traverser. »

Elle lui tendit la main ; il la saisit.

À l'instant où le contact fut établi, il vit le pont sur

lequel elle se tenait. Il était très différent de celui qui lui apparaissait jusque-là : là où le sien était une formation rocheuse naturelle, celui de la princesse était un ouvrage en bois, surchargé de gravures et de décorations, avec ses parties supérieures dorées. Il en reconnut l'exécution : on pouvait la faire remonter avant l'an mille, tout comme celle de la robe de la jeune femme.

Où menait ce pont ? Que trouverait-il au-delà ?

« Je suis fiancé à une autre, murmura-t-il.

– Plus maintenant, répondit-elle, l'air horrifiée qu'il pût y voir quelque importance. Si vous ne m'épousez pas tout de suite, tout est perdu, et la Veuve dévorera mon peuple et tout notre royaume.

– La Veuve ?

– Même dans votre pays, vous avez dû entendre parler d'elle : la veuve maléfique du vieux roi Brat de Kiev, chassé de son trône par les Rus et qui a fini souverain d'un petit royaume nommé Pryava. Depuis sa mort, elle s'est emparée sans pitié des territoires voisins jusqu'à ce que son royaume jouxte le nôtre. Elle se prétend aujourd'hui la fiancée d'un roi encore plus grand ; elle mange les pays et n'en recrache que les os.

– Et c'est elle qui vous a emprisonnée ici ?

– "Tant que Katerina n'aura pas de mari, a-t-elle déclaré à mon père, moi, Ya..." – enfin, je veux dire qu'elle a prononcé son nom – "je suis l'héritière de toutes ces terres." Et elle a lancé le grand Ours à ma poursuite. Il m'a pourchassée jusqu'ici, où je me suis trouvée acculée. Je suis tombée endormie et il a monté la garde jusqu'à votre arrivée, où vous m'avez donné votre parole, ce qui m'a libérée de lui. À présent, je dois rentrer auprès de ma famille.

– "Ya", répéta Ivan. Ya-*ga* ? » Se pouvait-il que cette mauvaise reine fût la sorcière des contes de fées ? « *Baba* Yaga ? »

Elle posa la main sur les lèvres d'Ivan avec un hoquet

d'épouvante. Elle avait la main calleuse et plus forte qu'il ne s'y serait attendu mais son contact lui plut, bien que le geste de la jeune fille n'exprimât que peur et contrariété.

« Êtes-vous fou de prononcer ainsi son nom tout haut, même ici ? » Elle parlait donc bien de Baba Yaga. S'il cherchait inconsciemment des contes de fées, il venait de tomber dedans à pieds joints.

Elle retira sa main de sa bouche.

« Pardon d'avoir prononcé son nom, dit-il, et je regrette pour votre royaume, mais…

– Mais quoi ? Nous n'avons pas le choix : il faut nous marier. Oubliez l'autre femme ; ou bien prenez-la comme concubine une fois que nous serons unis.

– Mais mille ans ont passé ! Il y a plus d'un millénaire que vous gisez ici ! »

Elle le dévisagea comme s'il était fou. « Mille ans n'ont pas passé, répondit-elle. Nous sommes aujourd'hui. Ce matin, c'est aujourd'hui. »

Elle lui prit la main, l'entraîna sur le pont et le lui fit traverser.

C'était la fin du jour. Piotr et Esther, au lit, regardaient Johnny Carson parce que Piotr adorait cette émission ; Esther, elle, n'y comprenait quasiment rien. Même quand le sens des échanges en anglais lui apparaissait, elle saisissait rarement pourquoi tout le monde éclatait de rire ; mais elle restait devant le poste parce que Piotr avait envie d'y rester. Carson, coiffé d'un turban, portait des enveloppes à sa tête en disant des choses qui faisaient hurler le public de rire.

Piotr riait lui aussi ; elle sentait chaque fois l'ébranlement du lit.

Soudain, elle eut l'impression de tomber. Son estomac lui remonta dans la gorge ; ou plutôt non, c'était comme si un bébé dans son ventre venait de lui donner un coup de pied. Non, non ! C'était comme si son bébé ne donnait plus de coups de pied, comme si elle portait un enfant et venait de sentir brusquement qu'il était mort et ne donnerait plus jamais de coups de pied.

« Il a disparu, dit-elle dans un souffle.

– Quoi ? » fit Piotr.

Esther éclata en sanglots.

Son mari coupa la télévision, alarmé. « Qu'y a-t-il, mon amour ? Tu es malade ? Qu'est-ce qui ne va pas ?

– Mon petit… il n'est plus là ! Il n'est plus là ! Il a quitté ce monde ! »

Piotr la prit dans ses bras. « Chut, chut, mon amour, c'est impossible, ça ne peut pas être vrai. Et puis comment le saurais-tu, si loin de lui ? Tu es inquiète pour lui, c'est tout, c'est l'angoisse normale d'une mère pour son enfant, mais ne t'en fais pas, il est chez le cousin Marek, il va bien, il va bien. »

La voix et les mots se voulaient rassurants mais elle ne tirait de réconfort que de ses bras qui l'enserraient, de la chaleur de son corps contre le sien. Notre amour ne nous a donné qu'un seul enfant, Piotr, un seul petit, et il n'est plus là.

Baba Yaga

Yaga était occupée quand Ours revint. Elle s'était attelée à l'opération délicate consistant à énucléer un marchand qui ne lui avait rien apporté d'intéressant à acheter mais qui possédait des iris argentés des plus fascinants, susceptibles de produire des effets imprévisibles dans les charmes de vision et d'illusion. L'homme tentait de la convaincre, dans son sabir hésitant, qu'elle pourrait peut-être se satisfaire d'un seul œil, et elle s'efforçait de faire sauter le globe oculaire gauche sans le crever, quand Ours poussa un grand rugissement à l'entrée de la pièce.

Saisi, le marchand fit un bond, ce qui ne fit naturellement qu'augmenter ses souffrances, car les cordes qui le retenaient lui scièrent davantage la gorge. À demi étranglé, il réussit à demander d'une voix croassante : « Qu'est-ce que c'était ?

– Mon mari », répondit Yaga en soupirant. Elle avait la ferme intention de ne pas laisser voir à quel point son retour la décevait. Elle n'avait cependant pas espéré le maintenir éternellement en faction auprès de la princesse – d'abord, il y avait certains sorts très utiles qu'elle ne pouvait jeter que lorsqu'il se trouvait à proximité ; néanmoins, elle avait cru, en plaçant à la fois Ours et la princesse dans un domaine retranché du temps, gagner plus que les quelques mois qu'avaient duré l'enchantement.

Mais ce qui la décevait vraiment était d'apprendre que la princesse avait réussi non seulement à se réveiller mais aussi à obtenir une promesse de mariage de celui qui l'avait tirée de son sommeil. Tout l'intérêt de l'installer là où elle l'avait mise consistait à faire en sorte que celui qui l'embrasserait soit un étranger venu d'une autre époque et d'un autre pays, qui ne parlerait pas un mot de sa langue, afin qu'Ours ait amplement le temps de le dévorer avant toutes fiançailles. Et voici qu'Ours était revenu, preuve que son plan n'était pas si parfait, finalement.

« Mais tenez-vous donc tranquille ! fit-elle, énervée.

– Pardon », croassa le marchand.

L'œil jaillit de son orbite.

« Nous y voilà », dit Yaga.

Le marchand poussa un soupir geignard.

Yaga se servit d'une longue lame fine pour trancher le nerf optique et les vaisseaux sanguins le plus loin possible – mieux valait obtenir le plus possible d'énergie de cet œil, étant donné à quel point il allait manquer à l'homme qui le lui avait fourni. « Là, fit-elle. Vous voulez le voir ? »

L'homme gémit. Prenant cela pour un acquiescement, elle lui présenta le globe en le tenant par son cordon. « Désormais, votre œil verra pour moi, déclara Yaga, carrière beaucoup plus intéressante qu'il n'en aurait connu en restant planté dans votre tête.

– Par pitié, dit l'homme dans un souffle, laissez-moi l'autre.

– Ne soyez donc pas si radin, rétorqua Yaga. Votre mère ne vous a-t-elle pas appris qu'il fallait savoir partager ? »

La porte s'ouvrit à la volée.

« Mon époux chéri, fit Yaga, ne t'avais-je pas demandé de frapper avant d'entrer ? »

Un rugissement lui répondit. Ours pénétra dans la

pièce à quatre pattes, puis se dressa de toute sa taille et rugit à nouveau.

« Tu as faim ? s'enquit Yaga. J'en ai presque terminé avec cette tête, si elle te fait envie.

– Pour qui est cet œil ? demanda Ours.

– Pourquoi, tu le veux ? » Sur quoi Yaga leva le regard et s'aperçut qu'en effet il pourrait vouloir un œil, pour la bonne raison qu'il n'en avait plus qu'un tandis que l'autre orbite saignait. « As-tu récupéré l'œil ? demanda-t-elle. As-tu pensé à me le rapporter ?

– Il est crevé ! répondit Ours avec violence. Ce salaud m'a jeté une pierre !

– Mais les dieux comme toi ne sont-ils pas capables de... – comment dire ? – faire repousser tout ce qu'ils perdent, normalement ?

– Je ne l'ai pas perdu ! » rétorqua Ours. Il avait un ton franchement agressif. « Et ce ne serait pas arrivé si tu ne m'avais pas laissé coincé là-bas sans aucun pouvoir à part la force naturelle d'un ours !

– Tes pouvoirs, je m'en servais ici, mon amour, dit Yaga. Je ne pouvais quand même pas laisser la maison partir à la dérive parce que tu faisais joujou avec une princesse.

– J'ai envie de te tuer !

– Mais non. » C'était impossible : les sortilèges qui le liaient assuraient à Yaga un amour inébranlable de la part d'Ours.

« Alors, j'ai envie d'avoir envie de te tuer !

– Ours, je te présente... Comment vous appelez-vous ? »

Le marchand marmonna quelque chose.

« Tu es obligée de jouer comme ça avec tes victimes ? demanda Ours. Tu ne peux pas les tuer d'abord et les démembrer ensuite ?

– Les organes commencent à se détériorer dès la mort du corps ; c'est pourquoi je dois prélever les meilleurs morceaux quand ils sont le plus frais. » Elle avait fini d'enrober le premier œil de cendre blanche propre ; elle le plaça dans une boîte qu'elle ferma et entreprit d'arracher le second. « Tu lui fendras le crâne, tu veux bien ? J'aimerais récupérer le cerveau intact, si possible. »

En guise de réponse, Ours se pencha lourdement en avant, saisit la tête du marchand et tira si brutalement que les cordes tranchèrent la gorge de l'homme. D'une torsion, il arracha la tête de la colonne vertébrale et la projeta au sol, où elle éclata avec une telle violence que le cerveau éclaboussa les pieds et les tapis de Yaga.

« Espèce de gros insolent maladroit ! Tu…

– Ce n'est pas le moment de m'énerver ! » rugit Ours.

L'espace d'un instant, elle eut peur car il conservait l'attitude d'un dieu doté de ses attributs, et elle n'était pas absolument sûre de l'efficacité des sorts qui l'assujettissaient à elle dans le cas où il se mettrait assez en colère. Les dieux étaient des créatures dangereuses à enchaîner ; qui savait de quelle façon leur caractère retors pouvait manipuler la réalité autour d'eux ?

Mais elle vit aussitôt qu'il n'était pas vraiment fâché – la colère lui était interdite. S'il rugissait et jouait ainsi la comédie, c'était parce qu'il avait mal ; après tout, il avait perdu un œil, le pauvre chéri. « Je devrais te gronder de l'avoir tué avant que j'aie pu terminer, dit Yaga, mais ta blessure te met de mauvaise humeur, je pense, et je te pardonne.

– Donne-moi l'œil que tu as pris à ce marchand.

– Il ne t'irait pas, répondit-elle, et en plus tu verrais comme un homme, ce qui ne te servirait à rien. » Elle fit sauter le second globe oculaire du crâne ; comme il était déjà mort, il n'était guère important de l'enrober de cendres ; autant même le mettre à sécher pour le réduire plus tard en poudre – elle pouvait encore lui trouver de multiples usages.

« Tu as fait une vraie bouillie de ce cerveau ; une chatte n'y retrouverait pas ses petits. »

D'une patte, Ours écrasa encore davantage la masse cérébrale.

« Allons, ne sois pas vindicatif, dit Yaga.

– Tue la fille et empare-toi du royaume si tu y tiens, répondit Ours, mais laisse tomber toutes ces turlupinades : tu as le pouvoir. Ou plutôt j'ai le pouvoir. »

Yaga soupira. « Je ne veux pas seulement m'en emparer : je veux le conserver. Le grand roi de Kiev…

– Est ton ennemi juré. Les Rus ont chassé feu ton mari du trône de Kiev, non ? Et ils vous ont relégués tous les deux dans ce royaume perdu de Pryava, non ? Alors que t'importe ce que le roi des Rus pense de tes prétentions au trône de Taïna ?

– Je ne désire pas de guerre contre les Rus, et tu sais bien pourquoi. »

Ours poussa un rugissement exaspéré.

« Eh oui, mon amour, reprit Baba Yaga ; tu croyais pouvoir me berner, n'est-ce pas ? Mais je sais qu'en tant que dieu de cette terre et de tous ses occupants tu es aussi le dieu des Rus, et, si le grand roi de Kiev me déclarait la guerre, cela affaiblirait mon emprise sur toi. Tout doit se dérouler dans la légitimité, mon mignon, y compris ma conquête de Taïna. Tu es aussi le dieu de ses habitants, non ? »

C'était un point sensible entre eux car le roi de Taïna s'était converti à une religion qui rejetait l'autorité d'Ours.

« N'oublie pas que nous sommes du même camp dans cette affaire, mon amour », dit Yaga. Mais, en regardant ses poils collés, sa gueule et son poitrail couverts de sang, elle ne put s'empêcher de songer : Si ce dieu de l'hiver, ce tapis ambulant, cet ours borgne pleurnichard est le gardien tout-puissant de la Russie, l'avenir s'annonce difficile pour notre terre. « Parle-moi du chevalier qui t'a lancé cette pierre.

– Ce n'était pas un chevalier, répondit Ours. Il était pratiquement nu.

– Viens ici, que ta Baba Yaga mette quelque chose sur ta blessure.»

Il s'approcha lourdement et posa la tête sur les genoux de la femme; elle commença par nettoyer le pourtour de la plaie, puis y appliqua un baume.

«Il n'avait pas d'arme, il ne s'est même pas vraiment battu. Il s'est contenté de courir sans arrêt.

– Comment est-il parvenu jusqu'à la princesse?» demanda Yaga. Elle tenait à l'apprendre car il existait toujours un risque qu'Ours se soit assez libéré des sorts qui le liaient pour se retourner contre elle.

«Il a sauté par-dessus la fosse, ce dont tu disais qu'aucun homme n'était capable; d'après toi, celui qui essaierait tomberait dans le puits, où je pourrais lui arracher la tête.» Il ramassa une pleine patte de cervelle et se mit à la manger en en mettant partout pendant que Baba Yaga s'occupait de son orbite vide.

Ours tressaillit quand elle appliqua le baume, ce qui n'avait rien d'étonnant car elle avait fait exprès de ne pas ajouter d'herbe anesthésiante au mélange de simples.

«Je ne peux pas avoir raison tout le temps, n'est-ce pas? répondit Yaga. Après tout, je ne suis pas une divinité, moi.

– Yaga, Yaga, Yaga», fit Ours comme si elle venait de faire une blague stupide.

Qu'elle détestait ce surnom! Et pourtant il lui était resté, au point que c'était aujourd'hui le nom dont elle se désignait elle-même.

Feu son époux le roi Brat le lui avait donné quand il l'avait fait amener à Kiev, future épousée de douze ans. C'était le petit nom qu'il lui murmurait tendrement en violant son corps immature, et aussi tandis qu'elle faisait semblant de pleurer sur la tombe du premier enfant qu'il lui avait fait : sa chère Yaga, sa gentille petite Yaga, Yaga la mère aimante qui avait maintenu pressé contre son sein ce rejeton affamé longtemps après qu'il avait cessé de chercher à respirer, et puis qui avait mis en sanglotant son premier-né sur les genoux de l'homme qui le lui avait imposé. C'était un message, bien que Brat, guerrier au bras lourd, ne l'eût jamais compris, un message que le peuple comprenait à présent, avec son roi déposé et mort après un long étiolement, et sa veuve mariée à un époux qui ressemblait au moins à ce que tout homme était secrètement : une bête puante, poilue et bavante. Le message était simple : si on oblige Yaga à faire ce qu'elle ne veut pas, le résultat sera déplaisant.

Peut-être avait-il changé avec les années et disait-il plutôt à présent : si on tente d'empêcher Yaga de faire ce qu'elle veut, on court à la destruction, soi et les siens. Mais dans l'esprit, à l'origine, c'était en réalité le même message. Elle avait été obligée de quitter le rivage merveilleux de son enfance, puis la ville de Kiev bruissante d'activité pour s'installer dans ces terres forestières et rustiques, mais au moins elle mettrait la main sur tous les royaumes alentour et elle les gouvernerait à sa façon.

Le seul inconvénient était qu'il lui fallait toujours avoir un mari qui porte le titre de roi, sans quoi personne ne la prendrait au sérieux. Eh bien, elle avait montré de quel bois elle se chauffait à tous les prétendants qui l'avaient poursuivie de leurs assiduités après la mort de Brat : ils croyaient pouvoir s'emparer d'elle et du royaume de son époux décédé, mais elle n'avait choisi aucun de ces princes au petit pied. Son conjoint serait un dieu.

C'est ainsi que la « Yaga » adorée de Brat était aujourd'hui l'épouse d'Ours, et nul ne se rappelait plus qu'elle avait été autrefois Olga, jeune princesse pleine d'espoir d'un charmant royaume de la côte méridionale de la Baltique. Et maintenant qu'elle prenait de l'âge, on commençait à l'appeler *Baba* Yaga – grand-mère, par tous les démons ! C'était de l'ironie, naturellement ; un terme d'affection pour quelqu'un qu'on détestait et qu'on craignait tant ? On l'accusait si communément de manger les bébés qu'elle était tentée d'en faire cuire un et de le goûter un jour, rien que pour voir pourquoi les gens faisaient tant d'histoires à ce sujet. Grand-mère, ah ouiche !

Elle se leva pour aller poser l'œil sur sa coiffeuse, où elle se vit dans le miroir. Naturellement, elle avait marqué le verre de plusieurs sentinelles magiques afin qu'aucun esprit de passage ne puisse en jaillir pour lui faire du mal. On jalousait tant son pouvoir et sa beauté !

« Je n'ai pas l'air d'une grand-mère, dit-elle.

– Si, rétorqua Ours. Tu sais bien que ces charmes-là n'ont pas prise sur moi.

– Ce que tu vois, toi, m'indiffère.

– Je n'ai jamais compris pourquoi tu employais la magie pour t'abuser toi-même.

– J'ai besoin de vivre entourée de beauté, fit Yaga, même dans les miroirs.

– Alors tu vas seulement me donner l'air d'avoir deux yeux ? » marmonna-t-il.

Yaga ne se laissa pas attendrir. « Eh bien, et la princesse Katerina ?

– Tu connais l'histoire : il l'a embrassée, elle s'est réveillée et ils ont franchi le pont.

– Lequel ?

– Celui de la princesse. Je te croyais les sens assez affinés pour percevoir le moment où elle rentrerait dans le monde.

– Je l'ai perçu, rétorqua Yaga, mais j'ai pensé que c'était un gaz. » L'avait-elle perçu ? Non. Ce qui se passait là-bas lui restait indécelable. Mais, dès que Katerina quitterait la clairière et retournerait à Taïna, Yaga pourrait suivre chacun de ses mouvements.

« Eh bien, maintenant, Katerina est réveillée et elle est en route pour Taïna avec un mari qui court très vite et qui a un sacré coup d'œil pour lancer des pierres.

– Ce n'est pas encore son mari, dit Yaga.

– Tu comptes lui jeter un sort pour le transformer en eunuque ? Il est tombé raide amoureux d'elle dès qu'il l'a vue couchée là, entourée d'une odeur d'amour comme une chienne constamment en chaleur.

– Il y a des jours où je regrette de t'avoir fait don de la parole.

– Eh bien, reprends-la, répondit-il. Elle ne me manquera jamais – pas autant qu'un œil.

– Je n'ai pas besoin d'un sort pour transformer un homme en eunuque », dit Yaga.

Ours murmura quelque chose.

« J'ai entendu ce que tu viens de marmonner.

– Pas vrai, répliqua-t-il.

– En tout cas, je sais ce que tu voulais dire, et ce n'était pas drôle.

– On verra la réaction des serviteurs quand je le leur répéterai.

– Vas-y donc, fit-elle. Il me suffira de tuer chacun de ceux à qui tu en auras parlé.

– On ne doit tuer que ce qu'on a l'intention de manger, dit Ours. Ça finit par déteindre sur ton caractère, tous ces meurtres.

– Ce ne sont pas des meurtres mais l'œuvre de ma vie. Par ailleurs, c'est toi qui as tué cet homme.

– Yaga, Yaga, Yaga ! fit-il.

– Tais-toi, murmura-t-elle tendrement en s'asseyant tout contre Ours. Je suis contente de te revoir, mon chéri.

– Ah oui ? Il m'est venu à l'esprit, alors que je tournais

en rond dans la fosse en essayant de rester entre le paysan et la princesse, que ton plan ne pouvait avoir qu'un seul but : empêcher quiconque d'embrasser la fille, auquel cas ton mari affectionné resterait pour toujours au fond de son trou.

– Ne dis donc pas de bêtises. Dès la mort de son père, je t'aurais ramené ici. »

De ses énormes griffes, Ours arracha délicatement la robe de Yaga sans même effleurer sa peau ; puis il posa ses pattes sur son ventre et sa poitrine et l'attira contre lui d'un mouvement ferme, irrésistible et si oppressant qu'elle en avait du mal à respirer.

« Tu ne devrais plus confier à ton mari aimant des missions dont on ne revient pas, lui souffla-t-il à l'oreille.

– Quel intérêt, de toute façon ? fit-elle d'une voix sifflante en s'efforçant de reprendre son souffle. N'oublie surtout pas combien tu m'aimes, mon gros ours. »

Il relâcha son étreinte et elle aspira aussitôt l'air à grandes goulées.

« Je ne t'ai pas tuée, dit-il, pour te déclarer mon amour à ma façon de vieil ours.

– Moi aussi, je t'aime. »

Si seulement elle connaissait un moyen d'abattre la dernière barrière et de lui voler toute sa magie, afin de ne plus avoir besoin de lui ! Ah, s'emparer de son immortalité, de ses pouvoirs divins, puis se débarrasser de lui comme elle s'était débarrassée de Brat ! Mais, s'il existait des sorts pour vider un dieu de sa puissance puis l'éliminer, elle ne les avait pas encore découverts. Peut-être fallait-il encourager le christianisme : si chacun cessait de croire en ces dieux-animaux des forêts, qui sait s'ils ne perdraient pas leur pouvoir ?

En attendant, Ours avait faim et il fallait lui donner à manger. Ensuite, il ferait ses besoins là où cela lui chantait dans la maison. Il avait fallu des mois pour que l'odeur s'en aille pendant qu'il gardait la princesse endormie, et voilà qu'elle allait revenir en force. Si seulement Yaga pouvait…

Si seulement, si seulement ! Quel que soit le pouvoir dont elle disposait, ses désirs n'étaient jamais satisfaits.

5

Nu

Ivan posa le pied sur l'herbe et ses vêtements disparurent.

Saisi, il lâcha la main de Katerina pour couvrir sa nudité, puis il se rendit compte du spectacle ridicule qu'il offrait à se tenir ainsi les parties, et il tourna le dos à la princesse.

« Que faites-vous ? demanda-t-elle. Pipi ? »

Avec les sphincters serrés à bloc, il aurait eu peu de chance d'y parvenir. « Je suis tout nu, dit-il. Où sont passés mes vêtements ?

– Je l'ignore. Vous avez la peau satinée comme celle d'un bébé. »

Gêné que sa nudité ne la gêne pas, il se dirigea en crabe vers le pont. « En retournant sur le piédestal, je retrouverai peut-être mes habits.

– Ils disparaîtraient à nouveau dès que vous remettriez le pied ici », répondit Katerina d'un ton impatient.

Oui, si je remets le pied ici ! se dit Ivan.

« Que votre peau est satinée ! répéta-t-elle. Et blanche ! Vous êtes malade ? »

Ivan se sentit insulté : il était fier de son physique de décathlonien ; or elle le regardait comme… quoi ? Comme s'il manquait de virilité.

Mais il avait des soucis plus graves que l'évaluation indélicate qu'on pouvait faire de son anatomie : le pont était à nouveau invisible et il ne se rappelait plus son emplacement exact.

« Donnez-moi la main, que je voie le pont.
– Non, répondit-elle.
– Je dois retrouver mes vêtements !
– C'est impossible.
– Mais ça me gêne d'être tout nu devant vous !
– J'ai vu votre difformité, fit-elle. Inutile de la cacher. »

Sa difformité ?

Il lui fallut un moment pour comprendre de quoi elle parlait. En Amérique, presque tout le monde dans les vestiaires était circoncis ; mais, chez Katerina, ce devait être une rareté. La nudité, en revanche, semblait chose courante. Eh bien, pour lui, cela ne l'était pas !

« Il faut que je me couvre, insista-t-il.
– Il fait froid, je sais. Dommage que vous n'ayez pas pu récupérer la peau de l'ours.
– Donnez-moi votre... » Il tenta de se rappeler le terme en vieux slave pour traduire *bliaud* mais, s'il l'avait jamais su, cela ne lui revenait pas. « Votre habit, votre robe, votre manteau. » Il avait fait à peu près le tour des approximations qui se présentaient à son esprit.

Pas de réponse. Par-dessus son épaule, il jeta un coup d'œil à la princesse : enfin, elle rougissait.

« Quoi ? fit-il. Il faudrait que je reste nu ? Vous ne pouvez pas vous séparer d'un bout de tissu ?
– Chercheriez-vous à m'humilier ? demanda-t-elle dans un souffle.
– Je cherche à nous éviter l'humiliation à tous les deux, répondit-il. Je ne peux tout de même pas me présenter chez vos parents sans rien sur le dos.
– Cela vaudrait mieux qu'avec un vêtement de femme !
– Je ne le porterai pas comme une femme, dit-il ; et maintenant donnez-le-moi avant que j'attrape la mort ! »

L'air maussade, elle laissa tomber son bliaud de ses épaules puis le ramassa ; elle le tendit à Ivan en détournant le regard.

Fidèle à sa parole, il ne se passa pas l'habit sur les épaules – comme il était ouvert sur le devant, cela n'aurait guère servi le but recherché : il l'enroula autour de sa taille et le maintint en place comme une serviette de bain en enfonçant l'extrémité entre le tissu et la peau.

« Parfait, dit-il en se retournant vers Katerina. Je suis couvert. »

Mais elle qui regardait sa nudité sans vergogne refusait à présent de poser les yeux sur lui.

« Quoi encore ? Je le porte comme un kilt de soldat !

– Quand le peuple murmurera que l'époux de la reine a enfilé les vêtements de sa femme, je veux pouvoir affirmer que je n'ai jamais rien vu de tel et le jurer par la Sainte Vierge.

– Vous prétendez qu'il vaut mieux que j'entre chez vos parents nu comme un ver ?

– Il vaudrait mieux que vous entriez chez eux mort que vêtu d'un habit de femme !

– Tiens, ça, c'est une idée. Et si je n'allais pas du tout chez vos parents ? Donnez-moi la main, que je voie le pont, et je m'en vais tout de suite. »

Elle pivota sur elle-même pour lui agripper les mains. « Non, non ! Portez ce qui vous plaît ! Vous ne devez pas partir, il faut absolument que vous m'accompagniez chez moi et que vous m'épousiez, sans quoi tout est perdu ! Après tout ce qui s'est passé, maintenant que vous avez combattu l'ours et que vous m'avez réveillée, me quitter serait encore pire que si vous n'étiez pas intervenu ! »

Ivan lui rendit son étreinte. « Écoutez, j'ai bien compris que porter des vêtements de femme est un… » Il chercha une traduction pour *tabou*. « Un péché. Quand nous approcherons du village, j'attendrai dans les bois pendant que vous irez me chercher des habits d'homme. » À gestes délicats, il ôta le bliaud et le lui tendit.

Elle regarda Ivan avec une expression d'aversion et refusa de toucher le vêtement. « Vous voudriez que je remette ceci alors que vous vous en êtes ceint les reins ?

– Non, en effet, dit Ivan, vous ne pouvez plus le porter ; je comprends. » Et il jeta le bliaud dans la fosse. « Il a disparu ! »

Le mépris de la princesse n'en fut nullement amoindri. « Rien n'a disparu ; vous venez de donner ce bliaud à la Veuve.

– Je suis au bord du trou et je ne vois personne au fond !

– C'est elle qui établit les règles, pas vous, dit Katerina. Je suis obligée de vous épouser, mais vous êtes un imbécile. C'est la Veuve qui a dû vous choisir elle-même ! »

Ivan sentit la moutarde lui monter au nez. « Vous êtes peut-être obligée de m'épouser, vous, mais moi, rien ne m'y force !

– Un paysan tout nu avec une difformité qui se promène dans les bois habillé en femme et qui parle comme un enfant sans cervelle ? Vous n'avez guère le choix ! »

Son sarcasme démontrait une si courte vue culturelle qu'il ne put s'empêcher d'éclater de rire. Il songea à Ruth qui l'attendait à New York ; toutes ces histoires de magie, ces rêves d'enfance, le monstre maléfique qu'il avait vaincu, la princesse qu'il avait embrassée n'étaient finalement que des fadaises. Il n'avait rien à faire dans ce monde dont il ne comprenait pas les règles. Manifestement, cette jeune femme s'attendait à ce qu'il l'épouse pour de bon. On se serait cru dans un magasin de porcelaine : ce qu'on casse, on le paye ; sauf que, dans le cas présent, c'était : celle qu'on embrasse, on l'épouse.

Eh bien, ces règles ne lui convenaient pas. L'idée de s'unir à une femme qui le considérait comme un péquenot travesti affligé d'une malformation ne lui plaisait pas, et encore moins celle de se trouver mêlé à un combat avec une sorcière de légende tout droit sortie des cauchemars de cinquante générations de petits Russes. Il avait joué son rôle en éveillant et en libérant la princesse ; le prince charmant n'était pas obligé de rester, surtout s'il n'était pas prince.

« Dites voir… fit-il.

– J'en ai déjà bien assez vu, répliqua-t-elle.

– Non, je voulais dire : écoutez.

– Dans ce cas, dites : écoutez ! Pourquoi vous exprimez-vous si bizarrement ? Pourquoi déformer tous les mots ?

– Parce que je ne suis pas d'ici ! Votre langue n'est pas la mienne ! » Et il passa au russe moderne pour le lui démontrer : « Vous parlez une langue morte à laquelle on ne fait allusion que dans quelques passages de manuscrits anciens, alors vous avez déjà de la chance que je puisse un tant soit peu me faire comprendre de vous ! »

Elle leva vers lui un regard empreint d'épouvante. « Quelle malédiction était-ce là ? Vous avez évoqué la mort ? M'avez-vous condamnée à mourir ?

– Je ne vous ai condamnée à rien du tout, répondit-il en vieux slave. J'employais simplement ma propre langue. »

À cet instant, il se demanda quelle langue était vraiment la sienne. On parlait russe chez ses parents, mais lui-même s'exprimait en ukrainien dans son enfance ; et toutes ces années passées à penser, à écrire, à communiquer en anglais… cela ne faisait-il pas aussi de l'anglais sa propre langue ? Quand il serait marié à Ruth, leurs enfants ne parleraient-ils pas anglais ? Et, si on allait par là, le vieux slave n'avait-il pas également droit à se prétendre l'une de ses langues ? Il le maniait peut-être mal, mais c'était un dialecte que son père et lui avaient partagé des années durant. Et, aujourd'hui, pouvait-il laisser passer l'occasion d'apprendre un idiome proto-slave, une langue telle qu'elle était véritablement pratiquée, après n'en avoir étudié et employé que l'ombre qui en avait survécu ?

Oui ! Il avait une existence à lui, et ce n'était pas celle que Katerina lui proposait. Il avait accompli ce qu'il était venu faire : dégager les feuilles, vaincre la bête, franchir la fosse, réveiller la princesse. Les contes s'arrêtaient là ; dans aucun d'entre eux le prince charmant ne restait tout nu à trembler de froid entre la forêt et la fosse, pris pour un paysan par une princesse méprisante qui se moquait du symbole du pacte qu'il avait passé avec Dieu dans son enfance et qui le honnissait parce qu'il voulait couvrir sa nudité.

À vrai dire, ce n'était pas tout à fait exact ; dans les contes occidentaux, on se mariait, on avait beaucoup d'enfants et l'histoire s'achevait là ; dans les légendes russes, on allait bien au-delà – jusqu'à la trahison, à l'adultère, au meurtre, tout cela dans le cadre du mariage romantique où le héros de passage se trouvait pris par hasard. Le vieux conte de la Belle au bois dormant se terminait peut-être bien en France ou dans les pays anglo-saxons, mais Ivan se trouvait en Russie et il fallait être fou pour avoir envie de vivre la version russe d'un conte de fées.

Il se mit à genoux dans l'herbe et entreprit de suivre le bord de la fosse à quatre pattes en tâtonnant de la main gauche dans l'espoir de repérer au toucher le pont invisible.

« Que faites-vous ? demanda Katerina.

– Je rentre chez moi », répondit-il.

Elle soupira. « Vous ne trouverez pas le pont. »

Il interrompit ses recherches. « Si.

– Votre main l'a déjà traversé plusieurs fois. Pour vous, il n'existe pas.

– Vous voulez dire qu'il n'est là que quand vous me touchez ?

– Non : il est toujours là – pour moi.

– Ainsi, je ne peux pas rentrer chez moi sans votre aide, fit Ivan.

– Mais pourquoi vouloir vous en aller, de toute façon ? demanda la jeune femme. Quand vous m'épouserez, vous deviendrez prince, héritier du trône et, un jour, roi de Taïna.

– Je n'ai jamais entendu parler de Taïna et je ne désire être roi de rien du tout. Je veux un doctorat, un poste de titulaire à la faculté, une femme et des enfants qui m'aiment. »

Naturellement, il avait employé les termes en russe moderne pour « doctorat » et « université », et l'expression anglaise pour « poste de titulaire » car il n'en avait jamais eu l'usage en russe et ignorait comment elle se traduisait. Ce vocabulaire étrange laissa Katerina interloquée, évidemment, mais elle tenta de s'y retrouver tout de même. « Vous poursuivez donc une quête ? fit-elle. Vous êtes à la recherche de ce… *poste de titulaire ?*

– Exactement, répondit Ivan. Si donc vous aviez l'amabilité de m'aider à retraverser le pont, je devrais pouvoir me débrouiller pour rentrer chez moi ensuite.

– Non, dit-elle.

– Voyons, vous me le devez bien ; je vous ai réveillée !

– En effet, et c'est bien pourquoi je ne puis épouser personne d'autre que vous. Après le mariage, vous pourrez vous remettre en quête de votre *poste de titulaire*.

– Mais enfin, je suis fiancé à quelqu'un d'autre !

– Non, répliqua-t-elle froidement.

– Je vous assure que si.

– C'est à moi que vous êtes fiancé. Si vous étiez fiancé à quelqu'un d'autre, votre baiser ne m'aurait pas réveillée, et l'ours n'aurait pas disparu quand j'ai accepté de vous épouser.

– Et comment l'aurait-il su, l'ours ?

– L'ours l'ignorait ; c'est l'enchantement qui le savait.

L'univers sait quand une parole est donnée et quand un serment est rompu.

– Eh bien, l'univers s'est mis le doigt dans l'œil parce que j'étais fiancé à Ruth avant de… » Sa propre façon de s'exprimer le força à s'interrompre.

Avant ? Que voulait dire *avant*, à présent ? Il était dans le monde de Katerina, et ce depuis qu'il avait atteint le piédestal au milieu de la fosse ; or, d'après l'habillement et la langue de la princesse, il se trouvait probablement au Moyen Âge, aux alentours de 900 après Jésus-Christ, voire plus tôt ; par conséquent, au moment où il l'avait embrassée, Ruth et lui n'étaient même pas nés.

Voyons, c'était absurde ! Il était bel et bien là, lui, jeune homme d'une vingtaine d'années qui avait promis, un peu plus tôt dans sa vie, d'épouser Ruth. C'était donc un homme fiancé qui avait donné un baiser à la princesse.

Oui, mais il l'avait donné des siècles avant de se fiancer.

On n'en sortait pas. À quoi servaient les lois du temps si celles de la magie les contredisaient ?

Sa mère lui avait dit qu'il y avait une erreur, un obstacle à son mariage avec Ruth. Était-ce de cela qu'elle parlait ? Alors même qu'il n'avait pas encore mis les pieds dans la clairière et combattu l'ours pour parvenir jusqu'à la princesse, cet épisode s'était-il déjà joué des centaines d'années plus tôt ? Le temps objectif – le déroulement des siècles – avait-il préséance sur le temps subjectif, le déroulement de sa propre existence ?

Impossible de discuter de tels concepts avec Katerina : même s'il avait assez bien maîtrisé le vieux slave pour exprimer ses pensées, elle ne devait pas avoir le fonds philosophique nécessaire pour les comprendre, de même que lui, Ivan, ne possédait pas celui qui lui aurait permis d'appréhender les règles de ce monde : les ponts qui existaient pour une personne mais pas pour une autre, les ours qui survivaient des siècles durant dans des fosses remplies de feuilles mortes, les sorcières qui jetaient des sorts aux princesses... Lire les contes qui en parlaient, c'était sympa, mais les vivre beaucoup moins amusant – et, il en avait le pressentiment, il apprécierait encore moins l'histoire avant qu'elle soit seulement achevée.

« Je suis donc coincé, dit-il.

– Oui, répondit-elle d'un ton froid. Je vous plains : un petit paysan obligé d'épouser une princesse et de devenir roi !

– Je n'ai pas envie de devenir roi, rétorqua Ivan. Et je ne suis ni petit ni paysan !

– En tout cas, vous n'êtes pas chevalier.

– Si, sans doute, sinon comment aurais-je vaincu l'ours ?

– Vous êtes trop chétif, trop mou et trop jeune pour être chevalier. »

Personne ne l'avait jamais qualifié de chétif ni de mou, et il était plus âgé qu'elle. Presque par réflexe, il banda ses muscles et les sentit rouler sous sa peau. « Vous me trouvez chétif, moi ? »

En guise de réponse, elle saisit son avant-bras droit entre ses deux mains ; ses doigts se chevauchaient considérablement. « Ce bras n'a jamais manié d'épée. » Elle le prit par le biceps. « Serait-il capable de tenir un bouclier plus de cinq minutes ?

– Ça ne m'a jamais été nécessaire, répondit-il. Mais je ne suis certainement pas un... » Il chercha un terme pour traduire *avorton*.

« Smridu », dit-elle. Un paysan.

« Je ne suis pas un *smridu*. Je n'ai jamais travaillé la terre, je ne sais même pas ce que fait un fermier.

– C'est évident. Vous avez les manières d'un paysan mais vos cuisses ne tiendraient pas une saison de labours : elles se briseraient comme des brindilles. »

Devant cette froide évaluation de son physique, il se sentit à la fois pris de colère et humilié. Il n'avait jamais cherché à se développer comme un Schwarzenegger, seulement à devenir un athlète complet; dès lors, le mépris de la princesse était totalement injuste et dénotait une absence absolue de recul sur le plan culturel – et cependant Ivan savait qu'il aurait seulement l'air pitoyable s'il tentait de se défendre. « Dans mon pays, on me considère comme assez fort.

– Dans ce cas, votre pays ne tardera pas à tomber, lorsque de vrais hommes en verront l'occasion. Mais qu'êtes-vous donc ? Un marchand ? » Et, poursuivant son examen, elle baissa le regard sur l'entrejambe d'Ivan. Soudain, elle écarquilla les yeux.

« Quoi encore ? fit-il en résistant à l'impulsion qui lui commandait de couvrir sa nudité ou de se retourner.

– J'en ai entendu parler. C'est une coutume juive.

– Oui, en effet, dit-il. Je suis juif. »

Les yeux de Katerina devinrent durs et elle marmonna une épithète qu'il ne saisit pas.

Génial ! L'antisémitisme, maintenant ! Il ne manquait plus que ça !

« Si vous croyez pouvoir vendre la fille d'un roi comme esclave, réfléchissez-y à deux fois, reprit-elle. Mon père me rachètera, puis il se lancera à votre poursuite et il vous tuera.

– Comme esclave ! s'exclama Ivan. Quel rapport entre ma judaïté et l'esclavage ? »

Les craintes de la princesse s'apaisèrent visiblement. « Comme vous n'êtes ni paysan ni chevalier, j'ai songé que vous étiez peut-être marchand, et puis j'ai pensé aux juifs qui pratiquent la traite des esclaves et qui emmènent des gens vers l'ouest pour les vendre aux Francs. »

Ivan se rappela ses cours d'histoire : à cette époque, tous les négociants trempaient dans le trafic des esclaves.

« Les marchands ne volent pas les esclaves, ils les achètent, qu'il s'agisse de prisonniers de guerre ou de personnes endettées.

– Pourtant l'évêque affirme que… »

Naturellement : dès qu'une peuplade est convertie au christianisme, l'Église se met à casser du sucre sur le dos des juifs. « Tout ce que l'évêque sait des juifs, ce sont les mensonges que les chrétiens ont inventés sur nous. »

Elle rougit. « Vous osez traiter les chrétiens de menteurs ? Je suis chrétienne, moi, et je ne mens jamais !

– Eh bien, je suis juif, moi, et je n'ai jamais capturé le moindre esclave ! Ni acheté ni vendu non plus ! Et je ne connais pas de juif qui l'ait fait ! »

Elle le foudroya du regard. « Quel mensonge ! J'ai vu mon père lui-même acheter des esclaves à des juifs !

– Mais enfin, si vous achetez des esclaves, de quel droit critiquez-vous les juifs de les vendre ?

– Dans le royaume de mon père, les esclaves chrétiens gagnent leur liberté au bout de quinze années de travail.

– Ah ! Et les esclaves juifs restent asservis toute leur vie ?

– Tous nos esclaves se convertissent au christianisme.

– Mais évidemment, si vous n'affranchissez que les chrétiens ! s'écria Ivan, exaspéré.

– N'empêche que ce sont les juifs qui réduisent des chrétiens en esclavage.

– Et à qui croyez-vous qu'ils les vendent ? demanda Ivan. À des chrétiens comme votre père ! Et puis à quoi rime cette conversation, de toute façon ? La traite des esclaves est répréhensible chez les juifs mais parfaitement acceptable quand ce sont des chrétiens qui la pratiquent ? C'est ça, la règle ?

– Pourquoi devrais-je perdre mon temps à discuter avec un enfant ? riposta-t-elle.

– En effet, vous ne devriez pas discuter : vous devriez

ouvrir les oreilles pour entendre la vérité. Je suis juif, je ne suis pas prince et je ne veux pas vous épouser ; je veux rentrer chez moi et me marier avec Ruth. Et, comme d'après vous j'ai porté des vêtements de femme, personne ne voudra de moi comme roi, alors laissons tomber. Faites-moi retraverser ce pont. »

Elle resta inébranlable. « Je dois épouser celui qui m'a embrassée, sinon le peuple de Taïna tombera sous la coupe de la Veuve.

– Et, pour ça, vous êtes prête à vous marier avec un juif voleur d'esclave ?

– Ah ! Vous avouez enfin ! s'exclama-t-elle d'un ton triomphant.

– Je n'avoue rien du tout ! cria-t-il. Tout ce que j'ai à vous dire, c'est que je ne veux pas vous épouser !

– Vous avez donné votre parole !

– Il y avait un ours ! »

Elle s'arc-bouta devant lui comme un blaireau aux abois. « Et il y en aura un autre, ou pire encore. Je vais vous épouser pour le bien de mon peuple. Peut-être son sort vous est-il indifférent, peut-être n'avez-vous pas de peuple, peut-être venez-vous d'un pays où la souffrance des autres n'a pas d'importance ; mais, chez moi, même un paysan serait prêt à mourir pour son peuple, à se dresser face aux Huns ou aux Saxons si cela devait sauver la vie d'un seul enfant – parce que, chez moi, même les paysans sont des hommes ! »

Il la regarda et se la rappela telle qu'elle lui était apparue avant le baiser : belle, éthérée, parfaite. Eh bien, ce n'était plus le cas – mais elle avait acquis une autre sorte de beauté, qui était peut-être plutôt de la noblesse. Il se sentit honteux.

« Ce n'est pas mon peuple, murmura-t-il.

– Mais c'est le mien, et si je veux le sauver je dois vous épouser, même si vous portez des vêtements de femme et si vous mentez sans vergogne.

– La Veuve est-elle si terrible que ça ? demanda-t-il.

– Assez pour décider de vous laisser échapper à l'ours afin de me réveiller.

– Hé là ! Personne ne m'a aidé ! J'ai vaincu l'ours tout seul !

– Vous lui avez jeté un caillou, répliqua-t-elle avec dédain.

– Et je vous ai libérée de l'enchantement.

– Quelqu'un s'en serait chargé un jour ou l'autre.

– Quand ça ? Il y avait déjà mille ans d'écart entre mon époque et la vôtre. » La langue qu'elle parlait correspondait au moins à ce laps de temps.

Elle eut un hoquet d'horreur. « Mille ans ! Mais… en mille ans… mon peuple… »

Elle retroussa sa jupe et se rua dans le bois.

Il se lança à sa poursuite, ce qui ne posa pas de problème sur l'herbe mais devint très désagréable sous les arbres, car le sol était dur et le tapis de feuilles mortes dissimulait des glands et des pierres en quantité. « Attendez-moi ! cria-t-il.

– Ils sont tous morts, maintenant !

– Ce n'est pas sûr ! Dans tous les contes, le roi et son peuple s'endorment en même temps que la princesse ! »

Elle l'entendit et ralentit, mais pas suffisamment.

« Moins vite ! Attendez-moi ! Je ne connais pas le chemin ! »

Elle s'arrêta et le regarda s'avancer avec précaution sur le sol accidenté. « Vous marchez comme si la terre était brûlante.

– J'ai des chaussures, d'ordinaire, répondit-il. Je n'ai pas l'habitude d'aller pieds nus. »

Nouveau regard méprisant de la princesse.

« Excusez-moi si je ne suis pas à la hauteur de votre image de l'homme parfait.

– C'est Jésus-Christ, mon image de l'homme parfait », rétorqua-t-elle d'un ton froid.

Il se rendit compte qu'il avait employé le mot *icône* sur lequel son père et lui s'étaient mis d'accord pour traduire *image* ou *concept;* mais, pour elle, le terme devait encore n'avoir que des connotations religieuses. Elle ignorait totalement qui il était et à quoi ressemblait son monde, et il se jugea soudain bien puéril de lui reprocher sa méconnaissance. Lui au moins avait étudié l'univers dans lequel elle vivait, alors qu'elle n'était pas en mesure d'imaginer le sien.

« Le pays d'où je viens, dit-il, ne m'a pas préparé à la vie dans le vôtre. J'ai besoin de votre aide. »

L'expression de la princesse s'adoucit, et elle retrouva sa beauté. « Je vous aiderai. En ferez-vous autant pour moi ?

– Je ferai ce qui vous sera nécessaire, répondit-il. Au point où j'en suis, autant aller jusqu'au bout. »

Traduite littéralement en vieux slave, l'expression familière perdit tout sens. Ivan et son père avaient souvent transposé mot pour mot des phrases toutes faites à mesure qu'ils inventaient leur version personnelle de la langue disparue ; mais ce qui au début n'était qu'une plaisanterie anachronique était devenu une habitude dont il allait avoir du mal à se débarrasser.

« Je ne vous comprends pas, dit la princesse.

– Moi non plus, je ne vous comprends pas, répondit-il, mais je ferai mon possible pour vous aider à protéger votre peuple contre la sorcière ; après cela, je ne peux rien vous promettre.

– Après cela, ce que vous ferez n'aura plus d'importance.

– Vous me ramènerez ici et vous me laisserez rentrer chez moi ?

– Je vous ferai traverser le pont, dit-elle. Vous avez ma parole. »

Au fond de la fosse, le bliaud s'éleva du sol et se gonfla comme si une forme féminine l'emplissait, bien qu'il demeurât vide. Il se mit à tourner sur placer, à danser, puis sa rotation s'accéléra jusqu'au moment où il se trouva à plat en l'air, à tournoyer comme les pales d'un hélicoptère. Peu à peu, des feuilles s'agitèrent dans la fosse, puis se firent aspirer dans le tourbillon du bliaud et une tornade végétale s'éleva du trou.

Le phénomène se poursuivit quelque temps puis se calma, et les feuilles retombèrent dans la clairière tout autour de la fosse.

Au fond, le bliaud était suspendu à la paroi, tenu par une dizaine de poignards plantés dans la terre à travers le tissu. Un liquide noir et huileux suintait de la pointe de chaque lame. Une araignée sortit de sous le tissu, puis des dizaines qui se répandirent sur la paroi.

Pour Katerina, le plus important était de déterminer si ce jeune homme était son libérateur ou bien s'il ne représentait qu'un nouveau méchant tour de Baba Yaga ; or les indices à l'appui de cette dernière hypothèse ne manquaient pas : l'étrange tenue qu'il portait quand il l'avait embrassée – un pantalon semblable à celui d'un cavalier des steppes les plus reculées, des bottes si basses et délicates qu'il ne devait même pas pouvoir passer un ruisseau à gué, et pourtant le tissu de sa chemise était fin, serré et rutilait de couleurs extraordinairement coûteuses ; son étrange langage, intelligible et cependant empreint d'un accent bizarre, et entrelacé de mots inconnus dont elle ignorait la signification ; comment savoir quand il parlait et quand il entonnait une incantation ou lançait un sort ? Il avait le corps mutilé d'un juif, mais il allait nu-tête ; la peau blanche et satinée d'un adolescent qui n'a jamais travaillé ni manié les armes de sa vie, et néanmoins il se comportait avec une impudence absolue, comme s'il n'avait jamais rencontré son égal et encore moins son maître. Sur ses traits se lisait la sérénité de qui n'a jamais connu la faim ni la peur, et, bien qu'il n'eût pas les bras d'un guerrier ni les cuisses d'un laboureur, il n'avait rien de décharné ; et il était bizarrement propre et sans odeur, en dehors de celle, piquante, que lui avaient value ses récents efforts. Il y avait en lui une beauté qui avait fugitivement éveillé en Katerina un sentiment de réminiscence, peut-être de désir, et une pensée lui traversa l'esprit : est-ce à cela que ressemblent les anges sous leur robe, une fois dépouillés de leurs ailes ? De fait, le ton altier et imposant qu'il employait évoquait l'autorité d'un ange ; il était évident qu'il se considérait comme aussi royal qu'elle-même ; et pourtant il était si insensible à la pudeur qu'il avait pris un habit de la princesse pour s'en vêtir.

Elle n'éprouvait aucune répugnance à l'imaginer en train de la toucher, en train de la posséder avec son corps juvénile et propre, oui, même malgré cette étrange mutilation des juifs. Elle ne se prêterait pas à contrecœur à cet aspect de son devoir conjugal ; mais il lui était impossible de l'imaginer roi.

En revanche, c'était exactement le genre de séducteur étrange et pervers que Baba Yaga pourrait essayer d'introduire dans le royaume de Taïna.

Était-ce elle qui l'avait envoyé ? Cela semblait bien peu probable car elle ne représentait pas la seule puissance, ni même la plus grande, de cette partie d'échecs aux enjeux considérables. Si aucune autorité supérieure ne l'avait retenue, Baba Yaga aurait tué le père de Katerina depuis longtemps – et Katerina elle-même aussi, sans aucun doute – ou bien, si le simple meurtre avait échoué, elle aurait lancé son armée contre Taïna, où ses esclaves brutaux et ses mercenaires dépravés auraient balayé l'armée des fermiers soldats du roi, ardente mais relativement mal entraînée.

Non, la sorcière restait contrainte par certaines règles. D'aucuns affirmaient que Mikola Mojaïski veillait encore sur la terre et le peuple de Taïna, même si on ne l'avait plus vu depuis des années, et qu'il ne permettrait pas à Baba Yaga d'enfreindre la grande loi fondamentale : la personne du roi demeurait sacrée et nul sortilège ne pouvait prendre une vie royale ni dépouiller le royaume de son souverain légitime, sauf si les actes de ce dernier lui faisaient perdre le droit de gouverner. Or le père de Katerina, le roi Matfeï, s'était toujours conduit honorablement en tant que roi, sans rien prendre à ses sujets sauf le nécessaire pour assurer leur bien-être et en leur donnant tout ce qu'il leur fallait pour leur protection et leur subsistance ; en conséquence, son droit à porter la couronne était inattaquable. Baba Yaga ne pouvait contourner l'ordre naturel de l'univers – du moins pas pour l'instant, bien qu'elle eût plié à sa volonté, disait-on, le terrifiant pouvoir d'un dieu.

Toutefois, le père de la princesse était convaincu que ce n'était pas Mikola Mojaïski qui tenait Baba Yaga en respect, mais plutôt sa propre conversion à lui, Matfeï, au christianisme et son intronisation en tant que roi par le père Lukas. « C'est de la même autorité que le grand *Imperator* tient son trône de Constantinople », lui répétait-il. Comme elle ne manquait jamais de respect à son père, elle gardait sa réponse pour elle : si l'intronisation chrétienne avait le pouvoir de maintenir les fesses d'un homme sur un trône, il n'y aurait pas eu tant de grands *Imperatores* déposés ou assassinés par le passé.

La Sainte Trinité avait créé le ciel et la terre, cela, elle y croyait absolument ; mais – et cela, elle n'y croyait pas : elle le savait – c'était à Mikola Mojaïski qu'avait été octroyé de protéger les marins des périls des voyages et les rois des périls de la politique. Et, à la différence de Dieu, on ne priait pas Mikola Mojaïski, on ne pouvait pas s'insinuer dans ses bonnes grâces, il n'exigeait ni baptême ni messe : on se pliait aux règles ou on ne s'y pliait pas, un point c'est tout. Dans le premier cas, on était à l'abri de tout, même d'une sorcière comme Baba Yaga ; dans le second, il ne fallait espérer aucune aide.

Par conséquent, s'il ne s'agissait pas d'une ruse de Baba Yaga, pourquoi Katerina se retrouvait-elle avec cet empoté tout nu qui s'empêtrait dans les moindres buissons ? Il avait déjà réussi à s'égarer à plusieurs reprises alors qu'elle lui montrait le chemin : il n'avait aucun sens de la forêt. Comment avait-il survécu à son enfance sans tomber dans un puits ou se faire mordre par un serpent ? Pourquoi un loup miséricordieux n'avait-il pas croisé sa route lors d'une de ses errances – il avait sûrement passé ses jeunes années à se perdre constamment – et ne l'avait-il pas envoyé au ciel ? Enfin, pas au ciel : c'était un juif.

Mais comment donc un tel homme avait-il réussi à échapper à l'ours ?

Elle lui posa la question.

« J'ai sauté par-dessus », répondit-il.

Sauté ? Par-dessus une fosse aussi large et profonde ?

Cela lui donna à réfléchir. Un ours magique avait toutes les chances d'empêcher un chevalier ordinaire de passer ; mais un homme si léger qu'il en paraissait presque adolescent, et pourtant si puissant qu'il était capable de bondir par-dessus la bête, de franchir la fosse comme un oiseau, comme un ange…

Était-ce à cause de son physique juvénile qu'il avait été choisi ? Dans ce cas, n'était-ce pas là une vertu qu'il fallait admirer et non un défaut méprisable ?

Elle s'arrêta pour mieux le regarder. Il était occupé à écarter les branches de son chemin afin de ne pas se faire égratigner, et ce n'est qu'au bout d'un moment qu'il leva les yeux et s'aperçut qu'elle l'attendait et qu'elle l'observait.

Sa timidité lui revint aussitôt et il se tourna de côté,

comme pour cacher ses génitoires, alors qu'il les montrait ainsi de profil. Une mouche vint l'agacer et il la tua d'une claque, d'un mouvement d'une extrême rapidité. Cet homme était vif, et il était si musclé que pas une partie de son corps, pas même ses fesses, n'avait frémi ; seul un homme ainsi bâti pouvait franchir d'un bond l'obstacle de l'ours pour la réveiller d'un baiser. Et, dans le lit nuptial, ne reposerait-il pas plus légèrement sur elle que les chevaliers massifs qui la regardaient avec un désir à peine dissimulé ?

« Qu'y a-t-il ? demanda-t-il.

– J'attendais que vous me rattrapiez. Nous sommes presque arrivés. »

Le village – Taïna proprement dit – n'avait pas changé. Elle en fut un peu étonnée. On n'avait pas défriché de nouveaux champs pour remplacer les anciens au sol épuisé ; même les maisons n'avaient pas bougé ; quelques-unes avaient surgi pour les couples qui s'étaient mariés depuis ce jour où elle s'était piqué le doigt sur le fuseau ; elle avait alors sombré dans ce rêve où l'ours l'avait pourchassée jusqu'à ce qu'elle s'effondre, épuisée, sur la pierre ; et elle était demeurée là pendant que la terre s'éboulait tout autour d'elle, que l'ours sautait au fond de la fosse et qu'elle s'endormait. Un rêve dans lequel elle s'endormait… Et pourtant ce n'était pas un rêve, puisque la fosse était là à son réveil et l'ours aussi. Et le royaume de son père existait toujours, et elle ne vivait que pour le servir.

À l'orée du bois, elle observait le tableau familier quand son promis la rejoignit enfin. Les buissons et les ronces avaient égratigné sa peau de bébé ; la protection d'un morceau de tissu ne lui aurait pas été inutile, en effet, et elle fut soudain prise de remords de l'avoir humilié au point de l'obliger à rejeter le bliaud – mais c'était là une émotion irrationnelle, elle le savait bien : mieux valait souffrir de mille écorchures qu'offenser Dieu.

« Qu'est-ce qui ne va pas ? demanda-t-il.

– Mille ans se sont écoulés, disiez-vous ? répondit-elle d'un ton méprisant. Mais il ne doit pas y avoir plus de quelques mois, en réalité ; on cultive toujours les mêmes champs et on n'en a pas défriché de nouveaux ; quant aux maisons, il n'y en a que quelques-unes de nouvelles : celles de Dimitri, Pashka et Yarosz, qui étaient fiancés quand la malédiction de la sorcière m'a rattrapée ; et aucune des anciennes n'a été abandonnée ni brûlée.

– Ce sont des maisons, ça ? demanda le jeune rustre.

– Et que voulez-vous que ce soit ? Des meules de foin ? » Mais qu'il était bête !

« Non, mais... elles sont toutes petites.

– Tout le monde n'a pas votre taille, rétorqua-t-elle. Je parie que vous ne tenez pas allongé dans une maison ordinaire sans avoir la tête qui dépasse par la porte et les fesses coincées dans la cheminée.

– Quelle poésie dans votre façon de vous exprimer ! fit Ivan. On dirait une princesse.

– Bien sûr que je parle comme une princesse, répondit-elle, interloquée par une telle évidence. J'en suis une ; par conséquent, quoi que je dise, je parle comme une princesse. »

Il haussa les sourcils d'un air moqueur. De quel droit se montrait-il aussi odieux ? Elle ne put s'empêcher de repenser à leur conversation et de chercher ce qu'il avait pu trouver d'indigne d'une princesse dans ce qu'elle avait dit. Était-ce parce qu'elle avait évoqué un homme couché ? Mais elle n'avait pas parlé de coucher avec quelqu'un : alors ? Il fallait qu'ils soient bien prudes dans son pays pour faire tant d'histoires à propos de la nudité d'un homme et se formaliser de simples paroles.

Elle sentit la chaleur qui irradiait de son corps : il s'était tant activé ! Sa peau nue était tout près d'elle et pourtant il n'en émanait presque aucune odeur. Il était plus grand qu'elle ne l'avait cru ; elle-même avait une taille peu courante pour une femme, mais elle n'arrivait même pas à l'épaule du jeune homme ; elle avait les yeux à hauteur de ses mamelons – lesquels, elle s'en rendit compte alors, étaient tout fripés à cause du froid. De plus, la brise s'était levée, et la peau d'Ivan avait pris un aspect marbré sous-tendu d'une teinte bleuâtre. À nouveau, la princesse songea au vêtement qu'elle lui avait interdit de porter.

Elle lui prit la main et voulut l'entraîner dans le village.

Aussitôt, il recula comme un baudet qui refuse le bât.

« Quoi encore ? fit-elle.

– Mais je suis tout nu ! répondit-il.

– Je sais bien, crâne de pierre vide ! C'est pour ça que je vous emmène chez mon père : pour vous protéger du froid !

– Vous ne pourriez pas plutôt aller me chercher des vêtements ?

– Vous me prenez pour votre servante ? Vous êtes mon fiancé ; vous voudriez que j'entre seule dans le village pendant que vous vous cacheriez dans les bois, alors que vous n'êtes même pas gravement blessé ? » Là-dessus, elle entreprit de le tirer derrière elle, et sans ménagement. Elle jeta un coup d'œil par-dessus son épaule et vit, à sa grande humiliation, qu'il se tenait les parties de sa main libre, comme un petit enfant qui vient d'apprendre à s'amuser avec lui-même. Était-il donc décidé à se rendre totalement ridicule ?

« Cessez ! fit-elle d'une voix sifflante. Arrêtez de vous tripoter ! »

Il leva les yeux au ciel, manifestement exaspéré, mais il obéit. Il lâcha aussi la main de Katerina et remonta à sa hauteur, refusant de rester derrière elle ou, pire, de se laisser traîner. Tant mieux : il affirmait son droit d'époux à marcher à côté d'elle, sans se prétendre son seigneur en passant devant elle.

Dès qu'on reconnut la princesse, des femmes commencèrent à sortir des maisons et des enfants à se masser sur le sentier en poussant des cris de joie et en sautant sur place. Certains, plus impatients que les autres, coururent aussitôt chez le roi, si bien qu'il attendait sa fille à la porte quand elle arriva.

Le visage baigné de larmes, le roi Matfeï l'embrassa et la serra sur son cœur, et c'est seulement après bien des étreintes et des baisers qu'il prêta enfin attention à l'homme qui se tenait à ses côtés, nu comme un ver.

« Roi Matfeï, mon père, je vous présente l'homme qui a franchi la fosse, éborgné l'ours et m'a embrassée pour me libérer du sortilège. »

Si son père remarqua qu'elle avait employé le terme *moju* au lieu de *vitez* – *homme* à la place de *chevalier* – il n'en laissa rien paraître. Il ôta simplement son manteau et le plaça sur les épaules d'Ivan.

Naturellement, ce lourdaud se mit à frissonner aussitôt. Nu, il restait impavide, mais qu'on lui mette un manteau bien chaud sur le dos et il réagissait comme s'il neigeait à pleins seaux. Tenait-il donc tant à passer pour un crétin ?

« Entrez, entrez ! dit le roi. L'homme qui a sauvé ma fille des griffes de la Veuve sera toujours honoré dans ma maison. Mais il faut me dire votre nom avant de passer mon seuil. »

Le jeune homme hésita comme s'il ne savait même plus son propre nom. « Ivan », fit-il enfin.

Ivan, le quatrième évangéliste, celui qu'aimait le Seigneur ? Qu'est-ce qu'un juif faisait avec un nom pareil ?

« Ivan, reprit Matfeï, aujourd'hui, vous avez ramené la joie dans mon foyer et l'espoir dans le cœur de mon peuple. Entrez, car cette maison et ce royaume sont désormais les vôtres ; Dieu m'en soit témoin, moi et les miens ne vous voudrons jamais que du bien.

– Merci, monseigneur », répondit Ivan. Ignorait-il qu'on attendait de lui un serment d'invité en retour ?

Mais le roi négligea ce manquement à la courtoisie et fit entrer le jeune homme.

Katerina s'arrêta sur le seuil et se tourna face à la foule. « J'aurai bientôt un époux, déclara-t-elle, et alors Taïna sera à l'abri de l'Usurpatrice. »

Le silence s'abattit un instant sur la presse. La princesse n'avait naturellement pas prononcé le nom de Baba Yaga mais tous savaient de qui elle parlait.

Et soudain, ce fut un tonnerre d'acclamations. Le roi Matfeï et sa fille Katerina protégeraient leur peuple du monstre dévoreur d'enfants qui asservissait les hommes et avait épousé un ours. La malédiction de la sorcière était vaincue. Le monde avait repris son cours normal.

On s'habitue à la nudité ; ce fut la première découverte que fit Ivan. À force de s'égratigner dans des taillis, on finit par ne plus s'inquiéter d'être vu et on ne s'occupe plus que d'éviter de se faire écorcher vif. Sa pudeur lui revint quand il atteignit le village, mais, une fois qu'il eut décidé de laisser les badauds écarquiller les yeux tout leur soûl, il s'intéressa bien davantage à ce qu'il voyait qu'à ce qu'ils regardaient.

Il n'en avait pas eu conscience jusque-là, mais il avait deux préjugés en arrivant au village. En tant que chercheur, il avait une idée très précise de ce à quoi devait ressembler un village russe du Moyen Âge, et ce qu'il avait sous les yeux correspondait de près à ses attentes. Les logis des meilleurs artisans attachés à la maison du roi formaient une petite agglomération, serrés les uns contre les autres et proches de leurs ateliers respectifs. Il y avait des écuries et des enclos à cochons d'où émanaient des odeurs que l'on peut imaginer ; et, au-delà de la ville royale, la forêt s'ouvrait sur des champs parsemés de nombreuses souches, chacun avec sa petite chaumière pour la famille qui le cultivait ; d'autres lopins, en friche, retournaient à la forêt, piqués de baliveaux qui poussaient entre les anciennes souches, toute trace de culture dissimulée sous l'herbe que paissaient moutons et vaches.

Ce qui surprenait Ivan, en revanche, était le nombre d'habitants ; en théorie, un village comme celui-ci n'aurait dû abriter que le dixième de la population aux besoins de laquelle le pays subvenait pourtant visiblement. Ivan se rappela le professeur qui rejetait avec mépris les récits d'immenses armées en ordre de bataille : « À cette époque, la population de l'Europe tout entière n'aurait pas pu fournir une armée aussi considérable. » Eh bien, si on se fondait sur l'exemple de Taïna, c'était le chroniqueur médiéval qui savait de quoi il parlait et non l'enseignant moderne. Les champs s'étendaient à perte de vue et on distinguait d'autres villages et des demeures seigneuriales, ou du moins on les devinait aux filets de fumée qui montaient des cheminées. Taïna n'était ni Paris ni Londres mais, d'un autre côté, l'université de Mohegan comptait plus d'étudiants que Paris ou Londres d'habitants en 800 après J.-C.

Le roi de Taïna n'avait rien d'un chef tribal. Le pays était bien peuplé et le souverain pouvait rassembler une armée de belle taille le cas échéant – plusieurs dizaines de chevaliers, si chaque demeure seigneuriale en fournissait un ou deux, et une infanterie de centaines de villageois armés. Rien d'étonnant à ce que Baba Yaga préfère le subterfuge à la conquête militaire ; et, vu la richesse du pays, capable de faire vivre une si vaste population, rien d'étonnant non plus à ce qu'elle convoite le royaume. Ivan se demanda si cette région était encore aujourd'hui aussi productive et peuplée.

Cependant, tout en reconnaissant et en admirant le village auquel il s'attendait, Ivan était obligé de repousser un préjugé bien différent, qu'il devait à Walt Disney : n'était-ce pas la Belle au bois dormant qu'il avait embrassée ? Alors, où était le magnifique palais ? La version de Disney avait beau situer l'histoire dans une bizarre combinaison de seizième et de dix-neuvième siècles, Ivan ne pouvait s'empêcher de se sentir déçu de voir – et d'entendre et de renifler – une réalité aussi grossière au lieu d'un rêve plein de magie.

Ce n'était pas un palais ni même un château qu'habitait le roi. Sa maison était bâtie en poutres épaisses au lieu de branchages, et elle était assez vaste pour abriter une salle de banquet et de nombreuses pièces, mais elle n'avait pas d'étage, son toit était en chaume et elle n'était pas fortifiée.

Le seul ouvrage défensif était un fort de style pré-romain au sommet d'une butte, constitué de levées de terre surmontées de palissades, elles-mêmes percées de nombreuses ouvertures pour le tir des archers. Au milieu du fort s'élevait une haute tour au sommet de laquelle plusieurs villageois pouvaient surveiller toute la forêt environnante – mais qui fournissait aussi à un ennemi éventuel un excellent point de repère.

Pas de palais, pas de château, pas de constructions en pierre ; tout était en bois, et donc susceptible de s'enflammer facilement. Mais pourquoi pas ? Les arbres ne manquaient pas pour rebâtir tout ce qu'un incendie pouvait détruire ; quant à la défense, elle reposait sur la force des bras et, du moins Ivan le supposait-il, sur la magie que les gens du cru savaient manier ; or, si la magie opérait, peut-être pouvaient-ils compter sur la protection de leurs dieux.

Les dieux ? C'est seulement en se faisant cette réflexion qu'Ivan remarqua ce qu'il aurait dû voir dès l'abord : en contrebas de la maison du roi se dressait une chapelle en bois, avec une croix orthodoxe au-dessus de la porte.

Effectivement, Katerina avait parlé du Christ ; pourtant, ce pays était situé très loin au nord-ouest ; aucun document ne mentionnait un voyage missionnaire qui aurait abouti à la conversion de ce royaume au pied des Carpates.

La raison en était évidente, naturellement : la mission ne se retrouverait dans les archives que si le royaume lui-même avait survécu. Le fait même qu'Ivan n'aurait jamais entendu parler de la conversion de Taïna – ni de Taïna, d'ailleurs – indiquait que le pays avait fini absorbé par un royaume païen dans lequel il avait perdu son identité et oublié son flirt avec le christianisme. Quelle que soit l'influence des prêtres byzantins dans la région, elle n'aboutirait à rien : ce royaume était condamné – la croix de la chapelle en était la meilleure assurance.

C'est avec ces tristes pensées en tête qu'Ivan se tenait derrière Katerina tandis qu'elle se serrait dans les bras de son père, puis lui présentait son fiancé dans sa splendide nudité, frissonnant de froid et la peau à vif de cent écorchures. Quand le roi ôta son manteau et le lui plaça sur les épaules, Ivan ne fut pas seulement ému par la bonté du geste. Cet homme va perdre son royaume, se dit-il. L'histoire de la princesse endormie survivra et se répandra dans toute l'Europe, mais cela n'empêchera pas la sorcière de faire main basse sur ce pays, et le fait d'avoir réveillé la princesse n'aura finalement produit aucun effet bénéfique pour ces gens. Ivan imagina le village en flammes et un frisson le parcourut, bien qu'il eût moins froid grâce au manteau.

Quand le roi Matfeï lui demanda son nom, Ivan faillit répondre : « Itzak Schlomo. » Mais à quoi pensait-il donc ? Il lui fallut un petit moment pour se rappeler son nom russe, puis pour écarter le diminutif, *Vanya*, trop familier, choisir *Ivan*, plus solennel, et enfin pour ne pas oublier de le prononcer à la russe et non à l'américaine.

« Ivan », dit-il, jugeant préférable de ne pas ajouter de nom de famille, pratique inusitée à l'époque sauf dans le cas des dynasties royales. En outre, il se trouvait dans un conte de fées, non ? Et, dans les contes de fées, Ivan n'était qu'Ivan, tout comme, dans les contes anglo-saxons, Jack n'était que Jack.

Après un petit discours gracieux et une promesse d'hospitalité, le roi fit entrer Ivan. Derrière eux, Katerina s'adressait à la foule mais Ivan ne s'attarda pas à l'écouter : la salle dans laquelle il avait pénétré l'intéressait davantage. Un grand feu brûlait en son milieu, et un trou au centre du toit permettait l'évacuation de la plus grande partie de la fumée, mais il en restait suffisamment pour piquer les yeux du jeune homme. Au-dessus du feu, un cerf tournait en rissolant sur une broche qu'un serviteur maniait paresseusement.

Le roi Matfeï s'assit, non sur un trône mais dans un vaste fauteuil à la tête de la table de banquet, tandis qu'on installait Ivan à sa droite – la place d'honneur. En attendant, à part le manteau, on ne lui avait fourni aucun vêtement ; mais, quand ses yeux se furent habitués à la pénombre, il s'aperçut qu'il n'était pas le seul homme nu ou quasi nu présent : un orfèvre qui travaillait devant un autre feu, dans un coin de la grande salle, ne portait rien que son tablier, et Ivan se rendit compte alors que la fumée qui lui irritait les yeux provenait surtout de ce deuxième foyer. Il comprit assez vite pourquoi cet artisan œuvrait chez le roi lui-même plutôt que dans son atelier : son matériau était l'or royal, qui ne devait pas sortir de la demeure du roi. Il y avait aussi deux petits garçons de huit ou dix ans, tout nus eux aussi ; l'un balayait la vieille paille du sol et l'autre en répandait de la fraîche derrière lui. Des esclaves : voilà qui allait nu dans ce pays.

En entrant, le roi avait donné d'une voix de stentor des instructions à ses serviteurs, et à peine Ivan se fut-il assis qu'on disposait devant lui du pain, du fromage et de l'hydromel ; quelques instants plus tard venait s'y ajouter un bol de bortsch fumant. À défaut de cuiller, Ivan prit le bol et but avidement. C'était un bouillon savoureux au goût prononcé de betterave.

La foule poussait des acclamations et criait les noms de Katerina et de Matfeï quand la princesse entra dans la salle et prit place à la gauche du roi.

« Vous avez donc sauvé ma fille ! fit Matfeï.

– Oui, sire », répondit Ivan. Il but encore au bol ; du bortsch coula par les coins de sa bouche et dégoulina sur son menton jusque sur sa poitrine. Le liquide rouge vif devait donner l'impression qu'il venait de mordre à pleines dents dans le cœur palpitant d'un animal abattu dans la forêt. Et, l'espace d'un instant, il se sentit en effet dans la peau d'un sauvage qui revenait, triomphant, après avoir arraché le trophée des griffes de l'ours.

« Il veut que vous lui racontiez, dit Katerina d'un ton qui ajoutait clairement : *idiot !*

– Ce n'était vraiment rien », fit Ivan.

Matfeï et Katerina le dévisagèrent comme s'il venait d'uriner sur la table.

« Sauver ma fille, ce n'était rien ? s'exclama le roi Matfeï.

– Non, non, père, intervint Katerina en foudroyant Ivan du regard. Mon Ivan bien-aimé attend simplement que tous vos autres chevaliers soient arrivés pour faire le glorieux récit de sa victoire sur l'ours abominable de la Veuve. »

Ivan comprit aussitôt son erreur. Ses études le lui avaient appris, la modestie était une valeur à laquelle cette culture n'attachait aucun prix. Un homme se vantait de ses exploits et gagnait des points supplémentaires s'il les narrait bien. Qu'avait-il oublié d'autre ?

Il essaya de couvrir son faux pas en prenant une nouvelle gorgée de bortsch, ct il vida le bol.

« Eh bien, qu'on les réunisse, déclara le roi Matfeï. Courez convoquer mes boyards ! » cria-t-il aux deux enfants qui s'occupaient du ménage.

Ils laissèrent aussitôt balai et paille en plan et se ruèrent vers la porte.

« Ils ne vont pas avoir froid ? » demanda Ivan.

Katerina leva les yeux au ciel. « Vous voyez jusqu'où va la compassion de mon libérateur ? dit-elle à son père. Il s'inquiète même du bien-être de petits esclaves, en oubliant qu'ils vont se réchauffer en courant.

– Vous parlez drôlement, fit le roi Matfeï en s'adressant à Ivan. Vous êtes étranger ou simple d'esprit ?

– Simple d'esprit », répondit Ivan du tac au tac.

Katerina lui lança un regard furibond. « Il plaisante.

– Au contraire, rétorqua Ivan, votre fille s'est donné beaucoup de mal pour me faire toucher du doigt l'étendue de ma bêtise. »

Le roi Matfeï se tourna vers sa fille et, l'espace d'un instant, elle parut fondre sous son regard ; puis il éclata de rire et la serra contre lui. « Je ne peux pas croire un instant que tu aies pu te montrer discourtoise envers ton sauveur ! s'exclama-t-il. Cet homme se moque !

– Vous resteriez stupéfait de tout ce qu'il fait d'amusant, dit Katerina avec un sourire qui aurait congelé de la vapeur.

– Si je parle curieusement, expliqua Ivan au roi, c'est parce que j'ai appris une forme différente de votre langue quand j'étais enfant, et il y a beaucoup de mots que je ne comprends pas. Je vous promets de m'y mettre le plus vite possible.

– Katerina vous aidera : elle connaît tous les mots ! » Et, avec un rugissement de rire, il étreignit sa fille encore plus fort.

Elle sourit et se serra contre lui. Quelle belle famille ! se dit Ivan. Mais qu'est-ce que je fous ici, bon sang de bonsoir ?

Tu vas vivre heureux et tu auras beaucoup d'enfants, voilà ce que tu fous ici.

Et, une fois qu'il eut fait l'effort de prendre du recul par rapport à sa peur et à sa rancœur envers Katerina et sa façon de le dédaigner, il dut reconnaître que le père et la fille paraissaient bel et bien heureux. Le roi Matfeï la taquinait mais il lui manifestait sa fierté, il la traitait comme une personne et non comme une possession dont il devait se débarrasser par le mariage. Apparemment, les femmes n'étaient pas aussi opprimées en ce temps-là qu'elles le seraient dans les siècles ultérieurs.

« Si tu savais comme j'ai tremblé pour toi, ma fille ! disait le roi. J'ai cru ne jamais te revoir. Tous mes boyards se sont mis à ta recherche et ils n'ont relevé ni piste, ni trace ni rumeur. Les chiens n'ont trouvé aucune odeur et les prières du père Lukas sont restées sans réponse. Je m'apprêtais à remettre tout le monde en chasse – ou à la prière – quand tu es revenue, sauve et fiancée, et plus tôt que je n'aurais pu l'espérer.

– L'enchantement n'a duré que quelques mois, répondit Katerina, même si Ivan s'imagine que mille ans se sont écoulés.

– Comment mille ans auraient-ils pu s'écouler ? demanda le roi Matfeï à Ivan.

– Pour vous, seuls quelques mois semblent avoir passé, fit Ivan, mais je vous assure que, dans mon pays, nous savons qu'un millénaire d'histoire nous sépare de vous. À mon avis, si vos boyards n'ont pas réussi à retrouver la princesse Katerina, c'est parce que la Veuve l'avait cachée non seulement dans la forêt mais aussi dans les siècles.

– Je n'y comprends rien.

– Ainsi en va-t-il des méfaits des sorcières, dit Ivan.

– Je ne sais rien de leurs façons de faire, répondit le roi, sinon qu'elles procèdent de Satan et qu'il faut leur résister de toutes nos forces.

– Je suis encore plus ignorant que vous là-dessus car, avant de combattre l'ours et de délivrer votre fille, je ne croyais pas à l'existence des sorcières.

– Ça, c'était stupide.

– Je m'en rends compte aujourd'hui, en effet.

– Vous étiez donc sérieux quand vous vous disiez simple d'esprit.

– Il y a bien des choses que je ne comprends pas, dit Ivan. J'espère que vous me laisserez le temps d'apprendre.

– Êtes-vous si maladroit qu'on ne vous a jamais donné de travail ? demanda le roi. Regardez-moi ces bras et ces épaules ! Je ne suis même pas sûr que vous puissiez soulever un panier de fleurs.

– J'ai quand même soulevé la pierre qui a éborgné l'ours », répliqua Ivan, un peu vexé.

Katerina intervint, l'air inquiète. « Mon père vous taquine », expliqua-t-elle.

L'humour avait dû bien changer au cours des siècles, dans ce cas : Ivan avait plutôt l'impression d'avoir été insulté.

« Dans mon pays, dit-il, on me considère comme un… » Il ignorait comment traduire *athlète* en vieux slave ; le concept ne devait pas fréquemment servir dans la liturgie ni dans les histoires qu'on se racontait au coin du feu. « Comme quelqu'un qui court vite. »

Le roi devint blême. « On vous le dit en face ? Que vous vous enfuyez ? »

Ivan dut réfléchir à toute vitesse pour comprendre où était l'erreur. Enfin il mit le doigt dessus. « Non, je ne cours pas pour échapper au combat. Je participe à des courses ; on place deux hommes côte à côte, ils courent le plus vite possible et on voit qui arrive le premier.

– Nous, nous faisons porter nos messages par des esclaves, dit le roi.

– Alors, je suppose que seuls les esclaves participeront à des courses avec moi», fit Ivan avec un petit rire – mais son rire resta sans écho. Autant pour les échanges spirituels: apparemment, les plaisanteries étaient à sens unique dans la région.

«Je parie que vous n'êtes pas chrétien non plus, reprit le roi.

– Non, sire.» Y avait-il un seul défaut qu'il n'eût pas? Ah, peut-être: on n'avait pas encore vérifié s'il était capable d'avoir des enfants.

«Il est juif», intervint Katerina. Ça, pour lui trouver des imperfections, on pouvait compter sur elle – bien qu'il faille remarquer à son crédit qu'elle n'avait pas eu de rictus méprisant et qu'elle avait parlé d'un ton normal.

«Peu importe, répondit le roi Matfeï d'une voix forte. Le père Lukas vous enseignera le Christ et vous pourrez vous faire baptiser à temps pour épouser ma fille.

– C'est avec plaisir que je parlerai avec le père Lukas, dit Ivan, mais s'il existe un moyen d'éviter ce mariage…»

Katerina l'interrompit. «Il veut dire que tout est nouveau ici pour lui et qu'il apprendra tout ce qu'on peut exiger de lui.» Du regard, elle fit clairement comprendre à Ivan que le moment était mal choisi pour remettre leur mariage en question.

Le roi Matfeï se pencha vers l'oreille de sa fille. Apparemment, il croyait ne se faire entendre que d'elle, mais, naturellement, son murmure rauque emplit toute la salle. «Comment quelqu'un d'aussi stupide a-t-il pu vaincre l'ours de l'Usurpatrice?» Puis, d'un ton plus bas encore mais toujours parfaitement audible: «Es-tu sûre que ce n'est pas elle qui nous l'a envoyé?

– Pour ça, répondit Katerina en chuchotant, il faudra que vous demandiez la réponse à Mikola Mojaïski.

– Il n'est pas passé par ici depuis des années, depuis ton enfance. Je ne suis même pas sûr qu'il se rappelle mon existence. Je ne suis qu'un roi, après tout. » Et, en levant le visage vers les poutres du toit, il beugla : « Est-ce que Mikola Mojaïski parle à quelqu'un d'autre qu'aux dieux ? »

Ivan crut qu'il plaisantait et un petit sourire lui étira les lèvres. Matfeï s'en aperçut et se tourna face à lui. « Vous trouvez ça drôle ?

– Je n'ai jamais vu Mikola Mojaïski ; je ne connais personne ici, répondit prudemment Ivan.

– Vous connaissez ma fille. » Au ton employé, cela ne le réjouissait pas.

« Mais elle ne m'aime pas », dit Ivan, résolu à ce qu'au moins une partie de la vérité apparaisse au grand jour.

Le roi éclata d'un rire homérique. « Quelle importance, qu'elle ne vous aime pas ? Elle va vous épouser ! Votre sort est bien meilleur que celui d'aucun homme ! »

Et, en cet instant d'absolue banalité, assis à la table de banquet, au milieu de la puanteur et du vacarme d'une salle médiévale, à côté du roi qui se fichait totalement que sa fille aime ou n'aime pas l'homme à qui elle devait s'unir, en cet instant Ivan comprit qu'il n'allait pas pouvoir refuser comme, à Tantalus, il aurait pu poliment décliner une invitation à dîner chez une nouvelle connaissance ou à assister à un spectacle de théâtre mormon à Palmyra. Si le roi avait décidé de marier sa fille à Ivan, se défiler risquait de s'avérer assez délicat. Quant au baptême, ma foi, l'Histoire était jonchée des cadavres de ceux qui n'avaient pas trouvé la bonne façon de dire « non merci » à un évangéliste fervent armé d'une épée.

Il était dans la situation d'un correspondant de guerre qui prend soudain conscience que les balles qui sifflent autour de lui ne se rendent pas compte – ou s'en contre-fichent – qu'il est un simple civil avec un calepin, un magnétophone ou une steadycam. Et, à l'instar de ce journaliste imaginaire, Ivan n'avait qu'une envie : se tapir au sol et hurler à l'hélicoptère au-dessus de lui : « Tirez-moi de là ! »

Mais il ne laissa paraître aucun signe de l'instant d'épouvante qu'il venait de vivre ; il devait se concentrer sur les détails de la situation présente. Quoi qu'il arrive, il demeurait un chercheur confronté à une expérience sur le terrain comme aucun autre étudiant de doctorat n'en avait connu. Il devait se restreindre au moment présent et oublier l'avenir. Il étala du saindoux sur son pain et se mit à manger en souriant au roi, sans souligner le fait qu'il était déjà fiancé ailleurs, sans mentionner qu'il n'avait aucune envie de devenir chrétien, sans éclater en larmes en appelant sa mère. Il mastiqua, puis avala sa bouchée en espérant que le nœud qu'il avait au creux de l'estomac n'allait pas l'obliger à tout vomir.

Il ne s'en sortirait pas sans l'aide de Katerina, et il avait peu de chances de l'obtenir. Il n'avait aucun billet de retour – il n'était même pas sur la liste d'attente.

Était-ce la vie qui l'attendait ? Épouser cette splendide barbare et passer son existence à manger du porc et à se signer ? Eh oui, jusqu'au jour où il devrait affronter un chevalier avec pour seule arme une épée qu'il n'arriverait sans doute même pas à soulever – ou jusqu'au jour où Baba Yaga enverrait un ours borgne et très vindicatif s'acquitter enfin correctement de sa mission.

Toutefois, la mort était le cadet de ses soucis. En promenant son regard sur la salle, il comprit qu'avant d'avoir le temps de se faire tailler en pièces par quiconque il lui faudrait faire face à des afflictions beaucoup plus ennuyeuses : à coup sûr, il allait être infesté de puces – il les voyait presque sauter au milieu de la paille qui couvrait le sol ; et ne parlons pas de l'eau insalubre : il devrait s'en tenir strictement aux boissons alcoolisées en essayant de trouver un moyen terme entre l'ivresse chronique et la dysenterie. Et comment allait-il supporter la nourriture d'une époque qui ne connaissait ni la réfrigération ni les arômes artificiels ? Déjà, il rêvait d'un cornet de glace à la vanille saupoudrée de vermicelles au chocolat.

Plus jamais !

Les boyards arrivaient, mêlés aux chevaliers de la *drujina* du roi Matfeï. Il y avait aussi des femmes, épouses ou parentes de ces hommes de haut rang. Les esclaves ne cessaient d'apporter des plats et les invités mangeaient de bel appétit : ils étaient à la table du roi, qui nourrissait gratuitement les seigneurs et les chevaliers fidèles.

Naturellement, leurs manières étaient choquantes – des tranches de pain leur servaient d'assiettes, leurs doigts et leurs couteaux de couverts. Les femmes dévoraient autant que les hommes, avec autant d'éclaboussures, de dégoulinades et de salissures. Ivan remarqua qu'ils conversaient tous entre eux mais que bien peu le quittaient des yeux : on le jaugeait, on se demandait pourquoi il était nu sous le manteau qui lui couvrait les épaules. Son physique devait les décevoir autant qu'il avait déçu Katerina et son père. Ah, si seulement il connaissait l'équivalent du dicton « Faute de souliers on va nu-pieds » !

Le roi, qui parlait avec quelques boyards proches de lui, se retourna vers Ivan. « Mon futur fils paraît distrait, fit-il. Ce n'est tout de même pas le peu d'hydromel que vous avez bu qui vous a enivré.

– Pardonnez-moi, répondit Ivan. Je ne comprends pas toujours tout ce que vous dites.

– Nous non plus, nous ne comprenons pas toujours ce que vous dites, croyez-moi ! » s'exclama le roi en éclatant de rire.

À cet instant, Ivan s'aperçut qu'une femme à l'autre bout de la salle paraissait s'étrangler : raide sur sa chaise, les yeux écarquillés d'effroi mais déjà vitreux, elle griffait la surface de la table comme si elle cherchait à s'y raccrocher. Aucun de ses voisins ne s'était rendu compte de rien.

Ivan se dressa en renversant son siège au passage et, au lieu de se précipiter entre les tables où se pressait une cohue d'invités et d'esclaves, il grimpa sur la sienne et bondit à l'autre extrémité ; son manteau tomba de ses épaules. Il se fraya un chemin à grands pas entre les tables jusqu'à ce qu'il se trouve face à la femme suffocante. Elle ne le vit même pas, déjà perdue dans ses affres muettes. Ivan sauta par-dessus la table en renversant plusieurs gobelets et, sans prêter attention aux protestations de ceux dont il avait répandu l'hydromel, il se plaça derrière la malheureuse, s'accroupit, passa ses bras autour de sa taille et joignit les mains en dessous de sa poitrine. Elle ne portait pas de sous-vêtement rigide qui pût gêner le mouvement de Heimlich ; il l'obligea à se lever, la serra contre lui et, d'un geste sec, lui comprima la zone juste en dessous du sternum.

Un morceau de viande à demi mâché jaillit de sa bouche et tomba sur le plancher. Hoquetante, sanglotante, elle reprit son souffle, penchée sur la table, tandis qu'Ivan desserrait son étreinte.

Aussitôt, plusieurs mains rudes se saisirent d'elle, et Ivan se retrouva au milieu d'un groupe d'hommes hurlants dont l'un lui agrippa le bras, le tira brutalement à l'écart et le projeta contre le mur. Étourdi, vaguement conscient d'avoir des échardes plantées dans le visage et les épaules, Ivan n'avait aucune idée de qui l'avait attaqué ni pourquoi, mais, d'après la poigne de fer dans laquelle était pris son bras, l'affaire n'était manifestement pas terminée.

Et elle aurait mal tourné si le roi n'était pas intervenu. « Cesse, fou que tu es ! Que fais-tu à ton futur roi ? » rugit-il.

L'homme qui tenait Ivan répondit par un grondement.

« Un homme n'a pas le droit de poser les mains sur la femme de mon frère de cette façon !

– Il lui a sauvé la vie, sinistre imbécile ! cria le roi. Es-tu aveugle ? Elle s'étouffait, tu ne t'en es pas rendu compte ? Et je ne sais pas ce qu'il a fait, mais regarde par terre le morceau de viande qui allait causer la mort de ta sœur ! »

La poigne ne se relâcha pas sur le bras d'Ivan.

La femme, à présent assez remise pour pouvoir parler, se tourna vers son frère. « Ne lui fais pas de mal, Dimitri, dit-elle. Il m'a seulement tenue par la taille comme si nous dansions. Et puis il a… il m'a fait recracher le bout de viande et j'ai pu à nouveau respirer.

– Mais il est nu ! » se récria Dimitri.

Malgré son étourdissement et sa frayeur, Ivan ne put s'empêcher de noter avec ironie que Dimitri était la première personne à paraître convenir que sa nudité posait un problème.

« Il m'a sauvé la vie pendant que toi, mon frère Dimitri, assis à côté de moi, tu plaisantais. Et tu aurais continué à plaisanter jusqu'au moment où je serais tombée raide morte !

– Mais pourquoi n'avoir pas demandé de l'aide ?

– Parce que je suffoquais, mon frère plein de sagesse ! »

Entre-temps, le roi avait traversé la foule pour se placer aux côtés d'Ivan. « Dimitri, dit-il, au lieu d'arracher le bras de mon hôte, voudrais-tu bien le lâcher et le remercier d'avoir sauvé ta sœur ? »

La formulation était celle d'une requête mais Dimitri ne s'y trompa pas et l'interpréta, avec raison, comme un ordre. « Sire, répondit le chevalier, je suis pour toujours votre serviteur. » Il desserra sa prise sur le bras d'Ivan – dont le sang se rua douloureusement dans les veines trop longtemps comprimées – et le jeune homme put enfin se retourner pour voir l'homme qui l'avait si facilement plaqué contre le mur. Dimitri était bâti comme… comme Popeye. Comme un gorille. Il avait des bras incroyablement musclés et des épaules de taureau. C'était à ça que Katerina l'avait comparé ? C'était ça, un homme, pour elle ? Ivan était plus grand que Dimitri mais il ne lui arrivait pas à la cheville sur le plan physique. Pour la première fois de sa vie d'adulte, Ivan se sentit carrément chétif.

Ce gars-là serait capable de me briser les os comme du bois sec.

Et il était clair que les propos du roi n'avaient en rien apaisé Dimitri. À l'évidence, ses excuses, bien qu'apparemment sincères – le roi en était témoin, après tout –, ne correspondaient pas à ce qu'il aurait voulu dire. « Ô invité du roi, je regrette de vous avoir jeté contre le mur. Je regrette aussi que vous ayez posé la main sur ma sœur. Si vous m'aviez dit qu'elle s'étouffait, c'est moi qui l'aurais sauvée. »

Ben tiens ! Comme si on pratiquait tous les jours le mouvement de Heimlich au neuvième siècle !

Mais Ivan jugea plus avisé de feindre d'accepter les excuses afin de ne pas attiser l'hostilité de l'homme. « Messire, je vous aurais volontiers averti, mais je suis étranger et je ne parle pas très bien votre langue ; j'ignorais comment vous dire qu'elle s'étranglait et je viens de l'apprendre à l'instant. Aussi, plutôt que de parler comme je l'aurais dû, ai-je préféré agir.

– Vous avez bien fait, dit le roi Matfeï. Et quelle rapidité ! Vous avez sauté les tables et traversé la salle plus vite qu'un faucon qui fond sur sa proie ! » Il se tourna vers la foule des invités. « Avez-vous déjà vu un homme bondir ainsi par-dessus une table ? Par l'Ours, je voudrais bien posséder un mâtin aussi agile que vous. » Le roi prit soudain conscience de ses propres paroles. « Enfin, non par l'Ours, mais par les stigmates du Seigneur.

– Amen », répondirent certains parmi les plus pieux.

Katerina s'approcha, portant le manteau qu'elle avait ramassé. Elle ne détacha le regard du visage d'Ivan qu'en passant derrière lui pour lui poser le vêtement sur les épaules, et c'est avec reconnaissance qu'il le resserra autour de sa taille. Katerina se plaça près de lui. « Voyez-vous quel homme le Seigneur m'a envoyé ? Il a sauvé deux femmes aujourd'hui, Lybed et moi, mais c'est moi qui vais avoir la bonne fortune de le recevoir pour époux. »

Les acclamations fusèrent dans la salle.

« Heureux êtes-vous d'avoir eu le premier la promesse de la princesse, dit Lybed, la sœur de Dimitri, dont les yeux ne brillaient pas seulement sous l'effet de l'hydromel. Car je suis veuve et je me serais fait un plaisir de vous remercier tant qu'il ne serait plus resté qu'un moignon de vous ! »

La foule poussa des hurlements de joie à cette vantardise paillarde, et le roi Matfeï avec elle ; même Katerina sourit.

Mais pas Dimitri. Il saisit sa sœur par le bras et l'entraîna à sa suite. « Nous avons assez banqueté, dit-il. Je te ramène auprès de tes enfants avant que tu sois trop ivre pour marcher.

– Je ne suis pas ivre ! protesta Lybed, qui se laissa néanmoins emmener sans résistance.

– Eh bien, fit le roi, nous venons d'avoir la preuve que vous êtes un champion valeureux, même si vous paraissez sortir tout juste de l'enfance, et je ne doute pas que votre vivacité compense votre manque de force ! Revenez donc à notre table et demandez ce que vous voulez. »

Ivan ne laissa pas échapper l'occasion. « Roi Matfeï, pardonnez-moi, mais c'est un lit que je désire le plus : j'ai passé la matinée à courir avec un ours. »

Le roi comprit. « Quel hôte je fais ! Cet homme sauve

ma fille et me la ramène, mon royaume va enfin se trouver à l'abri de la Grande Catin, il évite la mort à la sœur de mon maître d'armes, et je ne pense même pas à lui fournir un lit ! Tenez, vous dormirez sur ma propre couche !

– Non, non, je vous en prie ! protesta Ivan. Comment pourrais-je dormir dans le lit d'un roi ? »

Matfeï éclata de rire. « Eh bien quoi ? Quand vous aurez épousé ma fille, vous coucherez bien dans le lit d'une princesse ! »

Ivan jeta un coup d'œil à Katerina. Rien sur ses traits ne laissait voir qu'elle eût relevé l'allusion de son père à la consommation présumée de leur mariage. C'était une femme qui n'hésitait pas à dire ce qu'elle pensait, mais, sur le mariage, elle n'avait pas de commentaire à faire : elle accomplirait son devoir sans pour autant être obligée de l'apprécier.

Ivan avait toujours cru qu'il se marierait un jour par amour ; cependant, il semblait que sa future épouse dût accepter leur union par pure obligation.

S'il vous plaît, oui, laissez-moi aller me coucher ! Si je dors, je me réveillerai peut-être chez le cousin Marek, ou à Kiev, ou à Tantalus, dans ma chambre. C'est bien ainsi que s'achèvent les rêves délirants, non ?

La chambre, quand on l'y conduisit, ne lui évoqua rien de familier. La couche, manifestement royale, était constituée d'un châlit soutenu par quatre pieds à près d'un mètre du sol, mais le matelas n'était qu'un sac de toile bourré de paille, la pièce était froide et sentait la vieille sueur et l'urine, et rien de tout cela ne rapprochait Ivan de chez lui. La magie régnait peut-être en ce monde, mais il n'y en avait pas une once dans cette chambre et elle n'était pas à la disposition d'Ivan.

Esther y passa la journée mais elle trouva enfin ce qu'elle cherchait dans un centre commercial de Syracuse : une jatte en terre cuite fabriquée en Espagne, d'un bleu foncé uni à l'intérieur et décorée de dessins vivement colorés à l'extérieur. Elle l'acheta et la rapporta chez elle où elle arriva à la nuit tombée. Piotr lui demanda où elle était allée mais elle lui répondit par monosyllabes, ce qui fit comprendre à son mari que ce n'était pas la soirée idéale pour parler de la pluie et du beau temps.

Dans la cour de derrière, elle posa l'objet sur une table de jardin, dans un emplacement dégagé où rien ne venait entraver la clarté de la lune. Elle prit ensuite le tuyau d'arrosage et emplit la jatte d'eau jusqu'au bord ; puis, à l'aide de brins d'herbe et de brindilles, elle la cala à l'horizontale, si bien que seule la tension de surface empêchait l'eau de déborder ; enfin, elle se servit d'un compte-gouttes pour achever de remplir le récipient.

L'eau trembla au contact de la dernière goutte et continua longtemps de frémir comme à l'écho d'un lointain battement de tambour. Esther s'assit, le regard fixé sur la jatte, une main sur la bouche et le nez pour éviter de troubler l'eau par sa respiration. L'air nocturne était calme mais elle ne s'y fiait pas ; elle murmura quelques mots pour éloigner la brise du jardin, des mots anciens d'une langue qu'elle ne comprenait pas vraiment, et, pour faire bonne mesure, elle y ajouta l'incantation qui empêcherait les insectes de s'approcher de l'eau pour y déposer leurs œufs.

Enfin, l'eau fut parfaitement immobile. Avec précaution, Esther se leva ; en serrant contre elle sa robe afin qu'elle ne touche pas la jatte au risque de troubler l'eau, elle plongea les yeux dans le bleu sombre du fond, dans le liquide aussi impassible que la nuit, et elle répéta à voix basse le vrai nom de son fils unique.

6

Le nouveau venu

Pendant qu'Ivan dormait, Katerina et son père se dirigèrent vers le fort de la butte. Des bruits d'exercices leur parvenaient de la cour intérieure et, comme Katerina désirait s'entretenir avec son père en privé, elle demeura dehors en sa compagnie devant la porte.

Le roi savait de quoi elle voulait parler. « Eh bien ? fit-il. Quel genre de roi fera-t-il ?

– Lui, roi ? » Elle secoua la tête d'un air lugubre. « Il ignore tout de la royauté. »

Avec un petit sourire, son père regarda au loin. « Tu as sûrement raison.

– Ce qui veut dire que vous n'en êtes pas persuadé, dit-elle en éclatant de rire.

– Pendant tout le dîner, j'ai songé que l'Usurpatrice devait se régaler de savoir l'abomination que ma fille m'avait rapportée – et tout à coup voilà qu'il sauve une inconnue de la mort.

– Et qu'il provoque Dimitri.

– Ah, ça oui, il fait tout de travers, Katerina ; mais il a le cœur d'un roi. Devant quelqu'un dans le besoin, il n'hésite pas à agir. Il ne mesure pas le prix à payer, il ne craint pas la critique…

– Pourtant, s'il y a une chose que vous m'avez enseignée, père, c'est qu'un roi doit mesurer le prix à payer ! Et qu'il doit agir de façon à rester au-dessus de la critique.

– Je n'ai pas dit qu'Ivan a l'esprit d'un roi, seulement qu'il en a le cœur.

– À quoi sert le cœur sans l'esprit ?

– Cela vaut mieux que l'esprit sans le cœur, répondit son père.

– Et à quoi lui serviront ses qualités si le peuple ne l'accepte pas ? Regardez-le, père. Qui le suivrait à la bataille ?

– Tu sais, l'idée de royauté héréditaire m'a toujours gêné, dit Matfeï. Nous élisions toujours nos rois, autrefois, pour nous mener au combat.

– Certes, mais la loi de la succession est notre seul rempart contre la Veuve.

– Personne ne voterait pour elle, de toute façon.

– Si, si on la craignait suffisamment, rétorqua Katerina. Je dois donc vous succéder, mon époux deviendra roi, j'ai donné ma parole à Ivan et il m'a donné la sienne.

– Nous pouvons combattre la Veuve, dit le roi. Choisis un autre homme. Je suis navré pour ce garçon au cœur pur et je lui suis reconnaissant de t'avoir libérée de la malédiction de la Veuve, mais choisis un autre époux et nous nous battrons. Nos hommes sont courageux.

– Un homme courageux n'est pas de taille devant dix hommes assoiffés de sang.

– Dieu combattra à nos côtés contre les puissances des ténèbres. Il s'est battu pour Constantin, non ? "Par ce signe, tu vaincras !"

– Qui sait si cette histoire est vraie ? »

Son père la dévisagea d'un air horrifié. « Le père Lukas ne nous en a-t-il pas donné sa parole ?

– Il ne s'y trouvait pas, père.

– Il n'était pas présent à la résurrection non plus.

– Père, je suis chrétienne, vous le savez ; mais les armées de Rome ont été défaites bien des fois depuis qu'elles se sont converties au christianisme. Peut-être, lorsque Dieu poursuit un grand but, comme convertir un empire, donne-t-il la victoire à ses partisans ; mais les chrétiens sont mortels. Je ne veux pas que Taïna devienne une nation de martyrs.

– Ainsi, tu vas l'épouser parce que c'est ce que la Veuve nous a obligés à promettre pour te retrouver, et, du coup, nous voici en position de faiblesse, avec un roi maigrichon – as-tu vu ses bras ? Je ne suis même pas sûr qu'il soit capable de soulever une épée ! Si c'était un arbre, il s'abattrait au premier coup de vent !

– Mais il a le cœur d'un roi, vous l'avez dit vous-même. Avec du temps, ne peut-il apprendre le reste ?

– Ainsi, tu l'aimes ? demanda le roi.

– Il m'a libérée. Vous n'avez pas vu l'ours : c'était le roi des ours, père, je vous le jure. Il était terrifiant ; pourtant, Ivan l'a affronté. Il est resté auprès de moi et il n'a pas cherché à se sauver quand l'ours a grimpé sur le piédestal. Il a fait ce que je lui ai demandé pour nous sauver tous les deux.

– L'obéissance n'est pas une qualité royale.

– Il a fait ce qui était nécessaire face au danger. Après… je ne sais pas ; peut-être vient-il vraiment d'un pays insensé où le soleil brille la nuit. Mais, si le peuple accepte de le suivre, je ne pense pas qu'il le décevra – surtout si on lui laisse le temps d'apprendre.

– Mais le temps risque de lui manquer ; et le peuple risque de ne pas le suivre.

– Le peuple ne le suivra pas, dit Katerina, pas tout de suite ; pas encore.

– C'est peut-être l'homme que Dieu nous a envoyé, fit le roi Matfeï. Dans mon cœur, je veux avoir la foi. D'après le père Lukas, le Christ a dit que Dieu œuvre par les petites choses du monde pour attendre ses buts ultimes. Mais puis-je parier sur ce petit Ivan alors que la vie de mon peuple est en jeu ?

– Plus important encore, répondit Katerina : avons-nous le choix ?

– Si seulement c'était toi qui pouvais les mener au combat !

– Croyez-vous que je n'y ai pas pensé, père ? Mais je ne suis pas soldat. Je puis gouverner, je puis garder le royaume en un seul tenant et rendre la justice au peuple, mais qui accepterait de me suivre à la bataille ?

– Place Dimitri sur le trône en ton nom…

– Alors Dimitri serait le roi, répliqua Katerina. Le roi est celui qui mène au combat. Celui qui mène au combat est le roi.

– Sauf si c'est toi qui donnes les ordres, qui établis les plans. C'est toi qui seras reine, Katerina, même si tu ne peux pas mener l'armée à la bataille.

– Non, père ; il faut qu'on voie le roi mettre sa vie en danger, se battre au côté du peuple. Il faut qu'on voie le bras du roi s'abattre sur l'ennemi et se relever dégoulinant de sang. C'est ainsi. Vous êtes un homme de paix et vous auriez évité l'affrontement si vous l'aviez pu, mais vous avez fait ce que le royaume exigeait de vous.

– Katerina, tu as plus de cervelle que dix fils réunis. Mais tu as raison : tu ne peux mener les hommes au combat. Tu dois rester chez toi et avoir des enfants – beaucoup, et surtout des garçons, afin que notre royaume ne reste plus jamais sans héritier mâle !

– Les fils d'Ivan, dit Katerina.

– Non : tes fils. Avec de la chance, il t'épousera, te mettra enceinte d'un garçon, puis il tombera malade et mourra. »

Katerina saisit brusquement le bras de son père. « Comment osez-vous parler ainsi ? fit-elle dans un murmure rauque. C'est le péché de David de souhaiter la mort d'un homme fidèle !

– Demande au père Lukas de te relire l'histoire, Katerina.

– Je suis capable de la lire moi-même.

– Le péché de David, ce n'était pas son souhait, c'était son acte.

– Voudriez-vous donc que mon enfant soit orphelin de père ?

– Je l'élèverais comme le mien, si cet Ivan venait à mourir. Mais n'aie crainte : l'Usurpatrice emploiera tous les sortilèges qu'elle connaît pour le garder en vie. Il lui est trop utile et trop destructeur chez nous pour qu'elle permette qu'il lui arrive malheur.

– Ne le méprisez pas, père. Instruisez-le ; faites de lui un homme.

– Bien sûr que je l'instruirai, répondit le roi d'un ton impatient. Et je ne le méprise pas, je te l'ai déjà dit. J'admire son cœur. Mais ses bras chétifs… À quoi donc pensaient ses parents ?

– Je pense qu'ils l'ont élevé pour en faire un homme d'église.

– Parfait, mais ils auraient dû lui apprendre que, quand un homme d'église trouve une princesse endormie par un enchantement dans un lieu de pouvoir et gardée par un ours énorme, il ferait mieux de s'en aller et de laisser un homme véritable s'occuper du travail !

– C'est un homme, père ! Dans son cœur. »

Le roi la prit par la taille et la serra contre lui. « Comment pourrais-je m'opposer aux voies de l'amour ? »

Katerina fit la grimace. Son père déposa un baiser sur son front puis l'emmena dans le fort. Dans la cour, des vétérans entraînaient de jeunes gens avec des épées en bois. Katerina se porta à la hauteur de son père et lui lança la flèche du Parthe. « Si on peut entraîner des adolescents, on peut entraîner Ivan. »

Le roi leva les yeux au ciel, mais Katerina savait qu'il s'efforcerait de sauvegarder ses fiançailles : c'était le seul espoir pour le royaume.

À l'orée de la forêt, Nadya retournait à sa chaumière pour reprendre son tissage ; il lui restait beaucoup à faire et le temps lui manquait toujours, à présent que les jours raccourcissaient. Une fois, elle avait essayé de tisser dans le noir, mais personne n'aurait accepté de porter l'étoffe qui en avait résulté, aussi avait-elle défait tout le fil et n'avait-elle jamais réitéré l'expérience. Il fallait tout faire durant les précieuses heures du jour – tout sauf les enfants, autre raison pour achever son travail le plus tôt possible. Même si tous ses bébés étaient morts au bout de quelques jours, sauf un, cela n'empêchait pas son époux de continuer à essayer ; et, chaque fois qu'elle était enceinte, l'espoir renaissait en Nadya.

Mais les années la rattrapaient. Elle avait trente ans passés et les grossesses fatiguaient son corps. Le seul de leurs enfants qui avait survécu était infirme, tordu de naissance, et s'était blessé à la jambe durant l'enfance, si bien que ce qui était déjà flétri chez lui s'était transformé en moignon difforme. Certains murmuraient parfois qu'une malédiction pesait sur Nadya et sa famille, mais elle ne leur prêtait pas attention. Elle ne faisait de mal à personne : qui voudrait la maudire ? Elle n'avait pas envie de voir ses voisins sous ce jour-là.

Pas même l'étrange vieille femme qui s'appuyait au mur de la chaumière de Nadya. Elle habitait une cabane isolée au loin dans la forêt ; Nadya lui donnait toujours à manger et la traitait avec civilité parce qu'on ne savait jamais qui avait le pouvoir de lancer des mauvais sorts et que, si son époux mourait avant elle, Nadya risquait de se retrouver seule, le ventre creux, car il était peu probable que son enfant unique rapporte beaucoup de pain – et encore moins qu'il le partage avec elle, car il s'était voué aux chrétiens et passait le plus clair de son temps avec le père Lukas.

« Bonsoir à vous, dit Nadya.

– Du nouveau et des nouvelles ! caqueta la vieille.

– Vous avez des nouvelles de l'extérieur ? demanda Nadya. Entrez, je vais vous donner du pain et du fromage. »

La vieille femme la suivit dans la chaumière. « Des nouvelles de Taïna ! fit-elle. La princesse est revenue !

– Je sais. J'étais au village quand elle est arrivée en compagnie de l'homme nu. »

La vieille femme grogna, visiblement déçue que ses commérages n'intéressent pas Nadya.

« Mais vous en savez sûrement plus que moi là-dessus », reprit Nadya.

La vieille femme se radoucit. Elle prit une bouchée de pain noir et sec avec un petit bout de fromage. « J'espère que vous avez de l'hydromel pour me garder la gorge ouverte. »

Nadya lui en apporta une chope ; la vieille l'avala d'un trait comme un homme, puis elle éclata d'un rire qui évoquait un caquètement. « Ce n'est pas un gaillard, l'homme qu'elle a ramené pour l'épouser, dit-elle.

– Il l'a tirée du piège maléfique de la Veuve. Ce n'est pas suffisant ?

– Croyez-vous ? Vous pensez vraiment que c'est tout ce qui compte ?

– On dit aussi qu'il a sauvé Lybed – même si Dimitri l'a malmené par la suite. Vous ne trouvez pas que c'était mal venu ? »

La vieille sourit d'un air énigmatique. « Peut-être avait-il mérité de se faire cogner... pour une autre raison.

– Pourquoi ? Que savez-vous ?

– Je sais qu'il a porté ceci. »

Elle plongea la main dans son sac et en sortit un bliaud en lambeaux et plein de taches. Nadya reconnut aussitôt le tissage fin et le motif délicat brodé dans le vêtement ; c'était elle qui l'avait fait. Elle avait offert ce bliaud à la princesse et Katerina le portait quand elle s'était piqué le doigt sur le fuseau avant de s'endormir.

« Il l'a enfilé ?

– Il l'a exigé afin de ne pas s'égratigner dans la forêt. Mais le tissu ne l'a pas protégé ; voyez comme le bliaud s'est déchiré pour laisser passer les branches et l'écorcher ; c'est pourquoi il l'a rejeté : le vêtement d'une chrétienne ne supporte pas l'insulte.

– Mais... il l'a porté ? Il l'a mis sur lui ?

– Demandez-le-lui. Demandez à Katerina s'il s'en est ceint les reins pour jouer à la fille. Posez-leur la question à tous les deux et voyez s'ils vous disent la vérité.

– Comment êtes-vous au courant ?

– Ils sont passés devant moi sans même me voir, comme tout le monde.

– Pas moi, fit Nadya.

– Il a jeté le bliaud, je l'ai ramassé et je l'ai rapporté chez moi, parce que je pense que le peuple de Taïna a le droit de savoir quelle perversité se cache au fond du cœur de l'homme qui croit pouvoir épouser notre chère princesse.

– Mais... elle ne l'épouserait pas si c'était l'homme que vous décrivez, dit Nadya.

– Si, pour peu qu'elle soit persuadée que c'est nécessaire à empêcher la grande et puissante Usurpatrice de s'emparer de Taïna.

– Puis-je... puis-je garder ce vêtement ? Pour le montrer ?

– Je vous en prie, répondit la vieille. Je n'en ai pas l'usage. » Son souper terminé, elle se leva pour s'en aller. « Mais je crains la vengeance de cet étranger si l'on sait qui a divulgué son secret.

– Je n'ai pas peur de lui, répliqua Nadya. Il n'a pas l'air assez fort pour mener un chien en laisse.

– Vous êtes brave, dit la vieille. Vous croyez que,

parce que vous êtes vertueuse et bonne, que votre fils est prêtre et votre mari… »

Nadya l'interrompit.

« Sergeï n'est que scribe, pas prêtre.

– C'est sans importance.

– Que disiez-vous ?

– Je tenais seulement à vous avertir que vous n'êtes pas aussi en sécurité que vous le croyez, fit la vieille. Certains sont si malveillants, se délectent tant à faire le mal que, même lorsque vous les traitez avec bonté, ils répondent par une malédiction.

– J'espère ne jamais rencontrer personne d'aussi méchant. » Mais, un bref instant, Nadya s'inquiéta que la vieille se révélât ainsi à elle. Cette femme avait-elle pu causer la mort de chacun de ses enfants ? Ou la malformation de la jambe de Sergeï ? Ou la chute de l'arbre qui l'avait abîmée encore davantage ?

Elle dévisagea sa visiteuse. La vieille femme lui rendit son regard sans ciller, sans le moindre signe de remords ni de honte – ni de malveillance ou de triomphe, d'ailleurs. Elle n'arborait qu'une expression de sollicitude non feinte. Impossible d'imaginer que cette femme ait pu lui faire le moindre mal ; Nadya se sentit honteuse d'avoir nourri de telles pensées à son égard.

Elle tint le bliaud à bout de bras. « Est-ce mal de ma part d'en parler ?

– J'ignore ce qui est bien ou mal, repartit la vieille. La princesse ne paraît pas y attacher d'importance ; mais les hommes qui pourraient suivre cet… individu au combat ? Dieu luttera-t-il à leurs côtés avec un tel homme pour roi ? »

Nadya songea à son propre époux, à la bataille acharnée qui avait arrêté l'armée de Baba Yaga lors de la première attaque, à la défaite qui semblait certaine jusqu'à ce que le roi Matfeï crie à ses hommes de reprendre courage puis plonge au cœur du combat en abattant toutes les épées qui se levaient contre lui. On ne pouvait pas laisser un tel souverain risquer sa vie pour ses hommes sans des compagnons qui se battraient avec une égale ferveur à ses côtés. C'était le roi qui leur donnait courage.

Quel courage cet inconnu donnerait-il à quiconque ? Combien de vies seraient perdues s'il menait le combat ? Dieu fasse qu'une nouvelle guerre n'ait pas lieu, naturellement, mais, s'il fallait choisir entre une guerre maintenant, alors que Matfeï était encore au pouvoir, et une guerre plus tard, avec cet avorton sur le trône, mieux valait se battre dès aujourd'hui. Que le mariage n'ait pas lieu et que Baba Yaga vienne réclamer son droit à gouverner, et les épées des hommes de Taïna, conduites par le roi Matfeï, témoigneraient de la valeur des prétentions de la sorcière.

« Je montrerai peut-être ce vêtement au père Lukas, dit Nadya, et à mon fils.

– Peut-être ? »

Si elle criait sur tous les toits ce qu'elle savait, cela briserait le cœur de Matfeï et humilierait Katerina. Après tout, si la princesse préférait ne rien dire, elle devait avoir une bonne raison pour cela. Qui était Nadya pour parler tout haut alors que les puissants gardaient le silence ?

« Peut-être, dit-elle.

– Ma foi, fais-en ce que tu veux, répondit la vieille. Tu m'as toujours bien traitée ; j'imagine que tu traiteras bien les gens de Taïna.

– Je m'y efforcerai », répondit Nadya.

Quand Ivan s'éveilla, il vit une face encapuchonnée au-dessus de lui, et, avec un cri d'effroi, il se pelotonna contre le montant de son châlit ; mais il se rendit compte presque aussitôt que son visiteur était un jeune prêtre ou un moine, ou quelque chose comme ça.

« Père Lukas ? fit-il.

– Pardon ? » répondit l'homme.

Ivan s'aperçut qu'il s'était exprimé en russe ; pourtant le proto-slave n'était pas différent à ce point du russe moderne. « Êtes-vous le père Lukas ?

– Non : je suis le frère Sergeï. Je ne suis pas prêtre. »

Cela devait expliquer son accent local. « Je croyais que tous les prêtres venaient de Constantinople.

– Avec ma jambe, je ne pouvais pas devenir fermier ni guerrier. » Sergeï releva sa robe pour montrer ses jambes, l'une normale – ou peut-être un peu plus longue que la normale – et l'autre flétrie, tordue et plus courte de près de dix centimètres. « Le père Lukas m'a pris comme scribe.

– Vous savez donc lire et écrire ? Vous connaissez le grec ? »

Le frère Sergeï hocha vigoureusement la tête. « Il m'a enseigné l'alphabet, mais pas celui du grec ; ça, je ne sais pas le lire. »

Il ne savait pas déchiffrer le grec ? « Vous voulez dire que vous savez lire votre propre langue ?

– Le père Lukas m'en a enseigné l'alphabet.

– Quel alphabet ? Pouvez-vous me le montrer ? » C'était impossible : personne n'écrivait le vieux slave aussi loin au nord-ouest ! L'alphabet cyrillique venait d'être inventé ou n'allait pas tarder à l'être, bien loin de là, près des frontières de l'empire byzantin, et l'alphabet glagolitique était presque aussi récent et n'avait pas connu autant de succès. Alors quel alphabet enseignait donc le père Lukas ?

D'un mouvement sans grâce, le frère Sergeï s'assit par terre et se mit à tracer des signes sur le sol. N'en croyant pas ses yeux, Ivan reconnut aussitôt dans ces marques les formes archaïques de l'alphabet cyrillique.

« C'est un homme du nom de Kirill qui a inventé ces lettres, dit Ivan.

– Je sais. Le père Lukas a été son scribe. » Sergeï eut un sourire rayonnant. « Je suis le scribe du scribe du grand missionnaire Constantin ; il n'a pris le nom de Kirill que peu de temps avant sa mort. D'après le père Lukas, en le servant comme il a servi le père Constantin, je ne suis qu'à deux pas de la sainteté.

– Vous en êtes plus près que les autres hommes, en tout cas », répondit Ivan.

Mais une idée lui était venue qui le faisait trembler d'exaltation : le prêtre de la région avait connu personnellement saint Kirill, ou du moins le prétendait-il, ce qui signifiait que n'importe quel texte rédigé dans ce village, si Ivan trouvait le moyen de le rapporter chez lui, constituerait le plus ancien document en cyrillique connu au vingtième siècle. Et davantage encore : ce serait la réponse définitive à la question historique de savoir si c'était Kirill lui-même qui avait inventé l'alphabet ou ses partisans qui s'en étaient chargés après sa mort.

Mais, pour obtenir ces réponses, il fallait qu'Ivan rapporte le texte, et là résidait tout le problème.

« Vous parlez notre langue beaucoup mieux que le père Lukas, dit Sergeï, mais vous la prononcez toujours bizarrement.

– Enfant, j'employais une forme différente de la même langue, répondit Ivan. Le père Lukas, lui, a appris le grec dans son enfance.

– D'où venez-vous, alors ?

– De Kiev », répondit Ivan.

Le frère Sergeï s'esclaffa. « J'ai entendu des marchands de Kiev : ils n'avaient pas du tout votre accent !

– Ah ?

– La plupart sont des Rus et parlent la langue du Nord, qui n'a rien à voir avec la nôtre.

– Il y a beaucoup de gens à Kiev, dit Ivan, et beaucoup de façons de s'exprimer.

– Ce doit être étonnant de vivre dans une grande ville.

– Ce qui est étonnant, rétorqua Ivan, c'est de se retrouver ici, à Taïna.

– Pour vous, naturellement, c'est étonnant. Vous allez devenir roi. »

Ivan fit une grimace. « Pas un bien grand roi. Je ne vaux pas grand-chose pour cette fonction. »

Sergeï haussa les épaules. « Certains le disent, mais on ne sait pas qui fera un bon souverain tant qu'il ne porte pas la couronne.

– Eh bien, ceux qui pensent que je ne dois pas devenir roi ont raison. »

Une expression d'horreur tordit les traits de Sergeï. « C'est donc vrai ?

– Quoi donc ?

– Que vous avez porté le bliaud de Katerina ? »

Ivan resta sidéré que la rumeur s'en fût si vite propagée. « C'est elle qui le prétend ?

– Non, elle ne dit rien, répondit Sergeï. Mais une vieille femme a découvert le bliaud en lambeaux, l'a montré à ma mère, et ma mère y a reconnu celui que portait la princesse. Elle a préféré n'en parler qu'à moi pour vous donner l'occasion de nier l'accusation ou de la confirmer. » Et Sergeï étendit les restes tachés et déchirés du bliaud de Katerina sur le lit.

Ivan ne savait que répondre. Mentir carrément serait peut-être le meilleur moyen mais, si Katerina était derrière toute l'histoire et la racontait afin de le discréditer pour ne pas être obligée de l'épouser… Non, il ne servirait à rien de nier l'affaire ; ce serait la parole d'Ivan contre celle de Katerina.

« Frère Sergeï, dit-il, je suis originaire d'un pays lointain. Je suis né à Kiev mais j'ai vécu les dix dernières années dans une région encore plus étrange et plus lointaine. Or, dans cette région, quand une femme ôte ses vêtements, ils cessent d'être des habits de femme ou d'homme. Ce qu'un homme porte est une tenue d'homme tant qu'il la porte, et ce que porte une femme est une tenue de femme le temps qu'elle s'en revêt. Vous comprenez ? »

Sergeï réfléchit un instant, puis secoua la tête. « Vous voulez dire que ce bliaud, là, est celui d'un homme ? » Son ton était empreint de mépris.

« Non, je veux dire que ce n'est qu'un morceau de tissu, cousu d'une certaine manière, et à présent déchiré – encore qu'il ne fût pas déchiré la dernière fois que je l'ai vu. »

Sergeï garda le silence.

« Sergeï, dit Ivan, si je vous arrachais cette croix du cou, ce serait un vol, n'est-ce pas ? Voler une croix ! Il faudrait être un fou et un scélérat pour commettre un tel péché, non ? »

Sergeï ne répondit pas, sans vouloir concéder quoi que ce fût.

« Mais si je tombais sur cette croix dans la forêt ou que je la découvre sous une pierre… Alors, trouver une croix serait… quoi ? Un miracle ? Un don de Dieu ?

– Prétendez-vous être tombé sur ce bliaud sans savoir ce que c'était ? demanda Sergeï.

– Si quelqu'un ignore qu'un acte est un péché et le commette, et si, dès qu'il s'aperçoit que c'en est un, il cesse de le commettre, peut-on le considérer comme un pécheur ? »

Sergeï s'adossa à la palissade. « Il faut que j'y réfléchisse, dit-il. Il faut que j'en réfère au père Lukas. »

Ivan s'accroupit et écrivit son propre nom en caractères cyrilliques ; puis il ajouta *n'a jamais voulu être roi*.

Sergeï étudia les signes un moment, puis il effaça le nom, le remplaça par le sien propre, effaça le nom « roi » et inscrivit le mot « scribe ». Il leva les yeux vers Ivan et, quand il fut sûr que son interlocuteur lui rendait son regard, il posa la main sur sa jambe infirme. « Quand ce que vous désirez vous est volé, on fait avec ce qui reste.

– Si vous répandez cette histoire selon laquelle j'ai porté le vêtement d'une femme, cela changera-t-il la situation au point que je n'aie pas à épouser Katerina ? »

Sergeï haussa les épaules. « Si Jésus arrivait demain, guérirait-il ma jambe ?

– Je pense, oui, s'il le pouvait.

– Mais moi je pense qu'il ne viendra pas », répondit Sergeï.

Qu'est-ce que cela voulait dire ? Que Sergeï n'allait pas parler du bliaud ?

« Venez, dit Sergeï. Le père Lukas veut vous instruire pour la préparation de votre baptême. »

Ivan s'accroupit à nouveau, effaça le nom de Sergeï, le mot « scribe » et les remplaça par « Ivan » et « chrétien ».

Avec un grand sourire, Sergeï effaça de nouveau « Ivan » et le remplaça encore une fois par son propre nom. Mais il ne toucha pas au mot « chrétien ».

Ivan secoua la tête lugubrement. « Nous n'avons pas le choix du monde où nous vivons, c'est ça ? » dit-il au scribe. C'est plus tard seulement qu'il se rendit compte de la bêtise qu'il venait de proférer : car il avait bel et bien choisi ce monde. Sans connaître les conséquences de son choix, il est vrai, mais il avait pris la main de Katerina et avait franchi avec elle le pont invisible qui le menait vers Taïna, au lieu de traverser celui que lui seul pouvait voir et qui le ramènerait chez lui. Sergeï n'avait jamais eu ce choix-là ; pourtant ce jeune homme faisait contre mauvaise fortune bon cœur.

« Accepterez-vous de m'aider à apprendre ce qu'on vous a déjà enseigné ? demanda Ivan.

– Vous savez déjà lire et écrire, répondit Sergeï, même si vous formez étrangement certaines lettres. »

S'expliquer davantage ne servait à rien. « Menez-moi donc au père Lukas. » Ivan se leva et s'apprêtait à se mettre en route quand il lui revint qu'il n'avait pour tout vêtement que le manteau du roi. « Sauf que je suis tout nu », dit-il.

Du doigt, Sergeï indiqua une pile d'habits au pied du lit. « On a dû vous les apporter pendant que vous dormiez. »

Ivan enfila une robe de moine. Il ne s'attendait certes pas à se voir vêtu en futur roi ni même en fiancé d'une princesse, mais on le considérait manifestement comme un ecclésiastique. Cette tenue se voulait-elle une insulte ? Ou bien était-ce simplement qu'on n'avait rien trouvé d'autre pour un homme de sa taille ?

L'église du père Lukas n'était pas grande mais solidement bâtie et elle pouvait contenir une bonne centaine de villageois – debout, car on ne gaspillait pas la place pour des bancs dans les églises orthodoxes – ainsi qu'une sacristie derrière l'autel, à sa droite. Deux vieilles femmes étaient agenouillées devant une icône accrochée à un mur latéral, mais priaient-elles ou bavardaient-elles entre elles ? Ivan n'en savait rien. Une paysanne lourdement charpentée allumait un cierge devant une autre icône ; ce n'était pas la première : toute la salle était illuminée de ces flammes de foi. Le père Lukas n'était nulle part.

Le frère Sergeï fit signe à Ivan d'attendre pendant qu'il se mettait en quête du prêtre. À peine eut-il disparu dans la sacristie que la grande paysanne se détourna du cierge qu'elle allumait, jeta un coup d'œil furtif à Ivan, courba aussitôt la tête et sortit en hâte.

À l'instant où elle s'en allait, un prêtre d'âge moyen à la tonsure naturelle pénétra dans l'église et observa la précipitation de la femme avec amusement ; puis il aperçut Ivan et, au lieu de détourner les yeux, il l'examina froidement des pieds à la tête comme s'il essayait d'estimer son poids. Manifestement, il savait parfaitement qui était ce nouveau paroissien.

« D'après ce que j'ai compris, vous devez m'apprendre à devenir chrétien, dit Ivan.

– Si c'est réalisable, le Christ le réalisera », répondit le père Lukas. Il avait un accent à couper au couteau ; Ivan avait déjà du mal à saisir tout ce que disaient les gens du cru, mais le père Lukas massacrait tant la prononciation qu'il dut réfléchir un instant avant d'être sûr d'avoir bien compris – et même lorsqu'il pensa avoir analysé les paroles du père Lukas, il ne fut pas sûr de ce qu'il voulait dire. Était-ce le Christ qui devait l'instruire ? Ou bien parlait-il d'autre chose que d'enseignement ?

Le père Lukas l'emmena vers la sacristie mais, juste avant qu'ils y pénètrent, le frère Sergeï en jaillit et faillit leur rentrer dedans avant même de s'être rendu compte de leur présence. Il se répandit en excuses tandis que le père Lukas prenait une expression de tolérance patiente ; Ivan avait l'impression de l'entendre penser : « Ces indigènes ! Que peut-on attendre d'eux ? » L'attitude du père Lukas accrut aussitôt la sympathie d'Ivan envers le frère Sergeï, qui devait sans doute supporter sans cesse le dédain à peine voilé de son supérieur ; mais cette sympathie n'allait pas qu'au seul frère Sergeï : le mépris affiché par le père Lukas pour les Slaves de la région suscitait en Ivan un puissant élan de solidarité envers les habitants de ce village. Aussi crasseux que fût le hameau, aussi primitif, il ne l'était pas davantage qu'ailleurs en Europe, sauf peut-être en ce qui concernait Constantinople, et, malgré les grands airs du père Lukas, Ivan savait qu'un jour viendrait où les Slaves enverraient des hommes dans l'espace avant toutes les autres nations. Rumine donc ça, Grec décadent !

Mais avec quelle rapidité le nationalisme refait surface dans le cœur d'un homme qui se croit au-dessus de tels tribalismes !

« Ah, vous vous êtes trouvés, dit le frère Sergeï.

– Viens t'asseoir auprès de nous, répondit le père Lukas. J'aurai peut-être besoin de toi comme interprète. Le futur roi a du mal à comprendre ma façon de parler, même si sa propre prononciation paraît étrange à mes oreilles. »

Ils entrèrent dans la sacristie et s'assirent ; presque aussitôt, le père Lukas ouvrit un livre dont les feuilles de vélin étaient collées par un côté sous une couverture revêtue de cuir. Le texte était écrit à la main en cyrillique et non en grec comme Ivan s'y attendait à demi.

« Une bible ? fit-il. Dans cette langue ? Pas en grec ?

– Il ne s'agit que des Évangiles, répondit le père Lukas. Mais vous êtes lettré, n'est-ce pas, pour savoir dans quelle langue est rédigé ce livre ?

– En quelle année sommes-nous ? »

Le père Lukas ne parut pas saisir la question.

« Anno Domini ? » dit alors Ivan.

L'expression latine surprit encore davantage le père Lukas, mais il accepta de se lancer dans ce langage. Dans un latin d'église hésitant, le prêtre posa quelques questions dont Ivan ne comprit pas un traître mot.

« Non, non, je ne parle pas latin. Je désire seulement savoir en quelle année nous sommes depuis la naissance du Christ.

– Huit cent quatre-vingt-dix ans se sont écoulés depuis la naissance du Saint Sauveur », répondit le père Lukas.

Un Évangile rédigé en vieux slave ecclésiastique avant 900 ? Ivan aurait voulu embrasser le volume ! Il s'approcha de la table où le livre reposait et, avec une infinie délicatesse, il en tourna les pages et s'aperçut qu'il n'avait guère de mal à le lire malgré l'absence de ponctuation et les formes archaïques des lettres. Ce précieux ouvrage répondait à tant d'hypothèses et de spéculations sur l'orthographe et la grammaire du vieux slave ! Rien d'aussi ancien n'avait survécu au temps d'Ivan.

« Ainsi, saint Kirill n'est mort qu'il y a vingt-deux ans ?

– Et son frère Méthode il y a cinq ans, dit le père Lukas. Mais vous êtes trop jeune pour avoir fréquenté le père Kirill – ou plutôt le père Constantin, qui était le nom sous lequel nous le connaissions. » Soudain, il prit conscience des paroles d'Ivan. « *Saint* Kirill, dites-vous ? Vous présumez ce que nul ne sait encore. »

Ivan négligea son faux pas anachronique : saint Kirill n'avait pas encore été canonisé, naturellement, mais, selon ce qu'avait dit Sergeï, le père Lukas parlait avec vénération du missionnaire aux Slaves. « Vous avez été son scribe ?

– Seulement durant la dernière année de sa vie. J'ai ensuite servi le père Méthode cinq ans, puis on m'a envoyé en mission auprès de ces gens. C'est le père Méthode qui m'a donné cette copie des Évangiles ; c'était celle que le père Kirill avait faite pour lui de sa propre main, sa dernière œuvre de copiste avant sa mort.

– Ce n'était donc pas la première copie du père Kirill.

– Non, naturellement, répondit le père Lukas. La première avait depuis longtemps été remise au patriarche de Constantinople afin de la garder en lieu sûr et que d'autres copies puissent en être faites. »

Cette première copie avait donc été gardée en sûreté à Sainte-Sophie – sans doute jusqu'à sa prise par les Turcs en 1453.

« Mais celle-ci en est une copie de la main du père Kirill ?

– En partie, dit le père Lukas en souriant d'un air penaud à sa semi-tromperie. J'aurais dû vous en prévenir dès le début : il l'a donnée à finir au père Méthode. Je pense que la moitié de saint Marc et que la totalité de saint Jean sont de la main du frère. Je les ai bien servis tous deux : c'est pourquoi on m'a fait cadeau de ce précieux ouvrage. »

Une pensée peu charitable vint à Ivan : il lui semblait que le père Lukas protestait un peu trop de sa bonne foi. Après qu'il était parti pour sa mission, le père Méthode avait peut-être passé le reste de sa vie à se demander où avait bien pu passer ce livre des Évangiles que Constantin et lui avaient copié.

Qu'est-ce qui me prend ? Je n'apprécie pas son attitude envers Sergeï, ce qui n'a rien d'étonnant étant donné l'époque et le lieu, et je le crois aussitôt capable de toutes les perfidies. Pourquoi ne lui aurait-on pas fait don du livre tout simplement ?

Ivan se mit à lire à voix haute la page où s'était ouvert le livre : « Celui qui dit à son frère "Je te tuerai", celui-là est en danger d'être jugé, et celui qui traite son prochain de fou, celui-là encourt les flammes de l'enfer. »

Le frère Sergeï en resta béat d'admiration. « Père Lukas, il est déjà chrétien !

– Être capable de lire les paroles du Christ ne veut pas dire qu'on croit au Verbe », répliqua le père Lukas. Il y avait du mépris dans sa voix – ou du moins c'est ce qu'il parut à Ivan.

« Frère Sergeï n'a jamais connu de païen capable de lire et d'écrire, fit Ivan. Son erreur est donc compréhensible. »

Sans se préoccuper de sa défense du scribe, le père Lukas se tourna vers Ivan d'un air matois. « Combien sommes-nous à connaître cet alphabet ? Comment l'avez-vous appris ?

– C'est mon père qui me l'a enseigné », répondit Ivan. Pourtant, en y réfléchissant, il était plus probable que ce fût sa mère qui lui avait enseigné ses lettres : il était entré à l'école en sachant déjà lire et écrire, et il n'avait aucun souvenir conscient d'avoir jamais appris ; mais il était inconcevable d'imaginer que son père ait eu la patience d'enseigner à un gamin de trois ans à lire et à écrire. Enfin, peu importait : ces gens auraient déjà du mal à croire qu'il avait été instruit par son père, alors par sa mère…

« Qui est donc votre père ? Il a dû recevoir l'enseignement de quelqu'un que je connais. »

Pourquoi éluder la question alors qu'il était impossible de vérifier la réponse ?

« Piotr Smetski.

– Il s'appelait Piotr ? » Le père Lukas sauta à la conclusion évidente. « Il a donc été converti au christianisme et c'est le nom qu'il a pris. Pourtant, vous êtes juif.

– Quoi qu'il en soit, je suis ici pour recevoir votre enseignement, répliqua Ivan.

– Et qu'espérez-vous que je vous enseigne ?

– Comment devenir chrétien, afin de pouvoir être baptisé, pour épouser la princesse Katerina et sauver ainsi Taïna de Ba… de la Veuve. C'est à ça que se résume l'histoire, non ?

– Ce n'est pas une raison pour devenir chrétien ; ce n'est qu'une raison pour passer par les phases creuses de la conversion, l'avidité au cœur, la convoitise aux reins et le mensonge aux lèvres. » Le père Lukas se mit nez à nez avec Ivan. « Je ne puis empêcher un homme de mentir à Dieu mais je puis au moins veiller à ce qu'il ait toutes les chances de dire la vérité quand il confesse le nom du Christ.

– Ça ne sera ni facile ni rapide, fit Ivan.

– Les seuls livres écrits dans cette langue barbare sont les Évangiles et la liturgie. Vous devez donc avoir appris à lire dans les paroles des évangélistes, et pourtant elles n'ont pas suffi à vous convertir. Que puis-je dire de plus qu'ils n'aient déjà dit ?

– Et comment savez-vous que je n'ai pas été converti ? » repartit Ivan, que l'idée de subir un cours exceptionnellement rigoureux d'étude de la version orthodoxe du christianisme ne réjouissait pas particulièrement. D'abord, il n'était pas sûr d'avoir accepté de se convertir, même si un sophisme lui était venu : étant donné qu'il avait été circoncis dans les années 1970 et qu'il se ferait baptiser dans les années 890, sa circoncision aurait évidemment lieu après sa conversion ; par conséquent, le rite qu'il suivrait pour devenir chrétien serait annulé presque neuf siècles plus tard. Ce serait donc comme s'il ne s'était jamais converti. Non ?

« Avez-vous été converti ? demanda le père Lukas.

– Autant que le frère Sergeï ici présent », répondit Ivan.

Le père Lukas eut un grognement de mépris. « Le frère Sergeï croit autant au Christ que j'ai confiance dans le frère Sergeï. »

Soudain, Ivan vit le mépris du père Lukas sous un éclairage nouveau : se pouvait-il que l'aversion de Lukas envers Sergeï provînt de l'hypocrisie de ce dernier et non de sa culture barbare ?

« Le frère Sergeï s'est toujours montré franc avec moi, dit Ivan.

– Il communie et la damnation dévore son âme. Néanmoins, c'est le seul homme dont la défense du village puisse se passer, il lit et il écrit passablement, et il effectue d'assez bonnes copies. Par conséquent… je fais usage de ce que Dieu m'a donné.

– Nous en sommes tous là, dit Ivan.

– J'ignore pourquoi vous dites de telles choses, père Lukas, murmura le frère Sergeï. Le Christ n'a pas de plus fervent partisan que moi. »

À peine ces mots se furent-ils échappés de la bouche du frère Sergeï que tous prirent conscience de ce qu'il venait de proférer : que lui, un infirme, était le plus fervent partisan du Christ. Mais, au lieu d'en prendre ombrage, le père Lukas se contenta d'éclater de rire.

« Au moins, vos infirmités sont immédiatement visibles, frère Sergeï, de même que votre manque de foi. Combien de femmes dites pieuses prient en confessant leurs péchés chaque jour pour retourner à la magie noire chez elles ? Et alors elles invitent le diable à maudire leurs voisins, des dieux païens comme Mikola Mojaïski à les bénir elles-mêmes !

– Les vieilles traditions sont tenaces, fit Ivan.

– Surtout quand elles opèrent, murmura Sergeï.

– Comment ? demanda le père Lukas d'une voix tendue.

– Puis-je retourner à mon travail ? fit Sergeï. Il lit mieux que nous deux. Vous n'aurez pas besoin de moi comme interprète.

– Va t'occuper de ton potager ou de n'importe quoi d'autre. Mais que je te voie aux vêpres ! M'entends-tu ? »

Le frère Sergeï hocha la tête, sourit, se signa et sortit.

Le père Lukas se laissa tomber sur son tabouret et Ivan prit l'autre près de lui ; ainsi pouvaient-ils se voir aisément.

« Vous avez touché le livre avec révérence, dit le père Lukas. Le frère Sergeï aurait-il raison ? Aimez-vous déjà le Christ ?

– J'aime ce livre de tout mon cœur, répondit Ivan.

– Alors peut-être l'œuvre de votre conversion est-elle déjà accomplie à demi. » Puis le père Lukas prit une profonde inspiration comme s'il cherchait le courage de dire ce qui devait être dit. « En confession, on m'a confié une rumeur si injurieuse que j'ai eu du mal à y croire, mais il me faut savoir la vérité avant de poursuivre. Avez-vous vraiment tendance à porter des vêtements de femme ? »

Ivan poussa un soupir. Apparemment, la discrétion de Sergeï sur ce point ne s'était pas étendue à d'autres. Combien de personnes étaient au courant de l'histoire de ce fichu bliaud ? Il ne l'avait porté que quelques secondes, mais il aurait aussi bien pu le marquer en lettres de feu sur sa poitrine. « Je ne me suis pas vêtu à la manière d'une femme, dit-il, ni dans le désir d'en paraître une. J'avais froid et j'ai pris ce qui pouvait me réchauffer, c'est tout.

– Vous ignoriez donc qu'il s'agissait de l'habit d'une femme ? demanda le père Lukas d'un air rusé.

– Je le savais mais, pour moi, ce n'était que du tissu dès qu'une femme ne le portait plus ; et, quand je l'ai enfilé, c'est devenu un vêtement d'homme, puisque c'était un homme qui le portait. »

Le père Lukas leva les yeux au ciel. « Vous n'avez rien trouvé de mieux ? Même les Pharisiens s'en tiraient mieux que vous !

– Le sang du Christ ne lave-t-il pas les péchés ? demanda Ivan en s'efforçant de se rappeler les rudiments de doctrine chrétienne qu'il avait appris au cours des années. Si j'ai péché, c'est cette seule et unique fois, et je ne recommencerai plus. L'eau du baptême ne me purifiera-t-elle pas ?

– Certes », répondit le père Lukas. Mais il paraissait mal à l'aise. « Cependant, une fois baptisé, vous devrez renoncer à ces choses, sans quoi la punition sera sévère.

– Je vous l'ai dit ; j'ai fait ce qu'ont fait Adam et Ève : ils ont couvert leur nudité.

– Un bliaud n'est pas une feuille de vigne.

– Le bliaud comme la feuille de vigne était ce qui se trouvait de plus proche pour couvrir un homme honteux d'être nu.

– Très bien, fit le père Lukas. À ce que je vois, vous êtes déchiré entre l'humble repentir et le désir de justifier vos péchés. Il faut encourager le premier mais étouffer le second le plus vite possible. »

L'image ne plaisait pas à Ivan mais on ne choisit pas toujours. « Puis-je d'abord vous poser une question ? »

Le père Lukas fut attentif.

« Croyez-vous au pouvoir de la Veuve ?

– Baba Yaga, voulez-vous dire ? Oh, ne vous étonnez pas, il n'y a aucun risque à prononcer le nom d'une sorcière dans la maison de Dieu.

– Mais, en dehors de cette église, vous pensez qu'elle a du pouvoir ?

– J'ai vu ses soldats en action ; j'ai vu les corps torturés de certains qu'elle a punis. Oui, elle a du pouvoir – le pouvoir du chacal, celui de déchirer, de tuer et de dévorer.

– Je parlais du pouvoir d'enchanter la princesse Katerina et de la faire garder par un ours énorme pendant mille ans.

– Il ne s'est écoulé que quelques mois, répliqua le père Lukas, et j'ignore où Baba Yaga l'a cachée et quels poisons elle a employés pour l'endormir. Pour ce qui est de la magie, si Baba Yaga a pris le démon dans son camp, elle s'apercevra que le Christ est plus fort que lui, et le Malin la trahira au dernier moment comme il trahit tous ceux qui lui font confiance. »

De ce discours, Ivan tira la conclusion que ce n'était pas au père Lukas qu'il devait confier ses problèmes ; mieux valait ne pas imaginer ce qui se serait passé s'il avait affronté l'ours armé d'une croix au lieu d'une lourde pierre, et sans la rapidité de Katerina à faire ce qu'il fallait pour rompre l'enchantement.

Dommage. Mais, au moins, en étudiant avec le prêtre, Ivan aurait l'occasion de toucher le plus ancien manuscrit cyrillique qu'aucun professeur du vingtième siècle verrait jamais. À vrai dire, tous les documents qu'il écrirait ici, s'ils survivaient, deviendraient automatiquement les plus anciens textes cyrilliques connus.

Ivan se voyait déjà rédiger un récit de son existence dans ce village en se servant d'encre et de parchemins locaux, puis le dissimuler afin que les générations futures le découvrent. Et, à ce moment, quelle consternation cela provoquerait de tomber sur une contrefaçon si manifestement moderne et pourtant indéniablement écrite sur un manuscrit ancien, que le carbone 14 daterait du neuvième siècle !

Consternation ? Un désastre, oui ! Même si quelqu'un d'autre voyait Ivan écrire dans l'alphabet cyrillique moderne, celui du vingtième siècle, et modifiait la forme des lettres pour s'adapter si peu que ce soit à son écriture, cela falsifierait le document archéologique et toute la connaissance qu'on avait du russe. Le cœur serré, Ivan comprit qu'il lui serait à jamais interdit d'écrire de sa propre main à Taïna.

« Qu'y a-t-il, mon fils ? J'ai vu la tristesse se peindre sur votre visage.

– C'est à cause de la conscience aiguë que j'ai de mes péchés. »

Lukas le dévisagea de près. « Vous êtes-vous si vite converti ?

– Connaître ses péchés ne veut pas dire qu'on s'est converti, répondit Ivan. Ceux qui souffrent les tourments de l'enfer ne connaissent-ils pas leurs péchés ? Et pourtant le rachat du Christ n'a aucun pouvoir sur eux parce qu'ils rejettent les œuvres de la vertu. »

Comme les mots lui venaient facilement ! Peut-être imitait-il les sermons télévisés des protestants ou bien avait-il pêché dans sa mémoire un fragment de prêche à demi oublié entendu çà ou là dans Kiev. Ou bien s'efforçait-il simplement de sauver sa peau ? En tout cas, quelle que soit l'origine de son savoir en théologie chrétienne, sa traduction en vieux slave parut convaincante au père Lukas. Ivan trouva que l'expression « les œuvres de la vertu » rajoutait une jolie touche. De ses cours d'histoire européenne, il se rappelait que, si la grâce était une valeur tenue en haute estime chez les protestants, la vertu l'était chez les catholiques et sans doute aussi chez les orthodoxes.

Pourquoi avait-il évité les séminaires sur l'Église en Russie ? Parce qu'ils n'avaient rien à voir avec la question, croyait-il à l'époque : c'était à cause de l'influence de l'Église que les archives de l'histoire ancienne de la Russie étaient inutilisables, car chaque chroniqueur manipulait les documents pour faire croire que l'orthodoxie avait sans cesse prévalu. Or, bon gré, mal gré, il allait maintenant devoir suivre un cours accéléré de christianisme qui s'achèverait par un baptême. Les orthodoxes ne pratiquaient pas l'immersion, n'est-ce pas ? Non, ils devaient se servir d'aspersoirs.

Si seulement il pouvait rentrer chez lui, il épouserait Ruth sans une hésitation : même si elle lui avait parfois rendu la vie dure, ce n'était rien à côté de ce qui l'attendait !

Pourtant… il se rappelait la beauté de Katerina endormie sur le piédestal et, plus tard, sa fierté, son port de reine lorsqu'elle était entrée à Taïna. Cela n'avait rien à voir avec les petits signes condescendants que la reine d'Angleterre adressait à la foule, dignes et hautains ; non, c'était une princesse qui connaissait ces gens et passait au milieu d'eux sans affectation, première parmi ses égaux. Elle ne ressemblait en rien non plus à un politicien qui s'acharne à se faire aimer : on ne trouvait chez elle ni imploration ni morgue. C'était une femme redoutable et il devait lui faire un enfant le plus vite possible. Pensée intimidante ! Mais pas absolument déplaisante.

Du moins tant qu'il n'avait pas le choix – et tant qu'il parviendrait à se persuader qu'il n'était pas infidèle à Ruth ni au judaïsme : il ressentait encore comme du jésuitisme de se dire que ses fiançailles avec Ruth n'auraient lieu que mille ans plus tard.

« Vous êtes distrait, dit le père Lukas.

– Je suis fatigué de mon voyage, répondit Ivan.

– Alors nous nous reverrons demain. »

C'était vraiment nécessaire ? Prudent, il garda sa question pour lui-même ; mais il lui vint soudain l'idée d'un moyen pour éviter de devoir passer trop de temps auprès du père Lukas. « Je m'en voudrais de vous empêcher de vous consacrer à votre saint ministère, dit-il. Si le frère Sergeï m'enseignait les rudiments, peut-être pourriez-vous vous contenter de vérifier mes progrès ?

– Sergeï ? fit Lukas avec une aversion manifeste. L'aveugle devrait-il guider l'aveugle ?

– Un homme qui sort de l'obscurité n'a-t-il pas le droit de passer un moment à cligner des yeux jusqu'à ce qu'il soit capable de supporter l'éclat du soleil ?

– Je n'ai qu'une vague idée de ce que vous cherchez à dire, et même cette vague idée sent son Platon plutôt que son saint Paul. Néanmoins, étant donné que le frère Sergeï effectue son travail de façon bâclée dans le meilleur des cas et pas du tout dans le pire, je ne pense pas que vous fassiez grand mal au travail de l'Église en le détournant de ses devoirs.

– Vous êtes bien bon, messire.

– Appelez-moi père, dit Lukas.

– Père », répéta Ivan.

Esther voyait son fils dans l'eau immobile. C'était d'ailleurs le seul visage qu'elle aurait pu distinguer car qui d'autre était lié à elle par les liens du sang et de l'amour ? Mon Itzak, mon Vanya, que t'arrive-t-il ?

Il portait la bure d'un moine du Moyen Âge et derrière lui se dressait la silhouette d'un vieillard en habit de prêtre. Les lèvres de Vanya remuèrent : il dit « père » en russe.

Soudain une chouette rasa l'eau à quelques centimètres du visage d'Esther, dont la concentration était telle qu'elle ne réagit pas, ne hurla pas, bien que la surprise fît accélérer son cœur. Cependant, le battement des ailes de l'oiseau créa un déplacement d'air au-dessus de l'eau dont la surface se rida. L'image disparut.

Esther eut envie de pleurer de rage.

Elle se calma pourtant quelques instants plus tard. La colère était inutile. Elle savait son fils vivant : n'était-ce pas là le but de sa recherche ? Il ne se trouvait plus dans ce monde mais il était quelque part, et, s'il n'était pas aux mains des chrétiens, du moins ne le maltraitait-on pas. Et il appelait son père – comme s'il se savait observé et souhaitait faire passer un message. Elle referait l'expérience le lendemain soir.

7
Conspirations

Plus d'une fois, le roi Matfeï avait regretté que son père ait été souverain quand Kiev avait édicté que, dorénavant, seul le fils d'un roi ou son petit-fils par une de ses filles pouvait hériter d'un trône chez les Slaves de l'Est. Son père et lui n'ignoraient pas le but de cette loi : permettre au roi des Rus de dépouiller un par un ses voisins de leur royaume. Ils étaient patients, ces Rus : marchands blonds venus du nord, ils savaient infliger de brutales punitions à ceux qui cherchaient à les empêcher de se déplacer et de négocier à leur gré ; là où ils commerçaient, ils s'installaient et, là où ils s'installaient, ils ne tardaient pas à gouverner. À présent, ils étaient prêts à attendre des générations qu'un roi n'engendre ni fils ni fille, alors ils bondissaient sur l'occasion pour affirmer que le grand roi de Kiev avait le droit de nommer un nouveau souverain – un membre de sa famille, invariablement – ou de monter lui-même sur le trône vacant.

Le père de Matfeï avait été élu pour prendre la tête de son peuple en cas de guerre, comme cela avait toujours été le cas chez les Slaves. Si quelqu'un d'autre avait été souverain à l'époque où l'on avait changé la loi, Matfeï n'aurait sans doute pas été choisi : trop d'hommes de Taïna étaient plus forts, plus intrépides, plus sages que lui, et, quand le nouveau décret l'avait fait roi sans élection, il avait craint la rancœur de certains ; mais le peuple était resté curieusement calme devant le changement, comme s'il était plutôt fier d'avoir un souverain héréditaire au lieu d'un élu. Et puis le père Lukas était arrivé en proclamant que Dieu choisissait qui serait roi et qui paysan, et qu'en conséquence c'était Dieu qui faisait les rois et donnait à chacun les fils – ou l'absence de fils – qu'il méritait. Et la question fut réglée.

Du moins l'aurait-elle été si les fils de Matfeï n'étaient pas morts en bas âge – assassinés, disaient certains, par sorcellerie. Mais Matfeï, lui, avait vu leurs corps chétifs, leur petite taille ; l'un était devenu bleu et avait péri sans avoir jamais respiré ; l'autre avait la colonne vertébrale tordue. Peut-être la sorcellerie était-elle responsable de leur mort, mais peut-être aussi étaient-ils nés débiles et difformes, tout simplement. Matfeï n'entendait rien à ces choses-là ; à ce qu'il lui semblait, une grande part de ce qu'on appelait sorcellerie était tout bonnement l'œuvre de la nature. Une vache mourait – croyait-on qu'une vache vivait éternellement ? –, pourtant des murmures s'élevaient invariablement à propos de telle ou telle vieille devenue gâteuse qui avait marmonné ce qu'on pouvait prendre pour une malédiction, ou d'un voisin jaloux qui aurait voulu se venger. Ainsi étaient apparues les histoires sur ses fils, sans que rien soit prouvé.

Avec Baba Yaga comme adversaire, cependant, les rumeurs étaient moins difficiles à croire. Bien des misères s'étaient produites avant qu'elle épouse le roi Brat et vienne à Kiev infecter le monde de sa méchanceté. On ne pouvait lui reprocher tous les malheurs survenus depuis que Brat avait perdu son trône et qu'elle s'était trouvée reléguée à Pryava, si dangereusement près de Taïna ; mais, de fait, une fois qu'elle eut jeté son dévolu sur Taïna, les malheurs n'avaient fait que s'aggraver : l'épuisement de la mine de cuivre, les deux années de sécheresse, enfin la propre fille de Matfeï ensorcelée puis enlevée, dissimulée à tous jusqu'à ce qu'elle revienne en compagnie de ce…

Si Matfeï n'avait pas été roi, il ne se serait pas trouvé dans la cour d'entraînement de la forteresse à regarder cet étranger à pattes d'araignée se ridiculiser à l'épée autant qu'à la hache, en le sachant désigné par un sort cruel – ou un adversaire sans merci – pour devenir le père de ses petits-enfants et celui qui mènerait les guerriers à la bataille.

Ô Jésus, en quoi t'ai-je offensé pour que tu aies insufflé la vie dans ce tas de branches sèches et que tu me l'aies envoyé sous la forme d'un homme ? Mikola Mojaïski, tiens-tu donc si peu à ta terre que tu nous humilies ainsi devant nos ennemis ? Le peuple slave a-t-il donc si peu de valeur aux yeux des dieux qu'au lieu de lui donner le pouvoir de dominer les autres il doive être gouverné par des étrangers ? Toutes les anciennes lois doivent-elles donc disparaître ? La ruse et la méchanceté d'une femme doivent-elles empreindre ce pays et non la force sans détour des hommes ?

Et pourtant… cela pourrait être pire. Au moins, ce garçon avait le cœur d'un roi, un sens aigu de la responsabilité et, même s'il n'y avait aucune aptitude, il s'efforçait d'apprendre le maniement des armes. Il ferait sans doute de son mieux – son mieux fût-il lamentable, inutile et voué à l'échec.

Il avait revêtu des habits de femme sans même y réfléchir, en affirmant que c'était une pratique courante dans le pays d'où il venait. Et c'est ça qui doit devenir le père de mes petits-fils ? Ah, Mikola Mojaïski, mon ami disparu ! Ô Jésus que j'ai choisi comme sauveur de mon peuple, et toi aussi, Sainte Mère dont les entrailles ont contenu et nourri Dieu ! Pourquoi dois-je l'aimer, cet étranger dont l'existence même met mon peuple en danger ?

Dimitri Pavlovitch, obéissant à son roi qui lui avait

demandé de ravaler sa colère, était en train d'essayer d'enseigner à Ivan à contrer un coup de hache à l'aide du bouclier tout en arrachant l'arme des mains de l'ennemi, mais Ivan ne voulait rien savoir : à chaque fois, il sautait en arrière pour éviter la hache, puis il tapait sur le dos de Dimitri avec son épée d'exercice. Ah, çà, il paraissait trouver cette petite danse très appropriée ! Mais ce qu'il ne comprenait pas, ce que son chétif esprit d'étranger n'arrivait pas à saisir, c'était que, lors d'une bataille, il y aurait un homme de part et d'autre de l'adversaire qui verrait aussitôt la brèche laissée par le saut d'Ivan, lequel n'aurait plus jamais l'occasion de revenir porter son coup si rusé ; au contraire, il serait forcé de continuer à reculer, et, si les guerriers qui le flanquaient ne se battaient pas pour lui, l'ennemi ne tarderait pas à franchir la brèche en masse et la victoire serait à lui. Il fallait tenir ferme, ne pas abandonner un pouce de terrain, supporter les coups et contre-attaquer plus fort encore pour obliger l'ennemi à céder. Mais cela dépassait apparemment la compréhension d'Ivan.

Était-ce ainsi que Jésus-Christ récompensait Matfeï d'avoir permis au père Lukas de bâtir son église et de baptiser ceux qui le désiraient ? D'avoir échangé son nom contre un nom chrétien ? Et puis quel dieu était-ce là, Jésus-Christ, un dieu qui se laisse mettre en croix et permet qu'on lapide, brûle ou crucifie les chefs de ses partisans ? Sans parler de tous les saints martyrs et des autres morts. Cela augurait mal de l'avenir de ses adeptes actuels.

La crucifixion paraîtrait une grâce à côté de ce que Baba Yaga infligeait à ceux qui se dressaient contre elle. N'en avait-on pas eu la preuve quand, à peine veuve, elle avait fait empaler puis écorcher vif le chef des Drevlianiens en réponse à la proposition de mariage de leur roi ? Le seul survivant, énucléé, castré, avait été renvoyé pour rendre compte de ce que ses yeux avaient vu et remettre ses propres génitoires au roi Mal en réponse à ses mots d'amour. Que ferait-elle alors au peuple de Matfeï lorsque, avec Ivan pour mener le combat, elle écraserait ses troupes sans difficulté ?

Un événement devait survenir pour les délivrer de ce fardeau, un miracle – par exemple, le glorieux martyre d'Ivan au nom du Christ. À condition qu'il ait préalablement fait un fils à Katerina.

C'était le plus important : que Katerina porte un fils afin d'assurer la succession et d'interdire tout prétexte légal à Baba Yaga pour y prétendre. Après cela, on pourrait très bien se passer d'Ivan.

Matfeï, naturellement, ne ferait jamais lui-même de mal à l'homme qui allait devenir, après tout, son beau-fils. Ce n'était pas un monstre ! Dieu, pardonne-moi, murmura-t-il à part lui ; c'est à toi seul, dans ton infinie clémence, de nous délivrer de ce fardeau.

Enfin, Ivan comprit les instructions et tenta de résister, mais, quand la hache de Dimitri s'abattit sur le bouclier de l'homme-brindille, elle les jeta tous les deux à terre, l'homme et le bouclier. Furieux de l'incompétence absolue de son adversaire, Dimitri s'avança pour porter le coup de grâce, qu'il aurait naturellement dévié au dernier moment. Mais Ivan choisit cet instant pour lancer son pied botté sous le kilt de Dimitri, en plein dans l'entrejambe ; le guerrier s'écroula en se roulant par terre.

Matfeï se dressa d'un bond en hurlant : « C'était un exercice, pauvre crétin !

– C'est à lui qu'il faut le dire ! répliqua Ivan sur le même ton. Il allait me tuer !

– C'est une hache d'entraînement ! Elle n'a pas de tranchant !

– Mais elle est lourde ! Il m'aurait défoncé le crâne !

– Pas du tout ! Il n'avait pas l'intention de vous frapper !

– Et comment vouliez-vous que je le sache ?

– Parce que c'est un vrai chevalier et que vous êtes fiancé à la princesse, voilà comment ! Regardez-moi ce gâchis !

– Ce n'est pas ce que je dois faire à un ennemi ?

– Un ennemi portera une plaque d'acier épais avec une pointe pour empaler le talon de celui qui tenterait une telle manœuvre dans un combat. Vous vous croyez le premier à penser à frapper un adversaire à l'entrejambe ?

– Personne ne m'avait prévenu, dit Ivan.

– Et pour quoi faire ? Croyez-vous que votre ennemi sera aussi bête que vous ?

– Vous avez tous passé votre vie à vous battre et à parler de batailles ; chez moi, nous n'utilisons aucune de ces armes.

– Alors, c'est que votre pays est un pays de femmes ! » cria Matfeï.

Après seulement avoir prononcé ces paroles, il se rendit compte qu'en dehors de sa propre voix le silence régnait sur le terrain d'exercice : chacun avait interrompu ses activités pour écouter la querelle, et à présent ces propos, cette insulte mortelle, avaient humilié Ivan devant tous les hommes et donné créance aux rumeurs qui couraient depuis la semaine dernière sur le fait qu'il n'avait pas hésité à enfiler des vêtements de femme – rumeurs que Katerina avait confirmées à contrecœur et en privé à son père.

« Un seul soldat de mon pays, répliqua Ivan d'un ton glacé, pourrait tuer tous les hommes ici présents en moins de cinq minutes. »

Matfeï répondit d'un ton calme, mais il ne pouvait laisser passer une telle vantardise. « Alors pourquoi ne pas nous faire la démonstration d'une prouesse aussi stupéfiante ?

– Nos soldats se servent d'armes que vous ne possédez pas.

– Eh bien, fabriquez-nous-en une ! Ou bien montrez-nous comment elle est faite et nous la fabriquerons nous-mêmes !

– Il faut un meilleur fer que celui que vous possédez. Aucun forgeron n'y arriverait ici.

– C'est un peu facile de faire le fanfaron sur ce que vous ne pouvez pas nous montrer !

– Aussi facile que d'humilier un homme qui arrive d'un autre pays avec d'autres coutumes ! Si vous veniez chez moi, vous seriez aussi incompétent que moi pour ce que mon peuple considère comme important.

– Peut-être, répondit Matfeï d'une voix toujours calme mais incapable de cacher sa fureur. Cependant, je ne suis pas chez vous ; vous êtes dans mon pays, vous êtes fiancé à ma fille et mon peuple a besoin de vous pour le mener à la guerre.

– Je partage l'avis de Dimitri : je ne ferai jamais un bon soldat, dit Ivan. Quant à votre fille, je la dégage de… »

Matfeï lui donna un coup de poing sur la bouche avant qu'il ait le temps de prononcer les mots qui auraient ouvert la porte à Baba Yaga. Ivan recula en chancelant, les mains sur le visage ; du sang ruisselait de son nez et de sa lèvre coupée par ses dents. « Pourquoi avez-vous fait ça ? demanda le jeune homme en haletant.

– Êtes-vous fou ? s'écria Matfeï. Si vous rompiez ces fiançailles, tout serait perdu !

– Qu'est-ce qui serait perdu ? Tout mon sang ? Ce ne serait pas mal pour commencer !

– Êtes-vous lâche et faible à ce point ? » Sans faire d'effort pour dissimuler son mépris, Matfeï se tourna pour aider Dimitri à se relever. Le chevalier prit appui sur l'épaule du roi et se dirigea à pas prudents vers une plaque herbue où il s'allongea pour se remettre.

« Père Matfeï, fit-il – car il avait acquis au combat le droit de s'adresser aussi familièrement au roi –, j'ai supporté bien des choses pour vous et je supporterai tout ce que vous me demanderez, mais je ne puis rien enseigner à cet imbécile.

– Pour l'amour de Dieu, essaye ! murmura Matfeï.

– Il travaille avec acharnement, répondit le chevalier sur le même ton, mais il n'a pas de force. Tout le monde a vu son inaptitude au combat. Nul n'accepterait de le suivre à la bataille.

– Pour l'amour de moi, alors, essaye ! » répéta Matfeï, puis il aida Dimitri à s'étendre. Leurs têtes étaient l'une contre l'autre.

« Vous auriez dû me permettre d'épouser Katerina, souffla Dimitri.

– Mais la malédiction de la Veuve…

– Qu'elle aille se faire pendre, cette vieille garce ! Si c'était le peuple qui choisissait, c'est moi qu'il élirait.

– Nous avons affaire à une sorcière, dit Matfeï. Elle possède des pouvoirs que ton épée ne peut combattre. Il y a peut-être une raison pour que Dieu nous ait envoyé ce garçon.

– Que saurait-il faire que nous ne ferions mieux que lui ? Il est ignorant de tout ; il n'est capable de rien. »

Comment discuter ? Matfeï n'avait qu'un vague espoir – celui d'un miracle.

« Nous aurons peut-être de la chance, dit-il en exprimant une pensée qui lui avait déjà traversé l'esprit. Qui sait s'il n'engendrera pas un fils et ne mourra pas ensuite ? »

Il avait pris un air mi-figue mi-raisin et n'entendait ses propos que comme une plaisanterie. Mais, dès qu'ils eurent franchi ses lèvres, il comprit qu'il venait de transgresser une limite et qu'il n'était pas de retour possible, car Dimitri avait entendu le roi parler de la mort d'Ivan comme d'un événement désirable, et même désigner l'époque où la circonstance serait la plus avantageuse. Plus tard, Matfeï aurait beau jurer ses grands dieux que telle n'était pas sa volonté, il n'aurait pu trouver façon plus claire de condamner le jeune Ivan à mort : Dimitri, sinon un autre, se débrouillerait pour débarrasser le royaume de cet intrus. Et c'est Matfeï qui aurait son sang sur les mains.

« Je n'étais pas sérieux, dit le roi en sachant que Dimitri ne le croirait pas.

– Je sais que vous plaisantiez, répondit le chevalier, mais on lisait dans ses yeux qu'il n'y voyait nulle plaisanterie. Toutefois, il nous faut un héritier, et vite. Il existe des moyens de s'assurer qu'un enfant est conçu du premier coup et que c'est un garçon.

– Et qu'il naît ensorcelé, répliqua Matfeï. Autant le remettre directement entre les mains de la Veuve elle-même ! Je n'ai pas envie que mes petits-fils meurent comme mes fils.

– À ce qu'il me semblait, vous ne croyiez pas que vos enfants étaient morts par magie.

– Je ne crois pas que chercher à en tirer vengeance serait utile, pas plus que tuer ce jeune homme. Il a sauvé ma fille de la sorcière, et il a sauvé ta sœur.

– Et il n'a rien à craindre de moi, fit Dimitri ; soyez-en assuré, s'il meurt, ce sera par accident.

– Accident que toi et moi ferons tout pour éviter, dit Matfeï.

– Nous serons d'une absolue vigilance – du moins jusqu'à ce que nous sachions si l'enfant est un garçon. »

Matfeï comprit alors qu'il pourrait supplier le plus sincèrement du monde Dimitri d'épargner la vie de l'étranger, le chevalier et tous ceux de la *drujina* resteraient persuadés de la validité de son raisonnement original : avec un héritier et son père mort, et seulement à cette condition, le royaume serait en meilleure posture qu'avant l'intervention d'Ivan pour libérer la princesse.

Matfeï se releva et revint auprès d'Ivan qui, à coups de hache, frappait sans aucun résultat le mannequin en bois. Oh, doux Jésus, qu'ai-je fait ? songea Matfeï. Ce garçon a le cœur d'un roi, il s'efforce d'apprendre, Dieu nous l'a envoyé… et je les ai trahis l'un et l'autre, Dieu et lui.

Mais est-ce bien certain, finalement ? Mon peuple a plus d'importance que ce jeune homme. C'est ma bouche qui a demandé qu'il meure et c'est moi qui me tiendrai devant le Christ pour en répondre. Que le péché retombe sur ma tête ; si Jésus me damne pour avoir sauvé l'existence et la liberté de mon peuple au prix d'une seule vie, eh bien, je le damnerai moi aussi ! Je puis bien brûler en enfer – au moins, j'y brûlerai en sachant que j'ai fait le nécessaire pour mon peuple, et c'est le devoir d'un souverain, quel que soit le prix qu'il doive en payer plus tard. Moi aussi, j'ai le cœur d'un roi.

Je ne suis pas le roi David, moi, qui a tué un homme pour cacher sa honte de lui avoir volé son épouse : quand je tue, c'est pour le bien des autres.

Je n'en demeure pas moins un assassin, se dit Matfeï, refusant de se voiler la face. J'ai tué par ma bouche ; il n'y a nulle pitié en moi. Quelle est la différence entre Baba Yaga et moi, maintenant ?

Il y a une différence ! cria quelque chose en lui. Je t'en prie, Jésus, par pitié, Dieu ou un sage quelconque, montre-la-moi !

Sergeï n'appréciait pas la façon dont on parlait d'Ivan. Sa mère jurait n'avoir avoué son secret qu'au père Lukas en confession, et Sergeï savait que le père Lukas ne trahissait jamais ce qu'il apprenait ainsi. Pourtant la rumeur courait partout : Ivan était un homme qui portait des vêtements de femme. Nul n'y croyait vraiment ou il se serait déjà produit quelque chose, mais nul ne rejetait complètement l'histoire non plus – même pas Sergeï.

Non, ce n'était pas vrai. Sergeï savait Ivan étrange, mais le fait qu'il se soit pavané ou non dans le bliaud de la princesse, comme la vieille l'avait affirmé à sa mère, n'avait rien à y voir. L'étrangeté d'Ivan provenait d'ailleurs ; il ne s'intéressait pas aux mêmes sujets que les mortels. Alors que Baba Yaga bavait d'envie d'envahir Taïna, que son mariage approchait avec la merveilleuse Katerina, que le père Lukas s'efforçait de sonder son âme, qu'il avait lui-même tout le catéchisme à apprendre en quelques jours, Ivan se comportait comme si rien de tout cela ne comptait : il ne désirait qu'étudier les manuscrits. Et pas les Évangiles, en plus : Ivan insistait pour étudier les documents de travail, le lexique que le père Lukas avait apporté avec lui, celui qu'avait rédigé la main de Kirill. On aurait dit qu'Ivan prenait Kirill pour le Christ, que ces textes étaient des reliques sacrées : il ne les tournait que par les bords, il refusait que Sergeï plie les parchemins ou même les roule. « Rangez-les à plat », avait-il dit – ou du moins essayé de dire dans son langage bizarre jusqu'à ce que Sergeï comprenne et lui enseigne les termes exacts. Il se montrait respectueux avec les Évangiles aussi, mais pas plus qu'avec les autres livres, alors qu'ils renfermaient les paroles du Christ. C'était incompréhensible.

De toute façon, rien n'était compréhensible chez Ivan. Lorsqu'ils devaient étudier la doctrine chrétienne, Ivan écoutait dix minutes puis commençait à demander à Sergeï de lui raconter des histoires, non des histoires sur Jésus et les apôtres, non : il voulait des histoires de sorcières et de magiciens, à propos de Baba Yaga, de Mikola Mojaïski, de rois et de reines, d'enfants perdus et de loups dans les bois, des histoires que les grands-parents racontent pour effrayer les enfants les soirs d'hiver et les mères pour les obliger à rester à la maison la nuit ou pour les empêcher d'aller errer dans la forêt le jour.

Et un jour, au milieu des tentatives tremblantes de Sergeï pour lui parler des méchantes rumeurs répandues sur son compte, Ivan l'interrompit comme si cela lui était égal et dit : « Il faut que vous les écriviez.

– Que j'écrive quoi ?

– Ces contes ; celui que vous venez de me narrer, celui sur Ilya de Murom.

– Mais… ces histoires ne sont pas vraies – du moins pas dans le sens où les Évangiles sont vrais. »

Ivan secoua la tête. « Pourtant, elles sont importantes. Dans mon pays, elles sont différentes ; elles sont déformées. On y parle beaucoup de Mongols, de cosaques et de tsars. »

Ces derniers mots, Sergeï ne les comprit pas, à part *tsar*, qui était le titre d'un des hauts fonctionnaires de l'Empire romain, mais qu'est-ce que des histoires de tsars avaient à voir avec Ilya de Murom ?

« Votre version est plus ancienne, expliqua Ivan. Elle est… vierge.

– Mais à quoi bon l'écrire ? Tout le monde la connaît.

– Pas chez moi.

– Alors écrivez-la, vous.

– C'est impossible.

– Pourtant, vous écrivez plus vite que moi.

– Sergeï, si c'est moi qui l'écris, les gens de chez moi vont croire que je l'ai inventée, tandis que si elle est de votre main…

– Le père Lukas dit que je ne suis pas doué ; il refuse de me laisser recopier quoi que ce soit sur du parchemin parce que c'est du gaspillage de peau d'agneau, qui vaut cher.

– Moi, je prétends que votre calligraphie est parfaite pour ce que je veux faire. Il ne s'agit pas d'une copie précise comme pour les Évangiles, mais de la simple relation du conte. Cependant, il faut qu'elle soit effectuée sur du parchemin.

– Et où vais-je trouver du parchemin ? Je ne possède pas de moutons, et si j'en avais j'aurais besoin de leur peau pour me couvrir, pas pour écrire.

– Si je vous obtiens du parchemin, vous écrirez les histoires ?

– Si le père Lukas m'y autorise.

– Ce qui ne sera évidemment pas le cas, dit Ivan.

– Si vous le savez déjà, pourquoi me demander une tâche que mon prêtre m'interdit ?

– Il ne vous l'a pas interdite.

– Mais vous venez de dire…

– Je ne lui en ai pas parlé.

– Alors peut-être me donnerait-il sa permission.

– Croyez-vous ?

– Non.

– Pourquoi lui en parler, dans ce cas ?

– Vous voulez dire… le lui cacher ?

– Oui.

– Lui mentir ?

– Vous a-t-il jamais demandé si vous notiez les histoires des villageois ?

– Non.

– Pourquoi vous le demanderait-il maintenant ?

– Je n'y verrais aucune raison, en effet.

– Donc vous ne serez jamais obligé de lui mentir. »

Sergeï réfléchit. « Ça ne me paraît quand même pas sincère.

– Ce ne sont pas les histoires du père Lukas », dit Ivan. Bien que plus basse, sa voix avait pris de l'intensité. « Ce sont vos histoires à vous, et celles de votre famille, de vos voisins, de vos amis.

– Je n'ai pas d'amis, répondit Sergeï. Ils m'ont toujours détesté.

– Mais c'est votre village. »

Sergeï haussa les épaules.

« Je peux vous assurer, Sergeï, que, si vous n'écrivez

pas ces histoires, les prêtres feront ce qu'ils voudront des autres histoires, des chroniques : ils noteront uniquement celles qui les arrangeront, et toujours en les déformant pour faire croire que tous les rois étaient chrétiens et que les défaites étaient des victoires. Votre peuple sombrera dans l'oubli, nul ne se rappellera même plus qu'il aura existé un royaume du nom de Taïna. En revanche, si vous écrivez ces histoires, je peux vous promettre que votre terre restera dans les mémoires et que ces récits vivront pour toujours.

– Mais j'appartiens à l'Église, maintenant, Ivan, dit Sergeï. Vous ne pouvez tout de même pas me demander de m'opposer aux écrits des prêtres !

– Il ne s'agit pas de vous y opposer, Sergeï. Ce que vous écrirez n'effacera pas un seul mot de leurs chroniques.

– Où vous procureriez-vous du parchemin ? »

Ivan éclata de rire. « Je suis fiancé à la princesse ! Croyez-vous que je ne puisse obtenir du parchemin si j'en désire ? »

Sergeï ne voyait manifestement pas le rapport. « Quelle différence, que vous soyez fiancé à la princesse ?

– Eh bien, je peux demander du parchemin au roi ; il ne me le refusera pas.

– Mais… où trouverait-il du parchemin ? » Ivan n'avait pas l'air de comprendre ; ce n'était pourtant pas compliqué.

« C'est le roi », dit Ivan au bout d'un moment.

Cette déclaration n'avait aucun sens pour Sergeï.

« Il peut faire ce qu'il veut, expliqua Ivan.

– Nous pouvons tous faire ce que nous voulons, répondit Sergeï. Mais pour abattre un agneau ou un chevreau et se servir de sa peau comme parchemin… il faut avoir quelque chose de très important à écrire.

– Même dans le cas du roi ? »

À cet instant, Sergeï entrevit le principe dont partait Ivan. « Ah ! Dans votre pays, les rois peuvent faire ce qu'ils veulent, comme l'empereur de Constantinople.

– Nous n'avons pas de roi.

– Mais alors pourquoi des ennemis n'envahissent-ils pas votre pays ? »

Ivan éclata d'un rire sans joie. « Nous avons des armées ; nous n'avons pas de roi, tout simplement.

– Si vous avez des armées, fit Sergeï, comment se fait-il que vous soyez si mauvais soldat ? »

Ivan eut l'air surpris.

« Ça, vous ne pouvez le cacher à personne, reprit Sergeï. Tout le monde constate que vous savez à peine manier l'épée et que vous êtes tout maigre.

– Je n'ai jamais fait partie de l'armée, dit Ivan. Il y a beaucoup de gens dans mon pays, et seuls certains d'entre eux deviennent soldats. Moi, j'étais… quelqu'un qui lit.

– Et c'est tout ?

– Parfois j'écris à propos de ce que je lis.

– Ainsi vous copiez des manuscrits ?

– Non, j'écris à propos d'eux ; je les décris.

– Mais pour quoi faire ? Si quelqu'un ne peut pas lire le manuscrit, comment pourrait-il lire votre description ?

– Bon, peu importe ce que je faisais dans mon pays ; je ne peux pas y retourner, de toute façon.

– C'est pourquoi je ne vois pas l'intérêt d'écrire ces histoires : si vous ne pouvez pas rentrer chez vous, comment vont-elles y parvenir ?

– Nous allons les enfouir.

– Quoi ? Les enfouir ?

– Oui, les enterrer très soigneusement, de façon qu'elles ne prennent pas l'humidité et que quelqu'un puisse les déterrer dans un millier d'années.

– Je n'y comprends rien, dit Sergeï. Enterrer un manuscrit dans mon pays ne le rapprochera pas du vôtre.

– N'en soyez pas si sûr.

– À moins que votre pays ne soit sous terre», fit Sergeï.

Ivan s'esclaffa. «Non, Sergeï, je ne viens pas des enfers !

– D'où alors ? Du ciel ?

– Je ne suis pas non plus un ange.

– Je me le demandais : vous avez la peau si douce et des mains de bébé.»

Ivan contempla ses mains comme s'il les voyait pour la première fois. «Je regrette toutefois de ne pas pouvoir voler. Ce serait pratique.

– Vous n'êtes pas un saint non plus ?»

Ivan leva les yeux au ciel d'un air las.

En regardant Ivan observer ses mains, Sergeï avait eu une révélation. «Vous n'avez même jamais participé à des moissons, n'est-ce pas ?

– Non. Chez moi, nous... nous avons des... Je n'ai pas les mots qu'il faut. Mais très peu de gens font les moissons.

– Il doit leur falloir une éternité pour faucher les champs !

– Non ; non, voyez-vous, les faux marchent toutes seules.

– Vous êtes donc un sorcier !

– Mais non, ce n'est pas de la sorcellerie ; c'est plutôt comme... comme quand vous tirez une carriole ; vous n'êtes pas obligé de faire tourner chaque roue séparément ; vous tirez la carriole et les roues suivent le mouvement. Nos carrioles à nous sont meilleures, c'est tout ; elles se tirent toutes seules.»

Sergeï ne put s'empêcher d'éclater de rire. «Là, vous essayez de vous moquer de moi !

– Non, répondit Ivan. Mais mon pays est étrange, c'est vrai, comparé au vôtre. D'un autre point de vue, Taïna me paraît étrange, à moi aussi. Jamais de ma vie je n'aurais imaginé qu'un jour viendrait où ma vie dépendrait de ma capacité à manier une épée ou une hache de combat.

– Pourtant, nous sommes pareils, dit Sergeï. Je suis un très mauvais soldat ; je ne suis doué que pour lire et écrire – et faire la vaisselle.

– Moi, je n'en ai même pas le droit.

– Mais si. Écrivez tout ce que vous voulez.

– Non, fit Ivan. Je forme mal mes lettres.

– Je vous ai vu dessiner certaines lettres que je ne connaissais pas – comme celle-ci. » Du bout du doigt, Sergeï traça un Щ sur la table.

Aussitôt, Ivan lui prit les mains et les tint serrées entre les siennes. « Ne redessinez plus jamais cette lettre ! dit-il.

– De toute manière, je ne sais même pas comment elle se prononce.

– Ne vous en servez pas, c'est tout. Il ne faut pas ; ça modifierait tout. Ça souillerait les archives. Oubliez-la ! Chassez-la de votre esprit ! »

Sergeï acquiesça de la tête. Ainsi... sans le faire exprès, il avait appris une rune puissante d'un pays de sorciers. Il faudrait qu'il s'en souvienne ; un jour, il aurait peut-être besoin de cette rune. Car, en dépit des avertissements d'Ivan, Sergeï n'avait pas l'intention d'oublier quelque chose d'aussi dangereux et troublant ; de toute son existence, il n'avait jamais rien su faire qui pût effrayer quelqu'un. C'était un sentiment intéressant qui lui plaisait.

Pendant un temps, Katerina parvint à se convaincre que tout allait bien, qu'Ivan gagnait l'estime des chevaliers et des autres hommes par ses efforts sur le terrain d'entraînement, et que son respect et son souci manifestes des autres, dont on avait eu la preuve quand il avait sauvé Lybed, avaient conquis, sinon le cœur, du moins la patience des femmes de Taïna. Mais, elle s'en rendit compte peu à peu, l'absence de commentaires négatifs sur Ivan n'indiquait pas l'approbation ni même la tolérance : cela voulait dire que personne ne lui parlait d'Ivan, à elle. C'était un mauvais signe, pas un bon ; jamais elle n'avait été l'objet de l'ostracisme du peuple. Elle avait cru pouvoir intégrer Ivan dans la communauté mais, en réalité, il était peut-être bien en train d'en faire expulser sa fiancée.

Cependant, à quoi bon en discuter avec lui ? Que pouvait-il faire de mieux que ce qu'il faisait déjà ? Elle savait qu'il n'avait pas envie de se convertir au christianisme, pourtant il s'y préparait ; devenir roi ne l'intéressait pas, guerroyer encore moins, mais il y travaillait assidûment chaque jour. Si elle lui avouait ses craintes, cela ne ferait que le décourager et il insisterait à nouveau pour qu'elle le ramène au site enchanté et lui fasse traverser le pont d'où il pourrait rentrer chez lui.

Elle essaya de s'imaginer à sa place, coupée de sa famille, prise au piège d'une situation dont elle n'était pas responsable. C'était d'ailleurs exactement ce qu'elle avait vécu lorsque, après avoir été pourchassée par l'ours, elle s'était endormie sous le coup d'un sortilège qui devait la maintenir dans le sommeil pendant Dieu savait combien de mois ou de siècles. Toutefois, elle avait dormi, elle, tandis qu'Ivan devait subir sa séparation bien éveillé. Et puis, à la fin de son exil, Katerina était retournée chez elle. Comment se terminerait celui d'Ivan ?

C'était pour éviter ce genre de conversation qu'elle se gardait presque inconsciemment de tout échange avec lui, sauf lors des repas, où l'on ne pouvait parler de rien d'intime. Mais ce silence entre eux ne pouvait durer éternellement, elle le savait, et ce ne fut pas une surprise quand, un après-midi, chez son père, elle l'entendit dans la grande salle demander à une esclave quelle chambre était celle de la princesse.

L'esclave s'efforçait sans doute de décider ce qui, de répondre ou de ne pas répondre, lui créerait le plus d'ennuis, après quoi elle devrait déterminer s'il fallait ou non créer des ennuis, ce qui était probablement le plus difficile à définir. On ne pouvait faire aucune confiance aux esclaves – et pourtant la vie serait impossible s'il fallait tout faire soi-même : où trouverait-elle le temps de s'occuper de son peuple si elle devait le passer à faire la lessive à la rivière ou à préparer la cuisine ?

Quoi qu'il en fût, elle épargna à l'esclave d'avoir à faire un choix. « Je suis ici ! » cria-t-elle à Ivan.

Qu'on le croie ou non, il remercia l'esclave, comme si cette fille l'avait aidé ou avait même songé à l'aider ! C'était encore un étranger et il le resterait toujours.

Katerina ignorait de quoi il désirait l'entretenir mais elle ne voulait pas en discuter avec lui, cela, elle en était sûre ; elle devança donc sa question en sautant à une conclusion qu'elle savait fausse. « Vous ne prétendez pas vous prévaloir de quelque privilège d'intimité parce que nous sommes fiancés, j'espère ! »

Il ne mordit pas à l'hameçon. « Votre virginité ne risque rien. Je suis seulement venu vous demander comment me procurer du parchemin. »

Pourquoi venir lui demander du parchemin, à elle ? Croyait-il qu'elle disposait d'une réserve secrète de peaux d'agneau et de chevreau ? « Pourquoi vous adresser à moi ? Le père Lukas commande une peau d'agneau quand il a besoin d'écrire quelque chose ; s'il ne vient pas la chercher, d'autres s'en servent.

– Je sais, dit Ivan. Sergeï me l'a expliqué.

– Dans ce cas, pourquoi vous adresser à moi, encore une fois ?

– Pour que vous m'indiquiez comment me procurer

du parchemin ou qui pourrait m'apprendre à en confectionner à partir de peau d'agneau.

– Et à quoi vous servirait de perdre votre temps ainsi ? » Ce n'est certainement pas en passant des heures à gratter des peaux qu'il monterait dans l'estime des chevaliers !

« J'ai quelque chose à écrire. »

Plaisantait-il ? « Vous rendez-vous compte de ce que vous êtes en train de dire ? demanda-t-elle.

– Je sais lire et écrire, si c'est ce qui vous inquiète.

– Vous n'êtes pas ici pour devenir copiste ! Le père Lukas trouvera et formera ses propres élèves ! Comme Sergeï, qui n'a pas d'autre utilité. Mais vous… consacrer votre temps à écrire ou à fabriquer du parchemin… »

Ivan s'était montré aimable jusque-là, mais apparemment sa patience était arrivée à son terme. « Qu'attend-on de moi, alors ? explosa-t-il. Que je passe mes journées sur le terrain d'exercice à écouter les sarcasmes de Dimitri et à voir tous les autres ricaner sous cape ?

– Cela prend du temps, je sais.

– Il faut des années pour acquérir la musculature nécessaire ! J'ai mal partout et, même si je m'améliore, je suis encore très loin de la perfection ! Ça ne fera de mal à personne si je consacre un peu de mon temps à faire ce pour quoi je suis doué !

– Mais vous n'êtes pas doué pour fabriquer du parchemin, si vous ne savez même pas comment on s'y prend !

– J'ai besoin d'écrire quelque chose.

– Employez de l'écorce de bouleau, alors. Il suffit de la décoller du tronc, de la mettre à tremper et de la faire sécher à plat.

– L'écorce de bouleau ne dure pas assez longtemps.

– Vous non plus, vous ne durerez pas longtemps, pas plus que Taïna, si vous ne travaillez pas le maniement des armes !

– Je sais combien de temps il faut pour se forger un physique. J'ai couru toute ma vie mais je m'entraînais pour le décathlon…

– Pour le quoi ?

– C'est un concours ; on court, on saute, on jette le… la lance, le disque, le… la pierre ; or il m'a fallu des années pour être à la hauteur. Un jour, dans quelques années, je me débrouillerai peut-être assez bien à l'épée pour tenir le coup devant le meilleur de vos chevaliers ; mais pas la semaine prochaine ni le mois prochain !

– Pourtant, il faut que les gens constatent vos efforts ; il faut qu'ils vous voient faire des progrès !

– Ils refusent de les constater, répliqua Ivan. Quoi que je fasse, ils sont morts de rire. D'accord, c'est leur droit ; mais si vous croyez qu'ils me respecteront davantage en observant chaque jour mes échecs…

– Vous abandonnez ?

– Je veux seulement écrire quelque chose ! »

Le ton exaspéré d'Ivan déplut à la princesse ; elle avait l'impression d'être une enfant mal élevée. « Ne me parlez pas de cette façon !

– Et comment comptez-vous me punir ? Je suis déjà en enfer !

– Taïna est un pays merveilleux, peuplé de gens qui débordent de gentillesse !

– Ils sont peut-être gentils avec vous mais, moi, je n'ai droit qu'à leur rancœur et à leur mépris ! Je n'ai pas demandé à venir ! C'est vous qui avez exigé que je reste, pour votre bien et le leur ! Eh bien, je suis resté, j'ai tenté d'obéir à vos prières – non, à vos ordres ! – mais maintenant, c'est clair, je ne serai jamais à la hauteur de vos espérances ; alors convenons que nous nous sommes trompés et laissez-moi rentrer chez moi !

– Non ! » s'écria Katerina.

Ivan commença calmement à se déshabiller.

« Mais que faites-vous ? s'exclama-t-elle. Je vous

répète de ne pas espérer prétendre à des privilèges nuptiaux… »

Ivan s'interrompit. « Ce n'est pas votre corps que je veux, mais le mien. Je suis ici en tant qu'esclave, je prends la tenue de conséquence.

– Vous n'êtes pas un esclave ! Vous êtes mon fiancé !

– Je regrette, mais c'est un pur mensonge. Un fiancé serait un égal, un homme que vous aimeriez, un homme qui serait bientôt votre époux ; mais vous ne m'adressez même pas la parole, vous m'évitez et tout le monde s'en aperçoit. Je me sens humilié à la fin de chaque repas quand vous vous en allez sans un mot pour moi. Je ne suis pas ici parce que vous avez envie de m'épouser, je suis ici parce que je suis l'instrument dont vous avez besoin pour conserver votre royaume ; je suis l'équivalent d'une vache à lait, sauf que je ne donne pas assez de lait. Comment appelle-t-on un homme qui est obligé de travailler contre son gré à des tâches qu'il déteste au bénéfice de quelqu'un d'autre et que son entourage traite avec mépris ? Un prisonnier qui ne peut pas s'échapper et qui n'a aucun espoir de gagner un jour sa liberté ? Comment appelle-t-on ça, sinon un esclave ?

– Je ne vous ai pas choisi, dit Katerina. Vous vous êtes choisi tout seul.

– J'ai donc commis une erreur en vous sauvant, c'est ça ? fit Ivan d'une voix douce. Vous auriez préféré attendre encore mille ans plutôt que vous retrouver avec un empoté comme moi, c'est ça ?

– Nous aurions pu attendre quelques mois de plus, en effet.

– Alors il fallait mettre une pancarte, dit Ivan. "Ne pas combattre l'ours ni embrasser la princesse si on n'est pas très doué à l'épée et à la hache." Ah, mais j'y pense, une pancarte n'aurait servi à rien : l'homme qu'il vous aurait fallu ne saurait pas lire, de toute façon ! »

Il mit tant de dédain dans ses propos qu'elle comprit : il méprise ceux qui ne savent pas lire !

« Moi, je sais lire, rétorqua-t-elle. Mais je n'ai pas encore trouvé le moyen de faire disparaître l'armée de la Veuve par la lecture.

– Chez moi, c'est Taïna qui a disparu. Elle est complètement oubliée parce que personne n'a jamais écrit un mot dessus. Je veux rédiger l'histoire de ce pays, la cacher quelque part où quelqu'un la trouvera dans l'avenir, la lira et saura que ce royaume a existé et qui vous étiez. Je suis en train d'essayer de sauver Taïna de l'oubli.

– Vous êtes fou ! cria-t-elle. Nous ne voulons pas qu'on se souvienne de nous ! Nous voulons survivre ! Survivre !

– Et je ne vous suis d'aucune aide, dit-il d'un ton froid. Alors renvoyez-moi chez moi. Faites-moi traverser le pont qui me ramènera dans mon propre monde. »

Elle était sensible au malheur de sa situation, et elle n'avait rien fait pour l'arranger. Mais elle ne pouvait pas le laisser partir – pas encore. « Dès que nous serons mariés.

– Comment vous le dire sans vous briser le cœur, belle princesse ? Voilà : je ne veux pas vous épouser. »

C'était précisément la conversation qu'elle avait toujours cherché à éviter. S'il les mettait en pratique, les propos qu'il venait de tenir allaient tout ruiner. Elle se creusa les méninges pour trouver un moyen de le détourner de sa décision. « Si vous ne vouliez pas m'épouser, il ne fallait pas me le demander.

– Il y avait un ours, lui rappela-t-il ; et c'est vous qui m'avez prié de vous le demander.

– Vous avez demandé et j'ai dit oui. C'était un serment. N'avez-vous aucun honneur ?

– Posez la question aux chevaliers qui se moquent de moi, aux femmes qui pouffent sur mon passage. Non, ici, je n'ai pas d'honneur et je n'ai donc pas à tenir parole.

– Un homme comme vous n'a pas de parole, voilà pourquoi ! »

Elle regretta ses propos dès qu'elle les eut prononcés. Le visage d'Ivan se ferma, comme s'il avait dépassé le stade de la colère. « Vous ignorez tout des hommes comme moi. » Et il sortit.

Elle aurait voulu lui crier : « Les hommes comme vous n'existent pas ! » Mais il n'était pas question de hurler ainsi sous le toit de son père. En outre, elle n'était pas sûre d'avoir compris ce que sa dernière phrase signifiait. Que ce n'était pas un homme ? Non : c'en était un, elle le savait, admirable par bien des aspects – malheureusement pas par ceux qui comptaient aux yeux du peuple lorsqu'il s'agissait de juger celui qui allait peut-être devenir roi.

Quelle façon ridicule et lamentable d'entamer un mariage ! Où était le respect qu'elle devait à son époux ? Les esclaves, et sans doute des dizaines d'autres personnes, avaient entendu leur querelle ; la rumeur s'en propagerait dans tout Taïna et le peuple mépriserait encore plus Ivan, à l'exemple de la princesse qui s'était montrée irrévérencieuse avec lui chez son père.

Pourquoi s'était-elle conduite ainsi ? Toute sa vie, elle avait cultivé une maîtrise de soi parfaite : rester bouche close quand d'autres criaient, ne rien dire quand d'autres jacassaient à n'en plus finir, se contenter de garder le silence même quand personne ne parlait et que tous les regards se tournaient vers elle. Mais les provocations de cet homme dépassaient son endurance.

Et comment cela se fait-il ? se demanda-t-elle. Pourquoi suis-je si sensible à son humeur ? Je devrais le mépriser d'être faible alors que j'avais besoin d'un guerrier royal ; au lieu de cela, je me mets en colère parce qu'il ne... parce qu'il n'aime pas Taïna autant que moi, parce qu'il ne veut pas être roi, parce qu'il ne veut pas devenir mon époux.

Parce que je veux qu'il me respecte et qu'il m'aime, tandis qu'il n'a qu'une envie: nous quitter, mon royaume et moi. Il n'y avait qu'un seul homme au monde qui ne désirait pas devenir l'époux d'une femme comme moi, et c'est celui-là que Dieu m'envoie. Un mari qui se croit traité comme un esclave !

Et il a raison : il est prisonnier, et, au lieu de chercher à gagner son cœur, sa loyauté, je me suis cachée de lui, ce qui me vaut au contraire sa crainte et son ressentiment. Je m'inquiète parce que le peuple ne l'accepte pas comme futur souverain, mais moi non plus je ne l'accepte pas, et lui me rejette. J'ai prononcé la promesse mais je ne me conduis pas comme s'il devait vraiment devenir mon époux, tandis que lui, il tient parole, il fait son possible pour entreprendre les tâches que je lui assigne.

De nous deux, qui est-ce qui n'a pas d'honneur ?

Le mépris de Dimitri envers Ivan sur le terrain d'exercice et son propre manque de respect faisaient sûrement le jeu de Baba Yaga. C'était de fait une des stratégies favorites de la Veuve : semer les graines du mécontentement et de la discorde chez ses ennemis afin que nul n'ait plus confiance en personne, que les gens détestent ceux qu'ils devraient suivre et se raccrochent à ceux dont ils devraient se méfier.

À partir de cet instant, Katerina résolut de traiter Ivan avec respect. Quand il se montrerait ignorant, elle l'instruirait simplement, sans laisser voir à quiconque sa surprise ou sa consternation devant ce qu'il ne savait pas, et elle ferait de son mieux pour aider les autres à percevoir ses vertus.

Elle parlerait aussi à Dimitri pour le persuader de travailler plus respectueusement avec Ivan – encore qu'elle n'eût aucune idée de la façon de s'y prendre pour attendrir ce vieil oiseau coriace. Depuis son enfance,

Dimitri l'impressionnait. Quand ses tantes lui avaient expliqué la malédiction de Baba Yaga, Katerina leur avait demandé « Qui me sauvera de mon sommeil enchanté ? » et Tetka Retiva avait répondu « Le chevalier le plus fort », Tetka Moïka « L'homme le plus sage » et Tetka Tila : « L'amour le plus pur. » Katerina s'était dit que l'amour le plus pur devait être celui de sa mère, qui était morte, et que l'homme le plus sage était son père, le roi, ou peut-être le père Lukas, qui ne pourraient ni l'un ni l'autre l'épouser à son réveil.

Mais le chevalier le plus fort, tout le monde le savait, était Dimitri, si bien qu'elle s'était toujours plus ou moins attendue à se trouver un jour fiancée à lui. C'est donc de ce point de vue-là qu'elle l'avait observé pendant des années, de plus en plus convaincue qu'être mariée à lui ne serait pas un bonheur : il se conduisait en guerrier vaillant et ne se laissait pas arrêter par de petits détails, comme de réfléchir aux conséquences de ses actes ou se demander s'il avait le droit de décider pour les autres. Quand l'ours l'avait pourchassée jusqu'à la pierre où elle était tombée endormie en sachant que son sommeil serait éternel ou bien qu'il durerait jusqu'à ce que son futur époux la réveille, elle s'était attendue, si elle devait jamais revoir un visage humain, que ce soit celui de Dimitri, penché sur elle, les lèvres encore fraîches du baiser, prêtes à poser la question à laquelle elle devrait répondre « oui ».

Et, en cet instant, elle avait prié : Ô Mikola, ô Tetka Tila, ô seigneur Jésus, ô Sainte Mère, faites que ce soit l'amour le plus pur qui m'éveille, ou l'homme le plus sage, mais pas le chevalier le plus fort ! Elle s'était alors aperçue qu'elle avait prié Jésus en troisième, non en premier, et qu'en s'adressant à la Sainte Mère c'était plus à sa propre mère disparue qu'à la Vierge qu'elle pensait. La damnation l'attendait assurément, et elle avait sombré dans le sommeil et le désespoir.

Puis elle s'était réveillée, et c'était un étrange jeune homme qui était courbé au-dessus d'elle; il n'était pas chevalier, pas extrêmement sage non plus, autant qu'elle pût le dire. Cependant, il représentait peut-être l'amour le plus pur.

Mais son amour, elle ne l'avait pas; elle n'avait que sa promesse, une promesse arrachée sous la contrainte et qu'il tenait à contrecœur. Seigneur Jésus, ma prière t'a-t-elle offensé? Donne-moi ton pardon et aussi l'époux qui sauvera Taïna de la sorcière – même si c'est Dimitri. Je ferai tout pour mon peuple.

Pourtant, il y avait une autre pensée, une autre prière au fond de son esprit: N'es-tu pas le Dieu des miracles? Alors ne peux-tu en opérer un pour faire d'Ivan un chevalier puissant, un sage, un homme, et pour qu'il m'aime?

Ivan était seul dans la sacristie, assis. Le père Lukas, mêlé aux fidèles, faisait son métier d'homme d'église, tandis que Sergeï était occupé à nettoyer le pot de chambre du prêtre, puis à laver ses vêtements – pas dans la même eau, du moins pouvait-on l'espérer. Ah, que le vingtième siècle manquait à Ivan dans ces moments-là! Les riches mélodies d'une chasse qu'on tire – le brusque écoulement, le bruit de succion, le gargouillis, l'engloutissement final, et puis les petits sons qui suivent, le murmure sifflant, et enfin... le silence! Le rythme splendide d'une machine à laver déséquilibrée par sa charge qui cogne et traverse la lingerie en tressautant! Pour le jeune homme, le charme d'une existence bucolique avait disparu entre les puces et les vêtements en laine qui piquaient.

Son petit projet pour consigner par écrit les histoires du peuple de Taïna avait échoué, anéanti par le simple fait que le papier bon marché n'avait pas encore été inventé, ou du moins que l'invention n'avait pas encore atteint l'Europe, tandis que l'écorce de bouleau dont on se servait pour prendre des notes se décomposait presque aussi vite que du papier hygiénique. Ivan se creusait la cervelle pour se rappeler comment et quand le papier était arrivé de la Chine en Occident. Était-ce trois ou quatre siècles qu'il devrait attendre ?

L'histoire de l'Américain inventif à la cour du roi Arthur était du bidon. L'ingéniosité yankee ne valait pas un clou, ici ; ces gens avaient besoin d'un genre d'homme bien particulier, et Ivan ne possédait pas le bon profil. Katerina était superbe mais elle le détestait, ce qui n'augurait pas bien de leur union ; et pour finir Ivan n'avait absolument aucune envie de mener l'existence qu'offraient le pays et l'époque.

Il devait bien se trouver des hommes qui partageaient son tempérament, pourtant. Où étaient-ils, ceux qui refusaient la violence, ceux qui voulaient apprendre, connaître les réponses, résoudre les énigmes, ceux pour qui les activités physiques perdaient rapidement tout intérêt si elles les empêchaient de penser à leur guise ?

Ceux qui n'avaient pas fini de grandir.

Voilà ce qu'Ivan devait affronter : la vie qu'il s'était choisie était un cocon ; entouré d'une chrysalide de vieux manuscrits et de textes érudits, il obtiendrait sa titularisation, publierait souvent, enseignerait à un groupe d'étudiants de licence soigneusement sélectionnés, passerait pour une célébrité auprès d'une poignée de gens qui sauraient vaguement qui il était, et puis il descendrait dans la tombe persuadé d'avoir atteint la grandeur alors qu'en réalité il serait resté toute sa vie à l'école. Où était la plongée dans l'inconnu ? Où était l'homme qui se dresserait pour protéger sa famille, son peuple ?

Trop facile de dire qu'il avait la chance d'être né en une époque de paix, qu'il n'irait jamais à la guerre, car il devait y aller, aujourd'hui, n'est-ce pas ? Et là, il battait en retraite, il évitait de s'exercer aux armes d'ici et de maintenant ; il était plus fort qu'il ne le laissait voir, mais en se découvrant incompétent alors qu'il avait l'habitude de figurer parmi les premiers, en constatant le mépris dont il était l'objet, il avait reculé, il avait baissé les bras – comme un gosse qui n'accepte le défi que s'il est sûr de gagner.

Pourtant, il n'y avait rien de puéril à marcher dans les traces d'un père couvert de distinctions.

En effet, mais son père n'était pas resté dans le cocon, lui. Des années avant que quiconque pût prédire la chute de l'Union soviétique, il avait décidé d'en faire sortir sa famille ; il s'était dit croyant, fait circoncire, avait perdu son logement et son travail, risqué des années de privations et de vexations, et il avait fini par gagner : il avait mené les siens vers une nouvelle terre de liberté. Mais, pour cela, le père d'Ivan avait renoncé à enseigner un jour à nouveau dans sa langue maternelle, à se promener un jour à nouveau dans les rues de sa ville natale. Par la suite, le monde avait changé, et certaines de ces choses étaient redevenues possibles – mais, à l'époque, il l'ignorait.

Comparé aux risques qu'il a pris, qu'ai-je accompli, moi ? J'ai fait le grand bond, c'est vrai, mais la corniche sur laquelle j'ai atterri ne m'a pas plu – j'ai combattu l'ours, j'ai embrassé la princesse, mais je ne veux pas devenir roi. Cependant, aucun conte de fées n'implique que Cendrillon ait envie d'être reine, et on ne prétend pas que Jack a eu le choix d'épouser ou non la fille du roi, ou Dieu sait ce qui lui est arrivé après qu'il a tué le dragon, le géant ou… enfin, bref ! Quand nous sommes arrivés en Autriche, papa n'a pas dit : « Finalement, j'ai trop peur, on rentre. » D'ailleurs, papa ne pouvait plus faire demi-tour, et moi non plus. Je dois y aller, alors autant me bouger et m'y mettre pour de bon.

Ivan se leva, ferma le livre des Évangiles et le posa près de lui ; puis il prit la feuille du lexique qu'il avait étudiée, la retourna et l'étendit sur les autres pages que saint Kirill avait données au père Lukas…

La feuille était vierge au verso.

Et il y avait de place au dos de la plupart des autres, assez pour pas mal de texte pourvu qu'on écrive assez petit, assez pour que Sergeï note tout ce qu'Ivan lui demanderait.

Oui, mais il y avait un petit problème : comment dissimuler au père Lukas ce que faisait Sergeï, s'il se servait des propres textes du prêtre ?

À l'heure du repas, Ivan avait trouvé un moyen. Comme toujours, le roi Matfeï prêta une oreille attentive aux soucis de ses boyards avant de laisser un esclave ménestrel égayer le reste du repas – esclave qu'un royaume à l'ouest des montagnes venait de lui envoyer en paiement d'une dette. D'ordinaire, Ivan aurait attentivement écouté la chanson, mais, ce soir-là, il se pencha vers le roi et déclara : « Je suis prêt à me faire baptiser. »

Le souverain haussa les sourcils. « Ce n'est pas ce que dit le père Lukas.

– Le père Lukas juge que je ne suis pas prêt à devenir prêtre et il a raison. Mais suis-je prêt pour l'alliance du baptême et pour ma confirmation en tant que chrétien ? Je le pense. Ne suffit-il pas que je croie en Jésus-Christ ?

– C'est justement là que le père Lukas juge que le bât blesse.

– Et moi j'affirme croire suffisamment pour me faire baptiser, répliqua Ivan. Suis-je un menteur ou bien se trompe-t-il ? Je suis le seul en mesure de juger de ce que recèle mon cœur, il me semble. »

Le roi Matfeï prit une expression méditative. « Présentée ainsi, la question est délicate.

– Tant que je ne serai pas marié à Katerina, dit Ivan, le

royaume sera en danger. Qu'est-ce qui empêche l'Usurpatrice d'envoyer des assassins parmi nous ?

– Le grand roi de Kiev ne lui permettrait pas de prendre possession du royaume si l'on apprenait qu'elle a tué pour s'en emparer. Mais, plus important encore, les sœurs de ma défunte épouse ont ajouté des charmes à la malédiction : si la sorcière lève la main contre la famille royale de Taïna, la malédiction retombera sur la sorcière elle-même.

– Mais, avant mon mariage avec Katerina, me tuer ne serait pas porter atteinte à un membre de la famille royale.

– Dans ce cas, comment se fait-il que vous ne soyez pas déjà mort ? demanda le roi d'un ton mesuré.

– Parce que je suis un soldat lamentable, que personne ne me suivrait au combat et qu'elle le sait. Elle pense que le mariage tournera à son profit. Quand je serai complètement discrédité et marié à Katerina, elle sera satisfaite. »

Le roi Matfeï lui lança un regard empreint d'incompréhension. « Et c'est vous qui le dites ?

– Je ne resterai pas éternellement un soldat lamentable. Je vais travailler d'arrache-pied jusqu'à ce que je sache vraiment manier une épée et me rendre utile au combat. »

Si le roi Matfeï avait une opinion sur la vraisemblance de cette éventualité, il la garda pour lui-même.

« Cependant, si la Veuve apprend que je fais des progrès, poursuivit Ivan, il sera au contraire de son intérêt de m'éliminer. Je veux me faire baptiser, puis me marier. Continuons le voyage et voyons où la route nous mène.

– Le père Lukas ne vous baptisera pas tant qu'il ne vous jugera pas prêt.

– Je ne cesserai pas d'étudier, répondit Ivan ; je n'y tiens d'ailleurs pas du tout. Mais il faudra que ce soit ici ; que Sergeï apporte les livres et les manuscrits chez vous et me forme ici, pendant les repas et avant l'heure du coucher, afin que je dispose des journées pour m'entraîner au combat.

– Je vais y réfléchir », dit le roi Matfeï.

Le lendemain, Sergeï se présenta peu après l'aube avec une dizaine de parchemins et le livre des Évangiles dans un panier. « Le père Lukas est furieux, annonça-t-il, mais votre baptême aura lieu après-demain. Et moi, je vais vivre sous le toit du roi ! »

Quelques instants plus tard, Ivan lui montra les espaces vierges des parchemins.

« Écrire là-dessus ? s'exclama Sergeï. Sur des documents de la main même de Kirill ?

– Ensuite, nous les enfermerons convenablement et nous les cacherons pour qu'on les retrouve dans mille ans, dit Ivan.

– Mais c'est que vous êtes sérieux, en plus ! fit Sergeï.

– Il n'y a qu'un seul projet plus important qu'il me faut mener à bien à Taïna.

– Et lequel ?

– Je dois apprendre à devenir un bon chevalier, de façon à pouvoir être un bon roi, de façon à pouvoir être un bon époux. » Et de façon à pouvoir rentrer chez moi ; mais cela, il le garda pour lui.

Baba Yaga

Yaga trouva son mari en train de déchiqueter une jambe humaine. C'était dégoûtant : l'ours avait la fourrure couverte de sang et il mettait de la viande partout ; d'un autre côté, les ligaments, les tendons et les veines s'étiraient, puis claquaient avec des sons intéressants. Du coup, Yaga regretta qu'Ours eût démembré le corps : elle adorait observer la façon dont chaque élément se rattachait au reste ; mais Ours refusait obstinément de dévorer les humains encore vivants, sous le médiocre prétexte qu'ils faisaient alors trop de bruit et se débattaient excessivement. Pour Yaga, ce n'était qu'une nouvelle preuve de la paresse d'Ours. On assignait vraiment l'état de dieu à ceux qui en étaient le moins dignes !

C'était néanmoins un compagnon agréable, la plupart du temps, et plus ou moins fixe : le seul mâle avec qui elle eût couché qu'elle était incapable de tuer, même si l'envie l'en démangeait parfois fortement. En conséquence, ils vivaient ensemble depuis assez longtemps pour que fût né entre eux un sentiment proche de l'affection.

« Comment te débrouilles-tu à l'épée ? demanda la sorcière à son époux. Si la perte d'un œil ne t'empêche pas d'en manier une, je veux dire.

– C'est le manque de pouce qui m'empêche d'en manier une. » Il parlait la bouche pleine, naturellement. « Je n'ai jamais eu besoin d'épée ; j'arrache celles de mes ennemis d'un coup de patte, je brise le bout de leurs lances entre mes mâchoires, et puis je leur rugis sous le nez si fort qu'ils en font dans leurs braies et qu'ils s'enfuient tout puants dans les bois.

– Le fiancé de Katerina – tu sais bien, celui qui t'a crevé l'œil –, celui-là n'a pas fait dans ses braies, n'est-ce pas ? »

Ours pencha la tête pour rassembler ses souvenirs. « N'empêche qu'il s'est mis à courir.

– Mais pas pour s'enfuir. Je me rappelle très bien qu'il a couru en rond sans arrêt jusqu'à mélanger ta pauvre cervelle. Ah, non : tu étais déjà comme ça.

– On n'est pas de très bonne humeur aujourd'hui, on dirait, mon amour ? fit Ours.

– Il s'entraîne à l'épée, il fait des exercices tous les jours, des heures durant, avant de rentrer en tenant à peine sur ses jambes dans la chaumière sordide que Matfeï appelle un palais et de s'écrouler sur son lit. Il soulève des sacs de pierre accrochés à un joug pour se muscler les cuisses et le dos, il apprend aux fabricants de flèches à produire des javelots légers avec une pointe en métal dur et il enseigne aux jeunes à les lancer. Il serait bien capable de ressembler à un roi un jour. Bref, il devient gênant.

– Ma pauvre Baba Yaga ! » Ours laissa tomber l'os par terre. Plus tard, un serviteur l'apporterait au cuisinier pour l'ajouter au ragoût destiné aux prisonniers et aux esclaves, néanmoins l'incurie de son mari agaça la sorcière. Et son ironie aussi, lorsqu'il ajouta une petite pique : « Raconter partout qu'il avait porté une robe devait causer sa ruine, disais-tu, à ce qu'il me semble.

– Ça marchera », répondit Yaga d'un ton hargneux, tout en sachant que l'histoire du bliaud n'avait pas eu tout à fait le résultat escompté. « En tout cas, ça peut encore marcher. Apparemment, les gens ont laissé passer la rumeur, mais ils attendent peut-être qu'il commette une grosse erreur et alors ils diront : on s'en doutait bien ; après tout, il a porté une robe.

– Sa Majesté Yaga serait-elle en train d'apprendre quelques bribes sur la nature humaine ?

– Sur la nature bestiale : ces gens méritent à peine le qualificatif d'humain.

– Ils ont sans doute la même opinion de toi.

– Quoi qu'il en soit, personne ne te considère comme humain, toi.

– À mon immense soulagement.

– Si cette larve d'étranger devient un vrai roi, il perdra toute utilité pour moi. »

Ours finit par comprendre ce qu'elle lui demandait. « Si tu crois que je vais entrer dans Taïna en rugissant pour lui arracher la tête d'un coup de mâchoire, tu te trompes. J'ai entendu tes propos sur les javelots, et ce gaillard est beaucoup trop doué avec les projectiles.

– Serais-tu lâche ?

– J'ai déjà perdu un œil pour toi. Faut-il que je meure, en plus ?

– Tu ne peux pas mourir, idiot ; tu es immortel !

– En attendant, je pensais que mon œil repousserait, mais il ne revient pas.

– Tu as perdu foi en toi-même ! N'est-ce pas la meilleure ? Un dieu qui devient athée !

– Tu n'as pas la moindre idée de ce que c'est d'être un dieu, du fardeau que ça représente.

– Tu aurais dû rester un dieu du temps, comme ton père ; tout ce que tu as gagné en devenant un totem, ç'a été de te soumettre aux douleurs de la mortalité, sans même la délivrance de la mort.

– Les rapports père-fils sont particuliers dans ma famille, dit Ours. Nous ne nous succédons pas. Je n'ai pas eu le choix d'être un dieu du ciel ; ces gens n'en avaient pas besoin. Il leur fallait un dieu qui maîtrise l'hiver. Or, comme tout bon souverain (il insista sur

« bon »), nous répondons aux besoins du peuple. Nous devenons ce qui lui fait défaut. »

La critique à peine voilée de sa propre façon de gouverner n'échappa pas à Baba Yaga. « Et il avait besoin d'un vieil abruti, borgne et poltron ? » Elle lui versa une écuelle d'hydromel. « Tiens, c'est pour faire descendre ton repas. »

Il regarda l'écuelle mais n'y toucha pas tout de suite. « Je n'aurais jamais dû te laisser me séduire, dit-il.

– Je ne t'ai pas séduit, je t'ai ensorcelé. Il y a une sacrée différence.

– Un ours n'a pas à épouser une femme. Nous sommes infidèles par nature.

– Pourtant, tu m'es fidèle, mon gros nounours adoré.

– Héra laissait Zeus courir la prétentaine, elle.

– Héra était bonasse, répliqua Yaga. Elle n'avait que ce qu'elle méritait ; et, au cas où tu aurais l'idée de me tromper avec d'autres femmes, je te signale que je t'ai appliqué un charme : essaye et tes parties rouleront par terre.

– Si Héra n'a pas pu le faire à Zeus, ça m'étonnerait que tu y arrives avec moi. Tu n'es pas une déesse.

– Essaye, tu verras bien.

– De toute manière, ne t'en fais pas : j'ai eu mon compte de femelles humaines.

– Tant mieux. Tu peux t'amuser avec les cygnes, les juments et les autres bestioles qui attiraient tant Zeus – ou les ourses. Mais, en ce qui concerne les humains, tu es à moi.

– À quoi bon jouer les épouses jalouses ? C'est seulement mon pouvoir que tu veux ; tu ne penses pas à moi si je ne suis pas dans la même pièce.

– Je pense tout le temps à toi, mon amour, fit-elle en feignant de paraître blessée.

– Je n'ai pas l'intention de tuer ce garçon en plein milieu de Taïna, avec des soldats partout. Lui et moi réglerons nos comptes quant à mon orbite vide, mais pas maintenant, et certainement pas sur ta demande, mon amour, car c'est toi qui m'as envoyé dans la fosse pour le combattre. »

Sans répondre, Yaga se remit à se coiffer. Ils savaient l'un comme l'autre qu'il obéirait à tous ses ordres et que, s'il tentait de résister, elle pourrait lui rendre l'existence très difficile. Un sort est un sort et celui qui est lié l'est irrémédiablement ; le reste n'est que verbiage. Lorsque l'heure sonnerait où elle le désirerait vraiment, Ours tuerait celui qu'elle lui désignerait.

Prenant apparemment son silence pour une manifestation de patience, ce en quoi il se trompait, Ours poursuivit : « Te rends-tu compte du spectacle pitoyable que tu offres en peignant les quelques cheveux gris qui te restent comme s'il s'agissait d'une lourde et longue chevelure ? Ils sont si clairsemés qu'on voit la peau à travers ; j'ai connu des chauves qui en avaient plus que toi. »

Elle soupira. « Pour moi, ce soir, je coiffe d'épais cheveux roux ; je regrette que tu ne m'aimes pas assez pour t'en apercevoir.

– Et tes seins pendent jusqu'à tes genoux.

– Seulement quand je suis assise et que je me penche pour me voir dans mon miroir.

– Je n'ai plus qu'un œil ; je ne vais pas le gaspiller à regarder des mensonges.

– Étant donné que la vérité est inconnaissable, répondit Yaga, la femme avisée apprend à devenir experte en mensonges afin de ne choisir que les meilleurs et les plus satisfaisants pour s'en entourer. Je m'enfonce dans mes mensonges comme dans un lit de plumes, ils me protègent et me tiennent chaud. » Elle se leva et se mit à danser.

« Tu as donc l'intention de tuer le garçon de tes propres mains ? demanda Ours. Est-ce que ça ne risque pas de t'interdire le trône ? »

Elle haussa les épaules sans cesser de danser. « Je trouverai d'autres mains ; j'en trouve toujours. »

Elle se mit à fredonner une mélodie au rythme différent de ses pas tournoyants. Ours se désintéressa du spectacle, se coucha par terre et sombra dans le sommeil.

« Il faut vraiment que j'invente un charme qui agisse plus vite, murmura Yaga. Il lui en aura fallu, du temps, pour s'endormir ! »

Ours ouvrit l'œil. « Je n'ai pas bu ta fichue potion, gronda-t-il. Cette saleté puait tant qu'on aurait juré que ce n'était pas de l'hydromel. On ne peut pas empoisonner un ours, sinistre idiote !

– Je ferai un autre essai un jour où tu seras enrhumé ! »

Ours lui montra les crocs, puis se rendormit – du moins, il en donna l'impression.

Vivre avec un dieu n'est pas une sinécure, songea Yaga. Ces êtres-là sont persuadés que leur femme doit être heureuse de leur seule présence.

Elle regarda de nouveau dans son miroir, mais cette fois elle prit un sachet et en fit tomber au creux de sa main un peu de poudre concoctée à partir de scrotum de bélier ; elle souffla sur sa paume et la poussière vola jusqu'au miroir à la surface duquel elle resta fixée, comme collée.

« Amène-moi le guerrier endormi », murmura-t-elle en prenant soin de ne pas déranger la poudre.

Dans un chatoiement, le visage du roi Matfeï apparut.

« Pas le roi : le guerrier. Le puissant Dimitri. »

Rien ne se produisit ; le miroir demeura vierge.

Il ne doit pas dormir, ce crétin !

D'un geste vif, elle sortit une petite tête sculptée d'une boîte près de sa coiffeuse. Elle l'oignit d'une noisette de graisse d'ours – elle reconstituait de temps en temps ses réserves sans dire à son mari de quoi il s'agissait –, puis, en la tenant près de sa bouche, elle murmura le nom de

Dimitri d'une façon telle que tout ce qu'elle ferait ensuite à la tête adviendrait au guerrier. Enfin, elle déposa l'objet sur la table et y fit couler un mince ruisselet de sable somnifère.

Quelques minutes plus tard – mais qui parurent infinies à Yaga –, le miroir se remit à chatoyer et cette fois il n'était plus vierge : on y voyait Dimitri plongé dans le sommeil. À cette heure de la nuit, il aurait dû dormir depuis longtemps ; peut-être les inquiétudes que lui inspirait le royaume l'en avaient-elles empêché – et à juste titre.

Yaga tendit la main vers le miroir puis l'enfonça dans le verre. C'était douloureux ; se tenir en partie dans un lieu, en partie ailleurs faisait toujours mal ; mais il faut beaucoup souffrir si l'on veut atteindre de grands buts. Des doigts, elle se mit à jouer avec une boucle des cheveux hirsutes de Dimitri, puis elle caressa le chaume de sa joue.

« Ne t'éveille pas, ô grand guerrier. Ne t'éveille pas, ô futur roi. L'étranger va épouser ta promise pour remplir les conditions de la malédiction, mais à l'instant du mariage il deviendra l'héritier. Les termes auront donc été tenus. N'attends pas la conception d'un enfant car il serait aussi faible que son père ; une fois mariée, Katerina régnera par droit de veuvage, comme autrefois Baba Yaga, son nouvel époux deviendra roi auprès d'elle et les fils qu'il lui fera hériteront du trône. Sois cet époux, ô grand guerrier. Ton héraut lumineux t'indique ce que le dieu de l'hiver attend de toi. »

Et, avec une grimace, elle se leva pour plonger la tête dans le verre. Elle eut l'impression d'avoir été décapitée – du moins, elle imaginait ainsi l'impression qu'on devait ressentir alors ; malgré tout, elle réussit à se composer un sourire d'amour pour déposer un baiser sur la joue de l'homme endormi. Puis, avec une nouvelle grimace de douleur, elle retraversa le miroir en sens inverse, d'abord la tête et ensuite la main.

Affalée sur son tabouret, elle se reposa un moment, le souffle court, puis elle nettoya soigneusement le miroir avec un chiffon sec. La poudre ne pourrait plus servir sur une glace, mais le chiffon en était imprégné et possédait dorénavant le pouvoir de transporter n'importe quel objet, par exemple une boîte et son contenu, à une distance infinie. Baba Yaga économisait ses sorts et conservait tout ce qui pouvait être réemployé ; du coup, la maison était un peu encombrée, mais cela en valait la peine.

Elle récupéra le sable somnifère et le remit dans sa boîte, puis elle prit la tête sculptée, l'enduisit à nouveau d'un peu de graisse d'ours et lui donna le nom de Personne, afin qu'elle soit prête pour un usage ultérieur.

Au matin, Dimitri se réveillerait avec le souvenir limpide d'un rêve lumineux et terrible. Un héraut divin est venu à moi, se dirait-il, un messager de lumière au visage magnifique, qui portait l'odeur de l'Ours de l'Hiver et qui m'a embrassé.

Ne te moque pas de ce que montre mon miroir, Ours, tant que tu ne comprends pas comment et quand je m'en sers.

8
Mariage

Dimitri émergea de son rêve en tremblant. Il avait l'impression de ne pas avoir fermé l'œil de la nuit, alors que l'aube grisaillait déjà le ciel. Il sentit et ressentit la caresse sur sa joue, il entendit et réentendit les paroles du héraut, puis fut pris d'un frisson d'extase sous le baiser qui n'en finissait pas. Je dois devenir roi par droit de veuvage ! C'est l'Ours de l'Hiver qui a conçu ce plan pour moi !

Mais pourquoi Dieu l'avait élu, il n'en avait aucune idée. Il ne s'était jamais converti au christianisme et n'avait accepté le baptême que par révérence envers son souverain ; il continuait à pratiquer les rites de naguère, y compris celui où l'on appelait l'Ours à revenir dans le monde au printemps, ce que le père Lukas avait expressément interdit. Mais on ne pouvait tout de même pas laisser le monde se languir éternellement sous l'hiver : il fallait que le sol dégèle pour les labours. Or voici qu'apparemment le dieu chrétien n'avait pas supplanté les anciennes divinités ; la parole du père Lukas n'était que mensonge, et celle de l'Ours de l'Hiver que promesse.

Dimitri aimait Katerina depuis qu'elle avait l'âge d'attirer l'œil d'un honnête homme. Chacun savait que, si les lois d'autrefois avaient cours, c'est lui qui aurait été élu roi, et toutes les jeunes filles auraient été fières de devenir son épouse, voire sa concubine, dans l'espoir d'avoir des enfants dotés de la force d'un roi. Cependant, les nouvelles lois étaient établies, et c'était seulement en épousant la fille de Matfeï qu'il pouvait prétendre à ce qui lui aurait été donné librement si le peuple avait pu choisir. Ainsi connaissait-il désormais son destin : il devait s'unir à Katerina. Elle était belle aujourd'hui, intelligente et bonne ; l'épouser ne serait pas trop cher payer.

Mais, avant même de le savoir, il avait été dépouillé de cet espoir par la malédiction de Baba Yaga et les efforts des tantes de Katerina pour l'atténuer. Quand la princesse s'était piqué le doigt, s'était enfuie et avait disparu, le roi Matfeï, le cœur lourd, avait publiquement annoncé les termes de la malédiction ; dès lors, Dimitri s'était mis en quête de la jeune fille partout dans le pays, mais il ne l'avait pas trouvée, bien qu'il eût spécialement dressé trois chiens à ne chercher que la piste laissée par ses vêtements. On aurait dit qu'elle n'était plus dans ce monde, et c'est ce qu'il avait dit au roi, sans pour autant renoncer à ses recherches.

Puis, comme il allait se remettre en route, elle était revenue avec ce crétin maigrichon qui avait insulté sa sœur et n'était même pas capable de soulever une hache. Dimitri avait alors perdu espoir et accepté de s'humilier en s'efforçant d'apprendre à cet avorton mutilé qui se déguisait en femme à manier l'épée d'un chevalier. Sa seule consolation était la lenteur des progrès de son élève : il aurait été plus facile d'enseigner le chant à un porc ou la danse à un âne. Mais tel était son lot ; les dieux ne l'aimaient pas – et ils ne devaient pas aimer Taïna non plus, d'ailleurs, pour la servir ainsi sur un plateau à la sorcière.

Après le rêve qu'il venait de faire, toutefois, il s'étonnait : comment avait-il pu perdre espoir ? L'Ours de l'Hiver aimait le peuple de Taïna, lui, et il lui donnerait le roi dont il avait besoin malgré toutes les malédictions de Baba Yaga.

Quand le bruit se répandit que la date du mariage était avancée, Dimitri sourit et se réjouit plus que quiconque ; on crut qu'il manifestait par là sa bonne humeur et sa fidélité au royaume – ce qui était exact : plus vite Katerina serait mariée, plus vite il pourrait arranger la mort accidentelle d'Ivan et ainsi éviter à Taïna la mainmise de Baba Yaga. Il épouserait la jeune veuve et succéderait à Matfeï à la mort du souverain ; et il ferait un bon roi, surtout si le messager revenait le visiter pour lui enseigner à satisfaire l'Ours. Ensuite, tout comme le grand empereur Constantin s'était fait le champion du Christ après la vision de la croix dans les cieux qui lui promettait la victoire, il ferait en sorte que, dans son royaume et dans ceux où il aurait quelque influence, le nom d'Ours soit sur toutes les lèvres et que chacun ploie le genou devant le Seigneur de la Neige.

Ivan reçut le baptême le jeudi. La cérémonie, très simple, se déroula au bord de la rivière ; le père Lukas la désapprouvait et ne s'en cachait pas ; le roi Matfeï, Katerina et Sergeï en étaient les seuls témoins. Le tout prit dix minutes, y compris la confirmation, et Ivan se retrouva dégoulinant d'eau et chrétien.

Enfin, plus ou moins : un chrétien qui, il le savait, se ferait circoncire onze siècles plus tard pour respecter le pacte d'Abraham. Mais, pour le moment, assez chrétien pour épouser Katerina.

Après la cérémonie, le roi Matfeï le serra sur son cœur et l'embrassa, puis il prit Katerina et Ivan par la main et déclara d'un air rayonnant : « Eh bien, tout est réglé, maintenant ! Que le mariage ait lieu ! »

La princesse sourit – mais sans chaleur, du moins Ivan en eut-il l'impression. La mine grave, il acquiesça.

« Comme il vous plaira, Votre Majesté, dit-il.

– Il faudra quelques jours pour tout préparer. Disons dimanche, à nones ?

– Ce dimanche-ci ? s'exclama Ivan.

– Il ne serait pas juste de demander la robe à la couturière pour samedi, il me semble, fit Katerina. Mais, si mon futur époux est impatient, je puis renoncer à la robe. » À sa façon de s'exprimer, il était clair qu'elle n'avait l'intention de renoncer à rien.

« Non, non ! répondit Ivan. Dimanche, ce sera parfait ! »

Les préparatifs du mariage se déroulèrent plus ou moins comme Ivan l'avait imaginé : pendant les deux jours qu'ils durèrent, l'événement fut au centre de la vie du village, et pourtant, quand tout fut prêt, le résultat n'était guère impressionnant. Selon les critères locaux, Katerina portait une robe extravagante mais sans bijoux, vrais ou faux, et, en dehors de sa tenue et de tous les accessoires du prêtre, il n'y avait nulle décoration. De la paille fraîche par terre, un énorme banquet qui attendait les invités, si bien que le souvenir du mariage serait toujours associé pour Ivan à l'odeur du sanglier rôti et du bouillon de chou et de navet ; une foule qui se massait tant à l'intérieur qu'au-dehors de la maison du roi ; et la robe de Katerina.

Mais il avait appris à garder ses commentaires pour lui-même. Le banquet représentait une fraction considérable des calories consommées dans l'année ; la robe avait été fabriquée en un temps record, si l'on songeait qu'elle avait été cousue à la main – Ivan devait apprendre plus tard qu'on en avait repris une qui avait appartenu à la mère de Katerina, sans quoi il aurait été impossible de la terminer au jour dit. La cuisine, la robe ; ces deux tâches suffirent à elles seules à empreindre de frénésie les deux jours qui séparaient la décision du mariage lui-même.

Du coup, la résolution qu'avait prise Ivan d'améliorer sa science du combat n'eut pas le temps de donner des résultats très manifestes, sinon qu'il avait mal partout. Il consacrait d'épouvantables journées à répéter sans fin les mêmes mouvements, allait se coucher douloureux et épuisé, et se réveillait le matin si courbatu qu'il avait du mal à se lever. Il avait pratiqué le marathon et la course, mais jamais il n'avait traité son corps avec autant de brutalité ; il savait qu'il devait forcer ses muscles pour obtenir la charpente nécessaire mais, ayant à peine touché à l'haltérophilie et jamais à l'escrime, il n'avait aucune expérience de son physique sous ce genre de contrainte. Il ignorait s'il n'en faisait pas trop, s'il ne devait pas ralentir ses efforts.

Dimitri, quant à lui, manifestait à présent un enjouement extraordinaire pendant les exercices d'Ivan, il le complimentait et lui assurait qu'il ferait un merveilleux soldat ; mais, Ivan en avait la certitude, c'était le roi qui lui avait demandé de se montrer plus encourageant car le jeune homme se rendait bien compte qu'il n'était pas meilleur à l'épée qu'avant, ou bien que, s'il avait fait des progrès, ils étaient presque imperceptibles : rien ne lui venait encore par réflexe, il avait toujours un temps de retard pendant lequel il réfléchissait au mouvement suivant. Dimitri aurait pu le découper en rondelles mais, bien au contraire, il ralentissait ses déplacements et ne frappait jamais Ivan. Il était presque… aimable.

Et il souriait beaucoup trop.

Bah, tant mieux. Dimitri n'était qu'un moyen, un enseignant ; ce qui comptait était ce que faisait Ivan, et le seul juge qu'il voulait convaincre était lui-même, tout comme en athlétisme, à l'université, il fixait seul ses critères d'excellence et les buts qu'il souhaitait atteindre. Que Dimitri s'imagine donner le rythme ; Ivan, lui, apprendrait aussi vite que possible. Sa vie – et d'autres aussi, peut-être – en dépendait, et il était décidé à ne décevoir personne, surtout pas lui-même.

Chaque soir, Sergeï lui montrait ce qu'il avait écrit au dos des parchemins de saint Kirill. Ivan se fichait éperdument de la qualité du style ou de la calligraphie, mais il se trouvait que celles de Sergeï alliaient la simplicité à la clarté. De fait, la première réaction d'Ivan devant l'écriture de Sergeï avait été de se dire : quelle authenticité !

C'était en effet authentique, et pourtant son projet le mettait plus que mal à l'aise : Sergeï n'aurait jamais entrepris cette œuvre s'il ne lui avait pas forcé la main ou presque ; d'ailleurs, le frère n'en voyait toujours pas le sens. Ivan avait dû se retenir de le secouer comme un prunier pour l'empêcher de rédiger une introduction destinée à s'excuser de dégrader ces précieux documents en y écrivant les histoires de campagnards ridicules, sa seule justification étant que le prince Ivan l'y avait contraint ; ensuite, Sergeï avait voulu commencer par narrer le récit d'Ivan, de Katerina et du combat contre l'ours. De pire en pire ! Cela aurait tout gâché ! Pas d'introduction, pas d'explications, pas de référence à l'existence d'Ivan : rien ne devait laisser apparaître qu'il s'agissait d'un projet dirigé. Il devait exister par lui-même.

Car, même si c'était Ivan qui avait incité Sergeï à coucher ces contes sur le papier, ils n'en demeuraient pas moins inédits ; le jeune homme n'intervenait en rien dans l'écriture de ces histoires qui appartenait à Sergeï seul. Il ne figurerait pas une seule lettre moulée par Ivan sur ces pages. Tout était d'origine.

L'ennui était qu'Ivan n'avait aucune idée de la façon de protéger ces manuscrits afin qu'on les découvre plus tard : s'il les enterrait, le parchemin se décomposerait ; s'il les laissait dans l'église au milieu des autres textes anciens, un copiste les prendrait pour de vulgaires parchemins de travail ou des feuilles inutilisables et les jetterait. Nul ne songerait à les recopier ; ils n'avaient pas une chance de parvenir jusqu'au dixième siècle, alors jusqu'au vingtième… Non, il fallait les cacher de telle manière qu'ils soient à l'abri... mais s'il les cachait trop bien ? Même s'ils ne se délitaient pas, ils ne serviraient à rien si nul ne tombait sur eux.

Ah, si seulement il pouvait les emporter en retraversant le pont ! Mais il n'était même pas certain que le pont existerait pour lui. Les problèmes de ce petit royaume étaient bien réels ; pourquoi Katerina le laisserait-elle rentrer un jour chez lui ? Viendrait-il un moment où on pourrait se passer de lui ?

De plus, emporter les parchemins n'aurait aucun intérêt : ils devaient franchir jour après jour les onze siècles qui séparaient Ivan de son époque. S'il passait le pont et les présentait au monde en 1992, les experts et les savants les examineraient, puis diraient : Ce sont d'excellentes répliques, merveilleusement exécutées, mais ne nous demandez pas de croire que des textes aussi manifestement modernes sont d'authentiques manuscrits du neuvième siècle.

Pour résumer la situation, il devait se produire onze siècles de désintégration radioactive dans les molécules de carbone 14 des parchemins ; et le seul moyen d'obtenir ce résultat était de les laisser reposer quelque part pendant onze cents années.

Si seulement il disposait d'un joli petit sac en plastique à fermeture hermétique !

Les envelopper dans du tissu, enfermer le tout dans une boîte remplie de sable pour s'assurer qu'ils restent déshydratés, puis fourrer la boîte dans un sac de cuir bien cousu, le sac dans une nouvelle boîte pleine de sable et la boîte dans un coffre de pierre ; cacher le coffre dans un trou sur le versant drainé d'une colline de façon que la terre s'érode exactement au taux voulu pour qu'un coin du coffre apparaisse à l'air libre en 1992...

Et enfin trouver un moyen pour retourner dans sa propre époque afin que ce soit lui, Ivan, et nul autre qui découvre ce trésor des plus précieux, non parce qu'il lui assurerait la célébrité et fonderait une brillante carrière – ou plutôt, pas seulement à cause de cela, mais aussi parce que ces histoires reflétaient mieux l'esprit de leur temps que toutes celles qui avaient traversé les siècles d'analphabétisme pour être couchées sur le papier seulement dans les années mille huit cent, lors de l'épanouissement d'un mouvement d'intérêt pour le folklore ; elles s'étaient heurtées entre-temps à trop d'événements et de cultures différents.

Déjà, en étudiant ce que Sergeï avait écrit, Ivan commençait à reconnaître des légendes plus anciennes encore ; ce qui deviendrait plus tard des contes de fées conservait un parfum de mythologie : par exemple, on percevait des traces de l'histoire du dieu qui s'en va et qu'il faut rappeler – celle de l'Ours de l'Hiver faisait manifestement partie de ce cycle, et l'Ours faisait écho au dieu du temps des Hittites, à Zeus, à *Jovis-pater*, à Woden. On entendait encore le murmure des ancêtres indo-européens dans ces contes, et des prêtres avaient autrefois versé le sang pour leur donner corps. Voici ce dont Sergeï ne pouvait pas se douter, ce que le père Lukas aurait nié avec la plus farouche énergie, ce dont Ivan lui-même n'était pas certain jusque-là : ces histoires formaient elles aussi une sorte de livre sacré et elles méritaient que les chercheurs les traitent comme tel. Des gens avaient vécu selon leurs préceptes comme d'autres vivaient bercés par l'histoire de Moïse et du buisson ardent, d'Abraham et du bélier qui, empêtré dans un taillis, avait pris la place de son fils bien-aimé, des pains et des poissons qui avaient nourri une multitude, du dieu qui avait mis son sang dans une coupe et sa chair dans du pain pour les donner à ceux qui l'aimaient et croyaient en lui.

Ces légendes doivent survivre jusqu'en une époque qui en a grand besoin. Ah, si seulement je pouvais les rapporter et les présenter au public – pas aux chercheurs, ils les étudieraient, discuteraient, joueraient sur les mots, mais aux gens, tout simplement, les Russes, les Ukrainiens, les Moldaves et les Biélorusses qui se sont égarés à cause des soixante-douze années où ils sont restés esclaves d'une religion dont les dieux et les prêtres les ont tués, emprisonnés, trompés, trahis, ces gens qui se sont aperçus, à la chute de ce culte de cauchemar, que les seules religions qu'on leur proposait étaient la chrétienne, instrument des tsars pendant des siècles et chien couchant des communistes qui l'avaient remplacée par une autre, et le capitalisme, la libre économie et toute sa violence, l'adoration de l'argent, dont les Américains exigeaient qu'elle devienne l'Église établie de tous les pays nouvellement libérés, même s'ils n'étaient pas eux-mêmes réellement pratiquants. Il fallait permettre aux Slaves de l'Est, les esclaves affranchis, de retrouver leur âme d'autrefois dans les contes d'Ivan, de Mikola Mojaïski, d'Ilya de Murom, de Sadka le ménestrel et de l'Ours de l'Hiver. Avant que le grand saint Kirill vous donne votre religion d'État, que les Rus scandinaves imposent leur nom à votre pays et à votre langue, que les Tatares vous habituent à courber la tête sous le joug et la botte, que l'envie et l'admiration vous forcent à vous remodeler sans cesse à l'image de l'Occident, vous aviez une âme à vous. Ses racines se trouvent ici.

À ces réflexions, Ivan se moqua de lui-même. Que suis-je ? Le prophète d'une religion slave de type druidique ? J'accorde trop d'importance à ces contes ; mais mon peuple s'est égaré, et ces histoires sont le murmure, léger et faible, du souvenir d'un rêve ancien qui jadis nous rattachait les uns aux autres.

Mon peuple ? Ne suis-je pas américain ? Il me le semblait pourtant. Même pendant mon séjour à Kiev, je me considérais comme un Américain en visite dans un pays qui n'était plus le sien ; mais, maintenant que l'Ukraine m'est à nouveau inaccessible, elle est devenue pour moi ma terre natale et ceux qui l'habitent mon peuple ; maintenant que je ne peux plus parler russe à quiconque, je ressens cette langue comme la mienne. J'ai perdu mon pays et ma langue, peut-être pour toujours, et ces manuscrits sont le seul présent que je puis leur faire parvenir ; or je ne suis même pas sûr d'y arriver.

Quatre jours s'écoulèrent ainsi, pleins de fébrilité, d'épuisement sur le terrain d'exercice et d'exultation devant le travail de Sergeï. Ivan passait des nuits blanches, les muscles douloureux, dans son lit infesté de puces qu'il pinçait entre ses ongles pour broyer leur carapace misérable et néanmoins résistante, tout en rêvant de réalisations grandioses à jamais hors de sa portée.

Il n'était donc pas au meilleur de sa forme quand se leva le jour de son mariage ; ce fut le roi lui-même qui le tira sans ménagement de son lit en insistant pour qu'ils aillent ensemble nager dans l'eau atrocement froide de la rivière. Sans aucun doute, cette pratique aussi plongeait ses racines dans quelque rite ancien et culturellement important, mais, quand il dut se jeter à l'eau, Ivan se sentit plutôt l'âme d'un idolâtre des piscines chauffées et chlorées.

Pourtant, lorsqu'il sortit de la rivière aux côtés du roi en tremblant de froid et en tapant des pieds pendant que des dizaines d'hommes les regardaient, morts de rire, et lançaient des observations obscènes sur la déception de Katerina quand elle verrait la lance d'Ivan ratatinée par l'eau glacée, il prit soudain conscience qu'il allait en ce jour faire un pas irrévocable. Épouser Katerina n'était pas qu'un spectacle, une marque de courtoisie, un service rendu à une jolie femme qui se trouvait dans une mauvaise passe quelque temps auparavant : s'il prononçait ses vœux, il promettait d'être son époux, elle promettait d'être sa femme, elle porterait ses enfants, et ils les élèveraient ensemble.

Il n'était pas prêt. C'était sans importance : il avait compris que, prêt ou non, il devait s'engager.

Assis dans la chambre d'Ivan, Sergeï s'efforçait de se rappeler tous les détails de l'histoire de l'anneau d'or de l'Ours avant de poser la plume sur le parchemin – il n'y avait pas assez de place pour permettre la moindre erreur. Ivan était quelque part, sans doute en compagnie du roi, en train de revêtir les habits de mariage d'un boyard ; il ne serait bienséant pour lui de s'habiller en prince qu'après la cérémonie, et encore : les règles de la modestie suggéraient qu'il porte une tenue un peu plus humble que son épouse. C'est seulement quand il monterait sur le trône que la distinction disparaîtrait. Passer des oripeaux d'un paysan aux habits d'un boyard représentait déjà un bond énorme.

Sergeï appréciait ces moments de solitude devant le pupitre. Le père Lukas dédaignait tant sa calligraphie qu'il lui confiait rarement des tâches qui requéraient de mettre en pratique ses leçons d'écriture. Jusque-là, Sergeï ne s'estimait aucun talent dans ce domaine, mais, après des jours passés à gratter furieusement le parchemin, il voyait bien que sa graphie était devenue plus régulière et plus serrée ; il sentait aussi avec quelle fluidité il s'exprimait à présent : en relisant les premiers contes qu'il avait rédigés, il était frappé non seulement de la taille excessive de ses lettres et de leurs formes inégales, mais aussi de son style, maladroit et parfois confus, alors qu'aujourd'hui il formait des lettres plus réduites et pourtant plus lisibles.

L'ennui était qu'il avait presque entièrement utilisé les espaces vierges au dos des parchemins ; or l'idée de voir le projet s'achever lui déplaisait profondément : il avait certes commencé par les meilleures histoires, mais il en restait énormément à écrire ; et puis, une fois le travail fini, qu'est-ce qui l'attendait sinon le retour aux tâches d'esclave à l'église ? Ignorant qu'il avait amélioré sa calligraphie, le père Lukas l'emploierait à jeter les eaux sales, à nettoyer la sacristie, à porter des objets d'un endroit à l'autre. Sergeï n'avait jamais compris pourquoi, si ses malformations lui interdisaient de participer aux travaux physiques du village, on avait décidé de le confier au prêtre – chez qui il effectuait tous les travaux physiques. Peut-être estimait-on que le père Lukas n'avait pas besoin de rapidité ni d'efficacité dans l'exécution de ses tâches ménagères, ou bien qu'il se montrerait plus patient que le commun des mortels devant la lenteur et la maladresse de Sergeï ; si c'était le cas, on s'était trompé – enfin, pas tout à fait : le père Lukas ne hurlait pas et ne le maudissait pas quand il renversait ou cassait quelque chose ; mais son expression de longanimité céleste cependant qu'il marmonnait une prière – car c'était bien une prière, non ? Il était prêtre, après tout – pouvait blesser plus profondément que les cris de tous les gens du village.

Un message destiné à un pays lointain, emballé, scellé et mis de côté dans la terre un millier d'années... L'époque était sûrement aux miracles pour qu'une telle chose fût possible.

Le Christ lui-même n'avait jamais enterré de message.

Penser au Christ lui rappela la parabole des intendants et des talents, et il lui vint à l'esprit que lui, Sergeï, était l'intendant à un seul talent, qu'il avait en effet l'intention d'enfouir dans la terre. Mais que faire d'autre ? Ces histoires, les gens les portaient déjà en eux ; il ne pouvait pas leur montrer son travail car ils diraient : « Nous connaissons tous ces contes, Sergeï ; à quoi bon les écrire ? » Non, il n'y avait pas d'autre solution que les enterrer. N'empêche qu'il se sentait mal à l'aise de se savoir semblable à l'intendant stupide. Mais peut-être interprétait-il mal la parabole, ou du moins l'appliquait-il mal ? Si seulement il pouvait s'en ouvrir au père Lukas...

Dans le couloir, Sergeï entendit des voix, et, au bout de quelques instants, elles furent assez proches pour qu'il pût distinguer ce qu'elles disaient ; c'étaient celles de deux hommes.

« Évidemment qu'elle va essayer d'empêcher le mariage ! C'est une catastrophe pour elle.

– C'est après l'enfant qu'elle en aura, une fois qu'un garçon aura été conçu. Quelle importance pour elle, ce mariage ?

– La plus extrême ; elle est obligée de respecter le droit de veuvage, même s'il n'y a pas d'héritier, parce qu'elle-même tient son royaume uniquement par ce droit-là.

– Plutôt par la terreur : qui dans son pays enténébré oserait se dresser contre elle ? Seuls quelques-uns ont le courage de s'enfuir.

– Elle va tenter quelque chose contre le mariage et il faut nous tenir prêts.

– Bon, si tu le dis… Il ne coûte rien d'ouvrir l'œil. Katerina et Ivana seront sous notre protection. »

Sergeï tressaillit en entendant employer la forme féminine du prénom Ivan. Jamais il n'avait entendu personne parler du jeune homme de façon aussi choquante – ou bien peut-être que si, mais, à présent qu'il le connaissait mieux, cela le gênait davantage.

« En ce qui concerne l'homme-brindille, la vigilance cessera dès qu'il aura passé sa première nuit avec la princesse. »

L'autre gloussa. « Je comprends maintenant pourquoi tu t'intéresses tant au droit de veuvage.

– Disons simplement qu'avant le mariage c'est l'Usurpatrice qui a le plus à gagner à le tuer ; après, c'est nous qui avons le plus à perdre s'il reste en vie.

– De toute manière, il est très maladroit, tout le monde le sait.

– Il pourrait bien tomber dans la rivière et se faire emporter par le courant.

– Ou faire une chute du haut d'une falaise.

– Il serait même capable de s'empaler sur sa propre épée.

– Ça, on ne ferait pas plus maladroit ! »

Avec des ricanements sinistres, les deux hommes se séparèrent.

Si Sergeï avait eu accès au terrain d'exercice, il aurait peut-être identifié les voix. Aucune n'appartenait au roi – celle-là, il l'entendait souvent ; il pouvait aussi écarter le père Lukas et Ivan lui-même. Mais la plupart des autres voix qu'il connaissait bien étaient celles des femmes qui venaient à l'église prier et se confesser.

Il existait un complot pour assassiner Ivan mais les conjurés restaient inconnus. C'étaient néanmoins des hommes qui se sentaient le devoir d'ouvrir l'œil pendant le mariage ; il ne s'agissait donc pas de paysans mais d'hommes en âge de manier les armes, avec des boyards sous leur responsabilité, ou bien qui appartenaient à la *drujina*, ce groupe de chevaliers toujours prêts aux combats et aux ordres du roi. Si la *drujina* royale tramait de tuer Ivan, qu'est-ce que cela signifiait ? Soit elle était soumise au roi, soit elle ne l'était pas ; dans le premier cas, le roi était un meurtrier au même titre que David sur ses vieux jours ; dans le second, l'autorité du roi était en péril car ses hommes projetaient un grand crime contre sa volonté.

Il fallait avertir quelqu'un ; mais qui ? Même au courant, Ivan serait incapable de se protéger – c'était le seul homme de son âge à Taïna qui maniait l'épée aussi mal que Sergeï lui-même. Le roi ? Tout irait bien s'il ne trempait pas dans le complot, mais sinon, à quoi bon lui en parler ?

Où trouver un homme avisé ? Qui me dira que faire ?

Ce mariage inspirait de noirs pressentiments au père Lukas, tout comme le baptême peu de temps auparavant ; mais, ainsi que Kirill le lui avait dit plus d'une fois, un prêtre n'a pas le droit de refuser les rites de l'Église, même quand la personne qui en bénéficie en est manifestement indigne. Que Dieu damne ceux qu'Il veut damner ; notre rôle est de tenter de sauver tous ceux qui viennent à nous. Sous cet aspect, le mariage était essentiel, le père Lukas le savait, car nulle loi n'exigeait qu'un prêtre chrétien donne sa bénédiction à l'union d'un homme et d'une femme ; les coutumes ancestrales conservaient tout leur poids et, s'il dédaignait de marier ce simulateur étranger à la princesse chrétienne, non seulement la cérémonie aurait lieu quand même mais tous considéreraient le prêtre comme l'ennemi du roi et du peuple qui s'efforçaient de ne pas tomber sous le joug de Baba Yaga.

C'était ainsi qu'on commençait à se compromettre. Il avait assisté à des milliers de ces compositions avec le pouvoir politique pendant ses années de séjour en Adrianople, où les évêques devaient constamment ployer devant la volonté des dirigeants de la cité. Jeune ecclésiastique, Lukas avait jugé que plier sous la pression politique était si habituel chez les membres du haut clergé que c'en était devenu un automatisme, même dans les cas où un bon chrétien aurait dû résister ; cependant, à présent qu'il devait peser les besoins de l'Église dans cette région où son implantation était si fragile, il se rendait parfaitement compte qu'il était plus important de soutenir le royaume qui protégeait la sainte institution que d'exiger une rectitude morale absolue qui risquait de mettre en péril la survie de l'Église.

Il fit donc contre mauvaise fortune bon cœur et se retint même de se plaindre d'avoir perdu son assistant au profit d'Ivan ; à vrai dire, il espérait plutôt qu'Ivan garderait Sergeï, ce qui obligerait le roi Matfeï à fournir au père Lukas un nouvel aide – qui ne soit ni maladroit ni stupide, si possible, ni difforme comme en raillerie de la création de Dieu. Comment s'absorber dans le culte et la sainteté lorsqu'il fallait supporter d'entendre le pas inégal de Sergeï de salle en salle ? Un jeune garçon serait l'idéal : ils n'étaient jamais insolents ou, si cela leur prenait, il suffisait de les rosser une ou deux fois pour qu'ils ne s'y risquent plus. On pouvait battre Sergeï aussi, naturellement, mais cela ne servait guère ; malgré les coups, il n'avait jamais changé – ce gaillard était d'un entêtement sans borne. On aurait obtenu de meilleurs résultats avec une souche, et une souche n'était jamais insolente avec son maître.

Le père Lukas sortit accueillir les gens qui se massaient près de la charmille. C'était encore une vieille coutume païenne, cette réunion auprès d'un bosquet d'arbustes et de fleurs, un hommage rendu à quelque dieu dont le père Lukas ne voulait même pas savoir le nom. Mais n'importe quel prêtre connaissait la technique pour aborder ces superstitions ridicules : il déclarerait que les fleurs représentaient le respect dû au Verbe de Dieu, le Fils ineffable, qui faisait tout pousser sur la terre et sous les pas duquel des palmes étaient déposées lors de sa venue.

Ah, naturellement : maintenant que le travail est fini, voici Sergeï ! Le père Lukas se retint de se détourner avec aversion. Qu'il vienne donc ; sa présence ne serait pas plus difficile à tolérer que la chemise en crin de cheval que le prêtre portait sous sa tunique, là où d'autres portaient de la toile de lin. Les éruptions et les escarres provoquées par le cilice mortifiaient constamment sa chair sous le regard de Dieu ; si le Seigneur décidait maintenant de mortifier aussi son esprit, c'étaient ses saintes affaires.

Comme il restait immobile en attendant le frère

Sergeï, les femmes qui avaient œuvré sur la charmille vinrent demander son approbation.

« Oui, c'est très joli. Dieu sera content que vous ayez si bien travaillé en son honneur. »

Et voilà : maintenant, même celles qui ne sont pas baptisées parmi vous ont servi Dieu sans le vouloir.

« Oh, regardez, voici mon fils ! »

C'était la mère de Sergeï qui avait parlé, mais elle ne s'adressait pas au père Lukas. Elle traînait derrière elle une vieille femme courbée par les ans et elle intercepta Sergeï au passage. « Sergeï, regarde qui est venu au mariage ! »

Le frère salua la vieille avec déférence mais sans la reconnaître, manifestement. « Tu sais bien, Sergeï, fit sa mère, c'est elle qui m'a donné le… » Le reste de sa phrase se perdit dans un murmure, mais Lukas savait ce qu'elle avait dit : la vieille qui m'a donné le bliaud qu'aurait porté Ivan. Une fauteuse de troubles et une commère, celle-là, songea le père Lukas. Par sa conversion et son exemple, un roi pouvait créer une église ; par leurs ragots et leur langue de vipère, les vieilles femmes pouvaient la détruire.

Elle ne prêtait aucune attention au prêtre et c'était aussi bien ; d'ailleurs, après un salut de pure forme, elle en fit autant avec Sergeï. Apparemment, elle désirait seulement s'entretenir avec ses sœurs en méchanceté, les commères de la charmille.

Sergeï quitta rapidement sa mère et rejoignit le père Lukas. « Mon père, j'ai besoin de vos conseils.

– Vraiment ? Je croyais qu'Ivan était votre seul professeur désormais.

– C'est moi qui suis son professeur, pas le contraire, rétorqua Sergeï avec une pointe d'aigreur.

– Ne nous disputons pas sur la question de savoir qui enseigne à qui, coupa le père Lukas. Sur quel sujet désiriez-vous mes modestes conseils ?

– J'ai surpris une conversation chez le roi, entre deux hommes qui complotaient de… » Sergeï s'interrompit en promenant son regard autour de lui.

Le père Lukas l'imita. La vieille qui était arrivée avec la mère de Sergeï traînait encore non loin de là. Tendait-elle l'oreille ? Lukas prit Sergeï par le bras et l'entraîna dans l'église ; il vit la vieille s'éloigner lentement comme pour faire le tour de l'édifice. Eh bien, qu'elle tende l'oreille. Qu'est-ce qu'une vieille femme pourrait entendre à travers des murs ?

« Parle bas, on nous écoute, murmura Lukas.

– Un complot visant à tuer Ivan, mon père, fit Sergeï. Deux hommes dans le couloir qui disaient qu'il faudrait un accident après le mariage.

– Des imbéciles, répondit le père Lukas. Ils feraient mieux d'attendre la naissance d'un fils.

– Le droit de veuvage : avez-vous déjà entendu cette expression ?

– Ces derniers temps, oui, à mots couverts. Mais ce droit n'existe pas : c'est une invention de Baba Yaga pour justifier sa présence sur le trône de son défunt mari et empêcher qu'une nouvelle élection ne le remplace. La loi de Baba Yaga ne s'appliquera jamais à Taïna.

– Alors peut-être qu'au mariage, si vous prononciez quelques mots dans ce sens…

– À aucun moment de la cérémonie il n'est prévu que le prêtre, qui agit au nom de Dieu, avertisse les invités de ne pas assassiner le futur époux sous peine de mettre la succession en péril.

– Vous n'allez donc rien faire ?

– Je vais faire ce que je pourrai ; mais souiller le mariage par des accusations, surtout aussi vagues, à propos de deux hommes dont on a surpris et peut-être mal interprété la conversation à travers des murs et des portes, non, car cela ne servirait à rien.

– C'est pourquoi je suis venu vous demander

conseil, mon père : parce que vous, vous sauriez que faire. »

Tout son entrain retrouvé, Sergeï quitta l'église d'un pas pressé.

Le père Lukas s'assit sur un banc et réfléchit à ce que venait de lui apprendre son assistant. Un complot visant à tuer le futur époux… On aurait dû le prévoir. D'ailleurs, Lukas l'avait prévu, mais pas à une date aussi rapprochée. Quelqu'un avait menti à ces conspirateurs en leur faisant croire qu'il n'était pas nécessaire d'attendre au-delà de la nuit de noces.

Il y eut un grand tumulte dehors, des acclamations et des rires : la future épousée arrivait.

Lukas sortit accueillir Katerina et l'emmener, suivie des dames qui avaient cousu la robe sur elle, dans l'église.

« Une dernière confession avant la cérémonie », dit Katerina.

Elle accompagna le prêtre jusqu'au seul banc de l'église, devant l'autel. Dans la plupart des édifices orthodoxes, il aurait été réservé au roi et à sa famille, mais le roi Matfeï insistait pour que les vieux et les vieilles s'y assoient alors que lui-même restait debout pendant la messe. Cependant, inoccupé pour l'instant, il pouvait servir à la confession. Le père installa Katerina de telle façon qu'elle fît face à l'icône du Christ-juge accrochée au mur. « Parlez à voix basse », lui rappela-t-il.

Sa confession fut simple et sans méchanceté, comme toujours. Le père Lukas s'efforçait de rester serein dans ces moments-là, mais il était difficile de ne pas porter d'appréciation. Les gens dont les confessions n'étaient jamais que mensonge le lassaient, tandis que d'autres le faisaient bouillir par leur vision étroite du péché ou par leur incompréhension de leurs véritables fautes. Certains passaient même leur temps de confession à décrire les péchés des autres – sous couvert de s'accuser de «colère» contre Untel ou Untel, après quoi suivait la liste de toutes les horreurs commises par les voisins qui poussaient la malheureuse victime au péché. Le prêtre avait envie de leur crier: Réveillez-vous !

Mais, avec Katerina, jamais: ses confessions étaient pures et ne reprochaient rien à personne qu'à elle-même. Par exemple, le père Lukas n'ignorait pas à quel point Ivan pouvait être agaçant – pis: dérangeant –, et pourtant Katerina n'eut pas une seule plainte contre lui; au contraire, elle s'accusa de l'avoir négligé, de ne pas l'avoir aidé. Quand elle eut terminé, le prêtre était persuadé qu'elle aurait pu faire mieux, en effet, et c'était gênant pour lui parce qu'il savait avoir commis bien pire. C'était une situation très désagréable pour un prêtre de se sentir encore plus coupable du péché avoué que son paroissien.

C'est peut-être pourquoi, une fois qu'il eut donné l'absolution à Katerina avec quelques conseils sur la façon de s'améliorer, mais sans pénitence, il déchargea sa conscience à son tour; il rapporta à la princesse ce que Sergeï avait entendu et le danger manifeste que courait Ivan.

«Mais c'est complètement ridicule ! répondit Katerina. Le droit de veuvage n'existe pas sous la nouvelle loi; s'ils règlent leur pas sur celui de la Veuve, ils n'arriveront à rien; s'ils tuent Ivan avant que je porte son enfant, ils auront fait le jeu de la sorcière, et elle tiendra enfin le prétexte qu'elle espère.

– Peut-être Sergeï a-t-il mal entendu.

– Peut-être, répéta Katerina. Il n'a vraiment aucune idée de l'identité des comploteurs ?

– Ce pourrait être n'importe qui, mais il est probable qu'il s'agit de chevaliers de la *drujina*, ou encore de quelques boyards.» Une conspiration chez les boyards était moins vraisemblable, fût-ce seulement parce qu'ils étaient géographiquement éloignés les uns des autres, distribués entre les diverses demeures seigneuriales du royaume, tandis que les *drujiniks* étaient toujours ensemble, si bien qu'une intrigue pouvait naître parmi eux du jour au lendemain comme un champignon.

« Que peut-on faire ? demanda Katerina. Si j'ordonne qu'on protège Ivan, il y a toutes les chances pour qu'au moins un des conspirateurs se glisse au milieu des gardes.

– À mon avis, c'est sur le terrain d'exercice qu'il court le plus grand danger, dit le père Lukas. Il paraît qu'il y travaille très dur à présent, mais des accidents peuvent s'y produire ; s'il se fait trancher la gorge lors d'un entraînement, qui pourra prouver que ce n'est pas le fait du hasard ? »

La princesse s'apprêtait à répondre quand un cri l'interrompit.

« Au feu ! Au feu ! »

Le père Lukas se leva et gagna la porte. « Le moment est mal choisi pour laisser un feu de cuisine sans surveillance, fit-il. J'espère que cela ne s'est pas produit chez votre père.

– Non, fit Katerina. Je crois que c'est ici. »

De fait, des flammes léchaient déjà les fenêtres et le plafond en crépitant. L'église était entièrement bâtie en bois à peine enduit de torchis et sec à cœur ; le feu ne s'était peut-être déclenché que deux ou trois minutes plus tôt, et déjà il était presque trop tard pour sortir de l'édifice.

« Vite, sauvons-nous ! » cria le père Lukas en courant vers la porte.

Le temps qu'il y parvienne et la tienne ouverte, Katerina avait soulevé ses jupes et poussait devant elle ses accompagnatrices venues prier ; elle finit par saisir la plus lente et l'emporta dehors sous son bras. Tout le monde était sorti quand le prêtre se rappela que les livres et les parchemins précieux se trouvaient toujours dans la sacristie.

« Oh mon Dieu, aide-moi ! s'écria-t-il en rentrant dans l'église.

– Non ! s'exclama Katerina. C'est trop tard ! Ressortez ! Je vous l'ordonne au nom du roi ! »

Que valait un ordre du roi en de telles circonstances ? songea le père Lukas. Ce fut l'autorité du feu lui-même qui le contraignit à s'arrêter, car il n'avait pas fait deux pas dans le bâtiment que le toit s'effondrait sur l'autel. De la sacristie, il ne subsistait rien. Le prêtre eut tout juste le temps de repasser la porte avant que le reste du toit cède ; derrière lui, une éruption incandescente jaillit si violemment par l'entrée de l'église qu'elle mit le feu à ses habits sacerdotaux. Il se laissa tomber par terre et plusieurs personnes se jetèrent sur lui pour étouffer les flammes de leur corps et de leurs propres vêtements ; en dehors de ses cheveux roussis, il s'en tira sans aucune brûlure ; mais l'église était détruite, ses livres et ses manuscrits avaient disparu et même sa chasuble était bonne à jeter.

Il n'y avait pas de feu de cuisine près de l'édifice, et l'orage ne grondait pas : ce n'était donc pas la foudre qui avait déclenché l'incendie ; il ne pouvait être que volontaire. Mais qui en était l'auteur ?

Comme en réponse à sa question informulée, la mère de Sergeï se mit soudain à se lamenter. « Elle est morte ! Elle est morte ! Elle est morte ! Elle est morte ! »

Qui ça ? La vieille, comme l'apprit bientôt le père Lukas, celle qui vivait dans la forêt, celle qui avait apporté le bliaud à la mère de Sergeï, laquelle l'avait soigneusement confessé au prêtre – encore une qui se délectait à confesser les péchés des autres. Lukas s'attendait à voir un cadavre bien que la vieille fût si desséchée qu'elle avait aussi bien pu s'enflammer d'un coup et, brouillard de cendres, disparaître au gré de la brise.

Et, de fait, elle avait bel et bien disparu. On ne trouva aucune trace de son corps.

« Moi, je dis que c'est elle qui a mis le feu », déclara l'un des hommes présents. Lukas promena son regard autour de lui : c'était Dimitri, le maître d'armes. « Qui d'autre voulez-vous que ce soit ? Elle n'est pas ici, elle n'a pas brûlé et cet incendie n'était pas un accident.

– Mais pourquoi aurait-elle fait ça ? demanda la mère de Sergeï.

– Es-tu bête à ce point-là ? répliqua Dimitri. Pas étonnant que ton fils soit un tel crétin ! Cette vieille qui vient des bois, qui est-ce sinon la Veuve elle-même ? Et tu l'as fait entrer chez toi ! »

Le père Lukas soupira intérieurement en constatant que Dimitri se refusait à prononcer franchement le nom de Baba Yaga.

« Elle a mangé à ma table, dit la mère de Sergeï. Est-ce ainsi que se conduirait une sorcière malfaisante ?

– Oui, si ça lui permettait de s'approcher assez d'une église pour y mettre le feu, répondit Dimitri.

– Inutile de vous quereller, intervint le prêtre. Le bâtiment n'est peut-être plus que ruines mais le feu ne peut détruire l'Église elle-même, sans quoi le diable allumerait des incendies dans toute la chrétienté. Ce que les flammes ont abattu peut être rebâti par la sueur.

– Bien dit, père Lukas ! » s'exclama Sergeï – mais le prêtre était sans illusion sur les motifs de son enthousiasme : tous les moyens seraient bons pour éviter à sa mère les reproches qu'on ne manquerait pas de lui adresser pour avoir introduit la vieille, surtout s'il s'agissait vraiment de Baba Yaga déguisée.

« Père Lukas, dit Katerina, la question importante à présent est celle-ci : allons-nous repousser la date du mariage ?

– Comme il vous plaira, répondit le prêtre. Nous pouvons sans difficulté remettre la cérémonie à un autre jour.

– Non ! rugit Dimitri. À chaque jour qui passe, le danger grandit ! Vous ne vous rendez donc pas compte que l'incendie a été déclenché alors que la princesse Katerina se trouvait dans l'église ? Ce mariage doit avoir lieu afin d'éliminer la malédiction et d'affranchir Taïna des prétentions de la Veuve !

– J'aimerais que ce soit aussi facile », répliqua le roi Matfeï qui arrivait à grandes enjambées, Ivan sur ses talons. Tous deux se rendirent aussitôt auprès de Katerina, et le prêtre se réjouit de voir l'expression de sincère inquiétude qu'afficha Ivan en prenant sa fiancée par la main et en l'examinant de la tête aux pieds pour s'assurer qu'elle ne souffrait de rien.

« Mon seigneur, reprit Dimitri, chaque instant perdu fait le jeu de la Veuve. J'affirme qu'il faut procéder au mariage sans délai !

– Ta suggestion part d'un bon sentiment et je t'en sais gré, répondit le roi Matfeï. Mais prenons au moins le temps d'estimer les dégâts qui se sont produits ici. »

Des flammes montaient encore des ruines de l'église, dont il était impossible de s'approcher tant la chaleur était intense. Le roi en fit le tour, le père Lukas derrière lui, et c'est seulement en arrivant à l'extrémité du bâtiment que le prêtre se souvint : les livres et les manuscrits n'avaient pas tous été détruits ! « Sergeï ! cria-t-il. Sergeï, le livre des Évangiles que tu as emporté chez le roi ! Les manuscrits dont tu t'es servi pour instruire Ivan ! »

Le visage de l'infirme s'illumina, puis prit aussitôt une expression affligée, et des larmes roulèrent ses joues. « Ah, père Lukas ! Ce matin même, Ivan m'a dit de rapporter les parchemins à l'église, et je l'ai fait. »

Le prêtre se tourna d'un bloc vers Ivan. Ce n'était évidemment pas sa faute, mais le prêtre se sentait envahi d'une fureur injustifiée à son égard. « Vous ne pouviez pas étudier un jour de plus, non ? »

Ivan rougit. « Père Lukas, comment aurais-je pu étudier le jour de mon mariage ? Nous avons pensé qu'ils seraient en sécurité à l'église. »

Le prêtre n'avait pas pleuré après l'incendie, mais voir ainsi ses espoirs se réveiller puis s'écrouler à nouveau, c'en fut trop pour lui. « Ah, mon Dieu, quel serviteur indigne j'ai été de permettre aux flammes de l'enfer de dévorer tes Évangiles !

– Pas les Évangiles, intervint Sergeï. Je les ai laissés dans la chambre d'Ivan parce qu'il les lisait encore. Ce ne sont que les parchemins que j'ai rapportés.

– Le livre est sauf ? » Impulsivement, le père Lukas serra l'infirme dans ses bras. « Dieu te bénisse, mon fils !

– La journée aura été heureuse, finalement, dit le roi Matfeï.

– Voyons tous la sagesse, fit Katerina, dans l'exemple du prêtre qui a pleuré, non sur le bois de l'église, mais sur les paroles des Évangiles. L'Église est dans la parole, pas dans le bois ! »

Une grande acclamation jaillit à ces propos ; la plupart des gens remerciaient ainsi leur princesse de son discours encourageant ; le père Lukas, lui, qui allait devoir habiter à nouveau une chaumière de paysan, pendant quelque temps du moins, se joignit à l'ovation, mais pour saluer l'habileté de Katerina d'avoir su tirer une homélie de l'incendie d'une église et une leçon des larmes que lui-même avait versées. Elle avait un grand talent pour mener le peuple. Dommage qu'il lui faille absolument un mari.

« Je regrette de ne m'être pas montré plus assidu comme élève, dit Ivan avec tristesse, et d'avoir demandé à Sergeï de rapporter les parchemins. » Puis, à Sergeï : « Va tout de suite dans ma chambre vérifier que le livre des Évangiles est en lieu sûr.

– Inutile ! intervint le roi Matfeï. Il sera bien assez tôt de s'en occuper après le mariage. Dimitri a raison ! Ne tardons plus ! Si cet incendie est l'œuvre de la Veuve, faisons en sorte qu'elle n'en tire nulle satisfaction ! Père Lukas, à la charmille ! »

La cérémonie parut prosaïque après ce qui venait de se passer. Le feu qui continuait à dévorer le bois de l'église avec force crépitements et explosions baignait le paysage d'une atmosphère de fin du monde, comme si les deux jeunes gens s'unissaient en plein effondrement de la civilisation. Ce qui n'était pas très loin de la vérité, songea Ivan. Ces villageois ne le verraient pas eux-mêmes mais, à l'échelle historique, ils ne tarderaient pas à se rallier à la bannière du roi des Rus, à Kiev, avant que les Mongols balayent la steppe en renversant les royaumes sur leur passage, puis les fassent tous plier devant la volonté de la Horde d'Or. Alors, sans plus de souverain capable de résister, l'âme de la Russie serait fatalement obligée de transiger ; quand tous les dirigeants sont forcés de collaborer avec les vainqueurs pour extorquer impôts et tributs au peuple, celui-ci n'a plus de motif de considérer aucun gouvernement comme légitime. Mais à Taïna, Ivan avait sous les yeux ce que la Horde d'Or allait voler aux Slaves de l'Est ; dans la révérence que le peuple manifestait au roi Matfeï et son adoration pour la princesse Katerina, dans la façon dont ces deux personnages royaux côtoyaient les gens, prêts à les servir et à les mener sans peur au combat, tout cela sans pompe ni ambition, Ivan voyait les rapports qui existaient, ce qui avait été perdu : un gouvernement doté d'une authentique légitimité, des dirigeants que les gens connaissaient et, plus important encore, qui connaissaient les gens. Quel tsar avait jamais mêlé sa sueur à celle des *smerdy* pendant les moissons ? Quelle princesse avait jamais appelé ses sujets par leur prénom et ri avec eux de leurs plaisanteries sur sa nuit de noces ?

En cet instant, Ivan se sentit empli d'amour pour ces gens et leur pays – pas l'amour que Katerina leur portait, parce qu'elle les connaissait tous, eux et leur histoire, depuis sa plus tendre enfance; non: Ivan se prit à les aimer dans leur ensemble, en tant que groupe, en tant que communauté. Peut-être le cousin Marek éprouvait-il ce sentiment d'appartenance à une collectivité, mais nul ne le ressentait à Kiev, pas même les juifs qui réussissaient pourtant mieux que les autres à rester soudés. Et si c'est ça, une communauté, se dit-il, alors il n'y en a pas en Amérique, ou je n'en ai jamais vu, en tout cas.

Était-ce le fait de vivre dans un village qui faisait la différence, alors ? Peut-être. Mais nous aurions pu le préserver si nous y avions tenu, ce sentiment d'appartenir à un groupe, d'être connu, alors qu'au contraire, pendant cent cinquante ans, la littérature américaine n'avait cessé de rabâcher l'horreur de la vie dans une petite ville: le fait de ne jamais pouvoir être seul, que tout le monde soit au courant des affaires des autres, que les gardiens de la vertu soient eux-mêmes pétris d'imperfections, ce qui leur ôte tout droit à juger. Pauvres fous élitistes ! Ils détestaient l'idée de communauté mais ignoraient tout du vide de l'existence une fois détruite la communauté. Ici non plus, on ne pouvait jamais être seul, les ragots étaient aussi venimeux quand les poignards sortaient du fourreau, et on devait y retrouver la même proportion que partout ailleurs de complots, d'intrigues, d'hypocrisie et de tartuferie. Mais tout cela pâlissait à côté de ce qui faisait la force du pays: chacun connaissait tous les autres.

Même Sergeï. Chacun sait ce qu'il est et son sort n'est pas à envier; mais où pourrait-il aller, autrement ? Qui serait-il, ailleurs ? L'Américain adore emballer ses affaires, déménager et tout recommencer dans une autre région; mais, au lieu de se transformer en quelqu'un de nouveau, il se retrouve solitaire et perdu, ou bien, trop souvent, il n'est plus personne, il devient une machine à satisfaire ses appétits, sans loyauté, sans honneur ni sens du devoir. Et, avec la mort du communisme, c'est en cela que mes propres compatriotes russes sont en train de se muer.

Tiens, voilà qu'il recommençait à considérer les Russes comme ses compatriotes !

Le rituel orthodoxe lui parut exotique : à son départ d'Ukraine, il était trop jeune pour s'intéresser à la religion – et encore eût-il fallu pour cela que ses parents connussent quelqu'un qui eût envie de se marier à l'église sous le régime communiste – et, depuis son retour à Kiev, il n'avait jamais assisté à un mariage ; en regardant de vieux films de temps en temps, il avait acquis une teinture de ce qu'était l'office protestant anglais et américain – et de la cérémonie nuptiale catholique et sa pompe, dans *La Mélodie du bonheur.* Quant aux messes grecques orthodoxes, on n'en voyait pas souvent à la télé.

Le père Lukas dit les formules consacrées, Ivan et Katerina en prononcèrent d'autres avec l'aide d'un souffleur, du moins pour Ivan ; puis ils burent du vin dans la même coupe et ce fut terminé. La foule acclama les nouveaux mariés et le père Lukas leur adressa un sourire rayonnant – rayonnant, mais superficiel : il n'était pas satisfait ; et, si Ivan savait juger un caractère, Katerina ne l'était pas non plus.

Soulagée, ça oui, comme si elle venait de franchir un grand obstacle ; mais, Ivan le savait bien, ce mariage n'avait pour elle d'autre motif que la raison d'État ; depuis qu'elle était toute petite, elle avait conscience qu'une telle union serait un jour nécessaire. Ce n'était pas le cas d'Ivan. Il avait toujours pensé se marier par amour, ou du moins de son propre choix ; il avait espéré se marier avec une femme qui serait fière de prononcer ses vœux avec lui. Quelle tristesse de savoir que Katerina accomplissait simplement son devoir envers son roi et son pays, envers Dieu et papa !

Et ce soir… Ah, ç'allait être la scène de ses rêves ! Coucher avec une femme qui y consentait uniquement parce que son peuple était pris en otage. Quelle différence avec un viol ? Un jour, Ivan avait essayé de lire du Ian Fleming ; un ami lui avait prêté *On ne vit que deux fois*. Dans l'un des premiers chapitres, Fleming écrivait que « toutes les femmes adorent se faire à moitié violer » ; Ivan n'avait que quatorze ans et il n'était pas sûr de saisir toutes les nuances de l'anglais, mais l'idée lui avait tellement répugné que, même si elle était fondée, il ne voulait pas le savoir. Il avait rendu le livre sans l'avoir lu. Coucher avec une femme non consentante… Ivan ignorait même s'il arriverait à rien. C'était une différence entre les sexes que les femmes avaient toujours du mal à comprendre : elles pouvaient simplement s'allonger et attendre que ça se passe ; mais, si l'homme n'était pas dans la bonne disposition, il ne pouvait pas s'en tirer en comptant les moutons.

Vivement ce soir ! se dit Ivan avec ironie.

Il espérait que Sergeï avait eu la présence d'esprit de se rendre chez lui dès la fin de la cérémonie pour cacher les parchemins ; par bonheur, le roi Matfeï s'entretenait en privé avec le père Lukas, ce qui pouvait permettre au frère, s'il se dépêchait, de revenir avec le livre des Évangiles avant que le prêtre pense à le chercher lui-même dans la chambre d'Ivan.

Belle réaction de la part de Sergeï de songer à prendre excuse de l'incendie pour empêcher le père Lukas de se mettre en quête des parchemins ; à présent, Ivan et Sergeï disposaient d'un peu plus de temps pour les dissimuler, et ils n'auraient jamais à supporter les fulminations du prêtre sous prétexte qu'ils avaient osé souiller les précieux manuscrits remis entre ses mains par Kirill lui-même.

Ce qui surprenait Ivan était de constater avec quelle promptitude et quelle persuasion Sergeï était capable de mentir. Il fallait qu'il ait de l'entraînement pour y parvenir avec tant de naturel, sans le moindre signe de gêne ; c'était un renseignement précieux qu'Ivan détenait là sur Sergeï.

Évidemment, en y réfléchissant, Ivan n'avait pas hésité à le soutenir dans son mensonge : autant pour leur franchise de bons chrétiens ! Cependant, maintenant que le jeune homme y pensait, il existait une longue tradition de mensonge chez les chrétiens quand le besoin s'en faisait sentir, et souvent aussi quand ce n'était pas nécessaire. À la connaissance d'Ivan, aucune religion n'avait jamais réussi à obtenir de ses fidèles qu'ils disent uniquement la vérité. Les quakers, peut-être, avaient réussi à écarter le mensonge à une certaine époque, mais ils étaient quand même parvenus à produire un Richard Nixon après avoir réprimé pendant quelques centaines d'années leur tendance bien humaine à déformer la vérité.

Sergeï, si tu dois mentir, je suis bien content que tu sois dans mon camp, que tu sois doué dans cet art, et que tu aies l'intelligence de savoir quand le faire et quand t'en retenir.

Une pensée vint soudain à Ivan : qui a proféré le plus gros mensonge aujourd'hui ? Sergeï, en prétendant que les parchemins avaient disparu dans l'incendie, ou Ivan et Katerina, en faisant semblant de se marier ?

Il tenait toujours la main de la princesse. Sa peau était fraîche au toucher. Mais l'un d'eux transpirait tant que leurs paumes glissaient l'une contre l'autre, et, sans guère craindre de se tromper, Ivan pensait que ce n'était pas elle.

9
Lune de miel

Jamais la différence entre le neuvième et le vingtième siècles ne fut plus perceptible à Ivan que lorsqu'il s'agit d'aborder l'affaire mineure de la nuit de noces. Les Américains des années 80 et 90 s'enorgueillissaient de leur ouverture d'esprit sur les questions sexuelles, mais, aux yeux d'Ivan, cette liberté de penser n'était que pudibonderie à côté des commentaires, gestes et mimiques égrillards – voire carrément lubriques – de la vaste foule qui les accompagna, Katerina et lui, jusque chez le roi.

Quant aux classifications « X » ou « interdit aux moins de treize ans », elles n'existaient visiblement pas, si l'on en jugeait par les suggestions et les pantomimes obscènes auxquelles se livraient des gamins de sept ans à l'imitation de leurs aînés. Les paillardises pleuvaient si dru qu'au bout de quelques minutes Ivan ne trouva même plus la force d'en être choqué ; il se sentait comme insensibilisé.

Insensibilisé – juste ce qu'il fallait pour une nuit de noces.

Toutes les discussions sur son union avec Katerina comme antidote contre la malédiction de Baba Yaga ou comme mouvement stratégique dans la lutte que menait Taïna pour se préserver de la mainmise de la sorcière, toutes ces discussions se ramenaient à un seul point : Ivan devait se montrer à la hauteur cette nuit. Mais à la hauteur de quoi ? Et comment ? Comme tout Américain de sexe masculin et d'une vivacité intellectuelle même minimale, Ivan savait qu'on attendait de sa part une attitude à la fois dominatrice et sensible, que le péché capital à ne pas commettre était de finir avant d'avoir commencé – dans toutes les comédies, c'était considéré comme à peine moins épouvantable que vomir dans la salade – et que le péché qui venait juste derrière était de ne pas être capable de commencer du tout.

Mais le pire de tous était peut-être celui-ci : Ivan n'avait aucune idée de la façon de s'y prendre. En dehors de ce qu'on apprend en cours de biologie, en écoutant les blagues salaces des copains et en regardant des films érotiques, il n'avait aucune expérience pratique.

Selon toutes les statistiques, les seuls hommes qui n'avaient pas encore eu de rapports à l'âge de seize ans étaient soit des tétraplégiques, soit des crétins finis. Ivan n'appartenait à aucune de ces catégories – c'était un athlète qui avait eu un nombre normal de rendez-vous amoureux à la fac ; et, vu le temps qu'il passait dans les vestiaires, il avait eu tout loisir d'entendre les vantardises de ses camarades sur la fréquence et l'efficacité de leurs rapports sexuels. Seuls quelques-uns, dont Ivan, ne participaient pas à ces hâbleries, et il soupçonnait que la différence entre ceux qui parlaient et ceux qui ne disaient rien n'était pas une question d'expérience mais de franchise. Si ces zigotos avaient vraiment donné tant de plaisir aux filles avec lesquelles ils sortaient, pourquoi toutes les femmes ne tombaient-elles pas en pâmoison en réclamant cette prodigieuse jouissance que ces dieux de l'amour étaient soi-disant capables de procurer ?

Cela ne voulait pas dire que personne n'avait de rapports sexuels à l'université, mais les statistiques fournies par les sondages sociologiques n'étaient que fumisterie : si ces questions « scientifiques » étaient posées à des adolescents à propos de leur vie sexuelle, les chercheurs feraient mieux de se lancer dans les horoscopes ou la chiromancie ; ils obtiendraient des résultats plus fiables. C'est du moins ce qu'Ivan avait déclaré un jour à Ruth, qui avait acquiescé en éclatant de rire. Elle aussi était vierge, et elle ne connaissait pas d'autres filles qui prétendaient le contraire sur elles-mêmes. Certes, il y avait des filles qui passaient pour des Marie-couche-toi-là et des garçons pour des don Juan, et Ivan croyait leur réputation justifiée, mais ils appartenaient à une frange vulgaire qui n'entrait pas en interaction avec l'existence d'Ivan.

Il était parvenu à ces conclusions des années auparavant ; toutefois il venait s'y ajouter une petite complication : la moitié du temps, il ne croyait pas aux bobards de ses camarades, mais l'autre moitié, il regardait ceux qui l'entouraient en se disant : ils connaissent tous le secret, ils l'ont tous fait. La femme que j'épouserai aura couché avec assez d'hommes pour espérer le grand jeu, et moi je ne saurai même pas ce qu'il faut faire ; je vais bricoler comme un minable, je ne vais lui donner aucun plaisir, ensuite coucher avec moi lui fera horreur et au bout de quelques jours elle demandera la dissolution de notre mariage, si elle ne me poursuit pas pour préjudice moral – ou pour coups et blessures.

Dans ces conditions, Ivan ne trouvait aucun réconfort à constater qu'à Taïna les plus de six ans paraissaient tout savoir sur la sexualité et nourrir des idées exagérées sur les futures prouesses d'Ivan au lit. Les descriptions crues de la façon dont il allait maintenir la princesse sur la broche plus longtemps qu'un cochon de lait au-dessus du feu lui firent voir d'un œil neuf les motifs pour lesquels la religion juive interdisait le porc ; quant aux questions des enfants qui lui demandèrent s'ils pourraient venir jouer sous la tente que son érection allait faire de ses couvertures, elles le laissèrent sans voix.

Ce ne sont que des plaisanteries, se répétait-il ; c'est la célébration de la vie, une survivance de rites païens de la fertilité.

Ivan avait pourtant une certitude : si quelqu'un s'avisait de tenir de tels propos à la sortie d'un mariage dans la haute société new-yorkaise, il avait intérêt à être ivre mort ou plus jamais on ne l'inviterait nulle part.

Katerina, elle, paraissait ne rien entendre. Tout d'abord, Ivan la crut aussi gênée que lui, mais cela ne pouvait être, naturellement : elle avait dû assister à d'autres épousailles à Taïna, et même peut-être avait-elle, enfant, inventé une des paillardises qu'on lui lançait aujourd'hui à plein volume sur le chemin qui menait chez le roi. Son mutisme sévère avait une tout autre origine, il en était certain : pour elle, s'unir à lui était un devoir ignoble auquel l'astreignaient les nécessités de son pays.

Et, pour lui, Katerina était une femme bien plus belle que celle qu'il aurait choisie s'il en avait eu le loisir.

Cette réflexion lui donna l'impression de trahir Ruth, comme si ce n'était pas déjà fait. Ruth était une jeune femme agréable et séduisante, mais Katerina était d'une beauté à couper le souffle, illuminée par une splendeur intérieure. Les hommes comme Ivan ne s'imaginaient pas un instant dignes d'approcher une telle femme ; de fait, les seuls qui tentaient de sortir avec ce genre de beauté étaient des abrutis prétentieux persuadés que toutes les femmes n'avaient qu'une envie : qu'ils baissent leur froc et leur fassent voir Popaul. Même si Ivan n'avait pas connu son rôle grâce aux contes de fées, il se serait bien douté que la seule chance pour lui d'embrasser une femme pareille, c'était de le faire pendant qu'elle dormait.

Enfin – et pourtant bien trop vite – ils arrivèrent dans la chambre de Katerina, au sol jonché de paille fraîche, et attendirent la fin du charivari. Ivan laissa même quelques adolescents lui ôter une partie de ses vêtements et les jeter par la fenêtre, au grand amusement de ceux qui n'avaient pas pu pénétrer dans la maison bondée.

Il existait cependant des limites : nul ne toucha Katerina. D'ailleurs, elle était entourée de femmes occupées à la parer, à lui glisser quelques mots à l'oreille et à jeter de temps en temps des regards caustiques à Ivan, comme pour juger une dernière fois des désagréments qu'il allait faire subir à la princesse et la conseiller pour qu'elle se retienne de s'enfuir de la chambre en hurlant. Il les entendait d'ici : « Restez allongée, ne bougez pas et serrez les dents. C'est le lot de toute femme. »

Puis tout le monde sortit et la porte se referma.

Les chants et les applaudissements se poursuivirent sous la fenêtre. Le peuple attendait. Il revint à Ivan de vagues souvenirs à propos d'une culture où l'on devait montrer à la population un drap taché de sang, mais ce n'était sûrement pas la Russie du neuvième siècle, ou bien si ?

Il n'arrivait vraiment pas à se mettre dans l'ambiance. Planté au milieu de la chambre dans sa tunique de toile, il avait vivement conscience qu'il n'était pas du tout prêt à quelque activité sexuelle que ce soit. Il était même si peu excité que, pour la première fois de sa vie, il se demanda : serais-je homo ? Après tout, j'ai porté des vêtements de femme !

Katerina le regardait, le visage fermé – toujours merveilleusement belle, naturellement, mais sévère.

« Ivan, dit-elle, venez plus près, que je puisse parler bas. »

Il obéit d'une démarche raide, et, à sa grande horreur, le seul fait de s'approcher d'elle changea tout : l'excitation le gagna aussitôt, ce que sa simple tunique de toile fut incapable de dissimuler. Elle baissa les yeux sur le phénomène, puis les détourna – par dégoût ?

« Excusez-moi », fit-il d'une voix faible, tout en se

demandant de quoi il s'excusait. Quand il n'était pas excité, il s'était senti poussé à s'en excuser aussi.

Elle leva la main pour lui imposer le silence.

« Il y a un complot qui vise à vous assassiner dès la consommation de notre mariage », murmura-t-elle.

Ivan resta stupéfait de la vitesse à laquelle sa pauvre libido retomba aussitôt.

« Nous ignorons qui sont les conjurés, poursuivit-elle. Sergeï a surpris leur conversation, il en a parlé au père Lukas qui m'a avertie, et, depuis, je me creuse la cervelle pour décider que faire. »

La solution évidente, il s'en rendit compte aussitôt, était de ne pas consommer le mariage, et il l'exposa à Katerina.

Elle leva les yeux au ciel. « Excellent, comme solution ! Ainsi la Veuve aura les mains libres et, en plus, chacun sera convaincu que vous ne méritez pas mieux que de porter des vêtements de femme !

– D'accord ; alors on saute sur le lit, on fait ce qui nous reste à faire, après quoi je sors et je demande à tout le monde de faire la queue pour avoir le privilège de me tuer. Comme ça, tout est réglé.

– Sur le chemin qui nous ramenait de la cérémonie, dit Katerina comme s'il ne l'avait pas interrompue, j'ai réfléchi et je suis parvenue à une conclusion. »

Il crut qu'elle parlait d'une solution à son problème mais il ne s'agissait de rien d'aussi utile.

« Mon père ferme manifestement les yeux sur ce complot ; les chevaliers de la *drujina* ne l'auraient pas fomenté s'ils n'étaient pas certains d'accomplir sa volonté ; et cela signifie que je ne puis demander son aide pour vous éloigner.

– M'éloigner ? fit Ivan.

– Si vous et moi ne consommons pas ce mariage, vous ne devez pas rester ici. Vous ne comprenez donc pas ? S'ils se proposent de vous tuer après notre union mais avant qu'on sache si j'attends ou non un enfant, c'est qu'ils ont décidé de défier la malédiction de la sorcière, et ils ont tout autant de motifs de vous éliminer si vous ne devenez pas mon époux. Il faut que je vous renvoie dans votre monde.

– Ah, vous vous décidez enfin ! »

Le regard de Katerina le transperça. « Je ne vous ai pas choisi. J'ai fait de mon mieux pour vous aider, et je sais que vous en avez fait autant de votre côté, mais cela n'a pas suffi. Nous avons échoué tous les deux et mon peuple va maintenant payer le prix de notre échec. Il n'y a pas de raison pour que soyez balayé avec nous. Vous ignoriez ce que vous déclenchiez quand vous m'avez réveillée ; vous croyiez simplement sauver une femme prise au piège par un ours. Vous ne méritez pas de mourir pour cela, même si vous n'avez pas l'étoffe d'un roi. »

Jamais Ivan n'avait eu l'impression d'être ainsi rabaissé plus bas que terre – mais il allait rentrer chez lui.

Sergeï se réjouissait de s'être précipité directement chez Ivan après le mariage et d'avoir fourré les parchemins sous sa bure – Dieu merci, le jeune homme s'était enfin décidé à les rouler pour les ranger ; il sortait de la chambre quand le père Lukas arriva en compagnie du roi Matfeï. « Ivan n'aura plus besoin de cette pièce désormais, elle est donc à votre disposition en attendant la construction d'une nouvelle église.

– Vous êtes bien bon, répondit le prêtre. Ah, Sergeï, te voici ! Où est le livre des Évangiles ? C'est le seul trésor qui me reste. »

Sergeï fut pris de remords en pensant au mensonge qui causait tant de peine au père Lukas ; mais, en songeant à la fureur du prêtre s'il apprenait la vérité – que Sergeï avait gribouillé partout sur les manuscrits et qu'il avait menti, ainsi qu'Ivan –, il lui paraissait préférable d'expier plus tard ses péchés en enfer.

À qui pourrait-il confesser ses fautes ? Non, il n'y avait plus d'espoir, plus aucun ; et Ivan allait se faire assassiner et…

« Sergeï ? Tu es sourd ?

– Père Lukas, le livre des Évangiles est sur la table. Je dois sortir.

– Non, rentre avec moi et aide-moi à organiser cette chambre pour que nous puissions la partager.

– Mon père, elle est déjà organisée pour deux. »

L'irritation gagna le roi Matfeï. « Sergeï, ton maître t'a ordonné de… »

Sergeï faillit fléchir ; mais l'idée de servir le père Lukas avec les manuscrits sous sa bure lui fut intolérable : il se produirait certainement un incident qui révélerait sa culpabilité. Non, c'était impossible ; et puis le père Lukas n'était pas son maître.

« Votre Majesté, dit-il, j'ignorais que j'étais devenu un esclave, moi qui suis né libre. »

Le roi rougit d'embarras. « Je ne voulais pas dire que tu es son…

– C'est Notre-Seigneur Jésus-Christ mon maître. Et Dieu, dans son infinie sagesse, me fait éprouver le besoin irrépressible de vider mes entrailles. »

Le père Lukas lui fit signe de sortir. « Va donc, va donc, je t'en prie. »

Sergeï quitta précipitamment la pièce.

Une fois dehors, il promena le regard autour de lui. Où cacher les manuscrits ? Il envisagea de courir chez sa mère mais… non ; apparemment, sa mère, pétrie de confiance, avait accordé l'hospitalité à Baba Yaga sans le savoir. Inutile de compter sur elle pour garder un tel secret – elle irait tout droit le confesser au père Lukas lui-même.

Restait-il le temps d'enterrer les manuscrits ?

Sergeï ne disposait nulle part d'un coin à lui où il pût les cacher en espérant que personne ne les découvrirait. Devait-il les dissimuler sous un rocher dans les bois en priant le ciel pour qu'ils soient toujours là lorsqu'il aurait l'occasion de les récupérer ? Non : les laisser ainsi exposés aux éléments ne vaudrait pas mieux que s'ils avaient brûlé pour de bon.

Tout était de la faute d'Ivan ; c'est lui qui avait conçu ce projet insensé pour commencer, et maintenant Sergeï allait finir en enfer à cause du péché d'un autre.

Allons, sois franc, se dit-il : tu trouvais l'idée folle mais tu as joué le jeu ; et, une fois que tu t'es mis à écrire, tu n'as plus pu t'en passer. Ce n'est plus pour rendre service à Ivan que tu veux mettre ces parchemins à l'abri : c'est parce que tu as pris un grand plaisir à rédiger ces histoires.

Existait-il plus bel exemple d'adoration de ses propres péchés ?

Néanmoins, c'était Ivan qui avait tout mis en branle. Sergeï n'avait peut-être pas de logis, mais Ivan était l'époux de la princesse, maintenant. Qu'il se débrouille donc !

Sergeï rentra dans la maison royale. Dans le couloir, il entendit les voix du père Lukas et du roi ; ils étaient toujours dans l'ancienne chambre d'Ivan, et, s'ils en sortaient, Sergeï se retrouverait à la case départ.

Dehors, les fêtards continuaient à pousser des acclamations, à chanter et à rire, mais le couloir était désert. S'il frappait à une autre porte assez fort pour que ses coups soient audibles malgré le vacarme, le père Lukas et le roi les entendraient aussi et iraient sûrement voir dans le couloir qui en était l'auteur.

Il n'avait pas le choix : il leva le loquet et se faufila dans la chambre nuptiale, puis il referma sans bruit la porte derrière lui. Enfin, en prenant bien soin de garder les yeux tournés vers le mur, il glissa la main sous sa bure pour en tirer les parchemins. Il s'attendait plus ou moins à un hurlement de la mariée ou à une exclamation d'Ivan, mais non, rien. Soudain, il entendit Katerina glousser.

« Voyez ce que Dieu nous envoie ! dit-elle.

– Vous pouvez vous retourner », fit Ivan.

La princesse se tenait au milieu de la pièce, tout habillée, et Ivan portait sa tunique de toile. Personne n'était nu, Dieu merci ! Côte à côte, ils le regardaient, la princesse avec amusement, Ivan d'un air atterré.

« Pardon de vous déranger », dit Sergeï, et il brandit les parchemins.

Ivan s'approcha à grands pas et s'en empara. « Le moment est assez mal choisi.

– Je n'y suis pour rien, répondit Sergeï. Le roi a donné votre chambre au père Lukas puisque vous n'en avez plus besoin.

– Quelle conspiration est-ce là ? demanda la princesse. Je croyais que ces manuscrits avaient brûlé. »

Ivan les déroula et lui présenta le verso de l'un d'eux. Elle savait lire et écrire : elle avait étudié avec beaucoup plus de rigueur qu'Ivan pour son baptême. Au neuvième siècle, il n'était pas encore étonnant qu'une femme sache lire : il était étonnant de trouver quelqu'un qui sache lire, tout simplement.

Elle parcourut quelques phrases écrites de la main de Sergeï. « L'histoire de Je-ne-sais-trop-qui ? Pourquoi coucher ça sur un manuscrit ? » Puis elle secoua la tête. « Ne me dites pas que c'est pour ça que vous désiriez du parchemin, Ivan !

– Ces histoires ont toutes changé à mon époque. Nul ne se rend compte de leur antiquité ni de la forme qu'elles avaient autrefois.

– Mais ce ne sont que des contes ! » Katerina secoua de nouveau la tête. « Peu importe ; je n'espère pas vous comprendre un jour. Mais je regrette les ennuis que votre entreprise vaudra à Sergeï quand cela se saura.

– Pourquoi cela se saurait-il ? demanda Ivan en la regardant droit dans les yeux.

– Je vois, fit-elle. Très bien, je vais garder ces rouleaux dans ma chambre. Le secret ne filtrera pas.

– Merci », dit Sergeï. Il posa la main sur le loquet, prêt à s'en aller, mais la voix de la princesse arrêta son geste.

« Pas si vite, fit-elle. J'ai un service à vous demander en retour.

– Ce que vous voudrez. De quoi s'agit-il ?

– Je veux que vous alliez chercher le père Lukas ; dites-lui que je souhaite vous voir chez moi, rien que lui et vous, pour nous donner une fois encore l'absolution et pour prier afin que je conçoive tout de suite un garçon.

– Mais vous vous êtes déjà confessée à…

– Répétez-lui ceci : comme l'incendie de l'église m'a empêchée d'achever ma confession, j'aimerais la terminer ici avec lui ; n'oubliez pas aussi l'histoire de la prière, et ajoutez qu'Ivan désire vous voir auprès de lui, Sergeï. Allez-y. »

Le frère acquiesça en jetant un coup d'œil à Ivan, qui se contenta de hausser les sourcils comme pour exprimer qu'il ignorait ce dont il retournait, mais qu'il ne fallait pas essayer de comprendre les motivations des femmes. Étant donné que, pour Sergeï, toute femme constituait un mystère insondable, et surtout Katerina, dont la beauté empêchait les hommes de son entourage de réfléchir clairement, il avait la ferme intention de se contenter de remplir sa mission sans chercher plus loin.

Quand il entra dans la chambre qui était désormais celle du père Lukas, le roi s'y trouvait encore.

« Il t'en a fallu, du temps ! fit le souverain.

– J'avais au contraire l'impression qu'il était revenu plutôt vite, dit le prêtre.

– Alors que je suivais le couloir, répondit Sergeï, les

yeux baissés dans l'espoir que son attitude humble masquerait son second mensonge de la journée, la porte de la chambre nuptiale s'est ouverte et la princesse m'a ordonné : "Dis au père Lukas que, comme l'incendie de l'église l'a empêché d'entendre ma confession ce matin, j'aimerais le voir à présent ; qu'il t'amène avec lui, et qu'il nous confesse, mon époux et moi, puis nous bénisse afin que nous concevions un garçon dès notre première union." »

Par un immense effort de volonté, Sergeï réussit à ne pas relever les yeux pour voir comment le père Lukas prenait le message – car le prêtre avait dû aussitôt comprendre qu'il s'agissait d'un mensonge ; mais penserait-il que c'était Sergeï ou Katerina qui mentait ? Là était la question.

« Votre Majesté, dit le père Lukas, permettez-moi d'aller apaiser le cœur troublé de votre fille. Une lourde responsabilité pèse sur elle et peut-être, avec l'aide de Dieu, parviendrai-je à l'alléger en ce jour qui, pour une femme, doit être heureux.

– Allez-y, allez-y, répondit le roi, bien que ça me paraisse complètement absurde. Vous lui avez déjà donné votre bénédiction pendant le mariage, non ? Et en quoi Sergeï pourrait-il lui être utile ?

– Je crois, fit Sergeï d'une voix douce, que c'est Ivan qui voulait me voir. Peut-être a-t-il lui aussi une mission à me confier.

– Je trouve un peu curieux, fit le roi, qu'un marié de fraîche date demande à un jeune homme de le rejoindre dans la chambre nuptiale, surtout s'il s'agit du jeune homme avec qui il partageait une autre chambre jusque-là.

– Soyez prudent quand vous formulez de telles pensées, l'avertit le père Lukas. Ce qui pour vous n'est qu'une simple interrogation pourrait passer aux oreilles d'un autre pour une accusation.

– Bah ! Qui peut nous entendre ?

– N'importe qui dans le couloir, de même qu'on entendrait de cette pièce tout ce qui pourrait se dire dans le couloir. »

L'espace d'un instant, Sergeï craignit que le prêtre ne révèle au roi la conversation surprise le matin dans cette même chambre ; mais, à son grand soulagement, le père Lukas souhaita simplement le bonjour au souverain puis sortit à pas feutrés, Sergeï claudiquant dans son sillage.

Le prêtre se glissa dans la chambre nuptiale et, alors que Sergeï fermait la porte, il regarda la princesse avec un mélange d'amusement et d'agacement. « Intéressante, cette façon de me faire venir à l'aide d'un mensonge. Nous avions achevé votre confession.

– Vous avez parfaitement saisi le message : j'avais besoin de vous ici, et il me fallait pour cela un prétexte plausible.

– En quoi une princesse a-t-elle besoin d'un vieux prêtre dans sa chambre nuptiale ? » Le père Lukas se tourna vers Ivan. « À moins que ce ne soit vous qui ayez besoin d'aide ? Vous n'espérez tout de même pas de ma part des leçons sur ce sujet ?

– Il faut faire sortir Ivan de la maison sans lui faire courir de risque.

– Parce que le mariage a été consommé ? Ou bien parce qu'il ne l'a pas été ?

– Laissons planer le doute là-dessus, répondit Katerina.

– Quel est votre plan ?

– Sergeï et Ivan échangent leurs tenues, puis Ivan quitte la maison derrière vous en boitant, la capuche rabattue sur le visage. Qui lui accordera le moindre coup d'œil ?

– Et ensuite ?

– Sergeï et moi restons ici en attendant que vous

rapportiez quelques vêtements à votre assistant ; puis, pendant qu'Ivan s'enfuit, Sergeï et moi sortons de la chambre en demandant où est passé mon époux qui a brusquement disparu. »

Le père Lukas fronça les sourcils. « Ce qui est une vérité très approximative.

– Il faut que tout le monde le croie enlevé par l'Usurpatrice, sans quoi les recherches commenceront trop tôt.

– Et vous consentez à cette machination ? demanda le prêtre à Ivan. Vous êtes prêt à vous sauver le soir de votre mariage ?

– Ça me paraît plus prudent que de me faire égorger comme un cochon, répondit le jeune homme.

– Il faut nous dépêcher, intervint Katerina. Il y a toutes les chances pour que des gens usent de charmes pour vérifier si je suis encore vierge. Plus nous perdrons de temps, plus les comploteurs s'impatienteront.

– Eh bien, enlèves-tu cette coule, fit le père Lukas en s'adressant à Sergeï, ou n'as-tu rien écouté ? »

L'infirme ôta sa bure aussitôt, puis il échangea un regard avec Ivan : et si le prêtre avait donné cet ordre alors que Sergeï dissimulait encore les parchemins sur lui ?

Ivan enfila le vêtement et rabattit la capuche sur son visage.

« Merci, mon père, dit Katerina.

– Il me déplaît de mentir.

– Mais est-ce un péché si c'est pour sauver une vie ?

– Un péché véniel alors, peut-être. »

Ivan se tourna vers la princesse. « Je ne peux pas franchir le pont sans vous.

– Je m'y rendrai le plus vite possible. Vous n'aurez qu'à rester caché en m'attendant.

– Je ne sais pas si je retrouverai le chemin.

– Suivez la piste de branches brisées que vous avez laissée derrière vous en arrivant ici. »

Ivan secoua la tête. « Je ne suis pas chasseur ; je suis incapable de reconnaître de tels signes. »

Katerina parut prendre sur elle-même pour garder son calme. « Savez-vous où est l'ouest ?

– Tant que le soleil brille, oui.

– Faites-vous la différence entre une montée et une descente ? »

Ivan la foudroya du regard.

« Ce n'était pas de l'ironie, fit-elle ; mais vous ne comprenez pas toujours les mots que j'emploie et je voulais m'assurer qu'il n'y avait pas de confusion. Il faut que je puisse vous retrouver là-bas.

– Vous, vous devez me retrouver, mais il ne faut pas que les comploteurs mettent la main sur moi ; or vous allez tous suivre la même piste. »

La princesse s'arracha trois ou quatre cheveux. « Attachez-les à votre poignet, dit-elle. Ainsi je saurai où vous chercher. »

Comme Ivan ne pouvait réaliser l'opération d'une seule main, Sergeï l'aida.

« À présent, allez-y, reprit Katerina. Nous devons jouer notre petite comédie avant la nuit. »

Ivan fit quelques pas dans la pièce en tentant d'imiter la claudication de Sergeï.

« Non, non, fit l'infirme. Vous donnez l'impression d'essayer de boiter ; moi, au contraire, j'essaye de ne pas boiter. »

Ivan refit une tentative. Ce n'était pas bon, mais c'était mieux.

« Allons, venez, dit le père Lukas. Je vais vous donner un objet lourd à porter, cela expliquera la modification de votre démarche. »

Le prêtre sortit le premier, et Ivan le suivit de près en boitant, le pied tordu.

Sergeï se rua vers la porte et enclencha le loquet derrière eux, puis il resta les bras ballants dans ses sous-vêtements de toile si pleins de trous qu'il aurait aussi bien pu porter un filet de pêche. Katerina ne le regardait pas, ce qui signifiait qu'elle l'avait précédemment regardé et qu'elle détournait à présent les yeux afin de ne pas l'humilier.

« Merci d'avoir gardé le secret des parchemins, lui dit-il.

– Bien des secrets restent voilés ce soir, répondit-elle à mi-voix.

– Je ne me sens pas à l'aise dans cette chambre ; je n'ai rien à y faire.

– Moi non plus ; mais parfois il faut se débrouiller du mieux possible là où le destin nous place. »

Sergeï reconnut là sa modestie naturelle, mais il savait que, même si elle était convaincue d'exprimer la vérité, sa déclaration était erronée. « Vous resteriez princesse où que le destin vous place.

– Nous aurons bientôt l'occasion de le vérifier, murmura Katerina.

– Comment ça ?

– Peu importe. N'ayez pas peur de moi : j'ai vu des hommes se baigner et je ne crains pas particulièrement de regarder par les trous de votre tunique.

– Je n'ai pas peur ; c'est seulement que… que ce n'est pas moi qui devrais être ici.

– Ah, je comprends maintenant ! Mais Ivan n'était pas ici à sa place lui non plus. C'est pure malchance s'il est tombé sur moi.

– Je ne pense pas que ce soit une question de chance, répondit Sergeï. C'est votre époux, aujourd'hui.

– Un serment peut être levé s'il n'est pas suivi d'effet.

– À mon avis, dit Sergeï, Ivan vaut mieux que vous ne le croyez.

– Détrompez-vous : je le tiens pour un homme de grande valeur, mais ce n'est pas un roi.

– Un oiseau ne tire pas la charrue.

– J'avais besoin que Dieu m'envoie un cheval de labour, et j'ai tenté de me débrouiller avec ce que j'ai reçu à la place, mais j'ai échoué.

– Peut-être Dieu désire-t-il vous signifier par là que, pour vous, tout labourage est inutile.» Sergeï prit soudain conscience du double sens de sa phrase. «Je ne veux pas dire qu'Ivan est la charrue et vous le... enfin, je...

– J'ai compris», dit Katerina.

Des coups furent frappés doucement à la porte. Sergeï l'entrouvrit et une nouvelle coule apparut au bout d'une main. Sergeï s'en saisit, puis referma le battant et enfila le vêtement; dans le dos, des brûlures récentes avaient troué le tissu. Naturellement: le père Lukas n'allait tout de même continuer à porter une bure abîmée.

«Imaginez donc ça, fit Katerina: un prêtre slave!

– Oh, je l'imagine sans mal, répondit Sergeï; mais ce ne sera pas moi.

– Et pourquoi donc?

– Non, jamais.

– Et je répète: pourquoi donc?»

Sergeï éclata d'un rire amer. «Vous me trouveriez convaincant, à parler de Jésus qui guérissait les malades et les infirmes? Est-il besoin d'une autre preuve que je ne suis pas un homme de foi?

– Jésus n'est pas ici.

– Jésus est partout; et, comme il l'a souvent dit: "Ta foi t'a guéri."

– Dans ce cas, ne soyez pas prêtre, fit Katerina. Mais, si vous n'êtes pas prêtre, qu'êtes-vous?

– Est-ce ainsi qu'on acquiert la vocation de la prêtrise? demanda Sergeï. Je suis né le pied tordu, et par conséquent je suis le serviteur élu de Dieu?

– Nous sommes tous appelés à servir Dieu chacun à sa manière. Je puis peut-être le servir en tant que princesse et vous en tant que prêtre.

– Croyez-vous que je l'aie servi en écrivant ces vieilles histoires ? »

Katerina haussa les épaules. « Cela dépasse mon discernement.

– Je vais vous dire ce que je pense, moi : je pense que Dieu a créé tous les hommes, y compris les gens qui ont inventé ces histoires ; ces contes sont donc des créations de Dieu, ou des créations de ses créations, mais cela revient au même. Et, si Dieu a créé les gens qui ont inventé puis raconté ces histoires, eh bien, en les écrivant, je les sauve et j'honore Dieu du même coup.

– Dieu a aussi créé les meurtriers et les adultères.

– À mon sens, ces contes sont utiles : ils nous enseignent à aimer la bonté.

– Ou à chercher le pouvoir pour accomplir de hauts faits, répliqua la princesse. Mais nous avons laissé assez de temps à Ivan et au père ; il faut donner l'alarme. »

Sergeï fit la grimace. « Vous vous en occupez, n'est-ce pas ?

– Oui, dit-elle. Je suis assez bonne comédienne, je crois. » Là-dessus, elle se mit à pousser des cris stridents.

Au-dehors, la foule se tut soudain, puis se mit à murmurer. Qui avait crié ? Était-ce la princesse ? La brutalisait-il ?

Katerina se précipita à la fenêtre et ouvrit les volets d'une brusque poussée. « Est-il sorti ? L'avez-vous vu passer ?

– Qui ça ? demandèrent les gens.

– Mon époux ! Nous venions de nous confesser, le père Lukas est sorti, Ivan et moi nous sommes mis à bavarder et tout à coup il a disparu ! »

Il suffit d'un instant à la foule pour digérer la nouvelle et en tirer la seule conclusion logique. « C'est la Veuve qui s'est emparée de lui ! Encore une malédiction ! Encore un sortilège ! »

Katerina éclata en sanglots. « Ne serai-je donc jamais délivrée des menées de la sorcière ? »

Mais, tout en pleurant, elle scrutait la masse de gens devant elle pour voir qui réagissait. Quelques *drujiniks* entreprirent de contourner la foule d'un pas vif ; où allaient-ils ? À quelque rendez-vous sans doute. Si seulement ils n'étaient pas si loin ! Qui étaient ces chevaliers ? Elle identifierait les conjurés en observant lesquels se mettraient les premiers à la recherche d'Ivan.

« Le mariage a-t-il été consommé ? » demanda une vieille paysanne.

Katerina courba la tête. « Nous avions la bénédiction du prêtre. Comment aurais-je pu me douter que le démon pouvait nous atteindre derrière un tel rempart d'honneur ? »

Elle reconnut un des chevaliers à sa démarche : c'était Dimitri. Une part d'elle-même se récria : Non, pas Dimitri, pas le héros, l'homme qui devrait être roi ! Une autre répliqua : Bien sûr que c'est Dimitri ; qui d'autre ? S'il trempait dans la machination, il en était certainement l'auteur ; et même si ce n'était pas le cas au début, une fois intégré, il avait dû en prendre la tête. Ivan courait un risque pire qu'elle ne le craignait, car, au fond d'elle-même, elle avait espéré que Dimitri était du côté du roi.

À moins qu'en complotant la mort d'Ivan il ne soit bel et bien du côté du roi – ou qu'il le croie.

Les sanglots de Katerina redoublèrent, mais ils étaient plus sincères. Elle referma les volets ; dès qu'elle eut disparu aux regards de la foule, elle cessa de pleurer. « Il faut que je sorte d'ici sans que personne ne me suive.

– Tous mes vœux vous accompagnent, dit Sergeï. Habillée ainsi, vous avez autant de chances de passer inaperçue que d'enfermer un arc-en-ciel dans une marmite.

– J'en viendrais presque à regretter de ne pas pouvoir porter vos vêtements.

– Des vêtements d'homme ? s'exclama Sergeï, sidéré.

– Ça ne marcherait pas. Il n'y a qu'un seul prêtre à Taïna, et jamais je n'arriverais à me faire passer pour le père Lukas.

– Alors qu'allez-vous faire ?

– Vous prier de vous tourner pendant que j'enfile quelque chose de moins voyant. »

Sergeï obéit en s'efforçant de ne pas imaginer à quoi correspondaient les bruits soyeux qu'il entendait ni quel spectacle la princesse offrait au même moment. Elle n'était pas et ne serait jamais pour lui ; inutile d'exciter des désirs qui ne trouveraient pas satisfaction : rêver d'une douceur à laquelle il n'aurait jamais accès ne ferait que rendre son existence encore plus amère.

« Merci, dit la princesse. Nous pouvons y aller, maintenant. »

Sergeï se retourna : elle avait revêtu sa robe la plus simple, celle qu'elle portait lorsqu'elle participait aux moissons. Chaque année, elle liait les gerbes avec autant d'habileté qu'aucune femme du village, et Sergeï avait souvent vu cette même robe couverte de paille et de poussière. Pourtant, la princesse était aussi belle ainsi que parée de ses plus splendides atours.

Elle ouvrit la porte.

« Mais c'est à moi de soulever le loquet pour vous permettre de sortir, princesse ! se récria-t-il.

– Je m'occupe d'aider mon seigneur à s'échapper du royaume, répliqua-t-elle. Les règles de courtoisie m'indiffèrent pour le moment. »

Sergeï la suivit dans le couloir. « Et le mariage ? demanda-t-il à mi-voix. Est-il valable malgré tout ?

– Je n'en veux pas d'autre, répondit-elle. J'ai donné ma parole. »

À cet instant, un grand tumulte s'éleva au-dehors ; on entendit des cris et des pas précipités.

« J'ai l'impression d'avoir entendu prononcer le nom de votre époux », dit Sergeï.

Katerina s'arrêta et se signa. « Sainte Mère, faites-moi le pied rapide », dit-elle, puis elle souleva le bas de sa robe et se précipita vers la grande salle, la traversa en trombe et sortit.

Ivan trouvait que tout se passait à merveille. Le père Lukas manquait peut-être d'humour et de souplesse en ce qui concernait la religion, mais en politique il savait se montrer flexible. Et pourquoi s'en étonner ? Ce n'était pas par hasard que le christianisme s'était si bien implanté dans les royaumes barbares d'Europe : les prêtres missionnaires savaient se rendre utiles et se mettre en position de créanciers de la royauté. Katerina voulait sauver la vie de cet époux saugrenu qu'elle avait acquis par sorcellerie ? Parfait, le père Lukas jouerait son rôle.

Ils traversèrent le village vers l'ouest, en direction de la trouée dans les arbres d'où Ivan avait eu son premier aperçu de Taïna. Quelques gamins les accompagnèrent en gambadant avec force jacasseries et cris, et nombre d'adultes leur adressèrent un salut de la main.

Mais une petite fille crasseuse et la morve au nez se dirigea droit sur Ivan sans prêter la moindre attention au prêtre, tira sur sa coule et se mit à marcher à sa hauteur.

« Qu'est-ce qu'il a, ton pied ? » demanda-t-elle.

Ivan ne répondit pas, peu désireux de faire entendre sa voix. Ce n'était pas celle de Sergeï et, si son accent proto-slave n'était pas mauvais, ce n'était pas celui d'un indigène.

« J'ai dit : qu'est-ce qu'il a, ton pied ? »

Le père Lukas vint à son secours. « Il a le pied tordu de naissance.

– Sergeï, oui, mais lui, il fait semblant ! cria la petite fille à pleins poumons.

– C'est Sergeï. Et maintenant, tais-toi et va-t'en.

– Ce n'est pas Sergeï ! rétorqua la petite fille. Sergeï, il m'appelle toujours Goutte-de-rosée et il interdit aux fées de m'échanger contre un de leurs enfants ! »

Ivan jura intérieurement. L'incident était totalement imprévisible.

« Il ne te répond pas parce qu'il a fait vœu de silence », dit le prêtre.

Ivan lui fut reconnaissant de son mensonge. Tout le monde allait sans doute se retrouver en enfer, à présent – qui n'avait pas menti, aujourd'hui ? – mais c'était bien brave de la part du père Lukas.

« C'est pas vrai ! brailla la petite fille, et elle se mit à courir en tous sens en criant aux villageois : C'est le nouvel homme qui porte les vêtements de Sergeï ! C'est le nouvel homme qui porte les vêtements de Sergeï ! »

Elle finit par attirer l'attention, mais ce n'étaient pas les villageois qui posaient un problème : c'étaient les chevaliers de la *drujina* que les fuyards voulaient éviter. Ivan n'en avait pas aperçu jusque-là, mais, la capuche relevée et le visage baissé, il ne voyait de toute façon pas grand-chose.

Le père Lukas pressa le pas. Ivan entendait à présent des adultes échanger des interrogations : « C'est vraiment l'époux de Katerina ? C'est le nouvel homme ? Mais que fait-il ? Où s'en va-t-il ? » Certains même crièrent au prêtre : « Qui est avec vous, père Lukas ? » Pour toute réponse, le prêtre accéléra encore.

Et, tout à coup, il s'arrêta. Ivan se cogna contre lui.

La voix du père Lukas était si basse qu'il fallut plus qu'un instant à Ivan pour s'apercevoir qu'il parlait. « C'est le moment de prendre vos jambes à votre cou.

– Pardon ? » fit Ivan.

La voix du prêtre se fit beaucoup plus forte. « Enlevez votre capuche, soulevez votre bure et sauvez-vous, espèce d'imbécile ! »

Ivan ôta sa capuche et vit Dimitri accompagné de deux autres *drujiniks* courir dans sa direction, armes à la main.

« C'est bien l'étranger ! s'écria l'un d'eux.

– Il s'enfuit !

– Il abandonne le roi Matfeï et la princesse Katerina ! »

C'était manifestement une manière de justifier à l'avance la nécessité malheureuse de tuer Ivan le traître. L'intéressé s'élança vers les bois, mais il se prit les pieds dans sa coule et s'étala dans l'herbe. Il aurait pu se relever si le père Lukas n'avait pas essayé de l'aider en l'agrippant par la bure et en tirant dans le mauvais sens ; Ivan ne trouvait pas de point d'appui pour se remettre debout et Lukas n'avait pas assez de force pour le redresser.

Pour finir, alors que le martèlement des pas des chevaliers se rapprochait, Ivan leva les bras au-dessus de sa tête, se glissa hors de la bure et de ses sous-vêtements de toile et se retrouva aussi nu que le jour de son arrivée ; seulement, cette fois, cela lui était parfaitement indifférent. Au moins, il portait des bottes de cuir, et il serait en mesure de courir beaucoup plus vite sans se déchirer la plante des pieds sur la moindre pierre ou la moindre branchette.

« Regardez-moi ce poltron ! s'exclama quelqu'un.

– Le père Lukas l'a plumé ! Maintenant, mettons-le à rôtir sur la broche ! » cria Dimitri.

Mais leur bonne humeur s'évapora bientôt lorsqu'ils s'aperçurent qu'Ivan était deux fois plus rapide que le plus véloce d'entre eux, alourdis qu'ils étaient par leurs armes et sans entraînement pour la course. Il atteignit les arbres alors qu'ils en étaient encore loin. Heureusement qu'ils n'ont pas d'arc ! se dit-il.

À trois mètres de lui, une flèche se planta en vibrant dans un tronc.

D'accord, ils ont un archer, mais pas très doué.

Ivan se mit à zigzaguer entre les arbres en s'efforçant de placer autant de troncs que possible entre lui et ses poursuivants.

« Il n'ira pas loin dans la forêt ! beugla Dimitri. Où sont les chiens ? »

Les cris continuèrent, et Ivan entendit le fracas de plusieurs individus qui se frayaient un chemin dans les taillis, mais à bonne distance derrière lui ; il ne distinguait plus les propos de ceux qui lui donnaient la chasse.

Peut-être le roi mettrait-il fin à la poursuite avant qu'elle aille trop loin, se dit Ivan tandis que les branches le cinglaient et l'égratignaient. Il lui était impossible de courir à pleine vitesse dans les bois et, pis, il ignorait totalement quelle direction il avait prise. Katerina ne lui avait pas fait suivre un chemin rectiligne à l'aller et, de toute façon, rien n'avait le même aspect au retour. Et il courait en montée, en plus – mais cela, ses joggings quotidiens à Tantalus l'y avaient habitué. S'il voulait s'entraîner à ce genre d'exercice à l'avenir, il lui faudrait courir nu entre deux assistants qui le flagelleraient à coups de badine et de canne. Peut-être y avait-il une chance d'en faire une discipline olympique ?

Quand Katerina sortit de la maison royale, elle trouva le village en effervescence ; tout le monde courait vers l'ouest en criant que l'époux de la princesse était en train de s'enfuir. Au lieu de se joindre à la poursuite, elle se faufila entre les maisons et pénétra dans les bois très au sud de l'endroit où Ivan y était lui-même entré.

Sergeï la regarda s'éloigner, incapable de soutenir son rythme, ce à quoi il ne tenait d'ailleurs pas particulièrement. La situation ne dépendait plus de lui.

Néanmoins, poussé par la curiosité, il emprunta la grand-rue herbue en claudiquant et se porta à la rencontre du père Lukas qui arrivait en grommelant. «Pour une réussite, c'est une réussite ! fit le prêtre. La petite morveuse que tu appelles Goutte-de-rosée s'est aperçue que ce n'était pas toi sous la bure et elle s'est mise à le crier à la cantonade !

– Goutte-de-rosée ? répéta Sergeï. Mais Goutte-de-rosée est morte ! Elle est morte quand j'avais neuf ans ! »

Le père Lukas le foudroya du regard, puis son visage changea. Exprimait-il la peur ? Non, sûrement pas chez lui.

«Peu importe, dit Sergeï. Nous savons que la Veuve use de nous comme d'un troupeau de moutons et qu'elle nous tond ou nous dépèce selon son gré.

– Une petite fille de cette taille à peu près ? demanda le prêtre qui cherchait toujours une explication logique à ce qui s'était produit.

– Oui, c'est ça. Mais ce n'était pas elle. Il n'y a pas eu de résurrection, père Lukas ; c'était la Veuve, je vous l'ai dit.

– Déguisée en petite fille ?

– Et pourquoi pas ? Elle s'est bien montrée sous l'aspect d'une vieille femme avant de mettre le feu à l'église ce matin. Elle veut tuer Ivan et n'aura de cesse qu'elle ne l'ait désossé et mis à rôtir.

– Ah non, épargne-moi les histoires de cette sorcière qui dévorerait ses prisonniers, je t'en prie ! s'exclama le prêtre.

– Pourtant, c'est ce qu'on dit.

– Et qui le dit ? Qui l'a vue manger ses prisonniers sans se faire manger lui-même ? » Il tendit à Sergeï la bure et les sous-vêtements que portait Ivan. «Tu peux les reprendre.

– Mais comment est-il vêtu maintenant ? demanda le frère.

– Comme Adam au jardin d'Éden, répondit le père Lukas ; comme Noé lorsqu'il était ivre dans sa tente après le déluge ; comme David quand il dansait, triomphant, dans les rues après sa victoire.

– Nous arrivons au monde nus, enchaîna Sergeï, et nus nous le quittons.

– Oui, sauf qu'Ivan, lui, a une paire de bottes aux pieds », dit le père Lukas.

Sergeï prit le paquet de vêtements. « La bure est à moi, fit-il, mais le linge est à lui.

– Il est en train de courir comme un lapin dans la forêt, observa le père Lukas. Si tu y tiens, tu peux toujours le rattraper pour lui rendre son bien. »

Là-dessus, le prêtre reprit sa route en direction de la maison du roi.

Il se moquait, mais, plus Sergeï y pensait, plus l'idée lui plaisait. Naturellement, il était inutile de tenter de suivre Ivan : il était en fuite et chercherait donc à éviter tout poursuivant. Mais pas la princesse : si un *drujinik* la rencontrait dans les bois, il ne lui ferait pas de mal ; de plus, comme elle était encore sous la protection des charmes qui avaient contré la malédiction de Baba Yaga, elle n'avait rien à craindre non plus de ce côté-là.

Quittant la grand-rue, Sergeï déambula entre les maisons jusqu'à ce qu'il trouve le chemin par lequel Katerina avait pénétré dans la forêt. Il était assez visible, elle ne s'en était pas écartée et elle ne marchait pas trop vite ; quand elle arriverait au rendez-vous, Sergeï ne serait pas loin derrière elle.

Il faisait presque nuit et, malgré la lune aux trois quarts pleine, peu de lumière parvenait jusqu'au sol de la forêt. Ivan était complètement perdu mais il y avait plusieurs heures déjà qu'il n'entendait plus les clabaudages des chiens ni les cris des hommes ; il était donc relativement en sécurité – à moins que Baba Yaga ne lui envoie son ours prendre sa revanche ou qu'il ne tombe du haut d'une falaise dans le noir, ou qu'il ne se fasse une entorse à une cheville et ne meure de faim et de soif en essayant de rejoindre la civilisation à plat ventre.

La civilisation ? Eh oui, c'était ce que représentait Taïna, selon les critères de l'époque. Des hommes armés d'épées qui ne se faisaient pas scrupule de tuer un être humain et ne voyaient pas pourquoi ils devraient en être punis… c'était la civilisation dans le sens où le territoire d'un fourgue est civilisé. Où était la différence entre Dimitri et un tueur armé d'un Uzi ?

Non, la comparaison était injuste : Dimitri vivait en un autre temps. S'il s'était trouvé aux USA en 1992 et qu'il voulût écarter Ivan, il aurait pris un avocat et fait un procès ; à Kiev en 1970, il aurait glissé un tuyau au KGB. Ici, à Taïna, il maniait une épée parce que c'était ainsi que les hommes vidaient leurs querelles.

Mais qu'est-ce qui me prend ? Pourquoi chercher à excuser un homme qui veut m'assassiner ? Qu'il aille se faire voir ! Qu'il se casse la cheville, lui plutôt que moi, qu'il tombe d'une falaise et se fasse bouffer par un ours ! Qu'il épouse la princesse et devienne roi ! Tiens, d'ailleurs, en y réfléchissant, c'était sans doute son projet ; de nous deux, c'est lui qui ferait le meilleur mari ; c'est lui qui aurait dû être à ma place depuis le début. Ce serait mieux pour tout le monde si je mourais.

Non mais, ça ne va pas ? Ce serait pire pour moi ! Et je suis peut-être égoïste, mais j'ai envie de vivre ! J'ai envie de rentrer chez moi !

Le chemin, si on pouvait parler de chemin, continuait tout droit, mais Ivan obliqua sur la gauche et dégringola en dérapant une pente raide. Pourquoi ai-je fait ça ? se demanda-t-il. Pourquoi choisir cette direction ? Il prit alors conscience que, depuis une heure, il suivait, non la ligne de moindre résistance comme auparavant, mais un trajet presque droit qui le menait à…

À Katerina ! Les cheveux attachés à son poignet ! Elle

l'appelait. Il aurait dû se douter qu'elle prendrait en compte son manque de connaissance de la forêt.

Peu de temps après, son « intuition » le conduisait dans une vaste clairière baignée de lune et parfaitement circulaire, avec au milieu une fosse profonde et un piédestal dressé au centre de la fosse.

Katerina l'attendait dans le clair de lune.

Ivan balaya les environs du regard pour voir si quelqu'un d'autre était présent.

« Nous sommes seuls, dit la princesse. Ce lieu est caché aux yeux de tous à part nous, parce que les ponts sont à nous. Même la Veuve est aveugle ici, bien qu'elle m'y ait placée, ainsi que son ours pour me garder ; or, si elle-même n'y voyait rien, qui pouvait me découvrir ? »

Ivan ne l'écoutait que d'une oreille : il s'efforçait de surmonter la timidité que lui inspirait sa nudité. Soudain, il faillit éclater de rire : il n'avait plus rien à lui cacher ! Non seulement elle l'avait déjà vu sous toutes les coutures, mais elle était sa femme, maintenant !

Il était presque arrivé à sa hauteur quand un mouvement attira son regard à l'orée de la forêt. « Si cette clairière est invisible à tout le monde, dit-il, qui est là ? »

Elle pivota, à la fois surprise et effrayée. « Sortez des arbres ! lança-t-elle. Montrez-vous ! »

Une ombre émergea des bois, animée d'une démarche curieusement chaloupée. Quand elle apparut au clair de lune, c'était Sergeï.

Ivan poussa un cri de joie mais Katerina se renfrogna. « Comment êtes-vous arrivé ici ?

– En vous suivant », répondit-il.

Ivan éclata de rire. « Ah, bravo, le site invisible !

– Il est invisible ! Si Sergeï est ici, c'est qu'il a sûrement le droit de s'y trouver. »

Ivan haussa les épaules. « J'ignore tout de ce domaine.

– Je ne vais pas m'attarder, dit Sergeï. J'ai simplement apporté ces affaires pour Ivan. » Et il tendit la bure de laine et la tunique de toile que le jeune homme avait portées.

« Mais cette bure est à vous, fit Ivan.

– Je ne suis pas tout nu, moi.

– Alors faisons au moins l'échange : vous gardez votre bure et je prends celle que le père Lukas a brûlée ce matin. » Il enfila la tunique ; la toile s'accrocha aux égratignures de sa poitrine et de ses cuisses qui se mirent à le cuire sous le frottement du tissu ; mais il était soulagé d'être à nouveau habillé. « Merci, Sergeï », dit-il. Pendant ce temps, le frère avait ôté la coule trouée du père Lukas et Ivan s'en revêtit. L'odeur de fumée et de laine brûlée qui en émanait était désagréable, mais il y avait un autre effluve sous-jacent... Du crin. Le vêtement était-il entretissé de crin ?

Mais non, bien sûr : le père Lukas portait un cilice, pénitence intime de ceux qui craignaient de manquer d'humilité. Cela plut à Ivan : au moins, le prêtre avait conscience de son péché majeur et s'efforçait de l'éliminer.

Sergeï remit ses propres vêtements avec force tortillements, manifestement content de les retrouver.

La comédie s'achevait. Chacun allait retrouver sa place normale. Ivan ignorait ce qu'il raconterait de son aventure en Amérique, et comment expliquer sa disparition au cousin Marek, pour commencer. Je suis allé courir un moment dans la forêt, j'y suis resté égaré quelques semaines, et me voilà de retour...

Quelques semaines ? Onze cents ans s'étaient écoulés pendant que Katerina dormait sur son piédestal, mais ils ne correspondaient qu'à trois ou quatre mois à Taïna. Si l'on se fondait sur cette proportion, les quelques semaines qu'il avait passées au village pouvaient représenter un siècle ou davantage à son époque. Sa famille n'existait peut-être plus, le monde avait peut-être tellement changé qu'il n'arriverait pas à s'y adapter...

Du calme ! Inutile de chercher des problèmes là où il n'y en avait pas encore. Le piédestal était magique, et les règles du temps pouvaient y être identiques à celles du monde normal ou bien s'y comporter de façon complètement imprévisible – et Ivan n'y pouvait rien.

Katerina le prit par la main ; aussitôt, il vit le pont qui menait au piédestal – son pont à elle.

Elle le lui fit traverser pendant que Sergeï les regardait, pétrifié, comme hypnotisé.

« Comment faites-vous pour marcher en l'air ? demanda-t-il.

– Il y a un pont, répondit Ivan, mais seule Katerina peut le voir – Katerina et quiconque lui tient la main.

– Et où allez-vous ?

– Chez moi. Je rentre chez moi, Katerina repart avec vous, et…

– Non », dit-elle.

Ils avaient atteint le piédestal. Elle ne lâcha pas la main d'Ivan.

« Comment ça ? demanda-t-il.

– Je vous accompagne.

– Voyons, c'est impossible !

– Pourquoi donc ? Tenez-moi par la main et faites-moi franchir votre pont.

– Mais votre peuple a besoin de vous !

– Si je reste, je serai une mariée abandonnée par son époux avant la consommation du mariage, et l'Usurpatrice nous tiendra à la gorge dans quelques jours ; en revanche, si je pars avec vous, je serai une nouvelle épousée en voyage avec son mari. Laissons la vieille taupe se demander si et quand notre union sera consommée.

– Je vous entends mal ! cria Sergeï. Êtes-vous en train de parler de nous quitter, princesse ?

– Je pars en voyage avec mon époux pour faire la connaissance de ses parents, répondit Katerina.

– Mais que vais-je raconter à ceux du village ?

– Ce que je viens de vous dire. Ce n'est pas un secret. Annoncez la nouvelle à tout le monde.

– Et cette clairière ? Puis-je la leur montrer ?

– Non, fit Katerina. Expliquez-leur qu'elle est enchantée et que vous êtes incapable de la retrouver sans mon aide.

– Pourtant, je pourrais y revenir sans difficulté.

– Sans doute. Mais, si vous leur assurez qu'elle est enchantée, ils vous croiront et n'insisteront pas.

– Vous voulez que… que je mente ? »

Katerina éclata de rire, bientôt imitée par Ivan. Sergeï sourit d'un air timide : sa plaisanterie leur avait plu.

« Vous êtes un ami cher à mon cœur, dit Ivan.

– Et vous au mien, répondit Sergeï. Mais que vont devenir les parchemins ? Où les avez-vous cachés, princesse ?

– Dans ma chambre, dans le coffre à chiffons ; aucun homme n'y touchera. »

À l'idée de l'usage que les femmes faisaient de ces chiffons, Sergeï se sentit mal à l'aise.

« Toutefois, dès que possible, il vous faudra les récupérer et les apporter ici, dans cette clairière enchantée. »

Sergeï fit la grimace à la pensée de fouiller dans les affaires intimes de la princesse ; mais il y avait aussi un espoir implicite dans l'ordre qu'elle venait de lui donner.

« Vous allez donc revenir, n'est-ce pas ? demanda-t-il.

– Oui, répondit Katerina, si je le puis.

– Et vous, Ivan ?

– À quoi bon ? répliqua le jeune homme. Je ne suis pas fait pour vivre ici. »

C'était indiscutable, en effet.

« Quand même, reprit Sergeï, j'espère que vous reviendrez.

– Peut-être, dit Ivan. Peut-être le temps de découvrir où auront été cachés ces manuscrits, afin de pouvoir les retrouver dans mon propre pays. »

Sergeï ne comprenait toujours rien à cette histoire ; il secoua la tête et regarda Ivan s'approcher du bord du piédestal et poser le pied dans le vide.

Le jeune homme disparut tout à coup, à l'instant où il s'avançait sur le pont invisible. Un instant plus tard, la princesse l'imita et disparut à son tour.

Sergeï resta planté dans la clairière, les yeux fixés sur l'endroit où ils s'étaient évanouis. Ça, c'était du sérieux, comme magie ; ça n'avait rien à voir avec les charmes et les sorts habituels du village, qui n'opéraient d'ailleurs pas la moitié du temps. Escamoter deux personnes au clair de lune… voilà qui laissait Sergeï rêveur. Si je disposais d'un tel pouvoir, mon infirmité n'aurait plus aucune importance. Et, durant un instant, il s'imagina dressé devant Baba Yaga, tous deux sur un grand rocher entre deux puissantes armées, tous deux face à face à deux mètres d'écart. Elle levait la main et lui jetait un sort en psalmodiant des formules ignobles, et lui, il éclatait de rire, écartait de la main le pitoyable sortilège et prononçait un seul mot de pouvoir. Non, même pas un mot : il dessinait une rune dans l'air ; la sorcière se changeait en oie et s'envolait en criaillant, éperdue, terrifiée, prise d'un désir soudain et inexplicable de migrer pour toujours vers le sud…

Mais ce n'était qu'un rêve, et stupide avec ça : Sergeï était le serviteur de Dieu, sans pouvoir personnel sinon celui d'obéir. Pourtant, il avait participé l'espace de quelques moments à de grands événements, à une aventure héroïque. Aucun de ceux qui avaient passé leur enfance et leur adolescence à ses côtés, avec leurs deux pieds normaux, leur démarche sans heurt, leur maintien bien droit, aucun n'avait eu l'honneur de se tenir là en compagnie de la princesse et de son époux ; aucun d'entre eux n'avait eu pour mission d'écrire tous les vieux contes afin qu'ils continuent à vivre ailleurs et en un autre temps.

L'avenir sera fait d'hommes comme Ivan. Un jour, dans un millier d'années ; c'est ce qu'Ivan avait dit. Un monde où les hommes pourront gagner leur vie à lire et à écrire, à parler et à réfléchir ; un monde où quelqu'un comme moi pourra être autre chose que l'homme à tout faire d'un prêtre étranger.

Faisant demi-tour, il s'éloigna de la fosse et suivit le chemin par lequel il était venu. La nuit était froide et il était fatigué. À son retour au village, il serait assailli de questions, et il lui serait impossible de cacher sa participation à la fuite de Katerina et de son époux : Ivan portait les vêtements de Sergeï à son départ, et Sergeï revenait avec ces mêmes vêtements sur le dos. Mais Dimitri ne lèverait pas la main sur lui : il n'y avait aucun honneur à frapper un infirme ; de plus, Sergeï n'était pas son propre maître : que pouvait-il faire sinon obéir ? Non, on ne lui reprocherait rien, et certains même le regarderaient comme une sorte de héros, à sa petite échelle. C'était à lui qu'Ivan et Katerina avaient permis de les voir s'en aller dans un autre monde.

Baba Yaga

Elle rentra de très mauvaise humeur. Ours s'y attendait, aussi se garda-t-il bien de l'approcher pendant plusieurs heures. Quand il estima enfin ne plus rien risquer – les hurlements s'étaient tus, les oiseaux volaient normalement et les loups ne gémissaient plus –, il revint au château puis pénétra dans la jolie pièce bien chaude, d'autant plus chaude que Baba Yaga avait détruit une quantité considérable de meubles et les avait jetés dans le feu.

« Quel gaspillage ! dit-il.

– La ferme !

– Aujourd'hui, tu t'es changée en vieille femme pour allumer un incendie, puis en petite fille pour déclencher une chasse à l'homme, et qu'en est-il résulté ? Rien.

– Elle est partie ! cria Baba Yaga. Elle est hors de mon pouvoir ! Qu'est-ce que ses garces de tantes ont fait à ma malédiction ? Elles ont laissé un pont qui menait ici ; elles ont laissé un pont et elle l'a traversé !

– Que vas-tu faire, alors ? Elle est partie ; qu'est-ce qui t'empêche de t'emparer de Taïna, maintenant ?

– Elle n'est pas morte, voilà ce qui m'en empêche ! Elle n'est pas morte et tout le monde le sait ! Ils sont au diable, ils vont faire un enfant là où je ne peux pas les atteindre, ils vont revenir avec un héritier et, si j'attaque alors, toute la ligue de Kiev va me tomber dessus, tu vas me trahir et ce n'est pas juste ! »

Baba Yaga répétait que ce n'était pas juste, mais Ours trouvait que tout se terminait de façon plutôt équilibrée : personne n'avait obtenu ce qu'il désirait. Baba Yaga ne possédait pas Taïna mais Katerina non plus. Égalité de souffrance – pouvait-on imaginer meilleure justice ?

« Ils ne s'en tireront pas aussi facilement, reprit Baba Yaga.

– Ah ?

– Je vais les suivre ; je vais aller dans le monde d'où est sorti cet Ivan et je vais le mettre sens dessus dessous jusqu'à ce que je les retrouve !

– Fais attention, dit Ours. On ne sait pas de quels magiciens ils disposent là-bas.

– Si cet Ivan est représentatif de ce monde, je n'ai rien à craindre.

– À condition que tu réussisses à t'y rendre.

– Si ces touche-à-tout dégoulinantes de bienveillance ont su créer un chemin qui mène à notre monde, moi aussi. Il me faudra faire quelques recherches mais j'y arriverai. En outre, je connais l'odeur de la princesse et je suis capable de la suivre n'importe où, à travers le temps et l'espace, où qu'elle soit – j'ai son goût dans la bouche. Je mangerai cette garce au petit-déjeuner. »

Ours bâilla. Il connaissait ce discours par cœur.

« J'y arriverai ! Je te jure que j'y arriverai !

– Peu importe, répondit Ours. Malheureusement, je serai sans doute encore ici à ton retour.

– Je n'en aurai pas pour longtemps, marmonna-t-elle. Le temps de découvrir où ils sont partis, de trouver le moyen de les rejoindre, et je l'aurai ramenée d'ici une semaine. Alors tu pourras te repaître de chair féminine ! Qu'en dis-tu, mon bel ours ?

– Que je préfère le poisson. Mais je ne dérange jamais ma femme quand elle fait la cuisine.

– Très drôle, grinça Baba Yaga. Comme si je cuisinais !

– Comme si je pouvais avaler en toute confiance ce que tu me donnes à manger ! répliqua Ours.

– Ça t'arrive parfois, pourtant.

– Oui, mais tu m'empoisonnes à chaque fois.

– Si c'était vrai, tu n'en saurais rien parce que tu serais mort.

– Tu m'empoisonnes à petites doses. À chaque repas, c'est une nouvelle potion ou une nouvelle poudre, et je ne sais jamais si je vais me retrouver atteint de dysenterie, de migraine, d'impuissance ou de priapisme.

– À t'entendre, on croirait que je te fais constamment du mal.

– Et que fais-tu d'autre ? répondit Ours. Tu t'imagines que je ne sais pas pourquoi tu ne m'as pas encore tué ? Pourquoi je supporte ce que tu m'infliges, comme courir en rond dans une fosse pendant un millier d'années, par exemple ? Comme perdre un œil, par exemple ?

– C'est cet Ivan qui t'a éborgné, pas moi. Tiens, je te le servirai pour le dîner.

– Si tu ne m'as pas tué depuis longtemps, c'est uniquement parce que tu en es incapable.

– Non, c'est parce que je t'aime. Et l'enchantement que je t'ai imposé n'est pas si déplaisant : tu apprécies assez d'être doué de la parole.

– Les dieux n'ont pas besoin de la parole ; ils n'ont besoin que du désir, et, ça, ils l'ont.

– Que tu dis.

– Tu m'as domestiqué, tu te sers de mon pouvoir j'ignore comment, et je ne peux même pas ressentir de haine envers toi parce que, chaque fois que je songe à la fureur que tu devrais m'inspirer, tout mon être est envahi de chaleur, de passion et de concupiscence pour ton vieux corps flétri.

– Tu devrais écrire de la poésie : tu manies les mots d'amour comme personne.

– Je pensais qu'il t'intéresserait de savoir que je ne suis plus dupe.

– Eh bien, il t'en aura fallu, du temps ! Mais tu n'es qu'un ours, après tout.

– À mon avis, j'avais tout compris il y a déjà longtemps, mais tu m'as donné quelque chose qui me l'a fait oublier.

– La mémoire est très volage, dit Baba Yaga. Contente-toi de m'aimer, mon chou.

– Oh, ça, je t'aime ! répondit Ours. De tout mon cœur plein de ressentiment, je t'aime.

– Et tu promets que je te manquerai quand je serai là où Ivan et Katerina se cachent ?

– Je sentirai ton odeur sur les draps et ton absence me rendra à moitié fou.

– C'est bien ; donne-moi un baiser et viens au lit avec moi. Tu remarqueras que je ne l'ai pas fait brûler. Tu vois donc que je t'aime. »

Ours agita son énorme tête d'avant en arrière. « Le lit n'a pas brûlé, en effet.

– Alors mettons-y le feu, allumons-y un incendie de passion. Bien des femmes ont obtenu la victoire sur l'oreiller, mais moi… moi, j'ai domestiqué un ours ! J'ai couché avec l'Hiver et je l'ai réchauffé ! »

Ours poussa un petit grondement mais obéit.

10

Les anciens dieux

En magie, il règne toujours une symétrie, un équilibre, si bien que Katerina savait à quoi s'attendre en quittant le pont invisible et en posant le pied sur la terre natale d'Ivan. On ne pouvait emporter aucun objet quand on franchissait le pont ; seul ce qu'on possédait à l'origine pouvait être récupéré. Alors, naturellement, la coule brûlée disparut sur Ivan et fut remplacée par les vêtements qu'il portait le jour fatal où il était parvenu jusqu'au piédestal et avait embrassé la princesse endormie ; et, tout aussi naturellement, elle sentit la brise fraîche du soir sur son corps, car ses propres habits s'étaient évanouis, sans rien à la place : elle n'était jamais venue en ce pays et n'y possédait pas de vêtements.

La honte lui coupa le souffle un instant. Ivan était son époux, c'est vrai, mais, comme il ne l'aimait pas et ne s'approcherait pas d'elle en tant que mari, elle ne ressentit aucun frisson d'excitation qui pût atténuer le désarroi de se montrer nue devant un homme. La nudité d'une femme était précieuse et il fallait la protéger en attendant de l'offrir en cadeau à son époux – ou, dans le cas présent, à son peuple, car n'était-ce pas pour lui qu'elle avait agi ainsi, qu'elle avait épousé cet étranger, qu'elle avait franchi le pont et qu'elle se retrouvait nue comme la main ?

Ivan éclata de rire. En cet instant, elle le haït d'oser se moquer d'elle. « Ah, vous êtes en colère ? » fit-il.

Exaspérée par le sarcasme du ton, elle lui tourna le dos. « Ce n'était pas de vous que je me moquais, dit Ivan. C'est le destin qui me faisait rire. La... » Il chercha le mot précis. « La malignité du sort. »

Non, il n'était pas question qu'elle se cache de lui : elle n'avait aucune raison d'avoir honte. Elle pivota de nouveau, mais sans pouvoir s'empêcher de dissimuler ses seins sous ses bras. « Je suis toute nue et vous vous moquez ! fit-elle.

– Je ne me moque plus, observa-t-il. Mais il est puéril de votre part de m'en vouloir. Vous ne vous êtes pas gênée pour rire de ma nudité, l'autre fois !

– Je n'ai pas ri ! » répliqua-t-elle – mais, sur l'instant, elle fut incapable de se rappeler si c'était vrai ou non. Cependant, pourquoi s'en serait-elle privée ? « Vous êtes un homme ; les hommes se dénudent quand ça leur chante.

– Pas chez moi, dit Ivan. Chez moi, ce sont les femmes qui sont le plus souvent nues. Mais je regrette d'avoir ri. »

Et il se mit à déboutonner sa chemise. Quoi, croyait-il la réconforter en se mettant nu comme elle ? Ou pensait-il le moment bien choisi pour consommer leur mariage ?

Non, ni l'un ni l'autre. Il fit tomber la chemise de ses épaules, retira les manches puis lui tendit le vêtement.

« Et que comptez-vous que j'en fasse ? demanda-t-elle.

– Que vous l'enfiliez », répliqua-t-il.

Était-il fou ? N'avait-il donc rien appris ? « Je suis chrétienne, déclara-t-elle. Ce que vous me proposez est infâme ! »

Il leva les yeux au ciel comme devant un enfant particulièrement énervant. « Dans votre monde, vous aviez raison, c'était un péché de porter des habits de femme ; mieux valait aller tout nu.

– Alors pourquoi me donner celui-ci ?

– Parce que nous ne sommes plus dans votre monde et

qu'ici une femme qui porte des habits d'homme ne fait rien de mal. C'est même une pratique courante et tout à fait normale. Des chrétiennes le font et nul ne songe à les montrer du doigt ; une femme met la chemise de son mari et nous trouvons ça charmant, nous y voyons la preuve de leur amour et du sentiment d'intimité qui existe entre eux. »

Katerina était horrifiée que le christianisme en fût arrivé à un tel point de dépravation. « Et le mari, met-il la robe de son épouse ? »

Ivan prit un air gêné. « Euh… à vrai dire, non. Enfin, certains hommes le font, mais nous les considérons comme… étranges.

– Le monde est peut-être devenu fou, mais pas moi », fit Katerina. Elle tourna encore une fois le dos à Ivan. « Si nous devons aller quelque part, ne perdons pas de temps. Il est tard et je vais avoir froid si je passe la nuit dans la forêt.

– Katerina ! » dit-il. Elle ne lui connaissait pas ce ton. De la colère ? Non, de l'autorité.

« Quoi ?

– Regardez-moi. »

Elle se tourna face à lui sans chercher à cacher sa propre fureur. « Que voulez-vous encore ? Profiter de votre droit d'époux ? Avez-vous oublié que, même si je suis votre épouse, je suis princesse de Taïna ?

– Je n'ai rien oublié et je ne veux profiter de rien. » Sa voix ne s'adoucit pas pour autant. « C'est vous qui oubliez quelque chose. Vous n'êtes pas dans votre monde ; ici, il n'existe ni Taïna ni princesse ; il n'y a qu'une femme nue et un homme habillé ; or, dans ce monde, on ne verra que deux explications possibles à la situation : la première, je vous ai violée ; la seconde, vous êtes une putain. »

L'insulte était intolérable. Sans même prendre le temps de réfléchir, elle le gifla.

« Très bien, dit-il sans paraître avoir remarqué le coup bien que sa joue virât au rouge. Vous avez donc décidé de laisser croire que je vous ai violée. Ce qui va se passer, naturellement, c'est qu'on va m'emmener en… on va m'emmener pour me punir ; et, comme vous ne parlez pas la langue d'ici, que vous ne pouvez pas prouver votre identité et que, même si on vous comprend, vous allez raconter des histoires à dormir debout de princesses enchantées, je vous parie qu'on va vous enfermer dans un… dans un enclos pour les fous. Fin de l'histoire. »

Mais de quoi parlait-il ? Un enclos pour les fous ? Un homme emmené pour viol ? Ou bien il épousait la femme ou bien la famille de la victime le tuait, voilà tout !

Elle n'y avait jamais réfléchi jusque-là – ce en quoi elle avait eu tort, elle s'en rendait compte à présent. Le comportement bizarre d'Ivan à son arrivée à Taïna ne relevait pas d'une folie personnelle : il venait d'un monde fou, et elle, en traversant le pont, avait pénétré dans cette folie. Les règles étaient différentes ; voilà pourquoi la conduite d'Ivan était si étrange lorsqu'il était entré à Taïna.

Mais jusqu'à quel point une chrétienne devait-elle transiger uniquement parce qu'elle se trouvait dans un pays inconnu ? D'instinct, elle répondit : pas de compromission. Ce n'est pas parce qu'une femme voyage d'un lieu à un autre que la loi de Dieu est modifiée. Être nue reste une honte, et mettre des vêtements d'homme une honte plus grande encore.

Oui, mais… s'il disait la vérité ? Elle n'était pas une putain ; devait-elle se conduire d'une façon qui induirait les gens à la croire telle ? C'était une sorte de mensonge, non ? Et puis il ne l'avait pas violée – d'ailleurs, il lui était impossible de la violer, car les vœux avaient été prononcés et il avait le droit d'user de son corps comme bon lui semblait ; Ivan était donc le contraire d'un violeur : c'était un époux délicat qui n'avait pas forcé sa femme, et, en cet instant même, il respectait la décence en ne détaillant pas ses charmes alors qu'elle se tenait nue comme un ver devant lui ; à l'inverse, même, il lui offrait un moyen de se couvrir.

« Adam et Ève se sont servis de feuilles pour se vêtir, dit Ivan.

– Ça nous tiendrait chaud pour une nuit, répondit-elle, mais nous n'irions pas loin.

– Ils se sont couverts pour cacher leur nudité, et ils ont pris ce qu'ils avaient sous la main. Voici un morceau de tissu avec des manches pour vos bras et un système pour le fermer par-devant. Peut-être quelqu'un d'autre s'en est-il servi, mais cette personne y renonce. Ce n'est plus son vêtement. Ce n'est même plus un vêtement. Tenez… c'est un rebut. » Il laissa tomber la chemise par terre. « Regardez ! s'exclama-t-il. Un bout de tissu ! Je me demande ce que c'est. Tenez, Katerina, peut-être pourriez-vous vous en faire une espèce de robe ! »

Cherchait-il à se moquer d'elle par cette comédie infantile ? « Me croyez-vous bête au point de pouvoir me tromper ? »

Un éclair de colère passa dans les yeux d'Ivan, mais il se maîtrisa et garda la voix calme et mesurée : « Écoutez, Katerina, pour moi, entrer nu dans votre village était l'acte le plus honteux, le plus humiliant que je puisse imaginer ; vous n'auriez pas pu trouver meilleur moyen de me rabaisser à mes propres yeux. Mais vous m'avez convaincu que cela devait se passer ainsi dans votre monde, et j'ai obéi, même si c'était très difficile pour moi. Je vous ai fait confiance.

– Le démon ne parle pas autrement, répondit-elle d'un ton froid. Je ne vous ai pas dit que vous ne pouviez pas porter mon bliaud “dans mon monde”, j'ai dit qu'un homme moralement convenable n'essaierait même pas de porter de bliaud du tout !

– “Dans votre monde”, répéta-t-il d’une voix encore plus agacée. Dans le mien, un homme de bonne moralité ne laisserait pas son épouse – ni aucune femme pour laquelle il aurait du respect – rester nue devant tout le monde. Vous ne sauriez m’infliger pire humiliation – encore une fois. Encore une fois, parce que vous avez toujours raison et que les autres ont toujours tort, encore une fois vous êtes décidée à me faire honte ! »

Sa véhémence ébranla Katerina. « M’ordonnez-vous, en tant que mari, de me souiller en portant cette chemise ? »

Il prit un air désespéré. « Chez moi, un homme n’ordonne rien à sa femme, il la persuade – s’il y parvient.

– Alors pourquoi élever la voix, si ce n’est pour ordonner ?

– Je vous ai obéi quand vous m’avez dit que faire chez vous », dit-il. Il parlait d’une voix plus basse mais non moins intense.

« Naturellement : je suis la princesse de Taïna.

– Chez moi, les princesses peuvent taper de leur joli petit pied et donner des ordres tant qu’elles le veulent, seuls leur obéissent les serviteurs qu’elles payent. Les gens comme moi n’y prêtent aucune attention. »

Ces propos la glacèrent bien plus encore que ses affirmations immorales sur les femmes qui porteraient des vêtements d’homme. « Ce monde marche-t-il sur la tête ?

– Au moins, chez nous, il n’existe pas de sorcière qui menace de s’emparer d’un royaume si la princesse n’épouse pas un parfait inconnu qui a combattu un ours, franchi une fosse d’un bond et réveillé l’héroïne d’un baiser ! »

Elle n’arrivait pas à concevoir un monde où les gens n’avaient aucun respect pour l’autorité, où les femmes arboraient des habits masculins et où les maris ne commandaient pas à leur épouse. Et elle avait froid, en plus.

Le soleil avait disparu derrière les arbres et, dans leur ombre, la brise se faisait mordante.

Elle se baissa et ramassa la chemise. Elle voulut s'empêcher de pleurer mais ne put retenir les larmes de honte qui lui montèrent aux yeux. Elle enfila le vêtement comme un bliaud ; les manches étaient trop longues, elle ignorait comment fixer les gros boutons lourds et les manches ne cessaient de lui tomber sur les doigts alors qu'elle se démenait.

Il s'approcha d'elle et boutonna la chemise, les mains tremblantes au niveau des seins et du ventre ; mais ses gestes étaient doux et il paraissait sincèrement attristé de la voir pleurer. Un moment, il voulut essuyer ses larmes, mais elle s'écarta par pur réflexe. Il retira aussitôt la main comme si elle l'avait à nouveau giflé.

« Ce n'est pas grave, dit-elle. Vous pouvez me toucher ; c'est votre droit.

– C'est mon droit, répliqua-t-il, de toucher une femme qui m'aime, qui a confiance en moi et qui se donne à moi librement, non à cause de l'ancienne malédiction d'une sorcière ou par sens du devoir envers son pays. »

Elle ne put s'empêcher de songer : ce n'est pas ainsi que Dimitri se serait conduit si c'était mon époux, et elle rendit hommage à Ivan d'être à ce point différent.

Quand il ferma le dernier bouton, il lui effleura l'aine, mais de façon purement accidentelle, sans intention intime ; or ce détachement même, cette absence d'intérêt, rendit ce contact d'autant plus troublant, et un frisson la parcourut soudain. « Pardon, murmura-t-il. Je n'avais jamais encore habillé de femme. »

Quand il se redressa, il était cramoisi, et elle comprit que ce n'était pas une faiblesse chez lui d'être si sensible à la pudeur : c'était de la prévenance. Il était à l'écoute d'elle, de ses sentiments, et c'était ainsi qu'il avait sauvé Lybed, qu'il avait fait son possible pour accomplir son devoir et devenir un guerrier. Katerina tenta de se représenter un *drujinik* en train de rougir pour quelque raison que ce soit : les seules fois où cela leur arrivait, c'était quand ils étaient ivres ou bien qu'ils s'étaient épuisés sur le terrain d'exercice.

Ivan lui roula les manches avec plus d'habileté qu'il n'avait boutonné la chemise. Elle eut bientôt les mains libres.

« Si vous aviez commencé par là, dit-elle, j'aurais pu…

– Je sais. Mais je n'y ai pensé qu'après. Il n'y a qu'à l'ajouter à la longue liste d'erreurs stupides que j'ai déjà commises. »

Il recula d'un pas et la dévisagea un instant, mais ce qu'il vit ne dut pas lui plaire car il lui tourna le dos, s'approcha du bord de la fosse et regarda au fond.

Qu'avait-il vu en elle ? Elle ne ressentait que de la peur et de l'incertitude ; elle portait un vêtement honteux et tentait de dissimuler sa honte. Était-ce cela qui l'avait fait se détourner d'elle ?

Il se voulait honnête, c'était visible. Ce n'était ni un démon ni un serviteur de Satan. Elle l'avait observé assez longtemps pour constater qu'il était d'une douceur presque digne d'un prêtre ; il n'avait jamais manié d'épée ; il était pacifique comme un agneau. N'était-ce pas là le comportement d'un chrétien, davantage que celui d'un *drujinik* qui passait ses journées à se préparer à tuer ses semblables ?

Comment elle, chrétienne, avait-elle pu se montrer aveugle aux attributs christiques de cet inconnu ? Jésus avait dit de ne point juger afin de ne point être jugé. Or je n'ai pas cessé de le juger injustement.

« Ivan », fit-elle à mi-voix.

Il ne se retourna pas. « Quoi ? » répondit-il d'un ton abattu.

Elle devait vérifier s'il était bien l'homme de paix qu'elle pensait avoir découvert. « Quand vous avez affronté l'ours… vous étiez-vous déjà battu avant ? »

Il ne répondit pas.

« Était-ce la première fois que vous vous serviez d'une arme lorsque vous avez jeté la pierre qui a éborgné l'ours ? »

Il pivota enfin vers elle et, au grand étonnement de Katerina, il y avait des larmes sur ses joues. Il ne fit pas un geste pour les essuyer, et, quand il répondit, ce fut d'un ton non pas triste mais furieux. « Vous avez raison, dit-il : je suis un méprisable avorton ; je ne suis pas fort et brave comme les hommes de la *drujina* de votre père ; vous avez toutes les raisons de me dédaigner. »

Elle aurait voulu l'interrompre, lui assurer que sa question ne sous-entendait aucune critique, mais il ne lui en laissa pas l'occasion.

« Je n'ai jamais combattu d'ennemi, poursuivit-il. Je n'ai jamais tenu d'arme, je n'en ai jamais eu l'intention et je n'en ai toujours pas l'intention, maintenant que je ne suis plus à Taïna. Et, si pour une raison quelconque j'étais quand même obligé de prendre une arme contre un ennemi, je peux vous promettre ceci : je ne le ferais pas pour vous impressionner, parce que je me fiche comme d'une guigne de ce que vous pensez de moi ! »

Elle n'avait jamais entendu personne jurer en se référant à une cerise. C'était curieux, et son étonnement transparut sur son visage.

« Vous pouvez penser ce que vous voulez de moi, reprit-il, et avoir honte de porter cette chemise ; en attendant, je sais où il y a une maison bien chaude, un lit propre, et de quoi manger et boire ; je vous suggère donc de me suivre… princesse ! »

Et dire qu'il y a un instant je lui trouvais une petite ressemblance avec Jésus !

Mais il connaissait le chemin à suivre pour parvenir à la maison, au foyer, au manger et au boire ; et puis c'était son mari et elle n'ignorait pas son devoir d'épouse. Il l'avait revêtue du tissu de la honte et allait porter l'humiliation parmi les siens. Elle se dirigea vers lui ; il lui tourna le dos et s'en alla à grandes enjambées dans la forêt ; elle lui emboîta le pas. De temps en temps seulement, il jetait un coup d'œil derrière lui pour vérifier qu'elle était toujours là. Elle était toujours là.

La nudité de Katerina était en partie dissimulée, mais son allure ne manquerait sûrement pas d'exciter les commentaires si on la voyait ; en outre, elle était pieds nus, et la route, si lisse sous les pneus d'une voiture ou les semelles des chaussures de course d'Ivan, devait paraître rude à des pieds plus habitués aux prairies et à l'humus des forêts. Ils restèrent donc dans les bois, non loin de la route, sauf quand ils devaient franchir un ruisseau ou contourner une colline escarpée.

Katerina ne disait rien – elle ne demandait jamais d'aide et son souffle demeurait régulier –, si bien qu'il devait regarder derrière lui pour s'assurer qu'elle le suivait toujours. Maintenant que la princesse était couverte, il pouvait se laisser aller à revoir son corps, à ressentir à nouveau le choc électrique de sa main contre sa peau nue. Ma femme, se dit-il. De plein droit, la femme dont je devrais connaître le corps, la femme qui devrait me connaître. Chaque fois qu'il lui lançait un coup d'œil et la voyait dans cette chemise trop grande pour elle, dont le tissu glissait sur sa peau à chacun de ses mouvements, son imagination s'enflammait et alimentait son désir d'elle.

Elle alimentait aussi sa rancœur. Elle se montrait injuste envers lui, mais quoi d'étonnant à cela ? Et quelle différence cela faisait-il ? Dans les jeux de l'amour, il n'y a pas d'arbitre en matière de déloyauté. Selon les critères du vingtième siècle, Ivan n'était pas le mauvais type, mais Katerina ne pouvait pas le savoir. Lui était capable de voir sa beauté, son intelligence et sa noblesse, et de pardonner sans mal les défauts qui lui venaient de sa culture ; mais elle ne percevait que les défauts d'Ivan et ne pardonnait rien, voilà tout.

Et, d'abord, il n'avait pas à tomber amoureux d'elle. C'était à Ruth qu'il était fiancé, Ruth qu'il aurait dû épouser. Comment allait-il lui expliquer la situation ? Il s'est passé un truc alors que je prenais des vacances au neuvième siècle, et j'ai épousé cette femme qui me déteste ; en 1992, nous fêterons notre onze cent deuxième anniversaire d'épousailles. Ah, et puis elle ne parle aucune langue actuellement en usage sur terre, et en plus j'ai dû me faire chrétien pour l'épouser, et… Tu comprends, n'est-ce pas, Ruth ?

Le mariage n'avait pas été consommé. On pouvait encore l'annuler, non ?

Non, évidemment : Baba Yaga menaçait toujours Taïna, et seul le fait qu'Ivan était marié à Katerina la tenait en échec.

Seulement, aujourd'hui, le long de cette route moderne, Taïna perdait peu à peu de sa réalité. Comment des événements survenus au vingtième siècle pourraient-ils avoir un impact sur le lointain passé ?

Il jeta un nouveau coup d'œil par-dessus son épaule : elle était toujours derrière lui, toujours merveilleusement belle ; c'était toujours celle qu'il avait appris à admirer et à aimer. Sans lui, à qui pourrait-elle s'adresser ? Où irait-elle ? S'il voulait se montrer miséricordieux, il n'avait qu'une solution : faire annuler le mariage, la ramener sur le piédestal et la laisser là où il l'avait trouvée. Tu traverses ton pont, ma belle, et je traverse le mien. Retour au *statu quo*. Je te souhaite une vie heureuse.

Seulement, sa vie ne serait pas heureuse si elle retournait à Taïna sans époux.

Je suis coincé.

Il entendit un camion arriver avec les indescriptibles

bruits de ferraille que seuls savent produire les moteurs soviétiques. Il venait vers eux, mais de la mauvaise direction pour faire du stop.

Il jeta de nouveau un regard en arrière et, pour la première fois depuis qu'il la connaissait, il vit Katerina pétrifiée de terreur.

« Elle vient nous capturer, dit-elle.

– Pardon ?

– L'Usurpatrice !

– Elle ne ferait pas un vacarme pareil. Ce n'est qu'un… un camion. » Il dut employer le terme russe moderne, *gruzovik*, par manque d'un équivalent protoslave.

Qu'il usât d'un mot inconnu n'arrangea pas la situation, mais l'absence totale d'appréhension dont il faisait preuve eut un effet apaisant sur la jeune femme. Il la prit par l'épaule et la mena dans les taillis au bord de la route ; le temps que le camion parvienne à leur hauteur, ils étaient invisibles au chauffeur. Ivan laissa son bras autour des épaules de Katerina et elle ne chercha pas à s'écarter. Il était agréable de sentir son corps contre le sien, sa chemise – celle d'Ivan, techniquement – collée contre sa poitrine nue. Il se demanda fugitivement si Dimitri resterait aussi calme devant le monstre hideux qui arrivait sur la route ; mais c'était là une pensée mesquine et il s'en fit le reproche. L'approche du camion ne requérait de sa part aucune bravoure car il savait qu'il ne risquait rien, tandis qu'un *drujinik* manifestait son courage face à des adversaires qu'Ivan n'aurait jamais imaginé combattre.

Quand le camion passa devant eux dans un bruit d'enfer, la princesse enlaça Ivan et se mussa tout contre lui. Ah, qu'un millier de camions passent encore ! se dit-il.

« Vous avez vu l'homme à l'intérieur, fit-il. C'est comme un chariot mais, au lieu de chevaux ou de bœufs pour le tirer, il y a… du feu à l'intérieur, comme un four, mais pas pour faire la cuisine. Un four qui fait avancer le chariot.

– Il montait la côte et rien ne le tirait, répondit-elle. Pourquoi m'avez-vous menti ?

– Moi, mentir ? Quand vous ai-je menti ?

– Quand vous avez affirmé que la magie n'existait pas dans votre monde.

– Ce n'est pas de la magie. C'est un... un outil, comme une faux ou un panier. Un outil pour effectuer un travail ; le camion transporte l'homme et la charge qu'il a besoin de déplacer, exactement comme un chariot ; mais il va plus vite, il emporte de plus grosses charges et il n'est pas nécessaire de laisser le chariot se reposer autant qu'un cheval. »

Elle porta la main à son visage, les doigts sur le front. Elle ne se couvrait pas vraiment les yeux, elle se... elle se cachait, simplement.

« Il est parti, dit Ivan. Il n'y a rien à craindre. »

Elle secoua la tête. « J'ai honte, fit-elle.

– De quoi ?

– Vous paraissiez d'une bêtise finie dans notre monde, mais je m'aperçois que je suis aussi bête dans le vôtre. »

Eh bien, il y a du progrès ! « Vous n'êtes pas bête, répondit-il. J'ai appris aussi vite que possible, et vous ferez de même ici.

– Je ne connais aucun charme qui permette à un chariot de se déplacer tout seul. Il n'y a que la Veuve qui y parviendrait.

– Jamais la Veuve n'aurait envie de fabriquer un machin pareil, répliqua-t-il, en sachant que la plaisanterie lui échapperait.

– *Gruzovik*, dit-elle en employant le terme russe pour désigner le camion.

– Très bien. Un nouveau mot.

– Combien y a-t-il de nouveaux mots ? demanda-t-elle.

– Beaucoup.

– Combien ? Cent ? »

Voyons, se dit-il : toilettes, vaccin, magazine, film, télévision, banque, guichet automatique – une double menace, ça ! –, hamburger, cornet de glace, pizza, shampooing, tampon hygiénique… Non, ça, ce n'était pas à lui de lui en parler.

Oui, mais alors à qui ? Quelle femme versée dans le proto-slave saurait lui expliquer comment déballer le bidule, l'insérer puis…

Si c'était lui qui devait s'en occuper, elle apprendrait l'usage des serviettes hygiéniques, point final. De toute manière, ce n'était pas demain la veille qu'elle se mettrait en bikini !

Dans quoi est-ce que je me suis fourré ?

Elle s'agita contre lui. « Nous devrions reprendre notre route avant la nuit, dit-elle.

– Oui, bien sûr. Je regrette, mais je… j'ignore par où commencer pour vous enseigner les nouveaux mots. Je ne sais même pas si ça en vaut la peine, parce que, si vous m'accompagnez chez mes parents, la plupart des gens ne parlent pas russe, là-bas. »

Elle émit un grognement méprisant à la mention des Rus scandinaves.

« Je voulais dire la langue du mot *gruzovik*. On en parle une autre là-bas, et un *gruzovik* s'appelle un “camion”.

– Camion », répéta-t-elle. Elle avait du mal à prononcer le mot en anglais.

« Ce n'est pas grave, dit Ivan. On a tout notre temps. »

Mais, comme ils se dirigeaient vers la ferme du cousin Marek, il prit peu à peu conscience des obstacles insurmontables qui allaient se dresser devant eux. Il ne pouvait pas l'emmener en Amérique pour la simple et bonne raison qu'elle ne possédait pas de passeport et qu'il n'y avait aucun moyen de lui en procurer un ; les certificats de naissance n'avaient pas cours au neuvième siècle, et, même dans le cas contraire, nul ne reconnaîtrait comme valide la date qui y figurerait. Elle n'existait pas, voilà tout. Et, dès qu'elle ouvrirait la bouche, elle serait cataloguée comme étrangère, venue d'un pays slave impossible à identifier et entrée en Ukraine de façon illégale. Les habitants de Taïna avaient regardé Ivan avec suspicion mais ils ne l'avaient jamais pris pour un criminel parce qu'il parlait bizarrement et qu'il était arrivé tout nu ; naturellement, entrer dans le village accompagné par la fille du souverain local y avait contribué, mais… le monde moderne était compliqué.

De plus, si elle ne pouvait se rendre en Amérique, lui ne pouvait rester éternellement en Ukraine ; son visa n'avait pas une durée indéterminée.

Son visa ! Combien de temps avait-il séjourné à Taïna ? Des semaines, à coup sûr. Mais, quand il avait trouvé Katerina sur son piédestal, les quelques mois qui s'étaient écoulés à Taïna correspondaient à onze cents ans de son côté de la fosse. Lui était-il arrivé la même chose qu'à Rip van Winkle, parti faire une promenade dans les bois pour s'apercevoir à son retour que vingt ans avaient passé ? Ou un siècle ?

Non : jamais un *gruzovik* de fabrication soviétique ne fonctionnerait encore au bout de vingt ans ; alors, un siècle, n'en parlons pas.

Mais, même si sa disparition n'avait duré que les semaines dont il avait eu conscience, elle avait dû causer de terribles inquiétudes. Le cousin Marek avait dû commencer à se faire du souci à la tombée de la nuit et, le lendemain, organiser une battue ; elle avait été abandonnée depuis car chacun devait le croire mort dans la forêt. Son père et sa mère devaient le pleurer ; et Ruth ? Ruth le pleurait-elle ? Bien sûr, quelle question !

Il va falloir que je m'explique : je disparais plusieurs semaines et, à mon retour, je ramène une jeune femme qui, comme par hasard, ne porte rien d'autre que ma chemise.

Bon, inutile de s'inquiéter de l'avenir, se dit-il. Nous n'avons pas le choix : il faut nous rendre chez le cousin Marek et, une fois là, habillés, nourris et à l'abri, nous verrons pour la suite.

Rougeoyant, le soleil se couchait derrière eux quand ils prirent le dernier tournant et que l'exploitation du cousin Marek apparut devant eux, tel un tableau de Grant Wood. Ivan s'arrêta un instant pour mieux savourer le spectacle familier. Vingt années n'avaient pas passé, cela était certain, car rien n'avait changé.

« Taïna… » murmura Katerina.

Elle a le mal du pays, songea Ivan.

« Qu'a-t-on fait à Taïna ?

– Taïna se trouve ailleurs et en une autre époque », dit Ivan, et puis il se tut.

Il observa de nouveau la ferme, cette fois comme s'il la voyait par les yeux de la princesse, et il s'aperçut de ce qui ne lui avait encore jamais traversé l'esprit : l'exploitation du cousin Marek s'étendait exactement sur le site du village, et sa maison se dressait précisément là où se trouvait celle du roi Matfeï.

De fait, s'il estimait bien la disposition des bâtiments, Ivan se rendit compte qu'il avait dormi à peu près au même endroit dans les deux bâtiments. Comment cela se pouvait-il ? Était-ce une coïncidence ? Nul à Taïna ne pouvait savoir où il dormait chez le cousin Marek ; et pourtant on l'avait installé dans la chambre correspondante.

C'était impossible, inconcevable. Et, même si c'était vrai, cela ne signifiait rien.

Ivan chercha des yeux la butte où s'élevait le fort, avec le terrain d'exercice où Dimitri l'avait entraîné – ou torturé, plutôt. Il n'y avait plus trace de construction et un petit bois, apparemment récent, avait poussé là, noyé dans les taillis. Mais, dans tout ce fouillis, ne subsistait-il pas des vestiges de murs ?

« Taïna a disparu, dit Katerina. Nous avons échoué. Mon peuple a été détruit. » Elle pleurait.

« Non, non ! fit-il en l'attirant dans ses bras pour la consoler comme une enfant et en la laissant mouiller sa poitrine de ses larmes. Onze siècles se sont écoulés ; les cités s'élèvent et s'abattent, les villages vont et viennent, mais cela ne veut pas dire que l'Usurpatrice a vaincu votre père, je vous le promets. Si nous retraversions les ponts en sens inverse, nous verrions que rien n'a changé. Quand je suis arrivé à Taïna, tout ce qui est sous nos yeux a disparu pour être remplacé par votre village ; mais c'était toujours là quand j'ai franchi le pont à nouveau. Vous comprenez ? »

Elle hocha la tête et s'écarta de lui. « Ces choses sont claires pour vous, dit-elle ; mais voir mon pays et la maison de mon père disparus, remplacés par ce grand château…

– Ce n'est pas un château, c'est une simple maison. Nous construisons de grandes maisons, à notre époque. Et chauffées, en plus. Entrons.

– C'est votre maison ?

– Non, celle de mon cousin. Mais Marek et Sophia m'ont toujours accueilli comme si j'étais né ici.

– Où est le village ?

– Assez loin si on y va à pied, mais proche en *gruzovik*.

– Et c'est là que logent les serviteurs ? demanda-t-elle en tendant le doigt.

– Non, là, on élève des oiseaux. » Le poulet ne faisait pas partie du régime habituel des habitants de Taïna et Ivan n'avait jamais appris le mot correspondant, si même il en existait un. « C'est un peu comme des oies, sauf qu'ils ne se promènent pas en liberté.

– Afin de les protéger des renards ?

– Oui », répondit Ivan. Il s'aperçut que le nouveau poulailler que Marek lui avait montré avec tant de fierté se dressait exactement à l'emplacement de l'église qui avait brûlé la veille.

Non, pas la veille : le matin même. Le matin de son mariage. Tout ça en une seule journée ? Pas étonnant qu'il soit fatigué et affamé !

Arrivé devant la porte, Ivan frappa.

Le battant s'ouvrit aussitôt et avec une telle violence que le jeune homme resta un instant interloqué. Marek les avait-il observés par la fenêtre ?

Non, c'était Sophia. « Vanya est revenu ! » cria-t-elle par-dessus son épaule avant de se retourner vers Ivan, rayonnante de joie. Elle ouvrit les bras et s'apprêtait à le serrer contre son cœur quand elle aperçut Katerina.

« Mais qu'est-ce que je vois ? Que portez-vous là ? Vous devez mourir de froid ! Et toi, Itzak, grand crétin, où as-tu mis ta… Ah, c'est elle qui l'a sur le dos ! Mais alors, que portait-elle avant d'enfiler ta… Enfin, peu importe, entrez, réchauffez-vous ; tu auras le temps de tout nous raconter à la cuisine ! Avez-vous faim ? Il y a de la soupe épaisse, j'ai préparé du bortsch en quantité, comme si je savais que tu allais revenir ! Allons, il fait froid, entrez, ne traînez pas dehors ! »

Ivan éclata de rire, soulagé de cet accueil, et fit pénétrer Katerina dans la maison. Qu'avait-elle saisi du torrent de paroles de Sophia ? Elle demeura près de lui, le bras autour de sa taille, et promena son regard sur les merveilles que recelait la ferme.

Il s'efforça de voir la pièce par les yeux de la princesse. Dans la faible clarté du soleil couchant qui passait par les fenêtres, on distinguait des formes ombreuses, les bosses des meubles et des tableaux aux reflets vagues sur les murs ; une cheminée, un tapis par terre. Quel effet le parquet vernis faisait-il sous ses pieds nus ?

Mais peut-être cherchait-elle simplement le feu qui chauffait si bien la maison.

Ils entrèrent dans la cuisine, et la lumière électrique fit cligner des yeux à Katerina.

« Un feu qui vole ! » s'exclama-t-elle, abasourdie.

Sophia s'arrêta pile. « Quel accent est-ce là ? demanda-t-elle. Je ne le reconnais pas.

– Ce n'est pas un accent, intervint Ivan. C'est une autre langue... Tu as compris ce qu'elle a dit ? »

Sophia dédaigna de répondre à sa question. « Ce n'est pas un feu, mon enfant, c'est une lampe électrique », dit-elle à Katerina.

L'expression n'évoquait rien à la princesse. Elle tendit la main vers l'ampoule.

« N'y touchez pas, la prévint Ivan. Vous pourriez vous brûler.

– Mais ce n'est pas du feu, répondit Katerina. On dirait une goutte d'eau d'où émanerait de la lumière, et plus grosse qu'une goutte d'eau normale. »

Ivan ne put résister au plaisir de l'impressionner davantage. Il abaissa l'interrupteur ; la pièce fut aussitôt plongée dans le noir presque complet, car la cuisine donnait à l'est, vers l'obscurité du soir.

« Rallume, nigaud ! » fit Sophia.

Ivan obéit. Katerina se tourna vers lui avec un regard où se mêlaient l'étonnement et la consternation. « Pourquoi n'avez-vous pas fait ça à Taïna, si vous en aviez le pouvoir ?

– Je vous l'ai déjà dit, répondit Ivan : il ne s'agit pas d'un pouvoir personnel. C'est un outil. » Il lui montra l'interrupteur, l'obligea à le toucher, puis lui fit éteindre et rallumer la lumière à plusieurs reprises.

« Ainsi, la magie est fixée ici, au mur, à la disposition de chacun, fit Katerina. Qui a jamais entendu parler de sorcières prêtes à partager leur pouvoir ? »

Ivan aurait volontiers poursuivi ses explications

malgré le regard plein de curiosité de Sophia qui ne les lâchait pas, mais la conversation fut interrompue par l'arrivée du cousin Marek, qui venait de prendre un bain après sa journée de travail.. « Vanya, espèce de jeune imbécile, est-ce que tu te rends compte du sang d'encre que Sophia et moi nous nous sommes fait pendant les trois jours où tu as disparu dans la forêt ? »

Ainsi il n'était resté absent que trois jours ?

Comme il s'apprêtait à réfléchir de nouveau sur la différence d'écoulement du temps entre Taïna et le monde moderne, il fut distrait par Katerina ; car, en voyant le cousin Marek, elle s'était laissée tomber à genoux et caché le visage entre les mains. « Qu'est-ce qui vous arrive ? demanda Ivan.

– Vous m'avez amenée au pays des dieux ! dit-elle. Êtes-vous un dieu, vous aussi ?

– Des dieux ? répéta Ivan. Comment ça ?

– Jésus vit-il ici aussi, poursuivit-elle, ou bien existe-t-il un autre pays où habitent le Christ et Marie ?

– Mais enfin, c'est mon cousin Marek ! dit Ivan. Il a une grosse voix, un grand cœur et il est fort comme un bœuf, mais ça n'en fait pas un dieu ! »

Elle le dévisagea comme si elle avait un crétin congénital devant les yeux.

« Vous êtes son cousin ? Pourquoi ne me l'aviez-vous pas dit ? »

Ivan regarda tour à tour Marek et Sophia. « Elle prend le cousin Marek pour un dieu, mais je n'ai aucune idée de la raison… »

Ni Marek ni Sophia n'écoutaient ses explications ; ils se regardaient l'un l'autre, l'air grave. Sans quitter son mari des yeux, Sophia demanda : « Où as-tu trouvé cette jeune fille, Vanya ?

– Sur un rocher dans les bois, endormie, répondit Ivan en s'interrogeant sur l'opportunité de raconter tout de suite le reste de son histoire.

– Comment vous appelez-vous, mon enfant ? » fit le cousin Marek en s'adressant à Katerina ; Ivan mit un moment à s'apercevoir qu'il parlait le vieux slave couramment et sans accent.

« Katerina, répondit-elle, fille du roi Matfeï de Taïna.

– Taïna… » répéta Marek. Il prit une expression nostalgique. « J'adorais ce pays. Mais j'en suis resté absent trop longtemps. » Il s'approcha d'un pas de Katerina et tendit la main ; elle la prit et le laissa la redresser. « Matfeï avait une fille ; la dernière fois que je l'ai vue, elle avait deux ans et, à notre rencontre, elle s'accrochait aux jambes de son père. Mais ensuite elle l'a lâché pour m'adresser une révérence comme celle que vous venez de faire, et je l'ai relevée de la même manière.

– C'était moi la petite fille, dit Katerina. Je n'ai pas oublié ; votre visite est le premier souvenir de ma vie. Quand vous avez tendu la main vers moi, j'ai cessé d'avoir peur.

– Naturellement, fit Marek. Je ne voulais pas que vous ayez peur de moi. Je ne suis pas l'ennemi des vôtres, princesse. »

Ivan avait du mal à saisir. « Vous vous connaissez ? Tu l'as rencontrée enfant ? » Il éclata de rire. « Mais c'était une enfant il y a un millier d'années, cousin Marek ! »

À ces mots, Marek regarda de nouveau Sophia ; les yeux de l'un posèrent une question et l'autre y répondit, mais Ivan n'avait aucune idée de la question ni de qui l'avait posée.

Ce fut Katerina qui lui répondit, après que ses propos furent restés suspendus dans un long silence. « Ivan, est-il possible que vous ne sachiez rien ?

– Que je ne sache rien de quoi ?

– Vous l'appelez cousin Marek, mais à Taïna tous les enfants connaissent son nom. » Elle se tourna face à Marek. « Mikola Mojaïski, vous vous disiez l'ami de mon père, mais où étiez-vous quand nous avons eu besoin de vous ? Et aujourd'hui vous habitez là où se dressait jadis sa maison, il n'est plus, le village a disparu, et je me retrouve seule ici ! » Elle éclata en sanglots.

Ivan voulut la consoler, mais Sophia réagit plus vite que lui, si bien qu'il ne put que regarder le cousin Marek s'approcher à grands pas de Sophia et enlacer à son tour la jeune fille en pleurs. Ivan vit cela, et aussi tout autre chose : il vit Mikola Mojaïski, le protecteur des marins, dieu ancien mais jamais oublié, serrer la princesse de Taïna entre ses bras. C'était à la fois la matière dont sont faites les grandes légendes et une scène charmante.

En tout cas, il y avait une évidence dans tout cela : quand Ivan avait assuré à Katerina que la magie n'existait pas dans son monde, il ne savait absolument pas de quoi il parlait.

Esther n'avait jamais beaucoup lu, surtout en anglais, langue impossible à épeler correctement même si on réussit à se rappeler que *R* signifie *P* et non Я, que *P* signifie П, que *B* veut dire б, que *C* se rend parfois par K, sans parler des *Y*, des *H* ni des *N*. C'était désespéré. Mais il fallait bien qu'elle trouve quelque chose pour passer le temps. Piotr ne voulait pas être dérangé ; il ne prenait pas au sérieux le souci qu'elle se faisait pour Vanya. « Si quelque chose n'allait pas, tu crois que le cousin Marek ne nous appellerait pas ? »

Elle n'avait pas de réponse. Le cousin Marek aurait dû appeler ; qu'il n'en ait rien fait indiquait que tout allait bien, de son point de vue. En tout cas, Esther savait Vanya vivant quelque part. Elle patienterait.

Mais comment patienter quand chaque instant vibrait d'un sentiment d'urgence que nul mouvement ne pouvait apaiser ? Aussi, elle ouvrait des livres et des revues ; elle regardait les visages dans *People* et n'en identifiait aucun, alors qu'elle les connaissait tous les semaines précédentes. On aurait dit que tout le temps passé en Amérique était une erreur. Si elle était restée à Kiev, Vanya ne se serait pas retrouvé seul, elle aurait peut-être pu le suivre dans le monde étrange où il était.

Inutile d'y songer. Fermer *American Heritage* et ouvrir le *National Geographic*. Encore des photos de gens qui ne lui disent rien. Trouver un livre sur une étagère. Un en cyrillique, cette fois. Les lettres s'alignent sur la page comme des cerfs-volants et volettent de-ci de-là en formant des motifs aléatoires. Très joli. Fermer le livre, en trouver un autre. De l'hébreu. Des points qui entourent les lettres comme une éruption de rougeole. Rien ne retenait son attention.

Elle se leva, sortit, toucha la jatte posée sur son piédestal, l'eau déjà couverte des pellicules du ciel – poussière, plumes, brindilles, plusieurs feuilles et insectes morts, de quoi présager un massacre si elle voulait jouer les augures, ce qu'elle n'était absolument pas ; il n'y avait rien à lire là-dedans. Elle souleva la jatte d'un côté pour renverser un peu de liquide, puis la saisit entre ses mains et jeta l'eau sale sur la pelouse ; ensuite elle replaça le récipient sur le piédestal et plongea le regard dans sa noirceur. Quelques insectes étaient restés accrochés à la surface interne ; l'un d'eux, encore vivant, commençait à sécher et agitait une aile fragile. Elle eut envie de l'écraser pour évacuer un peu de sa colère, mais au contraire elle souffla dessus, légèrement, afin qu'il sèche plus vite ; quelques instants plus tard, il se mit à ramper dans la jatte, puis il s'envola de façon désordonnée. Un oiseau ne tarderait pas à engloutir la bestiole trop lente ; elle n'avait survécu à la jatte que pour mourir dans le ciel. Ce n'était pas une tragédie, simplement un cliché. Chaque jour, un homme, une femme, un enfant mourait sur la terre, et, si il ou elle ne mourait pas aujourd'hui, ce serait pour un autre jour.

Pourtant, pour Esther, s'il s'agissait de son mari ou de son enfant, cela faisait toute la différence. Pour cet instant d'envol hors de la jatte, elle donnerait sa vie.

Ou bien elle prendrait celle de quelqu'un d'autre – là encore, si quelqu'un y attachait de l'importance. Si elle parvenait à ramener Vanya sain et sauf à la maison, le sorcier ou la sorcière qui lui en voulait devrait compter avec elle. Après avoir quitté Kiev, elle pensait ne plus jamais avoir besoin des protections et des malédictions que lui avait enseignées Baba Tila, car désormais tout danger était écarté, il n'y avait plus de KGB, plus de goulag, plus de crainte d'être brutalement tiré de son lit en pleine nuit.

L'ennui venait de ce que les enseignements de Baba Tila n'étaient efficaces que contre ceux qui ne possédaient pas de tels pouvoirs. La vieille dame prétendait qu'Esther avait un talent inné pour ces pratiques, qu'elle ajoutait sans doute aux sorts un peu de magie juive propre à elle. Mais cela serait-il suffisant si elle devait se colleter avec un ennemi qui en savait autant que Baba Tila, voire plus ?

Si seulement elle savait qui était l'ennemi !

Ô Dieu d'Israël, ne souffriras-tu point que vive le fils d'une magicienne ? Jamais je n'ai évoqué Satan ni parlé aux morts comme la sorcière maudite d'Endor. Je me suis efforcée d'employer mon pouvoir pour le bien des gens honnêtes et, si c'est un péché, qu'il retombe sur ma tête et non sur mon enfant, pas sur mon fils.

Non, cette façon de penser ne mène à rien et prier est inutile. J'ai choisi une autre voie il y a bien longtemps, je me suis donnée à Shéol et il n'y a pas de demi-tour possible, Baba Tila s'est montrée très claire sur ce point : vous pouvez obtenir ce que possédait votre grand-mère, mais seulement si vous faites le même choix.

Esther prit la jatte et se dirigea vers la maison.

Soudain, avec un hoquet de surprise, elle lâcha le récipient sans se préoccuper de savoir s'il s'écaillait ou même se brisait en tombant au sol : elle avait senti Ivan revenir dans le monde, exactement comme elle l'avait senti en sortir ; elle avait perdu toute perception de lui et n'avait plus éprouvé que de l'affliction, et voici que le chagrin la quittait comme une rage de dents soudain guérie. Tout allait bien dans le monde. Vanya y était revenu.

L'as-Tu sauvé, mon Dieu ?

Elle hésita avant de ramasser la jatte. Si Dieu avait ramené Ivan, considérerait-Il comme un refus de son cadeau qu'elle récupère un instrument de sorcellerie ?

Aussi bien, Dieu est indifférent au fait que je manipule ou non des charmes, les rabbins se trompent sur toute la ligne, et…

Et peut-être aussi que Dieu n'avait rien à y voir : cela devait se passer à ce moment-là, qu'elle prie ou non.

D'ailleurs, au cours des trois derniers jours, le retour d'Ivan se serait obligatoirement produit pendant qu'elle priait.

Elle se courba ; la douleur de son dos se fit plus vive mais elle ne sentit pas de tension nouvelle dans les muscles, pas de souffrance accrue. Elle glissa les doigts sous le bord de la jatte tombée face contre terre ; quand elle la souleva, des brins d'herbe s'arrachèrent. De petites morts pour une vie épargnée.

Si je T'offense, ô Dieu, pardonne-moi, mais j'ignore si c'est ta main qui l'a ramené, et, si ce n'est pas le cas, je ne puis risquer de renoncer aux minces pouvoirs dont je dispose pour protéger ma famille. Si Tu veux que je cesse mes pratiques, parle ou exprime-Toi par un signe simple, et j'obéirai et j'aurai foi en Toi, ô Dieu d'Israël.

Elle attendit en promenant son regard autour d'elle à la recherche d'un signe de Dieu. Elle tendit l'oreille pour entendre dans son esprit la petite voix qui parlait à Élie, mais tout n'était que silence, en dehors de la douce présence de Vanya dans son cœur.

Le cousin Marek s'efforça de répondre de façon affable aux questions de Katerina, et, quand l'impatience le gagna, Sophia le fit taire et le calma. Pour finir, la princesse parut comprendre que Mikola Mojaïski n'était pas omnipotent comme le dieu des chrétiens, ni omniscient, et qu'il avait à faire. À un moment, agacé, il déclara d'un ton cassant: «Ce n'était pas à moi de veiller sur Taïna; c'était le travail de votre père – et le vôtre.» Cela fit à nouveau pleurer Katerina, et Sophia décocha au cousin Marek un regard qui aurait pétrifié le cœur d'un mortel.

Ivan observait la scène en écoutant de toutes ses oreilles; il avait toute une série de questions à poser mais il avait aussi envie de dormir. La journée avait été longue, pleine de surprises mais également de déceptions: il s'était imaginé que Katerina aurait besoin de lui dans le monde moderne, mais non: elle débarquait justement dans une maison où tout le monde parlait le proto-slave mieux qu'Ivan lui-même. Bah, dans un sens, il était peut-être tiré d'affaire: à présent que Mikola Mojaïski était là, Ivan était libre de ses mouvements. *Deus ex machina*, le dieu était descendu du ciel – de la chambre du premier étage, en réalité – et il allait s'occuper de la demoiselle en détresse. Ivan n'avait eu d'autre but que d'amener Katerina dans ce monde; voilà qui était fait: maintenant, il pouvait se reposer en toute bonne conscience.

Sitôt pensé, sitôt fait. Ce fut Sophia qui le réveilla en le secouant par l'épaule. «Va donc te coucher dans ton lit, dit-elle. Mon pauvre petit, tant de siècles en si peu de jours!»

Comme il l'aurait fait en rêve, il lui demanda d'une voix endormie : « Es-tu une déesse ?

– Oh que non ! répondit-elle. Je suis simplement immortelle par association. »

On aurait dit une réponse telle qu'on en obtient en rêve ; mais elle lui ébouriffa les cheveux et il comprit qu'il était bel et bien réveillé. Katerina et le cousin Marek n'étaient plus là. Il fallait s'y attendre ; peut-être étaient-ils déjà retournés à Taïna ; mais Ivan était trop fatigué pour s'en soucier. Il monta dans sa chambre et faillit oublier d'enlever ses chaussures et son pantalon avant de se glisser entre les draps.

Ma nuit de noces, se dit-il. Tu sais que tu as de la chance, comme nouveau marié ? Et tu as réussi à échapper à ceux qui voulaient ta mort, en plus ! Davantage, ce serait de la gourmandise.

Au matin, cependant, réveillé aux premières lueurs de l'aube, il avait changé d'état d'esprit. Le destin l'avait baladé de-ci de-là et, chaque fois qu'il avait voulu bien faire, il s'était mis dans les ennuis jusqu'au cou. À présent, le jeu s'était déplacé vers la partie du terrain où les arbitres étaient en train de prendre le café ; il était temps qu'ils reprennent leurs fonctions, qu'on remette Baba Yaga à sa place, qu'on fasse annuler le mariage, qu'on renvoie Katerina chez elle, qu'on le laisse, lui, Ivan, prendre l'avion pour l'Amérique. J'ai un mémoire à écrire, des parents à qui je manque et un mariage à organiser – un vrai, cette fois, avec une femme qui ne me prend pas pour l'idiot du village.

Quand il descendit de sa chambre, il trouva Katerina en train d'apprendre le fonctionnement d'un four moderne – enfin, ce qui passait pour tel dans la campagne ukrainienne. Elle portait une vieille robe de Sophia – une très vieille, apparemment, car, bien qu'elle fût ample, elle n'était pas aussi volumineuse qu'elle aurait dû. Sophia accueillit Ivan d'un sourire enjoué mais Katerina ne leva même pas la tête.

Certes, elle était absorbée dans le difficile problème de cuisiner, ce qui était très complexe pour elle malgré les facilités de la vie moderne ; cependant, Ivan prit son attitude pour un nouveau rappel qu'elle n'était pas son épouse et qu'elle ne le serait jamais.

« Où est le cousin Marek ? » demanda-t-il.

Sans réfléchir, il s'était exprimé en russe moderne, mais Katerina n'eut aucun mal à le comprendre et, avant que Sophia pût répondre, elle éclata d'un rire sarcastique et dit : « Vous l'appelez encore ainsi ? »

Ivan n'avait aucune envie de se disputer avec elle, encore qu'elle eût dû se rappeler, estima-t-il, la façon dont elle s'était raccrochée à lui au passage du camion.

« Ne t'énerve pas, Vanya », fit Sophia. Lisait-elle dans ses pensées ? « La princesse en veut à mon mari, pas à toi.

– À quoi sert d'en vouloir à un immortel ? demanda Katerina.

– À rien, répondit Sophia d'un ton enjoué. Mais la colère ne se commande pas. Je ne sais pas comment tu as fait pour t'endormir malgré les hurlements d'hier soir, Vanya.

– Personne ne me criait dessus, alors ça m'était égal, j'imagine, dit Ivan. Et ça m'est toujours indifférent.

– Eh bien, ça ne va pas durer, fit Sophia.

– Oh que si ! intervint Katerina. Rien ne le touche. Il y a quelque temps, il regrettait d'avoir combattu l'ours et de m'avoir réveillée. »

Ça, ce n'était pas tout à fait faux – bien qu'il y ait eu des moments où il s'en était trouvé heureux ; mais il n'était pas utile de le mentionner pour l'instant.

« À propos de cette histoire d'ours, dit Sophia, nous nous sommes demandé ce qui s'était passé mais nous n'osions pas poser la question.

– Ce qui s'était passé ?

– Comment Ours a perdu un œil, naturellement. Nous n'aurions jamais cru que c'était notre petit Vanya le responsable.

– Ce monstre rôde toujours dans le coin ?

– Il ne t'attend pas, caché à l'affût, si c'est ce qui t'inquiète. Depuis quelques siècles, il vit très loin au nord-est d'ici. C'est à Moscou qu'il a sa tanière et que l'hiver lui appartient encore ; mais il fait le mort la plupart du temps. Il a pointé le nez pour mettre une raclée à Napoléon, et une autre fois pour arrêter Hitler. Les armées le réveillent, mais il ne s'occupe guère par ailleurs des faits et gestes des humains.

– Son ours est donc toujours vivant, fit Ivan. Cela veut-il dire qu'elle l'est aussi ?

– Merci de ne pas avoir prononcé son nom sous notre toit. Mais j'ignore où se trouve cette vieille taupe ; il y a des années que nous n'avons plus signe d'elle. Cependant, mon mari a dans l'idée qu'elle aurait pu vous suivre jusqu'ici ; c'est pourquoi il surveille la région.

– Savait-il tout ça quand j'ai disparu ? demanda Ivan.

– Il savait où tu te rendais : à la clairière enchantée où il ne voit rien. »

Ivan eut un reniflement dédaigneux. « Tous les immortels du coin sont donc à demi aveugles ? »

Sophia lui lança un regard aigu et Katerina parut avoir le souffle coupé.

« Ah, d'accord : maintenant que je connais sa véritable identité, je n'ai plus le droit de plaisanter sur lui ! »

Sophia éclata de rire. « Marek y voit aussi clair que d'habitude ; mais, dans un lieu étrange comme la clairière, personne n'y voit rien.

– Sauf moi.

– Toi, tu y es entré.

– Et qu'est-ce qui l'empêche d'en faire autant ?

– Il ne peut pas, c'est tout. Il se dirige droit sur la

clairière et il s'aperçoit au bout d'un moment qu'il est passé à côté alors qu'il suivait un chemin rectiligne qui s'est néanmoins incurvé. »

Ivan secoua la tête. « Pourtant, moi, je n'ai eu aucun mal à y pénétrer.

– Tu y as pénétré parce que, où que tu ailles, elle n'était jamais loin, répondit Sophia. Elle t'appelait.

– "Elle", répéta Ivan. Qui ça, "elle" ?

– La clairière.

– Elle est artificielle, ou bien on en a fait ce qu'elle est. Est-ce que je me trompe ? »

Katerina intervint. « Peut-être personne ne l'a-t-elle créée, Ivan ; ces choses-là ne suivent pas de plan. L'ennemie m'a maudite, mes tantes ont ajouté des sorts pour me garder en deçà de la mort et établi les règles selon lesquelles on pourrait me sauver ; mais elles n'avaient pas le choix du lieu et ignoraient où il se trouverait.

– Et la Veuve, elle n'a pas eu le choix non plus ?

– Si, peut-être, dit Sophia. Mais ce n'est pas elle qui a créé la clairière ; elle s'en est simplement servie.

– Dans ce cas, qui a creusé la fosse ? Qui a bâti les ponts ?

– La fosse est l'expression de la malédiction de la Veuve, répondit Sophia. Ours s'y est retrouvé pris au piège parce que c'est grâce à son pouvoir que la malédiction d'origine avait été concoctée ; selon le dessein de la Veuve, Ours devait apparaître et mettre Katerina en pièces. Mais, au lieu de ça, il s'est mis à tourner en rond sans arrêt sous les feuilles. C'est la conclusion à laquelle nous sommes arrivés, Katerina, Marek et moi, avant ton réveil.

– Je vois : je n'étais pas assez important pour participer à votre discussion, fit Ivan sans pouvoir émousser le mordant de sa voix.

– De toute façon, que savez-vous de ces choses-là ? » demanda Katerina. Peut-être ne voulait-elle pas l'insulter, mais il ne perçut que du mépris dans sa question.

« Eh bien, nous t'invitons à participer, dit Sophia d'un ton apaisant.

– Écoutez, je n'ai jamais eu le moindre pouvoir, fit Ivan, je ne veux donc même pas savoir ce qui se passe. Le cousin Marek est capable de régler le problème et de s'expliquer une fois pour toutes avec la vieille sorcière ; alors Katerina pourra faire annuler le mariage, rentrer chez elle et épouser qui bon lui semblera ; quant à moi, je pourrai retourner en Amérique me marier avec Ruthie. »

Ce fut au tour de Katerina de reculer comme s'il venait de la gifler. « Vous me répudiez ?

– Nous ne sommes pas vraiment mariés, répliqua Ivan. Vous n'avez jamais voulu de moi et je suis fiancé à quelqu'un d'autre, donc tout est bien qui finit bien. »

Katerina regarda Sophia comme pour lui demander son aide, mais son aînée détourna les yeux. Elle n'avait aucune envie de se laisser embarquer dans cette discussion.

Katerina reposa les yeux sur Ivan et les tint braqués sur lui jusqu'à ce qu'il se mette à se tortiller comme un gamin de sixième pris en flagrant délit de mensonge. « Il n'y a pas de divorce dans le Christ, dit-elle finalement.

– Il n'y a pas de mariage tant que je n'ai pas couché avec vous, répliqua-t-il en employant un terme proto-slave très grossier.

– Quelle élégance ! fit Sophia.

– J'ai utilisé un mot d'argot ? demanda Ivan. C'est celui dont se servent les hommes sur le terrain d'exercice.

– Ce n'est pas le terme qui me gêne, dit Sophia, c'est le manque de cœur dont tu fais preuve.

– Le manque de cœur ? s'exclama Ivan. Ma prétendue épouse n'a jamais éprouvé que du mépris pour moi, et je devrais faire le tendre avec elle ? Mon prétendu beau-père a comploté de me tuer, et on voudrait que je prenne leur religion au sérieux ?

– Il n'a rien comploté ! fit Katerina.

– Vous avez dit vous-même que Dimitri n'aurait jamais fomenté mon assassinat s'il n'avait pas l'aval de votre père !

– S'il ne *croyait* pas avoir l'aval de mon père, nuance !

– Ne vous faites pas plus de mal que vous ne vous en êtes déjà fait, mes enfants, intervint Sophia.

– Et comment pourrais-je lui faire du mal ? rétorqua Ivan. Pour ça, il faudrait déjà qu'elle m'aime. À ses yeux et à ceux de tous les habitants de Taïna, je ne suis qu'un instrument ou un obstacle. J'ai été l'instrument qui l'a tirée de son enchantement et ramenée chez elle. Naturellement, je ne puis même pas m'en prévaloir, puisque vous prétendez que j'y ai été obligé.

– Que tu y as été guidé », corrigea Sophia. Puis elle passa à l'ukrainien moderne. « Ne l'aimes-tu pas, cette femme magnifique, intelligente et forte ?

– Comme elle comprend assez bien l'ukrainien, dit Ivan, ne compte pas que nous ayons une conversation privée devant elle. »

De fait, Katerina rougissait – à cause des louanges de Sophia, ou peut-être de sa question abrupte.

« Quelle importance alors, quelle langue je parle ? fit Sophia. Tout le monde comprend tout, et personne ne comprend rien.

– Pour moi, tout est très clair, dit Ivan.

– Pour moi aussi », déclara Katerina. Elle planta les yeux dans ceux d'Ivan. « Je vous délie sur l'instant. L'annulation sera prononcée ; vous étiez déjà fiancé à une autre, par conséquent vous ne pouviez donner votre parole.

– Il n'était fiancé à personne, intervint Sophia. Il vous a épousé mille ans avant de faire la connaissance de Ruth.

– C'est par sa propre existence qu'il sera jugé, et, dans sa vie, avant de déclarer qu'il m'épouserait, il avait dit qu'il épouserait l'autre. » Katerina jeta un regard chargé de mépris à Ivan. « Vous n'auriez pas fait un grand roi, de toute façon, si vous vous parjurez aussi aisément !

– Je n'avais pas le choix : c'était vous épouser ou me faire déchiqueter par un ours ! s'exclama Ivan.

– Je préférerais mourir plutôt que rompre un serment.

– C'est ce que vous dites toujours, fit Ivan, mais où en seriez-vous si j'avais suivi vos préceptes ?

– Je serais toujours sous le coup de l'enchantement et j'attendrais un homme d'honneur !

– Ça suffit ! cria Sophia. Assez, vous deux ! Vous êtes en train de dire des choses terribles que vous allez regretter longtemps ! »

Elle avait raison : Ivan les regrettait déjà. Quand il avait proposé d'annuler le mariage, il s'en rendait compte à présent, il espérait à moitié qu'elle refuserait, qu'elle affirmerait tenir à rester son épouse, qu'elle l'aimait, ou qu'elle l'aimerait un jour, ou qu'elle voulait l'aimer ; or, tout au contraire, il avait provoqué cette dispute où elle avait exposé la pleine mesure du mépris qu'il lui inspirait. Du fait qu'il était fiancé à Ruthie, Katerina ne se considérait même plus comme tenue à lui par son serment ; son dernier espoir de se faire aimer d'elle venait de s'évanouir – s'il avait jamais existé.

« Dommage que vous n'ayez pas laissé Dimitri me tuer, dit-il. Vivant, je suis une gêne pour tout le monde – et pour moi le premier. » Il quitta la table. Nul ne tenta de le rappeler.

Katerina était tellement furieuse que la nourriture lui restait en travers de la gorge, et pourtant le repas était excellent et elle ne souhaitait pas vexer Sophia.

Celle-ci, pour sa part, mangeait avec appétit, amusée

par la jeune fille qui pignochait. « Il vous a vraiment excédée, n'est-ce pas ?

– L'homme dont le serment n'a pas de valeur me dégoûte.

– De nos jours, les hommes et les femmes rompent leurs fiançailles quand bon leur semble, et nul n'y voit la rupture d'un serment.

– Et vous approuvez ces pratiques ?

– Que je les approuve ou non, c'est le monde dans lequel Ivan et Ruthie se sont mis d'accord pour se marier. Chacun d'entre eux est libre de renoncer à son engagement sans avoir à fournir de raison. Cessez donc de le mépriser bêtement parce qu'il a rompu ses fiançailles avec elle.

– Ses fiançailles avec moi n'avaient donc pas plus de valeur ?

– Il vous a épousée, non ?

– Et il a annulé le mariage dès qu'il en a eu l'occasion.

– Non : il a proposé de l'annuler si c'était ce que vous désiriez ; ce n'est pas pareil.

– Où avez-vous vu qu'il m'ait laissé le moindre choix ? Quand un homme dit vouloir annul…

– Comprenez donc, Katerina, que les coutumes ont changé. Une femme de ce monde est aussi libre de choisir qu'un homme ; aussi, peut-être qu'en vous proposant d'annuler le mariage il pensait vous donner ce que vous désiriez.

– Pourquoi chercherait-il à s'humilier ainsi ? »

Sophia poussa un soupir. « Katerina, faites-vous exprès de ne pas comprendre ? »

La jeune femme rougit de colère mais contint sa fureur : Sophia était l'épouse d'un dieu.

« Vanya – votre Ivan – est un honnête homme, dit Sophia. Et c'était déjà un gentil garçon la première fois qu'il est venu ici. J'ignore pourquoi il a été attiré vers vous alors que mon mari lui-même était incapable d'entrer dans votre prison au milieu des bois. Y avait-il quelqu'un derrière cela ? Je ne pense pas. Je pense que le sortilège qui vous tenait prisonnière ne pouvait être défait que par quelqu'un de… d'extraordinaire, d'une certaine façon. »

Katerina y avait déjà songé et ce rappel de ses propres réflexions éveilla un certain ressentiment en elle. « Vous croyez que je n'ai pas cherché ce qui pouvait être digne d'éloge en lui ?

– Aha ! Et vous allez prétendre n'avoir rien trouvé d'honorable chez lui ? »

Katerina secoua la tête. « Non, je ne le prétendrai pas. Il paraissait faire des efforts, à Taïna, pour devenir un homme passable. Mon père disait qu'il avait un cœur de roi. Mais, dès l'instant où il a franchi le pont et posé le pied ici, il s'est mis à se comporter de manière ignoble. Il m'a obligée à porter sa chemise !

– Il avait raison et vous aviez tort. »

Katerina en resta bouche bée. « Vous ! La femme de Mikola…

– Pas de nom, pas de nom, coupa Sophia. Appelez-le Marek désormais, s'il vous plaît, comme tout le monde ici.

– L'épouse d'un homme comme Marek trouve-t-elle convenable qu'une femme porte des vêtements d'homme ?

– On ne risquait pas de vous prendre pour un homme. Les hommes portent un pantalon avec leur chemise, en général.

– Ce n'est pas une question de risque de confusion, c'est…

– Une question de pudeur, dit Sophia. Et je vous répète que les règles de la pudeur changent d'une année sur l'autre, d'un pays à l'autre, et que vous devez apprendre les coutumes de là où vous vous trouvez.

Pour ne pas vous mettre dans l'embarras, Vanya a fait des choses qu'il percevait comme humiliantes – et vous, pour lui, vous en avez fait qui vous paraissaient honteuses. À mon avis, c'est un bon début pour votre mariage.

– D'avoir honte ?

– De savoir se montrer souple.

– De toute façon, on ne peut pas parler de début de mariage puisqu'il s'apprête à l'annuler.

– Le souhaitez-vous ? Y a-t-il un homme à Taïna dont vous êtes amoureuse ? »

Katerina n'était pas sûre d'avoir compris. « Qui aurais-je pu aimer ? Ce n'était pas à moi de choisir. » Elle pensa à Dimitri ; elle ne l'aimait pas, c'était sûr, et lui non plus ne l'aimait pas.

« Et voilà, reprit Sophia. Dans le monde de Vanya, les jeunes gens se marient pour des raisons qui leur sont propres – en général par amour, ou à cause d'un désir qu'ils prennent pour de l'amour. Les parents n'ont guère leur mot à dire. La mère de Vanya considérait l'engagement de son fils avec Ruth comme une grossière erreur, mais il ne l'écoutait quasiment pas.

– Ainsi, on se marie comme les paysans ? Un clin d'œil, un hochement de tête et on saute par-dessus le balai ?

– Vanya attend un signe qui lui indique que vous l'aimez. »

Katerina en resta pantoise. « Comment pourrais-je l'aimer ? Je le connais à peine !

– Peuh ! fit Sophia. Vous avez eu tout le temps de vous apercevoir de l'homme qu'il est ; mais vous ne lui manifestez que votre désapprobation.

– Parce que je désapprouve ce qu'il fait !

– En effet, vous ne manquez pas de franchise, mon enfant. Mais, très logiquement, il en a tiré la conclusion que vous n'éprouvez qu'aversion pour lui, et, comme c'est quelqu'un de bien, il vous a proposé de vous libérer de vos vœux de mariage pour que vous ne vous croyiez pas obligée d'épouser un homme déplaisant.

– Quel est le rapport ? Je l'ai épousé afin de sauver mon royaume – mon royaume qui reste encore à sauver.

– Il pense que mon mari en est capable ; donc, maintenant que cette raison n'existe plus… »

C'était là une façon étrange d'envisager la situation. Katerina s'efforça de comprendre. « Il renoncerait donc au droit d'engendrer l'héritier de mon père parce qu'il croit que cela me rendrait…

– Heureuse ? Oui. »

Katerina essaya de digérer ce concept. De toute son existence, elle n'avait jamais connu d'homme dont l'attitude avait pour seul but de rendre une femme heureuse. Enfin, non : elle connaissait plusieurs paysans chez qui la femme portait la culotte et qui surveillaient constamment ce qu'ils disaient afin d'éviter une réplique cinglante – ou pire – de leur acariâtre moitié. Mais ces hommes étaient l'objet du mépris public, et… et Ivan ne leur ressemblait en rien. « Que lui importe mon bonheur ?

– C'est une très bonne question, fit Sophia. Et il faut que vous y répondiez, parce qu'il y a déjà un moment qu'il cherche à vous rendre heureuse. D'après ce que vous m'avez raconté ce matin, il a traversé tout nu la forêt en se faisant égratigner par les branches parce qu'il ne voulait pas vous faire de peine. »

Katerina vit soudain le souvenir de cet épisode sous un jour nouveau. Elle pensa aux épouses querelleuses de certains paysans et s'aperçut que c'était peut-être la raison pour laquelle Ivan pliait toujours devant elle : fiancé avec elle, il se trouvait assujetti à une femme qui s'adressait à lui avec mépris et il se soumettait humblement à sa volonté.

Mais elle n'était pas une femme comme cela ! Et lui

non plus n'était pas un homme comme cela ! « Je ne comprends pas, dit-elle. Je pensais qu'il avait simplement vu ce qui était bien et ce qui était mal, et qu'il avait choisi le bien.

– C'était peut-être le cas », répondit Sophia, mais une expression amusée flottait toujours à la commissure de ses lèvres. Katerina aurait volontiers approfondi la question, car la conversation lui enseignait à voir les événements sous une lumière nouvelle, et elle se sentait sur le point d'acquérir un peu de sagesse, mais à cet instant la porte s'ouvrit et Mikola Mojaïski – non, Marek ! – entra dans la maison à grandes enjambées en faisant résonner le plancher comme un tambour sous ses pas assurés.

« J'ai faim, annonça-t-il en pénétrant dans la cuisine. Quoi, Vanya dort encore ?

– Il n'a pas faim », répondit brièvement Sophia.

Apparemment, une communication où les mots étaient inutiles passa entre eux, car Katerina reconnut le sourire à demi caché aux coins de la bouche de Marek. Sophia déposa une assiette devant lui et y entassa du pain, du saindoux, du fromage et des fruits, et il se mit à dévorer à une telle cadence que les aliments paraissaient disparaître de l'assiette comme brume au soleil. Marek vit l'expression stupéfaite de Katerina et se méprit sur son sens. « Bien sûr que je mange ! J'ai beau être immortel, mon organisme en a besoin. Je ne mourrais pas si je ne mangeais pas – mais j'aurais très, très faim !

– Qu'ont donné tes recherches ? demanda Sophia.

– Elle est ici », répondit simplement Marek.

Le cœur de Katerina se mit à battre la chamade. « Elle nous a suivis !

– Elle n'a pas emprunté le même chemin que vous, sans quoi j'aurais repéré ses empreintes, dit-il. Mais il y avait une bouffée de puanteur dans les collines rocheuses au sud de la route, là où elle surplombe la ferme de l'Arménien.

– De l'Arkanien, corrigea Sophia. De plus, son père a acheté la ferme avant sa naissance. Tu en parles comme s'il venait d'immigrer.

– Je ne me fatigue pas à apprendre le nom de famille des gens tant qu'ils ne sont pas installés depuis quelques siècles, répliqua Marek avec un sourire espiègle.

– Tu m'as l'air bien réjoui, alors que la Veuve est par ici.

– Elle n'a pas amené Ours, répondit Marek, ni une grande partie de son pouvoir, si même elle en a pris. Je n'ai pas senti trace de lui.

– Sans lui, elle n'aurait jamais réussi une telle traversée, objecta Sophia. Elle détient donc bien son pouvoir.

– Mais pas à portée immédiate, insista Marek. Je sais de quoi je parle ; elle a laissé des empreintes, voilà ce que je veux dire. »

Personne n'ignorait que Baba Yaga ne laissait pas de traces sur le sol et qu'elle ne se reflétait pas dans les miroirs. Katerina était stupéfaite. « Serait-elle affaiblie, alors ? Est-ce l'occasion de la tuer ?

– Ne vous faites pas d'illusions, répondit Marek. Même au quart de sa puissance normale, elle surpasse toute arme de ce monde ou du vôtre. Non, il faut l'éviter.

– Je voulais savoir si vous pourriez l'arrêter… de façon définitive. »

Marek secoua la tête. « Vous ne comprenez donc pas ? Ce n'est pas ainsi que fonctionnent mes pouvoirs. Les marins font appel à moi parce que j'entretiens une affinité avec le vent et la pluie, avec la neige dans le Nord. Un petit éclair de temps en temps, une sécheresse si je suis assez en colère, encore qu'il faille une vigilance de tous les instants pour en faire durer une assez longtemps, et mes colères passent rapidement. Pour la guerre, je ne vaux pas grand-chose ; quant à l'assassinat, ce n'est pas du tout ma catégorie. C'est le domaine de

Petun, et celui qui place sa foi en lui le regrette rapidement, je peux vous le garantir : il n'est pas doué pour tuer proprement, et il y a toujours des victimes inattendues quand il entreprend d'abattre un ennemi. »

Katerina se laissa retomber contre le dossier de son fauteuil. « Alors le vœu d'Ivan ne sera pas exaucé, dit-elle.

– Quel vœu ? » demanda Marek en regardant tour à tour les deux femmes.

Ce fut finalement Sophia qui répondit : « Vanya a proposé d'annuler le mariage dès que tu en aurais terminé avec la vieille taupe.

– Mais pourquoi voudrait-il faire une telle bêtise ? » dit Marek.

Katerina éprouva un instant un sentiment de triomphe.

Puis Marek leva les yeux au ciel et prit l'air entendu. « Il joue les grands cœurs, c'est ça ? Il aime la jeune fille.

– Tout le monde le sait à part lui, dit Sophia. Et la jeune fille, naturellement. »

D'après Marek, Ivan l'aimait, elle ? Et, tel qu'il en parlait, cela paraissait important. Mais pourquoi ? Un immortel lui-même changeait-il pour s'adapter au monde où il vivait ? Elle avait toujours cru qu'un des attributs des immortels était de toujours demeurer tels qu'ils étaient. Le père Lukas ne répétait-il pas que Dieu restait inchangé hier, aujourd'hui et demain ? De tout ce en quoi elle croyait jusque-là, que subsistait-il de vrai aujourd'hui ?

« Que faut-il faire ? demanda-t-elle. Retourner à Taïna ?

– Ah, grande idée ! Vous attirez la femme la plus dangereuse que je connaisse dans ce monde-ci, après quoi vous rentrez chez vous en laissant le soin à d'autres de se débrouiller avec elle ! Les autres en question étant particulièrement mal équipés, devrais-je ajouter. Vous,

vous connaissez des fragments de sorts, je suppose, même si votre mère n'a pas vécu assez longtemps pour vous les enseigner tous. Mais les gens comme la mère de Vanya qui cherchent l'ancien savoir et le mettent en pratique sont extrêmement rares ici ; ce que toute femme savait en votre temps, presque aucune ne l'imagine seulement en cette époque ignorante. Non, elle réduirait ce monde en ruines.

– Comment puis-je l'en empêcher ?

– J'ignore si vous le pouvez. Elle connaît trop bien cette région. Votre meilleur espoir, c'est qu'elle perde votre trace, renonce et rentre chez elle sans vous avoir trouvée.

– Pouvons-nous nous cacher ici ? demanda Katerina.

– Si je restais dans la maison avec vous, oui ; si je laissais toutes mes terres sans surveillance, oui, vous pourriez rester. Mais il vaut mieux, je pense, que vous partiez carrément dans un autre pays dont elle ne connaîtra pas la langue et où elle s'attirera constamment des ennuis avec les autorités. » Marek eut un sourire espiègle. « J'aimerais assez la voir devant une troupe d'assaut américaine. Je me demande si ces hommes la battraient aussi facilement qu'ils ont vaincu la grande armée de l'île de Grenade. »

Katerina ignorait à quoi il faisait allusion mais Sophia émit un petit rire. « Tu ne portes pas vraiment les Américains dans ton cœur, hein ?

– Ce sont des nouveaux venus prétentieux qui se croient plus intelligents que tout le monde parce qu'ils sont capables de fabriquer une machine à faire la vaisselle.

– En d'autres termes, on a oublié ton nom là-bas. »

Une expression furieuse passa sur les traits de Marek, mais il se calma aussitôt. Katerina se demanda ce qu'il adviendrait de Sophia si Marek entrait dans une rage incontrôlable contre elle, puis elle chassa cette pensée de son esprit : Marek n'était pas homme à perdre son sang-froid.

Homme ? Que savait-elle de l'homme que pouvait être un dieu ?

« Cette Amérique dont vous parlez, c'est là qu'est né Ivan ?

– Non, non, il s'y est rendu quand il était enfant ; mais ses parents y résident. C'est chez lui, maintenant.

– Et nous serons en sécurité, là-bas ?

– Comment voulez-vous que je sache ? répondit Marek. Plus en sécurité qu'ici, en tout cas, je pense. »

À cet instant, dans l'encadrement de la porte qui menait à l'escalier, Ivan dit : « Plus en sécurité, d'accord, mais je ne peux pas la faire sortir du pays sans passeport. »

Katerina n'avait aucune idée de ce qu'était un passeport et cela lui était parfaitement égal ; une tout autre question occupait son esprit : à quel moment Ivan avait-il descendu les escaliers ? D'ailleurs, l'avait-elle seulement entendu monter ? N'était-il pas plutôt resté derrière la porte à écouter toute la conversation ? Monstrueuse idée !

« Un passeport, fit Marek d'un ton dédaigneux, j'en ferai faire un, naturellement.

– Tu n'es pas capable de vaincre la sorcière mais tu peux évoquer un passeport ? fit Ivan.

– Je ne vais rien évoquer du tout. Il me reste quelques amis dans ce monde, et je peux me procurer un passeport tout ce qu'il y a de légal. Et aussi un visa d'entrée en Amérique – les faux valent très chers au marché noir, mais nous pourrons sans doute vous en fournir un vrai puisque vous êtes la femme d'Ivan. Nous ferons aussi rédiger un certificat de mariage.

– Vous m'emmenez avec vous ? demanda la princesse à Ivan.

– J'ai prêté serment, non ? répondit Ivan. J'ai juré de

vous protéger, non ? Je ne suis pas un guerrier, mais, pour ce qui est de me sauver, je suis imbattable. »

Il s'exprimait d'un ton si amer et ironique qu'en temps normal elle l'aurait cru furieux et plein de rancœur contre elle ; mais, en repensant à ce que lui avait dit Sophia, Katerina entendit ses propos différemment. Il se montrait mordant parce qu'il était persuadé qu'elle le méprisait.

Et, de fait, ce n'était pas un guerrier. Ça, elle n'y pouvait rien.

Mais elle ne le méprisait pas ; elle avait besoin de lui, et Taïna aussi. S'il fallait pour cela faire semblant de l'aimer, comme l'avait suggéré Sophia, elle jouerait la comédie. On ne pouvait tout de même pas espérer mieux d'elle.

« Où tu iras, j'irai », dit-elle en citant un passage qu'elle avait appris du livre de Ruth – nom malheureux, elle s'en rendit compte aussitôt. « Où tu logeras, je logerai. Ton peuple sera mon peuple, et ton Dieu… » Sa voix mourut. Il ne paraissait pas reconnaître la citation. « Votre famille n'est pas chrétienne, n'est-ce pas ? demanda-t-elle.

– Si vous parlez de celles qui ont l'habitude de comploter le meurtre des branches rapportées, alors non, la mienne ne remplit pas ces conditions.

– Vanya ! » fit sévèrement Sophia.

Il recula devant son regard, mais il ne s'excusa pas.

De fait, pourquoi devrait-il s'excuser ? songea Sophia. Sa plainte n'était pas injustifiée.

« Je vous suivrai chez vos parents, dit Katerina, comme vous m'avez suivie chez les miens.

– Toute nue ? demanda Ivan.

– Vanya ! » s'exclama Sophia.

Mais Katerina se contenta d'éclater de rire. « Il me semblait vous avoir entendu dire que je n'avais pas le choix.

– Je vous emmènerai, dit Ivan. À vous de décider si vous voulez que je vous présente comme une amie ou comme mon épouse.

– Comme il vous siéra, répondit Katerina.

– Ce n'est pas à moi de choisir, répliqua Ivan.

– Si.

– Non ! fit-il d'un ton ferme. Si vous vous dites ma femme uniquement par devoir envers Taïna, je refuse cette prétention ; mes parents se rendront compte aussitôt de vos sentiments à mon égard, ou, plus précisément, de votre absence de sentiments, et ma mère s'en inquiétera. Donc vous ne pouvez venir en tant qu'épouse que si vous promettez de faire semblant devant mes parents de me considérer comme une bonne prise.

– Une bonne quoi ? s'étonna Katerina.

– Un bon mari. Vous devez donner l'impression que vous pensez avoir bien fait de devenir ma femme. Si vous n'êtes pas capable de jouer une petite comédie comme celle-là, mieux vaut que je vous présente comme une simple amie.

– Poltron ! fit Sophia entre haut et bas.

– Taïna a plus que jamais besoin que nous soyons mariés », dit Katerina. À part cela, elle ignorait que répondre et même ce qu'elle avait envie de répondre.

Ivan la dévisagea – à la recherche de quoi, elle n'aurait su le dire, mais en tout cas il ne le trouva pas. Elle le comprit en voyant ses épaules tomber imperceptiblement ; il hocha la tête. « D'accord. Je leur dirai que vous êtes ma femme. Qu'ils croient ce qu'ils veulent. »

Je lui ai encore fait mal, se dit Katerina. Je voulais faire semblant de l'aimer, mais sur le moment j'ai dit la vérité, selon mon habitude – une habitude dont je ne crois pas vouloir changer. Un petit mensonge çà où là, quelle importance ? Mais que se passe-t-il quand on essaye de vivre sa vie entière dans un mensonge ?

Néanmoins, il avait décidé de la garder alors que cela

ne lui faisait manifestement pas plaisir. Sophia pourrait-elle avoir raison ? Était-il vraiment amoureux d'elle ? Ou n'acceptait-il de demeurer marié que par devoir ?

Et moi ? se demanda-t-elle.

Baba Yaga

Elle avait découvert le bassin immobile dans les ténèbres de la caverne, au plus profond d'une salle souterraine. Elle s'y était rendue de temps en temps, à la lumière d'une torche, afin de s'inspirer de la majesté du lieu, mais jamais elle ne s'était servie de l'eau pour voyager, car il avait toujours été plus facile jusque-là d'user d'autres moyens pour aller où elle le désirait.

La surface de l'eau était parfaitement immobile. C'était important ; malheureusement, cela signifiait qu'elle ne pouvait éteindre la torche dans le bassin car alors elle ne serait plus en mesure de voir quand l'eau serait redevenue absolument plane. Elle tenta d'écraser la torche dans la terre, mais en vain ; elle en frappa le sol, mais la flamme ne fit que briller plus fort. Pour finir, elle l'étouffa dans ses propres jupes en y laissant de grosses traces de brûlures, mais quelle importance ? Les gens la verraient telle qu'elle choisirait de leur apparaître.

Dans l'obscurité soudaine, elle resta un moment désorientée. Elle retrouva l'eau à l'odeur et en tâtant délicatement le sol du bout du pied jusqu'à ce qu'elle sente le bord du bassin. Là, d'une voix forte, elle prononça les termes du sortilège qui transformerait l'immense miroir en porte. Elle n'y voyait rien, mais elle sentait la surface de l'eau trembler sous sa voix, seule perturbation permise.

Pour finir, elle proclama le nom de la princesse, annoncé à la cantonade lors de son baptême si bien que toute l'assistance avait appris le nom sous lequel les dieux la connaissaient. Quelle imbécile ! Maintenant que Baba Yaga savait son nom, jamais la princesse ne pourrait se cacher d'elle.

La salle était encore pleine d'échos quand Baba Yaga se pencha en avant et tomba du bord comme une tasse du haut d'une table. Le sortilège fut efficace : elle ne toucha même pas l'eau ; la surface, telles deux mains puissantes, la transporta où elle l'avait demandé.

Elle se retrouva allongée sur un matériau dur et rugueux.

Un rugissement métallique allait croissant. Qu'était-ce ?

Elle leva la tête et ouvrit les yeux dans le crépuscule. Aussitôt, un nouveau son naquit, comme le crissement du métal contre le métal. Elle se mit debout et chercha la source du bruit.

Une énorme maison biscornue tout en fer se tenait sur quatre pattes noires, tel un animal blessé, au milieu de la surface dure sur laquelle elle était apparue. Cette surface en elle-même était d'une unicité prodigieuse, comme si on avait tranché la terre d'un coup de faux. Et puis la sorcière comprit : c'était une route, comme celles que construisaient les Romains, mais plus large et moins finie en surface. Et la maison devait être capable de mouvement.

Un homme apparut à la fenêtre et se mit à l'invectiver dans un dialecte barbare. Elle n'entendit que quelques mots de ce qu'il criait, et cela lui fut indifférent ; d'un geste de la main, elle lui imposa le silence.

Cela n'eut aucun effet. Il ne se tut même pas un instant.

La terreur envahit Baba Yaga. S'était-elle transportée quelque part où ses pouvoirs n'opéraient pas ?

Elle essaya un sort beaucoup plus puissant en prononçant les formules à voix basse et en faisant les signes derrière son dos – inutile de mettre l'homme en colère s'il s'avérait qu'elle était absolument sans pouvoir.

Le sort aurait dû réduire l'homme au silence pour des semaines mais cela ne fit que le calmer. Il marmonna encore quelques mots – incroyable qu'il pût encore se servir de sa langue ! –, puis, sans même effectuer la moindre passe ni jeter de la poudre sur sa maison, il la fit avancer et contourner la sorcière en laissant derrière elle un nuage de poussière.

Le sort l'avait-il calmé ou sa colère était-elle retombée toute seule ? Elle n'en savait rien et il était urgent d'y trouver réponse.

Elle huma l'air dans toutes les directions. Son sens du pouvoir était affaibli mais il n'avait pas disparu. Elle capta de faibles traces de la princesse – elle avait marché près de cette route même, et il y avait peu de temps – mais son odeur disparaissait presque sous une autre qui la laissa stupéfaite. Mikola Mojaïski ! Après le mal qu'elle s'était donné pour lui faire négliger sa terre bien-aimée de Taïna et les amis qu'il y avait, voilà qu'elle se retrouvait au centre de son pouvoir ! Pas étonnant que les siens soient si faibles ici ! Et pas étonnant non plus que cet épouvantable adolescent attardé lui ait donné tant de fil à retordre – il avait été envoyé par Mikola Mojaïski et, lorsqu'il avait fait quitter son monde à la princesse, il l'avait tout naturellement ramenée à son maître.

Bah, il existait d'autres dieux dans le monde ; après tout, elle disposait du pouvoir d'Ours, et Ours pouvait aisément rivaliser avec Mojaïski.

Oui, mais la source de son pouvoir à elle était très loin et elle devait y puiser à travers le temps et l'espace, tandis que Mojaïski était puissant ici et maintenant.

Elle huma l'air plus précisément. Oui, masquée par le

lourd parfum favorable et estival de Mojaïski, il y avait une trace d'hiver dans l'air. Ours existait encore dans ce monde.

Elle leva la main pour l'évoquer, mais se retint à temps : dans ce monde, Ours n'était pas obligatoirement sous son contrôle. L'Ours dont elle maîtrisait la puissance était celui d'un autre lieu et d'un autre temps ; ici, il était peut-être libre, ou sous la coupe de quelque grand magicien qu'elle ne souhaitait pas combattre, faible comme elle l'était.

Fais attention où tu mets les pieds, se dit-elle. Prends ton temps pour observer le terrain, pour découvrir qui pratique la magie des maisons de fer aux pattes qui roulent. Ce n'était sûrement pas Mojaïski ; lui se contentait généralement de sauver des marins et de faire pleuvoir sur les champs. Non, il y avait une magie plus grande à l'œuvre dans ce monde, ou bien un dieu commençait à prendre les commandes.

Baba Yaga se laisserait guider par la princesse ; elle pouvait se permettre d'attendre. Elle n'avait pas le droit de lever la main sur Katerina elle-même mais le jeune homme l'accompagnait toujours ; elle trouverait bien un moyen de le faire tuer, ou au moins de les séparer, ce qui romprait le sortilège.

Elle se remémora l'incendie de l'église, la veille. Quelle riche idée ! Elle n'avait pas porté la main sur la princesse, elle avait simplement mis le feu au bois sec de cet affreux sanctuaire dépourvu de magie où se rendaient les adeptes sans talent d'un dieu lointain et indifférent. Naturellement, la princesse s'en était tirée – grâce à un charme ou simplement grâce à son intelligence et sa chance ; Baba Yaga n'en savait rien. Mais, même si l'incendie n'avait pas réussi à tuer Katerina et à résoudre d'un seul coup tous les problèmes de Baba Yaga, le geste en valait la peine rien que pour le spectacle.

Elle trouverait d'autres moyens dans ce monde, d'autres instruments à utiliser. Même si ses pouvoirs étaient affaiblis, même s'il se trouvait des rivaux puissants qu'il valait mieux ne pas provoquer, elle se débrouillerait, elle finirait par l'emporter.

Et, si elle n'y parvenait pas, ou si sa vie était en danger, il lui suffirait de se couvrir du tissu imprégné d'huile de la fourrure d'Ours, de prononcer un seul mot, et tout ce qui se trouverait dans le tissu reviendrait instantanément dans le passé. Si cela incluait la princesse ou son prétendu mari, voire les deux, tant mieux. Si elle les tenait en son pouvoir sous son propre toit, ce serait parfait !

11

Aéroports

Si Ivan avait douté des pouvoirs magiques du cousin Marek, ce qu'il avait sous les yeux l'aurait convaincu : un passeport et un visa authentiques au nom de Katerina, et reçus un jour seulement après avoir passé un coup de fil à un ami d'un nouveau bureau des passeports à Kiev.

« Le gouvernement indépendant d'Ukraine n'existe que depuis quelques mois et tu y as déjà des contacts ?

– Mes contacts datent d'avant le gouvernement », répliqua Marek.

Katerina feuilletait le livret. « Tout ce papier, et presque rien d'écrit dessus ! Et ces lettres (elle indiqua un mot rédigé en alphabet latin), il y en a que je ne connais pas.

– Les lettres que Kirill a données à votre langue, dit Ivan, ne sont pas les seules au monde.

– Et vous les connaissez toutes ?

– Celles qui figurent dans ce livret, oui.

– Mais il n'y en a pas tellement, là-dedans », fit-elle comme si l'exploit d'Ivan n'avait rien de très remarquable. Le taquinait-elle ou bien lui manifestait-elle son mépris ? Comment le savoir ?

« Je connais deux alphabets, dit Ivan. Celui qu'on emploie ici, dans mon pays natal, celui qu'a inventé Kirill, et celui qu'on utilise en Amérique, là où réside ma famille.

– Et dans lequel de ces deux pays es-tu chez toi ? demanda le cousin Marek. Je suis curieux, c'est tout.

– Je suis chez moi dans les deux, dit Ivan, mais je me sens plus étranger ici, je crois. Je ne suis peut-être d'aucun des deux. »

Marek gloussa. « Comme nous tous. »

Katerina étudiait la photo de son passeport. « Voici un portrait apparemment très fidèle d'une femme, dit-elle. Qui est-ce, et pourquoi son portrait se trouve-t-il dans ce livre ? »

Il fallut un moment à Ivan pour se rendre compte qu'elle ne plaisantait pas : après tout, comment pourrait-elle se reconnaître ? Le métal poli d'une épée constituait le seul miroir à la cour du roi Matfeï, et, avant les temps modernes, nul Russe ne se servait beaucoup de miroirs, car on croyait qu'un esprit d'un autre monde pouvait en surgir pour attaquer ou posséder celui ou celle qui s'y regardait. La princesse n'avait sans doute jamais vu sa propre image que dans un étang – ondoyante, déformée, avec des poissons qui lui passaient entre les yeux.

« C'est vous, dit Ivan.

– Et quand le peintre a-t-il œuvré ? Je ne l'ai pas vu, répondit-elle.

– Ce n'est pas une peinture. L'homme, hier, qui a provoqué un éclair…

– C'était à cela que servait le charme ? À prendre mon image ?

– Ce n'est pas un charme mais un instrument, comme l'interrupteur et l'eau courante à la cuisine.

– Vous ne cessez de le répéter, mais ne serait-il pas temps que vous m'expliquiez pourquoi les charmes ne sont pas aussi des instruments ? »

Ivan secoua la tête. « Vous êtes têtue, hein ? Vous savez parfaitement la différence : vous avez manié une faux ; elle coupe parce que la lame tranche la tige des épis.

Mais, dans un charme, il n'y a pas de contact entre une chose et l'autre.

– Là, vous apportez de l'eau à mon moulin », répondit-elle. Elle s'approcha de l'interrupteur, l'alluma puis l'éteignit. « Vous voyez ? Quel rapport y a-t-il entre mon geste et la lumière ? Et ce portrait… il y a eu un éclair, mais rien ne m'a touchée.

– Si : la lumière. »

Elle éclata de rire. « Et quand je bouge les mains en l'air pour jeter un sort, il y a sans doute aussi du vent ! »

Le désespoir envahit Ivan. « Pourquoi discuter ? Vous n'êtes pas stupide. Vous êtes dans mon monde, pas dans le vôtre, et, si je vous affirme que la magie diffère d'un outil et que cette différence est capitale, vous devriez essayer de comprendre au lieu de perdre votre temps à discutailler ! »

Elle parut sur le point de raisonner encore, mais elle se ravisa. « La différence est vraiment si considérable ?

– Oui.

– Alors, expliquez-la-moi et j'essaierai de comprendre. »

Ivan passa une heure à lui exposer péniblement le principe de l'électricité, les systèmes de fils et de circuits, ainsi qu'une vague explication de ce qu'est un appareil photo – et, à la fin, il n'était pas du tout sûr qu'elle eût saisi quoi que ce fût, sauf le principal : qu'elle ne devait pas employer la magie dans ce monde, du moins pas devant des étrangers, et qu'elle ne devait même pas en parler.

« Les gens n'y croient pas ? s'étonna-t-elle. Alors que ça marche ?

– Il faut du talent et de l'entraînement pour employer la magie, dit le cousin Marek qui avait écouté les explications d'Ivan sans l'aider une seule fois, tandis que n'importe quel crétin peut faire marcher une machine.

– N'importe quel crétin qui a les moyens de s'en payer une, corrigea Ivan.

– Et n'importe quel crétin qui a les moyens d'engager un magicien dispose aussi d'un pouvoir magique, fit le cousin Marek. Qui discute pour le simple plaisir de discuter, maintenant ? »

Le lendemain, les billets d'avion pour Katerina arrivèrent, et Ivan modifia les réservations afin qu'ils soient installés côte à côte. « Tu peux évoquer de l'argent rien qu'en claquant des doigts ? demanda-t-il au cousin Marek.

– Non, évidemment.

– Alors, quelle magie as-tu employée pour acheter les billets ?

– American Express.

– Un immortel qui se sert d'une carte American Express ?

– Ce n'est pas la mienne, répondit Marek. Qu'aurais-je à faire d'un truc pareil ? Quand j'ai envie de voyager, je pars à pied. Non, la carte appartient à un ami. Tes parents n'ont pas été les seuls à quitter le pays et à traverser l'océan, et tous ceux qui s'en vont d'ici n'oublient pas leur cousin Marek. »

Pour la première fois de sa vie, Ivan songea que Marek avait peut-être déjà effectué ce genre d'opération. « Est-ce que tu nous as aidés à obtenir des visas pour quitter l'Union soviétique à l'époque où nous habitions ici, maman, papa et moi ?

– J'ai essayé.

– Et pourquoi a-t-il fallu tant de mois ?

– Je n'avais guère de bons contacts à Moscou, répliqua Marek, et je n'étais pas pressé de vous voir partir. »

Munie d'un passeport et d'un billet, d'un choix convenable de vêtements qui lui allaient plus ou moins, Katerina était prête à s'en aller. Pas Ivan : à son retour en Amérique, il lui faudrait affronter Ruthie, son père et sa mère, et leur expliquer – mais comment ? – la présence de Katerina. Cependant, il n'y avait plus de raison d'attendre davantage et il y en avait beaucoup de se dépêcher, dont la moindre n'était pas que Baba Yaga traînait toujours dans les environs, à manigancer Dieu savait quelle traîtrise.

Ils firent leurs adieux à Sophia, et Marek les conduisit en camion jusqu'à la gare. Ivan observa que Katerina ne manifestait aucune crainte en montant dans l'engin ; peut-être sa confiance en Mikola Mojaïski était-elle plus forte que toute peur, ou alors elle s'était laissé convaincre quand Ivan lui avait dit qu'il s'agissait d'un simple instrument. Pourtant, étant donné le nombre de victimes d'accidents de la route chaque année, Ivan aurait peut-être été plus avisé de lui conseiller de ne monter dans aucun véhicule automobile.

À la gare, Katerina comprit aussitôt le concept de plusieurs voitures tirées le long d'une piste par une seule motrice. « La locomotive est le bœuf, dit-elle, et elle tire ces maisons comme des traîneaux sur la neige. »

Ce n'était pas loin du compte, se dit Ivan.

Le cousin Marek suivit le train sur toute sa longueur et c'est seulement une fois assuré que Baba Yaga ne s'y trouvait pas qu'il laissa Ivan et Katerina embarquer. « Ouvrez l'œil, leur conseilla-t-il. Soyez aux aguets et ne laissez pas la sorcière vous parler. Elle est capable de convaincre le soleil qu'il est un clafoutis.

– Mais elle ne peut pas courir plus vite qu'un train ni qu'un avion à réaction, dit Ivan. Donc nous ne risquons rien. »

Marek lui fit les gros yeux. « N'enfile pas la peau de l'ours avant de l'avoir tué.

– Comment la reconnaître si nous la rencontrons ? demanda Katerina. Nous l'avons peut-être vue hier, puisque apparemment elle se transforme à volonté.

– Regardez ses yeux, répondit Marek, et vous saurez. Elle ne peut pas les modifier sans devenir aveugle.

– Regarder ses yeux pour y voir quoi ? fit Ivan.

– L'ennemie.»

Depuis longtemps, Ivan avait compris que, lorsque le cousin Marek ne voulait pas donner de réponse franche, il tournait autour du pot, et c'est ce qu'il faisait en ce moment même, un peu à la façon dont Ivan avait fait courir l'ours en rond dans la fosse jusqu'à ce que la bête n'en puisse plus.

Comme le train quittait la gare, Ivan sentit un frisson de terreur le traverser. Le cousin Marek n'était plus avec eux – comme il l'avait dit: «Pourquoi laisser une piste de cent mètres de large à suivre à la vieille sorcière ?» – et c'était désormais à lui, Ivan le pacifiste, Ivan le chercheur, toujours le nez dans un bouquin, de protéger Katerina et de la guider dans ce monde dangereux.

Et si elle a le mal de l'air et qu'elle vomisse dans l'avion ? Sophia lui a-t-elle expliqué que faire quand on a ses règles, ou bien maman va-t-elle devoir s'en charger en Amérique ? Et s'il existe chez nous une maladie contre laquelle elle n'est pas immunisée ? Il songea à *La Guerre des mondes*, où l'envahisseur extraterrestre est vaincu par le rhume ordinaire.

Mais Katerina n'avait rien d'un envahisseur extraterrestre et, quant à Baba Yaga, Ivan ne comptait pas trop sur un microbe *ex-machina* pour les sauver de ses griffes. Peut-être la sorcière était-elle montée dans le train au premier arrêt, ce qui rendait caduque la vérification de Marek. Et jusqu'où allaient ses capacités d'illusion ? Pouvait-elle se trouver dans le train sous la forme d'une valise ? Comment savoir ce qui était possible et ce qui ne l'était pas ? Ce monde qui, quelques jours plus tôt seulement, semblait, sinon sans risque, du moins compréhensible, grouillait à présent de dangers et de possibilités inconcevables. Tout redevenait nouveau, nouveau et effrayant, comme l'Amérique à l'arrivée d'Ivan enfant, où tout ce qu'il disait et faisait paraissait stupide, non seulement aux autres enfants de l'école mais à ses yeux mêmes. Si on y ajoutait la forte tendance de Katerina à n'en faire qu'à sa tête, qu'elle comprenne ou non les conséquences de ses décisions, Ivan avait la nette prémonition qu'il n'allait guère se reposer, ni dans le train, ni dans l'avion, ni chez lui.

Katerina faisait de son mieux pour rester aussi calme et brave qu'Ivan à son arrivée à Taïna ; elle refusait de s'humilier devant lui en se montrant couarde. Elle comprenait à présent la confusion et l'effroi qu'on ressent à se trouver dans un monde étranger, où les anciennes règles n'ont plus cours et où l'on n'est pas reconnu pour sa valeur. Chez Mikola Mojaïski, elle ne l'avait pas vraiment perçu, car elle était au milieu de personnes qui parlaient sa langue ; de fait, c'était encore Ivan qui passait pour le nouveau venu à l'accent bizarre. Mais à présent, dans la cacophonie de la gare et du train, où tout était inattendu et où elle ne comprenait qu'un mot sur cinquante, elle éprouvait une peur proche de la nausée. Elle avait envie de s'accrocher au bras d'Ivan et de le supplier de revenir avec elle à Taïna. Mieux valait un danger connu qu'inconnu ! Mais c'était impossible parce qu'à Taïna la vie d'Ivan était en péril, tandis qu'ici, pour autant qu'elle le sût, aucune menace ne pesait sur eux. Ses craintes étaient ridicules : Ivan la protégerait, et, s'il en était incapable, elle parviendrait peut-être à se débrouiller avec un peu de magie ; et si cela non plus ne fonctionnait pas, eh bien, son existence reposait entre les mains de Dieu, non ? S'il voulait la faire mourir ici même, rien ne pourrait la sauver ; s'il voulait qu'elle vive, rien ne pourrait la toucher.

Le passage par l'aéroport fut un cauchemar, bien qu'Ivan lui assurât que tout était normal et qu'il n'y avait aucun risque. Ce fonctionnaire des douanes qui l'avait toisée sans le moindre respect comme une paysanne au fumet déplaisant, puis qui avait lancé une tirade de ce bizarre langage qu'on parlait par ici… elle avait bien failli éclater en larmes. Alors Ivan s'était interposé, avait prononcé quelques mots, montré le petit livre, et l'attitude de l'homme s'était adoucie ; Katerina allait lui sourire quand il s'était soudain emparé d'un objet lourd, s'en était servi pour taper violemment sur un carré de velours bleu, puis sur le livre vierge où l'objet avait laissé une souillure dans le bruit mat du choc. Katerina avait bondi en arrière et poussé un cri involontaire avant de retrouver son sang-froid, et le fonctionnaire, ce porc, lui avait éclaté de rire au nez ! Elle s'était sentie humiliée, bien qu'Ivan l'eût emmenée aussitôt en lui expliquant d'un ton apaisant que l'incident n'avait rien d'extraordinaire, qu'il aurait dû la prévenir, qu'il s'excusait, parce qu'on tamponne toujours les passeports.

Elle se demanda ce qui, dans son royaume, avait pu surprendre ou effrayer Ivan sans qu'elle eût jamais pensé à l'en avertir ou à l'y préparer, en le méprisant au contraire d'ignorer ce que sait le premier enfant venu. Mais elle avait acquis un peu de sagesse maintenant : qui voyage en terre nouvelle est toujours un enfant.

Elle repensa au moment où Mikola Mojaïski avait réveillé le *gruzovik* et l'avait fait avancer en le maîtrisant sans effort grâce à un cerceau qu'il tenait entre ses mains et à des objets qu'il poussait avec ses pieds. Elle s'était alors imaginée en train d'essayer de manier cette maison mobile : impossible ! Pourtant n'avait-elle pas attendu d'Ivan qu'il s'empare d'une épée et sache s'en servir du premier coup ? Elle aurait voulu lui avouer qu'elle regrettait de n'avoir pas compris ce qu'il subissait, mais, alors qu'elle s'apprêtait à ouvrir la bouche, elle se demanda s'il avait vraiment éprouvé les mêmes frayeurs qu'elle ; après tout, il avait voyagé d'un pays à l'autre auparavant, et il avait même appris une nouvelle langue : il avait donc l'habitude des nouvelles expériences. Elle ne se rappelait pas qu'il eût jamais manifesté aucune frayeur, du moins de façon évidente ; de la réticence à effectuer certains actes, oui, mais pas de frayeur. Par conséquent, si elle en parlait à présent, elle ne ferait que confesser ses propres craintes.

Quand l'appareil se mit à rouler lourdement sur la piste puis s'éleva en l'air, elle eut envie de hurler de terreur – et de ravissement, tout à la fois. Elle volait ! Elle jeta un coup d'œil par le hublot, mais elle eut aussitôt des haut-le-cœur à voir le sol tomber sous elle et rapetisser à grande vitesse. Quand l'avion vira brusquement peu après le décollage, elle vomit pour de bon.

Oh, humiliation indicible ! Ivan fut aussitôt à son côté, muni d'un petit sac au cas où elle vomirait encore, mais il était trop tard, de toute façon. Son corsage était maculé de vomi et, même après que l'hôtesse l'eut menée aux toilettes et l'eut aidée à nettoyer le tissu, l'odeur subsista sur le corsage, avec une tache humide et froide tout à fait désagréable. Elle croyait qu'on ne pouvait trouver pire que le soutien-gorge acheté pour elle au village par Sophia, mais elle revenait sur son jugement : elle pouvait avoir froid, porter une tache mouillée sur le devant du corsage, se sentir humiliée et dégager une odeur de vomi.

Quand elle eut regagné sa place, elle se tourna vers le hublot pour cacher son visage à Ivan. L'appareil volait à présent à une telle altitude qu'elle ne voyait plus que des nuages en dessous d'elle ; elle se persuadait qu'il s'agissait de neige, et l'avion était un énorme traîneau qui glissait dessus en heurtant par moments une bosse – sans doute un oiseau ou un nuage particulièrement dense. Je n'ai pas envie d'être ici, se dit-elle. Je veux rentrer chez moi, où je ne m'humilie pas à chaque instant, où je peux parler et comprendre ceux qui me parlent, où l'on sait que je suis la princesse Katerina et où l'on me traite avec respect et non mépris ou pitié.

Ne raisonne pas ainsi, se reprit-elle. Maîtrise-toi, ne pleure pas.

Soudain, elle sentit la main d'Ivan saisir la sienne avec douceur mais fermeté ; il se pencha vers elle et lui glissa à l'oreille : « Vous vous débrouillez très bien ; et n'ayez pas honte : beaucoup de gens sont malades en avion. » Puis il l'embrassa sur la joue comme l'embrassait son père quand elle était petite. C'en fut trop pour elle : elle éclata en larmes ; ou plutôt, elle laissa éclater un sanglot, puis se mit à pleurer sans bruit, tournée vers Ivan pour cacher ses larmes contre sa poitrine, tandis qu'il la serrait dans ses bras. Oh, si seulement c'était mon père qui était ici avec moi ! cria-t-elle intérieurement, puis elle se morigéna aussitôt : c'est ce qu'un époux doit faire pour sa femme, et il le fait ! Une épouse ne doit pas regretter de ne plus habiter chez son père. C'est puéril et c'est manquer à son devoir.

Et pourtant, elle le regrettait tandis qu'elle mouillait la chemise d'Ivan presque autant que son propre corsage. Un homme oublie-t-il sa mère parce qu'il a pris femme ? Elle espérait que non. Ainsi, pourquoi serait-il anormal qu'une femme se rappelle son père, même si elle a un époux ?

Le vol dura plusieurs heures, seulement interrompu par un arrêt à Vienne, où ils restèrent à leurs places. Essayer de dormir assis n'était pas un plaisir, mais au moins les fauteuils étaient les plus confortables qu'elle eût jamais connus, et le petit coussin était d'un moelleux incroyable tout en conservant bien mieux sa forme que les oreillers de plume. Et, lorsqu'Ivan et elle étaient éveillés en même temps, il essayait de lui enseigner à lire le russe moderne dans une revue. Écrite, la langue était plus facile à rattacher à celle qu'elle parlait et elle arrivait à distinguer des schémas dans les différences. Elle commençait à se sentir douée pour le russe quand

Ivan lui rappela qu'en Amérique très peu de gens s'exprimaient dans cette langue.

« Mais mon père et ma mère l'emploient, et c'est le plus important pour commencer : que vous puissiez communiquer avec eux. Mon père connaît aussi votre langue, d'une certaine façon, et ma mère fera des efforts. Vous verrez : ce sont des gens très agréables.

– C'est donc ainsi que vous avez appris », fit-elle à mi-voix.

S'il l'entendit, il ne dit rien. Elle espérait, un petit peu du moins, qu'il n'avait rien entendu, parce qu'elle aurait honte de se montrer aimable s'il méprisait son amabilité, car elle aurait l'impression de rendre les armes. Mais elle espérait aussi, un petit peu plus peut-être, qu'il l'avait entendue, car c'étaient également des excuses. Elle regrettait sa morgue et ses critiques, la façon dont elle l'avait rabaissé dans son propre monde, puis quand ils étaient arrivés dans le sien. Tout ce qu'il lui avait dit s'était avéré ; par exemple, de nombreuses femmes s'habillaient comme des hommes. De fait, elles étaient toutes vêtues d'une manière qui lui avait d'abord paru épouvantable, mais à laquelle elle se faisait. Les chaussures étaient stupéfiantes, moulées différemment pour le pied gauche et le pied droit, et, en plus, Ivan et Sophia lui avaient assuré qu'on lui trouverait des chaussures qui lui iraient beaucoup mieux en Amérique, où il n'y avait pas de pénurie de souliers comme en Ukraine cette année.

Les fonctionnaires de l'aéroport en Amérique se montrèrent encore plus grossiers que ceux de Kiev : ils aboyaient des ordres et criaient dans une langue saccadée, râpeuse, qui offensait l'oreille. Au grand soulagement de Katerina, quand Ivan leur répondit dans cette langue, elle parut moins saccadée et stridente, et son ton calme parut calmer aussi les fonctionnaires. Quelques coups de tampon – cette fois, Katerina ne broncha pas –

et Ivan dut ouvrir ses bagages afin de laisser examiner ce qu'il rapportait, mais ils quittèrent bientôt la queue et se retrouvèrent au milieu d'une foule de gens qui tenaient en l'air des panneaux avec des mots écrits dans leur étrange alphabet, qui appelaient d'autres gens et les serraient dans leurs bras. Un instant, elle craignit que quelqu'un l'attrape et la serre dans ses bras elle aussi, mais elle comprit rapidement que ces gens n'agissaient ainsi qu'avec ceux qu'ils connaissaient – et, ici, elle ne connaissait personne.

Mais Ivan, si. Un homme et deux femmes.

« Dieu doit m'en vouloir, dit-il à mi-voix en vieux slave. Au téléphone, j'avais demandé à maman de ne pas amener Ruthie !

– Votre fiancée », murmura Katerina.

Il ne répondit pas.

Katerina jaugea la plus jeune des deux femmes – son attitude assurée, sa grâce sans affectation quand elle serra Ivan sur son cœur, puis Katerina – et elle comprit que ce qu'elle éprouvait de si familier chez elle venait de ce que Ruthie se sentait autant princesse que Katerina. Elle murmura sa découverte à Ivan, qui sourit et traduisit aux autres sa remarque, ou une version quelconque. Ruthie rougit et sourit, puis elle se pencha et embrassa Katerina sur la joue.

« Je leur ai dit, chuchota Ivan, que votre langue est un dialecte obscur des Carpates, et que vous êtes une amie que j'ai amenée avec moi. Je compte leur dire la vérité très vite, mais pas ici, dans l'aéroport, parce qu'il serait mal de placer Ruthie dans l'embarras en public. »

Katerina nota que le père d'Ivan écoutait autant qu'il pouvait ce qu'ils se disaient. Ses yeux s'étrécirent et se mirent à faire l'aller-retour entre Ivan et elle ; mais la mère d'Ivan se contenta de la prendre dans ses bras et lui souffla quelque chose à l'oreille – si bas que la jeune femme n'entendit pas, et de toute façon elle n'aurait sans doute rien compris.

« Qu'a dit votre mère ? »

Ivan se renseigna auprès de l'intéressée qui lui murmura les mêmes mots en rougissant. Il vira au cramoisi, mais traduisit à Katerina. « Maman dit que vous êtes la femme qu'elle a toujours espéré me voir épouser. »

Katerina sourit à la mère d'Ivan tout en chuchotant au jeune homme : « Vous ne leur aviez pas dit, je croyais, que nous étions mariés.

– Je n'ai rien dit, répondit Ivan. Ma mère est simplement un peu étrange.

– Ou très sage, dit Katerina.

– C'est en tout cas ce qu'elle pense d'elle-même », fit Ivan. Puis il traduisit une version édulcorée de la conversation et tout le monde éclata de rire en hochant la tête. Katerina n'avait aucune idée des propos que lui avait prêtés Ivan, mais elle hocha la tête et sourit elle aussi. La langue ne serait pas un obstacle, finalement, parce qu'apparemment ce qu'elle disait n'avait pas d'importance : Ivan arrangerait ses déclarations lorsqu'il jouerait les interprètes.

Katerina détourna le regard de la mère d'Ivan et vit Ruthie qui la dévisageait avec une rage glacée au fond des yeux. Il ne serait pas utile de la prévenir que ses fiançailles avec Ivan étaient rompues : elle était manifestement au courant.

Si seulement Mikola avait appris à lire et à écrire à l'époque où l'idée était encore nouvelle ! Malheureusement, il ne s'y était mis qu'au cours des cinquante dernières années, où l'alphabétisation était devenue universelle en Union soviétique et où il fallait être en mesure de déchiffrer les panneaux et les journaux pour faire partie de la société. Et encore, il n'y voyait toujours qu'une lubie, jusqu'à aujourd'hui, où il s'apercevait que son manque de clairvoyance risquait de lui coûter cher.

Jadis, les histoires écrites dans les livres des prêtres lui paraissaient lointaines et insignifiantes ; il avait sa propre vie, ses propres devoirs, ses propres pouvoirs. À quoi bon apprendre à lire les légendes de leur dieu qui régissait un autre peuple dans un pays éloigné alors qu'il devait s'occuper de ses propres affaires ?

Une seule fois, en ces débuts d'alphabétisation du peuple, il avait envisagé d'apprendre à lire et à écrire. Il était en train de raconter à son épouse de l'époque – Hilda ? Bruna ? – l'histoire d'Ours qui avait traversé l'Oural en s'imaginant que toute terre sur laquelle il s'installerait lui appartiendrait automatiquement. Ours était plus sauvage qu'aujourd'hui, ignorant, barbare – mais dangereux, inconstant et riche de pouvoirs que Mikola n'avait encore jamais affrontés et devant lesquels il avait dû faire preuve d'inventivité : il avait combiné des charmes et des incantations, et créé d'habiles barrières invisibles qui s'étendaient à travers le temps. En riant, il avait raconté à sa femme qu'il avait endormi sans le faire exprès tous les ours de la forêt trois jours durant avant de découvrir comment rendre son nouveau charme plus sélectif ; alors son épouse – oui, c'était bien Hilda, celle qui s'était sauvée avec Loki lorsque les Normands s'étaient mis à saccager les villes fluviales –, son épouse lui avait demandé comment il s'y était pris pour endormir tous les ours.

Et Mikola avait été incapable de s'en souvenir.

Il était resté assis un moment à réfléchir, puis il était allé faire un tour pour réfléchir encore, et il ne s'en souvenait toujours pas. C'est seulement tard dans la nuit, alors qu'il cherchait le sommeil, qu'il s'était rappelé l'erreur simple et évidente qui avait endormi tous les ours ; il avait failli réveiller Hilda sur-le-champ, mais elle était fatiguée et il avait préféré ne pas la déranger parce qu'elle avait un tempérament des plus déroutants. Tout en l'écoutant ronfler, il avait compris que l'important n'était pas qu'il se soit souvenu de ce vieux charme ; la découverte majeure était que Mikola Mojaïski était capable d'oublier un charme. Il ignorait que ce fût possible.

Je devrais les mettre par écrit, se dit-il cette nuit-là. Je devrais demander à un prêtre de m'apprendre à écrire, ensuite je n'aurais plus qu'à coucher tous mes charmes sur le papier de façon à ne plus être obligé de les garder en mémoire. Ceux qui commandent aux vagues et aux vents, je ne les oublie pas parce que je m'en sers souvent, et je pourrais diriger le flot du grand fleuve du ciel en dormant ; mais ceux qui ordonnent à chaque plante de se réveiller au printemps, j'ai du mal à m'en souvenir parce qu'elles se débrouillent très bien sans moi la plupart du temps ; et les charmes pour maîtriser le vol des insectes, le chant qui calme les oiseaux… comment était-ce, déjà ? Oui, il lui fallait absolument apprendre ce nouvel alphabet et tous les mots afin de tout mettre par écrit sans s'inquiéter d'un trou de mémoire.

Mais il avait poussé ses réflexions davantage et jugé l'idée mauvaise, pour deux raisons : s'il en arrivait à ne plus compter que sur son livre et qu'il le perde ? Il serait alors dans une situation pire que maintenant ; et – pis encore – si on lui volait son livre et qu'on s'en serve contre lui ? Non, mieux valait qu'il exerce sa mémoire afin de ne jamais avoir besoin d'un livre qui risquerait d'accroître le pouvoir de ses ennemis. C'est à cette époque qu'il avait pris l'habitude de revoir au moins une fois par an les charmes qu'il connaissait.

Et il l'avait poursuivie plusieurs siècles, jusqu'à ce que ses fidèles acquièrent un esprit si rationnel qu'il n'eut plus de rivaux, plus d'ennemis pour chambouler l'ordre normal à l'aide de leurs propres charmes. La sorcellerie et la magie avaient été niées avec une telle efficacité que ses propres pouvoirs s'étaient mis à décliner, car de plus en plus rares étaient ceux qui contribuaient à leur vigueur en invoquant son nom. Il était toujours en mesure de lancer ses sorts d'autrefois, naturellement, mais cela lui coûtait davantage, l'épuisait, et il finit par ne plus employer que les charmes essentiels ; il finit aussi par délaisser les vieux pays, jusqu'à ne plus s'intéresser qu'à la région qui recouvrait une partie de la Pologne, de la Russie, de l'Ukraine et de la Biélorussie, et même quelques régions de la Slovaquie. Les noms pouvaient varier, les armées passer, cela le concernait peu : il faisait contourner aux hommes son petit domaine ou veillait à ce qu'ils le traversent avec légèreté, en dérangeant le peuple le moins possible. À part cela, il s'occupait simplement de la pluie et du beau temps.

Jusqu'à maintenant. Jusqu'à ce que Baba Yaga répande sa puanteur dans le pays. Et il ne possédait aucun livre pour se remettre en mémoire les sorts de combat, les procédés qu'il n'avait plus employés depuis les tout débuts, à l'époque où son peuple s'était séparé de la grande tribu des monts d'Iran et avait suscité un nouveau dieu pour le protéger. Il lui restait de vagues souvenirs d'enfance, d'existence idyllique passée à jouer sur le versant des montagnes, d'animaux qui lui parlaient, de plantes qui émettaient une musique constante à laquelle il joignait souvent sa voix ; et puis on l'avait réveillé, on l'avait appelé par un nom dont il avait su tout de suite que c'était le sien bien qu'il n'eût jamais été prononcé jusque-là. Soudain plein de vigueur, il avait bondi de la montagne avec l'ardeur d'un adolescent, prêt à affronter tous les nouveaux venus. Ah, il avait combattu, alors, et remis les autres à leur place – et connu aussi la défaite de temps en temps. Zeus, surtout, adorait le tourmenter, jusqu'au jour où Mikola avait appris tous les états du ciel et avait pu répliquer éclair pour éclair.

Mais le temps des batailles était révolu depuis longtemps. Même cet orgueilleux obsédé sexuel de Zeus s'était retiré de la vie publique, tout en conservant néanmoins une sorte de célébrité qui le tirait de ses amourettes paresseuses et de sa vie de famille où il ne portait certes pas la culotte – mais tout cela pour rien : il s'agissait seulement de son nom murmuré dans un millier de salles de classe ; il n'avait plus aucune force. En voyant Zeus aujourd'hui, Mikola avait un aperçu de son propre avenir, lorsque son peuple aurait fini par l'oublier. Mais, en attendant, il demeurait le gardien de son pays, dans lequel avait pénétré un grand danger, alors qu'il se rappelait à peine comment pointer un éclair. Ah, si seulement, si seulement il l'avait noté quelque part !

Il se creusait donc la cervelle pour se souvenir tout en pistant Baba Yaga à l'odeur de son passage dans le pays, en nettoyant derrière elle, en jetant de petits sorts pour faire oublier sa visite aux gens, en ôtant les sales petites malédictions qu'elle laissait toujours dans les maisons où on l'accueillait, où on lui donnait un repas et un lit. Cela exigeait beaucoup d'ingéniosité de la part de Mikola, car, à la fois malveillante et astucieuse, la sorcière lui tendait des pièges, si bien que, quand il avait défait une malédiction, une pire venait prendre sa place s'il n'avait pas pris des précautions à l'avance.

Plus important encore, il ne cessait de renouveler le sort qui empêchait Ours et Baba Yaga de se rejoindre. Ils sentaient leur odeur mutuelle mais, chaque fois que l'idée venait à Baba Yaga d'aller retrouver Ours, ou que celui-ci s'agitait dans son sommeil, Mikola emplissait l'espace qui les séparait d'une telle quantité de brume estivale d'oubli qu'ils se mettaient à penser à autre chose et qu'il restait seulement de leur désir évaporé un trouble et une lassitude vagues.

Mikola n'était pas stupide. Il avait bien compris que Baba Yaga suivait la piste des enfants qui menait à Kiev, même si elle croyait le tromper en empruntant des chemins détournés et sinueux. Mais ce qu'il savait et qu'elle ne savait pas, c'était qu'à Kiev leur piste s'envolait jusqu'à trente-cinq mille pieds pour traverser l'Europe et l'Atlantique, altitudes et distances absolument inconcevables pour une femme qui, pour puissante qu'elle fût, n'était jamais qu'une mortelle, laquelle n'avait jamais suivi le flux du grand fleuve du ciel autour du monde. Elle parviendrait peut-être jusqu'à l'aéroport, verrait les grands avions s'élever lourdement dans le ciel et comprendrait que Vanya et Katerina s'étaient enfuis à bord de l'un d'eux ; mais cela ne lui dirait pas où ils étaient allés et elle ne pourrait donc plus les suivre. Elle resterait plantée là, ahurie, impuissante, et il lui apparaîtrait peu à peu qu'ils étaient hors de sa portée.

Mikola la voyait d'ici piquer une de ses fameuses colères. Naturellement, les autorités interviendraient ; il imaginait la police antiterroriste en train de l'encercler pendant qu'elle hurlait comme une folle en jetant des sorts incendiaires dans l'aéroport, jusqu'à ce qu'un des hommes l'abatte, comme dans tous ces films américains qui avaient appris aux policiers du monde entier à marcher avec ce balancement qui leur donnait l'air à la fois ridicule et inquiétant. Baba Yaga, elle aussi, verrait le ridicule de ces hommes, et, ignorant la précision et la portée des fusils à lunette, elle n'aurait pas la prudence de s'en méfier. La fleur de sang d'une balle dans sa tête qui souillerait le sol de l'aéroport d'une éclaboussure de cervelle… Rien que d'y songer, Mikola sentait remonter en lui des sensations réprimées depuis des années. Il sentait l'odeur de la bataille. Et, même s'il n'allait pas porter lui-même le coup fatal, il n'en éprouva pas moins un sentiment de triomphe de savoir que Baba Yaga ne survivrait pas dans un monde où il avait réussi à se préserver une niche, pour lui et sa Sophia bien-aimée.

Le trajet jusqu'à l'aéroport s'était déroulé dans une atmosphère de gêne : Ruth n'avait pas grand-chose à dire aux parents d'Ivan. Pendant le long séjour de son fiancé en Russie, elle s'était efforcée de conserver des liens étroits avec sa future belle-famille et, si tout avait paru bien se passer au début, elle avait eu de plus en plus l'impression, les mois passant, qu'on la recevait seulement par devoir. De fait, le père d'Ivan était toujours distrait – aimable, presque trop, les premières minutes, et puis soudain impatient de retourner à ses études, à ses livres. Quelle horreur, un mari qui travaille à la maison ! L'organisation de ses parents à elle lui plaisait bien davantage : on laisse le boulot au bureau, on rentre chez soi et on est vraiment en famille. Naturellement, Ivan voudrait sans doute suivre les traces de son père, puisqu'ils étaient engagés dans la même carrière ; parfait, Ruth apprendrait à supporter sa distraction, son air d'être là sans y être vraiment. D'ailleurs, à la différence de Mme Smetski, Ruth aurait un métier, une carrière à elle.

Mme Smetski… C'était elle, le problème. Depuis le début, Ruth le soupçonnait, Mme Smetski pensait qu'Ivan aurait pu trouver mieux pour se marier. Elle n'était pas distraite comme son professeur de mari ; au contraire, elle observait Ruth avec une concentration presque suffocante, et il y avait dans tout ce qu'elle disait une trace d'amusement, une trace d'ironie : « Je sais quelque chose que tu ne sais pas. »

Ruth avait tenté de le faire remarquer à Ivan, mais il n'avait rien vu. « C'est maman, voilà tout, répondait-il. Elle est tout le temps en train de faire des expériences de sortie du corps, à tout regarder depuis le plafond, sans jamais s'engager. Ça n'a rien à voir avec toi. »

Mais Ruth n'était pas dupe. Une femme sent ces choses-là. Elle ne le dit jamais à Ivan, naturellement, car il devenait facilement susceptible quand Ruth affirmait son pouvoir de femme, comme si sa féminité le menaçait personnellement. Bien entendu, il essayait de jouer les féministes doctrinaires : « Les seules différences entre hommes et femmes sont soit culturelles, soit innées, déclamait-il. Si on accorde foi à la légende de l'intuition féminine, il faut accepter le reste, le piédestal et tout le bataclan ; en revanche, si on veut l'égalité, il faut renoncer à l'idée que les femmes ont des moyens de perception cachés. »

Tu parles !

Mais, afin de préserver l'harmonie de leur couple, elle laissait à ce noyau masculin effrayé son espace protégé et n'insistait pas. Elle savait simplement que Mme Smetski la dédaignait pour une raison encore inconnue.

Et, pendant les mois d'absence d'Ivan, cela devint plus évident. Le père d'Ivan avait du travail, mais sa mère n'avait pas ce genre d'excuse. Il lui arrivait de sortir d'une pièce alors que Ruth était encore en train de lui parler ; et ce n'était pas un accident, car, lorsqu'elle revenait, elle reprenait la conversation avec un « Vous disiez, Ruthie ? » dans son anglais à l'accent lourd.

Pour elle, je n'existe pas. Ruthie ne voyait pas d'autre conclusion possible. Rentre vite, Ivan, avant que tes parents me fassent revenir sur ma décision.

Et l'heure était enfin venue. Naturellement, Mme Smetski avait insinué que Ruthie pourrait y aller de son côté avec sa propre voiture, mais le professeur avait aussitôt fait capoter l'affaire : « Il faut y aller tous ensemble. Ce serait trop cruel d'obliger Vanya à choisir entre ses parents et sa fiancée. Tu sais très bien qu'il choisirait sa fiancée et nous aurions l'air de deux idiots !

– Je me disais seulement que nous risquions d'être un peu à l'étroit dans la voiture », répondit Mme Smetski.

À l'étroit ? Leur voiture n'était pas exactement ce qu'on pouvait appeler exiguë : comme beaucoup de Russes, les Smetski jouissaient avec délices du sens américain de la disproportion. Ils avaient jeté leur dévolu sur une vieille Crown Victoria – elle n'était pas chère pour une grosse voiture ; ou alors, elle était grosse pour une voiture pas chère. En tout cas, on y était à l'aise.

Trop à l'aise, même : le professeur Smetski avait tenté de persuader son épouse de s'asseoir à l'arrière avec Ruth pour le trajet, « pour lui tenir compagnie », mais Mme Smetski s'était contentée de répondre en riant « Tu sais bien que je suis malade à l'arrière », et l'affaire avait été close. Et, quand Ruth avait essayé d'engager la conversation avec eux, seul le professeur semblait lui prêter l'oreille, et une oreille inattentive, en plus ; Mme Smetski, elle, regardait le paysage. Un arbre, c'est un arbre : Ruth savait qu'elle adoptait cette attitude pour ne pas avoir à l'entretenir.

Ivan, il faut qu'on parle. Tes parents ne m'aiment pas, ta mère en tout cas, et ça pose un problème. Là, il l'embrasserait et lui assurerait que ce ne serait jamais un problème, maman t'adore, blablabla.

Peut-être s'agissait-il d'une énorme erreur ; peut-être Mme Smetski avait-elle raison. Ivan était charmant, intelligent, attirant par son côté étranger, sa fragilité cachée sous son physique mince et musclé d'athlète, ses yeux pleins de sensibilité au milieu d'un visage qu'on eût dit sculpté ; mais le charme, l'intelligence et la beauté additionnés donnaient-ils l'amour ? Comme la propre mère de Ruth le répétait à l'envi, qu'est-ce que c'est que ce garçon qui demande à une jeune fille de l'épouser et puis s'en va en Russie assez longtemps pour engrosser une fille et assister à l'accouchement avant de revenir auprès de sa fiancée ?

Ruth ne voulait pas y penser. Ivan n'était pas comme ça, ne serait-ce qu'à cause de sa fichue timidité. Elle était toujours gênée d'être obligée d'avouer aux copines de la fac que, non, ils n'avaient jamais couché ensemble, qu'Ivan préférait attendre – quelles huées et quels rires elle déclenchait ! « Il est homo ! » s'écriaient-elles à l'unisson, et, quand elle leur assurait qu'elle avait toutes les raisons de penser que c'était faux, elles la traitaient comme si elle était amoureuse d'un handicapé. « Est-ce qu'il s'est blessé quand il était petit ? » avait demandé l'une d'elles, et c'était devenu une plaisanterie : la tragique blessure d'enfance du fiancé de Ruth. Elles inventaient constamment de nouvelles maladies qui expliqueraient son manque de désir sexuel. « Il souffre d'éléphantiasis des testicules (celle-là avait beaucoup de succès), ses boules pèsent quinze kilos chacune » ; ou alors : « C'était un gosse qui se laissait glisser sur toutes les rampes d'escaliers, même celles qui ont des pointes tous les cinquante centimètres. » Ou encore : « Ses parents l'ont laissé tout seul avec le chat et sans couche, et tu connais les chats quand ils trouvent un truc nouveau pour s'amuser. »

Certaines plaisanteries étaient vraiment comiques, voilà qui la gênait, et Ruth se sentait déloyale de rire quand on parlait aussi grossièrement de l'anatomie de son futur mari ; mais n'était-ce pas de sa faute à lui ? Elle avait tout fait, sauf se mettre toute nue et se cacher dans son lit, et lui se contentait d'éclater de rire et de l'embrasser en disant : « Nous aurons tout le temps pour ça une fois mariés ! »

Il faut quand même que je te dise un truc, Ivan : si j'avais envie de coucher avec toi, ce n'était pas par peur de ne plus avoir le temps après !

Mais son attitude avait aussi un côté touchant. Il la changeait agréablement de tous les garçons qui avaient essayé de lui baisser la culotte depuis qu'elle avait onze ans, du moins en avait-elle l'impression rétrospectivement.

Non, il n'était sûrement pas homo. Mais elles l'avaient fait douter, les garces !

Si Mme Smetski avait bien voulu se fendre d'un mot, Ruth n'aurait pas nourri des idées aussi négatives sur les lettres d'Ivan qui se faisaient de plus en plus rares à mesure que les mois passaient, romantiques au début, puis plus superficielles. On aurait pu croire au contraire que l'éloignement aurait renforcé sa libido – à moins qu'il n'ait rencontré quelqu'un d'autre.

Une Russe, une femme qu'il avait connue enfant, qui lui avait mis le grappin dessus dès son arrivée parce qu'il représentait un billet d'entrée aux États-Unis. De longues promenades le long du fleuve – il y avait bien un fleuve à Kiev, non ? – passées à parler sa langue russe bien-aimée, à discuter de Dostoïevski, de Tolstoï ou de… comment s'appelait déjà ce poète ? Eugène Oneguine ? Non, ça, c'était le titre du poème. Pousse-pousse ? Bouche-trou ?

Pouchkine !

À moins qu'il n'ait été complètement absorbé par ses recherches et qu'il n'y ait pas eu de femme du tout. Il s'agissait d'Ivan, après tout, qui n'était pas un homme ordinaire. Elle ne serait pas tombée amoureuse de lui si c'était le genre d'homme incapable de tenir la promesse faite à la femme qu'il aimait. D'un autre côté, il n'avait pas vraiment donné sa parole. Ruth imaginait d'ici la conversation : « Tu ne couches avec personne en Ukraine, mon amour ; promis ? – Ah, ça te dérangerait ? Bon, d'accord, mon lapin. – Pas de baisers non plus. – Mais en Russie on s'embrasse sur les lèvres pour se dire bonjour ! – Sans la langue, alors. – D'accord, sans la langue. Merci de tes directives morales pour fiancé en déplacement ! Tu penses vraiment à tout ! »

« Bonne météo pour voler, dit le professeur Smetski en descendant de voiture à l'aéroport.

– C'est vrai, le temps est clair, fit Ruth.

– Non, je voulais dire qu'il n'y a pas de vent ; l'atterrissage sera plus sûr.

– Le terminal d'USAir est par ici », intervint Mme Smetski qui se mit aussitôt en route en laissant Ruth et le professeur se débrouiller pour ne pas la perdre.

Et ils se tenaient maintenant plantés là, à parler de la pluie et du beau temps – encore moins que d'habitude – et à surveiller la porte pour le repérer à l'instant où il arriverait. On aurait dit un concours : je l'ai vu la première, c'est donc moi qui l'aime le plus ! Et voilà qu'il arrivait, barbu, bronzé – le rat de bibliothèque typique ! Ah ça, il avait dû travailler dur sur ses bouquins ! – et il aidait une jeune femme à monter la rampe. Bien élevé, ce garçon !

Seulement, elle ne le quitta pas quand ils parvinrent à la porte ; et même, il la tenait par la taille pour la guider. Elle était… elle était avec lui !

Ruth en eut le cœur au bord des lèvres. La femme était russe, mais pas du type au visage épaté, quasi mongol, qui donnait une assez bonne idée du passe-temps de la Horde d'Or à l'époque où elle régnait sur la steppe. Elle n'était pas nordique non plus ; mais elle n'était pas juive, cela, c'était certain. Ruthie ne nourrissait pas de façons de penser politiquement incorrectes, bien sûr, et son devoir l'obligeait à faire semblant d'être incapable de reconnaître une juive russe rien qu'au physique. Mais, en l'occurrence, il était évident qu'elle n'était pas juive ; de fait, si elle était née de mère juive, cette fille aurait à elle seule constitué une preuve d'adultère.

C'était une connaissance de hasard, rien d'autre, une chercheuse russe qui venait en Amérique et qu'Ivan avait accompagnée parce que… parce que… parce qu'elle parlait mal anglais, tiens !

Mais il n'allait tout de même pas l'inviter chez lui, non ? Bah ! Et alors ? La fiancée d'Ivan, c'était Ruth, pas elle – et Ruth s'arrangerait pour qu'il passe le moins de temps possible avec cette jolie *goy*. Si cette fille avait envie de parler russe, les parents d'Ivan lui feraient une excellente compagnie, tandis que Ruth veillerait à ne pas lâcher Ivan d'une semelle.

Le couple approcha et Ruth remarqua le regard d'Ivan : il était fuyant. Il vit sa fiancée, sourit d'un air timide, mais ensuite il baissa les yeux, puis il regarda son père et sa mère, bref, n'importe qui mais pas la jeune femme, comme si elle n'existait pas. N'empêche qu'il la tenait toujours par la taille pour la guider, l'abriter, la protéger. Ce n'est pas sa place, salaud ! Tu as laissé quelqu'un d'autre prendre ma place !

Ne t'énerve pas. Tu ne la connais pas encore.

Mais si.

« Katerina ? Je suis enchanté », dit le professeur Smetski.

Et, en retour, une tirade en russe.

Sauf que ce n'est pas du russe, si ? Ou alors avec un drôle d'accent, parce que le professeur Smetski lui demande de répéter ce qu'elle vient de dire et, quand il lui répond, c'est d'un ton différent de celui qu'il emploie normalement ; il a les yeux écarquillés et le baragouin de la fille le fascine complètement.

Quant à Mme Smetski, elle plane. Elle sourit aux anges. On dirait un gosse qui vient de tirer le gros lot ; elle n'essaye même pas de parler à la *goy*, elle l'aime, tout simplement. Et que je te serre sur mon cœur, et que je t'embrasse sur les deux joues, et que je te serre encore sur mon cœur ! Elle n'arrive pas à détacher son regard de cette princesse *goy*.

Et le mot « princesse » convient tout à fait. À la façon dont elle se tient, on dirait que tout l'espace lui appartient sur six pâtés de maisons, qu'Ivan lui appartient – et même pas comme un homme, en plus ; comme un… comme un serviteur. Elle s'en croit propriétaire. Elle ressemble à Nancy Reagan, tout illuminée parce que l'homme à côté d'elle est à elle. Elle est provocante et prétentieuse.

Pendant que Ruth pensait ainsi, Ivan n'était pas resté muet. « Je l'ai rencontrée près de chez le cousin Marek. Elle avait envie de visiter l'Amérique, et, comme elle ne parle pas anglais, je me suis porté volontaire pour l'accompagner. »

Ruth eut envie de hurler : « Tu mens, pauvre imbécile ! Ce n'est pas une simple voisine à qui tu rends service, c'est visible comme le nez au milieu de la figure ! Dis la vérité, dis-la tout de suite et qu'on en finisse ! »

Mais, au lieu de cela, Ruth serra la jeune fille contre elle, l'embrassa et l'étreignit encore une fois. « Vous êtes ravissante, dit-elle. Êtes-vous la cousine d'Ivan ? »

L'intéressé éclata d'un rire gêné, puis traduisit la question.

Katerina attendit la fin de la traduction pour reporter toute son attention sur Ruth avec une expression… Qu'était cette expression ?

De la pitié.

Elle croit le tenir, pensa Ruth. Elle croit avoir déjà gagné et elle éprouve de la compassion pour moi.

Eh bien, garde ton regard de cocker pour quelqu'un qui baisse facilement les bras. Peut-être qu'Ivan a fondu devant toi à Kiev, mais je sais tenir ce qui m'appartient, merci bien. Rien qu'en matière d'élégance, je te dépasse de cent coudées, ma pauvre ; où as-tu déniché ces oripeaux ? Du fond du coffre à chiffons de la fille d'une fermière ?

« Il faudra que je l'emmène faire du shopping, dit Ruth à Ivan. S'il te plaît, traduis : nous devons passer une après-midi au centre commercial.

– Sûrement pas, intervint Mme Smetski avant qu'Ivan

pût seulement ouvrir la bouche. Vanya et vous allez être tout le temps ensemble. Je trouverai des vêtements américains pour Katerina.»

Si Mme Smetski m'avait regardée ne serait-ce qu'une fois comme elle regarde cette *goy*, je ne me serais pas inquiétée un instant.

Et elle comprit tout : Mme Smetski avait toujours voulu une *goy* pour son fils, pour son petit Russe. Elle faisait partie de ces juifs antisémites, de ces juifs qui se détestent ! Ivan ne lui avait-il pas assuré que seul son père était à l'origine de l'idée de devenir juifs pratiquants et d'émigrer de Russie avec un visa pour Israël ? Mme Smetski, elle, n'avait jamais désiré que son fils prenne son propre judaïsme au sérieux ; elle voulait qu'il épouse une jolie Russe, et qui voilà ? Katerina !

Ils parlaient tous russe entre eux, comme si Ruth n'existait plus, comme si la politesse était une vieille légende en laquelle plus personne ne croyait.

Fugitivement, Ruth sentit le désespoir l'envahir : j'ai déjà perdu ! Ils ont formé un groupe clos, Ivan a déjà une attitude de mâle protecteur envers elle, son père boit chacune des paroles de cette fille, et Mme Smetski est complètement sous son charme. Et cet air suffisant qu'elle affiche ! On dirait qu'elle m'a déjà vaincue ! C'est peut-être vrai, d'ailleurs. Non, c'est absolument exact. Je ne suis plus là. Si seulement j'avais ma voiture, je m'en irais sans bruit, je rentrerais chez moi et...

Mme Smetski le savait ! C'est pour ça qu'elle voulait venir à deux voitures ! Elle savait que la Crown Victoria serait trop petite pour le trajet de retour parce que cette *goy* devait descendre de l'avion avec son fils. Ivan avait dû les prévenir ; mais moi, personne ne s'est donné la peine de m'avertir !

Ruth ne pouvait pas laisser passer une telle escroquerie sans réagir. «Eh bien, quand as-tu annoncé à tes parents que Katerina t'accompagnait ?»

Tous la regardèrent comme si elle était folle. « Il ne nous a rien annoncé, dit le professeur Smetski.

– Moi-même, je n'ai su qu'à la dernière minute que je l'emmenais », renchérit Ivan.

Il avait l'air sincère.

Seule Mme Smetski garda le silence, parce qu'elle savait, elle. Dieu sait comment, sans même avoir été prévenue par un coup de téléphone, elle savait. Et, en femme aimante et pleine de compassion qu'elle était, elle avait tenté d'épargner les sentiments de Ruth en lui offrant une échappatoire afin qu'elle n'ait pas à subir le long trajet jusqu'à la maison coincée sur le siège arrière en compagnie d'Ivan et de sa…

Sur un coup de tête – un coup de tête odieux mais incontrôlable –, Ruth demanda à brûle-pourpoint à Ivan : « Alors, êtes-vous déjà fiancés, Katerina et toi, ou bien attendez-vous de vous débarrasser de moi avant de rendre vos fiançailles publiques ? »

La gêne qu'elle lut sur leurs visages ! Dans quel embarras elle les mettait, à tout étaler ainsi, à les obliger à faire face à l'évidence ! Oh, ça vous met mal à l'aise ? Mes pauvres chéris, comme je vous plains !

« Allons, Ruthie, ne dites pas de bêtises, déclara le professeur Smetski. Vanya se contente d'aider cette jeune fille à… »

Ivan leva la main pour imposer le silence à son père. « Ruth, je ne sais pas comment tu… Je voulais attendre le moment propice pour t'en parler seul à seul, je ne voulais pas que ça se passe ici, tout de suite, mais… »

Ruth sentit son cœur se serrer et elle eut envie de pleurer de honte et de peine. « Tu es donc fiancé à elle ? »

Ivan fit non de la tête.

Ruth connut un instant de soulagement : il restait une chance.

« Nous sommes mariés », dit Ivan.

Ce fut comme un choc en pleine poitrine. Mariés ! La

porte n'était pas en train de se refermer, on la lui avait claquée au nez, close, fermée à clé !

« C'est très… inattendu », fit-elle.

Elle leur tourna le dos pour qu'ils ne voient pas les larmes qui lui étaient montées aux yeux.

Elle sentit la main d'Ivan se poser sur son épaule et se dégagea brutalement.

« Je regrette de ne pas avoir écrit pour te prévenir, dit-il, ni appelé. C'est difficile à croire, je sais, mais ça m'était impossible. Et ça n'a pas été aussi vite que tu le penses non plus, ça… Ruth, il faut que tu me croies, je n'ai rien voulu de tel.

– Si tu ne le voulais pas, répliqua-t-elle d'une voix maîtrisée presque à la perfection, ça ne serait pas arrivé ! Ou bien cherches-tu à me faire avaler que vous ne pouviez pas faire autrement tous les deux ? » Ruth se retourna et se mit à examiner ouvertement Katerina, comme si elle pouvait déjà déceler chez elle des signes de grossesse.

« Nous n'avons même pas couché ensemble ! protesta Ivan.

– Évidemment, te connaissant, répliqua Ruth avec mépris. Si ta femme a des enfants un jour, ils naîtront d'une vierge. C'est bien pour ça qu'il te fallait une *goy*, non ? C'est leur spécialité !

– Ruthie, intervint le professeur Smetski, nous sommes aussi interloqués que vous, nous ne nous y attendions pas plus que vous, mais efforçons-nous de conserver notre calme ; le trajet est long jusqu'à la maison, et…

– Non, professeur Smetski, nous ne rentrerons pas ensemble. J'ai une ancienne camarade de chambre qui habite ici, à Syracuse. J'ai été ravie de faire votre connaissance, Katerina. Mais un petit conseil quand même : ne perdez jamais Ivan de vue. »

Naturellement, la fille ne comprit rien à ce que lui

avait dit Ruth, mais ce n'était pas une idiote, cette princesse ukrainienne, et elle avait les yeux pleins de larmes. Remords ? Pitié ? Garde tes larmes de crocodile pour toi, ma chérie. Si c'est toi qu'il aime, eh bien, moi je ne l'aime plus ! Celui que j'aimais ne se serait jamais marié sans même prendre la peine de rompre ses précédentes fiançailles ; donc je ne sais pas qui te tient par la taille, mais ce n'est pas un homme que j'aie connu ni aimé. C'est quelqu'un d'autre, quelqu'un qui n'a pas de parole. Je mérite mieux. Garde tes pleurs pour toi-même.

Garce !

Sans un mot de plus, Ruth s'éloigna du groupe et quitta le terminal. Les téléphones publics se trouvaient tous à l'intérieur, mais elle désirait une cassure nette. Il fallait réussir les scènes de sortie ; pas question de rester à portée de regard, où on la verrait en train de pleurer quand elle aurait enfin Emilia au bout du fil pour lui dire : « Amène ton cabriolet jaune à l'aéroport, parce que ta copine Ruthie a besoin de rouler longtemps avec le vent dans la figure pour sécher ses fichues larmes d'abrutie ! »

Baba Yaga

Ces maisons-qui-volent faisaient à la fois la stupéfaction et le ravissement de Baba Yaga, ces longs bâtiments qui ressemblaient aux salles des grands seigneurs, dans lesquels cent personnes prenaient place, et qui couraient sur le sol avec leurs maigres pattes de poulet puis qui montaient dans le ciel comme des oies en laissant des traînées de fumée issues de leurs cheminées de flanc !

Elle comprit tout de suite que la princesse et son avorton d'époux étaient montés dans une de ces maisons volantes et s'en étaient allés très loin.

Pourquoi ? Pour échapper à Baba Yaga, voilà pourquoi ! Le ciel ne garde pas de piste et la magie de Katerina n'avait laissé aucune odeur. Ils devaient se rendre dans un pays très lointain, là où l'Ours était sans pouvoir, si bien que Baba Yaga y serait encore plus faible. Ils croyaient l'empêcher ainsi de les suivre !

Il n'y a rien de plus plaisant qu'une victime qui s'imagine à l'abri ; cela mettait du piment dans l'existence de Baba Yaga, car la surprise n'en était que plus délicieuse. Mais qu'une victime soit réellement à l'abri, voilà qui était insupportable : cela lui restait sur l'estomac comme de la viande avariée, et ça faisait mal. Ils n'allaient pas s'en tirer ainsi, simplement parce qu'ils avaient des amis doués d'une magie si puissante qu'elle pouvait faire voler les maisons !

Toutefois, elle se sentait complètement perdue dans

l'aéroport. Tout le monde paraissait savoir où aller, dans quelle file se tenir. Les files d'attente ne signifiaient rien pour elle, naturellement, et, quand elle essaya d'en doubler une particulièrement longue, un homme de forte carrure l'arrêta net. Baba Yaga était alors déguisée en vieille femme, si bien qu'il ne fit preuve d'aucune brutalité envers elle et lui expliqua le principe de la queue, en parlant de plus en plus lentement, mais elle ne comprit rien. Les gens de la file avaient apparemment apporté des présents qu'ils plaçaient dans la gueule béante d'une grande boîte qui les engloutissait ; les gens passaient alors une porte et ils récupéraient leurs présents de l'autre côté ! C'était complètement absurde ! Elle n'avait pas d'offrande, mais il lui en fallait une si elle voulait passer, même si on la retrouvait de l'autre côté.

Aussi Baba Yaga se revêtit-elle d'Ombre, le charme qui la faisait passer inaperçue. C'était fatigant – avec Ours si loin d'elle, le charme devait puiser dans son énergie propre – mais elle ne l'employa que le temps de s'emparer du sac d'une femme – un léger. Elle le porta jusqu'à la boîte, l'y plaça, le fond de la boîte attira le sac vers l'intérieur, puis on laissa Baba Yaga passer la porte.

Seulement, il se fit un grand bruit à son passage. On indiqua à la sorcière de reculer puis de franchir à nouveau la porte : le bruit se reproduisit. On posa à Baba Yaga des questions qu'elle ne comprit pas, on la prit par le bras et on la mena dans une pièce où quelqu'un se mit à agiter une baguette tout autour d'elle. Elle ignorait quel sort on était en train de lui jeter mais elle n'avait pas l'intention d'attendre de le découvrir ; elle sortit Ombre, s'en revêtit, et personne ne la vit s'écarter. Les hommes tournèrent lentement en rond dans la pièce, l'air vague et distrait. Elle s'en alla et les laissa se demander pourquoi ils croyaient passer quelqu'un au détecteur à la porte de sécurité alors que nul ne se rappelait avoir vu personne déclencher l'alarme.

Bien que ce fût épuisant, elle garda le charme d'ombre autour du cou pour franchir les autres portes ; aucune ne recelait de magie notable. Elle ne savait pas comment se déplaçait le sol devant la boîte et elle ignorait pourquoi le grand bruit s'était fait entendre quand elle avait passé la porte mais, si c'était de la magie, elle ne valait pas grand-chose puisqu'un charme aussi simple qu'Ombre avait pu tromper tout le monde, ce qui était anormal : ce genre de sort était réservé au commun des mortels, pas aux magiciens sur lesquels il n'agissait pas. Mais, apparemment, les magiciens manquaient dans la région.

Enfin, elle parvint dans une salle d'où elle put voir les maisons-qui-volent par d'immenses fenêtres, de magnifiques fenêtres limpides dépourvues de plombage. Comment de telles baies tenaient-elles debout sans magie ? Pourtant, elle ne détecta nulle trace de charme en elles. On avait murmuré de nombreuses prières devant elles, et surtout près des portes qui conduisaient aux maisons-qui-volent, mais c'étaient des histoires de dieux, d'humbles suppliques proférées par des serviteurs dociles, rien à voir avec la façon dont Baba Yaga se servait du pouvoir.

Elle passa une porte ouverte et se dirigea vers l'entrée de la maison, dont elle toucha le mur : dur comme la lame d'une épée, froid et lisse. C'était un plaisir à palper. Cependant, où était le charme de vol ? Elle humait d'étranges relents dans l'air mais n'en reconnaissait aucun. Elle franchit l'entrée et découvrit des rangées de fauteuils, tous tournés dans le même sens. Les fauteuils étaient moelleux comme des trônes et elle prit place dans l'un d'eux.

En observant les gens qui l'entouraient, elle apprit à rabattre la tablette, à accrocher une ceinture à sa taille –

dans quel but, elle n'en avait aucune idée, mais tout le monde avait l'air de prendre l'opération très au sérieux. Enfin, les seules personnes à se déplacer ne furent plus que les servantes en livrée et un homme d'âge moyen. Il tenait un morceau de papier auquel les servantes ne cessaient de jeter des coups d'œil. Elles suivaient les rangées de fauteuils dans un sens, puis dans l'autre, étudiaient le papier puis les lettres inscrites en haut des fauteuils, vérifiaient et revérifiaient. Mais elles vérifiaient quoi ?

Elle comprit enfin : tous les sièges étaient occupés ; chacun ici possédait un papier qui lui disait où il devait prendre place. Elle-même se trouvait dans le fauteuil assigné à l'homme mais, comme elle portait Ombre, nul ne faisait attention à ce siège, qui restait donc introuvable ; or, tant qu'on ne l'aurait pas trouvé, on ne laisserait pas la maison prendre son envol.

Ingénieux, ce système. Le magicien qui avait créé tous ces artifices se servait d'individus ordinaires démunis du moindre grain de magie, et pourtant Baba Yaga elle-même était coincée, tout cela parce que ces gens étaient trop stupides pour faire autre chose que tatillonner, aller et venir, parler et se disputer, et l'avion ne monterait pas dans le ciel tant que l'homme n'aurait pas son siège. Si Baba Yaga ôtait son charme, on s'apercevrait qu'elle occupait le siège en question et on essaierait de la renvoyer parce qu'elle n'avait pas le papier voulu. Bien sûr, elle pourrait tuer quelques personnes pour avoir eu l'audace de la refuser à bord – mais le magicien qui avait conçu ce système avait sûrement prévu cette possibilité, et la maison resterait au sol, tout bêtement.

Eh bien, prenez-le, votre fichu fauteuil, bande d'imbéciles ! Je voyagerai debout. Elle se leva et s'écarta du siège.

Aussitôt les servantes le trouvèrent et l'homme y prit place. Baba Yaga avait laissé dans le tissu un sort de démangeaison qui traverserait ses vêtements au bout d'environ une heure, et qui continuerait à fonctionner indéfiniment dès que quelqu'un s'assiérait dans ce fauteuil. C'était un de ses petits sorts préférés.

Elle se tenait près d'une des servantes lorsque celle-ci tira un fouet à manche noir du mur et se mit à lui parler comme si elle invoquait un dieu. Seulement, sa voix se répercuta dans toute la maison. Baba Yaga ne comprit pas grand-chose, à part quelques mots comme « Kiev », « vers », et…

« Vers. » La femme indiquait aux gens la destination de la maison. C'est alors seulement que Baba Yaga comprit : les maisons ne se rendaient pas au même endroit. Telle maison allait en tel lieu, et tout le monde le savait sauf elle – sans doute parce que le renseignement était inscrit sur ces sales petits bouts de papier qu'elle était incapable de déchiffrer, ou bien parce qu'il était annoncé dans une langue qu'elle ne parlait pas.

La porte de la maison-qui-vole était close et elle ne parvint pas à la rouvrir.

La maison se mit à bouger, et Baba Yaga faillit tomber.

Si on l'emmenait d'ici, elle ignorait comment elle y reviendrait ; et, comme elle ne savait pas où Katerina et Ivan étaient partis, sans ces bâtiments comme base de recherche, tout espoir de les retrouver était perdu. Elle avait échoué.

Elle faillit détacher le petit morceau de tissu d'Ombre de son cou et se le draper sur la tête. Mais elle avait trop… non, pas peur – elle n'avait pas peur – mais trop honte à l'idée de renoncer, de rentrer chez elle les mains vides, ses projets contrariés par un magicien qui utilisait des moutons comme ces gens au titre de serviteurs. Non, elle ne baisserait pas les bras !

Elle ôta Ombre et se mit à sangloter bruyamment en modifiant son apparence pour prendre celle d'une paysanne égarée, perdue, dont elle avait volé l'empreinte dans une ferme quelques jours plus tôt. Ne pas connaître la langue était un inconvénient, mais elle espérait qu'on la croirait sénile.

Les servantes se démenèrent, coururent çà et là pour trouver son siège, seulement elle n'en avait pas, non plus que de billet ; elles essayèrent de lui parler, elle ne comprit rien, et pour finir la maison-qui-vole s'arrêta pendant que les servantes s'adressaient à des hommes sortis d'une petite pièce à l'avant ; ils jetèrent à Baba Yaga des regards exaspérés, répondirent par des murmures brusques aux servantes avant de retourner dans leur pièce et de faire reculer la maison jusqu'à la porte.

On l'ouvrit, on fit sortir Baba Yaga et la maison repartit.

Ainsi, on commandait aux maisons depuis la petite pièce à l'avant ; c'était bon à savoir. Et il fallait un papier avec des lettres dessus pour obtenir un siège. Et il fallait savoir où on allait, sans quoi on pouvait arriver n'importe où.

C'est pourquoi Baba Yaga demeura plusieurs jours dans l'aéroport à tout observer. Elle s'efforçait de n'utiliser Ombre que parcimonieusement, pendant qu'elle mangeait les plats trop salés ou trop sucrés qu'elle volait sans se faire voir. Elle apprit l'usage des toilettes et se mit à imiter les gens du coin qui se lavaient les mains de façon obsessionnelle. Elle fouilla les bagages jusqu'à ce qu'elle trouve des vêtements à sa taille qui lui permettent de se mêler à la foule lorsqu'elle ne portait pas Ombre.

Plus important, cependant, elle apprit tout sur les billets, l'argent et les cartes de crédit. Elle aborda un employé et lui jeta un petit sort de loquacité, puis elle le fit s'exprimer lentement et répéter jusqu'à ce qu'elle pensât avoir compris ses explications. L'argent en cours n'était plus l'or mais simplement des chiffres magiques entreposés dans de toutes petites maisons munies d'une seule fenêtre et qu'on appelait des « ordinateurs », et les cartes de crédit faisaient office de charmes qui commandaient à un serviteur au loin d'envoyer ces chiffres magiques par de minces fils à d'autres ordinateurs, et hop ! on recevait un morceau de papier avec des mots magiques écrits dessus qui obligeaient les gens des maisons volantes à vous fournir un siège et à vous emmener à votre destination.

À présent qu'elle savait la valeur des cartes de crédit, Baba Yaga se mit à en recueillir autant qu'elle put. Elle passait Ombre sur sa tête, s'approchait des gens alors qu'ils payaient leur billet et leur prenait la carte des mains. Elle ne tarda pas à en posséder ainsi plusieurs dizaines.

Mais à quoi bon si elle ignorait où Katerina et son époux s'en étaient allés ? Elle ne l'apprit qu'après s'être fait expliquer l'usage d'un écran d'ordinateur par un des vendeurs de billets. L'ensemble de l'aéroport n'était pas l'œuvre d'un seul magicien : chacun des différents seigneurs des airs avait sa propre livrée, si bien qu'on pouvait identifier leurs serviteurs à la couleur de leurs uniformes ; et chaque seigneur possédait un certain royaume, par conséquent certaines livrées ne conduisaient qu'en certains lieux ; de plus, ils conservaient dans leurs archives le nom de toutes les personnes qui prenaient place dans leurs maisons. Comme Baba Yaga avait une idée relativement précise du moment où Katerina et Ivan avaient pris leur vol, il ne fut guère difficile – juste un peu long – de découvrir quel seigneur des airs les avait transportés et où ils s'étaient rendus. Ensuite, obtenir un billet pour la même destination ne posa aucun problème.

Mieux encore, l'adresse d'Ivan était même indiquée dans l'ordinateur ; Baba Yaga demanda au vendeur de billets de la lui écrire sur un papier. Tout le monde était vraiment serviable, ici ! Elle paya avec une de ses plus jolies cartes de crédit, qu'elle laissa en cadeau au vendeur – en même temps qu'une malédiction mineure, une infection de la vessie et une crise de diarrhée, rien que parce qu'elle était Baba Yaga et qu'elle avait un rôle à tenir. Puis, à présent familiarisée avec les formalités de l'aéroport, elle les contourna toutes sans difficulté, monta à bord de la maison-qui-vole et prit place dans un fauteuil avec entre les mains les billets qui l'amèneraient d'abord à Berlin, puis à New York et enfin à Syracuse. Là, elle trouverait un moyen de transport – un train peut-être ? – pour se rendre à Tantalus où se trouvaient Ivan et Katerina.

Les dieux et les magiciens de ce monde ne pouvaient pas rivaliser avec Baba Yaga, même dans l'état de faiblesse où elle était. Elle surclassait tous ses adversaires – et ses alliés aussi, d'ailleurs. Même la mort : un jour, elle découvrirait comment l'éviter. Si des dieux simples d'esprit comme Mikola Mojaïski y parvenaient, elle y arriverait aussi.

12

Charmes

Ivan comprit aussitôt qu'il allait être impossible d'expliquer de façon simple et méthodique la situation à son père : il accablerait Ivan de questions à chaque phrase, tout en saupoudrant l'ensemble de la discussion d'une incrédulité absolue.

La conduite de sa mère était un rêve, en revanche ; elle hochait la tête de temps en temps sans lâcher les mains de Katerina et en lui souriant aux moments les plus inattendus. La conversation se déroulait à moitié en vieux slave et à moitié en ukrainien, mais tout le monde avait l'air de suivre ce qui se disait. Sauf que le père d'Ivan ne comprenait rien du tout.

Ivan n'avait même pas envisagé de chercher à décrire le neuvième siècle dont était issue Katerina, mais son père en connaissait trop sur le langage de l'époque. « Il est impossible qu'une enclave de pur proto-slave ait pu survivre à travers tant de siècles, déclara-t-il, à peine furent-ils installés dans la voiture. Une langue isolée est certes conservatrice, mais pas à ce point. Même le basque a changé depuis cinq cents ans. Par conséquent, tout se résume à cette question : ton épouse ici présente est-elle le résultat d'une expérience soviétique tordue sur le langage ou bien s'agit-il d'un canular compliqué qui aurait mal tourné ? » Il s'était exprimé en anglais, mais Ivan embraya aussitôt dans un mélange de langues compréhensible, pensait-il, à la fois par Katerina et par sa mère.

« Quel rapport y a-t-il entre les Soviétiques et le langage ? demanda Katerina.

– Votre pays a été pendant les soixante-dix dernières années sous la botte d'un gouvernement qui a commis des crimes étranges et terribles, répondit Ivan.

– Sa communauté est-elle donc isolée au point de n'avoir même pas remarqué la présence du gouvernement soviétique ? » s'exclama le père d'Ivan.

Là, Ivan n'avait plus vraiment le choix. Il dut raconter qu'il était remonté jusqu'au neuvième siècle, qu'il avait cru devoir y passer son existence si bien qu'il avait épousé Katerina, mais alors il était revenu et il avait ramené sa femme avec lui. Son père se mit aussitôt à parler de charlatanisme de science-fiction – « Un enlèvement par des extraterrestres à travers le temps ? » – jusqu'au moment où sa femme lui tapota le bras : « Imagine que c'est de la magie, mon chéri. Imagine que… qu'Ivan a découvert la Belle au bois dormant et qu'il l'a réveillée d'un baiser. »

Son mari éclata d'un rire sec et moqueur.

« Papa, fit Ivan d'un ton patient, ne te dis pas que c'est “comme si” j'avais découvert la Belle au bois dormant et que je l'avais réveillée. Katerina est véritablement la Belle au bois dormant en chair et en os, la petite fille maudite par une méchante sorcière – par le modèle même de la méchante sorcière, la Veuve. » Il se reprit : il devait dire son nom à son père. Il n'était plus à Taïna. « Baba Yaga. Et les efforts des tantes de Katerina pour la sauver de la malédiction qui devait la tuer ont abouti à ce qu'elle se retrouve endormie au milieu d'une fosse gardée par un ours géant – et ceci pendant à peu près onze siècles.

– Mon Dieu, comme le temps passe vite », répliqua sèchement son père.

Katerina regarda Ivan d'un air étrange.

« Qu'y a-t-il ? demanda-t-il.

– Vous considère-t-on ici comme un si grand menteur que même votre père ne vous croit pas ? »

Et elle lui fit un clin d'œil.

Mais le père d'Ivan ne vit pas le clin d'œil. « Un menteur ? Vanya n'a rien d'un menteur ! Ce qui m'inquiète, c'est sa santé mentale ! » Malheureusement, il dut employer le terme moderne pour « santé mentale » et Katerina ne le comprit pas. À la grande surprise d'Ivan, sa mère déclara, dans un vieux slave hésitant :

« Mon mari pense qu'Ivan est fou.

– Tu parles le proto-slave ? » demanda Ivan.

Sa mère haussa les épaules. « Me crois-tu sourde ? Je n'ai pas cessé de vous entendre, ton père et toi, parler entre vous dans cette langue ! » Mais il y avait anguille sous roche, Ivan en était sûr : son père et lui s'exprimaient en vieux slave liturgique, la langue écrite de l'Église, tandis que sa mère venait d'employer la langue orale – avec un accent légèrement différent de celui de Taïna, peut-être, mais qu'elle ne devait pas aux échanges d'Ivan et de son père.

Il se serait volontiers penché sur le sujet si son père ne s'était pas mis à poser de nouvelles questions et, quand ils se garèrent dans leur allée, à Tantalus, le professeur Smetski savait tout ce qu'il devait savoir… et il en croyait peut-être une petite fraction, en partie seulement. Il se rendit tout droit dans son bureau – quelles réponses il espérait y trouver, Ivan l'ignorait – tandis que son épouse pilotait Katerina jusqu'à la cuisine et qu'Ivan rentrait les bagages.

Pour Katerina, cette deuxième cuisine moderne était peut-être encore plus intéressante que la première, non parce qu'elle différait beaucoup de celle de Sophia mais parce qu'elle lui donnait la preuve que tout le monde possédait ces articles dans le monde entier, et pas seulement les épouses des dieux. Ivan, qui observait les deux femmes en riant de leurs maladresses de langage, s'aperçut peu à peu qu'il existait un niveau de communication dont il n'avait jamais eu conscience jusqu'alors, un niveau en soubassement de la langue – ou peut-être au-dessus ? – grâce auquel deux personnes se reconnaissaient et accédaient avec exactitude à ce que l'autre voulait dire, désirait et ressentait. Toutes les femmes ont-elles ce don ? se demanda Ivan. Et puis il songea : Non. Maman n'a jamais partagé ça avec Ruthie.

Chez Sophia, Katerina n'avait même pas cherché à se rendre utile, comme si elle se sentait dépassée par tant de magie ; mais, dans la cuisine de la mère d'Ivan, elle mit aussitôt la main à la pâte sans qu'on lui demande rien. Dans un sens, cela n'étonna pas Ivan – à Taïna, les princesses n'étaient pas de fragiles créatures qui ne devaient rien faire de leurs dix doigts. Il avait souvent entendu louer l'habileté de Katerina qui, aux moissons, était capable de lier une gerbe de blé plus vite que n'importe qui, avec une telle dextérité que, comme on disait, « elle aurait pu coudre sans aiguille ». Les princesses élevées dans du coton étaient intervenues beaucoup plus tard dans l'Histoire, du moins en Russie. Ce qui surprenait Ivan n'était donc pas sa bonne volonté mais plutôt sa compréhension instinctive de ce que son hôtesse attendait d'elle. Elle parut saisir instantanément le principe du chargement et du vidage du lave-vaisselle, alors même que nul ne lui avait expliqué ce qu'était la machine ni à quoi elle servait ; elle semblait savoir de quel ustensile la mère d'Ivan avait besoin et, plus stupéfiant que le reste, où il se trouvait. Cela, Ivan n'y était jamais arrivé : enfant et adolescent, il aidait de temps en temps sa mère à la cuisine, à mettre le couvert par exemple, mais il devait toujours se renseigner auprès d'elle pour localiser les ustensiles moins courants.

Enfin, quand Katerina se dirigea sans hésiter vers un tiroir pour y prendre le petit instrument bizarre dont la mère d'Ivan se servait pour ôter la queue des framboises, il ne put s'empêcher de demander : « Comment saviez-vous que c'était là ? »

Les deux femmes le regardèrent comme s'il était fou.

« Votre mère me l'a dit, répondit Katerina.

– Non. Elle parlait des framboises des champs qui arrivaient en ce moment à maturité, si bien que celles-ci ne sont pas des framboises de serre. À aucun moment elle n'a indiqué ce dont elle avait besoin ni où le trouver. »

Sa mère et Katerina échangèrent un regard intrigué.

« Mais si, je l'ai dit, fit enfin sa mère. Tu n'écoutais pas, voilà tout.

– Au contraire, rétorqua Ivan, j'écoutais très attentivement, parce que j'étais sidéré de tous les mots de vieux slave que tu emploies déjà et de tout l'ukrainien que Katerina comprend déjà. Je pourrais vous répéter votre conversation mot pour mot, si vous vouliez. »

Sa mère le dévisagea, ahurie. « Mais j'aurais juré avoir dit... que j'avais besoin d'un... » Et, tout en parlant, elle bougeait les mains exactement comme si elle utilisait l'instrument sur une framboise ; Ivan se rappela soudain qu'elle avait effectué ce même geste et il vit ce qu'il n'avait pas remarqué jusque-là : que les mains de Katerina l'imitaient. Donc, ce qui s'était donc transmis, c'était un savoir mécanique, pas du langage, et Katerina avait reconnu l'ustensile quand elle l'avait vu parce que ses mains savaient déjà l'employer ; et elle possédait déjà un tel sens de la cuisine d'Esther qu'elle avait su où le chercher.

Ivan tenta de leur expliquer sa découverte, mais à présent le langage leur faisait défaut, ainsi que peut-être une certaine philosophie, car ni la mère d'Ivan ni Katerina n'avaient l'obsession masculine des causes mécaniques – les mécanismes grâce auxquels tout fonctionne dans le monde naturel. Ce qui les intéressait, c'était les intentions, les motivations, les buts. Quand elles voulaient apprendre à faire quelque chose, c'était parce qu'elles avaient l'intention de le faire et que ce savoir leur était nécessaire, tandis qu'Ivan désirait savoir comment le monde marchait justement parce qu'il était incapable de le faire fonctionner lui-même ; il ressentait donc le besoin de comprendre ce qui l'entourait. Dans les deux cas, il s'agissait de maîtriser l'environnement. Pour Ivan, une question se posa aussitôt : ce qui se passait entre sa mère et Katerina était-il partagé entre toutes les femmes ou seulement entre ces deux-là ? Pour elles, seul comptait le fait qu'elles se trouvaient ensemble dans la cuisine et qu'elles s'appréciaient et se comprenaient l'une l'autre malgré la barrière de la langue ; du moment que cela fonctionnait, le mécanisme sous-jacent n'avait aucune importance.

Ivan cessa donc de s'immiscer entre elles et ne prit plus part à la conversation que lorsque ses talents d'interprète étaient requis. Il n'en poursuivit pas moins ses observations et il prit peu à peu conscience que Katerina et sa mère avaient une autre particularité en commun, une particularité qu'il n'avait jamais remarquée au cours des années qu'il avait passées dans la cuisine.

Sa mère employait la magie.

Pourquoi n'avait-il pas reconnu, dans la cuisine devant la maison du roi Matfeï, le petit bol de sel et de croûte de pain près du feu ? À Taïna, il avait supposé qu'il s'agissait d'une offrande à un dieu officieusement adoré dans cette terre récemment christianisée ; mais il y avait aussi de ces objets sur la cuisinière de sa mère. Quand Ivan était enfant et demandait à sa mère pourquoi elle ne se servait jamais du sel du petit bol, elle lui expliquait qu'il était là « pour absorber l'humidité de l'air » ; plus tard, Ivan avait compris qu'il s'agissait chez sa mère d'une vieille superstition transmise de toute éternité de génération en génération. C'est seulement en arrivant à Taïna qu'il avait appris la réalité de ces anciens dieux et le fait que le sel et le pain n'étaient en rien des offrandes mais des charmes – c'est-à-dire qu'ils n'étaient pas là comme aliments symboliques, mais qu'on leur avait imposé le pouvoir de chasser le malheur. Ces objets étaient magiques en eux-mêmes.

Aussi, quand Katerina, la première fois qu'elle s'approcha de la cuisinière, se sécha l'index sur sa jupe et toucha le sel et le pain, Ivan comprit qu'elle n'accomplissait pas là un acte de soumission à un dieu oublié, mais qu'elle se plaçait sous la protection enchantée de la cuisine. Et, parce qu'elle avait le sens de ces choses-là, pas un instant elle ne s'était comportée comme si le pain et le sel avaient été mal charmés : au contraire, elle s'était conduite dans la cuisine de la mère d'Ivan comme dans la sienne propre. Elle n'avait pas besoin de se protéger parce que la pièce l'était déjà.

Ivan promena son regard autour de lui. Le chapelet d'ail pendu dans le placard à provisions : là encore, Ivan avait cru à un remède de bonne femme, mais il se souvenait à présent des propriétés magiques de l'ail dans la tradition populaire. Il lui était désormais impossible de tout ranger sous le vocable simplificateur de « superstition », et il se fit la remarque qu'écarter rats, cafards et autre vermine du placard à l'aide d'ail légèrement enchanté devait être plus sain qu'employer un piège chimique qui émettait Dieu sait quel poison dans l'air.

Jusqu'à quel point la maison de son enfance était-elle enchantée ? Et sa mère savait-elle que les rites auxquels elle se prêtait opéraient pour de bon ?

Bien sûr qu'elle le savait !

Ivan avait grandi accompagné par le travail de son père, il l'avait aimé, s'y était intéressé, puis engagé ; mais, dans le même temps, il avait vécu entouré d'un savoir complètement différent, tout aussi ancien – non, bien plus, car, au lieu d'étudier une culture d'autrefois d'un point de vue moderne, sa mère la mettait en pratique et maintenait vivante cette longue tradition ininterrompue –, et lui ne s'était rendu compte de rien.

Cependant, là, dans la cuisine, il se tut sur sa découverte. Si elles n'en discutaient pas avec les hommes – en tout cas, sa mère n'en avait jamais parlé à Ivan, ni à son père, il aurait été prêt à le parier –, il était inutile de les bombarder de questions auxquelles elles ne répondraient pas.

Pourtant, à Taïna, on ne gardait pas les hommes dans l'ignorance de la magie ; ils savaient parfaitement ce que faisaient les femmes et ils pratiquaient leur propre magie, depuis les enchantements du forgeron qui fabriquait les épées jusqu'au fermier derrière sa charrue, depuis celui qui ramassait les champignons jusqu'au chasseur dans la forêt. Ce n'étaient donc pas les hommes qui étaient tenus à l'écart : c'étaient les rationnels, les scientifiques et les chercheurs comme mon père. Et comme moi.

Le père d'Ivan était d'humeur bougonne – non, carrément revêche – quand il descendit pour le dîner. Il ne dit rien pendant le début du repas, ce qui ne lui ressemblait pas, mais ses yeux s'assombrirent un peu quand Katerina se signa et murmura une brève prière chrétienne avant de commencer à manger. Ivan s'efforça de ne pas prêter attention à la maussaderie de son père et préféra s'intéresser à la façon dont Katerina apprenait les coutumes de la table, différentes de celles de la maison du cousin Marek. Impérieuse lorsqu'elle avait franchi le pont, méprisante envers les coutumes étrangères, Katerina avait en quelques jours changé de manière stupéfiante : elle se montrait désormais souple, presque gourmande de nouveauté. De temps en temps, elle tâtonnait encore un peu, mais de façon charmante, et, quand Ivan regarda enfin son père, c'était parce qu'il observait Katerina avec un respect involontaire.

Mais était-ce bien cela ? Après le repas, alors que Katerina et son hôtesse débarrassaient la table – Ivan était tout prêt à les aider mais toutes deux avaient insisté pour qu'il les laisse œuvrer seules cette fois –, son père s'adossa dans son fauteuil, un sourire ironique aux lèvres, et déclara : « Elle ne met vraiment pas longtemps à s'adapter aux coutumes actuelles, tu ne trouves pas ? »

Le sous-entendu était évident : Katerina faisait seulement semblant de ne pas être une femme de l'époque moderne.

« Quel quotient intellectuel accordes-tu aux gens du neuvième siècle ? répliqua Ivan. Et crois-tu nos coutumes si difficiles et compliquées à apprendre ?

– Épargne-moi tes sarcasmes, répondit son père. Tu me demandes d'avaler un conte à dormir debout, alors que le rasoir d'Occam exige une explication beaucoup plus simple.

– Papa, je te jure que, s'il existait une explication plus simple, Occam et moi serions les plus heureux des hommes.

– Tu crois ce qui te fait plaisir. Moi, je crois aux preuves. »

Ivan avait peine à se persuader qu'il avait bien entendu. Il passa à l'anglais – sa langue naturelle pour les discussions intellectuelles et passionnées –, se pencha et déclara : « Combien de fois dans ma vie m'as-tu vu me laisser entraîner par une crédulité indifférente aux preuves ? Ai-je jamais prétendu avoir vu des OVNI ? Me suis-je inscrit au parti communiste ? Depuis quand ai-je une réputation de gogo qui gobe toutes les sornettes qu'on lui raconte ? Et toi, papa, depuis quand t'es-tu institué le rationaliste suprême, le juge impartial qui assène son verdict à partir de preuves qu'il n'a même pas vues ? Il me semble que le témoin oculaire c'est moi, et que c'est toi qui rends des jugements fondés uniquement sur tes croyances !

– Ma croyance en un univers rationnel, oui.

– Non, papa, tu ne crois pas en un univers rationnel. Nous sommes dans un monde où rien ne peut se déplacer plus vite que la limite arbitraire de trois cent mille kilomètres à la seconde, où les pierres et les plumes tombent à la même vitesse dans le vide, où une force mesurable mais inexplicable appelée la gravité lie les gens aux planètes et les planètes aux étoiles, et où un battement d'aile de papillon en Chine peut causer un ouragan dans les Antilles. Mais tu as foi dans tout ce bric-à-brac incompréhensible que tu es incapable de seulement concevoir parce les prêtres de l'église établie des intellectuels ont déclaré qu'il s'agissait de lois immuables, et toi, suppliant fidèle au pied de leur autel, tu n'imagines même pas de les remettre en question !

– On croirait entendre un nouveau converti, fit sèchement son père.

– C'est peut-être le cas ; ou alors, j'ai réussi à sortir de la caverne, et toi, tu es encore dedans, à essayer de comprendre l'univers en étudiant les ombres sur le mur. Papa, j'ai été témoin d'événements qui ne peuvent s'expliquer que par la magie ; d'accord, je dois encore avoir des instincts de matérialiste, parce que je suis convaincu qu'ils ont tous une explication rationnelle, fondée sur des principes naturels encore inconnus de nous. Mais je ne peux pas fermer les yeux et me dire que tout ce qui m'est arrivé n'aura jamais eu lieu si je répète "Einstein" cinq fois de suite le plus vite possible !

– Moi, j'invoquais Occam, si tu te souviens bien », dit son père.

Cette touche d'humour suffit à détendre un peu l'atmosphère. « Écoute, papa, je ne peux pas discuter avec toi, je ne peux pas te convaincre, parce que tu n'y étais pas. Voici tout ce que je peux te dire : aucune langue ne peut survivre sans une communauté de locuteurs ; tu l'as relevé toi-même, le slave que parle Katerina est beaucoup trop pur et ancien pour provenir d'une enclave isolée quelque part dans les montagnes. Le rasoir d'Occam nous force à une seule conclusion : Katerina vient bien du neuvième siècle.

– Non, Vanya, il nous force à une conclusion complètement différente : c'est une Eliza Doolittle* : on lui a appris à parler le vieux slave couramment.

– Non ! » Ivan abattit violemment sa main sur la table, exaspéré. « Écoute-toi, et écoute-la, elle ! Tu es bien placé pour savoir qu'on ne peut pas faire semblant de connaître une langue ; or elle connaît trop de termes que nous ignorons ; elle possède un accent que ni toi ni moi n'aurions imaginé – les voyelles sont correctement prononcées, mais pas exactement comme on l'avait prévu, et les nasales commencent déjà à s'affaiblir, plus tôt que nous ne le pensions. Un chercheur moderne l'aurait instruite selon les suppositions de notre temps ; les nasales seraient pures, les palatales plus appuyées...

– Sauf s'il s'était rendu compte que ces voyelles devaient être différentes...

– Papa ! s'exclama Ivan. On croirait entendre un de ces crétins persuadés que la Commission trilatérale a pris le contrôle du monde dans des buts inavouables ! Pour quel motif inconcevable quelqu'un aurait-il monté un tel canular ? Quelle fortune, quel pouvoir peuvent espérer des comploteurs qui auraient appris à une jeune femme à parler le vieux slave comme si c'était sa langue maternelle ? Tu connais personnellement tous les chercheurs dans ce domaine : lequel est le coupable ? Lequel a créé Katerina ? »

Son père secoua la tête. « Je l'ignore. Mais je ne peux pas... Tu n'es pas un menteur, Vanya, par conséquent je

* Allusion à *Pygmalion* de Bernard Shaw, où le professeur Doolittle réussit, par l'apprentissage du bien-parler, à faire une grande dame d'une pauvresse de Londres (NdT).

dois supposer qu'on t'a trompé. J'ai observé Katerina pendant tout le repas et… elle m'a bien plu ; mais, me suis-je dit, évidemment qu'elle me plaît, on l'a choisie parce qu'elle attire la sympathie ; quand on veut duper les gens, on prend quelqu'un d'aimable, qui inspire confiance, et… Mais tu as raison : qui est ce "on" que je vois partout ? Ça n'a aucun sens. Pourtant… même si – je croyais que la Belle au bois dormant était un conte français –, même si c'est arrivé, pourquoi à toi ? Pourquoi à nous ?

– Pourquoi pas à nous ? répliqua Ivan. Il fallait bien que ça arrive à quelqu'un.

– Et pourquoi maintenant ? Non, je connais ta réponse : pourquoi pas maintenant ? »

Ivan éclata de rire. « Voilà enfoncé le dernier clou du cercueil d'Occam !

– On peut quand même se couper si on utilise le rasoir usagé d'un autre, dit son père. Mais, pour le moment, dois-je faire semblant de vivre dans l'univers fantastique que tu as évoqué ? »

Sur une impulsion, Ivan saisit la main de son père. Ils ne s'étaient jamais beaucoup pris par la main ; en bons Russes, ils s'embrassaient pour se dire bonjour, et la dernière fois qu'Ivan se rappelait lui avoir tenu la main autrement que pour la lui serrer, c'était quand il était petit et que son père l'aidait à traverser les rues de Kiev. Mais c'était un contact familier quand même ; certains souvenirs ne disparaissent pas, certains souvenirs physiques sont éternels. La main d'un père, la voix d'une mère. Sauf que la main de son père avait rapetissé… non, c'était celle d'Ivan qui avait grandi, mais, pour lui, c'était son père qui s'était réduit, qui n'avait plus la stature d'un géant, d'un dieu capable de le prendre contre lui et de le protéger. Si guide il y avait, c'était désormais Ivan qui jouait ce rôle, Ivan qui aidait l'autre à traverser la rue inconnue et périlleuse.

« Papa, maman était au courant. Pas de tout, mais, quand je me suis fiancé à Ruth, elle m'a dit que c'était une erreur. Comme dans une vieille histoire du folklore juif, elle m'a raconté que j'étais déjà lié par un serment à une certaine femme et que ce serait offenser Dieu d'en épouser une autre. J'ai cru qu'elle avait perdu les pédales, mais… elle avait raison : j'avais déjà épousé Katerina onze siècles plus tôt.

– Ah, ses fameuses intuitions ! La première fois que j'ai voulu me prévaloir du droit d'un juif d'émigrer en Israël, elle a refusé parce que tu avais encore des choses à apprendre en Ukraine ; mais ensuite, une fois que nous nous sommes rendus chez le cousin Marek, elle s'est calmée, et elle était tout à fait satisfaite quand nous sommes partis. Maintenant que tu m'as raconté ton histoire, je comprends mieux : tu avais vu la Belle au bois dormant ; il n'en fallait pas plus. Tu l'avais vue une fois dans ton enfance et tu reviendrais. » Il poussa un profond soupir. « Mais elle ne pouvait pas me l'expliquer parce que je ne l'aurais pas crue. D'ailleurs, encore maintenant, je fais seulement semblant d'y croire. »

Mais il ne faisait pas semblant. Il avait admis que c'était la seule histoire qui tînt debout. « Ainsi, maman savait tout depuis le début ? demanda Ivan.

– Non, non ! Si elle avait su ce que tu allais être obligé de faire, elle m'en aurait parlé, même si je ne devais pas la croire. Ce n'est même pas elle qui a suggéré de séjourner chez le cousin Marek. Non, elle avait simplement un pressentiment, et, du coup… je ne l'ai pas prise au sérieux. Un pressentiment ! Qu'est-ce qu'un pressentiment ? Mais aujourd'hui, si ce que tu dis est vrai, qui est l'imbécile dans l'affaire ?

– Il n'y en a pas, répondit Ivan, sauf ceux qui croient comprendre le monde. Ce sont eux les imbéciles, tu ne penses pas ? »

Son père haussa les épaules. « Imbéciles peut-être,

mais quand ils fabriquent des fusées, elles volent la plupart du temps et, quand ils font des forages, ils découvrent du pétrole la plupart du temps.

– Là, tu me parles des ingénieurs, papa. Ce sont les professeurs les imbéciles.

– Heureusement que tu as souri en l'affirmant, sans quoi je me serais senti visé.

– Moi aussi, je veux devenir professeur, tu ne l'as pas oublié ?

– Ah bon ? fit le père d'Ivan. Je croyais que tu allais être le prince consort du royaume magique de Taïna.

– Prince consort en exil, corrigea Ivan. Et, tant que nous serons en Amérique, j'aurai besoin d'un métier américain. J'ai un mémoire à rédiger cet été. Crois-le ou non, mais j'ai vraiment effectué mes recherches avant toute cette aventure, et à présent je dois… » Il s'interrompit.

« Qu'est-ce que tu dois ? »

Ivan éclata d'un rire amer en secouant la tête. « Je n'avais pas pensé à mon mémoire jusqu'ici, alors même que j'ai traversé l'Atlantique avec toutes mes notes dans mes bagages ! Comment puis-je le rédiger, maintenant ? J'ai connu le copiste de saint Kirill, j'ai vu des documents écrits de la main de Kirill. Je sais précisément quelle forme avaient les lettres à l'origine, je sais précisément la prononciation de la langue et les déformations qu'elle a subies quand les prêtres l'ont mise par écrit !

– Grand Dieu ! s'exclama son père en comprenant soudain.

– Avant d'embrasser Katerina, j'étais prêt à pondre un article de spécialiste ; mais aujourd'hui, si je l'écris, je dois feindre une ignorance absolue de ce que je sais ou bien… Non, je n'ai pas le choix. Je ne peux pas dire la vérité puis citer comme source "une expérience personnelle chez les locuteurs proto-slaves du royaume de Taïna, pays qui n'a laissé aucune archive et n'est mentionné nulle part dans l'Histoire". » Alors Ivan parla de Sergeï à son père, des contes qu'il avait fait écrire au jeune ecclésiastique dans les marges et au verso des manuscrits de saint Kirill. « Mais je ne pensais pas prendre congé aussi brusquement ; il n'y a donc aucune chance que ces documents aient survécu. Je ne sais même pas comment m'y prendre pour qu'ils aient une chance d'arriver jusqu'à nous. Et ils doivent nous parvenir sans que leur provenance fasse de doute ; s'ils atterrissent, Dieu sait comment, dans une bibliothèque de Constantinople, par exemple, personne ne croira à leur authenticité ; quelqu'un ne manquera pas d'attribuer les annotations à un copiste anonyme du quatorzième siècle ou de n'importe quand, ou à un contrefacteur nationaliste. Si ces parchemins survivent jusqu'à maintenant, ça fera du bruit – mais quelqu'un d'autre les découvrira et les interprétera de travers. Il faut que ce soit moi qui les trouve, et d'une façon telle que je puisse publier un article sur eux en affirmant qu'ils sont exactement ce qu'ils paraissent être : des documents écrits par Kirill lui-même, auxquels Sergeï a ajouté un compte rendu de l'histoire et du folklore de son temps.

– À t'entendre, on dirait que tu envisages de retourner à Taïna.

– En effet, répondit Ivan, parce que mon passage ici n'est que temporaire. Katerina n'aura de cesse qu'elle n'ait sauvé son peuple, ce qu'elle n'a pas accompli en venant ici. Notre départ a simplement permis de me sauver, moi. »

Ce fut au tour du père d'Ivan de prendre la main de son fils. « Je dois te poser une question : je te vois jouer les protecteurs avec elle, mais vous n'avez pas l'air… excuse-moi, mais vous n'avez pas l'air à l'aise l'un avec l'autre. Vous vous êtes mariés à cause d'un baiser et d'une promesse faite sous la menace d'un ours, n'est-ce pas ? Mais t'aime-t-elle ? »

Ivan éclata de rire. « Ah, ça, c'est toute la question ! Non, elle ne m'aime pas. Je pense qu'elle me voit d'un meilleur œil maintenant qu'elle a fait l'expérience de passer d'un monde à l'autre, c'est-à-dire qu'elle éprouve un peu moins de mépris pour moi. Mais de l'amour ? Ça n'a rien à voir avec le mariage – pour les princesses, en tout cas.

– Par certains côtés, ta mère et moi sommes des inconnus l'un pour l'autre, comme tous les gens mariés, je pense. Mais nous nous complétons, nous nous connaissons aussi bien qu'il est possible à deux inconnus. » Le père d'Ivan eut un sourire triste. « Je l'aime, Vanya, et elle m'aime aussi. Nous sommes attachés l'un à l'autre ; nous ne le manifestons guère, mais c'est vrai.

– Je le sais.

– Tu mérites la même chose, mon fils. Je nourrissais des doutes envers Ruthie ; elle affirmait un peu trop son adoration pour toi, elle en faisait un peu trop pour que ce soit authentique – pardonne-moi, je ne disais rien parce que tu l'aimais –, mais, à côté de Katerina, elle était le parangon de l'épouse parfaite. Il me déplaît de te savoir uni à une femme qui considère qu'elle s'est mariée en dessous de sa condition.

– Oui, c'est un problème, fit Ivan ; l'ennui, c'est que c'est vrai.

– Non, répliqua son père. Non, ce n'est pas vrai. Il n'y a pas une femme au monde qui, en t'épousant, se marierait en dessous de sa condition. »

La déclaration prit Ivan au dépourvu. « Je croyais… Maman ne parlerait pas autrement.

– En effet. Une mère dit ces choses plus aisément qu'un père.

– Je suis fier que tu me voies ainsi, répondit Ivan, mais ça ne veut pas dire que je crois ton affirmation exacte.

– Je sais, et c'est bien ce qui m'attriste : que tu t'imagines redevable à cette femme de t'avoir épousé.

– En l'occurrence, répondit Ivan, il me semble que Katerina et moi sommes d'accord sur le fait qu'aucun d'entre nous n'est particulièrement redevable à l'autre dans cette affaire. »

Son père hocha la tête. « Ah, la vie ! » dit-il avec cette amertume résignée que seuls les Russes savent mettre dans ce mot – encore que les juifs russes se débrouillent pour y glisser une bribe de fierté : la vie est dure, mais au moins je fais partie des victimes élues.

« Pourquoi ne m'as-tu jamais appris à manier l'épée quand j'étais petit ? demanda Ivan.

– Aucun des enfants des autres professeurs ne l'a appris non plus, répliqua son père. Mais songe quand même que je t'ai donné le vieux slave liturgique. Tu l'as comprise quand elle s'est adressée à toi. »

Avec un sourire complice et un salut à son père, Ivan sortit.

Depuis le début du voyage, Katerina s'était sentie terrifiée, même si elle bridait sa peur, s'efforçait de la contenir, voire de la nier. Ce n'était qu'en pénétrant dans la voiture avec le père et la mère d'Ivan que sa terreur avait commencé à s'atténuer, bien qu'elle ne comprît pas pourquoi à ce moment-là : à la différence du *gruzovik*, la voiture se déplaçait à une vitesse effrayante et se faufilait entre d'autres véhicules tout aussi rapides, tandis que le père d'Ivan paraissait à peine prêter attention à sa conduite. Pourtant, elle n'avait pas peur ; elle se sentait en sécurité.

C'est en entrant chez Ivan qu'elle avait compris : la maison était bel et bien protégée, comme la voiture, elle s'en rendait compte à présent. Un vieux nid de guêpes pendait à la gouttière au-dessus de l'entrée, et Katerina sut aussitôt qu'il y en avait un au-dessus de chaque porte et que l'encadrement de chaque fenêtre portait une tache de sang menstruel.

Il y avait de la musique quand ils entrèrent, venue de nulle part et de partout, mais cela ne l'effraya pas car elle vit des charmes d'harmonie et comprit qu'une sorcière très habile et subtile avait placé cette maison sous protection. Nulle haine, nulle hypocrisie ne pouvaient s'établir ici, tandis qu'un ennemi qui pénétrerait dans la maison en repartirait l'esprit égaré. Katerina n'avait pas beaucoup étudié la magie – ses tantes, si elles étaient encore en vie, ne s'écartaient jamais de leur domicile, car Baba Yaga avait juré de les tuer pour avoir contrarié sa malédiction envers Katerina ; qui restait-il pour lui enseigner les arts les plus profonds ? Elle avait appris ce qui était à sa disposition, assez en tout cas pour reconnaître la touche d'une maîtresse dans l'œuvre subtile, car les charmes étaient dissimulés, enchâssés dans des objets apparemment décoratifs quand il avait été impossible de les déguiser en taches naturelles ou, comme dans le cas des nids de guêpes, en ouvrages d'innocentes créatures.

Toutefois, la petite porcelaine sur le manteau de la cheminée était une invocation d'Ours, et Katerina s'en inquiéta, étant donné que la rumeur plaçait Ours sous l'emprise de Baba Yaga. Néanmoins, un dieu était un dieu, et celui ou celle qui protégeait la maison n'était pas folle. Ours ne serait pas invoqué s'il était un ennemi en ce lieu et en cette époque.

Dans la cuisine, elle s'était sentie tellement en harmonie avec la mère d'Ivan qu'elles avaient à peine besoin de parler ; pourtant, comme Ivan l'avait fait remarquer, sa mère paraissait inconsciente de leur façon de communiquer par-delà le langage. Intéressant. Cette bonne sorcière ne se rendait-elle pas compte du grand pouvoir qu'elle détenait ? À mon époque, se dit Katerina, à toi seule tu aurais inquiété Baba Yaga. Naturellement, cela aurait signé ton arrêt de mort ; mieux vaut donc que tu n'aies pas vécu en mon temps.

C'est seulement après le repas et une fois Ivan et son père installés dans la salle de séjour que Katerina put demander à sa mère – car elle la considérait déjà ainsi – jusqu'à quel point la magie était courante en ce monde. « Ivan ne paraissait rien en savoir, dit-elle, et pourtant... il a vécu dans cette maison. »

Sa mère sourit et posa un regard timide sur l'eau de vaisselle de l'évier – les casseroles ne passaient pas à la machine, incapable de préserver les charmes qui rendaient les aliments cuits dans ces récipients toujours sains et goûteux. « La plupart des gens sont comme Vanya, répondit-elle en s'efforçant d'employer les mots anciens quand elle les connaissait. « Ils ne savent rien. Moi, j'ai eu un professeur.

– Un professeur, oui, mais aussi du talent. »

Mère Esther ne comprit pas le terme dont s'était servie Katerina.

« C'est en vous, expliqua la princesse. Vous ne l'avez pas seulement appris : c'est en vous. »

Mère Esther secoua la tête. « Je n'ai rien de spécial. Mais la vie était dure à l'époque ; je suis née juste après la guerre mais ma mère m'a raconté comment c'était ; il s'est passé d'horribles événements. Mon père et mes grands frères sont morts quand les Allemands sont arrivés, dénoncés et déportés comme juifs. Seules ma mère et ma sœur ont survécu, en se cachant comme ceci. »

Elle releva la bavette de son vieux tablier démodé sur son visage et devint aussitôt indécelable. Katerina trouva l'expérience déconcertante : elle savait que sa Mère Esther était là, qu'elle était même parfaitement visible près de l'évier, pourtant la jeune femme ne pouvait pas s'empêcher de regarder ailleurs et elle avait beaucoup de mal à continuer à penser à sa mère, à s'obliger à ne pas oublier à qui elle parlait et de quoi. Soudain, Mère Esther réapparut, son tablier retombé à sa place. « J'étais encore dans le ventre de ma mère à l'époque, dit-elle. J'étais le dernier cadeau que lui avait fait mon père. Mais elle m'a enseigné que, parfois, les vieilles traditions constituent le seul moyen de combattre les maux nouveaux. Alors j'ai appris. Elle est morte trop tôt pour tout me transmettre et, de toute façon, elle n'en savait pas tant que ça. Mais, avant de mourir, elle m'a fait connaître Baba Tila, à Kiev. »

J'ai eu jadis une Tetka Tila, se dit Katerina, une des tantes qui ont altéré la malédiction de Baba Yaga ; mais c'était celle qui habitait le plus loin des trois et elle n'est jamais venue me voir après ma petite enfance. Elle m'a sauvé la vie mais ne m'a rien appris.

« Elle était très vieille, disait Mère Esther, et même une sorcière aussi puissante qu'elle ne peut vivre éternellement. J'ai été sa dernière élève. » Elle soupira. « Tout le monde meurt si vite.

– Vous cachez votre savoir ?

– L'Église, les chrétiens... ils tuaient les sorcières. Enfin, rarement les vraies ; rien que de vieilles femmes qui marmonnaient dans leur barbe, ou des gens dénoncés pour sorcellerie par leurs ennemis. Les vraies sorcières savaient se cacher de leur vindicte. Mais la sorcellerie était tenue pour une abomination et ce n'était pas bon ; nous l'avons donc dissimulée. Ah ! j'en parle comme si j'étais sorcière moi-même ! Belle sorcière en vérité ! Est-ce que vous me comprenez seulement ? Baba Tila m'a enseigné la langue ancestrale, mais il y a bien longtemps et j'ai beaucoup oublié.

– Je comprends tout, répondit Katerina, ou presque.

– Aujourd'hui, on ne croit même plus que les sorcières aient existé, ce qui nous facilite l'existence. On ne nous traque plus. Il y a bien quelques idiotes qui se baptisent sorcières et qui dansent toutes nues – elles croient que la sorcellerie consiste à communiquer avec le démon ! Ou que c'est une religion de la nature. Elles ne savent rien, et je me sens gênée pour elles. » La mère d'Ivan éclata de rire. « Mais au moins on ne nous craint plus. Mon mari… s'il savait… Votre venue risque de lui révéler la vérité.

– Je ne dirai rien », déclara Katerina.

Sa mère secoua la tête. « C'est trop tard : Vanya est au courant, lui, et il va tout raconter à son père, sans mauvaises intentions.

– Ne pouvez-vous pas lui demander de se taire ?

– Vanya n'est pas doué pour mentir ni même pour dissimuler la vérité. Nous verrons quelle sera la réaction de Piotr : il est temps qu'il sache. »

Elles poursuivirent leur conversation sur ce que la mère d'Ivan savait de son fils quand il était enfant. « Seulement qu'il était important, pour une raison inconnue. Mais toutes les mères le pensent de leurs enfants, non ? Les pères aussi. Piotr a toujours su que Vanya avait quelque chose de particulier ; pourtant ce n'était pas un enfant facile : il courait tout le temps, il voulait devenir athlète, Piotr voulait qu'il devienne chercheur et moi je voulais juste qu'il ait bon cœur.

– Vous avez tous été exaucés. » Et Katerina songea : un chevalier puissant, un esprit sage, un cœur pur.

Sa mère lui tapota la main en souriant. « C'est ça ! Faites les louanges de mon enfant et vous savez que nous serons amies !

– Je dis seulement ce que je sais, rétorqua Katerina. Il a bon cœur. C'est de ça que je dépends ; c'est mon seul espoir.

– J'ai été terrifiée quand il a quitté ce monde, dit sa mère. J'ignorais qu'il vous avait trouvée ; je savais seulement qu'il avait disparu. Mais ensuite je l'ai vu vivant et je ne me suis plus inquiétée. Quelle que soit la nécessité qui l'avait attiré à vous – et elle l'appelle depuis qu'il est tout petit, je l'ai entendue –, je savais qu'il serait assez fort pour l'affronter en fin de compte. »

Katerina éprouvait un sentiment d'amour pour cette femme aux manières simples et à la profonde sagesse, elle l'aimait comme la mère dont elle ne gardait qu'un vague souvenir. Piotr aussi paraissait un homme de bien, quoiqu'il fût si plein de ses propres doutes que Katerina pouvait à peine lui adresser la parole. Et, pour la première fois de sa vie, dans cette maison protégée, séparée de Baba Yaga par des milliers de kilomètres, Katerina se sentit parfaitement à l'abri et sereine.

De fait, elle était heureuse. Ce n'était pas un sentiment inconnu pour elle – elle avait été heureuse à de nombreuses reprises, auprès de son père après une rude journée de moisson, à regarder les gens danser malgré leur fatigue ; avec les enfants qui cabriolaient lors d'un mariage ; il y avait souvent eu de la joie dans son existence. Mais c'était une joie qu'elle devait aux autres, le bonheur d'une princesse qui se réjouit de voir son peuple heureux. Parfois aussi, c'était la paix momentanée de la confession, de la communion, où elle savait que le Dieu d'amour lui avait pardonné et l'accueillerait en son sein quand son heure viendrait, même si Baba Yaga trouvait quelque terrifiant moyen de la vaincre entre-temps. La paix aussi était un sentiment familier pour elle ; mais, dans cette maison, la paix… eh bien, la paix n'avait pas de fin. On pouvait y être heureuse et sereine un instant, puis, l'instant suivant, être encore heureuse et sereine, et elle eut envie de pleurer. Mais, quand Mère Esther lui montra sa chambre, séparée de celle d'Ivan, et lui proposa de s'y installer, elle se mit à pleurer pour de bon. « Non, dit-elle, je veux partager la chambre de votre fils.

– Il m'a déjà prévenue, répondit sa mère, que vous seriez plus à l'aise à l'écart de lui. »

Katerina secoua la tête. « Non, vous ne comprenez pas. Dans cette maison, je suis à l'aise partout.

– Alors, laissez-moi m'exprimer différemment : il serait plus à l'aise à l'écart de vous. »

Les deux femmes s'entre-regardèrent un instant, puis elles éclatèrent de rire, bien que, dans le cas de Katerina, le rire se teintât de désespoir. « Eh bien, d'accord, dit la jeune femme. Va pour une chambre séparée. Mais j'ai l'intention d'être une véritable épouse pour votre fils ; cela a peut-être mal commencé, mais je compte que cela se finira bien. »

Sa mère lui posa un doigt sur les lèvres. « Je sais, dit-elle. Il n'y a guère de temps en ce monde, mais il y en a toujours assez si on l'emploie bien. »

Katerina secoua la tête. « Pas pour tout, répondit-elle. Pas assez en compagnie de ma mère. »

Esther l'attira contre elle et la serra dans ses bras. « Votre mère vous enveloppe à tout instant. Je le sais parce que je sens son amour pour vous dans mes bras et tout autour de vous. »

Katerina pleurait quand la mère d'Ivan referma doucement la porte derrière elle et la laissa seule dans la chambre. Et cela aussi était du bonheur, car il y a des larmes de joie, et des larmes de paix également.

Ruth versa des larmes amères sur ses fiançailles rompues, et sa mère se démena pour avertir tous les juifs de Tantalus qu'Ivan Smetski avait rendu sa parole à Ruthie pour épouser une *goy* et que Ruthie l'avait appris à l'aéroport en voyant la fille accrochée comme un goitre au bras d'Ivan. Tout le monde fut horrifié, comme il se devait, et les parents de Ruth s'en sentirent mieux. Mais pas Ruth.

Elle n'éprouva guère de soulagement non plus en parlant à ses amies de la fac et en écoutant leurs réflexions au ton victorieux : mais qu'est-ce que tu espérais d'un homme ? Les femmes sont des objets, les hommes des marmites bouillonnantes d'hormones, blablabla, tout cela, elle l'avait déjà entendu, et elle n'éprouvait aucune joie particulière à apporter de l'eau au moulin du féminisme triomphant. Ce qu'elle demandait, c'était de la compassion, parce qu'elle sentait encore – ou du moins elle le craignait – qu'Ivan était quelqu'un de bien et qu'elle avait raté le gros lot. Mais, s'il est si bien que ça, comment a-t-il pu me quitter ? Non, pas si bien. Pourtant, en ce cas, pourquoi le perdre me fait-il si mal ? Est-ce seulement ma fierté qui en a pris un coup ?

Peut-être. Mais elle savait au fond de son cœur que ce n'était pas vrai non plus, parce que, si Ivan lui revenait, même maintenant, elle l'accepterait. Elle ne lui ferait plus confiance, mais elle le reprendrait, parce qu'elle l'aimait vraiment et que l'amour ne disparaît pas ainsi, simplement à cause de l'indignité de l'être aimé.

Elle avait toujours cru qu'Ivan était homme à tenir ses promesses.

Le temps : voilà ce qui guérissait ce genre de blessure, disait-on ; et puis s'occuper pour se distraire. Elle fut prise d'une frénésie d'achats ; mais, en rentrant chez elle, elle n'ouvrit même pas les sacs ni les boîtes. Un livre, un autre, puis encore un autre, tous cornés à la page dix ou vingt, tous empilés à côté de son lit. Elle alla même jusqu'à taper son curriculum vitæ dans l'idée futile qu'il était temps pour elle d'entrer dans le monde réel et de gagner sa vie. Lorsqu'elle écrivit « Dernier poste : fiancée. Motif de départ : remplacée par une *goy* », elle comprit qu'elle faisait fausse route.

« Fais comme moi », lui dit sa mère, et Ruth se retrouva ainsi au salon de beauté à se faire manucurer et coiffer, teindre et permanenter les cheveux, le tout en même temps – ce qui n'allait sûrement pas faire de bien à ses cheveux ni à ses allergies, mais au moins elle sortirait de là sous un nouvel aspect.

« Belle comme vous êtes, dit la vieille femme assise à côté d'elle, je ne comprends pas que vous vouliez faire couper des cheveux aussi splendides. »

Ruth se sentit vaguement inquiète, surtout à cause de la façon dont la femme la regardait – trouve-t-on des lesbiennes de quatre-vingt-dix ans qui draguent dans les salons de beauté ? –, mais elle demeura polie. « Changer de tête, ça fait des vacances.

– Alors de quoi s'agit-il ? D'un homme ou d'un travail ?

– Pardon ?

– Cette autodestruction, cet effacement de vous-même… dit la vieille. Vous avez perdu un travail ou vous avez perdu un homme.

– Excusez-moi, fit Ruth, mais… est-ce que nous nous connaissons ?

– Nous sommes en train de faire connaissance. Vous avez besoin d'autre chose que d'une coupe à la Jeanne d'Arc et d'une teinture. Retrouvez-le.

– Vous voulez dire le récupérer ? Ou bien le retrouver pour me venger ?

– Comme vous voudrez. »

Une lueur ravie dansait dans les yeux de la vieille.

Et, soudain, il n'y eut plus qu'une guêpe sur le fauteuil à côté de Ruth. Elle fit quelques pas sur le skaï, puis s'envola et sortit par la porte.

Je perds la tête, se dit Ruth.

D'abord un peu inquiète d'avoir vu une femme se transformer en guêpe – ou une guêpe en femme, peu importait –, elle sentit l'angoisse l'envahir à l'idée de tomber dans une dépression si profonde qu'elle menait aux hallucinations. Le Prozac était-il aussi efficace qu'on le disait ?

Et puis elle songea aux paroles de la vieille : retrouvez-le. Retrouvez-le. Sa vie en eût-elle dépendu, elle aurait été incapable de savoir ce qu'elle désirait : se venger ou se réconcilier ?

Elle suivit la rue, à la recherche de sa voiture. Où était-elle garée ? Ça, c'est encore un signe que je perds la boule, se dit-elle. Ces derniers temps, j'oublie où je me suis garée ou bien si j'ai pris mon petit-déjeuner – depuis qu'il m'a larguée. Le salaud ! La garce !

Assise sur le trottoir à côté de sa voiture, adossée au mur, se trouvait une SDF. Non, elle était sale et tout ce qu'on voudra, mais elle ne mendiait pas : elle vendait. Sur un bout de tissu étendu devant elle, Ruth vit d'étranges sachets, des fioles à bouchon de liège et de minuscules jarres fermées à l'argile. Ruth s'arrêta pour examiner les produits proposés.

La gitane passa la main dans son dos et, quand elle la ressortit, elle tenait un petit bout de papier. Dessus, il était écrit : *Retrouvez-le*.

C'était dingue ! D'autant qu'un instant plus tard, les mots se changèrent en gribouillis illisible. Le papier ne portait plus de message, du moins dans un alphabet connu de Ruth. Elle avait dû rêver.

La gitane prit un petit sachet et pointa le doigt sur Ruth de l'autre main.

« Je n'en veux pas », dit la jeune fille.

La gitane sourit. Elle n'avait plus de dents.

« Ça l'obligera à m'aimer ? »

La gitane réfléchit un moment, comme si elle avait du mal à traduire la question de Ruth. Puis elle secoua la tête, reposa le sachet et prit une petite jarre bouchée à l'argile.

« Ce truc-là, alors ? demanda Ruth. Il oubliera l'autre garce et il m'aimera ? »

La gitane hocha la tête avec un grand sourire.

« Combien ? » Je ne vais tout de même pas acheter un truc comme ça !

Pourtant, elle était bel et bien train de tirer son portefeuille de son sac à main. « Hmm ? Combien ? »

La gitane se contenta de continuer à sourire.

Ruth sortit un billet de cinq dollars. La gitane ne réagit pas. Dix ? Non. Vingt dollars ?

Mais qu'est-ce qui me prend ?

La gitane s'empara du billet de vingt d'un air dubitatif, puis, soudain, un grand sourire éclaira son visage. Elle n'était pas complètement édentée : il lui restait quelques molaires noirâtres.

« Comment s'en sert-on ? demanda Ruth. Je dois le porter sur moi ? Le manger ? Le boire ? Le lui faire avaler ? »

À cette dernière phrase, la gitane acquiesça vigoureusement.

« Ben tiens, comme si on allait faire un pique-nique, lui et moi ! » fit Ruth. Elle se sentit flouée. De toute manière, elle s'était couverte de ridicule : acheter un philtre d'amour à une gitane sur un trottoir ! Tout ça parce qu'une inconnue dans le salon de beauté lui avait dit de le retrouver ? Ivan m'a rendue folle ! Ai-je seulement envie qu'il m'aime ?

Elle était en train de monter dans sa voiture mais, à cette dernière pensée, elle ressortit impulsivement. La gitane inclina la tête et la regarda d'un air interrogateur.

Ruth désigna le sachet que la femme avait commencé par lui proposer. « Qu'est-ce que ça fait, ça ? »

La gitane se mit à se gratter en éclatant d'un rire caquetant. Ruth ignorait si cela signifiait qu'Ivan allait être couvert de démangeaisons, que quelqu'un allait le chatouiller ou qu'il allait se transformer en singe, mais, en tout cas, cela avait l'air prometteur.

De plus, rien ne l'obligeait à donner le produit à Ivan : il serait peut-être plus utile de le faire prendre à la garce *goy*.

Encore une fois, il lui fallait savoir : devait-elle mettre le produit dans un gâteau ? Le lui jeter au visage ?

La gitane fit semblant de manger.

« Comme l'autre, alors », dit Ruth.

La gitane hocha la tête.

« Le sachet pour me venger, la fiole pour l'obliger à m'aimer. »

La gitane tendit la main et Ruth y déposa un nouveau billet de vingt dollars. La gitane secoua la tête et Ruth ajouta un autre billet. La gitane les fourra dans son décolleté, rabattit les coins de son tissu, fit un nœud des quatre extrémités, se leva et s'éloigna.

C'est tout ? J'étais la seule cliente de la journée ?

Ou alors, une fois qu'elle a extorqué soixante dollars à un gogo, elle a de quoi s'enivrer une semaine d'affilée.

Je ne me servirai pas de ces produits. D'abord, quand en trouverais-je l'occasion ? Et ensuite, je ne sais même pas ce que je veux. Je devrais peut-être les faire prendre tous les deux à Ivan ; ou, mieux encore, faire tomber Ivan et sa *goy* amoureux de moi, et alors ce serait mon tour de le laisser tomber pour la même femme ! Quelle dérision !

C'est peut-être un pistolet que j'aurais dû acheter.

À l'instant où cette pensée lui traversa l'esprit, son esprit y réagit comme à du poison. Un pistolet ! Pour lui ? Pour elle ? Pour moi ? Mais qu'est-ce qui me prend ? Je ne veux la mort de personne ! Je veux seulement poursuivre ma vie normalement !

Elle laissa tomber la fiole et le sachet dans sa petite poubelle de voiture. Soixante dollars jetés par la fenêtre, mais c'est moins cher qu'une nouvelle robe que je ne sors même pas de son sac quand je rentre chez moi.

Baba Yaga

Elle était épuisée. Si la magie avait été difficile à pratiquer jusque-là, c'était devenu presque impossible, si loin du pays d'Ours. Baba Yaga ne s'était rendu compte à quel point elle dépendait de son pouvoir qu'au moment d'essayer des opérations magiques sans lui.

Néanmoins, rien ne l'arrêterait. Elle avait plusieurs jours de retard sur Ivan et Katerina mais elle n'eut pas de mal à les retrouver. La maison, cependant, était protégée, et Baba Yaga trop faible pour franchir les obstacles ; se faire arrêter par une sorcière qu'en temps normal elle aurait écartée rien qu'en soufflant dessus la rendit furieuse, mais elle devait se débrouiller avec le monde tel qu'il était. Ivan et Katerina étaient à l'intérieur de la maison. Baba Yaga eut tout juste la force de s'assurer que le mariage n'avait pas encore été consommé, mais, presque aussitôt, les rideaux s'ouvrirent violemment et à la fenêtre apparut une femme d'âge moyen qui la regarda droit dans les yeux.

Elle ne peut pas me remarquer, se dit Baba Yaga, et pourtant elle sait où je suis.

Il ne m'aurait peut-être pas suffi de lui souffler dessus, finalement, songea-t-elle.

Elle s'éloigna de la maison en se demandant que faire.

Écouter, voilà ce qu'il fallait. Peut-être ne pouvait-elle pratiquer la magie sur personne dans cette maison sans se faire repérer et bloquer, mais cette sorcière ne pouvait l'empêcher de s'imposer elle-même des charmes.

Cela prit des heures et elle dut trouver des herbes de substitution, mais son sort d'écoute se révéla finalement assez efficace. Après avoir mâchonné et réduit le mélange en pâte, elle l'avala, s'assit dans l'obscurité sous un arbre et se concentra sur les sons qui se précipitaient sur elle. Des gens en train de manger, de faire la vaisselle, de cuisiner, de se disputer, d'écouter des machines qui parlaient. Une maison après l'autre, Baba Yaga se désaccorda de chacune, la fit taire dans son esprit jusqu'à ce qu'elle ne captât plus que les bruits d'une seule demeure.

Quand le charme fut usé, quelques heures plus tard, Baba Yaga avait seulement appris qu'il existait une femme du nom de Ruth à qui Ivan avait été fiancé.

Une femme délaissée… se dit-elle. Ça peut me servir.

Comme elle ignorait où cette femme habitait, Baba Yaga dut encore avoir recours à la magie pour la trouver. Il lui fallut deux jours qu'elle passa à chercher des sentiments de chagrin et de colère. Elle en trouva en abondance – que ces gens sont donc emportés ! – mais enfin, après avoir jeté son filet le plus loin possible, elle détecta Ruth au volant de sa voiture sur l'autoroute. Comme tout le monde se déplaçait vite ! Mais, à présent qu'elle avait l'empreinte de l'âme de Ruth sur son cœur, Baba Yaga la retrouverait toujours.

Ne parlant pas la langue de l'époque ni du pays, Baba Yaga dut recourir au truc de la guêpe, guider le petit insecte dans le salon de beauté puis inciter Ruth à imaginer la femme, ses paroles et sa langue pour extraire, parmi les émotions contradictoires de la jeune femme envers Ivan, celles que Baba Yaga considérait comme les plus utiles pour elle : le désir de le voir revenir et le désir de le détruire.

Puis, sur le trottoir, elle était apparue en personne,

parce que, cette fois, il ne pouvait plus être question d'hallucination : les potions devaient être réelles. Soixante dollars ? Baba Yaga avait eu envie d'éclater de rire ; mais elle devait accepter l'argent, elle le savait, sans quoi Ruth ne croirait pas en l'efficacité des potions.

Qu'elle choisisse celle qu'elle voudra, ça me conviendra toujours, se dit-elle.

Le lendemain à son réveil, Ruth découvrit tous ses cheveux étalés sur l'oreiller. Le miroir confirma ses pires craintes : elle était chauve comme un œuf. Elle se mit à hurler, puis à pleurer. Elle résolut de se venger d'Ivan, parce que ce malheur qui venait couronner tous les autres était aussi de sa faute : sans lui, elle ne se serait pas fait faire une permanente et une teinture le même jour !

Dans les bois où elle attrapait des insectes et les tuait pour récupérer la magie contenue dans leur corps minuscule, Baba Yaga perçut l'horreur et la rage de Ruth. Cette fois, la malédiction n'avait pas servi qu'à s'amuser un peu : dans quelques heures, Ruth allait récupérer les potions dans sa poubelle de voiture – car, dans son esprit, Ivan et Katerina étaient responsables, quoique indirectement, de sa calvitie, et quelqu'un allait payer d'une façon ou d'une autre.

13
Pique-nique

Ivan aperçut ses bagages dans un coin de sa chambre. Il ne les avait pas défaits, pas même pour récupérer une brosse à dents, car sa mère lui en avait préparé une nouvelle dans la salle de bains et il avait quantité de linge propre dans ses placards ; mais les vêtements sales entassés dans ses valises avaient besoin de passer à la machine. Il ne savait pas exactement pourquoi il avait montré si peu d'empressement à défaire ses bagages à son arrivée : il était chez lui, ici, et pourtant il avait le sentiment de n'être que de passage. Il était marié à présent ; cela signifiait qu'il ne serait jamais plus qu'un visiteur chez ses parents.

Il jeta ses sacs sur le lit, les ouvrit et en sortit ses habits roulés serré. Il ne savait plus lesquels étaient propres et lesquels sales – sa mère exigerait de les laver sans faire de distinction, de toute manière, et, cette fois, il la laisserait faire. Les vêtements allèrent donc tous dans le panier à linge. Il déposa sur son bureau les livres, les articles, les notes. Son mémoire. Son avenir ? Peu probable : il lui serait trop difficile de passer toute une année ou davantage à écrire comme s'il était encore aussi ignorant que le premier chercheur venu. Il était déjà déplaisant d'être obligé de rédiger un mémoire dans le style tristement pédant de la recherche, mais le falsifier serait insupportable. Cependant, était-ce important ? Il devait retourner à Taïna en compagnie de Katerina et, s'il survivait, il y deviendrait roi, du moins de nom. Pour un choix de carrière, c'était en général considéré comme supérieur au professorat – mais lui ne s'y sentait aucune inclination.

Je n'ai plus ma place dans aucun des deux mondes ; chacun m'a rendu l'autre invivable.

Ses bagages étaient vides. Sur une impulsion, il retourna chacun d'eux et le secoua. Un bout de papier tomba et glissa sous le lit.

Il s'agenouilla brusquement, pris d'un sentiment d'urgence. Il s'était tout de suite rappelé ce qu'était le morceau de papier : c'était le billet laissé à la fenêtre de Baba Tila. Il était chez lui, et sa mère avait été l'élève de Baba Tila ; aujourd'hui, il comprenait ce qu'elle avait appris, et peut-être le mot lui dirait-il quelque chose.

Mais sa mère se montra aussi perplexe que lui. Katerina et elle examinèrent le bout de papier ; sa mère le plaça devant la fenêtre, le passa au-dessus d'une flamme et alla même jusqu'à l'étaler délicatement sur un bol d'eau pour voir si un autre message apparaissait, mais en vain. Le mot disait toujours simplement : *Délivrez ce message.*

« Et tu dis l'avoir trouvé à la fenêtre de Baba Tila ? demanda encore une fois sa mère.

– Oui, entre les pierres, là où elle te laissait des notes autrefois.

– Je n'étais pas sa seule élève. »

Ivan haussa les épaules. « N'empêche qu'au cours de toutes les années qui se sont écoulées depuis n'importe qui aurait pu le trouver.

– C'est assez simple, je crois », fit Katerina.

La mère et le fils se tournèrent vers elle dans l'attente d'une explication.

« Le message ne vous est pas destiné, sans quoi vous l'auriez compris.

– Donc je dois le remettre en place, dit Ivan.

– Non, répliqua Katerina. C'était bien vous qui deviez le trouver ; il vous indique qu'en faire.

– Le délivrer… mais à qui ? »

Katerina haussa les épaules. « Pas à moi, en tout cas.

– Il ne doit pas s'agir de quelqu'un de votre monde, puisque je ne puis rien y transporter.

– Mikola… » Katerina se reprit. « Je veux dire, ne pourrait-ce pas être destiné au cousin Marek ?

– J'aurais dû y penser, mais le mot était dans mes bagages et c'est à peine si j'y ai touché. Il s'est passé pas mal d'événements entre le moment où j'ai trouvé ce billet et celui où je suis revenu chez Marek et Sophia.

– Le mot n'est pas pour lui, affirma la mère d'Ivan. Baba Tila n'avait pas besoin de messagers ni de bouts de papier pour envoyer des nouvelles au Fermier du Vent.

– Ils étaient… reliés entre eux ? » demanda Ivan.

Ainsi, Baba Tila connaissait Mikola Mojaïski. Katerina ne put s'empêcher de se demander si Baba Tila et sa Tetka Tila… Mais non, ses tantes ne faisaient pas partie des immortels ; plus probablement, le nom s'était transmis au long des siècles à l'instar de la vieille langue. Sa langue à elle.

« Non, cela n'avait rien de miraculeux, répondit la mère d'Ivan : ils employaient des pigeons. Baba Tila les adorait. » Son expression se fit songeuse. « J'aimerais savoir ce qu'ils sont devenus à sa mort.

– Elle les a peut-être emportés avec elle », dit Ivan.

Sa mère le foudroya du regard. « Ne te moque pas de ce que tu ne comprends pas !

– Je ne me moquais pas.

– À vrai dire, fit sa mère, c'est sans doute ce qui s'est passé : il y avait une partie d'elle-même dans ces oiseaux. Ils veillaient à sa place ou, plutôt, elle veillait à travers eux. À sa mort, ils ont dû se retrouver soudain vides, ou à moitié vides, et je suppose qu'ils sont morts aussitôt ou peu après.

– Quelle tristesse ! dit Katerina. Mais quelle merveille de connaître le vol des oiseaux !

– En tout cas, nous ignorons toujours à qui est destiné ce mot.

– Tu le sauras, répliqua la mère d'Ivan. Garde-le sur toi.

– Sur moi ? » L'idée ne plaisait pas à Ivan. Pour un motif inconnu, savoir ce billet dans sa poche l'inquiétait.

« Seulement si tu le désires, dit sa mère. Près de toi, ça suffira. Quand tu trouveras la personne à qui tu dois le remettre, tu le sauras, et à ce moment-là il faudra que tu puisses mettre la main dessus rapidement. »

Sauf quand je serai à Taïna, se dit Ivan. Là, il sera complètement hors de ma portée ; et j'ai l'impression qu'annoncer de vive voix au destinataire ce que contient le message ne reviendrait pas au même que le lui donner en mains propres.

« J'espère ne pas l'avoir abîmé en le plaçant sur l'eau, fit Mère Esther.

– Moi, c'était la flamme qui m'inquiétait, dit Ivan.

– Sornettes ! s'exclama Katerina. S'il a été bien fait, ni l'eau ni la flamme ne peuvent lui nuire ; et, s'il a été mal fait, ce n'est pas un message de pouvoir et il n'a aucune importance. »

Cette discussion à propos du billet avait donné des idées à Ivan. « N'existe-t-il pas un moyen, n'importe lequel, de transporter des objets d'un bout des ponts à l'autre, maman ?

– Et comment le saurais-je ? » répliqua sa mère.

Katerina secoua la tête.

« Et si j'avalais quelque chose, dit Ivan, ce serait à l'intérieur de moi, non ?

– N'essaye surtout pas, fit sa mère. Les règles qui régissent ces créations peuvent être très strictes, et tu risquerais de te mettre en danger si tu avais autre chose qu'un repas dans ton corps – au niveau de n'importe quel orifice.

– Ce sont des sorts de franchise, renchérit Katerina, destinés à faire obstacle aux menteurs. Ils fonctionnent contre les fourberies, comprenez-vous ? La Méchante Veuve ne peut pas traverser le pont parce qu'elle n'est que mensonges, elle en est remplie, recouverte. Mieux vaut ne pas imaginer ce qui se passerait si vous tentiez de passer alors que vous êtes un sournois ou un menteur. »

Ivan gloussa. « Il faudrait créer une administration qui remettrait un certificat aux politiciens capables de traverser les ponts ! »

Le terme ukrainien pour « politiciens » laissa Katerina perplexe, et ni le jeune homme ni sa mère n'eurent envie de le lui expliquer.

« Vous ne pouvez emporter que ce que vous avez dans la tête, dit la princesse, et dans votre cœur.

– Dans ma tête, il n'y a qu'un méli-mélo extrême – et de la littérature russe. »

Ivan et sa mère eurent la même idée au même instant. « Pourquoi ne pas apprendre ce qu'il faut pour fabriquer ce dont tu as besoin là-bas ? fit sa mère tandis qu'Ivan acquiesçait déjà.

– Apprendre quoi ? demanda Katerina.

– À fabriquer des armes, répondit Ivan. Des bombes ; je pense avoir déjà une idée pour faire des cocktails Molotov – en distillant de l'alcool...

– Oh, la bonne initiative ! fit sa mère. Introduire la vodka en Russie avec des siècles d'avance !

– Je me vois mal utiliser de l'essence.

– De quoi parlez-vous donc ? intervint Katerina. Je ne connais aucun de ces mots.

– Il s'agit d'inventions modernes, répondit Ivan. Ce que nous pouvons apprendre à fabriquer ici, nous pourrons l'enseigner chez vous.

– Mais quelles armes ? demanda Katerina. Vous n'avez pas d'épées – je n'ai vu personne en porter – et, quant à la magie, la plupart des gens ignorent ce que c'est.

– Ah, Katerina, vous ne savez pas ce qu'est une arme tant que vous n'avez pas vu ce que produit notre civilisation ; des armes capables de détruire le monde entier – mais, bien sûr, celles-là, personne ne s'en sert ; et des armes de maladie – mais celles-là, nous ne pouvons pas les employer parce qu'elles risqueraient de tuer des tas de gens innocents et de ne même pas atteindre l'ennemi. Il nous faut des armes plus précises, d'accord, maman ? Au neuvième siècle, la science du fer n'en est pas à un stade qui nous permette de fabriquer des canons, mais on a coulé très tôt des canons en bronze. Ça peut valoir le coup d'y réfléchir. Et la poudre, qu'est-ce que c'est ? Il y a une histoire de salpêtre là-dedans, si je me souviens bien… C'est du nitrate de quelque chose, non ? Et la dynamite ?

– C'est à moi que tu poses la question ? » demanda sa mère.

Ivan éclata de rire. « Oh, je sais où trouver les renseignements ! Il y a sûrement des sites de cinglés sur Internet. Si le gouvernement s'aperçoit de ce que je fais, on va me prendre pour un terroriste !

– Tout dépend des matériaux disponibles à l'époque. Il faudra que Katerina t'aide sur ce point, dit la mère d'Ivan. Elle saura ce qu'il possible ou non de réaliser dans son village. »

La princesse hocha la tête. Elle s'enorgueillissait d'être capable d'accomplir le même travail que quiconque à Taïna – peut-être pas tous : la forge et le labour exigeaient plus de muscles qu'elle n'en aurait jamais, mais au moins elle savait ce que faisaient ceux qui pratiquaient ces métiers et ce dont ils avaient besoin.

« Il y a aussi la question des transports, reprit Ivan. Nous ne pouvons pas fabriquer de voitures, mais peut-être est-il possible de… je ne sais pas, améliorer les chariots ? » Il éclata de rire. « Des chariots plus rapides qui frapperont Baba Yaga de terreur ! »

Sa mère lui tapa durement sur la tête.

« Aïe ! Qu'y a-t-il ?

– Tu as prononcé son nom !

– Mais nous ne sommes plus à Taïna, dit Ivan en se frottant le crâne.

– Cela lui donne le pouvoir de franchir les protections de la maison, rétorqua sa mère.

– Mais elle est à l'autre bout du monde, maman !

– Non. Elle est ici. »

L'effroi se peignit aussitôt sur les traits de Katerina. « Ici ? Dans la ville ?

– Il y a quelques jours, quelqu'un a sondé la maison. Je l'ai perçu – non, j'ai senti son odeur. Une odeur immonde, comme… Enfin, peu importe. Je suis allée à la fenêtre ; je n'ai pas pu l'apercevoir – elle était protégée par un charme – mais j'ai vu où elle se tenait, de l'autre côté de la rue, à surveiller la maison.

– Pourquoi n'avoir rien dit ? demanda Ivan.

– Parce que les protections suffisent à lui barrer le passage. Elle est affaiblie, ici. À mon avis, elle était furieuse de se retrouver incapable de franchir nos défenses.

– Elle sait où nous sommes ! fit Katerina. Ô mon Dieu, aide-nous !

– Amen, répondit la mère d'Ivan. Mais ça ne change rien : il faut encore que vous appreniez tout ce qui en vaut la peine, puis que vous retourniez à Taïna.

– Mais avec elle sur les talons, observa Ivan.

– Je réfléchis à divers moyens de la renvoyer chez elle », dit Mère Esther.

Katerina secoua vigoureusement la tête. « N'essayez rien, fit-elle. Vous avez beaucoup de talent mais, même affaiblie, elle demeure plus forte que vous.

– Sur mon propre terrain, ça reste à voir, répondit la mère d'Ivan.

– Ne vous y risquez pas, je vous préviens. Le fait même de l'affronter est un acte d'orgueil, comprenez-vous ? Ça lui donne l'avantage sur vous parce qu'elle règne par le biais de l'orgueil. Restez humble. C'est la protection du Christ. L'humilité des croyants en Jésus nous protège de la louve.

– Je ne suis pas chrétienne, rétorqua la mère d'Ivan.

– Mais vous n'avez jamais agi par orgueil jusqu'ici, n'est-ce pas ? Vous n'avez jamais provoqué une rivale, n'est-ce pas ?

– Non. Ça n'a jamais été nécessaire.

– Ce n'est pas nécessaire non plus maintenant. Il faut me croire ; je n'en sais pas autant que vous sur la magie, mais vous en ignorez plus que moi sur la Veuve. Si vous l'affrontez, si vous la défiez, elle vous tient. »

La mère d'Ivan fut prise d'un frisson d'angoisse. « Très bien, dit-elle. Très bien.

– Ne me dis pas que tu avais envie de te mesurer à elle, fit Ivan.

– Non, non, bien au contraire ; et je suis soulagée de savoir que je n'y suis pas obligée – et effrayée de savoir que j'en suis passée tout près quand je l'ai vue par la fenêtre. C'était tout juste. »

L'urgence n'en était désormais que plus grande. Finies les conversations à bâtons rompus avec le père et la mère d'Ivan, les agréables tâches ménagères entre Katerina et Mère Esther, les explorations du langage entre Katerina et Père Piotr ; à présent, Ivan passait ses journées sur l'ordinateur de sa chambre, relié au système informatique de l'université et par là à Internet. Il écrivit une trentaine de courriels à diverses personnes de sa connaissance et reçut des réponses : comment composer de la poudre à canon, comment fabriquer une allumette, où étaient localisés les dépôts des minéraux nécessaires dans les piémonts des Carpates ou comment les extraire des plantes, ou bicn quels substituts pouvaient être employés. Il interrogeait constamment Katerina sur les matériaux, bien que la plus grande partie des discussions se passât à essayer de trouver les mots pour décrire précisément ce qu'il cherchait. Même son père finit par s'en mêler en posant des questions à son réseau d'amis.

Ivan et Katerina ne s'écartaient jamais de la maison. Les parents ne risquaient pas grand-chose, selon l'estimation de Mère Esther, mais elle exigeait que son mari porte un charme, ce dont il faillit mourir de honte ; il finit pourtant par accepter. Ivan et Katerina, eux, n'avaient le droit que de se promener dans le jardin de derrière, qui était assez grand mais parut rétrécir de jour en jour. La seule consolation d'Ivan était que, s'il se trouvait coincé sur une île déserte, au moins c'était en compagnie de Katerina.

Ils continuaient à travailler sur leur projet. Quand il fabriqua sa première dose de poudre – qui faillit lui arracher la main –, Katerina commença à lui manifester un respect nouveau ; mais elle monta également dans l'estime d'Ivan lorsqu'elle insista pour apprendre elle aussi comment la confectionner. « Et si l'un de nous se fait tuer ? demanda-t-elle. Laisserons-nous la Veuve remporter la victoire, alors ? » Là-dessus, elle obligea Ivan à la guider dans le processus de broyage du matériau en poudre. Il mourait de peur de la tuer en commettant une erreur, mais elle en plaisantait et se moquait de son attitude protectrice. Il était sans cesse auprès d'elle, il sentait son odeur, il percevait son souffle sur les poils de ses bras ou sur ses oreilles alors qu'elle se penchait par-dessus son épaule pour observer ses manipulations. Il avait parfois l'impression qu'il allait devenir fou de désir pour elle ; mais il ne voyait pas comment lever ce qui les séparait et, même s'il pensait qu'elle l'appréciait désormais, il ignorait toujours si leur mariage devait reposer sur leur seule amitié.

M'aimes-tu ? Voilà ce qu'il aurait voulu lui demander,

en exigeant une réponse. Mais, craignant que la réponse ne fût qu'un triste « Je regrette, Ivan », il n'osait rien dire.

Elle s'entraîna à lancer de faux cocktails Molotov, elle apprit à fabriquer et à craquer des allumettes. Ils montèrent un alambic dans un appentis que le père d'Ivan acheta dans ce but, tout en se demandant dans sa barbe de quoi il aurait l'air dans les journaux. « Un professeur arrêté pour avoir distillé de la vodka dans un appentis. »

Ils décidèrent d'essayer tout leur matériel le 4 juillet, jour de la fête nationale. « Personne ne fera attention à quelques explosions et à quelques flammes ce jour-là », dit Père Piotr, et il avait raison, à l'évidence. Ils sauraient alors ce que valait leur poudre à canon ; ils emploieraient des quantités minimes, car ils ne voulaient pas faire sauter tout le quartier, juste vérifier si elle exploserait ou non ; ce ne serait guère plus que des pétards, en réalité. Et puis ils jetteraient quelques cocktails Molotov sur un tas de bois, si bien qu'ils ne feraient rien de plus grave que d'allumer un feu de joie. Ensuite, on rôtirait des saucisses sur la braise comme de bons Américains. Enfin, pas tout à fait : ils n'avaient jamais pu avaler ces ignobles trucs mous que les Américains employaient pour les hot-dogs. De belles et bonnes saucisses polonaises, russes et italiennes, voilà ce qu'ils mangeraient, et sur du vrai pain, pas sur ces espèces d'éponges conçues pour des édentés.

Et puis Ivan reçut un coup de téléphone de Ruthie.

« On ne te voit plus, Ivan. Tu te caches ou quoi ? Tu es encore tellement pris par ta lune de miel ? »

Se voulait-elle fielleuse, ou joyeuse et amicale ? Difficile à déterminer. « Katerina apprend la langue », répondit Ivan – ce qui n'était pas si loin de la vérité, bien que la langue dont il parlait fût le russe moderne. Comme pour des générations de petits Russes, c'était Pouchkine son professeur, dont ils se lisaient mutuellement des extraits le soir avant de se coucher. Les stances du rêve de Tatiana avaient grandement troublé la princesse, celles où la jeune fille se trouve poursuivie par un ours dans la neige. Ivan se demandait de temps en temps à quel point Pouchkine avait eu une claire vision de ce qu'avait vécu Katerina avant de tomber endormie dans la fosse enchantée. Il se demandait aussi comment Pouchkine avait pu le découvrir ; quelle influence l'Ours possédait-il encore au temps de l'écrivain ?

La voix de Ruthie le ramena au présent. « J'aimerais faire un pique-nique avec toi le 4.

– Un pique-nique ? » Bizarre… mais gentil aussi, vu sous un autre angle. « Ce serait sympa mais…

– Nous irions tous les trois, bien sûr. Je te considère toujours comme un ami, Ivan. Je peux ? Est-ce mal ?

– Non, ça n'a rien de mal, bien sûr. J'aimerais que ce soit possible, mais nous devons rester à la maison, tu sais, des histoires de famille…

– Je comprends, je comprends. Je ne fais pas partie de la famille, elle si, et voilà tout. Ça ne me pose pas de problème, Ivan. Je ne prétends pas avoir saisi ce qui s'est produit – c'est peut-être en partie pourquoi j'aimerais passer un peu de temps en votre compagnie.

– Tu sais, elle ne parle pas encore bien anglais, dit Ivan.

– Tu pourras traduire. Et si nous faisions ça la veille ? Le 3 ? Ivan, ne refuse pas, je t'en prie ! »

Il n'était pas question que Katerina et lui quittent la sécurité de la maison de sa mère. Néanmoins, il lui semblait grossier de rejeter cette tentative de réconciliation. « Le 3, d'accord, mais pourquoi ne viendrais-tu pas chez nous ? Je sais que papa et maman seraient ravis de te revoir. »

Un instant d'hésitation à l'autre bout du fil. « D'accord, mais c'est moi qui apporte le repas, dit-elle enfin.

– Maman n'acceptera jamais, fit Ivan.

– Qui invite qui ? C'est mon pique-nique, Ivan, même s'il doit se passer dans le jardin derrière chez toi. »

D'où lui venait ce mauvais pressentiment ? Je devrais lui répondre non, se dit Ivan. Il y a quelque chose qui ne va pas ; je fais une erreur. C'est dangereux.

Mais il ne voyait pas en quoi il y avait du danger ; de plus, il avait fait du tort à Ruth. Il lui devait réparation. Si elle tenait à repartir d'un bon pied, comment pouvait-il permettre à une peur vague et sans nom de s'interposer entre eux ?

À dire vrai, il avait une autre raison de ne pas avoir envie de ce pique-nique : au cours des semaines écoulées depuis son retour en Amérique, depuis qu'il l'avait vue à l'aéroport, Ivan avait fini par s'apercevoir que Ruthie ne lui manquait pas vraiment, qu'en réalité il ne l'avait sans doute jamais aimée. Maintenant qu'il pouvait comparer ses sentiments envers Ruthie avec ceux que lui inspirait Katerina, il n'y avait plus de doute possible. Il n'était pas du tout prêt au mariage, à l'époque, et il aurait fallu d'énormes efforts pour que son union avec Ruthie fût heureuse. Ils se seraient bientôt lassés l'un de l'autre.

Et, s'il était parfaitement sincère avec lui-même, il devait avouer qu'elle le lassait déjà avant son départ pour Kiev. Il était soulagé d'en être débarrassé, il s'en rendait compte aujourd'hui. Elle ne lui manquait pas du tout. Il ne l'avait jamais vraiment aimée.

Et il en conçut tant de remords qu'ils prirent le pas sur toute autre considération. « Tu apportes le repas chez moi à midi. C'est gentil de ta part, Ruthie.

– Ne joue pas les paternalistes avec moi, Ivan. Je ne sais pas encore si je n'ai pas envie de te renverser la salade de pommes de terre sur la tête. Et de te shampouiner avec. »

Cette bouffée de franchise le soulagea soudain. « Comme tu voudras, répondit-il. Je ne dirai pas que je ne le mérite pas. Mais ne t'en prends pas à Katerina, je t'en prie. Elle ne savait pas que tu existais quand elle m'a dit oui.

– Eh bien, tu auras vraiment trompé tout le monde dans cette histoire ! fit Ruthie d'un ton enjoué.

– En effet. Mais au moins je t'aurai épargné d'épouser un sale menteur. »

Ruthie partit d'un éclat de rire léger. « J'arriverai le 3 à midi.

– On t'attendra de pied ferme », répondit Ivan. C'est seulement après avoir raccroché qu'il se sentit stupide. On t'attendra de pied ferme ? De quel mauvais western tirait-il une telle réplique ? Il n'y avait pas eu un seul instant de sincérité durant toute la conversation, sauf quand elle avait parlé de lui faire un shampooing à la salade de pommes de terre.

Je n'ai aucune envie qu'elle vienne ici. Il y aura sûrement une scène, des pleurs, personne n'appréciera le repas. Si je n'étais pas une chiffe molle, j'aurais refusé.

Mais ce qui est fait est fait.

Oui, Esther avait peur pour son fils, pour sa nouvelle belle-fille, pour toute sa famille. Oui, elle s'inquiétait de la crainte et de l'aversion que lui inspirait la magie qui avait fait intrusion dans son existence, et du ressentiment qu'Ivan éprouvait envers son épouse qui l'avait identifiée tout de suite. Le plus terrifiant était la puissance et la malignité qu'elle avait perçues chez Baba Yaga. Et pourtant ces craintes ne diminuaient en rien son bonheur, car c'était le moment qu'elle attendait depuis toujours. Des années auparavant, alors qu'elle étudiait auprès de Baba Tila, elle croyait que ces charmes, ces potions, ces sorts et ces malédictions devaient protéger sa famille du KGB ou de quelque pogrom à venir ; mais elle se rendait compte aujourd'hui que toute sa vie tendait vers ce moment où elle pourrait protéger les futurs reine et roi de Taïna de la plus dangereuse sorcière de l'histoire. Et, au-delà de sa fierté, elle trouvait son bonheur à voir son propre fils devenir adulte. Son existence à lui aussi avait été dirigée : tous ces exercices de course, de saut, de lancer de poids, de disque et de javelot paraissaient ridicules à Piotr et à Esther ; pourtant, grâce à eux, il avait pu vaincre l'Ours et embrasser la Belle au bois dormant. Seuls au monde, son père et lui avaient appris à parler couramment le vieux slave liturgique, ce qui s'était révélé vital pour Vanya.

Mais qui était aux commandes ? Un dieu ? Ou plutôt Dieu ? Et, si c'était lui, les aidait-il parce qu'ils étaient juifs ? Ou Taïna parce que c'était un royaume chrétien ? Ou bien façonnait-il simplement le monde de façon à mettre un terme aux méfaits de Baba Yaga ?

Ou encore, existait-il un destin plus grand que tous les dieux et incapable de supporter une malignité vraiment profonde, un destin qui devait tordre la réalité jusqu'à créer un retour dans le temps pour éteindre cette méchanceté ?

Ces questions restaient sans réponse, naturellement. Et, maintenant qu'elle les avait posées, Esther s'en désintéressait ; il lui suffisait de constater que, choisis, elle et son fils, ils avaient réussi jusque-là à relever le défi. En regardant Vanya grandir, elle s'était parfois inquiétée de le voir faire des choix malavisés – Ruthie, par exemple –, mais elle le savait bon dans le secret de son cœur, là où se font les choix les plus profonds. Il obéissait aux lois de la vie auxquelles il croyait réellement ; il suivait les lignes de conduite qu'il jugeait bonnes – à contrecœur, parfois ; mais il faisait son devoir.

C'est peut-être ainsi que sont choisis les meilleurs, se disait-elle. Nul signe extérieur de génie. Vanya était assez doué pour les études, c'était un bon chercheur et un bon athlète, mais nul ne l'aurait désigné pour affronter un ennemi terrifiant. Nul ne se serait attendu à ce qu'il se conduise en héros.

Aujourd'hui encore, Esther se rendait bien compte que ni Katerina ni lui ne pensaient le voir se dresser contre la sorcière. Il allait aider les chevaliers et les villageois à se former aux armes nouvelles, mais c'était Katerina la princesse, Katerina qui était enveloppée des enchantements créés pour elle par ses tantes. Et ils avaient peut-être raison : c'était peut-être Katerina qui affronterait la sorcière et la vaincrait, au combat ou simplement en survivant et en mettant au monde des enfants. L'endurance, après tout, était une forme de victoire, une forme d'héroïsme aussi.

Et cela suffirait amplement à Esther. Qu'ils vivent ! Qu'ils s'aiment ! Qu'ils aient des enfants qui deviennent adultes, et non pas un seul mais plusieurs. Même s'ils vivent en un autre temps, dans un autre monde où je ne les verrai jamais, où je serai pour eux une légende, un nom sans visage, eh bien, qu'il en soit ainsi, si mon fils et sa femme peuvent vivre. C'est ça, le bonheur – un bonheur mêlé de larmes peut-être, et de solitude, mais le bonheur et le triomphe quand même.

Katerina vint la trouver durant la nuit. Elle n'arrivait pas à s'endormir, inquiète à l'idée de revoir Ruthie, dit-elle ; mais ce n'était pas tout, Esther le savait. Et, en effet, Katerina la mena au garage, à l'étagère sur laquelle elle avait posé la jatte où elle avait vu le visage de Vanya dans l'eau immobile.

« Une jatte noire ? demanda Katerina.

– Elle m'a montré Vanya alors qu'il était avec vous, répondit Esther.

– J'ai entendu parler de ce sortilège, mais je ne l'ai jamais vu réalisé.

– On ne peut voir que quelqu'un qu'on aime profondément, dit Esther. Ce n'est pas toujours satisfaisant.

– On peut faire mieux, fit Katerina. Si le récipient est assez grand, comme un étang noir, on peut y voir un lieu et s'y rendre en sautant dans l'eau. Je pense que c'est ainsi que la Veuve nous a suivis.

– Tout ce que je puis dire, c'est que ma chère vieille Baba Tila m'a seulement appris à regarder.

– Eh bien, regardons. Mon père… Qui sait combien de jours ou de mois se sont écoulés pour lui ? Le temps ne passe pas ici comme là-bas. »

Elles prirent donc la jatte, l'emplirent d'eau, la placèrent à l'horizontale dans le jardin et attendirent dans la chaleur de la soirée d'été que le liquide s'immobilise ; pour cela, elles durent écarter les moustiques à l'aide d'un charme, mais Katerina était habile à ce jeu et agitait ses mains avec un style et une maîtrise qu'Esther n'avait jamais vus, car elle avait été instruite par une vieille femme aux mains tremblantes. Enfin, bien après minuit, l'eau fut parfaitement immobile.

« Puis-je voir ce que vous regardez ? » demanda Esther. Elle se montrait présomptueuse, mais Katerina acquiesça avec un sourire.

Sans bruit, elles s'approchèrent de la jatte, chacune de son côté, les vêtements retenus en arrière afin qu'aucun bout de tissu, aucun fil, pas même un cheveu, ne vînt toucher l'eau. La première, Katerina approcha son visage du liquide en respirant à peine ; Esther l'imita ensuite, en se penchant moins cependant et en demeurant donc plus loin de l'eau, afin que Katerina seule contrôle la vision.

Au bout de quelques instants à peine, le visage d'un homme d'âge moyen apparut – sans doute le roi Matfeï, endormi, paisible. Mais alors, à la grande surprise d'Esther, Katerina effectua des mouvements de mains inconnus au-dessus de l'eau, et le point de vue recula jusqu'à embrasser tout ce qui entourait le roi. De fait, il était étendu sur un lit et dormait bel et bien ; mais ses mains et ses pieds étaient liés, et deux chevaliers montaient la garde dans la chambre.

Katerina ramena la vision sur le visage de son père, puis, la main devant la bouche pour empêcher son souffle de troubler l'eau, elle prononça son nom. Une fois, deux fois, puis une troisième.

Il ouvrit les yeux.

« Ne dites rien, fit Katerina. Ne donnez pas l'alarme aux gardes. Levez les yeux pour oui, baissez-les pour non. Êtes-vous prisonnier comme il le semble ? »

Le roi leva les yeux.

« Des soldats de la Veuve ? »

Les yeux se baissèrent. Non.

« D'un autre ennemi ? »

Non.

« De notre propre peuple ? »

Une hésitation, puis un oui.

« Oh, père ! Dimitri ? Parce qu'Ivan et moi nous sommes enfuis ? »

Oui.

« C'est elle la responsable, vous le savez, père. Dimitri était fidèle – il a dû se laisser tromper. »

Pas de réponse.

« Vous avez raison, peu importent les motifs. Un homme ne se laisse tromper que s'il veut bien croire le mensonge. Mais, père, nous revenons, et bientôt. Nous avons appris des choses. J'ai vu des prodiges… mais ce n'est pas le moment. Sachez seulement que nous allons revenir, que Dimitri perdra sa position et que vous remonterez sur le trône. »

Non.

« Non ? Pourquoi non ? »

Il leva les yeux.

« Je sais, vous ne pouvez pas m'expliquer. Mais vous êtes le roi ; vous devez être le roi. »

Non. Non.

« Qui, alors, père ? Dimitri ? »
Non.
« Ivan ? »
Oui.
« Ivan n'est pas prêt. »
Si.
« Et moi non plus, je ne suis pas prête à gouverner à travers lui. »
Si. Non. Sa déclaration était ambiguë, et le roi ne pouvait y répondre de façon claire.
« Vous me croyez prête ? »
Oui. On y était.
« Nous en parlerons à mon retour, une fois que vous serez libre. Mais vous restez notre chef de guerre. »
Non. Non. Non. Et une larme lui vint à l'œil.
« Vous ne pouvez nous mener à la guerre ? »
Non. Si. Encore une fois, il était incapable de répondre à la question ainsi formulée. S'il acquiesçait, cela signifiait-il : Oui, ta déclaration est exacte, ou bien : Non, je ne peux mener la guerre ?
« Êtes-vous blessé, père ? »
Oui.
« D'une blessure physique ? »
Oui.
« Il vous a fait du mal ? »
Oui.
« Je le tuerai », dit simplement Katerina.
Oui.
« Aux bras ? Aux jambes ? »
Non et non.
« Comment puis-je découvrir votre blessure ? »
Il ouvrit la bouche.
Il fallut un moment aux deux femmes pour comprendre ce qui manquait. Il n'avait plus de langue.
Avec un hoquet d'horreur, Katerina recula et se mit à sangloter sans bruit entre ses mains. À son tour, Esther

s'écarta de la jatte, la contourna prudemment puis prit sa belle-fille dans ses bras.

« Elle n'a pas pu le tuer, elle n'a même pas réussi à inciter Dimitri à le tuer, dit Katerina dans un souffle. Mais elle l'a rendu incapable de mener le combat. Elle l'a rendu incapable d'être roi.

– Ce n'était pas une blessure, fit Esther. Vous avez vu ? C'était le *Molchaniye*, l'immobilité. Elle a donné au traître – Dimitri, c'est ça ? –, elle lui a donné la potion qui a introduit le sort en votre père. C'est le plus puissant que j'aie jamais vu, pour réduire ainsi la langue. Mais il doit être maintenu par le pouvoir de la sorcière qui l'invoque.

– Dois-je m'en sentir consolée ? demanda Katerina. La Veuve ne l'en libérera jamais !

– Non, en effet... tant qu'elle vivra.

– Elle sera encore vivante longtemps après que mon père et moi aurons pourri dans nos tombes. Elle a déjà plus de cent ans, et sa magie est assez puissante pour lui accorder encore bien des siècles de vie.

– N'empêche qu'à mon époque elle est morte depuis longtemps, répliqua Esther. Nul ne sait comment, si elle a été détruite ou bien si elle s'est affaiblie peu à peu, mais il n'y avait plus trace d'elle chez nous jusqu'à ce qu'elle vous rejoigne.

– Je refuse de me raccrocher à de faux espoirs. Même si vous reveniez avec nous, nul ne peut lui résister et encore moins briser son pouvoir.

– Si, on peut la tuer, dit Esther.

– Comment ?

– Je n'en sais rien. Mais, selon Baba Tila, aucune protection n'est parfaite. Il y a toujours une brèche. »

Katerina releva la tête et regarda Esther dans les yeux. « Alors il y a une brèche dans les protections de votre maison, n'est-ce pas ?

– Naturellement. J'ignore où elle se trouve et c'est pourquoi je suis toujours sur le qui-vive. »

Katerina s'écarta d'elle et revint à son père. « La mère d'Ivan est une sorcière, dit-elle, et une bonne. Pas aussi forte que la Veuve, mais assez pour lui résister là où nous sommes. »

Matfeï prit l'air effrayé.

« Oui, la Veuve est ici. C'est pourquoi ses armées n'ont pas attaqué en profitant de la faiblesse de Taïna, de votre emprisonnement et de votre impuissance à parler. Père, soyez patient. Je vais revenir, je vous le jure ; nous vous libérerons et nous ôterons cette malédiction de vous. »

Il ferma les yeux.

« C'est cela, père, dormez, et ne prêtez pas attention à ce que je vais murmurer aux hommes qui vous gardent. »

Il fit un clin d'œil, puis il referma les yeux.

Elle fit reculer la vision et les gardes apparurent.

« Honte à vous, chuchota-t-elle. Honte à vous. »

Les deux hommes furent aussitôt en éveil.

« Tu as entendu ? murmura l'un d'eux.

– Quoi donc ? répondit l'autre, qui mentit.

– C'est Dimitri qui vous y a obligés, dit Katerina. Dimitri est au service de l'ignoble Veuve. Elle vient le voir la nuit et lui donne ses instructions. C'est elle qui lui a transmis le sort qui a réduit le roi Matfeï au silence. Dimitri est le serviteur de l'ennemie, mais vous, vous êtes les serviteurs du Christ. »

Les deux hommes se signèrent.

« Je suis Katerina et je vais revenir. Mon époux, Ivan, m'accompagnera, et il vous enseignera la sorcellerie de son pays étrange et puissant. Tous ceux qui se dresseront aux côtés de Dimitri seront détruits. Tous ceux qui nous suivront vivront, et nous libérerons notre terre de l'ombre de la Veuve. Vous m'avez entendue. En hommes fidèles, en vrais chrétiens et fils de Dieu, vous allez tenir le serment fait à mon père. Préparez les autres aussi. Que nul n'agisse contre Dimitri avant mon retour, mais que nul ne se tienne à ses côtés non plus quand je serai là.

– Oui, princesse, murmurèrent-ils. Je le promets, Katerina.

– Et qu'aucun mal ne soit plus fait à mon père. La pitié sera récompensée. »

Aussitôt, un des hommes se dirigea vers Matfeï et défit les lanières qui lui liaient les mains ; l'autre fit de même aux chevilles.

« Je constate que vous êtes de fidèles amis du roi et de vrais chrétiens. Je vous observe parfois de loin ; Jésus, lui, vous observe toujours de l'intérieur de votre cœur. » Elle prit une profonde inspiration. « Regardez au-dessus de vous, et voyez le visage de celle que vous devrez suivre. »

Esther recula sans savoir ce que préparait Katerina. Elle n'avait jamais entendu parler d'un tel sortilège.

Katerina se cracha dans les mains, les frotta l'une contre l'autre puis s'enduisit soigneusement le visage de salive ; enfin, elle se pencha vers l'eau et plongea doucement la figure dans le liquide. Esther regarda par-dessus son épaule. L'eau s'était mise à chatoyer, mais la vision dura suffisamment pour permettre à Esther de voir les soldats lever les yeux et distinguer le visage de leur princesse.

Enfin, Katerina retira son visage dégoulinant de la jatte. L'eau s'agita et déborda, et la vision disparut. Katerina releva ses jupes, s'essuya, puis elle éclata en larmes.

« C'est un ennemi monstrueux que nous combattons, dit Esther en passant le bras autour des épaules tremblantes de sa belle-fille. Mais vous avez plus de chance qu'elle, car elle doit vous affronter et je n'ai jamais vu quelqu'un d'aussi féroce que vous. »

Katerina n'en sanglota que plus fort et enfouit son visage contre l'épaule de sa belle-mère.

Dans le jardin de devant, Ivan attendait Ruthie. Un petit garçon d'une douzaine d'années, sur le trottoir d'en face, essayait de débrouiller le fil d'un cerf-volant tout neuf. Pas très doué sur le plan mécanique, ce gamin, se dit Ivan. Cependant, une bonne brise soufflait ce matin, si bien que la chaleur ne serait pas aussi étouffante dans l'arrière-jardin que la veille. La météo annonçait des orages en fin d'après-midi, puis encore du beau temps – enfin, chaud et moite – pour le 4 juillet. Mais aujourd'hui il y avait du vent, et jouer au cerf-volant s'imposait.

Ivan s'aperçut soudain que Katerina n'avait jamais vu de cerf-volant. C'était une invention chinoise qui n'était arrivée en Europe que… bref, plus tard. Avant Benjamin Franklin mais après Baba Yaga. Autant pour mon avenir d'historien !

Le gosse – comment s'appelait-il, déjà ? Ah oui : Terrel Sprewel. On ne l'appelait jamais Terry, toujours Terrel, alors que le nom de Terrel avait été manifestement inventé pour engendrer le surnom de Terry sans affubler le petit d'un prénom minable du genre Terence – encore que donner à un môme un prénom bizarre et qui de plus rimait avec son nom ne pût qu'attirer l'attention des gros bras de l'école.

Terrel essayait de suivre Ivan à l'époque où celui-ci était au lycée et courait dans le quartier et non autour du lac – à l'époque où les voisins trouvaient encore un peu ridicule de voir un adolescent juif faire du jogging. Terrel venait d'apprendre à marcher alors, et Ivan devait s'arrêter pour le renvoyer chez lui. Que faisait-il dans le jardin de façade tout seul, sans ses parents pour le surveiller ? Une fois, Ivan avait dû le ramener jusqu'à sa porte d'entrée, tant le petit insistait pour le suivre, et, à l'attitude de sa mère, on aurait cru qu'Ivan avait commis un délit en suggérant qu'elle empêche le petit de le suivre lors de ses huit kilomètres de course ; elle considérait peut-être qu'il devait l'emmener avec lui ; c'était peut-être même ce qu'elle souhaitait. Ce devait être triste d'avoir une mère qui avait envie de vous voir vous sauver.

Et peut-être qu'on se retrouvait tout seul à essayer de débrouiller un fil pour faire voler un cerf-volant.

La première impulsion d'Ivan fut de traverser la rue pour montrer au gosse comment s'y prendre.

Mais il se rappela qu'il était dangereux pour lui de traverser la rue tout seul. Qui est le tout petit, aujourd'hui ?

Le fil était enfin attaché, pas tout à fait au bon endroit, mais ça marcherait sans doute. Terrel se rendit avec son cerf-volant au bout du pâté de maisons avant de se mettre à courir. Pourquoi s'éloigner tant ? Pourquoi ne pas partir de son jardin ? La réponse était évidente : Terrel voulait que l'objet vole lorsqu'il arriverait à son jardin, là où ses parents pourraient le voir. C'étaient peut-être de meilleurs parents qu'Ivan ne le pensait ; peut-être regarderaient-ils – mais Ivan ne le croyait pas. Ils ne regardaient jamais, et Terrel était toujours seul ; jamais d'applaudissements, pourtant si importants pour le petit. Il avait besoin que sa mère ou son père l'approuvent, ou au moins le regardent, même sans rien dire, qu'ils le voient capable de faire s'élever un cerf-volant.

Ivan aurait voulu qu'il monte rien que par la force de sa volonté. Cours plus vite, se dit-il, et lâche du fil au fur et à mesure ! Il faut qu'il prenne le vent. Monte ! Plus vite ! Ça y est, ça marche ! Il a pris le vent. Laisse encore filer la corde !

Mais il tenait toujours le fil ; il ne donnait pas assez de mou au cerf-volant, qui allait retomber.

« Lâche encore du fil ! » cria Ivan.

Terrel obéit sans même lui jeter un coup d'œil. Le fil se déroula, le cerf-volant hésita un instant, puis la brise s'en empara et l'emporta plus haut. Terrel resta planté sur le trottoir et lâcha encore un peu de fil, puis encore un peu. C'est seulement quand le cerf-volant fut bien haut, très haut, que Terrel regarda Ivan avec un sourire complice.

Il ne voulait pas se faire voir de ses parents mais de moi.

« Bravo ! cria Ivan. Du premier coup ! »

Terrel tendit le fil pour offrir à Ivan le contrôle du cerf-volant. D'un geste, Ivan refusa. « C'est toi qui le fais voler, Terrel. À toi de jouer ! » Là-dessus, Ivan se retourna pour regarder le ciel et le cerf-volant, afin que Terrel n'insiste pas.

Je ne peux pas me rendre de ton côté de la rue, Terrel, sinon la sorcière m'attrape.

Les rafales de vent faisaient danser le cerf-volant. Ivan se demanda quelle impression cela ferait de se trouver là-haut, accroché à une aile delta, par exemple, et de passer par un trou d'air, de tomber de quatre ou cinq mètres comme une pierre, et puis de remonter subitement.

Une aile delta… On pourrait fabriquer ça en Taïna. Il n'y aurait pas de papier, mais Matfeï possédait de la soie qui faisait partie de la dot de son épouse. Du bois sec et léger pour le cadre – si Ivan en apprenait assez sur l'aérodynamique de ces engins, il serait sûrement à même d'en bricoler un. Cela pourrait s'avérer utile pour infiltrer quelqu'un dans la forteresse de Baba Yaga.

Oui, mais, seul et sans armes, à quoi cela servirait-il ? Avec une lourde épée et un épais bouclier, pas question de faire voler une aile delta.

Bah, tant pis !

De l'autre côté de la rue, la porte d'entrée s'ouvrit. La mère de Terrel apparut sur le perron en compagnie d'une femme qui habitait un peu plus loin dans la rue. L'espace d'un instant, Ivan songea, non sans soulagement, qu'il s'était trompé, que Terrel allait avoir droit à ses applaudissements parce qu'il avait fait s'élever le cerf-volant. Mais les deux femmes ne prêtèrent aucune attention au gamin et poursuivirent leur conversation animée.

Un petit chien hirsute sortit en trombe de la maison, passa entre les deux femmes et courut droit sur Terrel. Tout à son cerf-volant, avançant et reculant pour maintenir le fil raide, Terrel ne prit conscience de la présence du chien que quand celui-ci lui heurta les jambes et faillit le faire trébucher. Un instant, Terrel perdit l'équilibre et, pour éviter de tomber, il marcha sur le chien. Il ne lui fit guère de mal, mais le chien s'enfuit en glapissant vers la mère de Terrel.

Du coup, elle remarqua son fils. « Mais qu'est-ce que tu fabriques ? Tu essayes de le tuer ? Tu crois qu'un cerf-volant est plus important qu'un être vivant ? Tu me révoltes parfois, Terrel, à piétiner tous ceux qui t'entourent ! »

C'était une explosion de fureur stupéfiante, et la voisine en demeura aussi pantoise qu'Ivan lui-même. Mais Terrel, lui, ne se laissa pas démonter : il prit une attitude de soumission, les yeux baissés, le cerf-volant oublié. Il savait apparemment – il l'avait sans doute appris dès son plus jeune âge – que c'était la seule attitude propre à détourner le courroux maternel. Ivan observa cependant que, les mains dans le dos, il tenait toujours fermement le fil et s'efforçait subrepticement de le maintenir tendu.

La mère de Terrel avait pris le chien dans ses bras et lui adressait des paroles de réconfort, tout en décochant des piques insidieuses à son fils. « Il t'a donné un coup de pied, le méchant garçon ? Il t'a marché dessus ? » Puis elle tourna toute son attention vers Terrel. « Lâche tout de suite ce cerf-volant ! Tu m'entends ? Lâche-le tout de suite ! Tu vas apprendre que les êtres vivants sont plus importants que les jouets ! » Elle mit tant de mépris dans ce dernier mot qu'Ivan eut envie de la gifler.

Il aurait mieux fait de se taire, il le savait, mais la scène était insupportable. Il prit une voix forte pour se faire entendre de l'autre côté de la rue. « Madame Sprewel, j'ai tout vu, et Terrel ne pouvait pas éviter ce qui s'est produit. Le chien s'est jeté dans ses jambes avant même qu'il l'ait aperçu ! »

Mme Sprewel le considéra comme on regarde une mouche dans le glaçage d'un gâteau. « Merci de votre remarque, fit-elle. Le pauvre Edwin a sûrement beaucoup moins mal, maintenant ! » Il fallut un moment à Ivan pour comprendre qu'Edwin était le chien.

Ivan voulut apaiser l'atmosphère en détournant la discussion. « Terrel a eu beaucoup de mérite à faire voler son cerf-volant du premier coup. Avec des rafales pareilles, ce n'était pas facile.

– Excusez-moi, mais je ne me rappelle pas vous avoir invité à notre conversation », rétorqua Mme Sprewel. Derrière elle, la voisine leva les yeux au ciel.

La voiture de Ruthie s'arrêta devant la maison.

Sans prêter attention à l'arrivée de Ruthie sur le moment, Ivan sourit et fit un signe joyeux de la main à Mme Sprewel. « Vous avez tout à fait raison. Mais je me demandais pourquoi votre chien n'était pas enfermé ou en laisse, comme la loi de Tantalus l'exige !

– Il est sur notre propriété ! s'insurgea Mme Sprewel, indignée mais à présent sur la défensive, ce qui était exactement ce qu'espérait Ivan.

– Il n'y était pas quand il a fait trébucher votre fils et a failli le tuer, fit Ivan. Vous devriez le surveiller ! Il est dangereux ! » Puis, avec un nouveau signe de la main mais sans un dernier regard à Mme Sprewel, il se tourna vers Ruthie et la salua d'un sourire alors qu'elle descendait de voiture. Inconsciente de la prise de bec avec la voisine, elle le serra amicalement contre elle et lui déposa un chaste baiser sur la joue.

C'est seulement lorsqu'elle s'écarta de lui pour se

diriger vers l'arrière de la voiture qu'il s'aperçut avec quelle dextérité elle l'avait manipulé : marqué par ses vieilles habitudes, il l'avait serrée un peu trop fort et un peu trop longtemps ; et peut-être avait-elle rompu leur étreinte un peu plus vite qu'en temps normal, même pour un accueil de pure forme. Il l'entendit presque formuler cette pensée : Tiens, prends ça, joli cœur !

Il remarqua aussi qu'elle portait une perruque. Bizarre ! S'était-elle faite hassidim, d'un seul coup ? Sans doute pas. Elle avait dû mal se faire traiter les cheveux.

Ruthie ouvrit le coffre. Ivan descendit sur la chaussée le temps de prendre le panier de pique-nique, puis il le porta dans le jardin de derrière en faisant le tour de la maison. Le chien se mit à aboyer, mais Mme Sprewel ne hurlait plus après Terrel et le cerf-volant était toujours en l'air.

Ruth vit la guêpe se poser sur la nuque d'Ivan courbé dans le coffre pour prendre le panier. Elle ne dit rien au jeune homme ; au contraire, elle pensa à l'intention de la guêpe : Pique-le, ce salaud ! Il croit pouvoir me serrer contre lui comme autrefois, il se croit le droit d'écraser sa poitrine contre mes seins et de me tenir comme ça ! Eh bien, c'est un droit que je n'accorde qu'à ceux qui le méritent !

La guêpe ne le piqua pas, mais elle ne s'envola pas non plus. Comme Ruth suivait Ivan le long de la maison, elle vit l'insecte se déplacer sur la chemise. Elle avait tout son temps. D'ailleurs, si la guêpe ne le piquait pas, il restait les biscuits ; il ne manquerait pas de ressentir des démangeaisons et des piqûres si elle décidait de les lui servir. Tous les biscuits n'étaient pas infectés, bien sûr ; rien que deux sur lesquels elle avait fait tomber de la poudre à gratter de la gitane, qu'elle avait ensuite recouverte de sucre glace. Elle n'en proposerait sans doute même pas à Ivan ni à sa femme ; elle plaçait de bien plus grands espoirs dans un gros blanc de poulet dans lequel elle avait injecté le liquide limpide de la fiole. Qu'Ivan avale ça pendant que Katerina serait dans la maison à se remaquiller, et on verrait s'il aurait envie de rester marié à la *goy* ensuite !

Je n'arrive pas à croire que je prends tous ces trucs au sérieux ! se dit Ruth. C'est de la magie, de la sorcellerie, de la superstition !

Mais pourquoi cela ne fonctionnerait-il pas ? La sorcellerie était simplement une autre façon de considérer l'univers et tout aussi valable que la science. Les vieilles traditions se révélaient souvent plus avisées et plus en harmonie avec la terre que la pensée carrée des ingénieurs. Ivan éclatait de rire quand elle parlait ainsi, et, une fois, il lui avait demandé si elle croyait que cela s'appliquait aux recettes et aux panneaux indicateurs. « Tu ne penses pas que les directions ont une correspondance de un pour un dans le système autoroutier ? » Mais c'était du pur machisme. Il fallait toujours que les hommes dévaluent les propos des femmes. Elle ne s'était pas rendu compte à quel point Ivan était machiste avant qu'il la trahisse, mais l'amour est aveugle.

« Je peux te poser une question ? demanda-t-elle alors qu'ils tournaient le coin de la maison.

– Bien sûr.

– Tu l'as épousée sous le nom d'Ivan Smetski ou d'Itzak Schlomo ?

– Pardon ?

– Était-ce un mariage chrétien ou juif ? »

Il ne répondit pas, ce qui signifiait que c'était un mariage chrétien. Il trahissait tout le monde, depuis Dieu en passant par tous les juifs morts dans l'holocauste jusqu'à Ruth elle-même ! Et ça lui était égal, parce qu'il était amoureux.

Que va-t-il se passer si tu retombes amoureux de moi ? Tu vas encore changer de religion ? Ça fera combien de fois ? Tu te prends pour la balle de tennis de Dieu, un coup à gauche, un coup à droite, sans arrêt ? Double faute, cette fois, *Itzak !*

« En quoi est-ce que ça t'intéresse ? » répliqua Ivan.

L'espace d'un instant, elle se demanda de quoi il parlait ; puis elle comprit qu'il répondait à sa précédente question. « Chaque fois qu'un juif meurt, tous les autres doivent le pleurer », dit-elle.

Il s'arrêta net et se retourna. Le lourd panier au bout du bras, il la regarda dans les yeux. « Si tout le pique-nique doit se passer ainsi, dit-il, rapportons tout ça dans ton coffre et rentre chez toi.

– Non, je… je regrette, Ivan, non, je ne t'enverrai pas de piques. Je me rappelais seulement une phrase que répétait souvent ma grand-mère.

– Mes parents ne me considèrent pas comme mort parce que je l'ai épousée.

– Je n'en doute pas, dit Ruth. Et moi non plus : je suis ici, non ?

– À propos, pourquoi es-tu ici ?

– Pour le repas, répondit Ruth. Et pour essayer de trouver un sens à ma vie ; je me sens comme dans le vide. Non seulement j'ai perdu un fiancé, mais aussi un ami très proche. Je veux voir si je peux retrouver l'ami.

– Pas comme autrefois, dit Ivan. Je fais partie d'un autre monde, aujourd'hui.

– Je sais, Ivan. Mais imagine que Katerina m'apprécie, elle aussi ? Alors je pourrais être amie avec vous deux. »

Il la dévisagea un moment.

Quoi, pensa Ruth, tu as des détecteurs de mensonge à la place des yeux ? Tu sais si je mens rien qu'en me regardant ?

« Tu es une actrice née, Ruth, dit Ivan.

– Le repas n'est pas mauvais non plus, mais il est simple. Je voulais faire mieux, et puis je n'ai pas osé servir du caviar à un Russe. »

Il éclata de rire, lui tourna le dos et poursuivit son chemin le long de la maison.

Katerina se sentait égarée devant le sens exagéré de la courtoisie dont faisait preuve Ivan. D'accord, il avait rompu ses fiançailles avec cette femme, mais raison de plus pour l'éviter. Ivan lui avait assuré qu'il n'y avait rien à craindre, sauf peut-être une scène de larmes, qu'on pouvait éviter simplement en se montrant généreux, naturel et patient.

Katerina, elle, était rongée de craintes beaucoup plus précises, relatives surtout aux poisons dans la nourriture et les boissons. Pour elle, que Ruth ait insisté pour apporter le repas était un signe immédiat de danger, et elle ne comprenait pas qu'Ivan trouve son idée risible. N'avait-on jamais entendu parler de poison dans ce monde ?

Esther l'avait rassurée. « Toute ce que nous mangeons provient de l'extérieur, donc je dispose de nombreux charmes et sorts contre les poisons ici ; et pas seulement contre les poisons, mais aussi contre les potions, les poudres et tout ce que vous voudrez. Il n'est jamais mauvais d'ouvrir l'œil, mais je ne pense pas que ce que vous mangerez vous fera du mal – du moins, vous ne pourrez pas manger ce qui risquerait de vous faire du mal. »

Elle montra à la princesse les charmes qu'elle employait et, sur l'insistance de Katerina, lui fournit, à elle et Ivan, des charmes supplémentaires qu'ils se passèrent autour du cou – sans qu'aucune des femmes explique à Ivan à quoi servait le sien. « Il y a un charme universel qui te protège en repérant si quelqu'un à la table sait qu'une partie du repas est empoisonnée, dit

Esther, et il y a des charmes qui doivent rendre impossible de manger un aliment différent de ce qu'il doit être. Mais je ne suis pas à la hauteur du savoir de la Méchante Sorcière, alors soyez vous-mêmes sur vos gardes. »

Malgré ces protections et ces mises en garde, Katerina se sentait à peine assez rassurée pour participer au pique-nique ; et elle devait bien s'avouer qu'une des raisons pour lesquelles elle redoutait la rencontre avec Ruth était qu'il s'agissait après tout de la femme qu'avait choisie Ivan, et cela sans se trouver sous la menace d'un ours en fureur.

Ruthie se montra très gracieuse – elle ne lança pas de piques, ou du moins rien qui fît hésiter Ivan dans sa traduction. Mais, à l'évidence, Ruth jouissait de ce que la conversation se tînt en anglais, si rapidement qu'Ivan ne pouvait en traduire que l'esprit, et seulement après coup. Katerina se trouvait systématiquement exclue ; mais il fallait s'y attendre. Tant qu'elle ne s'en agaçait pas au point de quitter le pique-nique, tout allait bien.

Ruthie disposa le poulet sur les assiettes, puis tendit plusieurs petites bouteilles à ouvrir à Ivan. Katerina voulut en saisir une – elle avait une poigne aussi solide que celle d'Ivan, voire supérieure, ils le savaient l'un comme l'autre –, mais Ruthie baragouina quelque chose en anglais à Ivan, qui se tourna vers Katerina et, avec un sourire imperceptible pour lui faire comprendre que Ruthie les manipulait, qui traduisit : « Elle a oublié le sel. Elle voudrait que tu ailles en chercher à la cuisine. »

Esther sentit comme un courant d'air glacé lui remonter le dos, et elle frissonna. Une intrusion venait de se produire dans son royaume protégé. Mais ce n'était pas une personne ; elle ignorait quoi.

Par la fenêtre, elle observa le jardin où Vanya tenait son incompréhensible pique-nique avec Ruthie et Katerina. Cela lui rappela les vieilles photos de Roosevelt, Churchill et Staline ensemble – sauf qu'aucun d'entre eux ne portait aussi visiblement une perruque comme Ruthie. Était-ce une mode qu'elle essayait de lancer ? Ou bien le résultat d'une coupe ou d'une teinture de cheveux complètement ratée qu'elle devait cacher quelques semaines ?

Esther les observa en train d'installer le pique-nique – quelques couvertures sur l'herbe, des assiettes et des verres, le repas tiré du panier qu'avait apporté Ruthie.

Qu'avait apporté Ruthie... Il y avait des charmes pour protéger des aliments, mais était-il possible qu'elle eût amené un être vivant ? Et si Baba Yaga avait découvert l'existence de Ruthie et sa liaison avec Ivan ? Alors elle essaierait sûrement de se servir d'elle.

Esther percevait la présence d'un intrus, plus petit qu'un homme mais doué d'un fragment d'esprit humain. Un observateur, un agent.

Un familier.

Mais comment ? Elle disposait d'assez de charmes et de sorts pour empêcher tout familier d'entrer ; il faudrait qu'une personne qui ait accès à la maison le porte tout contre elle ; mais il faudrait aussi qu'il s'agisse d'une créature douée de fonctions assez complexes pour être utile à la sorcière qui la contrôlait. Une puce ou un pou ne servirait pas à grand-chose, même si ce genre de bestiole était tout à fait approprié au caractère de Baba Yaga.

Esther ne pouvait pas rester sans réagir. Elle devait trouver le familier et en éliminer la menace. Elle se rinça les mains sous le robinet de l'évier.

La porte de derrière s'ouvrit et Katerina entra.

Esther la dévisagea, effarée. « Vous les avez laissés seuls ensemble ?

– Elle prétend avoir oublié le sel, répondit Katerina, ce qui suggère qu'elle a apporté un philtre d'amour. »

Esther leva les yeux au ciel. « Elle n'a pas réussi à coucher avec lui avant qu'il vous épouse, alors elle fait maintenant appel à une potion ?

– Ils n'ont… jamais ? fit Katerina.

– C'est un garçon étonnant. Je pensais que vous le saviez. »

Katerina avait trouvé le sel. « Eh bien, il est temps d'aller assaisonner les plats.

– Méfiez-vous, il y a un familier », dit Esther.

Katerina se retourna, beaucoup plus grave. « De quel genre ?

– Petit, fit Esther, et apporté par quelqu'un qui n'est pas un ennemi. »

Ivan haussa les sourcils. « Eh bien, elle n'est plus là. Que voulais-tu me dire, Ruthie ? »

La jeune femme parut démontée. « Ivan, si j'avais eu des secrets à te révéler, j'aurais pu le faire par le téléphone. Je regrette que tu sois si soupçonneux ; j'ai oublié le sel, tout bêtement.

– Excuse-moi, dit Ivan. Tiens, voilà les bouteilles, toutes ouvertes. »

Son père sortit de la remise où il venait de ranger la tondeuse et le taille-haies. « Comment ça va ? Où est Katerina ?

– Elle est allée chercher le sel, répondit Ivan. Et on s'amuse bien. Je ne regrette pas que Ruthie nous ait invités à ce pique-nique. »

Piotr eut un sourire joyeux puis se dirigea vers la maison.

« Ivan, voudrais-tu goûter le poulet pour me dire s'il est bon ? demanda Ruthie. Je l'ai préparé moi-même en suivant la recette de ma mère, mais je ne trouve pas qu'il ait exactement le même air.

– Pour moi, il est pareil, ce qui veut dire qu'il doit être

excellent. » La mère de Ruthie jouissait d'une renommée locale pour ses poulets, et pas seulement parmi les juifs. Ivan tendit la main vers le gros morceau de blanc qu'elle avait placé sur son assiette.

Il lui glissa des doigts avant d'atteindre ses lèvres.

« Heureusement qu'il n'est pas tombé dans les cornichons, fit Ivan en ramassant le morceau de viande tombé sur la couverture. Il suffit peut-être de quelques fils de tissu pour lui donner le goût du poulet de batterie. »

Piotr arriva devant la porte à l'instant où Katerina et Esther s'apprêtaient à sortir. Katerina se glissa dehors avec le sel, et Piotr et Esther restèrent un moment sur le seuil.

« Eh bien, nul n'a encore tué personne, dit Piotr en plaisantant.

– Je vais justement dehors y mettre bon ordre, répondit Esther, qui ne plaisantait qu'à moitié.

– Ne fais rien qui puisse attirer la police, dit son mari, qui ne plaisantait plus du tout.

– Je ne vais rien tuer qui parle. »

À l'instant où Esther pénétra dans le jardin, Katerina se tenait à quelques pas de Vanya et de Ruthie et les observait. Le tableau valait le coup d'œil : Ivan ramassait le morceau de poulet, le laissait tomber sur ses genoux, sur la couverture, dans l'herbe. Il se leva, rouge de confusion, pour aller le ramasser tout en s'excusant auprès de Ruthie.

Pour Esther comme pour Katerina, il était évident que le poulet n'était pas comestible et que les charmes agissaient. Autant pour les bonnes intentions de Ruthie !

Soudain, Esther entendit un chien aboyer – non, glapir. Il arrivait en faisant le tour de la maison. Pouvait-ce être le familier qu'elle recherchait ?

C'était l'exaspérante boule de poils qu'affectionnait

tant madame Sprewler. Il ne traînait pas en liberté, en temps normal, et Esther sentit ses soupçons s'affermir. Elle voulut intervenir mais ne fut pas assez rapide. Le chien bondit vers Vanya. Esther poussa un cri, mais le chien, au lieu de se jeter à la gorge de son fils, lui arracha le morceau de poulet des mains et s'enfuit.

Ce n'était pas Baba Yaga qui avait amené le chien ; c'était le charme. Vanya se donnait tant de mal pour manger ce satané poulet que le charme avait dû trouver un substitut pour le lui prendre. Autant pour le philtre d'amour de Ruthie, si c'en était bien un !

Et, d'après l'expression de la jeune femme, c'était un échec catastrophique ; mais elle se reprit et réussit à sourire. « Ça doit vouloir dire que ce poulet est bon, finalement, dit-elle.

– C'était sûrement un morceau de choix », fit Esther.

Ruthie lui sourit, mais cela suffit à peine à dissimuler la rage qui bouillait en elle. « En effet, j'avais dû garder le meilleur pour Ivan, répondit-elle. Mais, finalement, c'était un morceau pour le chien. »

Naturellement, Vanya ne prêta pas attention à la pique mais Esther l'entendit, elle, et comprit que Ruthie était confite de malveillance. Elle avait bel et bien été influencée par Baba Yaga : Ruthie avait bien des défauts, mais la malignité n'en faisait pas partie. Néanmoins, on ne connaît jamais personne à fond.

En vieux slave, Katerina murmura à l'oreille d'Esther : « Ce chien va monter tous les chats et tous les écureuils de la région ! »

Le chien n'était pas venu seul : Terrel Sprewel était là, son cerf-volant à la main. « Excusez-nous pour le chien, dit-il. Il a dû me suivre et il a senti l'odeur du poulet.

– Pas de problème, répondit Vanya. Il faut prendre les chiens comme ils sont. Mais, la prochaine fois que tu lui marcheras dessus, vas-y franchement. »

Terrel éclata de rire – ce devait être une plaisanterie

entre eux deux, se dit Esther, car elle ignorait à quoi Vanya faisait allusion.

Les mains de Ruthie caressaient le couvercle d'un récipient. Esther ne savait pas ce qu'il contenait, mais elle était pratiquement sûre qu'il s'agissait du plan de secours de la jeune femme. Des biscuits ou des cookies au laxatif ?

Terrel était toujours là, l'air gêné. « J'aurais voulu savoir si, euh… après le pique-nique ou quand tu voudras, tu aimerais faire voler mon cerf-volant.

– Bonne idée ! répondit Vanya. Je ne sais même pas si ma femme, Katerina, a jamais fait voler un cerf-volant. » Il lui posa la question en vieux slave.

Mais Katerina ne regardait pas le cerf-volant. « Le chien ! » dit-elle.

Ruthie ouvrit le Tupperware. C'étaient des biscuits au chocolat.

Vanya suivit le regard de Katerina ; Terrel aussi. Le jeune homme s'était déjà précipité avant qu'Esther vît ce qui se passait. Le chien était couché près de la clôture, les pattes tremblantes, le dos complètement arqué.

Vanya prit le chien dans ses bras. L'animal fut parcouru d'un tremblement et mourut.

Terrel s'approcha, consterné. « Qu'y avait-il dans ce poulet ? »

Tous les regards convergèrent sur Ruthie. Elle était debout et regardait le chien d'un air horrifié. « Ce ne peut pas être le poulet ! » fit-elle.

Et Esther la crut. Ruthie s'était comportée comme si le poulet contenait un philtre d'amour ; si elle avait su le produit mortel, elle n'aurait sans doute pas éloigné Katerina.

« Oh, Ivan ! s'écria-t-elle. Et dire que tu as failli le manger ! Crois-moi, je n'étais au courant de rien !

– Je te crois », répondit Vanya, mais il lui tourna le dos et prit la main de Katerina.

À l'expression de Ruthie, on eût dit qu'on lui avait claqué une porte au nez.

En vieux slave, Katerina dit à Vanya : « Je suis pressée de goûter le reste du repas. »

Mais Esther observait Ruthie, qui avait renversé la boîte de biscuits sur la pelouse et les écrasait dans l'herbe. Elle vit le regard d'Esther posé sur elle. Son visage ruisselait de larmes. « Si je valais quelque chose comme cuisinière, c'est peut-être moi qu'il aurait épousée, dit Ruthie. Mais je n'aurais jamais cru que ces saletés pourraient faire du mal à quelqu'un.

– C'est à cause de tous les additifs qu'on y met », fit Esther d'un ton sec.

Ruthie rangea le reste du repas dans le panier. « Je rentre. Je regrette pour le chien. Je… je regrette pour tout.

– Salut, Ruthie, dit Vanya. Merci pour le repas. »

Dans un anglais hésitant, Katerina lui fit écho. « Salou, Rut'ie. »

Le panier serré contre elle, la jeune femme contourna la maison d'un pas trébuchant. Sa perruque était de travers, ce qui s'accordait bien avec l'ensemble de la situation.

Esther s'approcha de l'endroit où Ruthie avait broyé les biscuits dans la pelouse. Les biscuits eux-mêmes étaient biodégradables, mais Esther se demanda quel effet le poison produirait sur l'herbe – sans parler des insectes qui y vivaient.

Elle n'allait pas tarder à le savoir : une guêpe s'était posée sur le magma de biscuits et se déplaçait dessus – exactement comme si elle s'en barbouillait l'abdomen.

L'aiguillon.

La guêpe reprit son vol et se dirigea vers Vanya.

« La guêpe ! » cria Esther en comprenant soudain qu'elle venait de découvrir le familier de Baba Yaga.

Vanya se retourna juste à l'instant où la guêpe arrivait

à lui. Elle visait la gorge. Quel que fût le poison, Baba Yaga le savait assez puissant pour que même la faible quantité portée par la guêpe fût suffisante. Et Esther n'avait pas le temps d'intervenir ; par conséquent, tout dépendait de la vitesse avec laquelle agirait le poison. Le chien était mort en quelques minutes.

À côté d'elle, la voix de Piotr se fit entendre. Elle n'avait pas remarqué son retour. « Vanya, ferme les yeux ! » Un jet de liquide de trois mètres jaillit de la main de Piotr et frappa l'insecte à l'instant où il atteignait le cou de Vanya. Le jeune homme en fut éclaboussé et en reçut dans l'œil, mais seule la guêpe intéressait Esther pour le moment. L'espace d'une seconde, la bestiole rampa faiblement sur le col du tee-shirt de Vanya, puis elle tomba raide morte dans l'herbe sans l'avoir piqué.

« Je l'ai eue, la petite saleté », dit Piotr. Il tenait une bombe de Raid.

« Mes yeux ! » cria Vanya.

Piotr lisait déjà les instructions portées sur la bombe. En vieux slave liturgique, il brailla : « Lavez-lui les yeux à l'eau et n'arrêtez pas ! »

Esther tourna le robinet du tuyau d'arrosage tandis que Piotr tenait l'autre extrémité pointée vers les yeux de Vanya. Il ne s'agissait pas d'y aller trop fort, simplement de les rincer, pas de les récurer à fond. Katerina papillonnait autour de lui, impuissante parce qu'elle ne comprenait pas la magie que Piotr avait éjectée de la bombe.

Terrel les regardait tous avec admiration. « Dites donc, vous êtes drôlement rapides pour les guêpes ! » Il ramassa le cadavre d'Edwin que Vanya avait lâché pour se frotter les yeux. « Je vais le rapporter à la maison.

– Non, s'exclama Vanya.

– Attends une seconde, Terrel », dit Esther dans son anglais à l'accent lourd.

En proto-slave, Vanya expliqua : « S'il rapporte le

chien mort chez lui, on trouvera des traces du poison, et il va falloir raconter que Ruthie a voulu me tuer et qu'elle a eu le chien par erreur. Je n'ai aucune envie de témoigner au procès de Ruthie. »

Aussitôt, Esther alla examiner le cadavre que tenait Terrel. Elle ferma les yeux, passa les mains au-dessus de l'animal, puis lui caressa le ventre en inspirant longuement, comme si elle le flairait.

En ukrainien, elle annonça : « Elle ne s'est pas servie d'un poison détectable. C'était un sort porté par une potion. Un chimiste ne verra rien.

– Comment vous y êtes-vous prise ? demanda Katerina. Comment l'avez-vous examiné sans même le goûter ? »

Esther s'apprêtait à s'expliquer quand Terrel, de plus en plus agacé par ces échanges incompréhensibles, intervint. « Il faut que je le rapporte à la maison. »

Vanya lui répondit en anglais. « Écoute, Terrel : il n'est pas mort empoisonné. Un vétérinaire ne trouvera rien s'il y a une autopsie.

– On autopsie les chiens ? Génial !

– Seulement quand on suspecte que le chien a été empoisonné ; mais je te dis qu'on ne trouvera pas de poison, alors pourquoi ne pas simplement affirmer que tu l'as trouvé mort ? »

Le visage impassible, Terrel demanda : « Alors je ne peux pas raconter à maman que ses petites pattes tremblaient pendant qu'il était en train de crever ?

– Tu ne devrais pas rapporter le chien, de toute façon, Terrel », dit Vanya. Un ruisselet d'eau coulait toujours dans son œil ouvert pour en ôter le produit. « Laisse-moi le faire, ou mon père. Nous dirons simplement que nous l'avons trouvé mort dans notre jardin. Tu n'auras rien à y voir.

– Pas question, répliqua Terrel. Il faut que ce soit moi qui lui donne Edwin. » Il parlait d'un ton très ferme, presque frénétique.

« Comme tu veux, dit Vanya. C'est ta vie.

– Non, intervint Piotr. C'est sa vie, mais ce n'est pas lui qui rapportera le chien à sa mère. Donne-le-moi. » Il tendit le tuyau à Esther pour qu'elle continue à baigner les yeux de Vanya, s'approcha de Terrel et lui prit le chien des bras. « Esther et moi voyons ce que tu dois supporter depuis que ta famille a emménagé dans le quartier. Comme ta mère aime le chien davantage que toi, tu crois vouloir te venger en lui remettant un cadavre. Mais ce que tu veux vraiment, c'est que ta mère t'aime. Donc elle ne doit pas avoir le souvenir du chien mort dans tes bras. Tu comprends ? Tu dois être très loin d'ici, à faire voler ton cerf-volant, quand nous rapporterons ce chien que nous avons trouvé mort dans notre jardin. »

Terrel réfléchit un moment. « Comme vous voudrez, dit-il enfin.

– Tu ferais donc bien de t'en aller dès maintenant », fit Piotr.

Mais Terrel n'en avait pas encore terminé. « Et le cerf-volant, Ivan ? Tu veux l'essayer ?

– Plus tard. Demain. Tu seras en ville le 4 ?

– Tu rigoles ? On ne va jamais nulle part !

– Demain, alors. Tu le montes et tu l'apportes ici, nous pourrons le faire voler du jardin.

– S'il n'est pas aveugle », dit Piotr.

Terrel parut tout excité. « Il y a des chances que ça arrive ?

– Ne te fais pas trop d'idées, dit Vanya d'un ton sec. Les aveugles ne sont intéressants que les dix premières minutes.

– Il plaisante, fit Esther.

– Moi aussi, répondit Terrel. Je dois m'en aller. Et, euh… merci. » Il prit son cerf-volant et quitta le jardin en trottant.

Quand il eut disparu, tous restèrent silencieux quelques

instants, puis Piotr posa le cadavre du chien par terre et il soupira. « Ouf ! Une petite peste qui ne nous glapira plus dans les oreilles !

– Ce chien m'a sauvé la vie, protesta Vanya. Ne dis pas de mal de lui.

– Il parlait de Terrel, intervint Esther. Et ce n'était pas gentil.

– Qui sait si je ne parlais pas de Ruthie ? fit Piotr.

– Oh ! s'exclama Esther.

– J'ai l'impression que mes yeux vont bien maintenant, dit Vanya. Passe le tuyau sur les biscuits ; dilue-les dans la pelouse.

– La journée va être mauvaise pour les vers de terre, fit Piotr.

– C'est cette saleté de Veuve qui lui a fait faire ça ? demanda Vanya en vieux slave.

– À mon avis, elle a menti à Ruthie sur l'effet des potions. Manifestement, le poulet devait contenir un philtre d'amour.

– Et la guêpe ?

– C'était le familier de la Veuve, répondit Esther.

– Donc elle est morte maintenant ?

– La guêpe, oui. Mais la Veuve est toujours en train de polluer du bon air en le respirant. »

Piotr brandit la bombe insecticide. « Ta magie est peut-être efficace dans certains cas, mais c'est Johnson et moi qui avons eu la guêpe ! »

Esther le serra sur son cœur. « Tu ne comprends pas tout ce que nous faisons, Piotr, mais tu nous as soutenus quand il le fallait.

– J'ai l'impression que je viens de remporter une joute, fit Piotr.

– Beau boulot à la lance, dit Ivan.

– Il est incroyable qu'elle ait réussi à entrer, intervint Katerina.

– Il y a toujours une brèche, répondit Esther. Toujours.

– Je le souhaite, dit Ivan, parce qu'un service en vaut un autre et qu'il va nous falloir traverser ses défenses à elle !

– Tu y arriveras, fit Esther. Mais la stratégie du pique-nique est brûlée. »

Ils éclatèrent tous de rire – d'un rire inquiet.

Baba Yaga

Cet après-midi-là, à Tantalus, les pompiers furent appelés à sept reprises, et jamais pour une fausse alerte. Personne ne trouva la mort, mais cinq maisons particulières, une station d'essence et une grange partirent en fumée. Chacun des incendies était manifestement volontaire car, même sans qu'on pût découvrir d'agent déclenchant, ils avaient éclaté dans des endroits invraisemblables. Mais nul ne remarqua rien de suspect avant ni après les incendies et, à la suite de cette nuit de fureur, le pyromane ne frappa plus jamais à Tantalus.

14

Feux d'artifice

Ce soir-là, Katerina mangea du bout des lèvres. Elle avait pourtant faim, mais la mort était passée trop près. Déjà, les aliments d'ici étaient étranges : aucun ne ressemblait à rien de connu, et tout était aromatisé si bien que rien n'avait sa saveur naturelle. Elle n'avait plus beaucoup d'appétit depuis qu'elle avait quitté la maison de Sophia. Et voilà que Baba Yaga avait découvert un moyen de faire franchir à ses malédictions la protection parfaite de la mère d'Ivan.

Elle n'essaierait plus de se servir de Ruthie, mais elle trouverait quelqu'un d'autre ; le petit garçon, par exemple : il bouillait de rancune. Pour le moment, il paraissait bien aimer Ivan et ses parents, mais cela pouvait changer pour peu que Baba Yaga l'appâte convenablement, ou le trompe sur ce qu'il faisait, comme elle s'y était prise avec Ruthie. Ou bien elle pouvait utiliser Piotr, ou Mère Esther ; tous les jours, ils sortaient travailler, faire des courses, remplir des tâches. Qui savait ce qu'ils risquaient d'en rapporter ? Quel familier ? Quelle malédiction dissimulée parmi les papiers de la serviette de Piotr ? Ou dans les sacs d'épicerie qu'Ivan aidait sa mère à décharger de la voiture ?

Ce n'était qu'une question de temps.

Qu'était ce plat ? Mère Esther avait dit qu'il s'agissait de pommes de terre coupées en rondelles avec une sauce au fromage. Mais rien ne ressemblait à du fromage là-dedans, ni n'en avait l'odeur, et Katerina ignorait ce qu'étaient des pommes de terre. Tout lui paraissait bizarre au goût. Elle finit son assiette néanmoins, en mâchant avec soin. Quand on est en guerre avec Baba Yaga, mieux vaut avoir l'estomac plein : on ne sait jamais quand le combat peut commencer et il faut avoir le plus de force possible.

Mais de quelle force disposaient-ils ? Tous ces travaux auxquels s'était livré Ivan, la poudre à canon, l'alcool, les bombes, les cocktails Molotov… à quoi serviraient ces objets mécaniques contre la magie ? Pourtant, Mère Esther plaçait tant de confiance en eux que Katerina se forçait à faire bonne figure.

Et puis… il y avait eu la mort de la guêpe aujourd'hui. Un jet de liquide, la guêpe était tombée au sol et elle était morte. Cependant, une créature employée comme familier était très difficile à tuer ; alors peut-être y avait-il encore de l'espoir…

Ivan aurait pu mourir, lui aussi : une bouchée de ce poulet et il serait mort en quelques minutes, agité de convulsions. Pas encore mon époux, mais le seul que j'aurai jamais – et nul enfant en moi pour hériter.

C'en est fini d'attendre. Laisser le mariage à demi consommé devait empêcher Baba Yaga d'attaquer Taïna, mais c'étaient autant d'assauts que Katerina et Ivan devaient soutenir ici. Et, sans Katerina, Taïna était perdue.

« Ça ne vous plaît pas ? » demanda Mère Esther.

Il fallut un petit moment à Katerina pour comprendre de quoi elle parlait. Ah oui ! les pommes de terre. Ou plutôt non : Mère Esther lui présentait un autre plat de quelque chose qui ressemblait aux étrons bizarres d'un grand animal, peut-être malade.

« Des cakes au saumon, dit Mère Esther. Je les fais moi-même, mais je n'y ai pas mis trop d'épices cette fois ; j'ai remarqué que vous n'aimiez pas la cuisine trop épicée. »

Katerina avait très vite appris le terme ukrainien pour *épicé*, après avoir goûté des *japaleños*. Piotr et Ivan s'étaient esclaffés devant son affolement ; elle cherchait de l'eau, n'importe quoi pour éteindre le feu qui lui brûlait la bouche ; ils avaient fini par lui faire manger du pain, ce qui s'était révélé beaucoup plus efficace que l'eau. « J'avais oublié, dit Ivan. J'avais oublié à quel point il est difficile de se faire à la cuisine américaine.

– Pas autant qu'à la cuisine juive », fit Piotr.

Ivan leva les yeux au ciel. « La nourriture casher est bonne aussi. Différente, c'est tout.

– Tout y est excessif. Le rabbin qui a obligé les juifs à posséder deux cuisines, celui-là, j'espère que Dieu lui réservait une place spéciale en enfer. Tant de travail pour s'assurer qu'on ne fait pas bouillir un chevreau dans le lait de sa mère ! C'est absurde !

– Je ne t'ai jamais obligé à manger casher, lui rappela Mère Esther d'un ton mesuré.

– Alors on dérape de temps en temps, rétorqua Piotr, pour les invités. »

Ivan éclata de rire. « Katerina aurait préféré le régime casher, je crois. »

Cette conversation avait eu lieu aux premiers temps où elle vivait chez les Smetski. À présent, elle était plus habituée aux différents arômes, et certains étaient agréables – la cannelle, la muscade –, alors qu'Ivan détestait la cannelle et refusait de toucher à un plat qui en contenait. Cependant, chaque nouveau mets représentait une aventure déplaisante ; ne pouvaient-ils donc pas laisser la viande sous sa forme naturelle de temps en temps ? Le pain ne pouvait-il être du pain, le poisson du poisson ?

« Quelque chose vous dérange ? demanda Piotr. Ce n'est pas ce qui est dans votre assiette qui est trop épicé, tout de même ?

– Non, c'est seulement… qu'il est temps de repartir. »

Piotr acquiesça, mais des larmes perlèrent à ses yeux. La rapidité avec laquelle son émotion s'était manifestée parut l'étonner lui-même. « Excusez-moi, dit-il en tapotant le coin de ses yeux avec sa serviette. Quel gosse je fais ! Mais tout est si étrange là d'où vous venez, je parle de ces histoires de sorcières… Aujourd'hui j'ai affronté le pire : voir son propre enfant mort. Je l'imaginais sans cesse comme Edwin, inerte, froid, vide. J'ai tenu le chien dans mes bras en me disant : C'est Vanya que je devrais porter, normalement. J'ai remis le corps à madame Sprewel, elle a éclaté en sanglots, et j'ai songé : C'est moi qui aurais pu pleurer ainsi. Comment savoir si je te reverrai un jour, Vanya, si tu t'en vas ?

– Tu ne le sauras pas, répondit Ivan. Mais nous formons des cibles trop parfaites ici, du genre ligne Maginot. »

Katerina ignorait de quoi il parlait, mais Piotr comprit. « Je sais, dit-il, il faut que vous partiez. Et puis, avec la situation du père de Katerina… Non, il faut que vous partiez.

– Ce que je ne comprends pas, intervint la mère d'Ivan, c'est pourquoi nous ne pourrions pas vous accompagner. »

Chacun la regarda, stupéfait ; Piotr trouva tout de suite l'idée excellente, Ivan parut avoir des doutes mais ne répondit pas aussitôt. Ce fut Katerina qui dut refuser.

« Vous n'êtes pas formée à la guerre, fit-elle. Vous êtes très douée, mais avec la Veuve dotée de sa pleine puissance, vous ne pouvez rivaliser.

– Et vous, si ?

– Je suis la princesse, répondit Katerina. Le cœur de mon peuple est uni au mien. Quand un souverain reçoit l'amour de son peuple, tout ce qu'il fait prend la puissance du peuple. Mes sorts auront cette qualité. J'ai beaucoup appris de vous, Mère Esther, et j'en suis heureuse. Mais à Taïna, quand je jetterai un sort, il aura plusieurs fois la puissance que vous pourriez lui donner. Comprenez-vous ? »

La mère d'Ivan hocha la tête en fermant les yeux. « Je comprends, mais je ne puis pas croire que je ne servirais à rien.

– C'est elle que vous serviriez, répliqua Katerina. Elle emploierait son pouvoir à vous terrasser, puis elle vous dirigerait à son gré.

– Jamais elle n'arriverait à me tourner contre vous !

– Elle a bien converti Dimitri, observa Katerina.

– Dimitri ne demandait que ça », intervint Ivan.

Katerina secoua la tête. « Non : elle l'a trompé.

– Dimitri voulait devenir roi, dit Ivan. Elle ne peut utiliser que les désirs déjà présents dans le cœur d'un homme.

– Depuis quand êtes-vous spécialiste de la magie ? » rétorqua Katerina, agacée.

Ivan leva les sourcils. « J'ai lu tout ce qui se rapporte à cette fichue tradition de magie !

– Mais vous n'y croyiez pas, dit Katerina.

– Aujourd'hui, si.

– En attendant, vous n'avez jamais pratiqué la magie.

– Non, fit Ivan. Et vous n'avez jamais mené d'armée à la bataille, et je n'avais jamais combattu d'ours. Mais allez-y, vous avez sans doute raison, sauf que, si la Veuve est capable d'obliger les gens à vouloir ce qu'ils ne veulent pas, qui est à l'abri ? À qui pouvez-vous vous fier ? »

C'était l'argument massue. Baba Yaga n'avait guère converti de personnes, et ce n'était pas faute d'essayer, Katerina en était certaine. Elle pouvait tromper des gens simples comme la mère de Sergeï, mais seulement de façon légère, en convainquant la vieille femme de répandre de faux bruits, par exemple. Mais elle n'aurait jamais pu l'obliger à tuer. Elle était en mesure de tirer les vers du nez des gens, mais pas de les forcer à assassiner leur voisin. Dimitri avait agi selon les désirs de la Veuve parce que ce désir se trouvait déjà dans son cœur.

Et rien n'était certain dans la vie.

« Je dois faire confiance à tout le monde, dit Katerina, mais en même temps je ne puis être sûre de personne.

– Si : de moi », fit Ivan.

Elle le dévisagea. Je te connais depuis si peu de temps ! Les autres, j'ai vécu avec eux toute ma vie. Tu es un étranger venu d'une époque et d'un monde étranges. Je sais ce dont les miens sont capables, ce qu'ils feront ; toi, j'ignore ce que tu es, ce qu'il y a dans tes mains, dans ton cœur et dans ton esprit.

Et pourtant, quand tu me dis que je puis être sûre de toi, je te crois. C'est moi-même en qui je ne puis avoir confiance – parce que ma confiance en toi, Ivan, mon époux, mon inconnu, n'est pas le fruit de la raison ni de l'intelligence. J'ai foi en toi parce que j'ai appris à te connaître et, par là, à t'aimer. Je suis tombée amoureuse de ta hardiesse, de ton humilité, de ton innocence, de ta bonté, de ton dévouement. Je sais que tu résisteras à mes côtés autant que tu le pourras ; mais tu ignores ce que mon époux doit savoir, tu ne sais pas faire ce que mon époux doit savoir faire. Je puis faire confiance à ton cœur, à ton cœur de roi, mais ton esprit ne sait pas ce qu'il lui faut savoir, tes mains n'ont pas le talent qu'elles doivent posséder.

J'ai été obligée de t'épouser ; mais, peu à peu, j'en suis venue à désirer que tu me prennes dans tes bras, dans ton esprit, dans ton amour pur ; que tu m'étreignes, que tu me donnes les enfants que je suis destinée à porter par ma naissance, que tu m'aides à les élever. Et peu importe dans quel monde ils grandiront, le mien ou le tien, ou un autre que nous n'avons pas encore vu. Je suis sûre de toi, Ivan. Je te veux pour époux.

Mais pour roi ? Comment pourrais-je te faire confiance comme roi ?

Ivan observa l'expression de Katerina et y lut… de la compassion.

On ne pouvait pas être plus clair. « Vous pouvez être sûre de moi », avait-il dit. Cela n'avait rien d'une déclaration solennelle : il exprimait simplement ce qui devait être évident pour chacun, ce que ses parents savaient déjà de lui. Elle aurait dû éclater de rire et répondre : « Oui, naturellement, je le sais bien ! »

Au contraire, sa seule réaction était ce silence, cette pitié.

On prétend que l'amour vainc tout. Ceux qui le disent sont des crétins : l'amour est incapable de quoi que ce soit. L'amour ne fait pas un guerrier d'un chercheur ; aimer Katerina ne la fera pas m'aimer.

Et maintenant ses parents avaient un aperçu de la situation entre eux. Leur fils avait offert sa vie à cette femme, et elle, la pauvre, ne savait pas qu'en faire. C'était un présent sans valeur pour elle.

Alors il éclata de rire. « Eh bien, voilà ! » Il leva les mains en l'air. « Trop douces ! Dimitri disait que j'avais des mains de femme ; mais les mains des femmes de Taïna, elles sont couvertes de cals à force de coudre, de tisser, de filer sans fin. Moi, j'ai des mains de princesse. » Il prit celles de Katerina entre les siennes. « Et vous, reprit-il, vous avez le cœur d'un guerrier. » Il se pencha et déposa un baiser sur sa joue, comme un frère, comme un ami.

Katerina baissa les yeux. Son attitude n'arrangeait certes pas cette situation gênante.

« Papa, dit Ivan, j'espère que tu disposes d'une somme suffisante sur une carte de crédit afin d'acheter deux billets d'avion pour Kiev. » Il se tourna vers sa mère.

« Deux seulement, maman, je regrette. » Puis, à Katerina : « Je vais voir si nous pouvons avoir un vol après-demain, une fois que nous aurons testé les feux d'artifice. Ou le premier vol qui se présentera ensuite.

– Merci, fit Katerina.

– Bah, il est temps de vous ramener chez vous. Je dois cependant reconnaître que vous vous êtes mieux adaptée ici que moi chez vous. »

Elle parut bouleversée, mais c'est d'un ton doux qu'elle déclara : « J'avais quelqu'un pour m'aider. Pas vous.

– Il faut dire que vous êtes tombée sur la seule famille au monde où chacun parle au moins un peu de vieux slave. C'est à croire que c'était prévu. » Il se leva de table. « À demain matin, tous ! »

Ivan se rendit dans sa chambre, dans sa chambre vide. Il était agréable de disposer d'une pièce où personne n'avait le droit d'entrer. Mais qu'est-ce qui lui avait pris de vouloir épouser Ruthie – de vouloir se marier tout court ? La solitude ne lui pesait pas ; un chercheur ne pouvait pas se permettre de craindre la solitude.

Il s'allongea tout habillé sur son lit car il ne comptait pas s'endormir tout de suite. Il avait seulement besoin de réfléchir – à quoi, il l'ignorait.

Aussi ne pensa-t-il à rien – aux objets de la chambre, aux trophées d'athlétisme enfermés dans une boîte du placard. Quelle partie de son existence cela représentait-il ? Les étagères remplies de bouquins… tout ce temps passé à lire ! Rien de tout cela n'aboutissait nulle part. Il courait, il gagnait ou il perdait, et tout le monde l'avait oublié une semaine plus tard. Et les livres ? Quelle importance ? Les universitaires s'enorgueillissaient toujours de lire au lieu de regarder la télévision, mais quelle était la différence, en réalité ? Ce n'était qu'une transmission à sens unique. Je lis, mais ça ne change rien pour l'écrivain parce qu'il l'ignore. Et, quand je serai mort, à quoi me servira que j'aie lu tel ou tel bouquin ? Mon souvenir s'arrête là où s'achève le livre, comme pour une émission de télé, et quand je serai mort ce souvenir disparaîtra du monde.

C'est comme la course de haies. Il faut travailler dur, sauter chaque haie, vite, assez haut mais pas trop pour ne pas perdre de temps. Et enfin, une fois la course terminée, on dégouline de sueur, on a gagné ou on a été battu… et puis des types arrivent et enlèvent les haies des pistes. Finalement, elles n'étaient rien. Tous ces efforts pour les franchir, et voilà qu'elles ont disparu.

Quelle importance, alors, que j'aie été heureux ou… ou je ne sais quoi ? Après ma mort, je manquerai à mes parents, bien sûr, mais un jour eux aussi mourront, et qui se souviendra de moi, à ce moment-là ? Personne ! Et tant mieux, parce que ça n'a rien d'essentiel. Baba Yaga vaincra ou perdra ; mille ans plus tard, nul ne croira plus qu'elle ait existé, et Taïna aura complètement disparu des mémoires. Alors qu'est-ce que ça change qu'un étranger ait aimé la princesse de Taïna sans avoir jamais été aimé d'elle ?

Il tendit la main pour allumer le lecteur de CD. Il y avait un album de Bruce Cockburn dedans. Cockburn dit ce qu'il pense des percussionnistes turcs, mais ça ne prend pas longtemps parce qu'il ne s'y connaît guère. Un battement dans sa tête, des larmes retenues, gonflées comme les morts. Ce n'était pas ce qu'il y avait de mieux à écouter à ce moment-là.

Il laissa pourtant le CD.

Quand il se réveilla, tout était noir et silencieux. Il faisait nuit et il avait envie de se soulager, il n'y avait pas pensé avant de s'étendre. Il détestait dormir tout habillé : son pantalon s'entortillait toujours et ses vêtements étaient tout de travers. D'un seul mouvement, il baissa pantalon et slip, puis ôta chacune de ses chaussures à l'aide du bout de l'autre tout en déboutonnant sa chemise. Le temps qu'il retire ses bas de course, il avait également ôté sa chemise ; il enleva ses chaussettes puis chercha son peignoir à tâtons, l'enfila et le ferma en sortant de sa chambre.

Le couloir était lui aussi plongé dans le noir. Il tendit l'oreille. Quelle heure était-il ? Il ne regarda pas l'horloge. Son père ronflait légèrement dans sa chambre ; un seul ronflement, pas le duo habituel de ses parents.

À pas de loup, il se dirigea vers la salle de bains, passa devant et s'arrêta à la porte de Katerina. Il écouta attentivement pour voir s'il captait le bruit de sa respiration, un son quelconque.

Mais il n'entendit rien. Et il fallait vraiment qu'il se soulage.

Dans la salle de bains, il dut allumer pour éviter de tout salir. La lumière l'éblouit. Quand il eut fini, il éteignit et se retrouva aveugle. Impossible de gagner. Il pensa au Raid qu'il avait reçu dans l'œil ; il pensa à la guêpe. Et si elle l'avait piqué ? Elle aurait introduit la potion, la malédiction en lui, il aurait passé un sale quart d'heure mais tout serait terminé à présent. Finie, cette douleur sourde dans son cœur, cette envie pressante dans sa gorge dont les mots tentaient de s'échapper.

« Vous pouvez être sûre de moi. » Ridicule !

Il ouvrit la porte, puis se rappela après coup de refermer son peignoir. Il s'avança dans le couloir ; il n'entendit toujours que le ronflement de son père.

Sa mère était peut-être encore levée, à l'étage en dessous.

Il descendit l'escalier sans bruit afin de ne réveiller personne. Le rez-de-chaussée était dans l'obscurité lui aussi. Donc Esther n'était pas debout.

À moins qu'elle ne se trouve dans le jardin de derrière.

Il traversa la cuisine, poussa la porte et sortit dans le patio. Le ciment était froid sous ses pieds nus. Une petite brise soufflait. On était le 3 juillet, ou peut-être déjà le 4, très tôt. Il allait faire beau, avec un petit vent venu du lac.

Il s'avança dans l'herbe qui lui humecta les pieds. À l'écart de la maison, la brise était plus forte et jouait dans ses cheveux. Il ouvrit son peignoir pour la laisser parcourir son corps tout entier. Au bout d'un moment, il se débarrassa du vêtement d'un mouvement d'épaules.

Les yeux fermés, il resta immobile en se demandant pourquoi il était si agréable de s'exposer tout nu au vent ; et, si c'était agréable, pourquoi portait-on toujours des habits qui empêchaient cette sensation ?

Il se revit tout nu au bord de la fosse, acharné à trouver un moyen de se couvrir. Quel idiot ! C'est nu qu'on sent l'air la première fois, au sortir du ventre maternel. C'est ça, la sensation qu'on éprouve en naissant.

Un bateau à rames glissait sur le lac : quelque pêcheur qui prenait de l'avance sur les foules du 4 juillet. Au clair de la lune, Ivan avait l'impression de voir à l'infini. Mais pas une voiture ne roulait, aucun feu d'artifice n'éclatait, aucun bambocheur n'avait décidé de commencer la fête avant l'heure. Rien que le silence. Ivan croyait pouvoir entendre les rames s'enfoncer dans l'eau et en ressortir dans un ruissellement.

Soudain, un oiseau se mit à croasser dans un arbre proche ; un autre reprit le chant. Ce n'était pas vraiment un croassement : seulement le gazouillis habituel qui annonce la venue du jour. Mais il paraissait très sonore après le silence de la nuit.

Il était temps de rentrer, de se remettre au lit – Ivan ne s'attendait pourtant pas à dormir : il avait sans doute déjà eu ses huit heures de sommeil.

Il se retourna pour ramasser son peignoir mais, alors qu'il se baissait, il crut voir un mouvement du côté de l'appentis. Tout en prenant le vêtement, il scruta l'obscurité ; il y avait quelqu'un près de la porte. Sa première pensée fut : la sorcière a réussi à traverser les protections de maman ! Sa seconde idée : c'est maman, et elle m'a vu planté là, tout nu comme un bébé !

La silhouette sortit alors de l'ombre. C'était Katerina.

Elle s'arrêta et ne bougea plus. Elle ne dit rien, n'eut pas un sourire. Elle regarda simplement Ivan.

Elle l'avait assez souvent vu nu. Il cessa de tenir le peignoir devant lui et, face à elle, l'enfila, le ferma et noua la ceinture. Elle l'observa, mais son expression resta indéchiffrable.

Ivan n'avait aucune envie de tenir salon à cette heure de la nuit dans le jardin. Si elle n'exigeait pas de parler de la pluie et du beau temps, ce n'était certainement pas lui qui le lui demanderait. Il traversa la pelouse puis le patio et rentra dans la maison sans jeter le moindre coup d'œil à Katerina.

Il regagna sa chambre et, cette fois, regarda l'horloge. Trois heures et demie. Trop tôt pour se lever. Il baissa le son du lecteur de CD, sauta quelques pistes. *Birmingham Shadows*. Peut-être la meilleure chanson qu'on eût jamais écrite sur la solitude. « Tu tiens le rôle de la jeune pousse... » (Ivan sourit – il avait entendu « Tu tiens la coule ».) « Tu en montres un peu – j'en laisse voir un peu aussi. » On avait toujours l'impression que Cockburn était épuisé et qu'il souffrait. Par une telle nuit, Ivan aurait dû écouter autre chose, les grands succès des Pointer Sisters ou n'importe quoi. *Fire !* Ouais, c'était ça, le vieux standard de Springsteen ! Ou mieux encore : *He's So Shy*.

Pourtant, il ne changea pas le disque. Il ôta son peignoir et ouvrit les draps, mais il ne glissa pas les pieds sous les couvertures ; il resta allongé là, étendu comme une peau de daim, avec à peu près la même sensation de sécheresse et de vide. Il pensa au visage de Katerina, à son corps doux et magnifique, à sa voix, à ses gestes quand elle parlait ; il la revit à Taïna, entourée par l'amour de son peuple, familière avec chacun, toujours occupée aux tâches communes, aux joies communes ; il la revit ici, si effrayée tout d'abord, si hésitante, puis se jetant à l'eau et maîtrisant ce nouveau monde. Son affection pour sa mère, son estime pour son père aux questions de qui elle répondait avec patience. Il se vit toucher sa joue, la faire sourire, pencher la tête dans sa main puis se tourner pour embrasser sa paume, embrasser ses doigts.

« Si je tombe et que je meurs sans dire adieu, je te l'accorde, tu auras perdu un ami. » Cockburn tranchait trop près du cœur. « C'est maintenant ou pas du tout. » Était-ce vrai ?

Il s'efforça de ne pas remuer. Il maintint ses mains immobiles, même si elles voulaient bouger, même si elles savaient que faire. Et, pour finir, c'est son corps tout entier qui bougea. Il se leva, se dirigea vers la porte et l'ouvrit.

Et il la vit devant lui, adossée au mur d'en face, en train de regarder sa porte comme il avait regardé la sienne. Un instant saisi, il se rendit bientôt compte qu'il l'attendait, que c'était le motif qui l'avait fait se lever ; ce n'était pas à cause d'une chanson dépressive mais parce que la princesse se trouvait derrière la porte et qu'elle attendait qu'elle s'ouvre.

« Ivan, dit-elle dans un murmure, je ne cessais pas de penser combien j'étais… combien j'ai été près de vous perdre. »

Pas assez près, songea-t-il avec amertume.

Et puis : Comment auriez-vous pu me perdre alors que vous ne m'avez jamais eu, que vous m'avez toujours refusé ?

Mais il se tut. Elle avait envie de parler mais pas lui. Il ne voulait pas d'elle dans sa chambre cette nuit, à discuter projets et inquiétudes comme tant de nuits depuis qu'elle était arrivée. Aussi ne l'invita-t-il pas à entrer. Et elle ne demanda rien.

Après une éternité de silence, il recula. Elle ne bougea pas. Il fit demi-tour et regagna son lit en laissant la porte ouverte. Il s'allongea, le dos tourné à la porte.

Il entendit la serrure s'enclencher.

« Certains voleurs mettent des pays à sec », chantait Cockburn. Oui, et des voleuses aussi.

Un bruit. Le lit bougea. Ivan sentit un frisson le parcourir. Il n'était plus seul dans sa chambre. Elle avait fermé la porte, mais de l'intérieur.

Il roula sur le dos et la vit près de lui, aussi nue que lui, couchée sur le flanc, appuyée sur un coude. Il tendit la main, toucha sa joue. Elle pencha la tête dans sa main, puis embrassa sa paume.

Il eut envie de lui demander : Est-ce une décision politique ? Jugez-vous qu'il est temps de consommer le mariage pour déclarer la guerre à Baba Yaga ? Ou bien s'agit-il de pitié ? La même que dans votre regard compatissant hier soir à table, quand vous n'avez pas pu accepter le misérable témoignage qu'un chevalier miteux vous offrait.

Mais il garda ses soupçons pour lui-même : tant que personne ne disait rien, il pouvait s'imaginer que c'était de l'amour, qu'elle avait pour lui les mêmes sentiments que lui pour elle, qu'il n'y avait jamais eu plus beau jour pour lui que celui où il avait pénétré dans une clairière au milieu de la forêt et qu'il avait vu la silhouette d'une femme sous les feuilles, d'une princesse endormie, enchantée, qui attendait qu'il grandisse et la réveille d'un baiser.

D'un baiser comme celui-ci, un baiser tendre et long, sans ours dressé au-dessus d'eux, sans malédiction à faire tomber. Rien que cet homme et la femme qu'il aimait, qui l'aimait aussi. Du moins pouvait-il le croire cette nuit, sur les draps frais, dans le noir, ses lèvres effleurées par celles de Katerina, son parfum comme une musique qui engloutissait toute autre chanson.

Katerina s'éveilla juste avant l'aube, comme toujours. Elle vit Ivan couché dans le lit près d'elle – un lit immense, assez vaste pour toute une famille. La faible lumière qui tombait de la fenêtre faisait un fin ruban qui suivait les contours de son corps. Elle eut envie de le toucher, de toucher la lumière qui l'éclairait, mais elle ne voulut pas le réveiller car, à ce moment-là, elle en était sûre, la magie de la nuit s'évaporerait. Il se mettrait à parler et, étant Ivan, à s'excuser. De quoi, cette fois ? Elle n'en avait aucune idée.

Les femmes l'avaient avertie avant son mariage ; la plupart évoquaient la brutalité inconsciente des hommes qui montaient la femme comme un chien une chienne, un sanglier une truie. Ça fera mal, avaient-elles prédit, quand il pénétrera la première fois. Mais ça passera rapidement – il en aura vite fini.

Nombre d'entre elles lui avaient donné des conseils en privé, qu'elles ne voulaient pas laisser entendre aux autres parce qu'ils en disaient trop long sur leur vie intime. L'une d'elles qui l'avait prise à l'écart lui avait recommandé de ne pas crier de douleur – certains hommes croient qu'il doit toujours en être ainsi et ils reviennent à la charge, à la recherche de ta douleur au lieu de ton amour. Plusieurs autres lui conseillèrent de faire semblant d'y prendre plaisir, parce qu'un honnête homme doit croire qu'il fait le bonheur de son épouse. Si vous ne lui faites pas bon accueil, il trouvera quelqu'un d'autre. D'autres encore lui dirent de s'estimer heureuse s'il trouvait quelqu'un d'autre car alors il ne l'embêterait que le temps de faire des enfants.

Une femme lui avait déclaré qu'Ivan avait l'air d'être du genre à se montrer mou au lit, qu'il n'aurait pas la force de terminer. Il faudra l'exciter, avait-elle dit, il faudra l'affrioler – comment ? cela, la femme n'avait pas voulu l'évoquer.

Et enfin il y avait celles, rares, qui s'étaient moquées de ces conseils. L'une d'elles lui avait dit : « Tu vas adorer ça. Mais cet avorton incapable de soulever une épée ne te suffira jamais ; prends un amant ou deux en plus. Ce qu'il ne saura pas ne lui fera pas de mal, et il n'y a pas de raison qu'une femme ne profite pas du seul plaisir que Dieu nous accorde. »

Toutes ces recommandations… qui ne lui avaient rien enseigné ; elle les avait donc chassées de son esprit. Quelle que soit la façon dont ça se passe, les femmes arrivaient à le supporter, sans quoi il n'y aurait pas d'enfants dans le monde. Ainsi, après avoir écouté celles du village, observé les animaux dès son plus jeune âge, avait-elle appris elle-même, avec Ivan, ce qu'un homme et une femme faisaient dans un lit.

Et aucun des conseils qu'elle avait reçus ne s'appliquait à Ivan.

Il était très doux, il lui murmurait à l'oreille, lui demandait parfois : « Est-ce que c'est bon ? Est-ce que ça te plaît ? » et à d'autres moments : « Tu es magnifique ! Tiens, chuchotait-il, cette courbe, ce creux, cet arrondi… je n'arrive pas à croire que j'ai le droit de toucher tant de beauté, que tu me donnes tout ça. » Elle avait ressenti des émotions inconnues, des changements étranges, des tremblements là où elle n'avait jamais tremblé, de nouvelles tensions, de nouveaux désirs. Il allait si lentement qu'elle perdit patience. « Maintenant ! » souffla-t-elle en se pressant contre lui, mais il répondit : « Bientôt, pas tout de suite ; bientôt.

– Comment le sais-tu ? demanda-t-elle. Tu ne l'as jamais fait non plus.

– J'ai lu des livres, répondit-il avec un petit rire. J'ai étudié le sujet à fond. »

Elle ne l'avait pas cru, tout d'abord : nul ne pouvait

écrire sur un tel sujet ! C'était bien trop intime ! Alors elle avait songé qu'il s'agissait peut-être d'une sorte de magie, qu'il lui lançait des charmes physiques, qu'il contrôlait ce qu'elle éprouvait, qu'il poussait son corps à se comporter comme jamais jusque-là, comme il n'aurait jamais pu se comporter avant de se glisser dans le lit d'Ivan.

Et quand il lui annonça qu'elle était enfin prête, il avait raison. Comme les femmes l'en avaient prévenue, ce fut douloureux, mais pas aussi atroce qu'elles l'avaient dit, et, même si le plaisir s'en trouva un peu diminué, l'amour qui circulait entre eux demeura limpide. Elle s'accrocha à lui, refusant de le laisser s'écarter d'elle quand il eut fini, et il éclata de rire à nouveau, la serra contre lui et lui rendit ses caresses jusqu'au moment où il s'endormit, et elle aussi.

À présent, au souvenir de cette nuit, elle s'interrogeait : Pourquoi ai-je attendu ? Depuis toujours il gardait ce cadeau pour moi.

Mais elle connaissait la réponse : elle ne pouvait pas recevoir ce cadeau tant qu'elle ne l'aimait pas, et elle ne pouvait apprendre à l'aimer sans d'abord le voir dans son propre monde et au milieu des siens, là où on le respectait au lieu de le considérer comme un étranger méprisable. Jusque-là, il n'y avait personne pour recevoir son présent.

Il s'agita dans le lit. Peut-être avait-il senti les yeux de Katerina posés sur lui, peut-être avait-il perçu le changement de rythme de sa respiration, peut-être était-ce un rêve qui l'avait réveillé. Il tourna la tête, vit la jeune femme et scruta son visage. Que cherchait-il ? Ce regard rappelait à Katerina la veille, ce moment affreux à table où elle avait trop tardé à répondre, où son silence avait humilié Ivan devant ses parents. Elle n'attendrait pas, aujourd'hui ; elle se glissa vers lui et l'embrassa.

« J'avais peur, dit-il dans un souffle.

– De quoi ?

– Je craignais qu'au matin tu ne regrettes ce que tu m'as donné cette nuit.

– Que t'ai-je donné que tu ne m'aies donné au centuple ? »

Il la serra contre lui. « Qu'avons-nous fait cette nuit ?

– Tu ne t'en souviens pas ?

– Je ne savais déjà pas sur le moment. Étaient-ce un homme et une femme attirés l'un vers l'autre, corps contre corps ? Était-ce une princesse désireuse d'avoir un enfant qui poursuivra la dynastie ? Était-ce de la stratégie, un coup porté à la Veuve ? Était-ce la peur qui m'avait frôlé de si près hier ? »

C'était donc ce qu'il pensait d'elle ; elle en fut accablée. Il ne comprenait pas du tout.

« Je t'ai froissée, murmura-t-il. Excuse-moi, ce n'est pas ce que je voulais. Toutes ces raisons sont valables, tu saisis ? Parce que, indépendamment de tes motifs, tu as maintenant un époux et un père pour tes enfants, pour le temps qui me reste à vivre. Je t'aime, Katerina, que tu m'aimes ou non, que tu veuilles de moi ou non. »

Elle le prit contre elle, à la fois parce qu'elle se rendait compte à quel point il souffrait de n'être pas sûr d'elle et pour qu'il ne la voie pas pleurer.

Mais il sentit ses larmes. « Non, je t'ai fait de la peine, je regrette ; j'aurais dû me taire, je suis en train de tout gâcher alors que je ne voulais que…

– Chut », fit-elle comme une mère à son enfant qui continue à vagir alors qu'elle vient de lui donner le sein. Chut, tu as déjà reçu ce que tu désirais, alors tais-toi, prends et réjouis-toi. « Serait-ce une telle déception pour toi, Ivan, si tu te trompais et que cette nuit une épouse était simplement allée trouver son mari et s'était donnée à lui uniquement par amour ?

– J'ai horreur d'avoir tort, murmura-t-il. Mais je peux le supporter. »

Dès le point du jour, Esther perçut le changement d'ambiance dans la maison ; même si elle n'avait pas aperçu Katerina, vêtue du peignoir de Vanya, en train de sortir de chez lui et de se glisser dans la salle de bains, elle aurait compris, car la muraille émotionnelle qui épaississait l'atmosphère entre leurs deux chambres avait disparu. L'air était limpide, la lumière dansait, vive, sur les murs.

Au petit-déjeuner, Vanya et Katerina se montrèrent tour à tour folâtres et pensifs ; ils observaient d'inexplicables silences, puis éclataient de rire à la première phrase qui pouvait passer pour de l'esprit. Au milieu du repas, Piotr, toujours un peu lent dans ces domaines, finit par sentir lui aussi le changement. « Est-ce qu'on m'aurait caché quelque chose ? » Nouvel éclat de rire des jeunes amoureux. Esther croisa le regard de son mari et secoua légèrement la tête : Ne pose pas de questions, je t'expliquerai plus tard. Et il comprit le message car ils étaient mariés depuis longtemps. Lorsque les enfants se trouvèrent dans le jardin de derrière à préparer des cocktails Molotov, Esther put enfin satisfaire la curiosité de Piotr. « C'est l'amour, vieil idiot ! dit-elle. Tu as oublié ?

– Ça ne m'a jamais donné l'air aussi ridicule. Et, d'ailleurs, ils étaient mariés avant même d'arriver ici. Alors ? »

Esther l'embrassa. « Ils faisaient chambre à part, Piotr.

– Il y a des couples chez qui ça se fait.

– Mais cette nuit ils ont couché dans la même. »

La lumière se fit enfin en lui. « Tu veux dire que… qu'ils n'avaient jamais couché ensemble ?

– Leur mariage n'a été consommé que cette nuit – et, à en juger par le pas léger de Katerina, ce matin aussi.

– Esther ! fit Piotr d'un ton sévère. Tu ne dois pas penser à ton propre fils de cette façon !

– Quoi, je dois croire qu'il a trouvé un meilleur moyen de faire des enfants ? »

Piotr soupira. « Alors ils vont jouer les amoureux transis toute la journée ?

– Et provoquer des explosions, ce qui n'est pas un si mauvais mélange. Vous devez essayer des feux d'artifice, aujourd'hui.

– J'aurais plutôt pensé à des violons, ce matin, parce qu'il me semblait que les feux d'artifice avaient été tirés hier soir au dîner.

– Hier soir, nous étions devant deux personnes qui ne supportaient plus de n'être pas complètement engagées l'une envers l'autre. Vanya a déclaré son engagement à Katerina, et elle n'y a pas répondu. Mais j'imagine qu'elle lui a donné sa réponse quelques heures plus tard, sans doute après qu'elle et moi sommes allées au jardin concocter quelques sorts qu'elle ne connaissait pas et dont elle aura peut-être besoin. Nous étions dans l'appentis quand Vanya est sorti en peignoir ; j'ai estimé que ma présence n'était plus nécessaire et je suis rentrée. Apparemment, Katerina a eu la bonne idée de rester dehors avec lui. »

Piotr lui lança un regard soupçonneux. « Je ne dois pas croire, je suppose, que tu leur as lancé un sort, n'est-ce pas, pour les aider à surmonter leur… timidité ou ce que tu voudras ?

– Je ne fais pas dans les philtres d'amour, répliqua Esther, parce qu'il ne s'agit jamais d'amour mais de coercition. En outre, ils étaient déjà amoureux l'un de l'autre ; ils étaient trop stupides pour s'en rendre compte, c'est tout.

– Mais tu as quand même fait quelque chose, insista Piotr.

– J'ai jeté un charme de Vérité sur la maison. C'est très simple : ça aide les gens à se comporter en accord avec ce qu'ils croient, à dire sans honte ce qu'ils ont dans le cœur. Ça ne modifie pas leurs sentiments ni leurs désirs. Ça leur permet simplement de… de se libérer un peu.

– Et tu avais besoin de la magie pour ça ? Il y a des siècles qu'on a inventé le vin, et *in vino veritas* ! »

Esther éclata de rire. « La quantité de vin qu'il aurait fallu à Vanya pour oublier son orgueil et dire ce qu'il avait sur le cœur… eh bien, disons que ça ne l'aurait pas aidé après, une fois qu'ils se seraient compris !

– J'ai épousé une entremetteuse, fit Piotr.

– Je ne manipule personne, Piotr. J'aide simplement à concrétiser les désirs positifs.

– Bon, pas une entremetteuse, alors. La petite souris ? »

Elle l'embrassa puis lui donna une tape affectueuse sur la joue. « Allons jouer les artificiers, d'accord ? »

Après la fraîcheur de la nuit, la journée commençait déjà à devenir étouffante. Ils sortirent les cocktails Molotov et les pétards à la poudre à canon ; Ivan laissa son père lancer le premier cocktail : Piotr alluma la mèche et jeta la bouteille sur le tas de bois. Le résultat fut supérieur à ce qu'ils attendaient – et même recherchaient : l'alcool enflammé se répandit comme prévu sur le bois, mais éclaboussa aussi l'herbe sur cinq mètres derrière le tas. Ils durent éteindre tous les petits feux avec le tuyau d'arrosage et ils craignirent quelques instants de ne plus avoir la situation en main : ils n'avaient aucune envie d'expliquer à la police pourquoi ils possédaient une dizaine de cocktails Molotov et aucun des feux d'artifice traditionnels du 4 juillet. Et, quand ils testèrent le premier des pétards, ce fut encore pire : tout d'abord, la mèche, faite de ficelle filée, se consuma presque dix fois plus vite que prévu et Ivan eut tout juste le temps de lâcher le pétard avant qu'il explose, ensuite la déflagration fut plus puissante qu'ils ne l'auraient cru possible avec une si petite quantité de poudre. Des morceaux de bois enflammés furent projetés à dix mètres dans tout le jardin ; l'un d'eux frappa en pleine poitrine Piotr qui se retrouva par terre mais dont les vêtements, heureusement, ne prirent pas feu ; enfin la fenêtre de la cuisine éclata – quand la petite bombe explosa, les vitres s'écroulèrent en éclats dans l'évier et le patio.

Suivirent cinq minutes de folie où tout le monde ramassa les bouts de bois enflammés avec des outils de jardin et les remit sur le feu de joie, après quoi on examina Piotr pour voir s'il était blessé : il n'avait rien de cassé, rien qu'une ecchymose à la poitrine ; on nettoya les morceaux de verre tant à l'intérieur qu'à l'extérieur de la cuisine, et on découvrit ensuite que tous les vitriers de la ville s'étaient mis en congé pour le 4 juillet. Les artificiers amateurs passèrent les heures suivantes à réduire les charges de poudre des pétards et à enlever de l'alcool des cocktails Molotov.

Dans le même temps, ils ne cessaient de répondre au téléphone et de répéter aux voisins qu'ils avaient acheté des feux d'artifice de mauvaise qualité, que tout le monde allait bien et que, non, ils ne feraient plus partir de pétards. Puis Terrel se présenta, son cerf-volant à la main, et annonça d'un ton lugubre qu'il n'y avait pas un souffle de vent. « Il faudrait une décapotable pour arriver à le faire voler », dit-il.

Mais Ivan voulait montrer quand même à Katerina à quoi ressemblait un cerf-volant, aussi Terrel et lui coururent-ils à tour de rôle de haut en bas du jardin en tirant l'objet derrière eux. Ivan expliqua à Katerina que, quand il y avait du vent, il volait beaucoup plus haut et qu'on n'était pas obligé de courir tout le temps. Enfin, une fois Terrel rentré chez lui, Ivan exposa à ses parents et à son épouse ce qu'il avait à l'esprit. « Il me faut un livre sur les ailes delta ; si on peut en fabriquer une avec les matériaux de Taïna, nous disposerons d'un moyen pour franchir les remparts. »

Katerina garda ses doutes pour elle-même – après tout, si de gros édifices en métal pouvaient voler sans même battre des ailes, un homme arriverait peut-être à en faire autant accroché à un cerf-volant, quoiqu'il fût difficile de croire que le cerf-volant tiendrait en l'air, étant donné qu'il retombait au sol dès qu'ils cessaient de courir. Alors, si on y ajoutait le poids d'un homme muni d'une épée et d'un bouclier, et... Mais enfin, que savait-elle de ces choses-là ?

Les cocktails Molotov et les pétards, en revanche, étaient impressionnants. Elle avait entendu parler du feu grégeois mais n'en avait jamais vu ; quant aux pétards, elle en avait eu les oreilles qui tintaient plusieurs heures plus tard : ces armes avaient le pouvoir de terrifier un ennemi – surtout si seule la crainte de Baba Yaga le motivait.

Ils attendirent la nuit, au moment où les feux d'artifice commencèrent sur le lac, avant d'oser reprendre leurs expériences. Les petites bombes faisaient beaucoup moins de bruit, avec leur charge réduite, et le temps de combustion de la mèche avait été rendu plus précis. Ivan et Katerina devinrent bientôt assez doués au lancer de cocktails Molotov. « Tu apprends beaucoup plus vite que je n'ai appris l'escrime ! s'exclama Ivan.

– Tu étais incapable de soulever une épée, au début, lui rappela Katerina. Il faut de l'entraînement, tandis que ça, c'est facile. »

Piotr éclata de rire. « Et voilà comment on se retrouve avec un monde fou dans les guerres, aujourd'hui. Autrefois, c'était une profession qui demandait de la pratique, mais de nos jours c'est à la portée du premier ouvrier non qualifié ! »

Il faisait trop chaud près du feu de joie par une nuit aussi étouffante, mais ils firent rôtir des guimauves, fabriquèrent des hot-dogs à la saucisse polonaise et les mangèrent aussi loin que possible du feu, juste sous les plaques de carton qui bouchaient la fenêtre de la cuisine. « À mon avis, dit Ivan, l'expérience est une réussite : tout fonctionne. Et nous savons que, si nous l'avions voulu, nous aurions pu faire sauter la maison.

– Vous avez d'ailleurs bien failli y arriver, fit Esther.

– Et la meilleure nouvelle de toutes, reprit Ivan : demain, nous prenons l'avion.

– Non, dit Esther. Ce n'est pas une bonne nouvelle. » Puis elle éclata en larmes et se sauva dans la maison, Piotr sur ses talons.

« Ma mère s'inquiète pour nous, déclara Ivan.

– Moi aussi », répondit Katerina.

Ils longèrent le feu et regardèrent les explosions multicolores au-dessus du lac. Le coup de tonnerre de chaque déflagration leur parvenait avec retard, assourdissant ; Katerina se plaqua les mains sur les oreilles un petit moment, puis, comme cela ne changeait pas grand-chose, elle finit par renoncer et jouir du spectacle. « Serais-tu capable d'en faire autant à Taïna ? demanda-t-elle.

– Théoriquement, oui, mais des gens se font parfois tuer en mettant le feu à ces fusées, et je ne tiens pas à courir le risque que nos armes fassent plus de dégâts chez nous que dans l'autre camp.

– Je vois d'ici la vieille sorcière s'épuiser à essayer d'imiter ces lumières dans le ciel.

– Mais pas en train de s'enfuir devant elles.

– Ce n'est pas son genre, dit Katerina. Elle ne baisse jamais les bras.

– D'un autre côté, tu n'es pas du style à te carapater non plus, fit Ivan. Ni moi.

– Ces pétards feront peut-être fuir son armée, les cocktails Molotov détruiront peut-être sa forteresse, les sorts que j'ai appris me permettront peut-être de l'affronter…

– *Nous* permettront de l'affronter, corrigea Ivan.

– Non, c'est moi seule qui dois me mesurer à elle, sort contre sort. C'est moi seule qui possède le pouvoir du peuple, l'amour du peuple. Cela me donne une grande puissance.

– Alors tu gagneras. Personne ne pourrait l'aimer, elle.

– Le cousin Marek a essayé de nous l'expliquer, Ivan : elle ne compte pas sur le pouvoir qui vient de son propre peuple ; elle maîtrise le pouvoir d'un dieu – l'amour du peuple pour lui.

– L'ours.

– Ours. Le froid violent de l'hiver; tout le monde le respecte, et pas seulement les habitants d'un seul royaume : ceux de nombreux royaumes, Ivan. Et c'est un dieu par nature : même si elle ne dispose que d'une fraction de son pouvoir, c'est davantage que ce que mon peuple peut me donner.

– Pourquoi Ours la laisse-t-il faire ?

– Crois-tu qu'il a le choix ? Les sorts de contrainte, c'est la spécialité de la Veuve ; c'est ainsi qu'elle a obligé son premier mari à l'épouser, c'est ainsi qu'elle a fait accepter au peuple de son royaume l'idée du droit de veuvage pour remplacer l'élection d'un nouveau roi quand son premier époux est mort sans héritier.

– Mais elle ne peut pas obliger les gens à faire ce qu'ils ne veulent pas !

– Ce n'est pas aussi simple, Ivan, dit Katerina. Elle est capable de déceler chez les autres des désirs qu'ils ne se connaissent même pas.

– Eh bien, merci beaucoup, fit Ivan. Pendant un petit moment, j'ai cru qu'il y avait de l'espoir.

– Il y en a, Ivan.

– Ah ? Je n'ai rien relevé de tel dans ce que tu viens de dire.

– Ce n'est pas par hasard que tu m'as découverte,

Ivan. Une force, un destin voulait que tu me trouves, que nous soyons réunis, que tu te rendes à Taïna, que je vienne ici. Je ne sais pas quelle est cette puissance mais, si elle tient à ce que nous gagnions, nous aurons la victoire.

– Alors pourquoi nous donner tant de mal ?

– Pourquoi fallait-il que tu éborgnes l'Ours avec une pierre ? Pourquoi n'as-tu pas simplement sauté par-dessus la fosse ? »

Ivan secoua la tête. « Je ne peux pas placer ma foi dans un destin inconnu à qui nous servons de pions. Ce n'est pas le destin qui m'a ramené auprès de toi : c'est mon propre désir.

– Oui, dit Katerina, et ta bonté, et ta pureté. Les raisons mêmes qui font que tu as été choisi.

– Et maintenant ? Sommes-nous affaiblis parce que nous sommes moins purs ? »

Elle fit non de la tête. « Ça ne marche pas ainsi. Nous sommes mariés, notre union n'a donc rien d'impur ; à vrai dire, elle nous donne de la force, elle nous rend aussi forts que si chacun de nous contenait nos deux âmes. Et… si nous avons conçu un enfant, si je porte un bébé en moi quand je l'affronterai, je disposerai alors d'un pouvoir qu'elle n'a jamais détenu. Enfin, si, elle a conçu, dit-on, mais toujours des monstres qui sont morts à la naissance ; et il y a peu de chances pour que son époux actuel lui fasse des enfants.

– On ne sait jamais, avec les dieux, dit Ivan. Il circule des histoires de cygnes et de taureaux…

– Si nous avons fait un enfant, reprit Katerina, il y aura de la magie en lui, du pouvoir. »

Ivan ne répondit pas.

Elle comprit la raison de son silence. « Non, Ivan, ce n'est pas pour cela que je t'ai rejoint cette nuit. »

Il fit mine de n'y avoir pas du tout pensé. « Et d'ailleurs, tu aurais eu parfaitement raison.

– Non, dit Katerina. Ce ne serait pas bien ; on ne conçoit pas un enfant comme l'élément d'une stratégie de guerre. Pour qui me prends-tu ? »

Il la prit dans ses bras et l'embrassa longuement, avec passion. « Voilà ce que je pense de toi.

– Tu appelles ça penser ? » Et elle lui rendit son baiser, encore plus fougueusement.

« Dis-moi, fit-il quand il put à nouveau respirer, même si ce n'est pas dans un but stratégique, n'aimerais-tu pas réessayer ? Au cas où nous n'aurions pas conçu d'enfant ?

– Tu voudrais me faire manquer le reste du feu d'artifice ? »

Il lui fit un sourire complice et se tourna docilement vers les effets pyrotechniques. Une grosse fusée éclata, rouge, blanc et bleu.

« Voilà, dit-elle. J'ai fini.

– Quand on a vu une fusée, on les a toutes vues », fit Ivan.

Elle le traîna presque de force vers la maison. Plus tard, Piotr et Esther durent ressortir pour éteindre le feu de joie, mais cela leur était égal : ils savaient que leur fils avait enfin quitté le cocon familial. Même si, par quelque miracle, il revenait de Taïna, il ne serait plus jamais l'enfant de la maison. Il ne demeurait qu'eux deux, Piotr et Esther ; mais ils étaient bien ensemble et la perspective de partager le restant de leurs jours ne les effrayait pas. Quant à ce qu'ils redoutaient – perdre leur fils unique, par exemple –, ils n'éprouvaient pas le besoin d'en parler, pour le moment du moins, car chaque mot et chaque geste qu'ils échangeaient portaient leur histoire et leur avenir, comme un mouvement en arrière-plan qui façonnait chaque instant, même quand ils n'en avaient pas conscience.

Baba Yaga

Elle ne pouvait peut-être pas franchir leurs protections mais elle était capable d'écouter leurs conversations, et elle savait ainsi qu'ils avaient un billet pour le vol du lendemain. Quelques heures plus tard, elle se trouvait à l'aéroport, où un guichetier serviable fit des heures supplémentaires pour lui obtenir une réservation sur le même vol, même si ensuite il eut bien du mal à expliquer à sa femme pourquoi il rentrait si tard du travail, car il n'avait aucun souvenir du temps passé avec Baba Yaga.

Elle s'occupa le reste de la nuit dans l'aéroport à préparer les sorts et les charmes pour le lendemain. Ivan et Katerina rentreraient bien à Taïna, mais selon ses propres termes, pas selon les leurs. Et elle ne revenait pas les mains vides : elle tenait la princesse parce qu'elle tenait l'érudit. À présent que Ruthie avait prononcé le véritable nom d'Ivan devant son familier, il serait incapable de résister quand elle imposerait une contrainte sur ce nom.

Non contente de cela, elle comptait bien ramener une des énormes maisons volantes qui se déplaçaient sur des pattes de poule. Tous les rois de la terre s'inclineraient devant elle quand elle posséderait un château qui la transporterait là où elle le désirerait, même au cœur de leurs propres royaumes.

15

Détournement

Ivan et Katerina n'emballèrent guère d'affaires pour leur voyage de retour. Katerina possédait une garde-robe américaine considérable, mais elle ne lui servirait pas longtemps : il leur fallait regagner le pont le plus vite possible. Une fois qu'ils auraient quitté la protection de la mère d'Ivan, Baba Yaga pourrait leur sauter dessus à tout instant ; pourtant, il n'y avait aucun moyen d'éviter de s'exposer. Comme le dit Mère Esther : « Elle a découvert que vous étiez en Amérique et elle s'y est rendue ; elle a découvert Ruthie et elle s'est servie d'elle. Inutile d'espérer lui cacher beaucoup de secrets. Tout ce que vous pouvez faire, c'est essayer de vous déplacer assez vite pour qu'elle n'ait pas le temps de vous devancer et de vous tendre des pièges. »

Ils prirent donc leurs réservations et payèrent pour deux sièges en première classe, bien que cela leur revînt à dix mille dollars : c'étaient les deux dernières places libres le 5 juillet. Pour faire plaisir à sa mère, Ivan poussa la prudence jusqu'à rédiger une note sur une serviette en papier où il expliquait à Katerina et à ses parents qu'ils partiraient de Rochester plutôt que de Syracuse, même si cela rallongeait le trajet d'une heure, après quoi il noya la serviette dans l'eau et la jeta au vide-ordures. Ensuite il prit ses réservations par Internet de façon que personne ne prononce tout haut le nom de « Rochester ». Avec un peu de chance, Baba Yaga ignorerait qu'ils n'étaient pas obligés de repartir de l'aéroport où ils étaient arrivés.

Les parents d'Ivan les emmenèrent en voiture et, en chemin, Mère Esther, assise à l'arrière, expliqua à Katerina les charmes, les talismans, les sorts et les protections qu'elle avait préparés. « Mais je ne peux pas leur faire franchir le pont, objecta Katerina.

– Je sais, cependant j'aimerais déjà que vous arriviez vivants au pont. »

Elle avait presque tout fabriqué en double, si bien que les deux jeunes gens étaient également abrités. Le charme le plus important, Mère Esther l'appelait Vigilance.

« J'ai envisagé de créer Suspicion, mais ça vous aurait rendus nerveux et aurait affaibli la confiance que vous avez l'un en l'autre ; de plus, la Veuve peut le neutraliser si elle possède un charme d'amitié assez puissant. C'est donc mieux ainsi. Cela reste assez imprécis, mais tant mieux : nul ne sait quel sort elle peut vous lancer. »

Katerina porta le petit carré tissé à son front et ferma les yeux. « Il est très puissant, dit-elle, et très adroitement conçu.

– Enfilez-le », dit Mère Esther.

Ils passèrent les lanières autour de leur cou et laissèrent tomber les charmes sous leurs vêtements. « J'espère que je ne suis allergique à aucun de ces matériaux, fit Ivan.

– La magie que je pratique est hypoallergénique », répondit sa mère – en anglais, parce qu'elle ignorait comment le dire en vieux slave, et, naturellement, Ivan dut passer quelques minutes énervantes à expliquer la théorie des allergies à Katerina afin qu'elle ne se sente pas exclue.

Le dernier charme était destiné à Katerina seule. « Celui-ci, je le connais, dit-elle.

– Il s'appelle Petit, répondit Mère Esther.

– En ai-je vraiment besoin ? demanda la jeune femme.
– Êtes-vous sûre de ne pas en avoir besoin ? »
Katerina le passa autour de son cou.
« Quoi ? fit Ivan. Qu'est-ce que c'est ? Et pourquoi n'y ai-je pas droit ? »
Katerina éclata de rire. « Tu te crois enceinte ?
– À toi de me le dire, répliqua Ivan. Moi, je ne sais plus quelles lois nous gouvernent encore.
– La magie n'a jamais rien changé à cela, dit la princesse.
– Ni à la méthode de conception, intervint le père d'Ivan. Mais je pense pouvoir affirmer que la science a mieux réussi à réduire les risques d'avoir un enfant que la magie.
– Oui, mais la science présente aussi des risques qui lui sont propres », rétorqua Esther. C'était une vieille querelle entre eux, et elle se régla cette fois-là par un clin d'œil et un sourire complice.

Tout se passa normalement à l'aéroport. Les Smetski ne connaissaient pas très bien Rochester, où ils ne se rendaient que de temps en temps afin de recevoir des visiteurs pour qui rallier Syracuse était malcommode ; du coup, si Baba Yaga avait modifié quelque chose, Ivan n'était pas sûr de le remarquer. Il portait Vigilance mais il n'avait pas l'impression d'en avoir l'esprit plus affûté pour autant ; cela signifiait peut-être que rien d'inhabituel ne s'était produit ; cela pouvait signifier aussi qu'il était déjà si vigilant par nature que la magie était incapable d'améliorer ses capacités normales ; ou encore que Baba Yaga était plus astucieuse que sa mère. Ivan préférait penser que la sorcière était en train de les chercher à Syracuse.

Ils s'inscrivirent à l'entrée, puis attendirent encore devant une porte jusqu'à ce que leur avion fût pratiquement plein. Alors ce furent des embrassades, des étreintes, les femmes pleurèrent un peu et le père d'Ivan s'accrocha à son fils un peu plus longtemps que d'ordinaire : ils le savaient tous, c'était peut-être la dernière fois qu'ils se voyaient. Si Ivan et Katerina mouraient à Taïna, leurs parents ne l'apprendraient qu'au moment où Esther ne verrait plus l'image de son fils dans la jatte noire.

Ivan jeta des coups d'œil partout, jusque dans la cabine de pilotage, même s'il ignorait comment y reconnaître une anomalie : que s'attendait-il donc à y trouver ? Baba Yaga en personne, assise dans le siège du pilote et caquetant frénétiquement : « Je t'aurai, ma jolie, et ton petit chien aussi » ? D'ailleurs, elle avait bel et bien eu le petit chien, même s'il n'était pas à eux.

Le vol de Rochester à Kennedy se déroula sans accroc, sans même la turbulence qui avait assombri leur voyage transatlantique. Katerina connaissait déjà les règles en ce qui concernait les ceintures et le moment d'embarquer les bagages. « Tu commences à savoir t'y prendre, dis-moi ! fit Ivan.

– J'espère avoir l'occasion de m'y exercer souvent dans l'avenir », répondit-elle.

Ivan réfléchit un instant. « Tu comptes revenir, veux-tu dire ?

– Ne crois-tu pas que nos enfants doivent aussi bien connaître tes parents que les miens ?

– Si c'est possible. J'ignorais que tu en aurais envie.

– Pas dans les mêmes conditions, répondit Katerina, pas en guettant la Veuve à tous les tournants. Mais, oui, il faut qu'ils volent dans l'air. »

Kennedy fut le cauchemar habituel ; c'était probablement le pire aéroport où Ivan avait eu à faire halte, même si les départs étaient moins épouvantables que les arrivées – ce qui revient à dire que la tuberculose tue moins vite que la pneumonie. À la porte, ce furent la confusion et le remue-ménage classiques, puis les dix kilomètres de tubes et de rampes avant d'arriver aux avions, apparemment garés à Sag Harbor. Pendant tout ce temps, Ivan et Katerina ne cessèrent d'observer les gens et les divers incidents qui se produisirent ; mais Ivan se savait la plus lourde responsabilité, puisqu'il avait davantage l'habitude des aéroports et donc plus de chance de remarquer une anomalie.

Le plus effrayant était qu'ils ignoraient ce qu'ils cherchaient. Baba Yaga elle-même ? Elle pouvait prendre n'importe quelle apparence, voire se rendre invisible. Un sabotage ? Comme si l'un ou l'autre avait les connaissances nécessaires ! Un passager ou un membre d'équipage ensorcelé ? Cela, peut-être parviendraient-ils à le détecter – ou peut-être pas : ils n'avaient rien deviné pour Ruthie, et pourtant Ivan la connaissait bien. Il avait certes remarqué qu'elle se comportait étrangement – rétrospectivement, l'idée du pique-nique était absurde, même s'il ne s'était pas agi d'un piège –, mais il lui avait accordé le bénéfice du doute parce qu'il éprouvait des remords ; avec des inconnus, il n'aurait aucun scrupule.

Ivan avait trouvé la première classe très agréable dans l'avion qui les emmenait de Rochester – sièges spacieux, grande variété de sandwiches ; mais, quand ils prirent place dans le vol international, tout était si confortable qu'il se demanda si l'hôtesse n'allait pas se mettre à leur chanter une berceuse. Il y avait des sacs pour les chaussures, une brosse à dents avec du dentifrice et toute sorte de commodités complètement inutiles, y compris d'étranges savons et lotions qu'on emploie en aromathérapie. Katerina examina les produits d'un air soupçonneux mais, après avoir ouvert chacun d'eux, elle les déclara sans danger. « Sauf qu'ils sentent tous aussi mauvais qu'une porcherie », dit-elle. Apparemment, vendre du parfum ne serait pas une mince affaire à Taïna.

« Tiens, fit Ivan : tu appuies sur ce bouton, et il sort un repose-pieds. »

Katerina trouva cela très amusant, mais elle reprit vite son sérieux. « Regarde-nous, dit-elle. Nous trouves-tu vigilants, en ce moment ?

– Elle est encore à Tantalus ou à Syracuse, répondit Ivan. Nous l'avons semée.

– Non, avec elle, ce n'est jamais aussi facile. » Elle défit sa ceinture et entreprit de se glisser devant Ivan pour gagner l'allée centrale.

« Où vas-tu ?

– Faire un tour dans l'avion, fit-elle, pour voir si je découvre quelque chose.

– Je t'accompagne.

– Non. Il faut que l'un de nous reste protéger nos places, de façon qu'elle n'y laisse pas de malédiction.

– Alors c'est moi qui vais faire le tour de l'avion, dit Ivan. J'ai plus de chances que toi de noter ce qui cloche. »

Elle en convint, et Ivan descendit en seconde. L'embarquement se poursuivait mais la foule était à présent moins dense – la plupart des gens avaient gagné leur siège. À l'arrière, il examina les toilettes ; il envisagea même de soulever le couvercle des W-C, avant de prendre conscience de l'absurdité d'une telle idée – après quoi il n'eut plus qu'à les soulever l'un après l'autre parce qu'une fois qu'il y avait songé il était obligé de le faire, au cas où Vigilance lui aurait fourni un avertissement subliminal. Naturellement, les toilettes étaient normales – tachées de liquide bleu, dans des pièces si exiguës qu'il fallait être danseuse de ballet pour s'y retourner. Si elles présentaient une anomalie, elle datait du stade de leur conception.

« Quelque chose ne va pas ? demanda l'hôtesse derrière lui.

– Non, répondit Ivan, et il sortit du réduit.

– Il est temps d'aller vous asseoir, monsieur. »

Ivan était un peu gêné mais il se sentait à présent

d'autant plus obligé de vérifier chaque toilette. Pourtant, il les avait déjà toutes vérifiées, non ?

Sur un coup de tête, il demanda à l'hôtesse : « Combien y a-t-il de W-C ici ?

– Ici, à l'arrière ? Six.

– C'est curieux, fit Ivan. Moi, je n'en ai compté que cinq.

– Vous savez, on n'en utilise qu'un à la fois en général, dit l'hôtesse avec un sourire.

– Six ? Vous êtes sûre ? »

Pour lui faire plaisir, elle les indiqua tour à tour. « Un, deux, trois, quatre, cinq. Vous voyez ?

– D'accord. » Il était évident qu'elle ne se rendait pas compte de ce qu'elle venait de dire.

Il fallait à présent qu'il se débarrasse d'elle. « J'ai le temps d'en utiliser un ? demanda-t-il.

– Si vous faites vite. » Elle lui adressa son sourire officiel – celui qui dit : « Vous êtes un crétin mais on me paye pour me montrer agréable avec vous » – et repartit dans l'allée centrale pour aider les gens à s'installer.

Ivan réfléchit à ce qui venait de se produire – ou du moins il essaya : son cerveau n'était plus que confusion. Elle avait bien affirmé qu'il y avait six W-C, non ? Il voulut les recompter en plaçant une main sur chaque porte et en prononçant le chiffre correspondant, et il obtint bien six. Mais n'avait-il pas compté une porte deux fois ? Avait-il touché chaque porte ?

Et tout à coup il comprit : peu importait quel était le W-C manquant, ou même s'il en manquait un. L'hôtesse avait affirmé qu'il y en avait six puis en avait compté cinq ; quant à lui, il n'était plus sûr de ce qu'il voyait ; c'étaient peut-être ses nerfs qui lui jouaient des tours ou de l'inattention – mais peut-être pas. Et il n'était pas question de courir de risques.

Il se rendit d'un pas vif à la portière avant, que

l'hôtesse s'apprêtait à fermer. « Attendez, lui dit-il. Nous descendons de l'avion.

– Comment ? Mais pourquoi ? demanda-t-elle, effarée.

– Peu importe. Nous avons décidé de ne plus partir.

– Vous allez retarder le vol tout entier, objecta-t-elle. On ne peut pas décoller avant que vous ayez repéré vos bagages au milieu de la soute et que vous les ayez récupérés.

– Peu importe. Nous descendons. »

Il s'apprêtait à regagner la première pour aller chercher Katerina quand, du coin de l'œil, il vit l'hôtesse commencer à refermer la porte. Il pivota sur ses talons. « Si vous fermez cette portière, je vous poursuis, vous et la compagnie, pour enlèvement !

– Je ne comprends pas !

– Je viens de vous demander de ne pas fermer cette porte !

– Mais il faut bien que je la ferme si nous voulons décoller ! »

Une nouvelle hôtesse s'approcha. « Monsieur, veuillez vous asseoir à présent.

– Je refuse de prendre cet avion ! Je descends ! J'ai dit à cette jeune fille de ne pas fermer la porte parce qu'il faut que j'aille chercher ma femme qui ne parle pas anglais. Nous ne prendrons pas ce vol.

– Naturellement, monsieur. Évidemment, ça va gêner tout le monde puisqu'il faudra attendre qu'on ait déchargé vos bagages, et…

– Votre collègue me l'a déjà expliqué, fit Ivan.

– En toute franchise, dit l'autre hôtesse, nous n'avons parlé de rien de tel. »

Pour Ivan, la confusion mentale, l'oubli instantané de la conversation précédente, tout cela prouvait qu'il avait raison : il y avait de la magie à l'œuvre dans cet avion, et il ne comptait pas se trouver à bord au décollage. Seulement, il ne pouvait pas s'éloigner de la porte ou elles oublieraient qu'il comptait descendre et la fermeraient – et alors, il savait qu'on invoquerait les règles de l'administration de l'aviation ou toute autre absurdité pour refuser de la rouvrir. En même temps, il savait que, s'il envoyait une des hôtesses chercher Katerina, elle oublierait l'objet de sa mission en cours de route ou serait empêchée de l'accomplir par tout autre moyen.

Alors il appela Katerina à pleins poumons. Pas par le nom de « Katerina » parce que Baba Yaga, cachée presque à coup sûr dans un des W-C, risquait de l'entendre, mais par celui de « Ruthie ». « Ruthie ! » cria-t-il ; à la troisième fois, Katerina se retourna enfin. Il lui fit signe de venir ; elle détacha sa ceinture et s'approcha. « Prends tes affaires, lui murmura-t-il quand elle fut à portée d'oreille. Dépêche-toi ! »

Elle retourna en courant à leurs places, tira toutes leurs affaires de sous les sièges et revint. Pendant ce temps, Ivan ne cessait de répéter aux hôtesses : « Ma femme arrive, elle est allée chercher nos affaires, un peu de patience, ne fermez pas la porte. » Tant qu'il parlait, elles gardaient à l'esprit qu'il allait débarquer ; s'il se taisait un instant, elles oublieraient tout et il devrait recommencer depuis le début.

C'est seulement quand les jeunes gens furent hors de l'avion, à l'entrée, que les hôtesses retrouvèrent leur mémoire à court terme, et elles se montrèrent alors extrêmement froides avec eux. Malgré le retard, la soute à bagages n'était pas encore fermée et il ne fallut que quelques minutes aux porteurs pour revenir avec les deux petites valises enregistrées. Ivan et Katerina suivirent d'un pas pressé la rampe et le tunnel jusqu'à ce que les hôtesses cessent de les regarder d'un œil mauvais et reprennent leur activité normale. Les deux jeunes mariés attendirent que la porte de l'avion soit fermée, puis ils retournèrent en hâte au poste d'embarquement, où le guichetier exigea de savoir pourquoi ils avaient changé d'avis.

« Je suis superstitieux, dit Ivan en improvisant. J'avais l'impression que cet avion ne me porterait pas chance.

– Il y aura un rapport sur cet incident, je vous préviens, dit l'employé.

– J'y compte bien. Et maintenant, voudriez-vous nous inscrire pour le prochain vol ?

– Comment savoir si celui-là vous portera chance ? demanda l'homme d'un ton ironique.

– Je vous préviendrai avant le décollage », promit Ivan.

Alors seulement, Katerina obtint qu'il s'explique sur ses raisons de débarquer. Il s'efforça de lui raconter ce qui s'était produit dans les toilettes et, à son grand soulagement, elle fut aussitôt d'accord avec lui. « Tu as eu raison. Ce n'était peut-être pas la Veuve mais, si c'était elle, c'est exactement l'impression que tu aurais : l'esprit embrouillé.

– Ce qui m'effraye, c'est que j'ai failli ne m'apercevoir de rien.

– C'est bien le but de ce sort ; c'est d'ailleurs ainsi que fonctionnent tous ceux de la Veuve.

– C'est donc le charme Vigilance de maman qui m'a mis la puce à l'oreille ? »

Katerina sourit. « Tu te rappelles ce que tu m'as dit sur les vaccins ? Si tu n'attrapes jamais la maladie, est-ce le vaccin qui t'a protégé ou bien as-tu évité par hasard la maladie en question ? »

Ivan lui fit un sourire complice. « Et dire que tu n'as jamais été à l'université ! »

Quand il eut les billets pour le vol du surlendemain – celui du lendemain était complet –, Ivan se demanda que faire à New York pendant deux jours. Se terrer dans un hôtel en compagnie de Katerina ne l'aurait pas dérangé – il aurait même préféré cette solution –, mais il n'avait pas les fonds nécessaires. Il fit donc ce que tout jeune marié qui se respecte aurait fait dans la même situation : il téléphona à ses parents.

Ils lui demandèrent de rappeler un quart d'heure plus tard pour savoir où aller chercher l'argent qu'ils lui envoyaient par câble. En attendant, Ivan et Katerina firent un peu de lèche-vitrine et, à cette occasion, remarquèrent des employés de l'aéroport qui couraient çà et là d'un air absorbé, un bruissement de conversations, des groupes de gens qui discutaient d'un air grave. C'est sans doute Vigilance à l'œuvre, se dit Ivan. À cet instant, le guichetier de la porte d'embarquement les désigna du doigt, Katerina et lui, à un couple de gardes de sécurité, qui s'approchèrent d'eux d'un pas vif, la main sur le pistolet, prêts à dégainer. « Ivan Smetski et Katerina Taïna ? demanda l'un d'eux.

– Il y a un problème ? répliqua Ivan.

– Nous désirons discuter avec vous, répondit le garde. Séparément.

– Je vous souhaite bien du plaisir, fit Ivan. Ma femme ne parle pas anglais.

– On trouvera un interprète.

– Non, parce qu'elle parle un obscur dialecte russe, et je vous garantis qu'à part elle je suis la seule personne de New York qui le comprenne. »

Pour convaincre les hommes, il fallut une heure, que suivit une demi-heure d'interrogatoire serré pour savoir pourquoi ils avaient quitté l'avion. Katerina voulut demander à Ivan ce qui se passait mais les gardes mirent vivement fin à tout échange entre eux. « Vous traduirez uniquement nos questions et ses réponses », fit l'interrogateur d'un ton sans réplique.

Pour finir, les deux hommes de la sécurité expliquèrent pourquoi ils s'intéressaient tant à Ivan et à Katerina : au-dessus de l'océan, on avait perdu tout contact radio avec l'appareil dont ils avaient débarqué juste avant l'envol ; il avait également disparu des radars. Des recherches intensives étaient en cours et on n'avait encore découvert aucun débris, mais les autorités partaient du principe que l'avion s'était écrasé en mer, et, naturellement, elles étaient très désireuses de s'entretenir avec les deux personnes qui en étaient descendues au dernier moment.

Voilà qui résolvait la question de ce qu'ils allaient faire de leur temps à New York, du moins la première journée. Une fois qu'Ivan eut compris ce qui se passait, il appela son père, qui contacta des amis, lesquels firent en sorte qu'un avocat influent assiste au reste de l'interrogatoire ; Ivan eut tout juste le temps d'apprendre le nom du personnage car à peine était-il arrivé que les questions prirent fin. Ivan et Katerina avaient tous deux fait leurs déclarations, les souvenirs de Katerina fidèlement traduits par son mari, même quand ils différaient légèrement des siens : il supposait qu'ils paraîtraient plus plausibles s'ils n'étaient pas absolument identiques. Et, comme leurs bagages enregistrés avaient été retirés de l'appareil, on voyait mal quelle part ils pouvaient avoir pris dans l'affaire.

L'avocat s'en donna à cœur joie : « Vous ne savez même pas ce qui est arrivé à cet avion et vous interpellez deux jeunes gens en voyage de noces comme si vous disposiez d'un lien qui les rattache à une bombe ; or, non seulement vous n'avez pas de lien, mais vous n'avez même pas de bombe ! »

Comme ils quittaient pour la dernière fois la salle d'interrogatoire, un des hommes, qui n'avait pas dit grand-chose jusque-là, arrêta Ivan à la porte. « S'il vous plaît, dit-il, je sais que vous n'êtes pas en cause ; mais vous devez reconnaître votre chance singulière parmi les passagers de cet avion. Pourquoi avez-vous débarqué ? Quel a été le facteur déclenchant ? Ça pourrait nous aider à comprendre ce qui est arrivé à l'appareil.

– En toute franchise, répondit Ivan, j'ai eu simplement

une impression, comme quelque chose de brouillon, de confus, qui n'aurait pas dû être là. Si j'avais vu pour de bon un élément suspect, ne croyez-vous pas que j'en aurais averti l'équipage ? »

Il n'en dit pas plus. Tout cela était parfaitement exact, et l'homme n'aurait pas cru ce qu'il aurait pu rajouter : il y avait dans les toilettes une sorcière du neuvième siècle qui avait revêtu un charme d'invisibilité, mais j'ai déjoué ses plans grâce au sortilège de vigilance de ma mère.

Tu parles !

En tout cas, Ivan se réjouissait qu'on n'eût pas le droit de lui faire passer un test au détecteur de mensonge parce qu'il l'aurait sûrement misérablement raté.

Ils reçurent l'argent de la Western Union, ce qui causa des remords à Ivan parce que ses parents n'étaient pas ce qu'on appelle riches. Il n'emmena pas Katerina dans Manhattan et trouva où les loger plus loin sur Long Island. Ce ne fut pas tâche facile, car on était au plus fort de l'été, mais, en restant assez loin des plages, il demeurait des places dans les motels.

Ils ne passèrent néanmoins pas tout leur temps dans leur chambre : Katerina avait besoin de prendre l'air et Ivan aussi – il avait passé ces dernières semaines coincé à la maison ou au jardin, incapable de courir tous les jours pour la première fois depuis des années. Comme ils se sentaient à l'abri de Baba Yaga, ils sortirent, Ivan pour courir, Katerina pour se promener et jouir du beau temps. D'abord, elle tenta de se joindre au jogging de son mari, mais elle n'y trouva aucun plaisir : pour elle, la forme venait naturellement, du travail et non du jeu.

Dans le parc planaient quelques cerfs-volants, et Ivan se rappela qu'il voulait apprendre à fabriquer une aile delta ; il dénicha quelques ouvrages sur le sujet dans une boutique en pensant pouvoir les lire pendant le reste du voyage.

Le soir venu, Ivan et Katerina se livrèrent à des spéculations sur ce que Baba Yaga avait pu faire de l'avion. Le jeune homme parla des terroristes qui faisaient parfois exploser les appareils, ce dont Katerina se montra toute retournée. « On dirait Attila le Hun, dit-elle – car Attila était encore le croque-mitaine de cette époque où le passage des Mongols restait dans les siècles à venir –, à massacrer tout le monde, à tout détruire ainsi.

– Ce n'est pas ce qu'a fait la Veuve ?

– Pourquoi agirait-elle de cette façon ? Qu'y gagnerait-elle ? Nous n'étions pas dans l'avion.

– Mais savait-elle seulement que nous n'y étions plus ? demanda Ivan.

– Elle, en tout cas, s'y trouvait ; elle ne l'a donc pas fait exploser.

– Alors qu'est devenu l'appareil ? »

Katerina haussa les épaules. « Elle l'a peut-être ramené chez elle.

– Ramené chez elle ? Avec les passagers et tout le bataclan ? Comment s'y est-elle prise ? Elle l'a fourré dans un sac et l'a balancé par-dessus son épaule ?

– Je l'ignore.

– Nous ne pouvons même pas emporter nos vêtements d'un monde à l'autre, et elle serait capable de transférer un 747 ? »

Katerina eut un mince sourire. « Ce que la Veuve désire, elle le prend. »

Le lendemain 7 juillet, Ivan chercha le petit sac de voyage qu'il avait rempli de revues pour le trajet, accompagnées de quelques cadeaux pour Marek et Sophia, pour y ajouter les livres sur les ailes delta, mais il ne le trouva nulle part.

Alors seulement, il s'aperçut que Katerina avait récupéré leurs seules affaires glissées sous les sièges. Sans doute n'avait-elle même pas remarqué qu'Ivan plaçait ce sac dans le compartiment au-dessus de leurs têtes, et lui-même en avait complètement oublié l'existence jusqu'à maintenant.

Un horrible instant, il se demanda si Baba Yaga ne s'était pas débrouillée, Dieu sait comment, pour y fourrer une bombe afin qu'Ivan l'embarque à bord de l'avion. Mais non, Katerina avait raison : il ne devait pas y avoir eu d'explosion ; quant au sac resté dans l'appareil, c'était un simple oubli.

Un oubli ? « Katerina, dit-il, Vigilance n'aurait-il pas dû m'avertir que je laissais le sac dans l'avion ?

– Si, répondit-elle, l'air aussi soucieuse que lui. Mais je n'avais pas remarqué que tu l'avais placé dans le compartiment, ou bien je l'avais oublié – ça non plus, ça n'aurait pas dû se produire.

– Et ça ne m'est revenu que deux jours plus tard. Tant mieux, dans un sens : si j'y avais pensé pendant les interrogatoires et que j'avais parlé d'un sac oublié à bord, on ne nous aurait plus lâchés. »

Katerina retira le charme de Vigilance et le contempla. « Ce doit être lui qui t'a fait remarquer la présence de l'Usurpatrice, ou du moins remarquer qu'on nous empêchait de la repérer ; alors, pourquoi ne pas nous avoir fait penser au sac ?

– La Veuve nous laisse partir mais garde notre sac : ça ne rime à rien, renchérit Ivan.

– Si, peut-être. Dis-moi ce que contenait ce fourre-tout. »

S'asseyant, il nota méthodiquement chaque article, mais rien n'offrait le moindre indice sur ce qui aurait pu intéresser Baba Yaga jusqu'au moment où il se rappela un dernier objet. « J'y avais mis aussi le message de Baba Tila, avec les cadeaux pour Marek et Sophia, parce que je voulais leur poser des questions à son sujet. »

Katerina réfléchit quelques minutes. « Ainsi, nous ne savons toujours pas ce que signifiait le message, mais l'Usurpatrice l'a emporté à Taïna.

– Comment savait-elle seulement que je le possédais ? demanda Ivan.

– Qui prétend qu'elle le savait ? fit Katerina. Nous ignorons toujours à qui est destiné ce message et de qui il émane. Il n'a peut-être rien à voir avec elle ; mais, s'il doit être délivré à quelqu'un à Taïna, le placer dans l'avion qu'a transféré la Veuve était le seul moyen d'y parvenir ; ni toi ni moi n'aurions pu l'emporter.

– On en revient donc à ta théorie qu'un destin particulier nous aide.

– J'en viens à me demander si nous n'aurions pas dû rester à bord de l'avion nous aussi.

– Non, dit Ivan. Sûrement pas. La Veuve n'a aucun pouvoir sur le pont, c'est bien pourquoi nous devons regagner Taïna par ce moyen, tandis que, dans l'avion, même si elle nous amenait là où nous voulons aller, nous y serions ses prisonniers.

– Oui, tu as raison.

– Ce sac que j'ai laissé dans l'avion, ce message… j'espère que c'est bien un destin bénéfique qui nous aide, parce que, sinon, en oubliant ce sac, j'ai commis une sacrée gaffe qui risque de nous coûter cher un de ces jours.

– Tu as commis une sacrée gaffe ? Et moi, alors ? Je réclame aussi ma part de responsabilité ! »

Ils se rendirent tôt à l'aéroport. Certains employés présents lors de l'incident étaient de service et ne quittèrent pas Ivan et Katerina de l'œil, mais ils les traitèrent encore plus poliment que d'habitude, ce qui, à Kennedy, n'est pas difficile, il faut bien le dire. Les deux jeunes gens, pour leur part, firent preuve d'autant de prudence que la première fois mais ils n'observèrent nul signe de danger, ni avant ni après l'embarquement.

Peut-être Katerina avait-elle raison, finalement : Baba Yaga avait disparu avec l'appareil pour réapparaître au neuvième siècle, ce qui signifiait dans ce cas qu'ils n'avaient plus rien à craindre tant qu'ils n'avaient pas traversé le pont.

Durant le vol, ils se sentirent si détendus qu'ils allèrent jusqu'à s'endormir. Quand ils arrivèrent chez le cousin Marek, épuisés par le voyage et la tension, leur hôte le confirma : « Elle ne se trouve plus dans ce monde ; mais elle n'est pas partie seule.

– Elle a donc emmené tous les passagers avec elle ? demanda Ivan.

– Ils sont retournés dans le passé avec elle, dit Marek. Les malheureux !

– Que peut-on faire ? Comment les ramener ?

– Il existe deux moyens, fit Marek. Un, vous persuadez la vieille Yaga de les renvoyer d'où ils viennent.

– D'accord ; c'est ce que nous allons faire », déclara Ivan.

Katerina le dévisagea comme s'il avait perdu l'esprit.

« Je plaisantais, expliqua Ivan.

– Quel est l'autre moyen ? demanda Katerina au cousin Marek.

– Briser son pouvoir.

– Qu'on me rapporte le manche à balai de la Sorcière de l'Ouest, fit Ivan.

– Pardon ?

– Ça vient d'un film, *Le Magicien d'Oz*. Le seul moyen de briser son pouvoir, c'est de la tuer, n'est-ce pas ? »

Marek haussa les épaules. « Ce serait sans doute efficace, mais je ne peux pas vous assurer que ce soit la seule façon de l'abattre.

– Tu en connais une autre ?

– Je suis dieu, Vanya, pas spécialiste de ces choses-là. »

À présent qu'ils n'étaient plus sous la menace directe de Baba Yaga, ils ressentaient moins l'urgence de regagner Taïna. Quels que fussent les méfaits qu'elle y commît, le temps s'écoulait différemment dans les deux époques, si bien qu'il ne servirait à rien de se hâter si un avantage, même minime, pouvait être gagné en s'attardant un peu.

Or c'était possible, du moins Ivan l'espérait-il. Avec l'aide du cousin Marek et de quelques autres fermiers des environs, il essaya de fabriquer une aile delta avec le bois disponible – sec pour la partie la plus rigide de la structure, mais des baguettes plus fraîches et flexibles pour le reste ; ils mirent aussi au point un tissu serré – il s'agissait de coton, mais du lin rêche devrait faire l'affaire à Taïna, à moins qu'ils ne disposent de soie : Katerina se rappelait en avoir vu autrefois un coupon d'importation ; s'il existait toujours en une seule pièce, peut-être pourraient-ils s'en servir.

Ils eurent assez de bon sens pour ne pas exécuter leurs vols d'essai en se jetant du haut d'une falaise, et, après plusieurs déconvenues, ils réussirent à fabriquer une aile qui fonctionnait. Katerina exigea d'apprendre à voler elle aussi, et, si ni Ivan ni elle ne devinrent des as, ils ne se tuèrent pas, ce qui, selon le jeune homme, devait valoir un diplôme de vol en aile delta artisanale.

Ivan et Katerina avaient appris tout ce qui, selon eux, pouvait leur être utile ; ils avaient tout fait, apparemment, pour se préparer, s'entraîner et prévoir l'avenir. Seule la peur les retenait encore, aussi décidèrent-ils ensemble qu'il était temps pour eux de traverser le pont, cette fois en souverains de Taïna, d'abord pour chasser les usurpateurs du pouvoir, puis pour porter le coup qui les délivrerait une fois pour toutes de Baba Yaga.

Ou bien pour mourir.

Baba Yaga

Baba Yaga ne se risqua hors des toilettes pour parcourir les allées qu'une fois la maison-qui-vole dans les airs. Elle avait connu un moment de terreur lorsque le jeune homme s'était planté droit devant la porte des W-C où elle se dissimulait ; les charmes que la mère de cet Ivan lui avait préparés étaient puissants et elle avait senti la lutte entre leurs deux sortilèges, Vigilance et Oubli. Lorsqu'il s'éloigna, toutefois, elle avait la certitude qu'il ne l'avait pas vue. Elle regrettait seulement de ne pas comprendre ce qu'il avait dit à l'autre femme.

Sièges 2A et 2B. Vides !

Ivan et Katerina étaient-ils simplement allés faire un tour ? Aux toilettes ? Visitaient-ils le cockpit ?

Non et non : ils avaient quitté l'avion. Ils n'étaient plus à bord.

Une rage impuissante saisit Baba Yaga : elle avait travaillé toute la nuit pour rien ! Ivan avait affirmé avoir pris leurs réservations, elle en était certaine, or leurs noms n'apparaissaient nulle part sur les ordinateurs ! C'est seulement en doublant le charme de serviabilité sur le guichetier, stupide et fatigué, qu'une idée lumineuse lui vint : peut-être étaient-ils partis d'un autre aéroport.

Baba Yaga finit par trouver leurs réservations, mais à ce moment-là ils avaient déjà décollé de Rochester. Elle dut se démener pour attraper un vol partant de Syracuse qui l'amènerait à Kennedy avant leur embarquement pour la partie transatlantique de leur voyage. Elle était furieuse qu'ils se soient joués d'elle – pas seulement qu'ils y soient parvenus mais même qu'ils aient osé s'y essayer ! – mais ils ne lui avaient pas échappé longtemps. Et, de toute façon, c'était le grand avion transatlantique qui l'intéressait.

Lorsqu'elle découvrit qu'ils avaient quitté l'appareil, ce fut à la limite du supportable. Elle parcourut les allées de l'avion en hurlant et en tempêtant, tout en lançant entre ses cris des sorts de nausée et d'autres tout aussi dérangeants. Nul ne la remarqua, naturellement, et tous les sorts qu'elle avait jetés la laissèrent épuisée, à peine en mesure de maintenir Ombre en place. Mais c'était sans importance ; dans quelques minutes, l'avion serait avec elle dans son propre monde – celui dans lequel Ours pouvait lui rendre toute sa puissance quand elle en avait besoin. Jeter le sortilège pour ramener l'ensemble chez elle n'aurait rien de très compliqué : elle avait déjà préparé le tissu. Quant à Ivan et Katerina, ils rentreraient à Taïna tôt ou tard. Les éliminer dans le monde d'Ivan n'aurait pas manqué de charme mais, tout compte fait, les abattre à Taïna présenterait l'avantage supplémentaire de démoraliser la population tout entière de Taïna. Non, c'était mieux ainsi. Ils avaient évité un piège mais ils tomberaient à coup sûr dans un autre, et plus tôt qu'ils ne s'y attendaient ; et, à Taïna, la petite sorcière qu'Ivan appelait maman ne viendrait pas gêner son monde.

Quand les lumières signalant l'obligation d'attacher sa ceinture s'éteignirent et que les gens recommencèrent à circuler dans l'appareil, Baba Yaga se mit à suivre unc hôtesse en lui emplissant l'esprit d'une curiosité vague accompagnée d'images du pilote comme étant l'homme qui possédait les réponses. Lorsque l'hôtesse parvint enfin au cockpit, Baba Yaga n'eut pas besoin de connaître l'anglais pour comprendre ce qui se dit alors, car elle fournit ses questions à la jeune fille en dessous du niveau du langage.

« Où est la gueule de l'avion ? » demanda l'hôtesse.

Le pilote la considéra comme si elle était folle.

Baba Yaga jeta Entendement sur l'homme, ce qui, dans l'état d'affaiblissement où se trouvait la sorcière, ne le mit pas en mesure de comprendre réellement mais l'obligea néanmoins à écouter attentivement sans nul préjugé ni attente. Pour finir, le pilote expliqua : « Ce qui mène l'avion, c'est moi, et l'instrument que j'utilise est celui-ci. » Du doigt, il indiqua un objet qui ressemblait vaguement au volant d'une voiture.

Aussitôt l'hôtesse se détendit, puis prit l'air égaré. « Qu'est-ce que je fais ici ? Vous avez besoin de quelque chose ?

– Non, répondit le pilote en éclatant de rire, nous n'avons besoin de rien.

– Alors il ne fallait pas m'appeler. » Elle quitta en hâte le cockpit, toute gênée.

Le pilote n'eut que le temps de dire « J'ai l'impression que quelqu'un a forcé sur la bouteille » quand Baba Yaga, toujours invisible, se pencha par-dessus son épaule et drapa un petit chiffon sur l'instrument de contrôle qu'il avait montré. Baba Yaga avait beau être faible dans ce monde, le tissu avait reçu son pouvoir alors qu'elle était au faîte de sa puissance ; il ferait son travail. L'avion et tout ce qu'il contenait suivraient le tissu où qu'il aille.

Chez elle.

À un moment, ils survolaient l'Atlantique, encore en vue de la terre, et, l'instant suivant, ils se trouvaient au-dessus de la profonde forêt de la Rus occidentale. L'affolement dans le cockpit dura seulement le temps que Baba Yaga rejette Ombre et se révèle à tous. Maintenant qu'elle était revenue dans son univers, le pouvoir d'Ours l'avait à nouveau envahie et elle se sentait jeune, toute fatigue oubliée. À présent, il lui suffisait d'imposer Entendement au pilote, à l'équipage et à tous les passagers ; cette fois, il ne s'agirait plus d'un vague discernement mais d'une vraie compréhension de chacune de ses paroles, même si aucune de ces personnes ne parlait sa langue.

« C'est moi qui vous ai transportés ici ! Emmenez-moi dans mon royaume ! »

Il y eut d'abord quelque résistance et il fallut que le pilote voie son copilote et plusieurs hôtesses se mettre à vomir ou être pris de la danse de Saint-Guy pour comprendre vraiment à quel genre de pouvoir il avait affaire ; et, comme il ne se montrait toujours pas coopératif, la sorcière lui infligea une virulente démangeaison rectale, qu'il ne put s'empêcher de gratter avec véhémence jusqu'au moment où il assura à Baba Yaga que, oui, il l'emmènerait là où elle le désirerait et que, non, il n'émettrait plus de ridicules exigences comme de retourner sans tarder à l'aéroport Kennedy.

Ils avaient émergé au-dessus de la forêt primitive de la Sainte Russie, et ils tournèrent en rond pendant plusieurs heures à la recherche d'une clairière plate où pût se poser un 747. Ce fut finalement la nuit tombante qui força leur choix : une prairie qui n'était ni assez longue ni assez plane, mais c'était leur seule chance. Baba Yaga participa à l'atterrissage en le rendant moins chaotique qu'on n'était en droit de l'attendre, puis en arrêtant brutalement l'appareil avant qu'il atteigne l'orée de la forêt. Elle avait retrouvé toute sa puissance, ses pouvoirs l'emplissaient, ses sortilèges étaient plus forts que jamais, et elle se réjouit de la douleur, de l'affolement et des blessures des passagers lors de l'atterrissage sans douceur de l'avion. Ce qui l'intéressait avant tout était d'empêcher qu'une collision abîme l'appareil ; ces gens étaient en sa compagnie uniquement parce qu'ils se trouvaient par hasard dans le 747 quand elle s'en était emparée – néanmoins, leur souffrance et leur effroi, leurs cris déchirants et leurs sanglots étaient doux à ses oreilles.

Comme ils faiblissaient un peu, Baba Yaga prit le micro et, aidée en cela par un sort d'entendement vigoureusement renouvelé, elle annonça dans tout l'avion : « Vous avez atteint votre dernière destination ! »

Le temps que le sens de sa déclaration pénètre l'esprit des passagers, les pleurs et les hurlements reprirent de plus belle.

16

Restauration

Chaque jour, Sergeï se levait à l'aube et se rendait à la porte de sa cabane pour voir si la princesse et Ivan étaient revenus, et, chaque jour, il ne voyait que la fosse, le piédestal et aucun avenir, ni pour lui ni pour le malheureux père Lukas.

Qui aurait pu se douter que, quelques jours après le départ de la princesse Katerina, Dimitri se rebellerait ? Et qui aurait pu croire qu'à l'instant où il aurait le pouvoir Dimitri renierait la religion chrétienne et en interdirait l'enseignement sur tout le territoire de Taïna ? Le père Lukas était tout prêt à se poser en martyr et il avait tenté de persuader Sergeï de l'imiter, mais, pour finir, c'était Sergeï qui l'avait emporté en demandant qui servirait le mieux le Christ : deux ecclésiastiques morts ou deux missionnaires bien vivants qui sauraient peut-être ramener un jour le christianisme dans ce royaume qui avait sombré dans les ténèbres ?

Depuis lors, ils vivaient dans le seul lieu dont Sergeï savait que nul habitant de Taïna n'avait jamais réussi à le découvrir, du moins à l'époque où la princesse y gisait, plongée dans un sommeil enchanté. Naturellement, il avait eu l'intelligence de laisser le père Lukas ignorer l'importance de leur repaire, de même qu'il ne lui avait rien dit des précieux parchemins cachés dans un sac lui-même enfermé dans une boîte sous une pierre, à l'entrée de la forêt. Pour le prêtre, il était là pour faire pénitence et prier ; Sergeï, lui, attendait : Katerina et Ivan reviendraient, et, ce jour-là, Dimitri perdrait tout soutien populaire. C'était seulement depuis la disparition de la princesse que le peuple, désespéré, avait écouté Dimitri déclarer qu'il avait besoin d'un guerrier puissant pour le sauver de Baba Yaga. Quand Katerina ferait sa réapparition, les gens se rallieraient à nouveau à elle ; de fait, ils avaient déjà grande honte d'avoir suivi Dimitri, surtout après qu'il eut usé de quelque affreuse magie pour frapper le vieux roi Matfeï de mutité, et ils espéraient – ils en formaient même le vœu le plus ardent – qu'elle reviendrait saine et sauve.

Ils en avaient même tellement assez de voir Dimitri se pavaner, d'entendre ses vantardises, de supporter qu'il commande et rudoie tous et chacun, qu'ils en venaient presque à souhaiter qu'Ivan fût de retour avec elle, car ils s'étaient maintenant rendu compte que le rôle d'un roi n'était pas seulement de mener au combat. Le roi Matfeï avait eu la main légère avec eux ; celle de Dimitri n'était pas aussi douce.

Toutefois, lui-même valait mieux que Baba Yaga, aussi ne se révoltaient-ils pas – du moins pas encore. Quand Sergeï se rendait discrètement au village pour recueillir nouvelles et rumeurs, il sentait de plus en plus de résignation dans le ton de ceux à qui il parlait : ils demeuraient de fidèles chrétiens, lui assuraient-ils, mais comment renverser Dimitri alors que Baba Yaga risquait de revenir à tout moment ?

Car même ceux qui ne croyaient plus au retour de Katerina ne doutaient pas de celui de Baba Yaga. Ainsi va le monde, disaient-ils : une princesse peut disparaître, une sorcière est éternelle.

Les deux ecclésiastiques vivaient donc dans la cahute qu'avait bâtie Sergeï et se nourrissaient des plantes, des baies, des racines et des champignons que l'infirme trouvait dans la forêt. Comme ni l'un ni l'autre n'étaient très bons cuisiniers, le seul condiment qui donnât quelque goût à ce qu'ils mangeaient était la faim. Ils maigrissaient ; le père Lukas perdait ce qui lui restait de cheveux ; et Sergeï rêvait la nuit de femmes nues qui venaient à lui, si bien qu'il dormait à peine à cause du père Lukas qui le secouait en lui ordonnant de cesser de faire des rêves sensuels en de telles circonstances. Sergeï avait du mal à imaginer en quoi l'enfer pouvait être pire.

Ce matin-là comme tant d'autres, Sergeï sortit de la cahute aux premières heures du jour, le pas vacillant, regarda si par hasard Katerina et Ivan étaient revenus, puis se rendit au bord de la fosse, releva le devant de sa bure et se vida la vessie. C'est dans cette position qu'il se tenait quand Ivan et Katerina apparurent soudain sur le piédestal.

« Sergeï ! » fit Ivan.

Saisi, le jeune frère laissa retomber sa bure, qui se retrouva aussitôt trempée sur le devant. Il jura sans le vouloir, et puis plus rien de tout cela n'eut d'importance à ses yeux : ils étaient de retour ! Avant même qu'ils eussent franchi le pont invisible qui les menait du côté de Sergeï, celui-ci leur cria tout ce qui s'était produit. Le vacarme attira le père Lukas hors de la cabane et, à la grande surprise du jeune frère, le prêtre eut l'air heureux – non, extatique ! – au point d'esquisser un pas de danse. Sergeï en vint presque à regretter de ne pas lui avoir révélé la promesse de retour que lui avait faite Katerina : le père en aurait tiré quelque espoir. Mais il en aurait tiré aussi un autre sujet de réprimande à l'encontre du jeune frère, comme si Sergeï avait besoin que le père Lukas le morigène : s'il avait avoué la vérité au roi Matfeï sur le lieu où Katerina et Ivan s'en étaient allés, Dimitri n'aurait pas obtenu le soutien d'une partie de la population, il n'aurait pas pris le pouvoir, etc., etc.

Ce que le père Lukas ne comprenait pas, c'était que, si Sergeï avait parlé, Dimitri aurait été planté là, devant la cabane, l'épée à la main, à l'arrivée du jeune homme et de la princesse, et que la tête d'Ivan n'aurait pas tardé à rouler dans la fosse.

Ils s'entretinrent durant une demi-heure – ou, plus exactement, Sergeï et le père Lukas parlèrent pendant que Katerina et Ivan les écoutaient, avares de mots mais avec une expression plus peinée et plus décidée à chaque incident rapporté. Pour finir, Katerina dit, en s'adressant à Ivan : « Tu vois ? C'est peut-être le Christ qui nous aide depuis le début car, si nous ne vainquons pas l'Usurpatrice, la chrétienté est perdue dans cette région du monde.

– Ce n'est pas Baba Yaga le problème pour l'instant, fit le père Lukas. Nous aurons tout le temps de chasser les suppôts du démon des autres royaumes une fois que nous aurons éliminé le démon parmi nous.

– Dimitri, expliqua Sergeï.

– Le malheureux ! fit Ivan.

– Tu le plains ? s'insurgea Katerina. Après ce qu'il a fait à mon père ?

– Et tu serais bien avisée d'en faire autant, répliqua Ivan. Ce n'est pas la première personne que les manœuvres de la Veuve ont menée à commettre ce qu'elle n'aurait jamais commis de sa propre initiative.

– Mais il a flétri la langue de mon père !

– Savait-il que tel serait l'effet du sort ? demanda Ivan. Ou bien a-t-il été trompé, comme Ruthie qui ignorait ce qu'elle faisait ? »

Manifestement, Ivan et Katerina avaient vécu des aventures particulières de leur côté depuis leur départ de Taïna, mais la discussion ne menait nulle part. « D'après la rumeur, l'Usurpatrice est rentrée hier, en possession d'encore plus de magie qu'avant, dit Sergeï.

– Seulement hier ? fit Katerina. Tant mieux.

– Tant mieux ?

– Elle a quitté le pays où vit la famille d'Ivan il y a plus d'une semaine ; nous redoutions qu'elle ne frappe avant notre retour.

– On dit qu'elle a désormais une énorme maison qui se déplace sur des pattes de poule, blanche comme la neige et dure comme une épée. C'est ce qu'on dit, en tout cas, fit Sergeï.

– Les rumeurs vont vite, dit Ivan.

– Elle voulait le faire savoir à tout le monde, observa Katerina ; c'est sans doute elle qui a répandu ces histoires.

– Reste à savoir si nous aurons le temps de nous préparer avant qu'elle attaque, fit Ivan.

– Qui peut le dire ? répondit Katerina. Tout ce que nous pouvons faire, c'est travailler aussi vite que possible en espérant disposer du temps nécessaire.

– Raison de plus pour faire preuve de clémence envers Dimitri, repartit Ivan. Nous n'avons pas de temps à perdre à réprimer une révolte. Accorde-lui ton pardon ainsi qu'à ses partisans, et ensuite occupons-nous de chercher les matériaux qu'il nous faut.

– Si seulement nous avions pu les fabriquer chez toi et les rapporter avec nous ! soupira Katerina.

– Dans quelles poches ? » demanda Ivan, et tous deux éclatèrent d'un rire amer.

Sergeï s'étonnait du nombre de mots inconnus de lui qu'ils employaient. Que leur était-il arrivé pendant leur absence ? En tout cas, il y avait une évidence : aujourd'hui, ils s'appréciaient mutuellement. Non : ils étaient amoureux ; cela se voyait à la façon dont Katerina regardait Ivan, dont Ivan ne s'éloignait jamais d'elle, comme s'il l'incluait dans son cercle protecteur – bien qu'un coup d'œil suffît pour constater qu'il n'avait pas acquis les bras d'un homme d'épée.

« Vous portez la coule que j'ai brûlée le jour de votre

mariage, observa le père Lukas. Je croyais que c'était le frère Sergeï qui l'avait portée le dernier.

– En tout cas, personne ne voudrait de celle que j'ai en ce moment », fit le jeune infirme en espérant que sa plaisanterie sur sa bure trempée détournerait les ennuis qu'il sentait poindre.

Peine perdue : le père Lukas ne l'écoutait pas. « Il semblerait que Sergeï m'ait celé des secrets, dit le prêtre.

– Si cela est vrai, fit la princesse, c'est sur mon ordre, père Lukas.

– Vous n'avez nulle autorité sur la loyauté d'un scribe envers son prêtre », répondit le père Lukas d'un ton plein de douceur.

Comme Ivan s'apprêtait à intervenir, Katerina leva la main, à peine, et Ivan se tut aussitôt avec soumission. « Père Lukas, quand un sujet jure obéissance à un souverain mais ne commet nul péché ainsi faisant, a-t-il quelque chose à confesser ?

– Le péché de Sergeï a été de ne pas me prévenir, dit le prêtre qui se renfrogna.

– Alors peut-être ne désirez-vous pas me voir régner sur Taïna en souveraine chrétienne, reprit Katerina, car il me sera impossible de gouverner si je pense que l'obéissance de mes sujets doit aller à leur prêtre avant d'aller à moi.

– Sergeï est un ecclésiastique, objecta le père Lukas.

– Eh bien, dites-moi : les ecclésiastiques sont-ils sous mon autorité ou non ? Si c'est non, je ne prendrai pas la peine de restaurer le christianisme à Taïna ; il apporterait une influence séditieuse car celui qui prendrait les ordres se croirait délivré de toute obéissance envers le roi. »

Le père Lukas prit conscience du dilemme où il s'était placé.

Katerina poursuivit : « Ou bien vous, les prêtres, êtes sujets des rois des pays où vous vous installez, ou vous ne l'êtes pas, auquel cas que Dieu et ses anges vous aident, car nulle force mortelle ne pourra rien pour vous !

– Je vous supplie de me pardonner, princesse, dit le père Lukas. J'ai parlé sous l'effet de l'agacement d'avoir été tenu à l'écart. Sergeï a naturellement bien fait de vous obéir. »

Katerina ne répondit pas, ne fit pas un geste. Apparemment, il avait omis quelque chose.

Quelques instants plus tard, il comprit ce que c'était. « Et moi aussi, je suis bien entendu votre sujet tant que dure mon séjour à Taïna. »

Aussitôt, Katerina sourit et lui prit les mains. « Ah, mon cher confesseur, le grand bonheur de ma vie sera de me faire l'instrument du Seigneur pour rendre à l'évangile de Jésus-Christ sa primauté légitime dans le pays que Dieu a donné à gouverner à ma famille ! »

Sergeï n'avait jamais vu le père Lukas se faire nettement moucher. C'était rafraîchissant et cela l'emplit d'optimisme : Katerina savait gouverner, à présent. Si son époux et le père Lukas se soumettaient à sa volonté, il était permis d'espérer de voir un jour Dimitri et Baba Yaga plier devant elle.

Baba Yaga ? Je suis fou ! se dit-il.

Et pourtant, Dieu n'est-il pas plus puissant que les rois et les sorciers ? Et n'est-il pas écrit quelque part dans la loi naturelle que le bien doit finir par prévaloir sur le mal ? Si ce n'est pas le cas, la loi naturelle est mal fichue ; c'est une création de seconde zone. Si même moi, petit scribe de rien du tout, je suis en mesure d'imaginer un meilleur univers, n'importe quel créateur qui vaut la peine d'être adoré doit en être capable. Par conséquent, Dieu a dû ainsi ordonner le monde, et cela rend espoir aux vertueux, si peu encourageantes que soient leurs perspectives.

Enfin, si les vertueux c'est bien nous.

Mais Sergeï chassa vite cette incertitude de son esprit : du peuple de Taïna, malgré tous ses péchés, son orgueil, ses faiblesses et ses craintes, ou de Baba Yaga, on ne pouvait douter de quel côté se trouvait Dieu.

« Puis-je demander, dit Sergeï en s'adressant à Katerina, comment on doit vous appeler aujourd'hui ? Avec votre père rendu muet par le sort de l'Usurpatrice, qui sera le roi qui nous conduira au combat ?

– Mon père reste le roi, répondit Katerina. Il a peut-être perdu l'usage de la parole mais il peut toujours lire et écrire, tout comme Ivan et moi. Il nous dictera sa volonté et nous lui obéirons.

– Mais à la bataille, qui mènera ? »

Katerina ne jeta même pas un coup d'œil à Ivan. « Celui qui sera le plus apte à satisfaire la volonté de mon père. »

Oui, elle était déjà reine, car elle avait acquis l'art de répondre franchement sans répondre du tout.

Quand Ivan vit Sergeï qui les attendait, il se sentit soulagé que Katerina et lui possèdent à présent des vêtements de chaque côté du pont. Qu'un autre que lui soit humilié – lui-même avait eu son content ! Il revenait dans le pays qu'il avait fui pour sauver sa peau, le pays qui le méprisait, qui lui en voulait ou le prenait en pitié, mais qui ne le respectait pas. Et il avait maintenant pour tâche d'amener ces gens à créer de nouvelles technologies, de leur apprendre à s'en servir puis de les conduire au combat.

Au moins, cette fois, il aurait Katerina dans son camp. Quelle consolation de ne plus se sentir seul ! Il espérait qu'elle partageait son sentiment, qu'elle percevait sa présence à ses côtés comme une force et non plus comme un fardeau ; mais lui poser la question serait inutile : elle répondrait qu'il était un soutien pour elle, et elle serait sincère ; seuls les événements diraient si c'était vrai.

Baba Yaga était au courant de leur retour mais ils n'étaient pas encore à Taïna, au village proprement dit, et les deux jeunes gens avaient décidé de ne pas y revenir tant qu'ils n'auraient pas encore mis au point certaines de leurs nouvelles armes ; autrement, il leur faudrait affronter Dimitri avec pour seul appui la volonté de Katerina et l'amour du peuple pour elle. Tous deux étaient forts, certes, mais Dimitri se présenterait comme le seul capable de tenir tête à Baba Yaga, et la crainte qu'inspirait la sorcière risquait de l'emporter sur l'affection des gens pour la princesse – surtout si Ivan le faible se tenait à ses côtés. Non, il en fallait davantage à leur montrer.

Ils avaient Sergeï et le père Lukas pour les aider, au moins à s'occuper des feux et à surveiller les marmites. Au lieu de commencer par chercher du salpêtre, Ivan monta un alambic ; pour certains éléments, Sergeï dut se faufiler et les voler dans le village, et pour d'autres il dut demander au forgeron de les fabriquer ; par bonheur, l'artisan était tout dévoué au roi et n'obéissait à Dimitri que par crainte pour sa famille, et il ne fut que trop heureux de participer, surtout après que Sergeï, suivant les instructions des deux jeunes gens, eut laissé échapper la nouvelle du retour de Katerina et d'Ivan.

« Où sont-ils ? s'enquit le forgeron.

– Quelque part dans la forêt ; ils attendent leur heure, répondit Sergeï. Les jours de Dimitri sont comptés. Ceux qui ont un grain de bon sens feraient bien de se préparer à obéir à la princesse quand elle reviendra. »

Le forgeron conservait pourtant des doutes que Sergeï chassa d'un éclat de rire. « Crois-tu que l'épée de Dimitri résistera aux malédictions de la Veuve ? La sorcière l'a déjà trompé et il ne s'en rend même pas compte ! Non, il faut une femme de pouvoir pour affronter la maléfique ! »

Et voilà, la graine était plantée. Quand Sergeï leur rapporta la conversation, Ivan et Katerina se montrèrent très satisfaits : la rumeur se propagerait et nombreux seraient ceux qui cesseraient de voir en Dimitri leur seul espoir. Comment un soldat pouvait-il lutter contre une sorcière ?

Faire marcher l'alambic n'avait rien de facile mais le père Lukas attrapa le coup de main sans mal, même après s'être rendu compte qu'il en sortirait un breuvage extrêmement fort. Le problème était d'alimenter l'appareil en matières fermentables ; au bout de quelques jours, Katerina autorisa Sergeï à se rendre au village recruter quelques adolescents pour former les premiers membres de sa propre *drujina*, bien que leur mission consistât à escamoter des sacs de grain et à les transporter sur quelques kilomètres dans la forêt plutôt qu'à s'exercer à l'épée. « Je fais ce qui est nécessaire à mon peuple, dit la princesse, et, si je le fais, ma *drujina* ne déméritera pas en m'imitant. » Comprenant qu'elle disait vrai, les jeunes hommes obéirent et en ressentirent de la fierté – à juste titre.

Dans le même temps, ils commencèrent à connaître Ivan. Il faisait attention de ne jamais ordonner mais de toujours demander, de ne jamais enseigner d'un ton impérieux mais d'employer des expressions telles que « À la façon dont on m'a appris… » ou bien : « Je crois que ça marcherait peut-être mieux si… » Et il finit par bien s'entendre avec les garçons, sans jamais essayer de se faire passer pour l'un d'entre eux mais en appréciant leur humour et en refusant de s'impatienter devant leur caractère folâtre.

Ainsi, quand le jour vint de verser l'alcool dans de fragiles récipients et de planter les mèches, ils appréciaient déjà beaucoup Ivan. Il leur montra comment allumer les fusées, puis il leur fit lancer les récipients dans la fosse. Naturellement, ils furent impressionnés, mais Ivan leur fit remarquer qu'ils ne les jetteraient pas sur des rochers.

« Imaginez les chevaliers de la vieille sorcière quand ils en recevront une volée ! »

Les adolescents écarquillèrent les yeux et, pour la première fois, ils prirent conscience qu'avec de telles armes des enfants pouvaient jeter des guerriers à bas de leur monture. « Maintenant, nous formons vraiment la *drujina* de la princesse, dit l'un d'eux.

– J'aimerais utiliser cette arme sur Dimitri ! fit un autre.

– Non, intervint Ivan. Dimitri est des nôtres.

– Après ce qu'il a fait au roi Matfeï ? Jamais !

– N'empêche que ces instruments ne remplacent pas les épées. Nous avons besoin de sa force. »

Ils en convinrent à contrecœur, après quoi ils se mirent à s'entraîner à lancer des pierres d'un poids équivalent à celui des cocktails Molotov pour améliorer leur précision.

Ivan avait appris par cœur l'emplacement des dépôts minéraux historiquement connus de la région et il n'eut guère à chercher pour se procurer les matériaux de base de la poudre à canon. Ayant vu l'effet des cocktails Molotov, les jeunes gens le prirent au sérieux quand il les avertit de manier la nouvelle invention avec précaution, et ils furent bientôt occupés à verser de copieuses quantités de poudre dans de petites boîtes en bronze munies de mèches. Le forgeron ne pouvait leur fournir de fer car Dimitri se serait vite aperçu que ce métal venait à manquer, mais Ivan jugeait que des grenades en bronze feraient assez bien l'affaire : ce qui comptait, c'était la mitraille qui ferait de ces pétards de véritables armes.

Étant donné que le fil utilisé pour les mèches était différent de celui du monde d'Ivan, il fallut faire des expériences pour obtenir le temps de combustion désiré, mais les adolescents ne tardèrent pas à lancer des grenades autant que des cocktails Molotov, bien que la charge de poudre, réduite, ne produisît qu'un petit bruit d'éclatement sans endommager les boîtes. À l'étonnement général, Sergeï apparut comme un des meilleurs lanceurs, voire, certains jours, comme le meilleur.

« Il est temps de retourner à Taïna, annonça Katerina quand ils disposèrent d'un armement suffisant. Comme nous devons tous revenir ensemble, coupons l'alambic. » Quand les feux furent éteints, on cacha la poudre inutilisée et les matériaux qui servaient à la fabriquer, puis chacun balança son sac plein de cocktails Molotov et de grenades sur son épaule et suivit le chemin de Sergeï à travers bois.

L'infirme avait pris la précaution de ne jamais emprunter le même trajet deux fois de suite afin de rendre difficile toute filature, mais les jeunes hommes ne s'étaient pas montrés aussi prudents, et, manifestement, la seule raison qui avait empêché la découverte de leur cachette était que l'enchantement subsistait en partie autour de la fosse. À présent, ils ne bénéficiaient plus d'aucune protection, et, Ivan le savait, Dimitri, ayant goûté du pouvoir, ne le lâcherait pas aisément, surtout s'il craignait de se voir sanctionné à cause de sa trahison. Katerina n'était pas encore complètement convaincue de devoir lui pardonner s'il donnait sa parole de lui obéir. « Il n'a plus d'honneur, répéta-t-elle. Sa parole n'aura aucune valeur, ni pour lui, ni pour le peuple, ni pour moi.

– Tu as peut-être raison, dit Ivan. Mais, s'il est honnête, il saisira l'occasion de commencer à réhabiliter son honneur ; et, dans le cas contraire, nul ne pourra prétendre que tu ne lui as pas offert sa chance.

– Sa chance de quoi ? De nous poignarder dans le dos ?

– Oui. Mais c'est un risque qu'on prend dès qu'on fait confiance à quelqu'un.

– Je n'ai aucune confiance en Dimitri.

– Alors, fais comme bon te semble.» Il pouvait prononcer cette phrase parce que déjà, il le savait, elle réfléchissait à ce qu'il lui avait dit. Si elle se décidait contre l'avis d'Ivan, il ne l'en critiquerait jamais ; si elle tombait d'accord avec lui, ce serait parce qu'elle s'était rendue à ses raisons et non pour lui faire plaisir. C'était elle à qui le peuple était fidèle, Ivan ne l'ignorait pas, et ce n'était pas à lui de lui apprendre son travail : elle était née et elle avait été formée à sa fonction. Lui, en revanche, était un novice ; et pourtant, novice ou non, elle écoutait ses conseils sur la conduite du royaume : il ne pouvait en demander davantage.

À l'orée de la forêt, on envisagea de s'arrêter pour attendre le matin, mais Katerina s'y opposa. « La Veuve sait que nous sommes ici et sans doute en a-t-elle déjà prévenu Dimitri. Nous devons donc continuer d'avancer. »

Ivan gardait un souvenir vif de son arrivée avec elle à Taïna, la première fois. Les gens acclamaient alors la princesse et ne regardaient Ivan qu'avec une curiosité modérée, comme un étranger tout nu qui suivait leur Katerina bien-aimée. Leur attitude n'était plus la même aujourd'hui : ils paraissaient indécis ; quelques-uns la saluèrent de la main et crièrent son nom, et tous sortirent de chez eux, mais nul ne l'acclama.

Cela n'allait pas, mais, si Katerina ne pouvait pas demander à être accueillie plus chaleureusement, Ivan, lui, en avait la possibilité. Il s'adressa aux jeunes hommes qui l'entouraient : « Allez vous mêler à la foule, déclenchez des acclamations pour la princesse puis revenez. » Ils comprirent aussitôt son intention – les relations publiques sont un des dons innés de l'espèce humaine – et, quelques instants plus tard, on entendit de grands cris de salutation et des applaudissements sur le passage de la princesse. Il avait suffi que quelques-uns fassent la claque pour que tous les autres, encouragés, les imitent.

C'était à présent une marche triomphale qui traversait le village en direction de la maison du roi. Mais Dimitri n'était pas là pour les accueillir – ni le roi Matfeï. La demeure était vide.

« Ils sont à la forteresse, déclara Katerina. C'est bon signe : Dimitri n'était pas sûr que le peuple resterait à ses côtés. »

Katerina et Ivan se mirent en route, suivis du père Lukas et, sur ses talons, des jeunes *drujiniks*. Sergeï, incapable de tenir le rythme, avait confié la canette – un récipient aux allures de lanterne où brûlait une flamme à combustion lente – à l'un des jeunes hommes afin qu'ils puissent allumer les mèches le cas échéant.

Dimitri les attendait à la porte, avec le roi Matfeï tenu par deux solides gaillards. D'autres soldats étaient postés à l'intérieur du fort.

« Je viens, dit Katerina, rendre compte au roi mon père et recevoir ses instructions. »

Dimitri secoua la tête. « Les dieux ont frappé le roi Matfeï de mutisme parce qu'il a laissé des chrétiens se mêler des traditions du peuple.

– Si les dieux ont frappé mon père le roi, qu'as-tu besoin de le faire garder ? demanda Katerina. Les dieux n'ont nul besoin d'épée. Le père Lukas n'en porte pas.

– Nous affrontons un ennemi terrible, rétorqua Dimitri. Crois-tu le père Lukas capable de faire face à l'armée de la sorcière ?

– Ce que je sais, c'est qu'il lui ferait face avec plus de bravoure que celui qui porte un coup de lâche contre son propre roi. »

Ivan n'aimait pas la tournure que prenait la conversation. Échanger des propos méprisants ne mènerait qu'à une confrontation, pas à une réconciliation. C'était à Katerina de décider mais Ivan estimait leurs chances bien minces contre Baba Yaga si le sang coulait aujourd'hui. « Dimitri ! dit-il.

– Ah ! fit l'autre. Mon élève, l'apprenti manieur d'épée !

– Je ne serai jamais comme toi maître de cette arme ; mais je t'adjure de la tourner contre l'ennemi et de soutenir ton roi comme tu l'as toujours fait.

– J'ai soutenu mon roi jusqu'au jour où sa fille a épousé un homme qui porte des vêtements de femme. » Certains des soldats qui accompagnaient Dimitri ricanèrent.

« Je ne me suis jamais habillé en femme, répondit Ivan, mais, je te le jure, je préférerais porter un bliaud chaque jour de ma vie plutôt que de m'humilier à prendre les armes contre mon roi. »

Au murmure qui monta de la foule, il fut évident que la réplique d'Ivan avait touché une corde sensible chez ces gens.

« Tu ne seras jamais mon roi, en tout cas, lança Dimitri.

– Mais, Dimitri, intervint Katerina, si tu retires son trône à mon père, mon mari deviendra roi selon la loi, et ce sera toi qui lui auras remis la couronne.

– Elle n'est à lui que s'il est en mesure de la conserver, rétorqua Dimitri.

– La couronne, dit Katerina, n'est que le symbole de l'amour et de l'honneur du peuple. Tu peux la placer sur ta propre tête, ce n'est pas pour cela que le peuple te suivra.

– Quand la Veuve attaquera, il me suivra parce que je me dresserai contre elle.

– Combien de temps lui as-tu résisté lorsqu'elle s'est présentée à toi avec ses mensonges ? Je sens sa magie sur toi, Dimitri. Tu sers déjà sa volonté. » Katerina se retourna vers le peuple. « À qui profite notre royaume ainsi divisé ? À l'Usurpatrice seule. Par conséquent, qui servent Dimitri et les soldats qui font front avec lui ? La Veuve !

– C'est un mensonge ! » hurla Dimitri.

Katerina pivota d'un bloc, mais c'est aux soldats qui se tenaient derrière le chevalier qu'elle s'adressait à présent. « Vous êtes des hommes de Taïna, n'est-ce pas ? La *drujina* qui a juré fidélité à son roi ? Je sais que votre seule intention était de servir le royaume, aussi donné-je ma promesse de pardonner à ceux qui déposeront leur épée ou la mettront sur l'instant à mon service.

– Le premier qui fait mine de lui obéir est un homme mort ! cria Dimitri.

– En quoi cela va-t-il renforcer Taïna, intervint Ivan d'une voix forte, si tu te mets à tuer nos soldats ? » Puis, à son tour, il se tourna vers le peuple. « Vous l'avez tous entendu ! Il menace de massacrer vos fils, vos maris et vos frères ! Et en punition de quel crime ? Celui d'avoir osé obéir au roi auquel ils ont prêté serment de loyauté !

– Suffit ! intervint Dimitri. Assez de discours ! Rendez-vous et je garde le roi en vie jusqu'à ce que la guerre soit terminée ; alors je lui remettrai sa couronne. Mais celui-là (il indiqua Ivan de son épée), celui-là doit s'en aller ! Qu'il s'en retourne d'où il vient ! Qu'on annule le mariage et j'épargnerai sa vie. »

Avant que Katerina eût le temps de répondre, Ivan s'avança d'un bond. « Où étais-tu quand j'ai combattu l'ours et libéré Katerina de son enchantement ?

– Ivan ! s'écria Katerina. Recule ! »

Du doigt, Ivan désigna deux des adolescents munis de cocktails Molotov, puis il fit le signe convenu pour allumer les mèches.

« Dimitri ! reprit-il. Tu es seul contre tous, car le vrai mari de Katerina commande la porte de ce fort !

– Tu dis vrai ! rétorqua le chevalier. L'homme qui commande cette porte est celui qui devrait être l'époux de Katerina !

– D'accord avec toi ! répondit Ivan. Incendiez cette porte avec le feu de Katerina ! » Et il donna le signal. Les jeunes hommes l'avaient écouté et compris ; ce ne fut donc pas sur Dimitri qu'ils jetèrent leurs cocktails Molotov mais sur la porte elle-même. Les deux récipients s'écrasèrent exactement sur le linteau, et le feu monta aussitôt tandis que le liquide enflammé se répandait sur le bois du vantail.

« Et maintenant, traverse ce mur de feu si tu l'oses, cria Ivan.

– C'est impossible ! répondit Dimitri.

– Moi, je le peux ! » répliqua Ivan, et il se précipita la tête la première vers l'espace qui séparait Dimitri de Matfeï.

Un instant, il craignit que Dimitri ne saisît l'occasion pour l'embrocher ; mais non : la brusque explosion avait laissé le chevalier interdit et il se contenta de regarder Ivan passer devant lui et Matfeï au pas de course pour se jeter dans les flammes.

Ivan savait naturellement que le feu n'aurait même pas le temps de lui roussir les cheveux ; et, comme le combustible était de l'alcool, il s'éteindrait rapidement. C'est une fois la porte franchie qu'eut lieu le véritable défi. Il se retourna vivement et regarda tous les soldats dans les yeux, sauf ceux qui, gênés, les gardèrent baissés. « J'ai traversé le feu pour la princesse Katerina ! Qu'allez-vous faire ? Qui la soutient ? Que tous les fidèles montent sur les remparts et crient le nom de Katerina ! »

Sans autre arme que sa voix, son courage et son amour pour la princesse qu'ils aimaient eux aussi, Ivan affronta les guerriers et remporta la partie. Un soldat, deux, dix, puis tous se ruèrent vers la muraille, l'escaladèrent et se tinrent sur les remparts, l'épée haute.

« Katerina ! Katerina ! » se mirent-ils à crier.

Ivan entendit le nom repris et répété par la foule

au-dehors. Il se dirigea calmement vers la porte et la franchit, encadré de quelques flammes accrochées aux montants de bois.

« Katerina ! » lança-t-il entre deux répétitions du nom afin qu'elle l'entendît. Il leva les mains pour demander le silence et la psalmodie s'arrêta peu à peu. « Katerina, princesse de Taïna, je te remets ce fort ! »

Les soldats et la foule éclatèrent en acclamations.

Tout s'était déroulé comme Katerina et Ivan l'avaient espéré : l'époux de la princesse était à présent l'homme qui avait arraché le fort à Dimitri, lequel l'avait regardé faire, impuissant.

Mais Dimitri avait toujours son épée, le père de Katerina et les deux soldats qui tenaient le roi entre eux. C'était désormais à la princesse de régler le dénouement de cette scène périlleuse.

Elle s'avança et se plaça presque à portée d'un coup de pointe de Dimitri. « C'est ta dernière chance, dit-elle. Je te la laisse uniquement sur l'intercession d'Ivan qui te considère comme utile dans notre guerre contre la sorcière. Ordonne à ces deux soldats de relâcher mon père, puis, tous les trois, déposez vos armes et jurez-lui à nouveau fidélité. Faites cela et je plaiderai auprès de mon père pour qu'il vous pardonne. »

Avant que Dimitri pût faire un geste, les deux soldats, qui n'étaient pas fous, lâchèrent Matfeï, s'agenouillèrent et déposèrent leurs épées aux pieds du roi.

Dimitri se trouvait désormais complètement seul. Il tenait toujours son épée et pouvait sans doute tuer plusieurs hommes, le roi lui-même et Katerina avant de tomber sous les coups d'autres épées. Mais alors il mourrait sûrement car nul ne lui obéirait plus, surtout s'il avait sur les mains le sang du roi Matfeï et de Katerina.

Il se mit à genoux et posa son épée aux pieds de Matfeï.

Ivan contourna les hommes agenouillés pour prendre sa place aux côtés de Katerina.

Le visage du roi Matfeï était un masque de fureur lorsqu'il baissa les yeux sur Dimitri ; il ramassa la propre épée du chevalier et la leva au-dessus de sa tête.

« Père ! intervint Katerina. Je vous supplie d'épargner la vie de cet homme. Son crime est certes grave et nul ici ne possède le pouvoir de vous rendre la parole qu'il vous a dérobée ; il vous a diminué en un temps où nous avions besoin de vos pleines capacités. Et pourtant, je vous en prie, n'affaiblissez pas Taïna d'un seul bras d'épée, fût-ce le sien. Acceptez son vœu de loyauté renouvelé, même s'il a naguère violé ce même vœu. Je vous en conjure, pour le bien de votre fille et de l'enfant qui grandit en elle. »

Jamais Ivan n'avait entendu Katerina évoquer le fait qu'elle fût enceinte ; il n'en était d'ailleurs toujours pas convaincu car elle n'avait pas positivement affirmé avoir conçu : peut-être désignait-elle ainsi un enfant éventuel qui grandirait un jour en elle.

Mais ses paroles atteignirent le but désiré : sa colère détournée, le roi Matfeï se mit à songer à sa fille et à son petit-enfant. Il accorderait à Katerina ce qu'elle lui demandait.

L'espace d'un instant, Ivan ressentit une pointe de regret : tout serait beaucoup plus simple si Dimitri mourait sur-le-champ.

Puis, honteux de cette soif de sang, il fit un pas en avant. « Matfeï, mon père, mon roi et mon seigneur, dit-il, puis-je prendre l'épée de Dimitri ? »

Matfeï abaissa l'arme et la déposa sur les mains endues d'Ivan.

Sans faire un geste pour en saisir la garde, le jeune homme maintint l'épée telle qu'elle lui avait été remise et se retourna vers Katerina. « Puis-je donner cette arme au fidèle serviteur du roi ?

– Tu le pourras, répondit Katerina, quand nous aurons entendu son serment et son appel à la clémence. »

Dimitri n'hésita pas. En pleurant à chaudes larmes, il prêta un fervent serment de fidélité au roi Matfeï, à Katerina, et à Ivan par-dessus le marché ; ensuite il demanda pardon pour ses affreux méfaits et jura de se soumettre au Christ aussi, dont le sacrifice expiatoire lui rendrait sa pureté, pourvu que le roi voulût bien lui faire grâce.

Le roi, toujours muet, acquiesça gravement.

« Que mon époux Ivan te rende l'épée d'un vrai chevalier », dit Katerina.

Ivan s'agenouilla devant Dimitri si bien que leurs yeux furent presque à la même hauteur, encore qu'Ivan eût toujours l'avantage de la taille, même à genoux. Il tendit l'épée.

Dimitri la prit. Les larmes ruisselaient sur ses joues et elles paraissaient sincères ; mais, en dehors des apparences, Ivan n'avait aucun moyen de sonder son cœur. L'homme avait été humilié ; s'il était honnête, il serait de ce jour le soldat le plus ardemment loyal de l'armée de Taïna, le plus fidèle de la *drujina* du roi ; s'il était malhonnête et sans honneur, il devait déjà tramer sa vengeance. Quelqu'un mourrait à cause de ce qui s'était passé aujourd'hui. Si Dimitri trahissait à nouveau le roi, tout discours serait superflu.

Mais, pour le moment, seules comptaient les apparences. De la main, le roi fit se relever Dimitri, et Katerina en fit autant pour Ivan, puis tous quatre se tournèrent vers la foule. Il ne manquait plus qu'un élément au tableau. Katerina tendit la main au père Lukas ; le prêtre s'approcha et prit place entre Katerina et son père, Ivan aux côtés de son épouse et Dimitri à l'autre bout de la rangée, près du roi.

D'une voix forte, Katerina déclara : « Par le saint nom du Christ notre sauveur, le royaume de Taïna est réuni ! »

Au milieu d'acclamations assourdissantes, les gens se mirent à crier les noms de Taïna, du roi Matfeï, de Katerina et de Dimitri. On put même entendre prononcer celui d'Ivan.

C'était leur première victoire ensemble, et Katerina avait décidé d'écouter les conseils d'Ivan. Il ne lui restait plus qu'à souhaiter qu'ils fussent bons ou bien, s'ils étaient mauvais, que le prix à payer pour le pardon de Dimitri ne fût pas trop élevé.

Baba Yaga

« Comme il est doux d'être de retour chez soi ! dit-elle à Ours. T'ai-je manqué ?

– J'ai compté chaque seconde de ton absence, répondit Ours.

– Quelle ambiguïté ! fit Baba Yaga. Mais je suis satisfaite car tu es ici, moi aussi, et nous voici dans notre petit nid douillet.

– Je lis dans ton regard une soif de sang que je connais bien.

– Mais, comme il ne s'agit pas du tien, tu n'as pas à t'en faire. La jolie petite princesse et son mari viennent de vaincre ma marionnette.

– Tu as toujours dit que ce n'était qu'un jouet pour toi, observa Ours.

– Oh, je sais ! Je n'en attendais pas grand-chose, mais j'espérais qu'il disparaîtrait en faisant un massacre, qu'il tuerait le roi, ou au moins cet Ivan agaçant, avant de mourir.

– C'est une tragédie chaque fois que tout ne se déroule pas comme tu l'aurais voulu, mon amour, dit Ours.

– Peu importe ; rien n'est perdu. Ces crétins ne l'ont même pas tué ; ils lui ont rendu son épée parce qu'il a promis de se montrer fidèle. Une fois que j'ai conquis le cœur d'un homme, il est à moi pour toujours, l'ignorent-ils ?

– Tu n'as jamais mis cette proposition à l'épreuve, tu sais, fit Ours.

– En doutes-tu ? » demanda Baba Yaga. Sa colère était prête à éclater car, malgré l'insouciance qu'elle affectait, elle était extrêmement tourmentée à l'idée d'avoir perdu le premier engagement de la guerre, et Ours le savait.

« Je te fais simplement remarquer que, pour savoir si un homme est à toi pour toujours, il te faudrait attendre un temps infini.

– Non, pas infini, rétorqua Baba Yaga : jusqu'à sa mort. En ce qui le concerne, ce serait ça, "pour toujours".

– Ah ! Je vois ce que tu veux dire.

– Moi aussi, je vois ce que tu veux dire ; ne me crois pas dupe. Permets-moi de t'assurer, ma chère grosse peluche, que les sorts qui t'ont permis de découvrir l'amour profond qui te lie à moi ne s'affaibliront jamais, et qu'aucune personne vivante n'a le pouvoir de défaire ce que j'ai noué.

– Techniquement parlant, dit Ours, ce pouvoir, je l'ai, moi.

– Mais, comme j'ai plié ta puissance à ma volonté et que je ne veux pas te libérer, je vois mal comment ton pouvoir pourrait rompre ces liens d'affection, de dévotion et de servilité humiliante envers moi qui font de nous un couple aussi parfait. Donc l'expression "pour toujours" paraît s'appliquer aussi à notre bonheur. N'es-tu pas satisfait ?

– Je suis aussi heureux que tu le voudras », fit Ours.

L'adresse de la réponse la fit éclater d'un rire caquetant. « Ah, Ours ! Jamais je n'ai eu meilleure idée que de te douer de la parole ! Il n'y a que toi qui sois digne de moi ! Grâce à toi, j'aurai toujours de quoi me divertir !

– Et tu feras sans doute tout ce qui est en ton pouvoir pour me divertir aussi.

– Ma foi, oui, dit-elle. Par exemple, il y a tous ces gens inutiles qui sont arrivés en même temps que ma maison volante : ils ne sont aptes à aucun des services dont j'ai besoin et ce sont autant de bouches inutiles à nourrir ; tu peux donc t'amuser avec eux comme bon te semblera. De fait, je décide sur l'instant de ne plus te donner à manger tant que tu ne m'auras pas débarrassé d'eux.

– Je n'ai pas besoin de me nourrir, observa Ours.

– Mais tu aimes manger ; et, l'hiver venant, tu vas avoir le désir de t'engraisser, n'est-ce pas ? Sois gentil, tues-en au moins quelques-uns ce soir.

– C'est vraiment ce que tu veux ? Sans rire ? demanda Ours.

– Oh, oui, oui !

– Et je peux vraiment décider si je les dévore ou non ce soir ? Sans rire ?

– Naturellement ! Ce ne serait pas amusant autrement.

– Alors je décide de faire un somme. Si tu veux les dévorer, ne te gêne pas, mais pour l'instant je n'ai pas envie d'exécuter tes basses œuvres. »

Elle s'apprêtait à prononcer la formule qui l'obligerait à obéir mais elle éclata soudain de rire. « Joue à tes petits jeux avec moi, mon bichon. Il existe un ennemi dont je pense que tu auras vraiment envie de le tuer.

– Lequel ?

– Eh bien, mais celui qui t'a éborgné ! »

Et elle avait raison : celui-là, il le réduirait en charpie avec plaisir. « Quand l'aurai-je entre mes pattes ?

– Dès que leur petite armée fera mouvement contre nous, répondit Baba Yaga. Bientôt. Maintenant, va faire ta sieste, mon chéri. »

17

Guerre

Il y eut un conseil de guerre ce soir-là, qui réunissait tous les soldats, les anciens des villages de Taïna, le père Lukas, le roi Matfeï et sa famille. Nul n'avait mis en cause le droit d'Ivan d'y assister, mais il avait le bon sens de ne parler que quand on s'adressait à lui. Il jouissait d'un grand prestige pour le moment, mais peu le prenaient au sérieux quand il s'agissait de discuter de tel ou tel aspect du combat, en dehors des bombes, des cocktails Molotov et de la disgracieuse aile delta déjà en cours de fabrication.

Le mutisme du roi avait quelque chose de déconcertant, mais chaque mot qu'il ne prononçait pas était un rappel de la trahison de Dimitri, si bien que celui-ci, au moins, se taisait. C'était donc Katerina qui menait calmement les débats ; elle demandait conseil à celui qui paraissait vouloir s'exprimer, puis s'en remettait à son père chaque fois qu'une question était soulevée. Il rédigeait ses réponses sur un plateau garni de terre fine posé devant lui sur la table, mais il écrivait avec lenteur et non sans fautes, car il savait tout juste lire et écrire.

Naturellement, l'état-major, réorganisé, vit les chevaliers les plus loyaux à Dimitri remplacés par les plus fidèles au roi. La situation était claire pour chacun et, hormis cela, il n'y eut ni punition ni récrimination : après tout, la force paysanne de l'armée ne devait combattre que d'autres paysans et les chevaliers seulement d'autres chevaliers.

Vint le moment où Ivan dut expliquer ce dont ses armes étaient capables. À sa grande surprise, il se heurta à une opposition véhémente de l'usage du feu contre des hommes ; il crut tout d'abord à quelque notion erronée de chevalerie et d'égalité des forces de la part de la *drujina*, puis il finit par comprendre le problème : c'était que des paysans s'en prennent à des chevaliers. Le précédent ne leur plaisait pas.

« Cette arme est terrifiante, reconnut Katerina, mais n'oubliez pas que nous sommes largement en infériorité numérique. Nous espérons que, devant les grenades et les cocktails Molotov, les paysans de l'Usurpatrice s'enfuiront, épouvantés ; ils n'éprouvent d'ailleurs aucune affection pour elle. Quant aux chevaliers ennemis, confier les armes d'Ivan à des adolescents et à des vieillards contribuera à rétablir l'équilibre entre les hommes d'épée de la Veuve et les nôtres. Je possède des sorts et des charmes, mais elle en possède aussi et les siens seront plus puissants. Ne devons-nous donc pas faire appel à toute la magie possible pour contrebalancer son pouvoir ? »

Quand ils comprirent qu'il s'agissait d'une affaire de magie contre magie et non de paysans s'en prenant à des chevaliers, les opposants se turent.

Le lendemain matin, sous la direction du père Lukas et avec précaution, les femmes remplirent de poudre à canon autant de récipients que le forgeron avait pu en fabriquer ; Sergeï, lui, supervisa la confection de cocktails Molotov par les jeunes, opération qui ne requérait pas autant de prudence pour éviter de se faire arracher un doigt ou une main par une explosion accidentelle ; quant à Katerina et Ivan, ils travaillèrent avec plusieurs des menuisiers et des couturières les plus talentueux à mettre l'aile delta au point.

L'après-midi, ils avaient créé un objet capable de voler mais pas de transporter une lourde charge. Cela signifiait que seule Katerina pouvait s'en servir, et encore, sans les vêtements volumineux qu'elle portait d'ordinaire. Avec ménagement, elle annonça aux femmes que, dans le monde d'Ivan, il existait un costume spécial pour ceux qui volaient ; elle leur demanda d'en réaliser une version féminine, qui consistait en un pantalon étroit sans l'habituelle ouverture sur le devant de ceux des hommes. Étant donné que la coutume des pantalons pour les hommes n'était pas encore largement diffusée, nul ne mit en cause sa requête.

C'était cette mission qui faisait le plus trembler Ivan, pour plusieurs raisons : Katerina serait seule, sans personne pour lui prêter main-forte ; de plus, même si elle devait se protéger par toute sorte de charmes et de sorts – pour la plupart copiés sur ceux de la mère d'Ivan –, Katerina n'avait aucune chance de résister à Baba Yaga. Pourtant, il fallait bien que quelqu'un s'introduise chez elle pour délivrer les captifs qui s'y trouvaient – s'il y avait des survivants – et, si possible, causer des dégâts à l'aide des charmes et des potions que la sorcière y conservait peut-être. L'effet de surprise jouerait pour eux – Baba Yaga avait vu voler des avions, mais jamais personne suspendu à une aile delta –, ainsi que l'habitude bien connue de la Veuve d'aller à la bataille montée sur un âne, de façon à pouvoir se déplacer çà et là pour hurler des ordres et jeter des sorts.

Encore fallait-il que Katerina atteignît la maison de Baba Yaga. Pour maintenir l'aile dans les airs, ils comptaient sur les courants chauds et sur la chance pure et simple, car elle avait un long trajet à parcourir et une butte de lancement relativement peu élevée. Le terrain était *grosso modo* en pente descendante jusqu'aux terres de Baba Yaga, mais sa maison se dressait au milieu d'une forteresse, au sommet d'une colline ; que Katerina se présente trop bas pour franchir la palissade et c'était la catastrophe.

De plus, Ivan ignorerait si elle avait réussi ou échoué. S'il mourait au combat, la question était réglée, mais s'il survivait, s'ils remportaient la victoire pour apprendre qu'elle avait péri en tombant du ciel avant même d'être parvenue chez Baba Yaga, ce serait insupportable. Mais qu'est-ce qui lui avait pris de songer à une aile delta ? Fichu mioche de Terrel avec son cerf-volant !

Néanmoins, il avait bel et bien songé à une aile delta, et nul ne voyait d'autre moyen de franchir la palissade ; en outre, une fois dans la place, personne d'autre que Katerina n'avait de meilleures chances d'en ressortir vivant. C'était donc elle qui s'en chargerait.

Le rôle d'Ivan, bien que crucial dans la bataille, serait cependant limité : il commanderait les jeunes gens armés de grenades et de cocktails Molotov – bien qu'ils n'eussent en réalité nul besoin d'un commandant : on attendait d'eux qu'ils se mêlent aux combattants en comptant que, les croyant inoffensifs, l'ennemi se désintéresserait d'eux jusqu'à ce qu'il soit trop tard. Chacun des garçons devait se débrouiller seul ; Ivan n'aurait guère d'autre fonction que de leur donner l'ordre de tir.

De toute façon, Ivan n'avait pas exigé de rôle plus important. Il n'était pas soldat mais il savait lire, aussi avait-il demandé à se tenir à côté de Matfeï et à crier ses ordres durant le combat, mais il s'était rendu compte que c'était impossible : ce n'était pas sa voix que les hommes devaient entendre. Ce serait le père Lukas qui déchiffrerait les ordres et les transmettrait aux hommes ; même si son vieux slave n'était pas aussi bon que celui d'Ivan, sa voix était plus familière et il ne s'était pas attiré la rancœur de tous ceux qui avaient un jour rêvé d'épouser Katerina.

L'intéressée, naturellement, avait douté qu'il fût bon qu'un homme de Dieu s'implique à ce point dans une guerre, à quoi le prêtre avait répondu en éclatant d'un rire sec: «Si Baba Yaga l'emporte, toute l'œuvre que j'ai créée ici sera détruite et cette terre n'entendra plus le nom du Christ avant des siècles. En outre, je ne porterai pas d'arme et je ne ferai de mal à personne. Je me contenterai de lire d'une voix très forte, ce que je fais déjà à l'église.»

Des rires d'appréciation éclatèrent à l'audition de cette petite déclaration ironique car chacun savait qu'il ne s'agissait pas d'hypocrisie mais d'une reconnaissance des nécessités de la situation. Le père Lukas avait la guerre en horreur, mais le loup arrivait et il devait protéger ses brebis.

Il fut convenu qu'au matin tous se mettraient en marche pour le combat. On savait où était assemblée l'armée de Baba Yaga, non loin de la vaste prairie où, selon les éclaireurs, une immense maison blanche montée sur des pattes de poule évoluait au gré de la sorcière.

Même après la fin du conseil, Ivan et Katerina ne disposèrent pas du moindre instant d'intimité: ils s'installèrent dans une pièce éclairée à la bougie avec le roi Matfeï, le père Lukas et Sergeï pour leur raconter leurs aventures dans le pays d'Ivan. Ils n'en avaient rien dit à l'infirme ni au prêtre lors de leur séjour dans la forêt, et, s'ils en parlaient à présent, c'était uniquement sur l'insistance du roi, car ils n'espéraient pas être crus.

«La mère d'Ivan est une sorcière? demanda le père Lukas d'un ton sec.

– Je ne l'ai appris que tout récemment, répondit le jeune homme.

– Comme s'il ne suffisait déjà pas qu'elle soit juive! grommela le prêtre.

– Elle m'a sauvé la vie à plusieurs reprises, intervint Katerina, sur quoi elle brandit la dizaine de charmes qu'elle avait fabriqués durant sa résidence dans la forêt. Nos soldats porteront ces objets, qui sont de sa conception mais imprégnés de mon pouvoir. Vigilance leur permettra de pressentir plus vite les intentions de leurs adversaires, Confusion embrouillera l'esprit de l'ennemi, et cette potion, qu'ils doivent prendre juste avant d'aller au combat, les rendra plus vifs du bras et de l'œil. Croyez-m'en, la Veuve fournira ses propres charmes à chacun de ses soldats – mais ils sont d'une préparation moins adroite que ceux de Mère Smetski.»

Ce discours ne réconcilia pas le père Lukas avec l'idée de recourir à la sorcellerie, mais c'était un homme pratique et il aurait tout le temps d'éliminer charmes et potions du royaume une fois la guerre gagnée et la sorcière vaincue. Un jour, quand une femme offrirait un présent à un soldat sur le départ, ce ne serait qu'un gage d'amour et non une amulette empreinte de pouvoir afin de le protéger.

Quant aux histoires de vol par-dessus les océans, nul ne parut les mettre en doute parce que nul ne comprenait vraiment ce qu'elles décrivaient. Qu'était-ce qu'un océan pour eux, qui ne connaissaient que la forêt ? Quel sens pouvaient-ils donner au concept d'une énorme maison qui volait, alors qu'ils n'avaient seulement jamais vu de bâtiment aussi grand et lourd qu'un jet transcontinental ? Ils n'avaient jamais entendu de bruit aussi sonore que celui des réacteurs d'un avion, ils n'avaient jamais rien vu se déplacer aussi vite qu'une voiture sur une autoroute, si bien que, quelle que fût l'image mentale qu'ils se faisaient du compte rendu de Katerina, elle était sûrement très éloignée de la réalité.

En revanche, le feuilleton à l'eau de rose les passionna – l'amoureuse délaissée qui revenait avec des charmes pour reconquérir Ivan ou le punir, et qui s'apercevait au dernier moment que la sorcière l'avait trompée et que les deux potions étaient meurtrières ; et puis la détection de la sorcière à bord de la maison volante et le débarquement juste avant qu'elle s'envole et disparaisse –

cette histoire-là aussi avait toutes les chances d'entrer dans le folklore.

J'ai déjà modifié l'avenir, se dit Ivan. Il existera de nouveaux contes populaires à mon époque, dont il faudra que je tienne compte dans mon mémoire ; les listes et les diagrammes historiques auront subi des changements.

Soudain, il s'interrogea : Et si les contes que j'ai étudiés contenaient déjà ce que nous venons d'ajouter à l'Histoire ? Si l'Ivan de la tradition russe – aussi commun que le Jack de la tradition anglo-saxonne – n'était autre qu'Ivan Smetski, jeune juif originaire de Kiev ?

Vu sous cet angle, son raisonnement lui paraissait maintenant imparable, car il avait une preuve : il savait d'où provenait la légende de la maison de Baba Yaga, la maison qui marchait sur des pattes de poule et se déplaçait selon sa volonté. Durant toutes ses années d'études, jamais il n'avait trouvé sous la plume d'un folkloriste ou d'un historien de la littérature la moindre spéculation sur le fait que « la maison qui marchait » pût être en réalité un 747 détourné. Pourtant, cet élément se répétait fréquemment de conte en conte.

Ainsi, tout ce qui se passe en ce moment s'est déjà produit avant ma naissance, se dit Ivan : l'avion volé, l'irruption d'un simple paysan nommé Ivan, inapte au combat mais pourvu par sa mère de charmes et de talents, l'homme qui épouse la princesse mais se retrouve alors en danger de mort… Il avait souvent lu ces histoires sans se douter qu'il vivrait un jour leur origine.

Et qu'en était-il des contes que Sergeï avait couchés sur parchemin à sa demande ? Ils dataient d'une époque encore antérieure à celle d'Ivan, antérieure à la possession par Baba Yaga d'une maison qui marchait. C'était la tradition populaire telle qu'elle était avant qu'il remonte le temps.

Mais cette tradition indiquait-elle quelle serait l'issue

de la bataille ? Ivan sortait vainqueur de la plupart des contes, mais cela ne garantissait nullement la victoire dans l'occurrence présente, car aucun ne parlait d'Ivan en train de commander à un groupe d'adolescents armés de grenades au milieu du combat. Ce silence signifiait-il qu'ils allaient perdre, que leurs exploits resteraient inconnus parce que tous ceux qui y auraient assisté allaient périr et que seules demeureraient alors les femmes de Taïna qui continueraient à raconter les histoires d'avant la bataille ?

Non, non, il ne pouvait tirer aucune conclusion de ce silence ! En outre, dans de nombreux contes, Ivan accomplissait des actes qui n'avait rien à voir avec ceux qui étaient déjà les siens. Ne connaîtrait-il pas d'autres aventures ? Si, à la seule condition qu'ils remportent la victoire aujourd'hui, car, en cas de défaite, tout espoir était perdu.

Naturellement, les autres contes où apparaissait Ivan pouvaient n'être que des embellissements d'une figure légendaire mais tôt disparue. Les contes de fées russes étaient les plus sinistres qu'il connût ; il arrivait parfois même que la princesse y mourût.

Pourquoi ne suis-je pas né dans une gentille famille protestante d'Omaha ou de Sacramento ? Pourquoi Katerina n'est-elle pas l'inaccessible jeune fille qui aurait accepté par miracle de m'accompagner au bal de fin d'année ? Pourquoi ne suis-je pas une vedette des courses de haies avec les initiales de mon université sur le maillot, au lieu de fabriquer des bombes et des cocktails Molotov, et d'envoyer ma femme toute seule dans les airs à la rencontre d'une terrifiante adversaire ?

Perdu dans ses réflexions, Ivan laissa la conversation se dérouler autour de lui sans y prêter grande attention. Se méprenant sur sa distraction, Sergeï lui glissa à l'oreille : « Ne craignez rien. Je crois que Dieu vous a choisi pour accomplir une grande œuvre. » À quoi Ivan répondit sur le même ton : « Il avait aussi choisi son propre fils, et vous avez vu le résultat ! »

Enfin, les conseils et les discussions s'achevèrent. Ivan et Katerina se couchèrent alors pour leur première nuit ensemble sur le matelas de paille de leur lit, sous le toit du roi Matfeï. Sans faire l'amour, ils se tinrent enlacés en se murmurant mutuellement leur bonheur d'être enfin seuls, ainsi que quelques commentaires sur l'enfant qu'en effet Katerina portait.

C'était une belle matinée pour une bataille. Les hommes se mirent en route au milieu des chants et des larmes ; les soldats chantaient par bravade, les femmes pleuraient d'avance tout en protestant entre leurs sanglots que Dieu, elles le savaient, protégerait l'époux de l'une, le fils de l'autre, le frère de celle-ci, le père de celle-là. Ce genre de scène avait déjà eu lieu mille fois et se répéterait mille fois encore.

L'armée marcha toute la journée puis, pour la nuit, monta un bivouac où elle consomma la moitié des vivres qu'elle avait emportés. Il n'était guère besoin de davantage : si les hommes de Taïna gagnaient la guerre, ils pourraient piller à loisir le territoire de Baba Yaga ; s'ils perdaient, il ne leur serait plus utile de se nourrir. La deuxième moitié des provisions ne devait servir que si, par hasard, la bataille durait un jour de plus.

Loin derrière eux, du haut d'une colline élevée, Katerina prendrait son vol à l'aube ; les quelques hommes qui l'accompagnaient la suivraient des yeux jusqu'à ce qu'elle eût disparu, puis ils courraient faire leur rapport. Ivan tâchait de ne pas y penser et de se concentrer sur sa propre mission ; il était entouré d'une dizaine de garçons porteurs de canettes, y compris Sergeï, qui – bien que doué d'un excellent coup d'œil – n'était pas en mesure de se faufiler à toutes jambes entre des hommes en plein combat, et d'une quarantaine d'autres équipés chacun d'une demi-douzaine de grenades et de cocktails Molotov. On le leur avait bien spécifié : ils devaient lancer une partie de leurs grenades dès le début du combat afin de frapper de terreur les paysans de Baba Yaga, et garder les autres en réserve car elles étaient trop dangereuses à utiliser dans une mêlée, où la mitraille risquait tout autant de tuer un combattant de Taïna que son adversaire. Les cocktails Molotov serviraient pour les objectifs plus rapprochés, et, quand un garçon aurait épuisé ses réserves, il devrait revenir au plus vite derrière la ligne de bataille et attendre les ordres. Si le pire se produisait et que la victoire échappât à Taïna, ces garçons devaient former l'arrière-garde : ils emploieraient leurs grenades pour couvrir la retraite et retarder l'ennemi afin de permettre à quelques-uns, si possible, de s'échapper.

De s'échapper, oui, mais pas pour Taïna ; son territoire appartiendrait désormais à Baba Yaga, et ses femmes seraient données à ses affidés. Tout homme pris dans le royaume après une défaite serait mis à mort ou asservi et vendu au loin, à Constantinople peut-être ; là, il pourrait vivre en chrétien malgré son état d'esclave et pleurer le restant de ses jours en se rappelant sa femme ou ses filles qui seraient alors aux mains d'autres hommes, bien plus cruels ; et il se souviendrait de son fils et de ses frères qui avaient eu la chance de périr au combat, eux, plutôt que de vivre dans un tel désespoir.

Nul n'évoquait rien de tout cela à voix haute, car tous savaient ce qui les attendait s'ils ne remportaient pas la victoire. Mais ce qui les poussait à combattre était de savoir que, s'ils ne résistaient pas à Baba Yaga, le résultat serait le même, sauf que tous les hommes seraient vendus comme esclaves, sans même la consolation de songer qu'ils s'étaient battus pour leurs familles, leur dieu et leur roi.

La bataille aurait lieu là où elle le devait – la prairie assez vaste pour y poser un avion. L'armée de Baba Yaga attendait à l'abri des arbres, à l'est de cette étendue d'herbe, avec le soleil du matin dans le dos. Le roi Matfeï émergea de la forêt et déploya son armée exactement de la même façon que celle de la sorcière : les paysans sur les flancs gauche et droit, la *drujina* au milieu, pour protéger le roi et mener l'attaque.

La disposition des deux osts était la même mais avec deux différences de taille : celui de Baba Yaga était plus grand, au moins le double de celui du roi Matfeï, et, comme les troupes se mettaient en branle, prêtes au heurt, de jeunes garçons jaillirent des rangs de Taïna avec entre les mains des objets enflammés. Étaient-ils fous au point de croire pouvoir mettre le feu à cette prairie verdoyante ?

Soudain, ils lancèrent leurs récipients dont certains explosèrent en l'air avec un bruit terrifiant juste au-dessus des paysans. De petits bouts de métal furent projetés à une telle vitesse qu'ils traversèrent le visage ou la gorge de ceux qui levèrent la tête, curieux de cet étrange armement. De nombreux hommes tombèrent ; les autres, voyant les blessures affreuses de leurs camarades et assourdis par les déflagrations, se débandèrent en hurlant de terreur.

Au bout de trois minutes de confusion, il ne resta plus de l'armée de Baba Yaga que sa *drujina* et une poignée de paysans qui se pressaient autour des chevaliers autant qu'ils le pouvaient. Quelques instants plus tard, ils avaient pris abri sous les chevaux, pendant que les *drujiniks* leur hurlaient de s'écarter puis finissaient par frapper à coups d'épée leurs propres soldats fermiers pour se débarrasser d'eux.

À nouveau, les garçons se ruèrent vers eux avec des objets enflammés, mais cette fois les chevaliers de Baba Yaga se gaussèrent car ils s'étaient rendu compte que la mitraille des grenades était incapable de pénétrer leurs heaumes, leurs cottes de mailles et leurs vêtements de cuir épais. Les explosions pouvaient bien effrayer des paysans, mais il restait tout de même trois chevaliers du côté de Baba Yaga contre un seul dans le camp de Taïna.

C'est alors que les petits pots remplis d'alcool commencèrent à se briser sur leurs armures et à éclater en flammes. Le cuir bien huilé sous les cottes prit feu et se mit à brûler joyeusement, en même temps que le visage de leur propriétaire. Certains jetèrent leurs armes et s'enfuirent du champ de bataille en hurlant de souffrance.

À dos d'âne, Baba Yaga s'efforçait depuis son poste d'observation à l'orée de la forêt de découvrir quel charme de feu était employé afin de pouvoir y lancer un contre-charme, mais elle ne détectait nulle magie. En attendant, ses chevaliers se débandaient et elle avait beau jeter des malédictions aux porteurs de canettes pour les faire tomber ou les aveugler, d'autres reprenaient leurs instruments et les flammes continuaient à voler.

« À l'attaque ! cria-t-elle. Ils ne peuvent pas vous projeter du feu si vous êtes trop près de leurs propres chevaliers ! »

Il restait au moins la moitié de sa *drujina*, et, à son ordre – car ils portaient tous des charmes qui les accordaient sur sa voix –, ses membres reconnurent la sagesse de ces paroles ; ils se lancèrent donc en avant en écartant les garçons d'une épée menaçante. C'était aux chevaliers et au roi de Taïna qu'ils en avaient, et ils voulaient faire couler leur sang. Les garçons goûteraient plus tard les douleurs d'une vengeance ardente.

Entre-temps, Baba Yaga avait vu, à sa grande fureur, qui commandait ces morveux de boutefeux : Ivan ! Celui qui aurait dû mourir chez sa mère était aujourd'hui en train de vaincre son armée protégée par des charmes, grâce à une bande de gamins !

Eh bien, Ivan Smetski, je connais ta mesure. Tu vas cesser de provoquer tous ces dégâts.

Tandis qu'enfin les chevaliers se rencontraient et que le choc métallique des épées retentissait sur la prairie, Baba Yaga elle-même y fit avancer son âne.

« Ivan Smetski ! cria-t-elle. Ivan Smetski, pourquoi envoies-tu des enfants se faire tuer ? »

Autant qu'elle le sût, il n'était encore arrivé nul mal à aucun des garçons, mais elle cherchait seulement à gagner l'attention d'Ivan de façon que ses oreilles entendent sa voix. Et elle obtint ce qu'elle désirait : Ivan se tourna vers elle, le visage illuminé de la joie du triomphe, tandis que les paysans de l'armée de Taïna s'écoulaient autour de lui et se précipitaient sur les chevaliers de la Veuve pour les piquer de leurs lances et de leurs fourches afin de les distraire et de les jeter à bas de leurs montures, au sol où les *drujiniks* du roi Matfeï pouvaient les massacrer.

Regarde-moi. C'est ça.

Elle l'appela de nouveau mais cette fois d'un autre nom, et d'un ton de commandement, cependant que ses mains façonnaient un sort de contrainte. « Itzak Schlomo, tu es à moi aujourd'hui et pour toujours ! Obéis-moi ! »

Elle sentit le lien se former entre eux et elle exécuta les signes de l'autorité. Ivan resta immobile, réduit à l'impuissance.

« Regarde, Itzak Schlomo ! Vois le prix de la clémence ! »

Elle se tourna vers la mêlée des chevaliers et agita les bras au-dessus de sa tête. Aussitôt, elle changea d'aspect et prit celui qu'elle avait dans les rêves de Dimitri. « C'est maintenant ! cria-t-elle. Maintenant qu'il faut abattre les lâches et les faibles, afin que Taïna retrouve toute sa puissance ! »

Dimitri entendit l'ordre et sourit. Rejetant la tête en

arrière, il hurla le signal convenu. Il ne subsistait plus qu'une demi-douzaine de chevaliers de son camp mais leur nombre suffirait car, dans le feu du combat, tous s'étaient arrangés pour se rapprocher le plus possible du roi. Ils pivotèrent à l'unisson, dos à l'ennemi – mais l'ordre de Baba Yaga avait aussi pour effet d'empêcher leurs adversaires de les tuer alors qu'ils levaient l'épée pour frapper le roi.

À cet instant, le père Lukas s'aperçut de la trahison et alla se placer entre le souverain et ceux qui voulaient l'abattre. En brandissant sa bible devant lui, il s'écria : « Au nom du Christ, arrêtez ! »

Pour toute réponse, Dimitri, d'un coup d'épée, fit sauter la tête de l'homme désarmé.

Le roi Matfeï était désormais seul, à part Sergeï l'infirme, qui tenait toujours sa pitoyable boîte à feu. Dimitri éclata de rire et leva son épée ensanglantée au-dessus du souverain. « Tu as osé m'humilier en me faisant rendre mon arme par cet homme-femme ! Eh bien, regarde ce qui t'arrive à présent ! »

Aux côtés du roi, Sergeï plongea six mèches d'un coup dans la flamme. Elles s'embrasèrent et Sergeï jeta sa canette. « Matfeï, plaquez-vous tout de suite par terre si vous tenez à la vie ! » cria-t-il, et il lança ses grenades sous les pieds des chevaliers félons avant de plonger lui-même au sol. Les bombes explosèrent, certaines en l'air, d'autres dans l'herbe, certaines avant que Sergeï se fût précipité sur le roi, d'autres après. Celles qui sautèrent aux pieds des chevaliers leur déchiquetèrent l'aine ou les jambes ; celles qui éclatèrent en l'air aveuglèrent et assourdirent leurs victimes. Quoi qu'il en fût, les *drujiniks* n'avaient plus aucune chance de résister aux chevaliers loyaux qui les tuèrent sur-le-champ, puis se retournèrent contre les hommes de la sorcière.

Mais, ayant vu les traîtres mis en pièces, l'ennemi n'avait plus le goût du combat. Les ordres que hurlait

Baba Yaga de tuer et de tuer encore demeuraient sans effet car la crainte des bombes était désormais plus forte que celle de la sorcière. La Veuve avait perdu la bataille.

Elle s'en convainquit en voyant les vestiges de son armée se débander, se muer en individus emplis d'effroi qui s'enfuyaient sur la prairie, chacun s'efforçant de courir plus vite que le voisin pour éviter de se faire hacher menu par les épées de l'adversaire. Le seul homme immobile de tout le champ de bataille était Ivan, toujours pétrifié par l'ordre de Baba Yaga.

Elle eut d'abord envie de le tuer aussitôt, mais une meilleure idée lui vint. Au bout de la prairie se dressait sa maison-qui-vole. Elle y dirigea son âne d'un coup de talon ; au même instant, Ivan, obéissant à sa volonté, se mit à courir – et plus vite que la monture de la sorcière, si bien qu'il arriva le premier et grimpa l'échelle qui permettait d'accéder à l'intérieur de l'édifice de métal. Baba Yaga mit pied à terre, escalada l'échelle à son tour et la remonta derrière elle.

Incapable de réagir, Ivan regarda la sorcière pénétrer dans l'avion et tirer l'échelle à sa suite. Il aurait voulu bouger, parler – et, plus que tout, pousser Baba Yaga penchée au-dehors afin qu'elle se brise la nuque en tombant sur le sol de la prairie. Mais il n'en fit rien car son corps ne répondait plus à sa volonté.

« Ferme la porte ! » lui ordonna-t-elle.

Enfin il put bouger, mais seulement pour obéir. Il essaya de résister, pourtant ses efforts ne ralentirent même pas ses gestes. Il avait vu les hôtesses s'évertuer à clore la porte et il n'eut donc aucune difficulté à faire ce dont il les avait empêchées.

Peut-être quelqu'un à l'extérieur saurait-il comment entrer de force dans l'avion, mais il en doutait. Il était seul avec Baba Yaga, et sans la moindre possibilité de lever le petit doigt ni de parler pour se défendre. Il ignorait comment agissaient d'habitude les charmes de sa mère mais ils étaient inutiles contre le sort de contrainte que la sorcière lui avait jeté.

« Regarde-moi », dit-elle.

Il se tourna vers elle. Elle était hideuse – déformée non seulement par la vieillesse mais aussi par la méchanceté qui l'animait depuis des années ; et, en cet instant, un rictus de haine marquait son visage à cause de la défaite qu'Ivan venait de lui infliger.

« Tu crois m'avoir battue ? demanda-t-elle. Ton armée n'est rien. Je vais mettre Taïna à genoux, obliger le mari à tuer l'épouse, la mère l'enfant, jusqu'à ce qu'il n'y reste plus âme qui vive, à part ceux qui regretteront de ne pas être morts – et tout ça à cause de toi et de ce que tu m'as fait aujourd'hui, avec ta sale magie importée de ton affreux pays mécanique. »

Naturellement, il ne put répondre.

« Ah ! Il voudrait parler, il meurt d'envie de parler ! Mais je n'ai pas envie d'entendre ta voix pour l'instant. » Elle tourna lentement autour de lui en le toisant de haut en bas. « Tu n'as rien de bien impressionnant. Que te trouve-t-elle donc ? » Soudain, elle éclata d'un rire sans humour. « Ah oui, c'est vrai, elle ne t'a pas choisi ! Mais alors qui t'a choisi ? C'est toute la question, n'est-ce pas ? Qui t'a choisi ? »

Ivan aurait voulu réagir par quelque provocation, trouver un trait d'esprit qui prouverait son courage et laisserait un souvenir cuisant à la sorcière une fois qu'il serait mort. Mais, s'il avait pu parler, il y aurait eu de grandes chances que ce fût d'une voix chevrotante qui aurait trahi son effroi et fourni à Baba Yaga un nouveau sujet de moquerie.

« N'aie pas peur. » Il sentit son souffle lorsqu'elle se dressa sur la pointe des pieds pour lui murmurer ces mots à l'oreille. « N'aie pas peur au point de faire pipi sur toi comme un bébé. »

Sur son ordre, il sentit sa vessie lâcher son contenu le long de sa jambe.

Crois-tu que ça me gêne, Baba Yaga ? Ce n'est pas pire que ce qui est arrivé au pauvre Sergeï ; d'ailleurs, ce n'est pas moi le responsable mais toi.

« Celui ou celle qui t'a choisi a su t'envoyer là où l'autre petite garce roupillait. Moi, je ne pouvais pas m'y rendre malgré toute la puissance d'Ours. Est-ce cette tempête ambulante, ce pet en bouteille, Mikola ? Je ne crois pas ; il savait, il sentait, il tournait autour, mais, non, ce n'est pas lui qui t'a trouvé. C'est quelqu'un d'autre, quelqu'un qui était en mesure de voir ton utilité au-delà de la fragilité de ton corps, de voir en toi quelque chose qui puisse vaincre mon armée. » Elle serra les doigts sur le bras d'Ivan.

« Il y a du muscle là-dedans, en fin de compte. Pas du muscle de soldat, pas même de paysan. Mais du muscle souple. Tu jettes des choses. Comme les garçons de tout à l'heure, tu jettes des choses ! »

Elle était revenue face à lui. Elle le gifla une, deux, trois fois. À chaque coup il chancelait, mais il s'aperçut soudain qu'il possédait à présent assez de volonté, assez de maîtrise de ses réflexes pour se redresser avant de laisser la sorcière le jeter à terre. Les joues lui cuisaient et, sous la douleur, il en perçut une autre, battante, dans son nez et autour de ses yeux. Les tortures commençaient.

Et prirent fin aussitôt. Baba Yaga s'adossa à la cabine des hôtesses et l'observa. « Tu as fini par coucher avec elle, hein ? Je vous ai entendus ; j'écoutais de l'autre côté de la rue, chez la femme dont le bichon chéri est mort. Vous y alliez comme des lapins. Si elle porte un enfant, je le lui montrerai avant qu'elle meure. » Elle se pencha, l'œil plus vif. « Ça te tracassait, n'est-ce pas ? Vois-tu, il y a souffrance et souffrance, mais la tienne ne m'est rien. Depuis le début, tu n'es qu'un instrument, quoique pas le mien. Comme j'ignore ce que celui ou celle qui t'a choisi a vu en toi, tu ne me sers à rien, et peu m'importe ce qui peut t'arriver. »

Ivan sentit sa gorge se décrisper : il pouvait enfin parler. Mais les propos que la sorcière venait de tenir lui avaient donné le faible espoir qu'elle le laisserait s'en aller ; or, si elle le relâchait, il trouverait peut-être le moyen d'aider Katerina, et cette espérance l'incitait au silence : il ne voulait rien dire qui risquât de mettre en péril les chances qui lui restaient.

Elle le savait, naturellement, et elle comptait dessus. Elle jouait simplement avec lui comme le chat avec la souris. Mais il existait une chance – peut-être.

Elle éclata de rire. « Maintenant que tu peux parler, tu te tais ? »

Il sentit tout à coup monter en lui le besoin de s'exprimer ; il allait dire quelque chose, n'importe quoi. Aussi, pour éviter de vider son cœur devant la sorcière, il prononça la première phrase qui lui traversa l'esprit. « Vous n'arriverez jamais à faire voler ce truc à nouveau. »

La Veuve se montra intéressée. « Comment ça ?

– Il lui faut du carburant et il n'en reste pas beaucoup.

– C'est ce qu'a prétendu celui qui se prenait pour le chef avant que je laisse Ours le dévorer. Continue.

– La prairie est trop courte ; l'appareil s'écrasera dans les arbres avant de pouvoir monter dans le ciel.

– Qu'est-ce que te fait croire que mes pouvoirs ne suffiront pas à le faire voler ? Je peux t'envoyer dans les nuages si je veux.

– Si c'était vrai, fit Ivan, vous l'auriez déjà fait.

– Tais-toi ! hurla-t-elle. Je n'ai pas de comptes à te rendre ! Je peux faire faire ce que je veux à cette maison. En doutes-tu ? »

L'avion s'ébranla tout à coup. Incapable de maîtriser ses muscles, Ivan tomba et sa tête heurta de biais la cloison de la cabine des hôtesses.

« Prudence, dit Baba Yaga. Il est risqué de rester debout quand cette maison est en mouvement. »

L'avion opéra un demi-tour et se mit à zigzaguer en tanguant comme s'il était piloté par une personne démente – ce qui était plus ou moins exact.

« Élève-toi ! » cria Baba Yaga.

L'appareil accéléra mais ses roues rebondissaient toujours sur la prairie.

La sorcière se mit à battre des bras de plus en plus puissamment.

« Attention de ne pas rentrer dans les arbres », dit Ivan.

Elle stoppa brusquement l'avion. « J'ai tout le temps nécessaire pour travailler là-dessus. Je trouve toujours le moyen de parvenir à mes fins. Ours n'est pas assez puissant, c'est tout ; il faut que je découvre une autre créature à m'attacher. Je me servirai peut-être un moment de ta princesse. Non, j'ai besoin de quelqu'un de beaucoup plus fort. Tiens : Mikola ! En le liant sous le même joug qu'Ours, j'arriverai peut-être à faire voler cette maison. Ou bien… Ça, c'est une idée ! Retourner dans ton pays et m'emparer de ta mère. Elle est douée, elle m'aidera, sans quoi je lui ferai manger ton père par petits morceaux. Naturellement, c'est ainsi que ça se terminera de toute façon. Elle m'a causé assez d'ennuis pour mériter bien pire. Tu crois que je vais te laisser partir ? Mon seul regret, c'est de ne pas pouvoir te tuer moi-même ; j'ai promis ce privilège à quelqu'un d'autre qui attend ce moment depuis longtemps. Te tuer ne lui rendra pas son œil, mais il se sentira peut-être soulagé d'avoir perdu la moitié de la vue une fois qu'il t'aura persuadé de t'arracher toi-même les yeux et de les lui offrir au creux de tes paumes. »

Là-dessus, elle agita les mains au-dessus de sa tête, prononça quelques mots incompréhensibles et disparut.

J'aimerais savoir quelle langue elle vient d'employer, se dit Ivan, puis il s'étonna de se poser une question aussi futile en un pareil moment.

18

Dénouement

Katerina n'aimait pas se trouver dans les airs. Elle l'avait découvert à bord de l'avion qui l'emmenait de Kiev, et cela ne lui avait guère plu davantage lors de ses autres vols. Mais elle ne prenait conscience de toute l'étendue de son aversion qu'au moment de se glisser sous l'aile delta et de s'élever au-dessus de la forêt ; un effroi sans fond l'envahissait alors et elle s'accrochait aux poignées, le corps plus raide encore que la structure de l'appareil. Et puis, à chaque vol d'essai, elle faisait un effort pour se rappeler les conseils d'Ivan, ce qu'il lui avait montré, ce qu'elle avait vu. Elle s'inclinait en avant, en arrière, et elle finit bientôt par apprendre à sentir les courants thermiques et à demeurer à l'horizontale ; pas de fantaisies – pas de plongeon, pas de virage brusque : un vol ferme et régulier, afin de ne pas mourir, afin de mettre fin à la terreur.

Elle n'en disait mot à personne, et surtout pas à Ivan car, elle le savait, la seule mission que devait accomplir cet engin était de pénétrer dans la forteresse de Baba Yaga, et la seule personne qui eût la moindre chance d'y réaliser quoi que ce fût était elle-même.

Car, même s'ils comptaient que Baba Yaga accompagnerait son armée, elle ne resterait pas éternellement sur le champ de bataille, Katerina en était sûre. La sorcière retournerait dans son repaire et il y aurait alors un face-à-face qui opposerait la force de tout le royaume de la princesse et la puissance de Baba Yaga qui s'était attaché un dieu.

Ainsi, quand Baba Yaga avait séduit Dimitri des semaines plus tôt – ou s'agissait-il de mois ? –, c'était plus que pour les quelques méfaits dont le chevalier pourrait se rendre responsable. Qu'il vive ou qu'il meure, un élément demeurait certain : lors de sa confrontation avec la sorcière, Katerina serait affaiblie parce que son royaume serait moins uni.

La princesse lui réservait néanmoins une surprise : l'enfant qu'elle portait. Mère Esther lui avait enseigné à se servir de cette magie-là. « Je l'ai employée moi-même alors que j'attendais mon fils, avait-elle dit. Tandis qu'il grandissait, sa puissance était en moi. Pendant ces quelques mois, j'ai eu le sentiment d'être la déesse de la création ; et puis il est né, il est devenu son propre maître et je suis redevenue moi-même, toute seule. Mais entre-temps… je forme le vœu que cela suffise à faire une différence, Katerina, si vous êtes enceinte au moment d'affronter la sorcière dans sa tanière. »

Eh bien, je suis enceinte en effet. J'espère seulement que la puissance de mon enfant compensera ma peur, la peur qu'il lui arrive du mal.

Le jour de la bataille était là. Katerina s'était liée par trois fois à son peuple lors de cérémonies entre femmes, aussi percevait-elle, comme un vague malaise au fond de son esprit, l'inquiétude des hommes qui se préparaient au combat. Elle sentit leur vigilance s'accroître brusquement, la colère et l'effroi les envahir à la vue de l'ennemi.

« Il est temps », dit-elle.

Comme à l'entraînement, de solides jeunes hommes saisirent l'aile delta et la princesse accrochée aux poignées, puis ils se mirent à descendre la pente en courant jusqu'à ce que le vent soulève l'appareil et l'emmène au-dessus des frondaisons. Derrière elle,

Katerina entendit les acclamations de plus en plus faibles des garçons.

Elle se retrouva seule, suspendue à son fragile cerf-volant qui la maintenait en l'air au-dessus du vide – à la fois beaucoup trop loin du sol, si bien qu'une chute la tuerait, et beaucoup trop près, car elle ne croyait guère qu'elle atteindrait la forteresse de Baba Yaga.

En tout cas, elle ne craignait pas que l'aile delta se désintègre, même si l'engin avait l'air d'un infâme bricolage : elle en avait lié ensemble tous les nœuds, jointures, coutures et piqûres à l'aide de charmes, de telle façon que les forces naturelles qui tendaient à séparer les éléments étaient impuissantes tant qu'elle restait accrochée à l'appareil, au-dessus des forêts de Taïna.

Tout ce qu'elle voyait était Taïna, car même les terres que Baba Yaga revendiquait depuis longtemps comme siennes faisaient autrefois partie du royaume de son père, bien que ce fût avant l'accession de Matfeï au trône. Si la sorcière était vaincue, ces forêts reviendraient à Taïna ; dans le cas contraire, le royaume cesserait d'exister et cette région serait baptisée d'un autre nom – ce qui n'aurait d'ailleurs aucune importance. Elle songea à l'Histoire dont lui avait parlé Ivan, aux différents noms que ce pays avait portés. De grands empires s'en étaient emparés – la Horde d'Or, la Lituanie, la Pologne, la Russie et, au temps d'Ivan, l'Ukraine. Mais, en fin de compte, tous ces noms étaient étrangers ; sous-jacente à tous, c'était Taïna, le pays de son peuple.

Que ferait-elle, une fois dans la place forte de Baba Yaga ? Elle l'ignorait. Détruire ; elle n'avait pas d'autre plan. Trouver les sorts, les potions et les fournitures dont l'ennemie se servait et les anéantir totalement ; mettre le feu si la forteresse voulait bien brûler, si Katerina était capable d'en contrarier les charmes protecteurs. Mère Esther lui en avait appris beaucoup sur l'art de protéger une maison et, implicitement, sur celui de la rendre vulnérable. Katerina savait que chercher et elle le trouverait – mais serait-ce à temps ?

Et, avant d'incendier la forteresse, elle devait découvrir où étaient enfermés les passagers de l'avion et les autres prisonniers que pouvait détenir Baba Yaga. Il ne serait pas juste qu'ils paient pour la liberté de Taïna ; du moins fallait-il essayer d'abord de les délivrer.

Les courants chauds dont elle avait besoin étaient là ; elle les sentit et se mit à monter en cercles. Elle percevait le déroulement des combats. Combien de temps encore ? Guère. Douleur, triomphe, terreur. Comment débrouiller tous ces sentiments ?

Les murailles du sommet de la colline se dressaient devant elle. C'étaient des murs de terre surmontés de palissades, mais pas un soldat n'était de guet : d'autres sentinelles montaient la garde, qui ne dormaient jamais ; cependant, aucune ne surveillait le ciel. Katerina franchit les remparts sans un bruit.

Vint alors le moment délicat où elle dut manœuvrer pour se poser dans les confins exigus de la forteresse. S'il y avait eu des archers sur les murailles, elle aurait été percée de cent flèches avant de se poser brutalement – non, de s'écraser – sur une meule de foin. L'aile se froissa et se brisa autour d'elle, mais la princesse l'avait lâchée à temps et elle s'en tira indemne – à moins qu'elle ne dût en remercier la puissance des charmes de Mère Esther.

Elle s'extirpa du foin avec force hoquets et quintes de toux, puis se tint immobile et muette pour percevoir la magie du domaine. Il devait y avoir peu de pièges à l'intérieur de la place forte parce que même Baba Yaga ne s'amuserait pas, à la longue, de voir ses esclaves sans cesse pris dans ses défenses ; néanmoins, des talismans pouvaient détecter la présence de Katerina et appeler la sorcière : Viens ! Un intrus est passé par ici !

À moins que Baba Yaga n'ait tellement confiance en

elle-même qu'elle n'ait pas besoin de ce genre d'expédient : elle devait être en mesure de percevoir seule une présence étrangère et ne devait jamais être surprise lorsqu'elle était chez elle ; et, si elle était absente, elle devait percevoir une anomalie à son retour.

Inutile de se perdre en spéculations oiseuses. Si la Veuve disposait de pièges ou de talismans avertisseurs, Katerina ne les détectait pas. Elle se ferait prendre ou non, et voilà tout.

L'essentiel, à présent, était de découvrir la magie de la forteresse, le cœur même de cette magie, mais cela ne présentait guère de difficultés. Les aîtres n'avaient rien de subtil : le bâtiment central était la résidence de Baba Yaga ; ses pièces les plus importantes devaient se trouver sous terre.

Le long des couloirs, sur des étagères, s'alignaient des charmes, des amulettes et des talismans, en quantité suffisante pour fournir une armée – et ce n'étaient là que les surplus de la sorcière, dont la horde avait déjà été équipée ! Baba Yaga nourrissait des rêves si grandioses qu'elle imaginait avoir un jour besoin de tout cet arsenal.

Katerina fut tentée de prendre quelques-uns de ces objets afin de les étudier ; mais non : ils ne serviraient toujours que celle qui les avait fabriqués, si bien que, si la princesse essayait d'en utiliser un, il se retournerait contre elle. Ces charmes brûleraient avec le reste de la forteresse.

Où les avait-elle confectionnés ? Où cachait-elle ses ingrédients ? Et où étaient les prisonniers ?

Elle les trouva tous groupés dans la pièce la plus évidente : une vaste salle ronde avec un feu, un chaudron et de nombreux récipients dans lesquels Baba Yaga préparait ses mélanges, des tables, des miroirs et un grand lit. Tout le long des murs, enchaînés, Katerina découvrit les passagers du vol détourné qui dormaient du mieux qu'ils pouvaient, bien que seuls ceux dont l'anneau était enfoncé au pied de la muraille pussent s'allonger, tandis que beaucoup devaient rester debout. Certains, à son entrée, lui jetèrent un regard d'où toute curiosité était absente ; manifestement, ils mangeaient peu depuis le début de leur captivité.

Elle se précipita sur le premier jeu de chaînes et s'efforça de comprendre comment elles étaient reliées entre elles ; elle s'aperçut bientôt que de puissants charmes de liaison les rattachaient, si puissants qu'elle ne vit aucun moyen de les déjouer.

Comment avaient-ils été réalisés ? Ils avaient sûrement été élaborés dans la pièce même, en partie à l'aide de la voix et des mains, et Katerina n'avait aucune chance de deviner les formules de dénouement ; mais, si elle parvenait à comprendre comment le sort avait été exécuté, elle pourrait trouver un moyen de le défaire, ou au moins elle pourrait essayer.

Quelqu'un s'adressa à elle ; malheureusement elle ne le comprit pas : il parlait anglais. Elle répondit donc à l'homme dans un mélange de son propre dialecte et de tous les mots ukrainiens ou russes qu'Ivan et ses parents lui avaient enseignés. Cela ne donna rien avec celui qui s'était exprimé – apparemment il n'entendait que l'anglais – mais plusieurs autres réagirent et traduisirent ce qu'il avait dit.

« Attention, firent-ils. Attention à l'ours ! »

Un ours ? Celui de la fosse ?

Elle fit volte-face et vit l'énorme animal entrer lourdement dans la salle à quatre pattes. À la vue de Katerina, il se dressa, monstrueuse bête qui devait mesurer au moins deux fois la taille d'Ivan.

Ainsi, elle était déjà prise sans avoir eu le temps de faire quoi que ce fût !

Mais l'ours ne poussa pas de rugissement et ne la menaça en rien, à moins que la simple station debout fût une menace en soi. « Ma femme n'est pas à la maison », dit-il.

Il s'était exprimé, et en langage humain ! Katerina connaissait les contes d'autrefois, naturellement, mais jamais encore elle n'avait entendu d'animal parler.

« Il faudra revenir plus tard si vous voulez la tuer, reprit-il. Car vous êtes bien venue la tuer, n'est-ce pas ? Vous n'êtes pas simplement là pour agiter les chaînes de ces gens ? »

Ce n'était pas du tout le ton auquel elle s'était attendue de la part de l'époux de Baba Yaga.

« Vous avez perdu votre langue ? demanda-t-il. Je comprends : à ma vue, une femme peut avoir le souffle coupé. Baba Yaga est tombée raide amoureuse de moi dès notre première rencontre. J'étais venu la tuer, et elle croyait qu'elle avait réussi à m'invoquer. J'ai découvert, trop tard, que c'était la seule humaine dotée du savoir nécessaire pour me lier, même moi qui n'avais jamais été lié. Donc, s'il arrive que vous aussi tombiez amoureuse de moi, veillez à me délivrer de Baba Yaga avant d'espérer me voir m'enfuir avec vous.

– Je ne suis pas amoureuse de vous, dit Katerina.

– Ah, vous parlez enfin ! Je suis un ours et je m'exprimais davantage que vous !

– Je n'en ai pas après vous. Je suis venue libérer ces gens.

– Dommage ! Elle les a enchaînés de façon définitive. J'imagine qu'elle compte les laisser là, en étalage, des années et des années, et puis qu'elle balaiera leurs ossements pour amener une nouvelle fournée de captifs.

– Elle aime donc la mort à ce point ?

– Ce n'est pas la mort qu'elle aime, ma chère, c'est la victoire, le pouvoir qu'elle détient sur les vaincus. Elle peut passer des heures à se réjouir du spectacle de ces pauvres cadavres, vous ne le croiriez pas.

– Ce ne sont pas encore des cadavres, fit observer Katerina.

– Eh bien, ça ne tardera pas. Elle a voulu que je les tue pour elle, elle me les a offerts pour que je m'amuse un peu, mais je ne tue pas pour le plaisir. Enfin, pas d'ordinaire.

– Il vous manque un œil.»

L'ours gronda et détourna de la princesse son orbite vide. «Merci de me le rappeler.

– Vous la détestez, n'est-ce pas ?

– Ce serait sûrement vrai si j'en avais la liberté. Mais vous voyez ce qu'il en est: je fonds de dévotion pour ma sorcière bien-aimée. Nul époux n'a jamais été plus fidèle que moi. Je n'ai d'yeux – ou plutôt d'œil – que pour elle.

– Comment lui faire obstacle ? Comment défaire sa magie ? Comment briser son pouvoir et protéger mon peuple d'elle ?

– Si je le savais, ne croyez-vous pas que j'en aurais fourni un indice à quelqu'un depuis belle lurette ? Non, vous devez vous débrouiller seule. Heureusement, je ne serai pas là pour assister à la scène.

– Et pourquoi ça ?

– Parce qu'en ce moment même ma chère et tendre a coincé un ennemi à moi dans sa maison-qui-vole. Elle m'a promis que je pourrais le tuer, et je pense le faire, car c'est lui qui m'a coûté cet œil absent.

– Ivan ! dit Katerina dans un souffle.

– Lui-même. Il vous a embrassée naguère, je crois – parce que c'était bien vous, n'est-ce pas ? Qu'en est-il advenu ? Une liaison ?

– Vous le savez bien !

– Ah oui, ça me revient maintenant, ma vieille sorcière m'en a parlé. Ça l'amusait beaucoup, ces amours débutantes et tout ça. Enfin bref, elle veut que j'aille là-bas tuer votre époux en rachat de cet œil, et elle désire revenir ici s'occuper de vous – parce que, naturellement, elle a perçu votre présence chez elle dès l'instant de votre entrée. Pour ma part, je comptais dormir pendant toute l'affaire, mais elle m'a obligé à me lever pour aller discuter avec vous. De fait, elle tenait à ce que je me trouve dans la même salle que vous.

– Pourquoi ?

– Parce que, j'imagine, de son point de vue, le moyen le plus rapide pour moi de rejoindre votre mari et pour elle de vous rejoindre, vous, c'est d'opérer le petit tour qu'elle a mis au point et qui nous permet d'échanger nos places. C'est presque immédiat : pendant quelques instants, il n'y a plus rien, et puis je me retrouve là où se tenait Baba Yaga et réciproquement.

– Donc elle sera ici et vous dans la maison-qui-vole.

– Vous comprenez vite ; c'est bien, ça !

– Comment l'empêcher ?

– C'est impossible.

– Alors pourquoi me raconter tout cela ? Que puis-je faire ?

– Il doit être maintenant évident pour vous que je ne peux rien vous dire franchement, rien d'autre que ce qu'elle désire m'entendre répéter. Enfin, il est possible que je laisse passer un ou deux renseignements imprévus, mais vous devez vous débrouiller seule avec ce que j'avance. Et je ferais vite, si j'étais vous. »

Comment devait-elle réagir ? S'enfuir ? On ne pouvait pas s'échapper de la forteresse et, de toute façon, elle n'était pas là pour ça. Elle ne pouvait pas non plus espérer se cacher de Baba Yaga.

Elle regarda Ours, à présent dressé au milieu de la salle, immobile. Il ne bougeait plus.

Alors elle comprit. Ours et Baba Yaga allaient échanger leurs places exactement : elle apparaîtrait là où il se tenait et nulle part ailleurs ; donc, si Katerina opérait sur cet espace et que Baba Yaga émerge en plein milieu…

Elle se mit aussitôt à l'œuvre : elle saisit un brandon dans le feu et dessina au charbon un pentagramme sur le sol tout autour d'Ours. L'animal ne remua ni pied ni patte pendant ce temps, pas plus que quand elle exécuta rapidement mais avec soin les charmes de confinement. De ce lieu tu ne t'écarteras point, de ton propre pouvoir ces cinq murailles sont faites, etc., etc.

Enfin ce fut terminé.

« Alors ? fit-elle. C'est assez ?

– Nous verrons, répondit Ours. Je me suis concentré très fort pour ne pas savoir ce que vous faisiez et je pense y être parvenu. Mais vous aurez votre réponse très bientôt, de toute façon. »

Et, sur ces mots, il disparut.

L'espace de trois secondes infinies, le pentagramme resta désert.

Puis Baba Yaga surgit, encore plus hideuse que dans les souvenirs de Katerina, qui remontaient aux rares fois où son père l'avait emmenée à la cour du grand roi de Kiev et où la Veuve était aussi de service. Elle se tourna aussitôt vers Katerina : elle savait où elle était arrivée.

« Combien de temps crois-tu que va vivre ton mari ? demanda-t-elle. Longtemps, à mon avis : plusieurs heures. J'aimerais savoir s'il pensera encore à toi à la fin, ou s'il souhaitera simplement qu'Ours en finisse afin de pouvoir mourir. »

Katerina s'attendait à ce genre de hâblerie et l'écoutait à peine. Elle s'inquiétait beaucoup plus de savoir si son charme de confinement tiendrait. « Quand vous vous regardez dans ce miroir, vieillarde, appréciez-vous ce que vous voyez ?

– Bien sûr, répondit Baba Yaga. Mais je n'y vois pas le même visage que toi.

– Ça ne m'étonne pas. Ne voulez-vous pas vous approcher du miroir pour me permettre de vous voir telle que vous vous voyez ? »

Baba Yaga éclata de rire. « Tu espères que je vais essayer de sortir de ton pentagramme ridicule, que je n'y arriverai pas, que je me mettrai alors à crier et à tempêter pour finir par te supplier de me libérer, ce que tu n'accepteras qu'une fois tous ces braves gens délivrés, ton mari à l'abri du courroux du mien, mes prétentions sur Taïna abandonnées et... Y a-t-il autre chose que tu désires ?

– Je n'espérais rien de tel, dit Katerina.

– Tu as tracé ce pentagramme pour te faire la main ? demanda Baba Yaga. Tu sais, ce genre d'exercice ne sert à rien contre moi. Je défais des charmes de cette sorte cent fois par jour et j'en réalise d'autres vingt fois plus puissants, que je peux quand même défaire d'un simple claquement de doigts.

– N'empêche que vous demeurez à l'intérieur du pentagramme, fit Katerina.

– Et pourquoi pas ? J'y suis aussi bien qu'ailleurs pour te regarder te tordre de douleur. J'essaye de savoir si je préfère obliger ces braves gens à te démembrer et à te dévorer toute crue ou te forcer à me voir les démembrer, eux. Qu'est-ce qui me laisserait le meilleur souvenir ? Ah, si seulement je possédais une de ces merveilleuses petites boîtes du pays d'Ivan, qui remplacent la mémoire et qui permettent de tout revoir aussi souvent qu'on en a envie !

– Vous parlez, vous parlez, fit Katerina, mais vous restez à l'intérieur du pentagramme.

– Cela m'amuse ; ainsi, tu peux toujours entretenir l'espoir que ton charme opère.

– Vous ignorez quel sort j'ai employé.

– Me crois-tu incapable de sentir un sort de confinement à cent lieues à la ronde ?

– Pas du tout.

– Eh bien, tiens ! » Baba Yaga agita les mains puis les fit claquer l'une contre l'autre. « Le sort est détruit.

– Ce n'était pas difficile, à ce que je vois, fit Katerina.
– Ce qui te demande des heures de travail et d'effort n'est qu'un jeu d'enfant pour moi.
– Et pourtant vous ne sortez pas du pentagramme. »
Enhardie, Katerina s'approcha du miroir de Baba Yaga et s'y regarda. « Je ne m'y parais pas affreuse, dit-elle. Ce n'est donc pas la faute du miroir si vous avez cette apparence.
– Écarte-toi de cette table !
– Venez donc m'y obliger ! repartit Katerina.
– J'y viendrai si tu me provoques. »
Pour toute réponse, Katerina se mit à ouvrir des boîtes, des bouteilles, des jarres et des sachets, puis elle en prit quelques-uns dont elle vida le contenu dans le feu.
« À ta place, je ne ferais pas joujou avec ce que je ne comprends pas, fit Baba Yaga.
– Sûrement ; cependant, il me semble reconnaître certains de ces articles. C'est avec ce tissu que vous avez amené l'avion jusqu'ici, n'est-ce pas ?
– Oh, quel malheur ! Maintenant, il va me falloir au moins plusieurs minutes pour me procurer de nouveau la poudre dont il était imprégné ! » dit Baba Yaga d'un ton ironique.
Mais Katerina n'était pas dupe : ces ingrédients étaient rares et difficiles à obtenir, ils coûtaient cher quand on les trouvait et ceux qui les possédaient les conservaient précieusement. Tous les récipients furent bientôt vides.
« Débarrassez ces gens de leurs chaînes, dit la princesse.
– Sûrement pas, répondit Baba Yaga.
– Si vous m'obéissez et que vous nous permettez de sortir d'ici sains et saufs, je n'incendierai pas votre maison en vous laissant dedans.
– Mais, petite imbécile, ce serait précisément la seule circonstance où tu pourrais le faire ! Car, tant que je les garderai enchaînés, tu ne toucheras pas à ma forteresse !

– Je serais navrée de les voir mourir, répondit Katerina, mais tout le monde meurt un jour ou l'autre.

– Oui, même ton mari. Je me demande si Ours lui a déjà arraché les yeux ou bien s'il les garde pour la bonne bouche.

– Et vous, vous ne quittez toujours pas le pentagramme. »

Katerina projeta un fauteuil sur le miroir. Le verre se fracassa.

« Non ! s'écria Baba Yaga. Mais tu es un monstre ! Sais-tu combien d'esclaves j'ai dû tuer pour donner son pouvoir à cette glace ?

– Si vous étiez capable de sortir du pentagramme, vous pourriez m'empêcher de continuer. » Et la princesse plaça le siège surchargé de décorations au milieu du feu.

« Ne brûle pas ce fauteuil ! Il est imprégné de tant de sorts de confort que…

– Libérez ces gens et je vous délivrerai. » Katerina avait entrepris d'ouvrir des récipients de plus grande taille et en trouva un plein de livres ; elle alla se placer devant le feu, déchira une page du milieu d'un des grimoires et la laissa tomber dans les flammes.

Baba Yaga poussa un hurlement suraigu – mais elle ne bougea pas.

Soudain, elle reprit son calme. « Je vois, dit-elle. Je vois ; tu ne m'as pas seulement lancé un sort de confinement, mais aussi de désir. C'est très adroit.

– Donc, si vous voulez bien relâcher les prisonniers…

– Il faut que je sois fatiguée pour avoir mis si longtemps à m'en apercevoir. Je ne peux pas commander à ma volonté de quitter ce pentagramme, ce qui me lie beaucoup plus sûrement qu'aucune contrainte physique.

– Bravo ! fit Katerina.

– C'est très astucieux de ta part.

– Et pourtant vous restez sur place. Allez-vous

libérer les captifs, oui ou non ? Commencez par un seul, rien que pour me prouver que vous me prêtez l'oreille.»

Baba Yaga la foudroya du regard. «Non, non, c'est trop facile. Quelque chose doit m'échapper; peut-être un sort tel que je ne peux même pas désirer rompre celui qui m'empêche de vouloir sortir du pentagramme. Un joli cercle vicieux, non? Mais tu m'as peut-être aussi jeté un sort qui me fait oublier comment rompre ce genre de sort, ce qui revient au même; pourtant tu as toi-même omis un élément très simple.

– Et lequel ? demanda Katerina.

– Je suis chez moi», répondit Baba Yaga, et, là-dessus, toute la partie du sol sur laquelle était tracé le pentagramme s'effondra sous elle. La sorcière tomba dans le trou mais se releva presque aussitôt et ressortit à l'aide d'une échelle. «Aïe! fit-elle. Plus de pentagramme ! Pas un instant je n'ai eu envie de m'en échapper mais, à présent que je l'ai quitté, je ne vois plus l'intérêt que je trouvais à y rester – pas plus que je ne comprends pourquoi Ours n'a pas bougé tandis que tu le traçais ; mais ça, c'est une affaire entre lui et moi, que je réglerai plus tard. Maintenant, ces prisonniers auxquels tu tiens tant vont mourir, un pour chaque boîte de poudre précieuse et chaque bouteille de liqueur précieuse que tu as répandues. Un peu plus de la moitié de ces gens devraient y passer, tu ne crois pas ?» Baba Yaga s'approcha d'un pas mesuré du pilote, debout mais à moitié mort des coups qu'elle lui avait donnés. «Par exemple, j'ai menti à ce pauvre Ivan: j'ai prétendu que j'avais tué celui-ci ; il est temps que je répare ce mensonge, non ? Il ne faudrait pas qu'Ivan meure en croyant quelque chose qui n'est pas vrai !»

Dans l'avion, Ivan n'attendit pas de voir où allait surgir Ours: dès la disparition de Baba Yaga, il se rua vers la porte et tenta de l'ouvrir, mais elle ne bougea pas d'un pouce.

« Vous pensez bien qu'elle leur a jeté à toutes un sort de fermeture avant de changer de place avec moi », dit une voix dans son dos.

Ivan pivota d'un bloc. Devant lui, un ours se tenait à quatre pattes, qui examinait le jeune homme, la tête tournée de côté.

« Cet œil qui vous manque, dit Ivan, je n'avais pas l'intention de vous le crever.

– Il est quand même crevé, quelles qu'aient été vos intentions.

– Mais il fallait bien que je sauve la princesse !

– De quel danger ? Il me semble qu'elle court beaucoup plus de risques à présent que sur son piédestal. »

Ivan s'écarta en crabe de la porte, puis se mit à remonter l'allée à reculons. « Sur le piédestal, elle gisait comme morte ; aujourd'hui, même si elle meurt, au moins aura-t-elle vécu. »

L'ours le suivit sans difficulté. « Pareil pour vous. »

Ivan se glissa entre deux rangées de sièges, puis se lança dans une fuite éperdue le long de l'autre allée vers l'avant de l'avion, traversa la classe affaires et se retrouva en première.

Ours chantonnait en suivant l'allée. C'était une chanson qu'Ivan n'avait jamais entendue, dans un langage qu'il ne connaissait pas. « Si la vieille sorcière croit vous avoir donné aussi l'oreille musicale, dit-il, elle se trompe.

– Le chant est inséparable de la parole. J'ai essayé, puis j'ai appris une ou deux chansons.

– De quelle langue s'agit-il ?

– De la mienne ; celle des ours.

– Mais les ours ne parlent pas.

– C'est pourquoi vous ne connaissez pas cette langue. » Ours se dressa à demi dans l'encadrement de la porte de la première classe, les pattes avant sur le dossier des derniers sièges. « Baba Yaga croit que je vais vous torturer, mais je ne suis pas un chat. Je vais simplement vous tuer pour vous apprendre qu'on n'éborgne pas impunément un dieu. »

Un souvenir revint à Ivan acculé, car il se trouvait exactement là où il se tenait lorsqu'il avait pris place à bord de l'appareil et enfoncé son sac fourre-tout dans le compartiment au-dessus de son siège.

Il ouvrit la petite trappe et sortit le sac.

« Vous allez me faire la lecture ? » demanda Ours.

Ivan savait ce qu'il cherchait, à quoi rimait toute l'affaire.

Il avait un message à délivrer.

Il tira du sac le morceau de papier, qui disait toujours la même chose.

Ivan fut déçu : il avait plus ou moins espéré qu'en présence du destinataire une nouvelle missive apparaîtrait. Mais rien de tel ne s'était produit.

C'était néanmoins sa dernière carte. Si le bout de papier n'était pas pour Ours, Ivan ne remettrait jamais le billet à quiconque.

« Je crois que ceci est pour vous », dit-il.

Ours examina l'objet, la tête penchée. « Ce n'est pas mon sentiment.

– C'est le mien, rétorqua Ivan. C'est un message adressé par quelqu'un de mon époque à quelqu'un de celle-ci. La vieille sorcière n'en savait rien, mais la seule raison pour laquelle elle a volé cet avion était de faire remonter le temps à ce billet, onze cents années, afin que vous le receviez aujourd'hui.

– Et à quoi me sert-il ?

– Je l'ignore, avoua Ivan.

– Donnez-le-moi. »

Ivan tendit le message vers une des énormes pattes d'Ours.

« Vous êtes aveugle ou quoi ? Vous voyez un pouce au bout de ma patte ? Comment voulez-vous que je saisisse cet infime bout de papier ?

– Je n'en sais rien, dit Ivan.

– Avec la gueule », répondit Ours d'un ton agacé.

Ivan présenta le billet à la gueule ouverte de l'animal, conscient que, s'il le désirait, Ours pouvait lui arracher la main.

Mais non : il prit le morceau de papier entre ses lèvres, puis le goûta du bout de la langue.

« Délicieux ! » fit-il.

Il aspira le message dans sa gueule, le mâcha lentement puis l'avala.

Maintenant, il me sera impossible de délivrer ce papier à qui de droit, songea Ivan.

Soudain, Ours se dressa si brutalement que sa tête heurta le plafond de l'avion, puis il éclata en rugissements incessants.

Pourquoi ne disait-il plus rien ?

Ours se mit à lacérer le capitonnage des sièges. Il détruisit la moitié de la première classe, puis s'attaqua à la classe affaires, sans plus prêter attention à Ivan qui le suivit, fasciné et terrifié par cette rage apparente. Pourtant, Ours ne cessait de rugir sans prononcer le moindre mot.

Et, tout à coup, il se retourna vers Ivan, franchit adroitement les sièges arrière et, un instant plus tard, le jeune homme se retrouva étendu par terre dans l'allée, l'ours dressé au-dessus de lui. L'animal ouvrit la gueule et l'approcha du visage d'Ivan.

Katerina, si toi seule survis, ça en aura valu la peine.

Pourtant, ce ne furent pas des crocs qui se plantèrent dans sa gorge mais une énorme langue qui lui lécha la joue en lui arrachant presque la peau des pommettes.

Et qui le lécha encore.

Il me remercie. Il me dit merci parce que… parce

que… le billet n'était pas un message mais le sort qui devait le délier ! Le sort qui libérait Ours de Baba Yaga ! Voilà pourquoi il ne parle plus : il a perdu le don de la parole en même temps que ses chaînes.

« Vous êtes libre, c'est ça ? » fit Ivan.

En réponse, Ours poussa un rugissement de triomphe, puis sauta par-dessus Ivan et se mit à essayer d'ouvrir la porte de l'avion.

Ivan se releva en essuyant la salive d'ours qui coulait de ses joues et s'approcha de la porte. Le sort qui la maintenait fermée s'était évaporé ; le jeune homme l'ouvrit, mais, avant même qu'elle se fût soulevée du quart de sa hauteur, Ours sauta par l'ouverture, atterrit au sol et boula dans la prairie.

La porte acheva de s'ouvrir. Ivan aperçut un feu de camp, puis un autre, enfin des dizaines.

À qui étaient-ils ? Aux hommes de Baba Yaga ? Non, Ivan les avait vus se débander.

Il se suspendit à l'encadrement de la porte et se laissa tomber. Il était temps : à l'instant où il se releva, il y eut un puissant souffle d'air, un coup de tonnerre, et le 747 disparut.

Il se dirigea vers les feux. Dès qu'on le vit, on se précipita vers lui pour le toucher et l'acclamer. « Nous vous avons vu monter dans la grande maison avec la Veuve ! Nous vous croyions mort ! Comment vous en êtes-vous tiré ? Est-elle encore dans la maison qui vole ? Et a-t-elle disparu ?

– Non, elle n'est plus dans la maison qui vole ; elle est retournée à la forteresse, où se trouve Katerina ; il faut aller achever la tâche, il faut sauver Katerina. »

Maintenant qu'Ivan l'avait exposé, l'objectif était évident et il n'y avait plus de temps à perdre. Les hommes allèrent chercher leurs armes.

« Le travail n'est pas terminé, déclara Ivan, tant que Katerina est dans la forteresse de la sorcière ! Nous avons vaincu l'armée de la Veuve ! À présent, vainquons-la elle-même ! Son pouvoir est rompu, Ours est libre, ses sortilèges se défont ! C'est le moment de frapper ! »

Il s'aperçut soudain qu'un des visages barbouillés de sang qui le regardaient était celui du roi Matfeï, qui tenait le corps de Sergeï entre ses bras.

« Voyez ce qu'il a fait pour moi, dit Matfeï. C'est l'infirme qui m'a sauvé la vie ! »

Ivan baissa sur son ami des yeux pleins de douleur. « Oh, mon Dieu, non ! Sergeï !

– Il n'est pas mort, reprit le roi Matfeï, mais il est mourant.

– Alors, raison de plus pour gagner la forteresse au plus vite et en ramener Katerina. Elle pourra le guérir si c'est réalisable. Où est le père Lukas ?

– Il est mort », répondit le roi.

Et puis, au même moment, parce qu'ils en prirent conscience ensemble, Ivan s'écria « Mais vous parlez ! » et le roi Matfeï s'exclama : « Mais je parle ! »

C'était la preuve ultime, pour ceux qui n'étaient pas encore convaincus, qu'une fois Ours libéré tous les sorts que la sorcière avait créés grâce à son pouvoir s'étaient dissous. Le roi Matfeï avait retrouvé sa langue et, par conséquent, on pouvait espérer que, quelque part dans la place forte, Katerina était encore vivante.

Tous suivirent la route au pas de course sans qu'aucun ennemi tentât de les arrêter. Ils coururent en rejetant armures, cuirasses et boucliers pour ne conserver que leurs épées, leurs arcs, leurs lances et leurs haches. Cependant, malgré toute leur efficacité au combat, aucun ne put rester à la hauteur d'Ivan. Il arriva devant les portes de la forteresse bien avant qu'aucun de ses compagnons n'en fût encore en vue.

Baba Yaga était en pleine préparation d'un sort qui allait sûrement tuer le pilote de quelque atroce façon lorsqu'un bruit inattendu l'interrompit : le claquement du métal contre le bois, puis le tintement du métal sur le métal.

Les liens tombaient en petits tas des chaînes qui entravaient les prisonniers.

Les captifs commencèrent à se relever en se frottant les poignets, l'air circonspect ; mais, avant qu'ils pussent dire grand-chose ou même faire quelques pas, ils se mirent à disparaître les uns après les autres au milieu de forts éclatements – la détonation de l'air qui se ruait à la place de la personne escamotée. En quelques instants, avec un crépitement semblable à un chapelet de pétards qui explosent, tous les passagers se volatilisèrent.

Katerina se tourna vers Baba Yaga, le sourire aux lèvres. « Ours est mort, fit-elle.

– Ne dites pas d'idioties, répliqua la sorcière. Il est immortel. Non, il n'est pas mort.

– Alors, Ivan a trouvé le moyen de le libérer de vous. »

Au-dessus d'elles, la grande charpente de la maison se mit à gémir ; au loin, Katerina entendit une poutre se rompre.

« Même la demeure était soutenue par la magie, n'est-ce pas ? demanda Katerina. Par le pouvoir d'Ours ? »

Était-ce de la peur qu'elle lisait sur le visage de Baba Yaga ?

« Tout ce que vous avez réalisé depuis des années dépendait de son asservissement, c'est ça ? Et maintenant tous vos méchants petits ouvrages vont être réduits à néant ! »

Baba Yaga leva lentement les mains. « C'est un grand plaisir de se réjouir du malheur d'autrui, n'est-ce pas ? dit-elle. Tenir son ennemi en son pouvoir… il n'y a rien de plus agréable, hein ? »

Ces propos touchèrent Katerina au vif : elle s'était bel et bien réjouie de ce qui arrivait à la sorcière, et, en cela, il n'y avait pas de différence entre elles. C'était une idée insupportable.

« Mais vous vous êtes frotté les mains un peu trop vite, reprit Baba Yaga, car j'étais sorcière bien avant de tomber amoureuse d'Ours, et j'étais déjà assez puissante pour le capturer et m'en servir à mon gré.

– Une puissance effrayante, dit Katerina, son humilité soudain retrouvée. Mais n'avez-vous rien appris aujourd'hui ?

– Si ça me vient avant votre mort, je vous en ferai part. Vous allez mourir sans aucun raffinement, je regrette ; très simplement, de façon très ordinaire. »

Katerina sentit qu'une de ses amulettes se mettait à palpiter.

Baba Yaga poussa un juron. « Mais où cette femme a-t-elle acquis toutes ces connaissances ?

– Elle a dit, je crois, que son professeur s'appelait Baba Tila.

– Jamais entendu parler », fit Baba Yaga d'un ton sec. Elle s'approcha du feu, y prit un long morceau de bois d'à peu près cinq centimètres de diamètre et revint vers Katerina. Elle brandit le bout de bois et le lança telle une hache de combat à la tête de la princesse.

L'arme improvisée se fracassa en plein vol et tomba par terre, réduite en petits éclats et copeaux.

Baba Yaga jura de nouveau. Elle se tint plantée devant Katerina comme si elle la jaugeait, la fouillait, la sondait. Et soudain, à la grande horreur de la princesse, les lanières qui retenaient les charmes autour de son cou se dénouèrent. Baba Yaga se précipita sur elle et lui arracha les talismans ; Katerina se raccrocha aux derniers mais, par la force brute – sans doute augmentée de magie –, Baba Yaga s'empara de tous et les jeta au feu.

« Et maintenant, allons-y, dit la sorcière. Toi sans auxiliaire et moi non plus. Sorcière contre sorcière. »

Elle fit un geste.

Éperdue, Katerina tenta de l'interpréter, puis comprit que c'était inutile : Baba Yaga n'allait pas si facilement révéler ses intentions. Il lui fallait une protection, ou plutôt un charme de déflection. Elle lança Dévie en n'espérant que détourner légèrement le sortilège de la sorcière, l'atténuer. Mais, quand Baba Yaga jeta son sort, rien ne se produisit.

« Quoi ? s'écria la sorcière. Rien ? »

Elle fit un nouvel essai avec un autre charme, et, encore une fois, Katerina se protégea derrière Dévie. Cette fois, le sort de déflection fut si puissant qu'il retourna le sortilège contre Baba Yaga elle-même. La vieille sorcière se plia en deux en poussant un cri aigu de souffrance, puis s'écroula au sol où elle se tordit de douleur.

« Qui t'aide ? hurla-t-elle. À quel pouvoir puises-tu ? Réponds ! Comment se fait-il que tu sois si forte ? »

Mais Katerina ne voyait pas en quoi Baba Yaga méritait une explication. Tout ce qui comptait pour le moment était de se sauver de la maison avant que la charpente cède et s'écroule sur elle.

S'il y avait eu d'autres prisonniers dans le bâtiment, Katerina pouvait seulement supposer qu'ils avaient été délivrés en même temps que les passagers de l'avion et qu'ils avaient quitté d'eux-mêmes la forteresse : elle n'avait pas le temps de les chercher. Elle se contenta de jeter quelques sorts pour maintenir en place certains toits jusqu'à ce qu'elle fût sortie. Derrière elle, la forteresse commença de s'effondrer.

Elle sortit à l'air libre à l'instant où Ivan parvenait à la porte principale. Ils s'aperçurent et coururent se jeter dans les bras l'un de l'autre avec des éclats de rire mêlés de larmes, tandis que la maison de Baba

Yaga s'écroulait, enfouissant la sorcière sous ses décombres.

« Nous avons réussi, dit Katerina. Mais comment as-tu brisé le pouvoir qui pesait sur Ours ?

– Je lui ai donné le message et il l'a mangé.

– Et c'est tout ? » Elle éclata de rire. « Ce billet a suffi ? Nous l'avons oublié par hasard dans l'avion et tu l'y as retrouvé ?

– Par hasard, oui… » fit Ivan d'un air mi-figue mi-raisin.

Katerina comprit et posa la question qui tournait aussi dans l'esprit d'Ivan. « Qui l'a envoyé ?

– Je l'ignore, répondit Ivan ; mais Sergeï a été gravement blessé en sauvant la vie de ton père. Te sens-tu assez forte pour te rendre à son chevet ? Sauras-tu le soigner ?

– Je connais quelques charmes de guérison, répondit Katerina. Tetka Retiva et Tetka Moïva m'en ont enseigné quelques-uns avant de cesser leurs visites. Quant à savoir si cela suffira, avec l'aide du pouvoir de Taïna en moi, et celle aussi de notre enfant…

– Eh bien, allons vérifier tout de suite », fit Ivan, et ils reprirent la route, épuisés mais au pas de course.

19

Guérison

Sergeï était en mauvais état à l'arrivée de Katerina, et certains commençaient déjà à murmurer : « Il est mort. » Mais le roi Matfeï accueillit sa fille en la serrant fort sur son cœur, puis indiqua Sergeï de l'index et leva les sourcils d'un air interrogateur.

« Je croyais que vous aviez recouvré la parole, observa Katerina.

– Pardon, j'avais oublié, dit le roi. Il est encore vivant. Peux-tu l'aider ? »

Elle s'agenouilla près de l'infirme, posa une main sur son front et l'autre sur sa poitrine. « Les blessures sont nombreuses, mais aucune n'est grave. C'est le choc qui est en train de le tuer. » Elle pria qu'on lui apporte certaines herbes, et quelques hommes, habitués à ramasser des simples pour leurs épouses, obéirent promptement. Ils ne purent trouver toutes les plantes demandées, mais elles suffirent à Katerina, aidée par la grande puissance qui sourdait en elle, à faire cesser les saignements et à calmer l'effroi qui incitait Sergeï à se recroqueviller au fond de lui-même.

Il s'endormit.

« Qu'on le porte chez lui, dit la princesse. Les autres, allez raser par le feu les ruines de la forteresse de l'Usurpatrice.

– Où est-elle, à propos ? demanda son père.

– Sous les décombres. Mais elle n'est peut-être pas

morte et elle risque de s'échapper si nous ne l'éliminons pas immédiatement. »

Seuls Ivan, Katerina et une poignée d'hommes restèrent en compagnie de Sergeï fabriquer un traîneau pour le ramener chez lui. Avant même qu'ils eussent effectué la moitié du travail, Ivan déclara : « Arrêtez, ce n'est pas nécessaire. Je vais le porter.

– Dans tes bras ? Tu ne tiendras pas jusqu'au bout : c'est à une journée de marche !

– Tu as le pouvoir de le rendre plus léger, n'est-ce pas ? D'ailleurs, il ne sera pas dans mes bras mais sur mon dos.

– Il faudrait qu'il ait repris connaissance pour pouvoir s'accrocher à toi.

– Mais il est réveillé, repartit Ivan.

– J'ai l'impression d'avoir les fesses en feu, fit Sergeï.

– C'est là que tu as été touché par la mitraille alors que tu te plaquais sur le roi.

– Le roi ! Va-t-il bien ? demanda Sergeï.

– Il t'a veillé comme son propre fils en attendant que Katerina vienne te soigner. »

L'infirme regarda Katerina, puis ses yeux revinrent sur Ivan et il sourit. « Vous êtes là tous les deux. Ça veut dire que vous avez gagné.

– Ours est libre et la Veuve a perdu son pouvoir, expliqua Ivan.

– Tout ce qu'elle avait accompli grâce au pouvoir d'Ours est anéanti, renchérit Katerina. Mon père a retrouvé l'usage de la parole. »

Sergeï se redressa soudain, puis porta la main à sa tête. Mais il ne put s'empêcher de jeter un coup d'œil à sa jambe invalide. « Eh bien, ma mère se trompait, fit-il. Elle a toujours prétendu que mon infirmité provenait d'une malédiction de la Veuve.

– Tous les maux du monde ne sont pas nés avec elle, dit Katerina. Je regrette.

– Avec toute la magie dont nous disposons, on aurait

pu croire qu'il y en aurait un petit peu pour me rendre normal.

– Je ne peux pas faire mieux que les charmes que j'ai placés sur vous, répondit Katerina. Je n'ai jamais eu autant de pouvoir qu'aujourd'hui, grâce à l'amour et à l'espérance du peuple, et je m'en suis servie efficacement pour soigner vos blessures ; mais, si j'avais celui de guérir votre jambe, ce serait déjà fait.

– Je sais, dit Sergeï. Le père Lukas disait toujours que mon infirmité avait pour but de témoigner de la grandeur des œuvres du Seigneur ; je n'ai jamais compris en quoi une jambe tordue pouvait servir ce but. » Tout à coup, un sanglot lui échappa. « Je le détestais, mais il est mort avec tant de courage ! »

Il fit un effort pour se lever et Ivan l'aida ; puis Katerina et son époux le conduisirent en le soutenant entre eux jusqu'au cadavre du prêtre. « On ne peut pas le laisser aux vautours, dit-il.

– Ne vous inquiétez pas, répondit Katerina. Quand la forteresse de la sorcière ne sera plus qu'un brasier, le roi reviendra, il distribuera récompenses et punitions, et on brûlera les corps. »

Au mot « punitions », Sergeï s'était mis à chercher des yeux le corps de Dimitri. La bombe avait déchiqueté le cadavre des pieds à l'abdomen et, d'après le rictus plaqué sur son visage, il semblait qu'il fût resté conscient assez longtemps pour sentir la vie s'échapper de lui. « Il a passé son existence à se moquer de moi, dit Sergeï, et c'est finalement l'infirme qui l'a tué.

– Ne vous réjouissez pas de son sort, murmura Katerina. Je l'ai fait moi aussi, et c'est mal. Il faut le plaindre et non danser sur son cadavre.

– Il n'a jamais eu pitié de moi ni de quiconque, répondit Sergeï. Il a fallu longtemps au roi pour constater son manque de cœur, mais moi je savais dès l'enfance ce qu'il était.

– C'était lui, l'infirme, Sergeï, dit Katerina. À côté de lui, vous étiez parfaitement valide. »

Dans l'état d'affaiblissement où Sergeï se trouvait, ajouté à son chagrin pour le père Lukas, ces paroles pleines de bonté furent plus qu'il n'en put supporter : il éclata en larmes. Katerina le serra contre elle, et Ivan les étreignit tous les deux.

Les recherches de survivants et de débris de l'avion s'achevèrent lorsque l'équipage et les passagers du 747 disparu sortirent des bois de l'Ukraine occidentale. On découvrit l'appareil peu après, au milieu d'une forêt dense où il n'avait matériellement pas pu atterrir ; on aurait dit que la main d'un géant l'avait déposé en douceur parmi les arbres dont un examen plus approfondi révéla qu'ils avaient été tranchés comme pour s'adapter exactement aux contours du fuselage et des ailes de l'avion.

Durant deux jours, on interrogea les passagers pendant que leurs proches, exaspérés par cette quarantaine, exigeaient de les voir. Quand les familles furent enfin réunies, les rescapés manifestèrent une grande répugnance à parler de leur épreuve, et les porte-parole du gouvernement ukrainien répétèrent le mantra « Nous prenons toutes les mesures appropriées » comme s'il signifiait quelque chose.

Des rumeurs coururent en tous sens. On soupçonna tour à tour tous les groupes terroristes, de même que tous les gouvernements qui pouvaient avoir un intérêt à la disparition de l'appareil, ainsi que plusieurs qui n'en avaient aucun. Les journaux fourmillèrent d'histoires d'enlèvements par les extraterrestres (autrement, comment le 747 serait-il réapparu là où il l'avait fait ?) et d'interrogations : un nouveau triangle des Bermudes était-il en formation plus au nord que le premier, ou bien l'original commençait-il à rendre ses prisonniers ?

Tous les comiques tirèrent trois jours de plaisanteries sur le sujet, y compris Sam Kinison qui, après avoir passé en revue toutes les théories imaginables, conclut ses spectacles par l'interjection, devenue sa marque personnelle : « C'était la Méchante Sorcière de l'Ouest ! Ils sont revenus parce que… on n'est jamais si bien que chez soi ! » Il obtint un franc succès.

Baba Yaga

La maison s'effondra mais aucune poutre n'effleura la sorcière ; le pire qu'elle eut à endurer fut d'avaler une goulée de poussière. Elle se mit tout de suite à escalader les décombres : on allait certainement y mettre le feu et elle préférait ne pas y demeurer bloquée.

Elle avait tout perdu ; tout n'était plus que ruines. Et cette princesse… Qui aurait pu deviner le pouvoir dont elle disposerait ? En tout cas, finies les confrontations pour Baba Yaga ; elle avait trouvé son égale, et plus que son égale. En un sens, la destruction de la maison lui avait sauvé la vie, car il s'en fallait alors de peu avant que cette petite garce l'anéantisse.

Qu'elle le garde, son royaume ! Quel intérêt, de toute façon ? Rien qu'un tas de geignards à gouverner, des loyers et des impôts à collecter, que chacun s'employait à lui dissimuler à chaque fois. Quel bien en avait-elle retiré ? Elle avait joué, mais le jeu n'en valait pas la chandelle.

Et puis n'était-elle pas toujours Baba Yaga ? Ses grimoires gisaient sous les ruines et n'allaient pas tarder à flamber, ses charmes étaient rompus, mais elle était encore en mesure de pratiquer la magie.

La maison-qui-vole, par exemple… elle pouvait en réaliser une semblable, peut-être plus réduite afin de diminuer le pouvoir nécessaire à lui faire prendre l'air. Et, maintenant qu'elle y pensait, ce n'était pas tant la capacité à voler qui importait que la mobilité. Dans la forêt, un énorme bâtiment qui ne passait pas entre les arbres n'avait aucune utilité : il devait s'élever dans les airs, et, une fois là, où le poser ? Non, ce qu'il fallait, c'était un petit édifice, une simple cabane, mais dotée de pattes comme celles des poules, qui pouvaient se déplier et l'emmener où elle le désirait.

Ainsi, nul ne saurait jamais exactement où Baba Yaga se trouvait ; elle pourrait demeurer des années dans la même région et y puiser ses plaisirs, grands et petits, puis ordonner à sa maison de la transporter ailleurs. Et, tiens, encore une idée : à chacune de ses sorties, elle pouvait laisser la maison seule sur ses pattes et lui donner l'ordre de tourner sur elle-même de façon qu'un intrus ne puisse jamais se placer face à l'entrée ; de cette manière, nul ne pourrait y pénétrer, ses biens seraient en sécurité. Pas une seule petite princesse de rien du tout à l'horizon pour détruire des siècles d'ouvrage !

Heureusement qu'elle n'avait pas compté sur le pouvoir d'Ours pour se maintenir en vie ! Elle ne confiait jamais son existence à quiconque. Non, les charmes qui tenaient son corps d'une seule pièce avaient été payés il y avait bien longtemps par le sang, qui ne tarderait pas à lui être de nouveau nécessaire.

Il lui faudrait encore du sang, mais plus de Taïna : elle n'avait aucune envie que cette maudite princesse se lance à ses trousses. Elle déménagerait vers l'est, plus loin dans la forêt, là où nul n'avait entendu parler d'elle, où elle pourrait s'emparer de temps en temps d'un enfant sorti cueillir des baies dans les bois, puis continuer à se déplacer. Et puis, un jour, qui sait si elle ne rencontrerait pas Ours ? Il ferait preuve de prudence cette fois, naturellement, mais était-il absolument impossible qu'elle lui manque, rien qu'un petit peu, et qu'il veuille d'elle à nouveau ? Qu'il accepte de troquer le don de la parole contre quelques miettes de puissance ? Elle s'était servie de lui, certes, mais elle avait aussi apprécié sa compagnie : il était agréable d'avoir quelqu'un à qui parler de temps à autre, même s'il s'agissait d'un vieil ours bourru qui l'avait sans doute trahie.

Mais comment cet Ivan s'y était-il donc pris pour rompre les sortilèges de contrainte ?

Enfin… elle avait des siècles pour y réfléchir.

Le feu de joie éclairait le ciel derrière elle et, devant elle, de petits animaux nocturnes déguerpissaient à son approche ; en elle, la flamme de la méchanceté brillait, intacte. Intacte mais réduite. La portée de Baba Yaga était moindre à présent, tout comme ses besoins. Elle se retirait de la scène publique ; ce qu'elle recherchait aujourd'hui, c'était la simplicité. La simplicité et un crâne à fendre entre ses mains.

Ivan ! Katerina ! À leur pensée, elle faillit s'étouffer de rage. Tout ce bonheur qui les attendait après tout le mal qu'ils lui avaient fait ! N'y avait-il donc aucune justice dans ce sordide univers ?

20

Grandes vacances

L'année scolaire était finie à Tantalus ; les enfants jetaient des papiers par les fenêtres des bus de ramassage et couraient à grands cris sur les pelouses et les prairies. Mais aucun d'entre eux n'était plus heureux que Matt, Steven, Luke et Petite Esther Smetski, qui avaient en perspective mieux que de simples grandes vacances.

Papa et maman avaient déjà fait leurs bagages – mais il n'y en avait guère, rien que quelques affaires de rechange pour la visite qu'ils ne manquaient jamais de faire à oncle Marek et tante Sophia. Papa restait toujours quelque temps à Kiev parce que, là-bas, c'était un héros de la communauté littéraire, l'homme qui avait découvert un trésor stupéfiant : d'anciens écrits de la main même de saint Kirill sur des parchemins dont les blancs avaient été comblés par un autre écrivain d'autrefois, anonyme, qui y avait couché les versions les plus primitives que l'on connût des contes russes. En Amérique, il était respecté à l'université et parmi ses collègues, mais à Kiev tout le monde le connaissait ; une rue portait d'ailleurs son nom, débaptisée de celui d'un communiste russe qui avait fait massacrer des millions de koulaks ukrainiens et rebaptisée de celui d'un chercheur qui avait ouvert le passé de l'Ukraine.

Mais quelle importance pour les enfants ? Papa avait ses fans et il serait occupé un moment. Ce qui comptait aux yeux de Matt, Steven, Luke et Petite Esther – ou, comme on allait les appeler tout l'été, Matfeï, Sergeï, Lukas et Tila – était l'autre pays, le pays lointain, le pays dont ils ne parlaient à aucun de leurs amis, le pays dont ils étaient princes et princesse, dont maman était reine, et papa roi et conseiller de maman.

Matfeï avait l'âge d'apprendre l'histoire à l'école, mais il ne pouvait s'empêcher de pouffer quand les leçons qu'il lisait portaient sur les souverains : il savait, lui, ce qu'étaient les rois et les reines. Dans un royaume au moins, niché dans les contreforts orientaux des Carpates, il y avait une reine qui gouvernait son peuple tandis que son intellectuel de mari jouait avec ses enfants, travaillait aux côtés des gens du peuple, débattait de questions philosophiques avec les prêtres et donnait à son épouse les conseils dont elle avait besoin. C'était un étranger dans ce royaume, mais il n'avait qu'un soupçon d'accent venu d'ailleurs, et les gens l'aimaient, en partie parce que la reine Katerina l'aimait, mais surtout pour lui-même.

Quant aux enfants, c'était de l'adoration que le peuple éprouvait pour eux, et, quand il semblait à papa et maman qu'on les choyait à outrance, ils prenaient toujours leurs fils et leur fille à l'écart pour leur remettre les pieds sur terre, leur rappeler que c'était le royaume-en-eux que les gens aimaient et qu'ils devaient apprendre à se montrer dignes de cette dévotion. « Cette puissance ne vous appartient pas de droit, disait maman. Vous devez la mériter en servant, en faisant preuve de fidélité et d'esprit de sacrifice. » Et ce n'était là qu'une des nombreuses leçons, des milliers de leçons qu'ils devaient retenir sur les métiers de roi, de soldat, de fermier… Cette année, on allait conduire Matfeï et Sergeï à Kiev pour y être présentés au grand roi et recevoir leurs premiers cours de politique. Manifestement, c'était ce dernier point le principal objet de crainte de papa et de maman, mais Matt et Steven n'en étaient que plus impatients de se rendre à la cérémonie.

Grand-mère et grand-père les accompagnèrent à l'aéroport de Syracuse afin de pouvoir ramener le minivan à la maison, comme tous les étés. Grand-mère, comme d'habitude, leur avait confectionné un nouveau charme. Luke l'implora de lui enseigner à fabriquer ce genre de sort mais Grand-mère refusa. « La magie est beaucoup moins nécessaire aujourd'hui, dit-elle, et, de toute façon, la puissance qui l'entretenait est en train de disparaître. C'étaient les dieux d'autrefois qui l'alimentaient, et, comme les gens croient de moins en moins en eux, leur pouvoir s'affaiblit. » Luke ne comprit rien à ce discours, au contraire de Matt et de Steven. Ils savaient que les gens venaient souvent demander à leur mère de les soigner de leurs maux, qu'elle était de moins en moins en mesure de répondre à leur attente et que cela la peinait ; ce qu'ils ne saisissaient pas était la raison pour laquelle maman et papa ne voulaient pas rapporter d'idées modernes à Taïna. « Pourquoi ne pas importer la pénicilline ? On pourrait s'en servir pour combattre les infections, avait un jour déclaré Matfeï à papa.

– Parce que le temps n'est pas encore venu, avait répondu son père.

– Mais les gens meurent de petites entailles et de blessures sans gravité !

– Tout le monde meurt un jour ou l'autre », avait dit papa, et Matfeï l'avait jugé sans cœur. Mais il avait ensuite serré son fils contre lui. « Ta compassion me plaît, Matt, mais écoute bien : à notre époque, alors qu'il n'y a que deux ou trois générations que nous employons les antibiotiques, les bactéries deviennent de plus en plus résistantes. Si on inventait la pénicilline en 905, que se passerait-il ? Tout le cours de l'histoire du monde en serait changé, et, comme nous ignorons dans quel sens, mieux vaut ne toucher à rien.

– Mais toi, tu as bien importé la poudre à canon, papa, et l'alcool.

– Je conserve le secret de la poudre à part moi ; quelques autres personnes en connaissent les ingrédients et elles ont juré de ne pas transmettre leur savoir. Si j'ai agi ainsi, c'est parce que nous en avions grandement besoin, parce que j'avais été envoyé pour ça. Mais ce n'est plus nécessaire depuis lors.

– Et quand je serai roi, papa ? Si j'en ai besoin ? Me diras-tu comment faire ?

– Non, avait répondu papa. Et, si tu n'as pas le courage de gouverner sans ces inventions, si le monde moderne te manque, tu n'es pas obligé de rester ; rien ne te force à devenir roi. Un de tes frères prendra la place, ou bien ta sœur, ou aucun d'entre eux et le peuple élira un nouveau souverain, ou encore le grand roi s'appropriera le royaume. L'histoire se poursuivra quelle que soit ta décision. Rien ne t'impose de te charger de cette responsabilité.

– Je m'en chargerai quand même.

– Dans ce cas, tant mieux, ce sera la vie que tu auras choisie ; mais, dans le cas contraire, ne le prends pas comme un échec : tu es l'enfant des deux mondes. Avec un peu de chance, tu n'auras pas à te décider trop vite. »

Les propos de papa et maman étaient parfois énigmatiques, pleins d'une sagesse mystérieuse. Ignoraient-ils tout ce que les enfants sont capables de deviner, de comprendre si quelqu'un se donne la peine de le leur expliquer ? Quand nous serons parents, se disaient les petits entre eux, nous dirons absolument tout à nos enfants.

Ils arrivèrent à l'aéroport, embrassèrent grand-père et grand-mère, prirent l'avion pour Kennedy, puis pour Vienne et enfin pour Kiev. Ils passèrent les quelques jours habituels à la ferme d'oncle Marek, puis le moment vint de traverser le pont.

Ils ne suivaient jamais deux fois le même trajet de

peur qu'un sentier ne se crée peu à peu. La clairière s'ouvrit devant eux, avec au centre la fosse béante. Ils se prirent tous par la main et les deux ponts apparurent ; ils franchirent le premier et s'arrêtèrent sur le piédestal, car c'était une tradition qu'ils n'enfreignaient jamais ; là, sur le piton central, papa et maman s'assirent sur le lit bas où maman avait reposé des siècles durant, plongée dans le profond sommeil de l'enchantement, et papa lui donna un baiser, un seul, tout simple et plein de douceur.

Cette fois, ce fut au tour de Petite Esther de comprendre enfin. « Maman ! s'exclama-t-elle. C'est toi, la Belle au bois dormant ! » Ses frères éclatèrent de rire et la félicitèrent, maman et papa la serrèrent sur leur cœur puis lui permirent de s'allonger elle-même sur le lit. Elle ferma les yeux, puis dit : « Que quelqu'un m'embrasse pour me réveiller ! » Son père s'agenouilla et lui donna un baiser tandis que Matt, Steven et Luke grondaient et rugissaient comme des ours.

Enfin ils se reprirent par la main, les ponts réapparurent, et ils pénétrèrent en Taïna.

Nul ne les attendait – selon leur désir, moins par volonté de préserver leur vie privée qu'à cause de l'éternelle incertitude sur le jour de leur arrivée, car les calendriers des deux univers ne correspondaient jamais de manière prévisible. Pourquoi gaspiller son existence à guetter une reine et un roi qui étaient parfaitement capables de retrouver leur chemin dans la forêt ?

Cette fois pourtant, ils ne s'éloignèrent pas tout de suite de la fosse. Les enfants reçurent la permission de jouer – « Mais ne vous approchez pas du bord ! » – cependant que leurs parents conversaient près du trou.

« Que se passerait-il si l'un de nous mourait ? fit Ivan à Katerina. Un accident de voiture, une mauvaise blessure lors des moissons… Tout le monde serait bloqué d'un côté ou de l'autre des ponts.

– Oui : si seulement les enfants étaient nés avec la capacité de franchir les deux ponts !

– Mais sans nous ils en sont incapables, et ils ont besoin de nous deux pour traverser. On ne peut tout de même pas s'en remettre au hasard ! Ne faut-il pas que les petits aient la liberté de choisir ?

– Il est trop tôt pour diviser la famille ; ils sont trop jeunes.

– Et je n'ai aucune envie de nous séparer, dit Ivan. J'ai envie que nous soyons un jour une centaine. Mais la vie est fragile.

– Un jour, nous leur demanderons de trancher et ils s'installeront du côté qu'ils auront choisi, puis nous nous déciderons à notre tour et nous nous établirons dans le monde où nous voudrons vieillir ensemble. Mais pas tout de suite.

– Cependant, si l'un de nous disparaît…

– Nos plans sont faits, et, s'ils ne se réalisent pas, eh bien, ce sera ainsi. Que faire d'autre ? Diviser la famille dès maintenant et accepter la destruction certaine de notre bonheur, par crainte d'un malheur différent dans l'avenir ?

– Tu as raison, dit Ivan. Tu as raison, naturellement. Mais avoir des enfants rend anxieux.

– Anxieux, c'est vrai, et très courageux aussi.

– Avons-nous vraiment accompli tout ce que racontent les histoires ? demanda Ivan.

– Oui.

– Et, dis-moi, Belle au bois dormant, vis-tu heureuse, maintenant que tu as beaucoup d'enfants ?

– Oui. »

Ils battirent alors le rappel des petits et, tandis qu'ils traversaient la forêt, Matfeï déclara en plaisantant que papa devrait se mettre tout nu pour qu'on le reconnaisse à son arrivée. « Nous n'aurions jamais dû laisser les gens décrire ces épisodes aux enfants », dit Ivan à Katerina.

Ils parvinrent au village et les acclamations se mirent à fuser, la foule à les suivre, et le défilé commença. Ils prirent part ensuite à un banquet où on leur apprit ce qui s'était passé pendant l'hiver, qui avait accouché, qui était décédé, qui s'était marié.

Il faisait presque nuit lorsque enfin Ivan et Katerina réussirent à s'éclipser pour se rendre à l'église, où les attendait l'évêque Sergeï ; il les accueillit en les embrassant et en les serrant sur son cœur, après quoi ils allèrent au cimetière où reposait le roi Matfeï depuis cinq hivers et où le père Lukas avait une petite chapelle. « Il ne sera jamais canonisé, dit Sergeï avec tristesse, et il ne le mérite pas, en vérité. Mais c'était quand même un héros.

– Et un grand missionnaire, fit Katerina.

– Alors, les enfants sont-ils juifs ou chrétiens ? demanda Sergeï.

– Chez Ivan ils sont juifs, répondit la reine, et ici chrétiens. Deux univers, deux existences. Un jour ils décideront, ou Dieu décidera pour eux.

– Sur le plan de la doctrine, cela ne va pas sans poser de problème, fit Sergeï, puis il éclata de rire. Mais je suis heureux de vous voir !

– Nous aussi, dit Ivan. Nos amis nous manquent quand nous sommes absents. »

Là-dessus, ils quittèrent le cimetière et retournèrent à la résidence royale, où ils durent envoyer sévèrement au lit les enfants qui renâclaient à se coucher, après quoi ils s'allongèrent eux-mêmes sur des matelas bourrés de paille, et ils s'assoupirent peu à peu, bercés par le bourdonnement des mouches, en se tenant par la main et en songeant aux miracles par lesquels l'amour fait connaître sa volonté dans le monde.

Remerciements

Étant donné que ce roman se situe dans des milieux qui ne me sont pas familiers, je me suis fondé sur diverses sources, en particulier :

Pinhas Sadeh, *Jewish Folktales*[1], trad. Hillel Halkin (New York, Anchor, 1989). Pour les contes et les thèmes que l'on trouve dans *Enchantement*, principalement l'histoire du ciel, du rat et du puits.

Charles Downing, *Russian Tales and Legends*[2] (H. Z. Walck, 1968). Pour les contes et les thèmes d'*Enchantement*.

Vladimir Propp, *Morphology of the Folktale*[3], trad. Laurence Scott (Austin : University of Texas Press, 1968). L'ouvrage central dont Ivan cherche à infirmer ou confirmer les conclusions.

Hillel Halkin, *Feminizing Jewish Studies*[4], Commentaire 105, 2 (février 1998). Pour la rhétorique du féminisme juif.

Jerome Blum, *Lord and Peasant in Russia : From the Ninth to the Nineteenth Century*[5] (Princeton, N. J. : Princeton University Press, 1961). Pour avoir une idée rudimentaire de la façon dont le peuple russe était gouverné avant la domination des Rus.

Marjorie Mandelstam Balzer, ed. Russian Traditional Culture : *Religion, Gender and Customary Law*[6] (M. E.

1. « Contes populaires juifs ».
2. « Contes et légendes russes ».
3. « Morphologie du conte ».
4. « Études juives du point de vue féminin ».
5. « Seigneur et paysan russes : du IXe au XIXe siècle ».
6. « Culture traditionnelle russe : religion, sexe et loi coutumière ».

Sharpe, 1992). De nombreux articles m'ont été précieux pour fonder mes hypothèses sur la religion et la loi dans le royaume imaginaire de Taïna.

Bruce Cockburn, pour le disque qu'écoute Ivan au chapitre 14. Le lecteur attentif aura noté que *The Charity of Night*[1] a paru en 1997, date un peu tardive pour qu'Ivan l'entende en 1992. Mais, à mon point de vue, si on est prêt à accepter l'idée qu'Ivan et Katerina font l'aller-retour entre 1992 et 890, on peut considérer comme inexistant le problème d'un album de Cockburn faisant un saut en arrière de quatre ans dans le temps. Voyez-y le thème musical de la scène.

Sam Kinison, dont le comique à mourir de rire manque cruellement, est mort quelques mois seulement avant le retour du 747 de Taïna. Mais le présent roman est une œuvre d'imagination et, dans cette œuvre, Kinison est encore vivant.

Alexandre Pouchkine, *Eugène Onéguine*, trad. James E. Falen (Oxford University Press). La meilleure des traductions ; je l'ai trouvée grâce à Douglas Hofsdter, « Le ton beau de Marot ».

Je dois des remerciements à de nombreuses personnes qui m'ont aidé à écrire ce roman ou à préparer son édition, en particulier :

Derryl Yeager, pour l'idée du réveil de nos jours de la Belle au bois dormant, et Nik Gasdik, pour celle de le situer en Russie.

Krista Maxwell, pour les détails et les corrections qu'elle a apportés à ma description de la Russie à travers les siècles, et pour tout ce qui est exact dans l'emploi du vieux slave liturgique et du proto-slave ; les erreurs qui demeurent sont de mon fait, malgré tous les efforts de Krista. Ivan doit en particulier à Krista la liste étonnante de plats que Sophia lui sert ; je n'avais aucune raison de la modifier et elle se trouve dans ce roman *in extenso*.

Linda Bass, pour l'orthographe correcte de *mohel*.

D'Ann Stoddard, pour les recherches sur la fabrication de la poudre à canon.

Clark et Kathy Kidd ainsi que Mark et Margaret Park, pour

1. « L'indulgence de la nuit ».

m'avoir ouvert encore une fois leur porte et d'innombrables autres contributions, que je ne pourrai jamais leur payer entièrement de retour.

Kathleen Bellamy, pour la lecture finale de mes romans où elle repère les erreurs pernicieuses qui ont échappé à tous les autres yeux.

Scott Allen, qui nettoie et huile mes outils de travail.

Kristine Card, Kathy Kidd, Peter Johnson, Jay Parry et Robert Stoddard, qui ont lu les chapitres à mesure que je les écrivais.

Lisa Collins, pour son excellent et miséricordieux travail de correction d'épreuves.

Amy Stout et Kuo-Yu Liang, dont la patience dépasse l'entendement.

Barbara Bova, qui me permet de vivre des bénéfices de mon passe-temps.

Erin Absher, pour la véritable identité de Baba Tila et pour son apport dans tout ce qui nous arrive de positif.

Et, par-dessus tout, Kristine et nos enfants, Geoffrey, Emily, Charlie Ben, Zina et Erin Louisa, dont l'existence donne son sens à la mienne et qui ont fait de moi, non pas encore un homme vertueux, mais quelqu'un qui sait ce qu'est la vertu et qui la recherche sans cesse.

Table

RÉALISATION : PAO ÉDITIONS DU SEUIL
IMPRIMERIE : BRODARD ET TAUPIN À LA FLÈCHE
DÉPÔT LÉGAL : MARS 2007. N° 92517 (39749)
IMPRIMÉ EN FRANCE

DU MÊME AUTEUR

Une planète nommée trahison
Denoël, « Présence du futur » n° 306, 1980, 1996

Sonate sans accompagnement
Denoël, « Présence du futur » n° 349, 1982, 1996

Les Maîtres chanteurs
Denoël, « Présence du futur » n° 306, 1982
et « Folio SF », n° 66

Espoir-du-Cerf
Denoël, « Présence du futur » n° 385, 1984, 1992

Le Cycle d'Ender
Vol. 1, La Stratégie Ender
Opta, 1986
et « J'ai lu », n° 2781

Le Cycle d'Ender
Vol. 2, La Voix des morts
Opta, 1987
et « J'ai lu », n° 3848

Abbys
France Loisirs, 1989
et « J'ai lu » n° 2657

Les Chroniques d'Alvin le Faiseur
Vol. 1, Le Septième Fils
L'Atalante, 1991, 1996
et « Folio SF », n° 14

Les Chroniques d'Alvin le Faiseur
Vol. 2, Le Prophète rouge
L'Atalante, 1992, 1996
et « Folio SF », n° 15

Les Chroniques d'Alvin le Faiseur
Vol. 3, L'Apprenti
L'Atalante, 1993, 1996
et « Folio SF », n° 16

Le Cycle d'Ender
Vol. 3, Xénocide
Robert Laffont, 1993
et « J'ai lu » n° 4024

La Geste de valois
Vol. 1, Jason Valois
L'Atalante, 1994

La Geste de valois
Vol. 2, Contes de Capitole et de la forêt des Eaux
L'Atalante, 1994

Terres des origines
Vol. 1, Basilica
L'Atalante, 1995
et « J'ai lu », n° 6937

Terres des origines
Vol. 2, Le Général
L'Atalante, 1995
et « J'ai lu », n° 7363

Terres des origines
Vol. 3, L'Exode
L'Atalante, 1995
et « J'ai lu », n° 7593

Les Chroniques d'Alvin le Faiseur
Vol. 4, Le Compagnon
L'Atalante, 1996
et « Folio SF », n° 141

Terres des origines
Vol. 4, Le Retour
L'Atalante, 1996
et « J'ai lu », n° 7751

Terres des origines
Vol. 5, Les Terriens
L'Atalante, 1997
et « J'ai lu », n° 7973

Patience d'Imakulata
L'Atalante, 1997

La Rédemption de Christophe Colomb
L'Atalante, 1998

Le Trésor dans la boîte
L'Atalante, 1998

Les Chroniques d'Alvin le Faiseur
Vol. 5, Flammes de vie
L'Atalante, 1999

Portulans de l'imaginaire
Vol. 1, L'Homme transformé (récits d'angoisse)
L'Atalante, 1999

Portulans de l'imaginaire
Vol. 2, Avatars (récits d'avenir)
L'Atalante, 2000

Le Cycle d'Ender
Vol. 4, Les Enfants de l'esprit
J'ai lu, « Millénaires », 2000
et « J'ai lu », n° 5622

Portulans de l'imaginaire
Vol. 3, Sonates frelatées (fables et fantaisies)
L'Atalante, 2001

Le Cycle d'Ender
Vol. 5, La Stratégie de l'ombre
L'Atalante, 2001

Portulans de l'imaginaire
Vol. 4, Cruels miracles (contes de la mort,
de l'espoir et de la sainteté)
L'Atalante, 2002

Le Cycle d'Ender
Vol. 6, L'Ombre de l'Hégémon
L'Atalante, 2002

Robota

(illustrations de Doug Chiang)
Seuil/Chronicle Books, 2003

Le Cycle d'Ender
Vol. 7, Les Marionnettes de l'ombre
L'Atalante, 2004

Les Chroniques d'Alvin le Faiseur
Vol. 6, La Cité de cristal
L'Atalante, 2004

Comment écrire de la fantasy et de la science-fiction
Bragelonne, 2006

Collection Points Fantasy

P1438. Le Château du roi dragon. La Saga du Roi Dragon I
Stephen Lawhead
P1439. Les Armes des Garamont. La Malerune I
Pierre Grimbert
P 1440. Le Prince déchu. Les Enfants de l'Atlantide I
Bernard Simonay
P1441. Le Voyage d'Hawkwood. Les Monarchies divines I
Paul Kearney
P1442. Un trône pour Hadon. Le Cycle d'Opar I
Philip-José Farmer
P1443. Fendragon, *Barbara Hambly*
P1444. Les Brigands de la forêt de Skule, *Kerstin Ekman*
P1445. L'Abîme, *John Crowley*
P1463. Hadon, le guerrier. Le Cycle d'Opar II
Philip José Farmer
P1464. Maîtresse du Chaos. La Saga de Raven I
Robert Holdstock et Angus Wells
P1465. La Sève et le Givre, *Léa Silhol*
P1482. Les Rois hérétiques. Les Monarchies divines II
Paul Kearney
P1483. L'Archipel du soleil. Les Enfants de l'Atlantide II
Bernard Simonay
P1498. L'Araignée d'émeraude. La Saga de Raven II
Robert Holdstock et Angus Wells
P1499. Faucon de mai, *Gillian Bradshaw*
P1528. Les Seigneurs de guerre de Nin. La Saga du Roi Dragon II
Stephen Lawhead
P1529. Le Dire des Sylfes. La Malerune II
Michel Robert et Pierre Grimbert
P1530. Le Dieu de glace. La Saga de Raven III
Robert Holdstock et Angus Wells
P1565. Le Crépuscule des géants. Les Enfants de l'Atlantide III
Bernard Simonay
P1566. Aara. Aradia I *Tanith Lee*
P1567. Les Guerres de fer. Les Monarchies divines III
Paul Kearney
P1584. Le Glaive et la Flamme. La Saga du Roi Dragon III
Stephen Lawhead
P1585. La Belle Arcane. La Malerune III
Michel Robert et Pierre Grimbert
P1608. La Guerre du paradis. Le Chant d'Albion I
Stephen Lawhead
P1609. La Terre des Morts. Les Enfants de l'Atlantide IV
Bernard Simonay

P1610. Thenser. Aradia II, *Tanith Lee*
P1638. Wren. Les Descendants de Merlin I, *Irene Radford*
P1641. L'Empreinte des dieux. Le Cycle de Mithra I
Rachel Tanner
P1642. Enchantement, *Orson Scott Card*
P1643. Les Fantômes d'Ombria, *Patricia A. McKillip*
P1644. La Main d'argent. Le Chant d'Albion II
Stephen Lawhead
P1645 . La Quête de Nifft-le-mince, *Michael Shea*
P1646. La Forêt d'Iscambe, *Christian Charrière*
P1647. La Mort du Nécromant, *Martha Wells*

Collection Points

DERNIERS TITRES PARUS

P1170. L'Appel du couchant, *Gamal Ghitany*
P1171. Lettres de Drancy
P1172. Quand les parents se séparent, *Françoise Dolto*
P1173. Amours sorcières, *Tahar Ben Jelloun*
P1174. Sale temps, *Sara Paretsky*
P1175. L'Ange du Bronx, *Ed Dee*
P1176. La Maison du désir, *France Huser*
P1177. Cytomégalovirus, *Hervé Guibert*
P1178. Les Treize Pas, *Mo Yan*
P1179. Le Pays de l'alcool, *Mo Yan*
P1180. Le Principe de Frédelle, *Agnès Desarthe*
P1181. Les Gauchers, *Yves Pagès*
P1182. Rimbaud en Abyssinie, *Alain Borer*
P1183. Tout est illuminé, *Jonathan Safran Foer*
P1184. L'Enfant zigzag, *David Grossman*
P1185. La Pierre de Rosette, *Robert Solé et Dominique Valbelle*
P1186. Le Maître de Pétersbourg, *J.M. Coetzee*
P1187. Les Chiens de Riga, *Henning Mankell*
P1188. Le Tueur, *Eraldo Baldini*
P1189. Un silence de fer, *Marcello Fois*
P1190. La Filière du jasmin, *Denise Hamilton*
P1191. Déportée en Sibérie, *Margarete Buber-Neumann*
P1192. Les Mystères de Buenos Aires, *Manuel Puig*
P1193. La Mort de la phalène, *Virginia Woolf*
P1194. Sionoco, *Leon De Winter*
P1195. Poèmes et chansons, *Georges Brassens*
P1196. Innocente, *Dominique Souton*
P1197. Taking Lives/Destins violés, *Michael Pye*
P1198. Gang, *Toby Litt*
P1199. Elle est partie, *Catherine Guillebaud*
P1200. Le Luthier de Crémone, *Herbert Le Porrier*
P1201. Le Temps des déracinés, *Elie Wiesel*
P1202. Les Portes du sang, *Michel Del Castillo*
P1203. Featherstone, *Kirsty Gunn*
P1204. Un vrai crime pour livres d'enfants, *Chloe Hooper*
P1205. Les Vagabonds de la faim, *Tom Kromer*
P1206. Mister Candid, *Jules Hardy*
P1207. Déchaînée, *Lauren Henderson*
P1208. Hypnose mode d'emploi, *Gérard Miller*
P1209. Corse, *Jean-Noël Pancrazi et Raymond Depardon*
P1210. Le Dernier Viking, *Patrick Grainville*
P1211. Charles et Camille, *Frédéric Vitoux*

P1212. Siloé, *Paul Gadenne*
P1213. Bob Marley, *Stephen Davies*
P1214. Ça ne peut plus durer, *Joseph Connolly*
P1215. Tombe la pluie, *Andrew Klavan*
P1216. Quatre soldats, *Hubert Mingarelli*
P1217. Les Cheveux de Bérénice, *Denis Guedj*
P1218. Les Garçons d'en face, *Michèle Gazier*
P1219. Talion, *Christian de Montella*
P1220. Les Images, *Alain Rémond*
P1221. La Reine du Sud, *Arturo Pérez-Reverte*
P1222. Vieille menteuse, *Anne Fine*
P1223. Danse, danse, danse, *Haruki Murakami*
P1224. Le Vagabond de Holmby Park, *Herbert Lieberman*
P1225. Des amis haut placés, *Donna Leon*
P1226. Tableaux d'une ex, *Jean-Luc Benoziglio*
P1227. La Compagnie, le grand roman de la CIA, *Robert Little*
P1228. Chair et sang, *Jonathan Kellerman*
P1230. Darling Lilly, *Michael Connelly*
P1231. Les Tortues de Zanzibar, *Giles Foden*
P1232. Il a fait l'idiot à la chapelle !, *Daniel Auteuil*
P1233. Lewis & Alice, *Didier Decoin*
P1234. Dialogue avec mon jardinier, *Henri Cueco*
P1235. L'Émeute, *Shashi Tharoor*
P1236. Le Palais des Miroirs, *Amitav Ghosh*
P1237. La Mémoire du corps, *Shauna Singh Baldwin*
P1238. Middlesex, *Jeffrey Eugenides*
P1239. Je suis mort hier, *Alexandra Marinina*
P1240. Cendrillon, mon amour, *Lawrence Block*
P1241. L'Inconnue de Baltimore, *Laura Lippman*
P1242. Berlinale Blitz, *Stéphanie Benson*
P1243. Abattoir 5, *Kurt Vonnegut*
P1244. Catalogue des idées reçues sur la langue
Marina Yaguello
P1245. Tout se paye, *George P. Pelecanos*
P1246. Autoportrait à l'ouvre-boîte, *Philippe Ségur*
P1247. Tout s'avale, *Hubert Michel*
P1248. Quand on aime son bourreau, *Jim Lewis*
P1249. Tempête de glace, *Rick Moody*
P1250. Dernières nouvelles du bourbier, *Alexandre Ikonnikov*
P1251. Le Rameau brisé, *Jonathan Kellerman*
P1252. Passage à l'ennemie, *Lydie Salvayre*
P1253. Une saison de machettes, *Jean Hatzfeld*
P1254. Le Goût de l'avenir, *Jean-Claude Guillebaud*
P1255. L'Étoile d'Alger, *Aziz Chouaki*
P1256. Cartel en tête, *John McLaren*
P1257. Sans penser à mal, *Barbara Seranella*
P1258. Tsili, *Aharon Appelfeld*

P1259. Le Temps des prodiges, *Aharon Appelfeld*
P1260. Ruines-de-Rome, *Pierre Sengès*
P1261. La Beauté des loutres, *Hubert Mingarelli*
P1262. La Fin de tout, *Jay McInerney*
P1263. Jeanne et les siens, *Michel Winock*
P1264. Les Chats mots, *Anny Duperey*
P1265. Quand j'avais cinq ans, je m'ai tué, *Howard Buten*
P1266. Vers l'âge d'homme, *J.M. Coetzee*
P1267. L'Invention de Paris, *Eric Hazan*
P1268. Chroniques de l'oiseau à ressort, *Haruki Murakami*
P1269. En crabe, *Günter Grass*
P1270. Mon père, ce harki, *Dalila Kerchouche*
P1271. Lumière morte, *Michael Connelly*
P1272. Détonations rapprochées, *C.J. Box*
P1273. Lorsque la nature parlait aux Égyptiens
Christiane Desroches Noblecourt
P1274. Les Réquisitoires du Tribunal des Flagrants Délires 1
Pierre Desproges
P1275. Les Réquisitoires du Tribunal des Flagrants Délires 2
Pierre Desproges
P1276. Un amant naïf et sentimental, *John le Carré*
P1277. Fragiles, *Philippe Delerm et Martine Delerm*
P1278. La Chambre blanche, *Christine Jordis*
P1279. Adieu la vie, adieu l'amour, *Juan Marsé*
P1280. N'entre pas si vite dans cette nuit noire
António Lobo Antunes
P1281. L'Évangile selon saint Loubard, *Guy Gilbert*
P1282. La Femme qui attendait, *Andreï Makine*
P1283. Les Candidats, *Yun Sun Limet*
P1284. Petit traité de désinvolture, *Denis Grozdanovitch*
P1285. Personne, *Linda Lê*
P1286. Sur la photo, *Marie-Hélène Lafon*
P1287. Le Mal du pays, *Patrick Roegiers*
P1288. Politique, *Adam Thirlwell*
P1289. Érec et Énide, *Manuel Vázquez Montalbán*
P1290. La Dormeuse de Naples, *Adrien Goetz*
P1291. Le croque-mort a la vie dure, *Tim Cockey*
P1292. Pretty Boy, *Lauren Henderson*
P1293. La Vie sexuelle en France, *Janine Mossuz-Lavau*
P1294. Souvenirs obscurs d'un Juif polonais né en France
Pierre Goldman
P1295. Dans l'alcool, *Thierry Vimal*
P1296. Le Monument, *Claude Duneton*
P1297. Mon nerf, *Rachid Djaïdani*
P1298. Plutôt mourir, *Marcello Fois*
P1299. Les pingouins n'ont jamais froid, *Andreï Kourkov*
P1300. La Mitrailleuse d'argile, *Viktor Pelevine*

P1301. Un été à Baden-Baden, *Leonid Tsypkin*
P1302. Hasard des maux, *Kate Jennings*
P1303. Le Temps des erreurs, *Mohammed Choukri*
P1304. Boumkœur, *Rachid Djaïdani*
P1305. Vodka-Cola, *Irina Denejkina*
P1306. La Lionne blanche, *Henning Mankell*
P1307. Le Styliste, *Alexandra Marinina*
P1308. Pas d'erreur sur la personne, *Ed Dee*
P1309. Le Casseur, *Walter Mosley*
P1310. Le Dernier Ami, *Tahar Ben Jelloun*
P1311. La Joie d'Aurélie, *Patrick Grainville*
P1312. L'Aîné des orphelins, *Tierno Monénembo*
P1313. Le Marteau pique-cœur, *Azouz Begag*
P1314. Les Âmes perdues, *Michael Collins*
P1315. Écrits fantômes, *David Mitchell*
P1316. Le Nageur, *Zsuzsa Bánk*
P1317. Quelqu'un avec qui courir, *David Grossman*
P1318. L'Attrapeur d'ombres, *Patrick Bard*
P1319. Venin, *Saneh Sangsuk*
P1320. Le Gone du Chaâba, *Azouz Begag*
P1321. Béni ou le Paradis privé, *Azouz Begag*
P1322. Mésaventures du Paradis
Erik Orsenna et Bernard Matussière
P1323. L'Âme au poing, *Patrick Rotman*
P1324. Comedia Infantil, *Henning Mankell*
P1325. Niagara, *Jane Urquhart*
P1326. Une amitié absolue, *John le Carré*
P1327. Le Fils du vent, *Henning Mankell*
P1328. Le Témoin du mensonge, *Mylène Dressler*
P1329. Pelle le Conquérant 1, *Martin Andersen Nexø*
P1330. Pelle le Conquérant 2, *Martin Andersen Nexø*
P1331. Mortes-eaux, *Donna Leon*
P1332. Déviances mortelles, *Chris Mooney*
P1333. Les Naufragés du Batavia, *Simon Leys*
P1334. L'Amandière, *Simonetta Agnello Hornby*
P1335. C'est en hiver que les jours rallongent, *Joseph Bialot*
P1336. Cours sur la rive sauvage, *Mohammed Dib*
P1337. Hommes sans mère, *Hubert Mingarelli*
P1338. Reproduction non autorisée, *Marc Vilrouge*
P1339. S.O.S., *Joseph Connolly*
P1340. Sous la peau, *Michel Faber*
P1341. Dorian, *Will Self*
P1342. Le Cadeau, *David Flusfeder*
P1343. Le Dernier Voyage d'Horatio II, *Eduardo Mendoza*
P1344. Mon vieux, *Thierry Jonquet*
P1345. Lendemains de terreur, *Lawrence Block*
P1346. Déni de justice, *Andrew Klavan*

P1392. Pelle le Conquérant 4, *Martin Andersen Nexø*
P1393. Soul Circus, *George P. Pelecanos*
P1394. La Mort au fond du canyon, *C.J. Box*
P1395. Recherchée, *Karin Alvtegen*
P1396. Disparitions à la chaîne, *Åke Smedberg*
P1397. Bardo or not Bardo, *Antoine Volodine*
P1398. La Vingt-Septième Ville, *Jonathan Franzen*
P1399. Pluie, *Kirsty Gunn*
P1400. La Mort de Carlos Gardel, *António Lobo Antunes*
P1401. La Meilleure Façon de grandir, *Meir Shalev*
P1402. Les Plus Beaux Contes zen, *Henri Brunel*
P1403. Le Sang du monde, *Catherine Clément*
P1404. Poétique de l'égorgeur, *Philippe Ségur*
P1405 La Proie des âmes, *Matt Ruff*
P1406. La Vie invisible, *Juan Manuel de Prada*
P1407. Qu'elle repose en paix, *Jonathan Kellerman*
P1408. Le Croque-mort à tombeau ouvert, *Tim Cockey*
P1409. La Ferme des corps, *Bill Bass*
P1410. Le Passeport, *Azouz Begag*
P1411. La station Saint-Martin est fermée au public
Joseph Bialot
P1412. L'Intégration, *Azouz Begag*
P1413. La Géométrie des sentiments, *Patrick Roegiers*
P1414. L'Âme du chasseur, *Deon Meyer*
P1415. La Promenade des délices, *Mercedes Deambrosis*
P1416. Un après-midi avec Rock Hudson
Mercedes Deambrosis
P1417. Ne gênez pas le bourreau, *Alexandra Marinina*
P1418. Verre cassé, *Alain Mabanckou*
P1419. African Psycho, *Alain Mabanckou*
P1420. Le Nez sur la vitre, *Abdelkader Djemaï*
P1421. Gare du Nord, *Abdelkader Djemaï*
P1422. Le Chercheur d'Afriques, *Henri Lopes*
P1423. La Rumeur d'Aquitaine, *Jean Lacouture*
P1424. Une soirée, *Anny Duperey*
P1425. Un saut dans le vide, *Ed Dee*
P1426. En l'absence de Blanca, *Antonio Muñoz Molina*
P1427. La Plus Belle Histoire du bonheur, *collectif*
P1429. Comment c'était. Souvenirs sur Samuel Beckett
Anne Atik
P1430. Suite à l'hôtel Crystal, *Olivier Rolin*
P1431. Le Bon Serviteur, *Carmen Posadas*
P1432. Traité de savoir-vivre à l'usage des jeunes Russes
Gary Shteyngart
P1433. C'est égal, *Agota Kristof*
P1434. Le Nombril des femmes, *Dominique Quessada*
P1435. L'Enfant à la luge, *Chris Mooney*

P1436. Encres de Chine, *Qiu Xiaolong*
P1437. Enquête de mor(t)alité, *Gene Riehl*
P1438. Le Château du Roi Dragon. La Saga du Roi Dragon I
Stephen Lawhead
P1439. Les Armes des Garamont. La Malerune I
Pierre Grimbert
P1440. Le Prince déchu. Les Enfants de l'Atlantide I
Bernard Simonay
P1441. Le Voyage d'Hawkwood. Les Monarchies divines I
Paul Kearney
P1442. Un trône pour Hadon. Le Cycle d'Opar I
Philip-José Farmer
P1443. Fendragon, *Barbara Hambly*
P1444. Les Brigands de la forêt de Skule, *Kerstin Ekman*
P1445. L'Abîme, *John Crowley*
P1446. Œuvre poétique, *Léopold Sédar Senghor*
P1447. Cadastre, *suivi de* Moi, laminaire..., *Aimé Césaire*
P1448. La Terre vaine et autres poèmes, *Thomas Stearns Eliot*
P1449. Le Reste du voyage et autres poèmes, *Bernard Noël*
P1450. Haïkus, *anthologie*
P1451. L'Homme qui souriait, *Henning Mankell*
P1452. Une question d'honneur, *Donna Leon*
P1453. Little Scarlet, *Walter Mosley*
P1454. Elizabeth Costello, *J.M. Coetzee*
P1455. Le maître a de plus en plus d'humour, *Mo Yan*
P1456. La Femme sur la plage avec un chien, *William Boyd*
P1457. Accusé Chirac, levez-vous !, *Denis Jeambar*
P1458. Sisyphe, roi de Corinthe. Le Châtiment des Dieux I
François Rachline
P1459. Le Voyage d'Anna, *Henri Gougaud*
P1460. Le Hussard, *Arturo Pérez-Reverte*
P1461. Les Amants de pierre, *Jane Urquhart*
P1462. Corcovado, *Jean-Paul Delfino*
P1463. Hadon, le guerrier. Le Cycle d'Opar II
Philip José Farmer
P1464. Maîtresse du Chaos. La Saga de Raven I
Robert Holdstock et Angus Wells
P1465. La Sève et le Givre, *Léa Silhol*
P1466. Élégies de Duino *suivi de* Sonnets à Orphée
Rainer Maria Rilke
P1467. Rilke, *Philippe Jaccottet*
P1468. C'était mieux avant, *Howard Buten*
P1469. Portrait du Gulf Stream, *Érik Orsenna*
P1470. La Vie sauve, *Lydie Violet et Marie Desplechin*
P1471. Chicken Street, *Amanda Sthers*
P1472. Polococktail Party, *Dorota Maslowska*
P1473. Football factory, *John King*

P1474. Une petite ville en Allemagne, *John le Carré*
P1475. Le Miroir aux espions, *John le Carré*
P1476. Deuil interdit, *Michael Connelly*
P1477. Le Dernier Testament, *Philip Le Roy*
P1478. Justice imminente, *Jilliane Hoffman*
P1479. Ce cher Dexter, *Jeff Lindsay*
P1480. Le Corps noir, *Dominique Manotti*
P1481. Improbable, *Adam Fawer*
P1482. Les Rois hérétiques. Les Monarchies divines II
Paul Kearney
P1483. L'Archipel du soleil. Les Enfants de l'Atlantide II
Bernard Simonay
P1484. Code Da Vinci : l'enquête
Marie-France Etchegoin et Frédéric Lenoir
P1485. L. A. confidentiel : les secrets de Lance Armstrong
Pierre Ballester et David Walsh
P1486. Maria est morte, *Jean-Paul Dubois*
P1487. Vous aurez de mes nouvelles, *Jean-Paul Dubois*
P1488. Un pas de plus, *Marie Desplechin*
P1489. D'excellente famille, *Laurence Deflassieux*
P1490. Une femme normale, *Émilie Frèche*
P1491. La Dernière Nuit, *Marie-Ange Guillaume*
P1492. Le Sommeil des poissons, *Véronique Ovaldé*
P1493. La Dernière Note, *Jonathan Kellerman*
P1494. La Cité des Jarres, *Arnaldur Indridason*
P1495. Électre à La Havane, *Leonardo Padura*
P1496. Le croque-mort est bon vivant, *Tim Cockey*
P1497. Le Cambrioleur en maraude, *Lawrence Block*
P1498. L'Araignée d'émeraude. La Saga de Raven II
Robert Holdstock et Angus Wells
P1499. Faucon de mai, *Gillian Bradshaw*
P1500. La Tante marquise, *Simonetta Agnello Hornby*
P1501. Anita, *Alicia Dujovne Ortiz*
P1502. Mexico City Blues, *Jack Kerouac*
P1503. Poésie verticale, *Roberto Juarroz*
P1506. Histoire de Rofo, clown, *Howard Buten*
P1507. Manuel à l'usage des enfants qui ont des parents difficiles
Jeanne Van den Brouk
P1508. La Jeune Fille au balcon, *Leïla Sebbar*
P1509. Zenzela, *Azouz Begag*
P1510. La Rébellion, *Joseph Roth*
P1511. Falaises, *Olivier Adam*
P1512. Webcam, *Adrien Goetz*
P1513. La Méthode Mila, *Lydie Salvayre*
P1514. Blonde abrasive, *Christophe Paviot*
P1515. Les Petits-Fils nègres de Vercingétorix, *Alain Mabanckou*
P1516. 107 ans, *Diastème*

P1517. La Vie magnétique, *Jean-Hubert Gailliot*
P1518. Solos d'amour, *John Updike*
P1519. Les Chutes, *Joyce Carol Oates*
P1520. Well, *Matthieu McIntosh*
P1521. À la recherche du voile noir, *Rick Moody*
P1522. Train, *Pete Dexter*
P1523. Avidité, *Elfriede Jelinek*
P1524. Retour dans la neige, *Robert Walser*
P1525. La Faim de Hoffman, *Leon De Winter*
P1526. Marie-Antoinette, la naissance d'une reine. Lettres choisies, *Évelyne Lever*
P1527. Les Petits Verlaine *suivi de* Samedi, dimanche et fêtes *Jean-Marc Roberts*
P1528. Les Seigneurs de guerre de Nin. La Saga du Roi Dragon II *Stephen Lawhead*
P1529. Le Dire des Sylfes. La Malerune II *Michel Robert et Pierre Grimbert*
P1530. Le Dieu de glace. La Saga de Raven III *Robert Holdstock et Angus Wells*
P1531. Un bon cru, *Peter Mayle*
P1532. Confessions d'un boulanger, *Peter Mayle et Gérard Auzet*
P1533. Un poisson hors de l'eau, *Bernard Comment*
P1534. Histoire de la Grande Maison, *Charif Majdalani*
P1535. La Partie belle *suivi de* La Comédie légère *Jean-Marc Roberts*
P1536. Le Bonheur obligatoire, *Norman Manea*
P1537. Les Larmes de ma mère, *Michel Layaz*
P1538. Tant qu'il y aura des élèves, *Hervé Hamon*
P1539. Avant le gel, *Henning Mankell*
P1540. Code 10, *Donald Harstad*
P1541. Les Nouvelles Enquêtes du juge Ti, vol. 1 Le Château du lac Tchou-An, *Frédéric Lenormand*
P1542. Les Nouvelles Enquêtes du juge Ti, vol. 2 La Nuit des juges, *Frédéric Lenormand*
P1543. Que faire des crétins ? Les perles du Grand Larousse *Pierre Enckell et Pierre Larousse*
P1544. Motamorphoses. À chaque mot son histoire *Daniel Brandy*
P1545. L'habit ne fait pas le moine. Petite histoire des expressions *Gilles Henry*
P1546. Petit fictionnaire illustré. Les mots qui manquent au dico *Alain Finkielkraut*
P1547. Le Pluriel de bric-à-brac et autres difficultés de la langue française, *Irène Nouailhac*
P1548. Un bouquin n'est pas un livre. Les nuances des synonymes *Rémi Bertrand*
P1549. Sans nouvelles de Gurb, *Eduardo Mendoza*

P1550. Le Dernier Amour du président, *Andreï Kourkov*
P1551. L'Amour, soudain, *Aharon Appelfeld*
P1552. Nos plus beaux souvenirs, *Stewart O'Nan*
P1553. Saint-Sépulcre !, *Patrick Besson*
P1554. L'Autre comme moi, *José Saramago*
P1555. Pourquoi Mitterrand ?, *Pierre Joxe*
P1556. Pas si fous ces Français !
Jean-Benoît Nadeau et Julie Barlow
P1557. La Colline des Anges
Jean-Claude Guillebaud et Raymond Depardon
P1558. La Solitude heureuse du voyageur
précédé de Notes, *Raymond Depardon*
P1559. Hard Revolution, *George P. Pelecanos*
P1560. La Morsure du lézard, *Kirk Mitchell*
P1561. Winterkill, *C.J. Box*
P1562. La Morsure du dragon, *Jean-François Susbielle*
P1563. Rituels sanglants, *Craig Russell*
P1564. Les Écorchés, *Peter Moore Smith*
P1565. Le Crépuscule des géants. Les Enfants de l'Atlantide III
Bernard Simonay
P1566. Aara. Aradia I, *Tanith Lee*
P1567. Les Guerres de fer. Les Monarchies divines III
Paul Kearney
P1568. La Rose pourpre et le Lys, tome 1, *Michel Faber*
P1569. La Rose pourpre et le Lys, tome 2, *Michel Faber*
P1570. Sarnia, *G.B. Edwards*
P1571. Saint-Cyr/La Maison d'Esther, *Yves Dangerfield*
P1572. Renverse du souffle, *Paul Celan*
P1573. Pour un tombeau d'Anatole, *Stéphane Mallarmé*
P1574. 95 poèmes, *E.E. Cummings*
P1575. Le Dico des mots croisés.
8 000 définitions pour devenir imbattable, *Michel Laclos*
P1576. Les deux font la paire.
Les couples célèbres dans la langue française
Patrice Louis
P1577. C'est la cata. Petit manuel du français maltraité
Pierre Bénard
P1578. L'Avortement, *Richard Brautigan*
P1579. Les Braban, *Patrick Besson*
P1580. Le Sac à main, *Marie Desplechin*
P1581. Nouvelles du monde entier, *Vincent Ravalec*
P1582. Le Sens de l'arnaque, *James Swain*
P1583. L'Automne à Cuba, *Leonardo Padura*
P1584. Le Glaive et la Flamme. La Saga du Roi Dragon III
Stephen Lawhead
P1585. La Belle Arcane. La Malerune III
Michel Robert et Pierre Grimbert

P1586. Femme en costume de bataille, *Antonio Benitez-Rojo*
P1587. Le Cavalier de l'Olympe. Le Châtiment des Dieux II *François Rachline*
P1588. Le Pas de l'ourse, *Douglas Glover*
P1589. Lignes de fond, *Neil Jordan*
P1590. Monsieur Butterfly, *Howard Buten*
P1591. Parfois je ris tout seul, *Jean-Paul Dubois*
P1592. Sang impur, *Hugo Hamilton*
P1593. Le Musée de la sirène, *Cypora Petitjean-Cerf*
P1594. Histoire de la gauche caviar, *Laurent Joffrin*
P1595. Les Enfants de chœur (Little Children), *Tom Perrotta*
P1596. Les Femmes politiques, *Laure Adler*
P1597. La Preuve par le sang, *Jonathan Kellerman*
P1598. La Femme en vert, *Arnaldur Indridason*
P1599. Le Che s'est suicidé, *Petros Markaris*
P1600. Les Nouvelles Enquêtes du juge Ti, vol. 3 Le Palais des courtisanes, *Frédéric Lenormand*
P1601. Trahie, *Karin Alvtegen*
P1602. Les Requins de Trieste, *Veit Heinichen*
P1603. Pour adultes seulement, *Philip Le Roy*
P1604. Offre publique d'assassinat, *Stephen W. Frey*
P1605. L'Heure du châtiment, *Eileen Dreyer*
P1606. Aden, *Anne-Marie Garat*
P1607. Histoire secrète du Mossad, *Gordon Thomas*
P1608. La Guerre du paradis. Le Chant d'Albion I *Stephen Lawhead*
P1609. La Terre des Morts. Les Enfants de l'Atlantide IV *Bernard Simonay*
P1610. Thenser. Aradia II, *Tanith Lee*
P1611. Le Petit Livre des gros câlins, *Kathleen Keating*
P1612. Un soir de décembre, *Delphine de Vigan*
P1613. L'Amour foudre, *Henri Gougaud*
P1614. Chaque jour est un adieu *suivi de* Un jeune homme est passé, *Alain Rémond*
P1615. Clair-obscur, *Jean Cocteau*
P1616. Chihuahua, zébu et Cie. L'étonnante histoire des noms d'animaux *Henriette Walter et Pierre Avenas*
P1617. Les Chaussettes de l'archiduchesse et autres défis de la prononciation, *Julos Beaucarne et Pierre Jaskarzec*
P1618. My rendez-vous with a femme fatale. Les mots français dans les langues étrangères *Franck Resplandy*
P1619. Seulement l'amour, *Philippe Ségur*
P1620. La Jeune Fille et la Mère, *Leïla Marouane*
P1621. L'Increvable Monsieur Schneck, *Colombe Schneck*
P1622. Les Douze Abbés de Challant, *Laura Mancinelli*

P1623. Un monde vacillant, *Cynthia Ozick*
P1624. Les Jouets vivants, *Jean-Yves Cendrey*
P1625. Le Livre noir de la condition des femmes
Christine Ockrent (dir.)
P1626. Comme deux frères, *Jean-François Kahn et Axel Kahn*
P1627. Equador, *Miguel Sousa Tavares*
P1628. Du côté où se lève le soleil, *Anne-Sophie Jacouty*
P1629. L'Affaire Hamilton, *Michelle De Kretser*
P1630. Une passion indienne, *Javier Moro*
P1631. La Cité des amants perdus, *Nadeem Aslam*
P1632. Rumeurs de haine, *Taslima Nasreen*
P1633. Le Chromosome de Calcutta, *Amitav Ghosh*
P1634. Show business, *Shashi Tharoor*
P1635. La Fille de l'arnaqueur, *Ed Dee*
P1636. En plein vol, *Jan Burke*
P1637. Retour à la Grande Ombre, *Hakan Nesser*
P1638. Wren. Les Descendants de Merlin I, *Irene Radford*
P1639. Petit manuel de savoir-vivre à l'usage des enseignants
Boris Seguin, Frédéric Teillard
P1640. Les Voleurs d'écritures *suivi de* Les Tireurs d'étoiles
Azouz Begag
P1641. L'Empreinte des dieux. Le Cycle de Mithra I
Rachel Tanner
P1642. Enchantement, *Orson Scott Card*
P1643. Les Fantômes d'Ombria, *Patricia A. McKillip*
P1644. La Main d'argent. Le Chant d'Albion II
Stephen Lawhead
P1645 . La Quête de Nifft-le-mince, *Michael Shea*
P1646. La Forêt d'Iscambe, *Christian Charrière*
P1647. La Mort du Nécromant, *Martha Wells*
P1648. Si la gauche savait, *Michel Rocard*
P1649. Misère de la Ve République, *Bastien François*
P1650. Photographies de personnalités politiques
Raymond Depardon
P1651. Poèmes païens de Alberto Caeiro et Ricardo Reis
Fernando Pessoa
P1652. La Rose de personne, *Paul Celan*
P1653. Caisse claire, poèmes 1990-1997, *Antoine Emaz*
P1654. La Bibliothèque du géographe, *Jon Fasman*
P1655. Parloir, *Christian Giudicelli*
P1656. Poils de Cairote, *Paul Fournel*
P1657. Palimpseste, *Gore Vidal*
P1658. L'Épouse hollandaise, *Eric McCormack*
P1659. Ménage à quatre, *Manuel Vázquez Montalbán*
P1660. Milenio, *Manuel Vázquez Montalbán*
P1661. Le Meilleur de nos fils, *Donna Leon*
P1662. Adios Hemingway, *Leonardo Padura*

PARIS & COMPAGNIE

BASTIEN ET MAÏLYS DE SEZE

PARIS INATTENDU

100 LIEUX SECRETS ET ENCHANTEURS

PARIGRAMME